湯姆歷險記

勇闖密西西比

ADVENTURE OF TOM SAWYER

馬克・吐溫 原著　丁凱特 編譯

美國文學的長河源頭，幽默大師的詼諧笑浪

每年的七月四日，當全美國都沉醉在國慶日的歡騰中，唯獨密蘇里州的漢尼拔小鎮正慶祝他們的「全國湯姆日」。在這一天，鎮上會舉辦大型花車遊行、跳蚤市場、兒童嘉年華、泥漿排球賽等有趣項目，而重頭戲則是「油漆籬笆大賽」。來自各地的參賽者無不戴草帽、穿吊帶褲，使盡吃奶的力量粉刷籬笆；這些「湯姆迷」齊聚這個大文豪馬克．吐溫的故鄉，以紀念他筆下的角色湯姆．索耶。

馬克．吐溫於一八三五年誕生在密蘇里州的佛羅里達村，本名山繆．蘭亨．克萊門斯，在七個小孩中排行第六；父母是來自南方的移民，父親從事律師工作，為了生計經常搬遷。四歲那年，他們舉家遷至密西西比河畔的漢尼拔，馬克．吐溫在這裡度過了童年時光，這激發他日後的許多創作靈感。

一八四七年，馬克．吐溫的父親因肺炎去世，十二歲的他輟學進入印刷廠當學徒，四年後又成為一名排字工人。這時的他開始接觸寫作，深受莎士比亞、狄更斯等人影響。十八歲那一年，他離開故鄉，先後在紐約、費城、聖路易和辛辛那提當過印刷工人，直到二十二歲才又回到密蘇里。本來，他打算搭船前往下游的新奧爾良，再到南美洲做買賣，卻在途中萌生出當一名輪船領航員的想法。為了實現這個目標，他花了兩年多的時間，鉅細靡遺地研究了密西西比河的兩千哩流域，並獲得了執照。之後的數年，他一直擔任這個職業，直到一八六一年南北戰爭爆發，縮減了密西西比河的交通為止。

戰爭期間，馬克．吐溫一度加入軍隊，但很快就對戰爭感到厭惡，投靠了在內華達州的哥哥奧里昂。他與奧里昂乘坐馬車橫越大平原與洛磯山脈，最終抵達了維吉尼亞城的銀礦區，在那裡成為一名礦工。不過，他的淘金夢並沒有實現，他轉而從事股票買賣，最後又進入城裡的一家報社工作。這時候，他開始以「馬克．吐溫」的筆名寫作——這個名稱來自領航員術語，意為「水深兩潯」，輪船得以順利通行。一八六五年，他在《紐

約週六報》發表短篇小說《卡拉韋拉斯名蛙》，從此聲名大噪，開啟了作家生涯。

一八六七年，馬克．吐溫前往歐洲與中東等地旅行，期間結識了紐約資本家的女兒奧麗維婭．蘭頓，兩人於一八七〇年在美國完婚。婚後，他在水牛城經營一間報社，不過僅維持了一年。這一年妻子為他生下了兒子蘭頓，但十九個月後就夭折。一八七一年，馬克．吐溫遷至康乃迪克州的哈特福德，在那裡，夫妻倆又生了三個女兒，分別是蘇茜、克菈菈與琴。

一八七〇年代，馬克．吐溫進入寫作顛峰期，他先是出版《艱苦歲月》，描述了在西部旅行的見聞；又與查爾斯．華納合寫第一部長篇小說《鍍金時代》；之後，他以早年的船員生活為題材，寫成了《密西西比河上》。當時鐵路運輸興起，河運沒落，為了抒發懷舊之情，馬克．吐溫分別在一八七六年與一八八四年創作出《湯姆歷險記》及《哈克歷險記》；這二部作品是馬克．吐溫一生的頂點，奠定了他在美國文壇的地位。接下來的十餘年間，他陸續發表《乞丐王子》、《康州美國佬奇遇記》、《赤道旅行記》、《百萬英鎊》等長短不一的小說，對社會上的詐欺、陷害、偽善等醜態，以及帝國主義壓迫殖民地的行徑作出了尖銳的批判。

儘管馬克．吐溫靠著版稅賺進不少錢，但由於投資不當，使得他積欠大筆債務。為此，他走訪了夏威夷、紐西蘭、澳洲、印度和南美等地進行巡迴演講，直到一八九八年才還清債務。之後的數年間，他的家庭屢遭不幸，女兒蘇茜、琴與妻子奧麗維婭相繼病逝，這使他的寫作風格轉變為對人性的悲觀情緒，例如小說《敗壞了哈德萊堡的人》、《神秘的陌生人》等。一九〇六年，他以口授形式完成了自傳。一年之後，畢生未受過高等教育的馬克．吐溫獲頒牛津大學文學博士學位。一九一〇年四月二十一日，他病逝於康乃迪克的雷丁鎮。

馬克．吐溫一生的著作難以計數，他的寫作風格幽默而諷刺，文筆清新樸實，作品的主題多在暗諷宗教與人性的偽善，以及美國社會的種種弊端；表面上是一個個幽默滑稽的故事，背後卻充滿嚴肅的議題。他的作品開創了美國小說口語化的先河，對美國現代文學的發展產生了重大影響，他因而被譽為「文學史上的林肯」。海倫．凱勒亦說過：「我喜歡馬克．吐溫——誰會不喜歡他呢？即使是上帝，亦會鍾愛他，賦予其智慧，並於其心靈裡繪畫出一道愛與信仰的彩虹。」

[序]

在馬克．吐溫的所有作品中，最膾炙人口的當屬《湯姆歷險記》。他以故鄉漢尼拔為背景，以兒時玩伴的性格為原型，創造出了聖彼得堡小鎮以及男孩湯姆，故事情節則取材自他的親身經歷。《湯姆歷險記》描述了湯姆與伙伴們天真又頑皮的舉止，以及各種異想天開的冒險，饒富童趣，並洋溢著南北戰爭前慵懶的鄉村生活情調。它雖是少年讀物，但問世一百多年以來，卻廣受所有年齡層的讀者所喜愛。

由於《湯姆歷險記》大受好評，馬克．吐溫又以湯姆的朋友哈克為主角，創作出《哈克歷險記》。相較於老少咸宜的《湯姆歷險記》，這部作品的題材較為辛辣諷刺，涉及了奴隸、種族、謀殺、私刑、犯罪等陰暗的主題。它藉由哈克逃離文明社會的束縛，與逃亡的黑奴吉姆乘著木筏順流而下、尋求自由的歷程，揭露出奴隸制度的殘酷、鄉野習俗的落後與迷信；藉由一個兒童的角度，對人類的價值觀與偽善作了深刻的反諷。由於粗鄙的用語以及敏感的議題，出版初期曾被列為禁書；但隨著時間推移，文學界開始正視它的價值。海明威曾說：「一切美國的當代文學都衍生自《哈克歷險記》，它是美國人的最佳作品。」時至今日，《湯姆歷險記》與《哈克歷險記》已成了世界各國高等教育中的必讀書目。

在《湯姆歷險記》的相關作品中，尚有《湯姆出國記》與《湯姆探案記》，分別寫於一八九四年及一八九六年，距離《哈克歷險記》的出版已有十年，寫作風格有所不同。《湯姆出國記》描寫湯姆一行人搭乘熱氣球，前往大西洋另一端的故事；裡頭沒有嚴肅的議題，只有輕鬆的旅程以及幽默的答辯，是典型的馬克．吐溫式幽默小說。而在《湯姆探案記》中，馬克．吐溫參考實際發生在瑞典的事件，讓湯姆化身偵探，解決一樁撲朔迷離的命案，是他一生中少見的推理題材。此二作皆為短篇小說，知名度不高，國內更是缺乏中文譯本；作為家喻戶曉的《湯姆歷險記》後續，未免遺憾。故本社特別將它們譯為中文，與《湯姆歷險記》、《哈克歷險記》一併收錄，並經嚴謹的校對、潤飾，確保可讀性；讀者得以綜覽最完整的系列故事，同時比較馬克．吐溫前後期的寫作風格。這是坊間唯一齊全的《湯姆歷險記》系列，也是收藏經典之最佳首選。

在此，我們誠摯的邀請各位讀者，與我們一同加入機智頑童的逗趣旅程，體驗馬克．吐溫筆下的社會怪象，並收藏這套百年不朽的傳世經典。

目錄 CONTENTS

湯姆出國記

442

Tom Sawyer Abroad

第一章～第十三章

地點：？？？

湯姆與伙伴們陰錯陽差搭上了熱氣球，與瘋狂科學家共處一船！氣球究竟會航向何方？這趟旅程是吉是凶？

湯姆探案記

522

Tom Sawyer, Detective

第一章～第十一章

地點：阿肯色州

湯姆與哈克再次回到阿肯色州，這一回，他們被捲入一樁樁離奇的事件，以及一件謀殺案，而犯人竟然是……

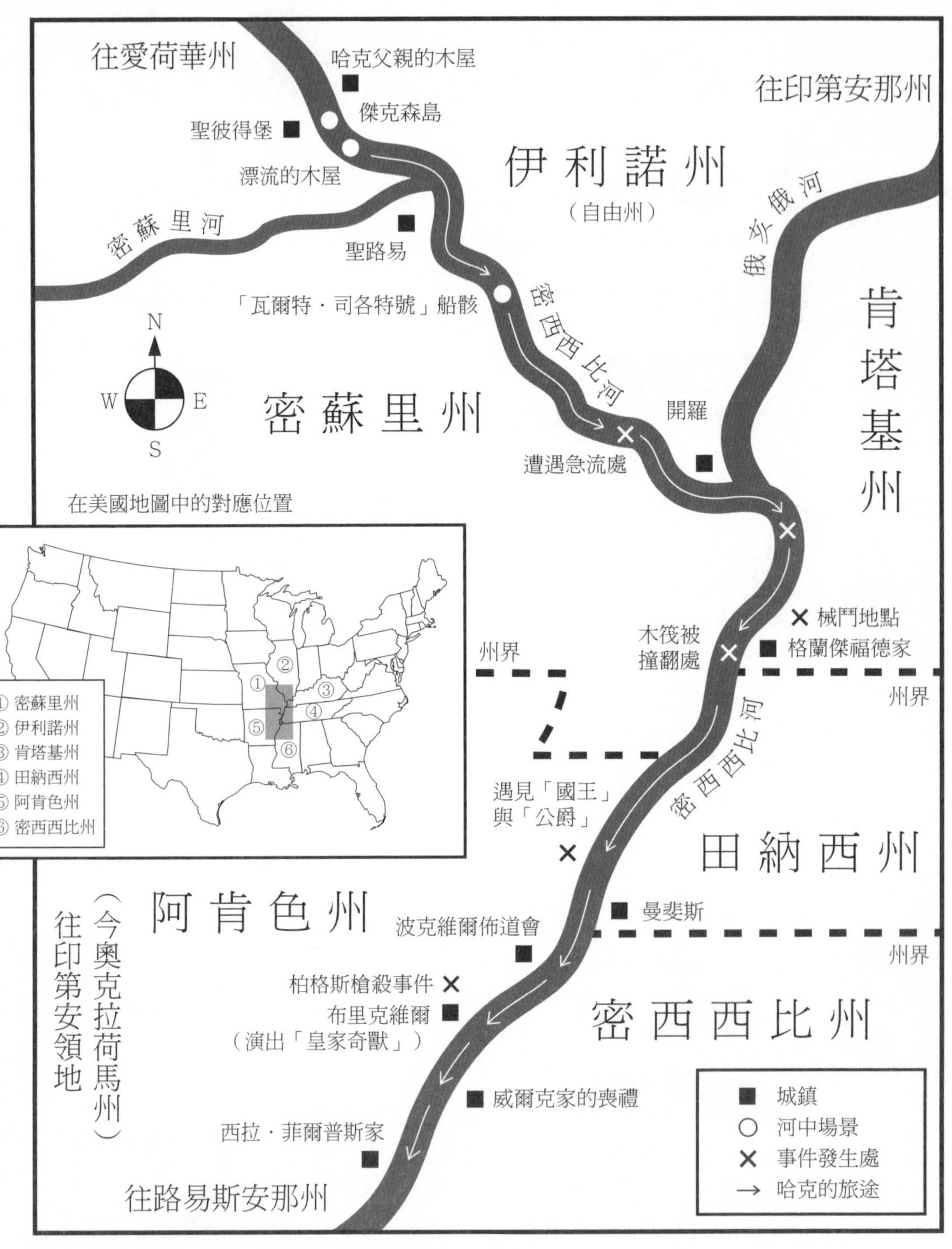

《湯姆歷險記》與《哈克歷險記》故事發生地點

Adventure of Tom Sawyer

湯姆歷險記 1876

在密蘇里的聖彼德堡小鎮，
住著天真活潑的湯姆。
他說謊、蹺課、打架、追逐女孩，
是大人們眼中的頑童，
也是孩子們心目中的英雄。
他異想天開、熱愛冒險，
曾與伙伴坐上木筏、露宿荒島、
到鬼屋挖寶、入山洞探險、
直到有一天，他們遇見貨真價實的強盜……

Adventure of Tom Sawyer

第一章

「湯姆！」

沒人回答。

「湯姆！」

一樣沒人回答。

「這孩子到底怎麼啦？我真搞不懂。你這個臭小子！」

還是沒有人回答。

這位老太太拉下眼鏡，從鏡片上方朝房內張望，然後又拿起眼鏡從鏡片下面看。她很少，或是從不戴好眼鏡來尋找一個像小男孩這麼小的東西。這副眼鏡十分精緻，也是她的驕傲，她配這副眼鏡是為了裝飾、為了美觀，而不是為了實用——即使她眼上罩了兩片爐蓋也能看得一清二楚。她茫然地愣了一會兒，然後用大到每個角落都聽得見的聲音喊道：

「很好，我發誓，要是讓我逮到，我就要——」

她的話沒有說完，因為她正彎腰用掃把往床下猛掃，每掃一下就要停下來喘口氣。結果只掃出一隻貓。

「我從沒見過這麼莫名其妙的孩子！」

她走到敞開的門口，朝著滿園子的番茄藤和曼陀羅花叢看去，想找到湯姆，但還是沒看見。於是她又放開嗓子朝遠處喊道：

「湯姆呀！湯姆！」

這時，她身後傳來輕微的聲響。她轉過身來，一把抓住了一個小男孩的短外套衣角，讓他再也跑不掉。

「嘿！我早該想到那個壁櫥，你躲在那裡做什麼？」

「沒做什麼。」

「沒做什麼？瞧你那雙手，再看你那張嘴，還有那渾身是什麼？」

「我不知道，姨媽。」

「哎！我知道，那是果醬——對，沒錯。我已經跟你說過不只四十遍，不要動我的果醬，否則我就剝了你的皮。把鞭子遞給我！」

鞭子在空中晃動著——情況萬分危急。

「不得了了！妳身後是什麼？姨媽！」

老太太以為有危險，急忙撩起裙子轉過身去。湯姆拔腿就逃，頃刻間就爬過高高的木柵欄，消失無蹤。

波麗姨媽愣在原地，隨後突然輕聲笑了起來。

「該死！我怎麼老是學不乖？這樣的玩笑不知開過多少次了，我怎麼還是沒有任何防備呢？人老了，糊塗才是最大的敵人。俗話說得好，老狗學不會新把戲。可是，天哪！他的把戲沒有兩天是一樣的，誰猜得出他下個鬼主意是什麼？他似乎明白，他要折磨我多久，我才會發火，而且也知道他只要想個辦法哄我，惹我大笑一場，就能既往不咎，也不會挨揍。我不忍心揍他，我對這孩子沒盡到責任，上帝也知道，聖經說：『不忍用杖打兒子的，是恨惡他。』我太溺愛那孩子了，也知道這對我們都不好。他滿腹的鬼點子！唉，但他是我那死去的姐姐的兒子，可憐的孩子！我怎麼也狠不下心揍他。每一次饒過他，我的良心都受到譴責；但是每一回打他，我又有點於心不忍。唉！就像聖經說的：『人為婦人所生，日子短少，多有患難。』這話說得一點也沒錯。今天下午要是他蹺課，明天我就要讓他幹點活，好好懲罰他。禮拜六讓他幹活也許太嚴苛了些，因為所有的孩子都在放假，他又恨透了幹活；可是我不得不對他盡責，否則我會把這個孩子給毀了。」

湯姆果然沒去上課，而且痛快地玩了一場。他回家時正好趕上幫黑人小孩吉姆的忙，幫他在晚飯前鋸隔天要用的木頭，劈引火用的柴——至少他還來得及把他做的事說給吉姆聽，而吉姆已經幹好了四分之三的活。湯姆的弟弟（正確來說是同母異父的弟弟）席德已做完了他的那份工作（撿碎木塊），他是個安份的孩子，從不做什麼冒險的事，也不惹什麼麻煩。

吃晚飯時，湯姆總是找機會偷糖吃。波麗姨媽這時開始盤問他，話裡充滿了巧妙的詭計——她要設下圈套來套出實話。跟許多頭腦簡單的人一樣，她十分自負，並且深信自己很有手段，把容易被人識破的詭計當成最高明的計策。她說：

「湯姆，學校裡挺熱的，對吧？」

「是的，姨媽。」

「熱得很，對嗎？」

「是的，姨媽。」

「你是不是想去游泳呢？湯姆。」

湯姆突然慌張了起來，一絲不安和疑惑掠過心頭。他朝波麗姨媽的臉瞥了一眼，但什麼也沒看出來。於是他說：

「沒有啊，姨媽——唔，不怎麼想去。」

老太太伸手摸摸湯姆的襯衫，說道：

「可是你現在卻不怎麼熱，是吧？」她已發現襯衫是乾的，卻沒人發現她真正的用意，她為此感到洋洋得意。其實湯姆早已猜出了她的心思，對老太太的下一步有所防備。

「有的人朝大家頭上噴水——妳看，我的頭髮還是濕的呢！」

波麗姨媽很懊惱，她居然沒注意到這個明顯的事實，以致錯過了一次機會。但她又靈機一動：

「湯姆，你朝頭上澆水的時候，不必脫掉我在你襯衫上縫的領子吧？把上衣的紐扣解開！」

湯姆臉上的不安立刻消失了。他解開上衣，襯衫的領子還是縫得好好的。

「真是怪了！好吧，算了！我以為你蹺課去游泳了。我認為你就像俗話裡毛燒焦的貓一樣——並不像表面上看起來那麼壞。這一次我就原諒你，下不為例。」

她一面為自己的盤算落空而難過，一面又為湯姆這一次竟如此聽話而高興。

可是席德卻說：

「哼！我記得妳替他縫領子用的是白線，現在卻是黑線。」

「嘿！我的確是用白線縫的。湯姆！」

但是湯姆還沒聽完話就溜掉了，他走出門口時說道：

「席德，你給我記住，我要狠狠揍你一頓！」

到了一個安全的地方後，湯姆仔細檢查了別在上衣翻領上的兩根大針，針上還穿著線，一根繞著白線，另一根繞著黑線。他說：

「要不是席德，她永遠也不會注意到。真討厭！有時她用白線縫，有時又用黑線；我真希望她用同一種線——換來換去的，我實在記不住。不過，我發誓非揍席德一頓不可，我一定要好好教訓他。」

湯姆不是村裡的模範男孩，但他很熟悉那位模範男孩，而且很討厭他。

不到兩分鐘——甚至更短——他已經將煩惱全忘了。就像大人們的煩惱也是煩惱一樣，他忘記煩惱並不是因為煩惱對他不沉重、難受，而是因為一種更新鮮、更強烈的興趣暫時取代了他心中的煩悶，就像大人們在感受新的樂趣時，也會暫時忘卻自己的不幸一樣。這種新的樂趣就是一種新的吹口哨方法，它很有用，是剛從一個黑人那裡學到的，現在他打算避開人群，好好練習一番。這聲音很特別，是一種流暢而婉轉的音調，像小鳥的叫聲；吹的時候，舌頭不時抵住口腔的上齶——讀者若也曾是孩子的話，或許還記得怎麼吹這種口哨。湯姆學得很勤奮，也很專心，很快就掌握了要領。於是他沿著街道大步走著，嘴裡吹著口哨，心裡樂不可支，簡直比天文學家發現了新行星還要興奮。

夏天的下午很長，這時天還沒有黑。湯姆的口哨聲忽然停住了，因為他面前出現了一個陌生人——一個比他大一點的男孩。在聖彼德堡這個窮困的小村子裡，不論男女老少，只要是新來的人，總能引起人們的好奇心。而且這個男孩穿得非常講究——在工作日竟穿戴得如此整齊，光是這一點就讓湯姆對他刮目相看。他的帽子很別致，藍色的上衣扣得緊緊的，又新又整潔；他的褲子也是一樣。他竟然還穿著鞋——今天可是禮拜五！甚至還打了一條顏色鮮亮的絲質領帶。他擺出一副城市人的架勢，令湯姆感到很不自在。湯姆盯著他那套漂亮的衣服，鼻子翹得高高的，越看越覺得自己的穿著十分寒酸。兩個人都一聲不吭，當一個挪動一步，另一個也跟著挪動——但都是斜著步伐繞圈子。他們面對面，相視了很久，最後湯姆首先開口：

「我能打得過你！」

「我倒想見識見識。」

「很好，我就打給你看。」

「算了吧，你根本不行。」

「我行。」

「你就是不行。」

「我就是行。」

「不行！」

「行！」

「不行！」

兩個人都不自在地停了下來。接著湯姆問道：

「你叫什麼名字？」

「你管不著！」

「哼，我就是管得著！」

「好啊，那你就管管看。」

「要是你再囉嗦，我就管給你看。」

「囉嗦——囉嗦——我偏要囉嗦，看你能怎麼樣？」

「哈！你以為自己很了不起，是嗎？要是我想打倒你，用一隻手就夠了。」

「好啊，你說你打得過我，那為什麼不動手呢？」

「如果你再嘴硬，我就打給你看。」

「嘿——你這種人我見得多了，只會吹牛！」

「哈！你還以為自己是個大人物呢！瞧你那帽子！」

「你要是看不順眼就把它摘下來呀！如果你敢碰，我就揍扁你！」

「你吹牛。」

「你才吹牛。」

「你光會講大話，不敢動手。」

「噢，滾你的蛋吧！」

「告訴你——要是你再罵我，我就用石頭砸碎你的腦袋。」

「好啊，那你來砸啊！」

「我一定會的。」

「那你為什麼不來試試？你老是吹牛不敢動手，哦，我知道你怕了。」

「我才不怕！」

「你怕！」

「我不怕！」

「你就是怕！」

兩個人暫停了一會兒，接著又相視而對，側著身繞圈子走了幾步。忽然兩個人肩抵著肩。湯姆說：

「你快滾出這裡吧！」

「你自己滾吧！」

「我不滾。」

「我也不滾。」

於是，雙方都斜著一隻腳抵住地，用盡力氣想把對手往後推；兩個人都憤怒地瞪著對方，但誰也沒討到便宜。他們一直鬥到渾身發熱，滿臉通紅，才稍稍放鬆，卻仍小心地提防著對方。這時，湯姆又說：「你是個膽小鬼，是隻小狗。我要向我大哥告狀，他一根小指頭就能把你捏碎，我會叫他揍你的。」

「我才不怕你什麼大哥，我有一個比你大哥還大的大哥——而且我大哥能把你大哥扔到那堵籬笆裡頭。」

（兩人口中的大哥都是虛構的。）

「你說謊。」

「你說的也不是真的。」

湯姆用腳拇趾在泥土上劃了一條線，說：

「要是你敢跨過這條線，我會把你打趴在地上，讓你站不起來。誰敢踏過它，誰就會吃不完兜著走！」

這個新來的男孩毫不猶豫地跨過那條線，說：

「你說你敢打我，現在我就看看你怎麼個打法。」

「你不要逼我！你最好還是小心點。」

「咦，你不是說要打我嗎？——你怎麼還不動手啊？」

「算了，要是你給我兩分錢，我就動手。」

男孩果真從口袋裡掏出兩分錢，嘲弄地攤開手掌。湯姆一把將錢打翻在地，兩個人立刻像兩隻爭食的貓一樣，在泥土裡扭打、撕扯起來，緊接著又是扯頭髮、揪衣領、拚命地捶對方的鼻子，抓對方的臉。兩個人都弄得渾身是土，卻又互不相讓。勝負逐漸分了出來，湯姆從泥土中爬起，騎在男孩的身上，握緊拳頭拚命地打那個男孩。

「挨夠了嗎？求饒吧！」他說。

那個男孩用力掙脫著，他氣得嚎啕大哭。

湯姆仍然不停地捶打，說：「求饒吧！」

那男孩只好擠出幾個字：「饒了我！」

湯姆讓他站起來，對他說：

「現在知道我的厲害了吧！以後最好給我小心點，看你還敢不敢嘴硬。」

男孩拍了拍身上的塵土，哭哭啼啼地走開了，還不時回過頭來，搖晃著腦袋，威脅湯姆：

「下次要是讓我逮到，我就，我就……」

湯姆不屑一顧，趾高氣揚地走開了。他剛一轉身，那男孩就抓起一塊石頭朝他砸過來，正中湯姆的背上，接著便像隻羚羊般飛快地逃掉了。湯姆窮追不捨，一直追到他家；他站在門口，大喊要那男孩出來較量，可是他的對手只是在窗子裡朝他做鬼臉，死都不出來。最後他的媽媽出來了，斥罵湯姆是個沒家教的壞孩子，要他趕快滾開。湯姆只好走了，臨走時還不忘撂下狠話，說要找機會再教訓一下那個混小子。

那天晚上，他回到家已經很晚了。當他小心翼翼地從窗戶爬進屋時，猛然發現有人埋伏，仔細一看，原來是波麗姨媽。她看到湯姆的衣服被弄成那副模樣，更加堅定要讓湯姆在禮拜六幹活的決心。

第二章

禮拜六的早晨到了。夏天的世界陽光普照、空氣清新，充滿了生機。每個人的心中都蕩漾著一首歌，有些年輕人情不自禁地唱出了這首歌；每個人的臉上都洋溢著歡樂，每個人的腳步都是那麼輕盈。洋槐樹正開著花，空氣中瀰漫著芬芳的花香。村莊外頭高聳的卡地夫山上覆蓋著綠色的植被，它離村子不遠不近，就像一塊樂土般寧靜安詳，充滿夢幻，令人嚮往。

湯姆出現在人行道上，一手拎著一桶灰漿，一手拿著一把長柄刷。他環顧柵欄，所有的快樂立刻煙消雲散，心中充滿了惆悵。柵欄足足長三十碼，高九呎！生活對他來說乏味至極，活著僅僅是一種負擔。他嘆了一口氣，用刷子沾了灰漿，沿著最頂層的木板刷起來，接著又刷了一下、兩下。他看看剛刷過的那一塊，再看看遠得看不見盡頭的柵欄，便垂頭喪氣地在一個木箱上坐下來。這時，吉姆手裡提著一個錫桶，嘴裡唱著《水牛城的姑娘》，蹦蹦跳跳地從大門口跑出來。在湯姆眼中，到鎮上的抽水機打水一向是件討人厭的差事，現在他卻不這麼想了。他記得那裡有很多伙伴——有白人小孩、黑人小孩，還有混血小孩，男男女女都在那裡排隊等著提水。大家在那裡休息，交換各自的玩意兒，吵吵鬧鬧的；而且他還記得，儘管他們家離打水處只有一百五十碼，但吉姆從未在一小時內拎回一桶水——有時甚至還要別人去催。湯姆說：

「喂，吉姆，如果你來刷牆，我就幫你提水。」

吉姆搖搖頭，說：

「不行，湯姆少爺。老太太叫我去提水，不准在路上跟人家玩。她說她猜到湯姆少爺你會叫我刷牆，所以吩咐我只准幹自己的活，不要管別人的閒事——她說她會親自來監督你刷牆。」

「呸！吉姆，別管她說的，她總是這麼說。把水桶給我——我很快就回來。她不會知道的。」

「哦，不，我可不敢，湯姆少爺。老太太會把我的頭給擰下來的，她會的！」

「她？她從來沒揍過任何人——她只會用指套在你頭上敲敲罷了——誰怕她呢？她只不過嘴上說得凶，但又傷害不了你——只要她不大吵大嚷就沒事。吉姆，我給你一個好東西——一顆白色石頭！」

吉姆開始動搖了。

「白色石頭！吉姆，這可是真正好玩的石頭啊。」

「嗯，老實說，那是個很不錯的東西。可是湯姆少爺，我怕老太太……」

「還有，吉姆，只要你答應，我還要給你看我那隻腳趾頭，那隻腫起來的腳趾頭。」

吉姆畢竟是個凡人，不是神仙——這個誘惑對他太大了。他放下水桶，接過白色石頭，還興致勃勃地彎腰看著湯姆解開纏在腳上的布帶，以及那隻腫起來的腳趾。可是，沒過多久，吉姆的屁股火辣辣的，拎著水桶飛快地沿著街道跑掉了；湯姆繼續用力地刷牆，因為波麗姨媽正好從田裡回來了，她手裡提著一隻拖鞋，眼裡流露出滿意的神色。

不過，湯姆的幹勁並沒有持續多久。他開始想起原先為這個休息日訂出的一些玩耍計畫，心裡越想越不是滋味。再過一會兒，那些自由自在的孩子們就會蹦蹦跳跳地跑過來，玩各式各樣的有趣遊戲；他們看到他不得不刷牆幹活，一定會大肆嘲笑他——一想到這裡，湯姆心裡就像火燒一樣難受。他拿出全部的寶貝，仔細檢視了一遍——有殘缺不全的玩具、一些小石頭，還有一些沒用的東西。這些玩意兒足以收買其他孩子為他幹活，但要交換半小時的自由，也許還差得遠呢！於是他又把這幾件寶貝收進口袋，打消了這個念頭。就在這絕望的時刻，他忽然靈機一動——這個主意實在妙不可言。

他拿起刷子，一聲不響地刷了起來。沒過多久，班．羅傑出現了——在所有孩子當中，湯姆最怕這個男孩，他怕他的嘲諷。班走路就像在跳躍一樣，顯然心情愉快，而且還打算幹點痛快的事。他正在吃蘋果，不時發出長長的、悅耳的「嗚——」的叫聲，不時還「叮噹」地模仿鈴聲——他是在扮演一艘蒸汽輪船。他越來越接近，於是減慢速度，走到路中央，身體向右舷傾，吃力而做作地轉了船頭，讓船逆風停下——他在扮演「大密蘇里號」，彷彿已吃水九呎深。他既要當船，又要當船長、輪機鈴，他想像自己站在輪船頂層的甲板上發號施令，同時又執行這些命令。

「停船，伙計！叮——啊鈴！」船幾乎停穩了，他又慢慢地朝人行道靠過來。

「調轉船頭！叮——啊鈴——鈴！」他兩臂伸直，用力往兩邊垂著。

「右舷後退，叮——啊鈴——鈴！嚓嗚——嚓——嚓嗚！嚓嗚！」

他一邊喊著，一邊用手劃了大圓——這代表一個四十呎的大轉輪。

「左舷後退！叮——啊鈴——鈴！嚓嗚——嚓——嚓嗚——嚓嗚！」左手開始畫圓。

「右舷停！叮——啊鈴——鈴！左舷停！右舷前進！停！外面慢慢轉過來！叮——啊鈴——鈴！嚓——嗚——嗚！把船頭的繩索拿來！快！喂——再把船邊的繩索遞過來——你在發什麼呆！把繩頭靠船樁繞好，拉緊——放手吧！發動機停住，伙計！叮——啊鈴——鈴！希特——希特！」他模仿著汽門排氣的聲音。

湯姆繼續刷柵欄，不去理睬那艘蒸汽輪船，班瞪著眼睛看了一會兒，說：

「哎呀，你的處境不太妙，是嗎？」

湯姆沒有回答，只是用藝術家的眼光端詳著他最後刷的那一塊，接著輕輕地抹了一下，又像剛才一樣打量著柵欄。班走過來站在他旁邊，看見那蘋果，湯姆不禁直流口水，但還是繼續刷他的牆。班說：

「嘿，伙計，你還得幹活呀？嗯？」

湯姆猛然轉過身來，說道：「哦！是你呀，班，我沒注意到你呢！」

「哈！告訴你吧，我要去游泳了。難道你不想去嗎？當然，你寧可在這幹活，是吧？當然是了！」

湯姆打量了一下對方，說道：「你說什麼？這叫幹活？」

「這不叫幹活，又叫什麼？」

湯姆重新開始刷牆，同時漫不經心地說：「這也許是幹活，也許不是。我只知道這對湯姆．索耶來說是件有趣的事。」

「哦，算了吧！難道你是說你喜歡做這種事？」

刷子仍不停地刷著。

「喜歡？哎，我真搞不懂為什麼會不喜歡，哪個男孩天天有機會刷牆？」

這倒是件新鮮事。班停止了啃蘋果。湯姆靈巧地用刷子來回刷著，不時停下來退後幾步看看成果，在這補一刷，在那補一刷，然後又打量一下成果。班仔細觀察著湯姆的一舉一動，越看越覺得有趣，終於被深深吸引住了。最後他說：

「喂，湯姆，讓我刷一下看看。」

湯姆想了一下，正打算答應他，但又立刻改變了主意：

「不——不行，班。我想這恐怕不行。你知道，波麗姨媽很講究這面牆的——這可是面向街道的一面呀！不過要是後面的，讓你刷刷倒也無妨，姨媽也不會在意的。是呀，她對這面牆非常講究，刷它一定得非常細心。我認為在一兩千個孩子裡，也找不出一個能按照波麗姨媽的要求刷好這面牆的人。」

「哦，是嗎？哎，讓我試一試吧。我只刷一點——湯姆，如果我是你的話，我就會讓你試的。」

「班，老實說，我很願意。但是波麗姨媽……唉！吉姆想刷，但她不讓他刷；席德也想試，她也不讓席德試。現在你知道我多麼為難了吧？讓你處理這牆，萬一出了什麼毛病……」

「啊，沒事，我會很小心的。還是讓我試試吧。嘿——我把蘋果核送你。」

「唉，那就……不行，班，算了吧。我只怕……」

「我把整顆蘋果全送給你！」

湯姆把刷子讓給班，臉上露出不情願的表情，心裡卻竊喜不已。當剛才那艘「大密蘇里號」在陽光下幹活，累得滿身大汗時，這位離職的藝術家卻在附近的樹下，坐在一只木桶上，蹺著腿，大口吃著蘋果，一邊暗自盤算如何再騙更多的傻瓜——這樣的小傻瓜可不少。每過一陣子，就會有一些男孩從這裡經過；起初他們都想開他的玩笑，可是最後都被留下來刷牆。在班累得筋疲力盡時，湯姆早已經和比利．費雪達成了交易——比利用一個修得很好的風箏換得接替班的機會；等到比利也玩得差不多的時候，強尼．米勒又用一隻繫著繩子的死老鼠購買了這項特權。一個又一個的傻小子受騙上了當，接連幾個鐘頭毫不間斷。早上時，湯姆還是個貧困潦倒的窮小子，等到下午快過一半時，他卻成了荷包鼓鼓的富豪了——除了以上提到的那些玩意以外，還有十二顆石頭、一支破口琴、一塊透明的藍玻璃片、一門線軸做的大炮、一把開不了鎖的鑰匙、一截粉筆、一個大酒瓶塞子、一個錫皮做的小兵、一對蝌蚪、六個鞭炮、一隻獨眼小貓、一個門上的銅把手、一根拴狗的頸圈（但沒有狗）、一個刀柄、四片橘子皮，還有一個破舊的窗框。

他過得舒舒服服，悠閒自在——同伴很多，而且牆整整被刷了三遍。要不是他的灰漿用光了的話，他會把村裡每個孩子的口袋都掏空的。

湯姆自言自語地說：原來這世界並不是那麼無趣的啊！他已經不知不覺發現了人類行為的一大法則——也就是想讓一個人渴望某件事物，只要設法讓它變得難以到手就行了。如果他是位偉大而明智的哲學家，就像這本書的作者，他就會明白所謂的「工作」就是一個人被迫去做的事情，而「玩」就是一個人沒有義務去做的事情。這個道理使他明白了為什麼做假花和蹬車輪是工作，而玩十柱戲和爬白朗峰就算是娛樂。在夏季，英國的富有紳士每天駕著四輪馬車，沿著同樣的路線走上二三十哩，為了這種特權，他們不惜花大筆的錢；但要是因此付錢給他們的話，就會讓這件事情成為一件工作，他們也會撒手不幹了。

湯姆思考了這一天發生的事情，然後就回「司令部」報告去了。

第三章

湯姆來到波麗姨媽面前時，她正坐在寬敞舒適的後房一扇敞開的窗邊。這個房間既是臥室、餐廳，又是書房。夏日芳香的空氣、令人困倦的幽靜、醉人的花香，還有催眠的蜜蜂嗡嗡聲都已產生了效果。她拿著針線在那裡打盹，只有一隻貓陪伴她，而貓又在她腿上睡著了。為了不打破眼鏡，她把它架在灰白的頭頂上。她以為湯姆早就溜去玩了，當她發現他居然聽了她的話，毫無懼色地站在她面前，不免有些訝異。湯姆問：

「我現在可以去玩了嗎？姨媽。」

「什麼？想去玩了？你刷了多少了？」

「姨媽，都刷完了。」

「湯姆，別再跟我說謊——我受不了。」

「沒有啊！姨媽。牆真的刷好了。」

波麗姨媽不相信他的話，要親自去檢查一遍；只要湯姆的話有十分之二是真的，她也就心滿意足了。當她發現整面牆都刷過了，而且刷了不只一遍，甚至連地上也刷了一塊，驚訝得無法形容。

「哎！真是怪事，簡直不可思議！湯姆，只要你願意做，你還是挺能幹的。」但她又補充一句，這句話沖淡了剛才的表揚：「但不得不說，你願意的時候實在太少了。好了，去玩吧。不過別忘了準時回家，否則我會揍你一頓。」

她為湯姆工作的成果喜出望外，於是帶他到貯藏室，選了一顆又大又好的蘋果給他，同時還教導他：要是別人的款待是自己靠努力贏來的，而不是靠不道德的手段謀取的，那就格外有價值、有意義。趁她背了聖經中的一句格言作總結時，湯姆順手牽羊偷了一塊油炸甜甜圈。

之後，他一蹦一跳地跑出來，正好看見席德走上通往二樓後面房間的樓梯。湯姆撿起地上的土塊，朝席德扔過去。剎那間，這些土塊就像冰雹一樣打在席德身上，波麗姨媽還來不及冷靜一下她那吃驚的神經，便趕緊跑過來解圍。不過早已有六七塊泥土打中了席德，而湯姆也早已翻過柵欄逃之夭夭──柵欄上有大門，但湯姆急著要出去，沒時間繞到門那裡。之前，席德向波麗姨媽告狀，讓湯姆吃了苦頭、受了處罰，現在他總算出了氣，心裡覺得好受多了。

湯姆繞過那一排房子，來到靠近姨媽牛圈後方的一條泥濘巷子裡。他很快就溜到沒人管得到他的地方，匆忙趕到村裡那塊公共空地。在那裡，兩支由孩子們組成的「軍隊」已按照事前的約定集合起來，準備打仗。湯姆是其中一支部隊的將軍，他的好朋友喬．哈伯則是另一支隊伍的統帥。這兩位總指揮不屑親自戰鬥──那適合手下的軍官與戰士──而是坐在一個凸出的高地上，讓他們的隨從副官去發號施令，指揮打仗。經過一番長時間的奮戰，湯姆的部隊取得了輝煌的勝利。接著雙方清點死亡人數，交換戰俘，談妥下次的交戰條件，還約定好作戰日期。一切結束之後，雙方部隊先列好隊形，然後開拔，而湯姆也獨自回家了。

當他走過傑夫．柴契爾家的房子時，看見一個新來的女孩站在花園裡──一個漂亮、可愛的藍眼小姑娘，金色的頭髮梳成兩條長長的髮辮，身上穿著白色的夏季上裝和寬鬆的長褲。這位剛戴上勝利花冠的英雄頓時不戰而降，一個叫艾美．羅倫斯的女孩也立刻從他的心目中消失得乾乾淨淨。他原以為自己愛她愛得發狂，而且把這種愛視為深情的愛慕，儘管在旁人看來只不過是一種渺小、短暫的愛情罷了。為了博取她的歡心，他花了好幾個月的工夫，但她答應他還不到一個禮拜，他只當了世上最幸福、最自豪的男孩短短七天，片刻之間，她就像一位過客一樣從他的心裡離開、消失了，被他忘得一乾二淨。

他愛慕這位新來的天使，偷偷盯著她，直到她發現他為止。然後，他裝作不知道她在的樣子，開始用各種可笑而孩子氣的方法炫耀自己，以贏得她的好感。他傻乎乎地賣弄了一陣子，然後一面做驚險的體操動作，一面往旁邊瞥了一下，只見那個女孩正朝著房子走去。湯姆走向柵欄，靠在柵欄上傷心，希望她能再多留一陣子。她在台階上稍作停留後，又朝門口走去。當她走上門檻時，湯姆嘆了一口氣，但很快又面露喜色——因為她在進去之前，朝柵欄外扔了一朵三色紫羅蘭。

湯姆跑過去，停在距離花朵一兩呎的地方，然後用手罩著眼睛上方朝街道看去，彷彿發現那裡正發生什麼有趣的事情。隨後他拎起一根草桿放在鼻子上，頭盡量往後仰著，極力保持著草杆的平衡。接著，他吃力地左右挪動著身體，慢慢側身朝那朵花走過去。最後，他的赤腳落在花上，用靈巧的腳趾頭夾住了它，然後拿著這件心愛的寶貝消失在轉角處。他很快就把那朵花別在他上衣裡貼近心臟的地方——也許是貼近他的胃，因為他不太懂解剖學，幸好他也不在乎。

不久後，他又回到了老地方，在柵欄附近走來走去，就像之前那樣賣弄花招，炫耀著自己，直到天黑。雖然湯姆用一種希望安慰自己，認為她一定在窗子附近，而且已經注意到他的這番殷勤，但是她再也沒有露面。終於，他不情願地走回家了，腦中充滿各式各樣的幻想。

吃晚飯的時候，他始終情緒高昂。他的姨媽不禁納悶：「這孩子是怎麼了？」為了拿土塊丟席德的事，他挨了一頓臭罵，但他對此滿不在乎，又當著姨媽的面偷糖吃，結果被她用指關節敲了一頓。他說：

「姨媽，席德拿糖吃，妳怎麼不打他呀？」

「噢！席德可不像你這麼煩人。要不是我盯得緊，你恨不得鑽到糖堆裡不出來。」

過了一會，她走到廚房去了。席德得到了特權非常高興，伸手去拿糖罐——這是故意對湯姆示威的一種舉動，令他非常難受。想不到，席德手一滑，糖罐掉到地上摔碎了。湯姆高興得要命，但他嘴上一言不發，心想等姨媽回來，問起這是誰闖的禍時再開口。看那個「乖孩子」吃苦頭，真是最大快人心的事。當老太太走進來，望見地上破碎的罐子，眼鏡上頓時射出憤怒的火花，湯姆這時真是得意到了極點，他正心想：「有好戲看了！」沒想到自己反而被打倒在地上！當那隻有力的巴掌舉起來，準備再次打他時，湯姆忍不住大叫：

「住手啊，妳為什麼這樣打我？是席德打碎了糖罐！」

波麗姨媽停下手，愣了一會兒，湯姆以為她會說些好話哄他。但她只說道：

「唉！我覺得你挨打也活該。剛才我不在的時候，你一定又做了些淘氣的事。」

接著，她受到了良心的譴責，想講幾句安撫的話；但又覺得這麼一來，就會被認為她在承認錯誤，這是絕對行不通的。於是，她一聲不吭地忙碌起來，心亂如麻。湯姆坐在角落生著悶氣，心裡越想越難受。他知道姨媽正在心裡尋求他的諒解，因此儘管悶悶不樂，仍感到有些滿足。他不肯主動求和，對其他的表示也不肯理睬。他知道有兩道渴望的目光透過淚水不時落在他身上，但他偏不肯表示他已經明白。他想像自己躺在病床上，快要死了，他的姨媽俯身看著他，求他講一兩句饒恕她的話，但他轉過臉去朝著牆，沒有原諒她就死去了。啊！那樣她會有什麼感想呢？他又想像自己淹死了，被人從河裡撈起抬回家，頭上的捲髮濕透了，他那傷透了的心得到了安息。她會多麼傷心地撲到他身上，眼淚如雨點般落下來，嘴裡不停祈求上帝把她的孩子還給她，保證永遠不再虐待他了！但是，他卻躺在那裡，渾身冰涼、臉色慘白、一動也不動——一個可憐的人，一個受苦的人，終於擺脫了一切煩惱。他越想越傷心，為了不讓嗓子哽咽住，只好把淚水往肚裡吞。他的眼睛被淚水矇住了，只要眼睛一眨，淚水就會流出來，順著鼻尖往下掉。他從這種悲傷中獲得了無限的安慰和快感，要是這時有什麼庸俗的愉快或是無聊的歡樂來擾亂他的心境的話，他絕對無法忍受；因為他這種快慰是神聖的，不該遭到玷汙。所以，當不久之後他的表姐瑪莉手舞足蹈地跑進來時，他馬上就避開了她。她去鄉下作客，只住了一禮拜，卻彷彿隔了三年；如今她又看到自己的家，真是高興極了。但就在她唱著歌，愉快地從一扇門走進來時，湯姆卻站起身來，從另一扇門溜出去了。

他避開平常孩子們玩耍的地方，尋找適合他此刻心境的僻靜地方。河裡的一條木筏吸引了他，於是，他就在木筏的外緣坐下，凝視著那單調、廣闊的河水，同時又希望自己不要經過老天安排的那番痛苦的過程，不知不覺地淹死。接著，他又想起了他的花。他把花拿出來，它已經揉皺了、枯萎了，這更增加了他淒涼而幸福的心情。他不知道，要是她得知此事，會不會同情他。她會哭嗎？會抱住他的脖子安慰他嗎？還是會像這個乏味的世界一樣，冷漠地掉頭離去呢？這種想像帶給湯姆一種苦中帶甜的感受，於是，他在腦海裡一遍又一遍地重複著這種幻想，直到索然無味為止。最後，他終於嘆息著站起來，在黑暗中離去。

大約在九點半或十點左右，他沿著那條沒有行人的大街走著，來到他那位不知名的情人住的地方。他停下來，豎起耳朵聽了一會兒，卻什麼也沒聽到。二樓窗戶的窗簾映出昏暗的燭光。那位聖潔的女孩在那兒嗎？他爬過柵欄，穿過花草，悄悄地走到窗戶下，接著抬起頭來，滿懷深情地望著窗子良久。然後，他仰臥在窗戶下，雙手合在胸前，捧著那朵可憐的、枯萎了的花。他情願就這樣死去——在這冷酷無情的世上，當死神降臨的時候，他這無家可歸的人頭上沒有一絲遮蓋、沒有親友的手來抹去他額頭上臨死的汗珠，也沒有慈愛的面孔貼近他來表示惋惜。就這樣，當她早晨心情愉快地推開窗戶向外看時，一定會看見他的。哦！她會不會對他那可憐的、沒有氣息的身體落下一小滴淚珠呢？看見一位前途無量的年輕生命被這樣無情地摧殘、過早地夭折，她會輕輕地長嘆一聲嗎？

窗簾捲了起來，一個女僕的說話聲打破了神聖的寧靜，隨即是一股洪水「嘩」地一聲潑下來，把這位躺在地上的殉情者的遺體澆得濕透！

這位被水潑得透不過氣來的英雄從地上爬起來，擤了擤鼻子，感覺舒服了些。隨後，只見有個東西混雜著一聲輕微的咒罵聲，咻地一聲在空中劃過，接下來就聽到一陣打碎玻璃的聲音；之後，一個小小的、模糊的人影翻過柵欄，在朦朧的夜色中飛快地跑掉了。

不久以後，湯姆脫光衣服上床睡覺。當他藉著蠟燭的光亮檢查濕透的衣服時，席德醒了，他正想幸災樂禍，說出幾句俏皮話時，又忽然改變了主意，沒有出聲——因為他看見湯姆目露凶光。

湯姆連睡前禱告也沒做就上床了。席德卻在心裡記下湯姆偷了一次懶。

第四章

太陽升起來，照在寧靜的世界上，靜謐的村莊彷彿沐浴在聖光之中。早飯過後，波麗姨媽做了禱告，開頭的一篇禱告詞完全引用自聖經，並摻雜了一點新意；兩者勉強地被融合在一起，就像她從西奈山頂宣佈了「摩西律」中嚴酷的一段。

然後，湯姆彷彿振作了精神，一本正經地開始背誦起聖經。席德幾天前就把他該背的段落背熟了。湯姆花費了所有精力，全神貫注地背著五段經文。他選擇的是耶穌《登山寶訓》的一部分，因為那是全文中最短的一段。過了快半小時後，他對經文內容已有了一個模糊的印象。但也僅此而已，因為他早已心不在焉，胡思亂想，兩手不停玩著一些無關緊要的把戲。瑪莉拿著他的書，要聽他背誦，他就竭力地絞盡腦汁往下背道：

「虛心的人——呃——呃——」

「有——」

「對——有福，虛心的人有福了——呃——呃——」

「天國——」

「因為天國是他們的；哀慟的人有福了——他們——」

「因為他們——」

「因為他們必——必——他們——」

「必——」

「因為他們——呃——」

「必——」

「因為他們必——啊！下面我記不得了！」

「必得——」

「噢！必得！因為他們必得——因為他們必得——呃——呃——必得哀慟——呃——呃——被保佑的是那些將要——那些將要——呃——那些將要哀慟的人，因為他們將要——呃——將要什麼？瑪莉，為什麼不提示我？——妳幹嘛這麼小氣？」

「哦！湯姆，你這個可憐的小笨蛋。我可不是在開玩笑，我不想逗你，你必須拿回去重背。湯姆，別灰心，你會背起來的——如果你背熟了，我會給你一些好玩的東西。哎，對了，這才是好孩子。」

「好吧！給我什麼？瑪莉，告訴我是什麼好玩的東西。」

「你用不著問，湯姆，我說好玩的東西，就是好玩的東西。」

「妳可得說話算話呀！瑪莉。好吧，我就再去好好地背一背。」

後來他真的「好好地背」了——在好奇心和獎品的雙重驅使下，他打起精神學習了一陣子，最後居然獲得了輝煌的勝利。瑪莉給了他一把價值一毛兩分半的嶄新「巴洛牌」小刀，他欣喜若狂，手舞足蹈。說真的，這把刀切不了任何東西，但它是貨真價實的「巴洛牌」，這意味著一種極大的榮耀——儘管西部的孩子們認為這種刀也有可能被仿冒，損害它的商譽。這個謎令人印象深刻，也許永遠都是如此。湯姆拿著這把刀在碗櫥上亂刻了一陣，正準備對衣櫃下手的時候，卻被叫去換衣服，準備上主日學校。

瑪莉遞給他一盆水和一塊肥皂，於是他走到門外，把臉盆放在一張小凳子上，然後用肥皂沾了點水，又把它放下。他捲起袖子，把水輕輕潑在地上，轉身走進廚房，用門後的一條毛巾用力擦著臉。可是，瑪莉拿開毛巾，說道：

「嘿！你不害臊嗎？湯姆，你別再這樣調皮了。水不會傷害你的。」

湯姆有點尷尬。臉盆重新盛滿了水，這一回，他俯身在臉盆旁站了一會，終於下定決心，深深吸了一口氣，開始洗臉。不久，他走進廚房，閉著眼睛伸手去摸那條毛巾，臉上的肥皂水不斷往下流，算是他確實洗過臉的證明。可是，當他拿開毛巾時，那張臉還是無法讓人滿意；因為洗乾淨的地方只有兩頰和下巴，看起來就像一張假面具。在下巴以下和臉頰兩旁還有很大一片沒有沾到水，髒兮兮的，從脖子一直往下、往後延伸。瑪莉把他拉過來，再次幫他梳洗，這才讓他看起來才像個堂堂男子漢，臉上不再是白一塊黑一塊了，濕透的頭髮也梳得整整齊齊，一頭短捲髮弄成了好看的對稱髮型。（他曾費了很大的力氣，偷偷把滿頭的捲髮按住，緊緊貼在頭上，因為他認為捲髮缺乏男子氣概，並為自己天生的捲髮感到懊惱。）後來，瑪莉把他的一套衣服拿出來，這套衣服已穿了兩年，只有禮拜日穿——索性就稱為「那套衣服」——由此我們可以知道他全部的衣服共有多少。他穿好之後，表姐又替他「整理」了一番；她把他那件整潔外衣的扣子一一扣上，一直扣到最後一顆，又把他寬大的襯衫領子往下一翻，搭在兩肩上，再把他刷得乾乾淨淨，戴上他那頂有斑點的草帽。這下子他變得漂亮極了，也不舒服極了——他看上去一點也不舒服，因為穿上衣服還要保持整潔，對他而言是種拘束，讓他煩躁不已。他希望瑪莉別叫他穿鞋子，但這希望落了空。她按照當時的習慣，先在鞋上抹了一層蠟油，然後拿了出來。他不禁發起脾氣，埋怨別人老是強迫他做他不想做的事，可是，瑪莉卻勸他：

「湯姆——這才是個好孩子呀！」

於是，湯姆一邊大吼大叫，一邊穿上了那雙鞋。瑪莉也很快作好了準備，三個孩子便一起動身去主日學校——那是湯姆最痛恨的地方，但席德和瑪莉卻非常喜歡那裡。

主日學校的課從九點上到十點半，之後就是做禮拜。他們三個之中有兩個總是自願留下來聽牧師講道，另一個由於更重要的原因，每次也都會留下來。教堂裡的座位椅背很高，沒有墊子，一共可坐三百人；教堂是一座簡陋、規模不大的建築，屋頂上放了一個用松木板做的、像盒子般的裝置，當作尖塔。在門口，湯姆故意放慢腳步，跟一個穿著禮拜天服裝的同伴打了招呼：

「喂，比利，你有黃票嗎？」

「有啊。」

「你要什麼東西才肯換呢？」

「你打算用什麼換？」

「一塊糖和一個釣魚鉤。」

「東西呢？」

湯姆拿出來給他看。比利對這兩樣東西很滿意，於是交易成立。接著，湯姆用兩個白石頭換了三張紅票，又用其他一些小玩意換了兩張藍票。當其他的孩子走過來時，湯姆又攔住他們，繼續收購各種顏色的票。就這樣交易了十幾分鐘，湯姆才和一群穿著整齊、吵吵嚷嚷的孩子一起走進教堂。他走到自己的座位上，和一個離他最近的男孩爭吵起來。他們的老師是位表情嚴肅、上了年紀的人，他叫兩人別吵鬧，然後就轉過身去了。湯姆又瞄了另一張板凳上一個男孩的頭髮，當那男孩轉過頭時，他卻全神貫注地在看書。接著，為了要聽另一個男孩叫一聲「哎唷！」他用一枚別針戳了他一下，結果被老師臭罵了一頓。湯姆的這個班級全是一副德性——吵吵鬧鬧，四處搗蛋，一刻也不停。他們一起背誦經文時，沒有一個能完整記住的，都必須不斷給予提示才行；然而，他們還是勉強過關了，而且都得到獎品——藍色的小紙票，每張票上都印有一段聖經的話。要背兩段經文才能得到這樣一張藍票。十張藍票等於一張紅票，也可以互換；十張紅票又可以換一張黃票；如果集滿十張黃票，校長就會獎勵這個學生一本精裝的聖經（在那個年代只值四毛錢）。我親愛的讀者們之中，有多少人願意這麼用功去背上兩千段經文，以換取一本多雷版的聖經呢？然而瑪莉卻用這種方法得到了兩本——那可是耐心學習兩年的報酬——還有一個德國血統的男孩得了四、五本，他曾一口氣背誦了三千段經文；但由於過度用腦，之後幾乎成了一個白痴——這是主日學校的一大悲劇，因為每逢重要的場合，校長總是叫這個男孩出來，在許多來賓面前（據湯姆的講法）露一手。只有那些年齡大的學生才堅持用功，努力收集票卡，好獲取一本聖經。所以，每次頒發這種獎品都是件稀罕而轟動的大事。得獎的同學在當時顯得那麼偉大、光榮，以至於每個在場的學生心裡都燃起了野心，這種野心往往會持續一兩週之久。湯姆的內心或許從未渴望過這種獎品；不過，毫無疑問，那幾天之中他會一心渴望得到伴隨這種獎勵的光彩和榮譽。

時間到了，校長瓦爾特先生在佈道台前站了起來，手裡拿著一本闔上的聖詩，食指夾在書頁中間，要大家安靜聽他講道。主日學校的校長開始他那簡短的開場白時，手中總少不了一本聖詩，就好比歌手參加音樂會，站在舞台上開始獨唱的時候，手中也少不了一本樂譜一樣——雖然沒人知道為什麼要這樣。因為無論聖詩也好，樂譜也好，在台上的那個人從來不會用得上它們。校長是個三十五歲的瘦子，留著沙灘色的山羊鬍和沙灘色的短髮；他穿著一副硬挺的衣領，領邊幾乎頂到耳際，兩個尖尖的領角順著脖子彎過來，與他的嘴角齊高，就像一堵圍牆似的，逼得他只能往前看，每當他想看旁邊時，就必須轉過全身。他的下巴托在一條寬大的領結上，那領結就像一張支票般又寬又長，周圍還帶有花邊。他的靴子頭尖尖地向上翹著，這在當時非常時髦，就像雪橇下面翹起來的滑刀一樣——這種樣式是年輕人耐心地、吃力地一連幾個鐘頭坐著，把腳趾拚命頂著牆的結果。瓦爾特先生的態度非常莊重，心地虔誠而誠實。他對宗教的一切充滿敬意，把它們與世俗的事分得清清楚楚；因此儘管本人沒有意識到，但他在主日學校講話時總是使用一種特別的語調，這種語調在平常是絕對聽不到的。他用這種語調開始說道：

「孩子們，現在，我要你們都盡量端正地坐好，注意聽我講一兩分鐘的話。對——做得好，好孩子就該這麼做。我看見一個小女孩在看窗外——我想她一定認為我在外面的某個地方——也許以為我在對樹上的小鳥演講吧？（一陣嘻嘻哈哈的喝采。）我想告訴你們，看到這麼多聰明、乾淨的小臉蛋聚集在這個地方，聽話、學習，我心裡有多麼高興——」諸如此類的話，下面的內容我就不必一一寫下了，反正是些千篇一律的道理。瓦爾特先生的演說進行到最後三分之一時受到了一些干擾，因為一些壞孩子又在興風作浪，所有人都竊竊私語，連瑪莉和席德這樣屹立不搖的「棟樑」也受到了衝擊。隨後，瓦爾特先生的聲音突然中斷。課堂裡的一切吵鬧聲也隨之停止，大家突然靜下來，以表達對演說結束的感激之情。

剛才那陣竊竊私語主要是來自一件稀奇的事情——來了幾位訪客：有柴契爾律師，他由一個非常衰弱的老人陪伴；一位文雅、肥胖、滿頭灰髮的中年紳士；還有一位貴婦人，她無疑是那位紳士的太太。這位夫人手裡還牽著一個小孩。湯姆心裡一直很不安，心裡充滿了煩惱和憂愁，還有良心的譴責——他不敢正視艾美．羅倫斯的眼睛，她那含情的注視簡直令他受不了；可是當他看見這位新來的小女孩，他的心裡立刻燃起了幸福之火。他開始拚命地賣弄——打別人耳光、抓頭髮，做鬼臉——總之，凡是可能引起女孩注意、博取她歡心和讚賞的把戲，他全都做了。想到在這個小天使家中的花園受到那種不禮貌的待遇，他高興的心情頓時涼了一截；不過這就像沙灘上的足跡一樣短暫，被幸福的浪潮一沖，就消失得一乾二淨。

幾位訪客被請到最上席就座。瓦爾特先生剛結束講話，就向全校師生介紹了這幾位貴賓。那位中年人原來是個不凡的大人物——竟是郡裡的法官。他是這些孩子們見過最有威嚴的人物，他們很想知道他是做什麼的；他們一來想聽他吼叫兩聲，一來又害怕他吼叫。他是十二哩外的君士坦丁堡鎮人，因此他是出過遠門、見過世面的人物。他那雙眼睛曾見過郡上的法庭——據說那棟房子的屋頂是用錫皮做的。想到這裡，眾人不禁感到畏懼，這從現場那令人難忘的沉默和一排排瞪大的眼睛可以看得出來。這就是了不起的柴契爾大法官，是他們鎮上律師的哥哥。傑夫．柴契爾立即走上前，和這位大人物親近，真讓全校師生羨慕、嫉妒。聽到大家竊竊私語，他就像聽見音樂一樣愉快。

「吉姆，你看！他上講台了。嘿——瞧！他要跟他握手啦——他真的跟他握手了！哎呀，你難道不希望自己就是傑夫嗎？」

瓦爾特先生大出「風頭」。他一副長官的架式，到處發號施令、表示意見、給予指教，忙得不亦樂乎。只要被他發現目標，就免不了嘮叨幾句。圖書管理員也「賣弄」了一番——他手裡抱著許多書，嘴裡唸唸有詞，到處跑動，忙個不停，展示自己在這小小區域內的權威。年輕的女老師們也「炫耀」了一番——親切地彎下腰，看著那些剛被打過耳光的學生，伸出漂亮的手指警告那些不聽話的孩子，或是和藹可親地拍拍乖孩子。年輕的男老師們也出了一番「風頭」，他們小聲地罵了罵學生，還充分表現了他們的權威和對校規的重視——所有老師們都在佈道台旁的圖書室裡找到可以做的事情，這些事情只要做一次也就夠了，但他們卻反覆做了兩三次，裝出很著急的樣子。小女孩們也用各種方式「賣弄」；男孩子「賣弄」得更是拚命。於是，空中滿是亂飛的紙團，教室裡相互扭打的聲音不絕於耳；尤其是那位坐在台上的大人，面帶莊嚴的微笑，一副高高在上的樣子，環視全場，這種優越感令他陶醉——因為他自己也在「炫耀」啊！

這時候，只差一件事情，就能使瓦爾特先生狂喜到極點，那就是他非常想有一個機會，頒發給某個學生一本聖經，藉此表現一下自己。有幾個學生擁有一些黃票，但沒有一個集滿的——他在幾個明星學生中間轉了一圈，詢問了一番。假如這時能叫那個曾經風光過的德國學生再表演一回，他真情願付出所有的一切。

眼看希望就要落空了，就在這時，湯姆卻走上前來，手裡拿著九張黃票、九張紅票和十張藍票，請求得到一本聖經。這真是晴天霹靂！即使再過十年，瓦爾特先生也不會想到竟是這個孩子提出申請；但他又無法拒絕——票卡是貨真價實的。於是，湯姆有幸與法官和其他幾位貴賓坐在一起。這個重大的消息頓時公諸於眾，這是十年來最令人吃驚的事情，全場大為轟動，把這位新英雄的地位抬高得與法官先生相等——這麼一來，學校的人們瞪大雙眼看的是兩位、而不是一位大人物了。男孩們嫉妒得咬牙切齒，尤其是那些用票卡跟湯姆交換刷牆特權，把這一榮譽拱手讓給他的孩子們。為了湯姆那些寶貝玩意，他們把自己的票給了湯姆，幫了他一個大忙，讓他獲得了這種令人氣憤的榮譽。如今，他們發現後悔已經晚了，才終於明白他們的對手是個詭計多端的騙子，是一條埋伏在草裡的蛇，而他們卻是上了當的傻瓜，只能羞愧得無地自容。

校長頒獎給湯姆的時候，他盡可能想找出一些讚美表揚的話；但他的話似乎沒有多少是發自內心的，因為他的本能告訴他，這裡頭也許隱藏著某種不光彩的秘密。要是這孩子的腦中真的裝得下兩千段經文，真會讓人笑掉大牙——因為，毫無疑問，十幾段經文就夠他受的了。

艾美．羅倫斯既得意又自豪，她不斷想讓湯姆也看出這點，但湯姆偏偏不朝她這裡看。她不明白這是怎麼回事，不禁有點慌張，又隱隱約約有些懷疑。很快地，疑慮消除了——接著又懷疑起來。她注視了他一會兒，當她看到湯姆偷偷瞄了新來的女孩一眼時，這才恍然大悟。於是她心碎了、嫉妒了，非常惱火，眼淚也流了出來。她恨所有的人，最恨的是湯姆（她心想）。

湯姆被校長介紹給法官先生，但湯姆的舌頭打了結，氣也喘不過來，心怦怦直跳——一半是因為這位大人物的威嚴，一半則因為他是她的父親。如果現在是夜晚，又是在黑暗中，他簡直要向他下跪膜拜了。法官把手放在湯姆頭上，說他是個好孩子，還問他叫什麼名字。他結結巴巴、呼吸困難地回答道：

「湯姆。哦，不對，不是湯姆——應該是——湯瑪斯。」

「喔，這就對了。我想應該還有另一半吧？也許有，這很好。不過，我肯定你還有一個姓，告訴我，好嗎？」

「湯瑪斯，告訴法官先生你姓什麼！」瓦爾特先生趕緊說，「記得稱呼『先生』，你可別忘了禮節呀！」

「湯瑪斯．索耶——先生。」

「這就對了！這才是個好孩子。很不錯的小伙子，不錯，有出息。兩千段的經文可真不少——實在是夠多的。你花了那麼多精力背誦這些經文，一輩子也不會後悔的，因為知識是寶貴的，比世上的一切財富都有價值。有了知識，你就能成為偉人，成為好人。湯瑪斯，將來的某一天，當你回首往事時，你會說：一切都歸功於我兒時上的主日學校——歸功於我親愛的老師們教給我的知識——歸功於我的好校長，他鼓勵我、督促我，還給了我一本漂亮的——漂亮而精美的聖經——讓我永遠保存——這一切多虧了我的老師們教導有方啊！將來你會這麼說的，湯瑪斯。無論別人給你多少錢，你也不會賣掉你腦中的兩千段經文吧？肯定不會。現在，把你學過的內容說給我和這位夫人聽聽，你不會介意吧？不會的，我知道你不會——因為我們非常欣賞有知識的孩子。那麼，不用說，你肯定知道十二門徒的名字。就把耶穌最初選定的兩個門徒的名字告訴我們，好嗎？」

湯姆捏住一個鈕扣，使勁地拉扯，樣子顯得很害羞。他的臉漲得通紅，眼皮也垂了下來。瓦爾特先生的心也隨之一沉。他心想，這個孩子連最簡單的問題也不可能答得出來，為什麼法官偏偏要問他呢？但他又不得不開口，說道：

「湯瑪斯，回答法官先生的問題——不要害怕。」

湯姆仍舊不肯開口。

「好吧，我知道你會跟我說，」那位夫人說，「最初兩個門徒的名字是——」

「大衛和哥利亞……」

這齣戲不能再往下看了，我們還是發發慈悲就此閉幕吧！

第五章

大約十點半的時候，小教堂的破鐘響了起來，大家隨即聚在一起聽上午的佈道。主日學校的孩子們跟著父母坐在教堂裡，便於管教。波麗姨媽來了，湯姆、席德和瑪莉在她身旁坐下來。湯姆被安排到靠近走道的位子，為的是盡可能和敞開的窗戶及外頭誘人的夏日景物離得遠一些。人們簇擁著沿著走道往內走：有上了年紀的貧苦郵政局長，他曾經有過風光的日子；有鎮長和他的太太——這地方竟然還有個鎮長，就像許多沒必要的擺設一樣；有治安法官；有道格拉斯寡婦，她四十多歲，長得嬌小而美麗，為人寬厚、慷慨而善良，生活還算富裕，她山上的住宅是鎮上唯一漂亮講究的建築，每逢節日，她可是聖彼德堡鎮的人們引以為傲的最熱情好客、樂善好施的人。有駝背的、德高望重的瓦德少校和他的夫人；還有里維森律師，一位遠道而來的貴客；再來就是鎮上的大美人，後面跟著一大群穿細麻布衣服、綁著緞帶、令人得相思病的年輕小姐。跟在她們後面的是鎮上所有年輕的店員和職員，他們一湧而入——這是一群瘋狂的愛慕者，起初都站在門廊裡，吸著自己的手指頭，圍起來像一道牆似的，直到最後一位小姐走出他們的圈子。最後進來的一位是村裡的模範男孩威利·莫夫森，他把母親照顧得無微不至，彷彿她是件易碎的玻璃藝術品一般。他總是領著她來教堂，讓在場所有母親都讚不絕口，卻受到男孩們的憎恨——因為他太乖巧、聽話，而且常受到誇獎，令他們覺得難堪。他白色的手帕垂掛在屁股口袋的外面，禮拜日也不例外。湯姆沒有手帕，他鄙視那些有手帕的孩子們，把他們視為裝模作樣的勢利小人。

與會的人到齊後，大鐘又響了一遍，為的是提醒那些遲到的和在外頭遊蕩的人。教堂裡一片寂靜，顯得十分莊嚴，只有一旁的唱詩班裡有些低聲嘻笑和說話的聲音，打破了這種寂靜，而且自始至終一直竊竊私語。我曾見過一個紀律更好的唱詩班，但我忘記是在什麼地方了。那是許多年以前的事，我幾乎沒有任何印象了，不過，我想大概是在國外吧！

牧師把大家要唱的頌歌歌詞拿了出來，津津有味地唸了一遍，他那特別的腔調在那地區是受人歡迎的。他的聲音先由中音部開始，逐漸升高，一直升到最高音的一個字，強調了一下，然後又像從跳板上跳下來一樣，驟然降低：

為獲功勳，別人正在沙場浴血奮戰，
我豈能安睡花床，夢想進天堂？

大家一致認為他的朗誦很精彩、美妙。在教堂的「聯誼會」上，他經常被請來為大家朗誦詩文。每當他唸完之後，女士們都會舉起雙手，然後軟綿綿地落下來，放在膝上，一面轉動著眼睛，一面搖頭，彷彿在說：「這簡直是言語無法形容的，太美了！這樣動聽的聲音，在這人世間實在太難得了。」

唱完頌歌之後，牧師史普拉格先生化身成一塊告示牌，開始宣佈一些集會和團體的通知事項。他說個沒完，似乎要一直講到世界末日才會停止——這是一種很奇怪的習慣，至今在美國還保留著，甚至在當今新聞報紙很多的城市裡還是沒有改掉。通常來說，傳統習俗越是沒有存在的理由，越是難以消除。

接著，牧師開始做禱告了。這是一篇很好的、內容豐富的禱告詞，面面俱到。它為教堂和裡頭的孩子祈禱，為全郡的人祈福，為漂泊在狂風暴雨的海洋上的可憐水手們祈福，為被迫在歐洲君主制度和東方專制暴政下呻吟著的數萬生靈祈福，為那些有了救世主的光和福音卻視若無睹、充耳不聞的人祈福，為遠處海島上的那些異教徒祈福。最後，牧師祈求天主恩准他的請求，希望他的話能像播種在肥沃土壤裡的種子一樣開花結果，造福世人。阿門。

人們在一片衣服的摩擦聲中坐了下來。這本書的主角並不欣賞這篇禱告詞，只是在忍耐——能忍耐就算不錯了。他在祈禱過程中一直不安份，雖然記下禱告詞的詳細內容，但那只是無意識的行為——因為他沒有聽，僅僅是熟悉牧師慣用的老調與陳詞罷了。每當禱告詞裡加了一點新的內容，他的耳朵立刻就能辨別出來，而且渾身上下都不舒服。他認為加進去的太不合適，也不光明正大，簡直是無賴的行徑。當祈禱做到一半時，有一隻蒼蠅落在他前方的椅背上，它悠然自得地搓著腿，伸出手腳抱住頭，用力地擦著腦袋——它的頭幾乎要與身體分離，脖子細得像根線，露出來看得清清楚楚；它又用後腿撥弄翅膀，把翅膀朝身上拉平，彷彿翅膀是一件禮服的後擺；它自在逍遙地做著一系列梳妝打扮的動作，似乎明白自己是絕對安全的。這隻蒼蠅的悠閒讓湯姆難受極了，它的確很安全，因為當湯姆兩手發癢，慢慢地移過去想抓它時，又停住了，他不敢——他相信在禱告時做這種事情，他的靈魂立刻就會被毀滅。可是，當禱告講到最後一句時，他弓著手背悄悄向蒼蠅靠過去，「阿門」剛說完，蒼蠅就成了階下囚。他的姨媽發現後叫他把蒼蠅放掉了。

牧師宣布了佈道詞引用的聖經章節，接著就單調乏味地開始講道，如此平淡、囉嗦，以至於有許多人漸漸低下頭打盹——他在佈道中提到地獄裡各式各樣的刑罰，讓人不禁感覺有資格上天堂的人真是微乎其微。湯姆計算著禱告詞的頁數，做完禮拜後他總能說出牧師提到經文的頁數，至於內容，他幾乎不知道；然而這一次卻不同——他對內容開始感興趣了。牧師描繪了一幅美麗動人的畫面：有一千年的太平盛世，全世界各族的人民齊聚一堂，獅子和羔羊躺在一塊，由一個孩子領著牠們。可是這偉大的場面一點也沒有感動湯姆，他關注的是裡頭的人物在成千上萬的人面前顯露出的惹人注目的神氣。想到這裡，他的臉上露出喜色，並暗自心想：假如那是頭溫馴、不會吃人的獅子的話，他很樂意成為那個孩子。

當牧師繼續枯燥乏味地講道時，湯姆重新陷入了痛苦之中。他很快想起了他的一個寶貝玩意，趕緊把它拿出來。那是一隻下巴長得可怕的大黑甲蟲——他稱它「大鉗甲蟲」。這隻甲蟲被裝在放雷管的筒子裡，一被放出來，就朝湯姆的手指咬去。他很自然地彈了一下手指，甲蟲立刻滾到走道裡，四腳朝天，無奈地踢著它的幾條腿。湯姆把被咬痛的手指放到嘴裡，眼睜睜地看著「大鉗甲蟲」，想把它抓回來，但怎麼也搆不到。其他的人對牧師的佈道也不感興趣，就拿這隻甲蟲來解悶，他們也盯著它看。

這時，一隻獅子狗懶洋洋地走過來，心情鬱悶，在安閒的夏日裡顯得慵懶無力。牠在屋裡待膩了，想出來換換環境。牠一眼發現了這隻甲蟲，垂著的尾巴立即豎起來，晃動著。接著牠審視了一下這個俘虜，圍著它轉了一圈，遠遠地聞了聞，又圍著它走了一圈，膽子漸漸大了起來，靠近點又聞了聞。牠張開嘴，小心翼翼地想把它咬住，可是沒有得逞。於是牠試了一次又一次，漸漸地樂在其中，便把肚子貼著地，用雙腳把甲蟲擋在中間，繼續捉弄它。最後牠終於厭煩了，下巴一點一點往下低，剛一碰到牠的對手就被咬住了。獅子狗尖叫一聲，猛然搖了一下頭，於是甲蟲被牠摔出了一兩碼，再度四腳朝天。鄰座的觀眾心裡感到一股輕鬆的愉快，笑了起來，有些人用扇子和手帕遮住了臉。湯姆簡直高興極了。

那隻狗看起來傻乎乎的，也許牠自己也覺得如此吧！但牠懷恨在心，決心報復。於是，牠又走近甲蟲，小心翼翼地再次朝它進攻。牠圍著它轉，一有機會就撲上去，前爪離甲蟲還不到一呎遠，又靠上去用牙齒咬它。牠忙得不停點頭，耳朵也上下顫動著。可是，過了一會兒，牠又厭煩了。牠本想拿隻蒼蠅找樂子，可是仍然不能解悶；然後，牠把鼻子貼著地面，跟著一隻螞蟻走，不久又打了呵欠，嘆了口氣，把那隻甲蟲忘得一乾二淨，一屁股坐在它上面。於是，人們聽見這隻狗痛苦地尖叫起來，在走道上飛快地奔跑著。牠不斷地狂吠、奔跑，從聖壇前面跑過去，來到另一邊的走道上，接著又從大門跑出去，跑到門邊的最後一段走道。牠越往前跑，越是痛得難受，後來簡直成了一團毛茸茸的彗星，閃著光亮，以光一般的速度在軌道上運行著。最後這隻痛得發瘋的獅子狗衝出了跑道，跳到主人懷裡；主人一把抓住牠，把牠扔到窗戶外，痛苦的叫聲很快降下來，最後消失在遠處。

這時，教堂裡的所有人都因竭力憋笑而滿臉通紅，喘不過氣來。佈道聲中斷了，現場一片寂靜。接著牧師又開始講道，變得猶豫不決且怪聲怪調，再想引起聽眾的注意是不可能了，因為即使講道內容很嚴肅，後方座位仍不時發出一陣失禮的笑聲，彷彿這個可憐人剛說了什麼可笑的事情。等人們終於結束了這場災難，接受牧師祝福的時候，全場都感到一陣解脫。

湯姆心情愉快地回了家。他心想，在做禮拜時加上一點花樣還挺有趣的。美中不足的是，他允許那隻狗和大鉗甲蟲玩耍，但牠竟帶著甲蟲跑了，這未免太不夠朋友了。

第六章

禮拜一早晨，湯姆感到很難受，這個時間湯姆一向很難受——因為又一個漫長而難熬的禮拜開始了。他在這一天總是心想：要是沒有禮拜日夾在中間就好了！過完禮拜日，他覺得去學校就如同去坐牢、受罪，這使他感到相當厭惡。

湯姆躺在床上想著，突然靈機一動。他希望自己生病，這樣他就能待在家裡不去上學了。這倒是有可能。他把自己全身上下仔細檢查了一遍，沒有發現什麼毛病；他又檢查了一番，以為可以找出肚子痛的理由，並且滿心希望真的痛起來。可是他很快就放棄了——根本沒有一點疼痛的跡象。於是他又動起腦筋。

突然間，他發現目標了：他的上排門牙有一顆鬆動了。真是太幸運了！他正打算開始呻吟——他說這叫做「開場白」——這時猛然想起：要是他提出這個藉口的話，他姨媽就會當真把這顆牙拔出來，那反而得不償失！因此他決定暫時留著這顆牙，再找別的毛病。

他找了一段時間，什麼毛病也沒有找到。後來他想起曾聽醫生說過，有一種病能讓病人躺兩三個禮拜，而且有可能會爛掉一根手指頭。於是他急忙把那隻腫痛的腳趾從被窩裡搬出來，舉起來仔細察看。他不清楚那種病有什麼症狀，但無論如何，總是值得一試。於是他煞有其事地開始呻吟起來。

席德仍然熟睡著，一點反應也沒有。湯姆呻吟得更大聲了，而且感到他的腳真的痛了起來。

席德還是無動於衷。

湯姆因為呻吟得太用力，累得氣喘吁吁。他停了一會兒，重新鼓足氣力，發出一連串絕妙的呻吟聲。

席德還在酣睡。

湯姆冒火了，喊道：「席德！席德！」一邊用力搖他。這一招果然奏效，於是他又開始呻吟起來。席德打著呵欠，伸伸懶腰，用手臂撐起身子時又擤了一下鼻子，然後瞪大雙眼看著湯姆。他還在大叫，席德就問：

「湯姆！喂，湯姆！」湯姆沒回答，「怎麼啦？湯姆，湯姆！你怎麼啦？湯姆！」他推了推湯姆，焦急地看著他的臉。

湯姆呻吟著說：「啊，席德，不要這樣，不要推我。」

「喂！湯姆，你怎麼啦？我去叫姨媽來。」

「不——沒關係，這也許會慢慢好的，不用叫任何人來。」

「我一定要去！不要再這樣大叫了，太可怕了。你這樣難過多久了？」

「好幾個小時了，哎唷！席德，不要推我，你想要我的命嗎！」

「湯姆，你為什麼不早點叫醒我？哦，湯姆，不要叫了！聽你這麼叫讓我全身都起雞皮疙瘩了。湯姆，哪裡不舒服？」

「席德，我什麼都原諒你，」他繼續呻吟，「你對我做的一切事情我都不怪你。我死了以後……」

「喔！湯姆，你不會死的！別這樣，湯姆——啊！別這樣。也許——」

「席德，我原諒所有的人，」他又呻吟，「席德，請你轉告他們吧！席德，你把我那個窗框和那隻獨眼小貓送給那個新搬來的女孩吧，對她說……」

可是席德早已抓起衣服跑出去了。這時湯姆真正開始感到難受了，想不到想像力竟有這麼大的作用，於是他的呻吟聲又裝得更像了。

席德飛快地跑下樓，邊跑邊喊：「波麗姨媽，快來呀！湯姆要死了！」

「要死了？」

「是的，姨媽！來不及了，快上來！」

「胡說！我不相信！」

但她還是趕快跑上樓去，席德和瑪莉緊跟在後。這時她臉色白了，嘴唇不停顫抖。來到床邊後，她喘著氣問道：

「喂！湯姆！湯姆！你哪裡不舒服啊？」

「哦，姨媽，我……」

「你哪裡不舒服——孩子，你到底怎麼啦？」

「哦，姨媽，我那隻腫痛的腳趾頭發炎了！」

老太太一屁股坐在椅子上，笑了一會，又哭了一場，然後又哭又笑的。等她終於恢復了冷靜，便說：「湯姆，你真的把我嚇壞了。好了，閉上嘴巴，別再胡說八道了，快起床吧。」

呻吟聲停了，腳趾的疼痛也立刻消失了。湯姆覺得有點難為情，於是說：

「波麗姨媽，腳趾頭看起來真的像發炎了，痛得我把牙齒的事忘得一乾二淨。」

「你的牙齒？真是怪事！牙齒又怎麼啦？」

「有一顆牙鬆動了，而且確實痛得難受。」

「好了，好了，你別再大叫了。張開嘴巴——沒錯，你的一顆牙齒真的鬆動了，不過你絕對不會痛死的。瑪莉，拿根絲線給我，再到廚房去弄塊燒紅的木炭來。」

湯姆說：

「啊！姨媽，請妳手下留情。現在牙不痛了，就算再痛我也不叫了。姨媽，請妳別拔啦！我不想待在家裡蹺課了。」

「哦，你不蹺課了，是嗎？原來你這樣大吵大鬧，為的就是待在家裡，不去上學跑去釣魚呀？湯姆呀，湯姆！我這麼愛你，可是你卻盡耍些花招來氣我，想斷送我這條老命呀！」這時，拔牙的準備已經作好了。老太太把絲線的一頭打了活結，牢牢地繫在湯姆的牙上，另一頭繫在床柱上。接著，她拿起那塊燒紅的炭，猛地朝湯姆伸過去，差點碰到他的臉。結果，那顆牙就晃來晃去吊在床柱上了。

不過，有失必有得。當湯姆吃完早飯去上學的時候，在路上遇到的每個孩子都羨慕他，因為他上排牙齒的缺口讓他能用一種新的方法吐口水。一大群孩子跟在他後面，對他的這種表演很感興趣。有一個割破手指的孩子，大家一向敬佩他、圍著他轉，現在忽然沒有人追隨他了，讓他心情十分沉重；但他卻鄙夷地說，像湯姆那樣吐口水沒什麼稀罕的，即使他心裡並不這麼想。另一個孩子立刻罵他：「酸葡萄！」於是他成了一位落荒而逃的英雄。

不久後，湯姆遇到了村裡的壞孩子哈克貝利·芬，他是鎮上一個酒鬼的兒子。全鎮所有的母親都對哈克貝利深惡痛絕，而又十分畏懼——他遊手好閒、無法無天，而且既下流又沒教養——再加上偏偏所有的孩子都羨慕他。雖然大人們不允許他們跟他往來，他們卻喜歡跟他玩耍，還希望自己也學他那樣。和許多體面的孩子一樣，湯姆很羨慕哈克貝利那種逍遙自在的流浪兒生活，但也被嚴厲地警告過：不准和他玩。所以，每當湯姆有機會，就和他混在一起。

哈克貝利經常穿著大人們丟棄不要的舊衣服，衣服上滿是破洞、補丁。他的帽子又大又破，邊緣有一塊月牙形的帽檐低垂著。要是他穿著外套的話，那外套就幾乎拖到他的腳後跟。背後兩排扣子一直扣到屁股，褲子卻只有一根吊帶，褲襠像個空空的口袋般垂得很低。褲管沒有捲起的時候，磨花了邊的下半截就在泥土裡拖來拖去。

哈克貝利的行動很自由，全憑自己高興。天氣晴朗的時候，他就睡在家門口的台階上；下雨時，就睡到大木桶裡。他不用上學，也不用做禮拜，不用叫誰老師，也不用服從誰；他可以隨時隨地去釣魚、游泳，而且想待多久就待多久；他打架也沒有人管；晚上他高興什麼時候回家都可以；春天他總是第一個光著腳，到了秋天卻是最後一個穿上鞋；他從來不用洗臉，也不用穿乾淨衣服；他可以隨便罵人，而且十分拿手——總之，一切充分享受生活的權利，這孩子全都有了。聖彼德堡鎮那些受壓迫、受拘束的體面孩子們個個都是這麼想的。

湯姆向這個浪漫的流浪兒打招呼道：

「你好啊！哈克貝利。」

「你也好。喜歡這玩意兒吧？」

「你弄到了什麼寶貝？」

「一隻死貓。」

「哈克，讓我瞧瞧。嘿！這傢伙倒是硬梆梆的，你從哪裡弄來的？」

「從一個孩子那裡買來的。」

「用什麼換的？」

「我給他一張藍票和一隻從屠宰廠那裡弄來的動物膀胱。」

「你的藍票是從哪裡弄來的？」

「兩禮拜前用一根推鐵環的棍子跟班．羅傑換的。」

「我說，哈克——死貓有什麼用？」

「有什麼用？可以治疣子。」

「不會吧？能治嗎？我知道有個更好的藥方。」

「我敢打賭你不知道。什麼藥方？」

「不就是神水嗎。」（註：從腐朽的樹幹中收集的雨水。）

「神水？我看神水一文不值！」

「你說一文不值，是嗎？你試過嗎？」

「沒試過，但是鮑伯．唐納試過。」

「你怎麼知道？」

「噢！他告訴傑夫．柴契爾，傑夫又告訴強尼．貝克，強尼又告訴吉姆．荷利斯，吉姆又告訴班．羅傑，班又告訴了一個黑人，那黑人又告訴了我。然後我就知道了。」

「夠了，你知道又怎麼樣？他們都在說謊，也許那個黑人例外，我不認識他，不過我也沒見過哪個黑人不說謊的。呸！那麼你說說鮑伯．唐納是怎麼試的吧！」

「噢，他把手伸進一個腐爛的老樹樁裡去沾裡面的雨水。」

「在白天嗎？」

「那還用說。」

「臉朝著樹樁嗎？」

「對呀。至少我是這麼想的。」

「他沒說什麼？」

「我猜沒有，我不清楚。」

「啊！用那麼笨的方法，還敢說什麼神水能治疣子！哎，那根本就行不通。你必須獨自一人到樹林中，找到那個有神水的樹樁。等到午夜時分，你要背對著樹樁，把手塞進去，嘴裡唸出：『麥粒麥粒，還有玉米粉；神水神水，治好這疣子。』唸完之後就閉上眼睛，向前走十一步，然後轉三圈，不要和任何人說話直接回家。如果你一說話，那咒語就不靈了。」

「哼，這聽起來倒像是個好方法。不過鮑伯．唐納不是這樣做的。」

「嘿！可敬的朋友，他當然沒有這樣做，所以他是這個鎮上疣子最多的人。要是他曉得怎麼使用神水，那他身上就一個疣子也不會有。哈克，我已經用那個方法治好了手上無數個疣子。我老愛玩青蛙，所以長出許多疣子。有時我會拿蠶豆來治它們。」

「是的，蠶豆是不錯。我也這樣治過。」

「是嗎？你是怎麼做的？」

「拿一顆蠶豆，掰成兩片，再把疣子弄破，擠出點血來；然後把血塗在其中一片蠶豆上，趁著三更半夜沒有月亮的時候，找個岔路口，挖個坑，把這片蠶豆埋在地下，再把另外半片燒掉。瞧！有血的那片蠶豆不停地吸著，想把另外那一片吸過去，這樣有助於用血去吸疣子，沒過多久，疣子就掉了。」

「對，就是這樣，哈克——就是這樣。當然，你埋蠶豆的時候要說：『埋下蠶豆，消掉疣子，不要再來煩我！』這樣會更好。喬．哈伯就是這麼做的，他幾乎到過康維爾，還有許多別的地方呢！不過話說回來，用死貓要怎麼治疣子呢？」

「哎！你要在半夜拿著死貓去墓地，找個壞蛋的墳墓。一到半夜，魔鬼就會出現，說不定三兩成群；不過你看不見它們，但能聽到它們走路的聲音，或許還能聽到他們的談話。當它們帶那壞蛋去地獄時，你朝它們的背後扔死貓，然後唸道：『鬼跟屍跑，貓跟鬼跑，疣子跟著貓，我和疣子一刀兩斷！』這樣保證什麼疣子都能治好。」

「這聽起來倒是蠻有道理的。哈克，你試過了嗎？」

「沒有。不過霍普金斯老太婆跟我說過。」

「是啊，她也許說過，因為人們說她是個女巫。」

「可不是嗎！湯姆，我知道。她迷惑過我爸爸，這是他親口說的。有一次，他發現她要迷惑他，就撿起一塊大石頭，要不是她躲得快，早就被砸中了。可是就在當天夜裡，他喝醉了酒，躺在一個小木屋的屋頂，不知怎地跌了下來，摔斷了一隻手臂。」

「哎呀，真不幸。他是怎麼知道她要迷惑他的呢？」

「哦！我的上帝，我爸爸一眼就看出來了。他說當她們直直盯著你時，就是要迷惑你。尤其當她們嘴裡還唸著咒語時——她們把聖經的禱文倒著唸。」

「嘿，我說哈克，你打算什麼時候去嘗試用死貓治疣子？」

「今天夜裡。我猜魔鬼今天會去找霍斯．威廉斯這老傢伙。」

「可是他不是禮拜六就被埋葬了嗎？它們那天晚上沒來找他嗎？」

「嘿，瞧你說的！它們的咒語午夜過後怎麼能起作用呢？午夜一過就是禮拜日了。我猜，魔鬼在禮拜日是不怎麼出來遊蕩的。」

「我從來沒有想到這一點。原來是這樣啊！讓我跟你一起去，好嗎？」

「當然好了——只要你不害怕就行。」

「害怕！那還不至於。你來學貓叫好嗎？」

「好。如果我叫了，你也要回應一聲。上一次，你讓我一直在那裡學貓叫，結果黑斯老頭就朝我丟石頭，還說：『該死的瘟貓！』所以我用磚頭砸了他家窗戶。不過，你別說出去。」

「我不會說的。那天晚上姨媽一直盯著我，我要怎麼學貓叫呢？但是這一次我會的。嘿！那是什麼？」

「只是隻扁虱罷了。」

「在哪弄到的？」

「在外面的樹林裡。」

「用什麼東西你才肯換？」

「我不知道。我不想賣掉它。」

「那就算了。瞧你這隻扁虱，這麼小哩！」

「哦！吃不到葡萄說葡萄酸。我對它倒是挺滿意的，對我來說，這隻扁虱夠好的了。」

「哼，扁虱到處都有。只要我想要，一千隻也能抓到。」

「哈！得了吧，那你抓給我看呀！你抓不到的，我認為這隻扁虱生得特別早，是我今年見到的第一隻。」

「那麼，哈克，我用我的牙齒跟你換扁虱吧！」

「讓我瞧瞧。」

湯姆拿出一個小紙包，小心翼翼地打開它。哈克貝利心動不已，這誘惑太大了。最後他說：

「這是真的牙齒嗎？」

湯姆翻起嘴唇，給他看缺口。

「哼，那好吧。」哈克貝利說，「換就換。」

湯姆把扁虱裝進前幾天囚禁大鉗甲蟲的雷管筒子後，他們就分手了，兩個人都感覺自己富有了許多。

湯姆來到那座孤零零的木頭校舍。他邁著輕快的步伐，像是老老實實來上學的樣子，大步走進教室。他把帽子掛在釘子上，一本正經地坐到座位上。老師正高高地坐在他的細藤條扶手椅上，聽著催眠的讀書聲，打著盹，卻被湯姆吵醒了。

「湯瑪斯．索耶！」

湯姆明白，要是老師叫他的全名，那代表麻煩大了。

「有！老師。」

「過來！我問你，好小子，你為什麼又遲到了？」

湯姆正想撒個謊來矇混過關，這時他看到一個同學的背上垂下兩條長長的金黃色辮子，他吃了一驚。一股愛情的暖流使他立刻認出了那個女孩，女孩的旁邊正好有個空位，也只有她身旁有空位。他立刻說：

「我在路上和哈克貝利．芬講話耽擱了！」

老師氣得脈搏都要停止了，他無奈地瞪大眼睛望著湯姆，雜亂的讀書聲也停止了。學生們都很納悶，這個莽撞的傢伙是不是腦袋出了問題。老師說：

「你、你幹了什麼？」

「路上和哈克貝利．芬講話耽擱了。」他說得一清二楚。

「湯瑪斯．索耶！這是我聽過最可怕的藉口了。你犯了這麼大的錯，光用戒尺是不夠的。把上衣脫掉！」

老師直打到手臂發疼、戒鞭磨損時才住手。之後他命令：

「去吧！去和女孩們坐在一起，這對你算是一次警告。」

教室裡充滿竊竊私語的聲音，這似乎讓湯姆臉紅。事實上，他臉紅是因為愛慕那位不認識的女孩，而且有幸能與她同桌。他在松木板凳的一頭坐下來，那女孩抬起頭來，身子往另一端挪了挪。同學們都相互推推手臂，眨眨眼睛，低聲耳語；但湯姆卻正襟危坐，兩隻手放在又長又矮的書桌上，似乎在專心看書。

漸漸地，大家的注意力不再集中在湯姆身上，學校裡一貫的低沉讀書聲重新在沉悶的空氣中響起。這時，湯姆偷偷瞥了瞥那女孩，她注意到了，朝他做了鬼臉；之後的一分鐘，她都用後腦勺對著他。等她慢慢地轉過臉來時，有一個桃子擺在她的面前。她把桃子推開，湯姆又輕輕把它放回去。她又把桃子推開，不過這次的態度緩和了些。湯姆耐心地把它又放回原處，這一次她沒有再拒絕了。湯姆在他的寫字板上寫了：「請妳收下吧，我多得是呢！」那女孩看了，仍然一動也不動。於是湯姆用左手擋住寫字板，開始在上面畫圖。有好一陣子，女孩堅決不去看他的畫，但好奇心漸漸讓她動搖了。湯姆繼續畫著，好像對一切渾然不覺。那女孩想看，但態度曖昧不清；男孩依舊不動聲色，裝作不知道。最後她讓步了，猶豫地小聲說道：「讓我看看吧。」

湯姆略微挪開左手，石板上畫的是一座房子，畫得既不好又模糊；兩座山牆頭，還有一縷炊煙自煙囪嫋嫋升起。可是女孩的興趣被吸引住了，於是她把一切都拋到了九霄雲外。當圖畫好的時候，她盯著看了一會，然後低聲說：

「畫得真好——再畫一個人上去。」

於是，這位「畫家」就在院子裡畫了一個人，他長得就像一架人字起重機，一邁步就可以跨過房子。但是女孩並不在乎這一點，她對這個龐然大物很滿意，低聲說：

「這個人畫得真好看，再畫我吧，畫成正在走過來的樣子。」

湯姆就畫了個水漏或沙漏（都可以用來計時），加上一輪滿月，四肢像草桨的一樣，硬梆梆的，張開的手指拿著一把大得可怕的扇子。

女孩說：「畫得太好了。我要是會畫就好了。」

「這很簡單，」湯姆低聲說道，「我教妳。」

「啊，你願意嗎？什麼時候教我？」

「中午。妳要回家吃午飯嗎？」

「如果你教我，我就留下來。」

「好，那太好了。妳叫什麼名字？」

「貝琪．柴契爾。你叫什麼？哦，我知道，你叫湯瑪斯．索耶。」

「他們揍我時，都叫我這個名字。我表現好的時候就叫湯姆。妳叫我湯姆，好嗎？」

「好的。」

這時候，湯姆又在寫字板上寫著什麼字，還用手擋住不讓女孩看見。這一回她不再擺姿態了。她請求湯姆給她看，湯姆說：

「啊，沒什麼好看的。」

「不，一定有好看的。」

「真的沒什麼好看的。再說，妳也不想看這個。」

「我要看，我真的想看。請讓我看一看。」

「妳會說出去的。」

「不會，絕不會，百分之一百二十不會。」

「不會跟任何人說嗎？永遠不說，一輩子不說？」

「是的，我不會告訴任何人，現在讓我看吧。」

「啊，妳真的想看嗎？」

「既然你這樣對我，我就一定要看！」於是她把小手按在他手上，兩人爭奪了一會兒，湯姆假裝拚命捂著不讓她看的樣子，可是手漸漸移開，露出了三個字：「我愛妳。」

「啊，你壞蛋！」她用力打了他的手，臉雖然紅了，但心裡喜滋滋的。

就在這時，湯姆覺得有人慢慢地抓住他的耳垂，往上提起。這一抓非同小可，湯姆怎麼也掙脫不掉。就這樣，在一片尖銳的笑聲中，他被抓著耳垂，從教室這一頭拉到那一頭自己的座位上。教室裡肅靜無聲，老師在他身旁站了一會，然後一言不發地回到了自己的寶座上。湯姆雖然感到耳朵很疼，心裡卻甜蜜蜜的。

教室靜下來時，湯姆打算認真學習，但內心卻久久不能平靜。結果朗讀時，他讀得彆彆扭扭；上地理課時，他把湖泊當成了山脈，一切都被他「恢復」到了原始混沌時期；上拼寫課時，一連串最簡單的字就難倒了他。最後，他的成績在全班墊了底，他只好把戴在身上、風光了好幾個月的那枚白錫獎章還給老師。

第七章

湯姆越是想集中注意力看書，腦中就越亂。他只好嘆口氣，打了個呵欠，打消了看書學習的念頭。他覺得中午放學時間老是不來，空氣又停滯不動，令人昏昏欲睡。教室裡有二十五位學生在用功，他們的讀書聲就像一群蜜蜂在嗡嗡叫，安撫著人們的心靈，也催人入眠。遠處的豔陽下，卡地夫山在一層微微閃動的熱浪中顯得青翠欲滴，披上了一層薄薄的紫紗，看上去十分柔和；幾隻鳥兒悠閒地在高空中翱翔；除了幾隻牛，再也看不見活著的東西，但牠們卻在睡覺。湯姆心急如焚，期盼著早點下課，或是找點有趣的玩意兒來打發時間。他東摸西摸地摸到了口袋，不禁精神為之一振，露出謝天謝地的表情。他悄悄地拿出那個雷管筒，把扁虱放出來，放在那張平坦的長書桌上。這小東西大概也覺得謝天謝地，但似乎高興得太早了；因為正當它感激萬分地要逃走時，湯姆用別針把它一撥，讓它改變了方向。

湯姆的好友喬．哈伯就坐在旁邊。和湯姆一樣，喬．哈伯也早就想喘口氣了；一看見扁虱，他立刻對它產生了濃厚的興趣。這兩個朋友平日稱兄道弟，但到了禮拜六就成了對陣的敵人。喬從衣服的翻領上取下別針，開始幫忙操練這個小俘虜。這種玩法立刻變得有趣多了。不久，湯姆說兩個人玩同一樣東西太不方便、也太不過癮了，因此他把喬的寫字板放到桌上，在寫字板正中央劃了一條直線。

「現在，」他說，「要是扁虱到你那邊，你就可以撥弄它，我不動手。但要是你讓它跑了，跑來我這邊，就得讓我玩，只要我能保住它，不讓它爬過去，你就不准動手。」

「好，開始吧。讓它走。」

扁虱很快就從湯姆這裡逃出去，爬過了界線。喬逗弄了一陣，它又逃到湯姆這邊。就這樣，扁虱兩邊來回跑，當一個孩子全神貫注地擔心扁虱逃到另一邊時，另外一個也饒富興趣地在一旁看著。兩顆腦袋都貼近寫字板，對周圍的一切渾然不覺。後來喬似乎走了運。扁虱來來回回，和兩個孩子一樣既興奮又著急，正當它似乎就要越線，湯姆的手指也正準備要去撥它時，喬忽然用別針靈巧地撥了它一下，讓它又回頭了。湯姆終於忍無可忍，於是他伸出手去，用他的別針撥了一下。喬這下子也生氣了，說：

「湯姆，你別動它。」

「我只是想稍微撥它一下，喬。」

「不，老兄，這不公平。你還是不要動它。」

「見鬼！我又沒有很用力撥它。」

「我警告你，別去動它。」

「我才不要！」

「不要也得要——它在我這邊。」

「聽著，喬．哈伯，扁虱是誰的？」

「我才不管是誰的——現在它在我這一邊，你就不准動它。」

「哼，我偏要動，怎麼樣？它是我的，我愛怎麼動就怎麼動，拚上性命我也不在乎！」

湯姆的肩膀挨了重重一擊，喬也一樣。之後的兩分鐘，他們的上衣塵土飛揚，讓全班同學開心極了。他們玩得太投入，沒有發現教室裡突然變得鴉雀無聲——原來老師早已觀察了許久，這時才踮著腳走到他們面前。

中午放學的時候，湯姆跑到貝琪旁邊，低聲耳語道：

「戴上帽子，假裝要回家去，走到轉角時就溜掉，然後從那條巷子繞回來。我走另一條路，也用同樣的辦法甩掉他們。」

於是，他們各自跟著一群同學走了。過了一會兒，他們都到了巷子盡頭。回到學校後，教室裡空無一人，一切都歸他們支配。於是兩人坐在一起，面前擺著一塊寫字板。湯姆給貝琪一枝鉛筆，然後握著她的手教她畫，又畫了一個驚人的房子。當他們對畫畫逐漸失去熱情時，就開始聊起天來。湯姆沉浸在幸福之中。他說：

「妳喜歡老鼠嗎？」

「不！我討厭老鼠。」

「哼，我也討厭——活老鼠。但我是說死老鼠，用一根線拴著，在頭上甩來甩去地玩。」

「不，不管怎麼樣，我不太喜歡老鼠。我喜歡口香糖。」

「啊，我也是。要是現在有就好了。」

「是嗎？我倒有幾個。我可以讓你嚼一會兒，但你得還給我。」

談好條件以後，他們輪流嚼著口香糖。兩人懸著腿坐在長凳上，高興極了。

「妳看過馬戲表演嗎？」湯姆問。

「看過。我爸爸說要是我聽話，他以後還要帶我去看呢！」

「我看過三、四次——看過好幾次。做禮拜和看馬戲表演相比算不了什麼。馬戲團演出時，總是不停地變換花樣。我打算長大後去馬戲團當小丑。」

「啊，真的嗎！那也不錯。小丑滿身畫著點點，真可愛。」

「是的，一點也沒錯。他們能賺進大把鈔票——差不多一天一塊錢，這是班·羅傑說的。嘿！貝琪，妳訂過婚嗎？」

「訂婚是什麼？」

「哦，訂婚就是說一個人快要結婚了。」

「沒有。」

「妳願意訂婚嗎？」

「我想我願意，我不知道。訂婚究竟是怎麼一回事？」

「怎麼一回事？沒什麼大不了的。妳對一個男孩子說：除了他，妳永遠不跟別人相好。然後和他接吻，就這麼回事。每個人都能做到。」

「接吻？接吻幹嘛？」

「哎！那就是——妳知道，就是——嘿，大家都是這樣做的。」

「大家都這樣？」

「哎，對，彼此相愛的人都這樣。妳還記得我在寫字板上寫的字嗎？」

「記——記得。」

「寫了什麼？」

「我不告訴你。」

「那我告訴妳。」

「好——好吧——還是以後再說吧。」

「不，現在說。」

「不行，現在不能說——明天再說吧。」

「不，不行，就現在說。求求妳，貝琪——我小聲說，我輕輕地說。」

貝琪正在猶豫，湯姆認為她默許了，於是摟住她的腰，把嘴靠近她的耳朵，輕聲細語地講了那句話，接著又補充道：

「現在妳也輕輕地對我說——同樣的話。」

她先推辭了一會，然後說：

「你把臉轉過去，別看著我，我就說。但是你千萬不要告訴別人，好嗎？湯姆，你不會告訴別人吧！」

「不會，我保證，絕對不會。來吧，貝琪。」

他把臉轉過去。她膽怯地彎下腰，一直到她的呼吸吹動了湯姆的捲髮，才小聲地說：「我——愛——你！」

說完，她圍著書桌和板凳跑起來，湯姆在後面追她。最後她躲在轉角裡，用白色圍裙遮住臉。湯姆一把抱緊她的脖子，央求她：

「好了，貝琪，現在一切都做了——只差接吻了。不要害怕——沒什麼大不了的。求妳了，貝琪。」他拚命拉她的圍裙和手。

她漸漸讓了步，把手放下來。剛才的一陣激動使她的臉都紅了，她抬起頭，順從了湯姆。湯姆吻了她紅紅的嘴唇，說道：

「好了，貝琪，該做的都做了。要知道，從今往後妳只能愛我，也只能跟我結婚，永遠不變。好嗎？」

「好的。湯姆，我只會跟你相愛，也只會嫁給你——你也一樣，除了我不能娶別人。」

「對，對。還有，平常我們上下學的時候，要是旁邊沒有別人的話，妳就要跟我一起走。開舞會的時候，妳要選我作伴，我也會選妳，因為訂了婚的人都是這樣的。」

「真是太有意思了，我以前從沒聽說過。」

「啊！這才有趣呀！嘿，我和艾美．羅倫斯——」

貝琪睜大了雙眼望著他，湯姆這才發現自己犯了大錯，於是他閉上了嘴，有點不知所措的樣子。

「啊，湯姆！也就是說，我還不是第一個跟你訂婚的呀！」

這個小女孩開始哭了起來。湯姆說：

「哦，貝琪，不要哭，我已經不再喜歡她了。」

「哼，喜不喜歡她，你自己心裡有數。」

湯姆想伸出手去摟她的脖子，卻被她推開了。她轉過頭望著牆，繼續哭泣。湯姆又試了一次，嘴裡一邊哄著她，但她仍然不理他。這下可傷了他的面子，於是他大步走到屋外，在附近站了一會兒，心亂如麻，不時地朝門口望去，希望她會後悔，出來找他。但是她沒有。他漸漸感到不對勁，擔心自己真的犯了錯。在經過一番激烈的天人交戰後，他鎮定下來，走進教室去認錯。她還站在教室後面的轉角處，臉朝著牆啜泣著。湯姆的良心受到了指責，他走到她身旁，不知所措地站著。過一陣子，他遲疑不決地說：

「貝琪，我不喜歡別人，只喜歡妳。」

沒有回答——只有啜泣。

「貝琪，」湯姆懇求道，「貝琪，妳說話好不好？」

貝琪哭得更厲害。

湯姆把他最珍貴的寶貝——一個壁爐架上的銅把手——拿出來，從她背後拿過去給她看，說：「求求妳，貝琪，收下它好不好？」

她把銅把手打落在地。於是湯姆又大步走出教室，翻過小山，走到很遠的地方，那一天他不打算再回學校了。很快地，貝琪開始擔心了起來。她跑到門口，沒有看見他；她又飛快地跑到操場，他也不在那裡。於是，她大喊：

「湯姆！回來吧，湯姆！」

她仔細聽了聽，但是沒有回應。陪伴她的只有寂寞和孤獨。她又坐下哭起來，一邊生自己的氣。這時，同學們三三兩兩來上學了，她雖然傷心欲絕，但只能先掩飾自己的情緒。周圍的陌生人中，沒有人替她分憂解愁，她只能在痛苦中熬過那漫長而乏味的下午。

第八章

湯姆東躲西閃地穿過幾條巷子，避開了同學們上學的路，然後就悶悶不樂地漫步著。他在一條小溪上來回跨過兩三次，因為孩子們都迷信這麼做會讓人追不上。半小時後，他漸漸消失在卡地夫山上道格拉斯家那棟大房子後面，身後山谷裡的學校變得隱約可見。他走進一片茂密的森林，披荊斬棘，闖出一條路，來到森林深處，在一棵枝葉茂盛的橡樹下，一屁股坐到青苔地上。樹林裡毫無動靜，中午的悶熱令人窒息，連樹梢的鳥兒都停止了歌唱。大地一片昏睡，只有遠處偶爾傳來一兩聲啄木鳥的啄木聲，更加突顯出森林的寂靜，也讓湯姆感到更加孤立無援。他心灰意冷，他的心情和這裡的氣氛相符。他雙手托著下巴，手肘撐在膝蓋上，沉思了很長一段時間。在他看來，活著就像一場災難。想到這裡，他越來越羨慕剛死去的吉米．霍吉斯。他心想：有風聲颯颯的樹林和墳頭搖曳的花草相伴，要是能無憂無慮地躺在地下長眠不醒，美夢不斷，一定很愜意。這時，他真心地希望過去在主日學校裡能表現得清清白白，那樣的話，他就可以無牽無掛地死去了。至於那個女孩，他到底對她做了什麼呢？什麼也沒有。他本來是一片好心，但她卻像對待狗一樣對待他——簡直就把他當成狗！總有一天她會後悔的，到時候她後悔也來不及了。他要是能暫時死一會兒，那該有多好啊！

年輕人天性樂觀，想長久地壓抑它是不可能的。不久後，湯姆不知不覺地關心起眼前的現實來。他要是掉頭就走，不知不覺地消失了，那會有什麼後果呢？他要是到海外無人知曉的地方去，一去不回，又會怎麼樣呢？她又會有什麼感想呢？當小丑的念頭又在他腦海裡閃現，他不禁感到難受。試想一下，在湯姆的潛意識中，他已隱約來到了神聖而浪漫的國度，這裡哪能容得下小丑那些胡鬧逗樂、花花綠綠的緊身衣之類的東西？好吧，他更樂意當一名士兵，直到傷痕累累、聞名天下時再回故鄉。不行，最好還是與印第安人為伍，和他們一起捕殺野牛，在荒山野嶺和人跡罕至的西部大平原上作戰，等將來當上酋長時再回來。到了那時，他頭上插著羽毛，身上塗滿可怕的花紋，再找一個夏日清晨，趁大家昏昏欲睡的時候，昂首闊步、大搖大擺地走進主日學校，並發出令人毛骨悚然的吶喊聲，讓同伴們按捺不住羨慕之情，看得目瞪口呆。這還不夠，還有比這更神氣的事——他要去當海盜！對，就是這樣！現在，未來就在眼前閃爍著異光。瞧吧！他將聞名天下，令人不寒而慄。他將乘坐那條長長的黑色「風暴神」號快艇，船頭插上嚇人的旗幟，在大海上乘風破浪，這該有多麼威風！到了那時，他將會突然出現在故鄉，昂首闊步地走進教堂，臉色黝黑，一副飽經風霜的樣子。他上半身穿著一件黑色絨布緊身衣，下半身是一條寬大短褲，腳穿肥大長統靴，還背著大紅肩帶，腰帶上掛著馬槍，身邊還繫了一把磨損的短劍，那頂垂邊的帽子上飄著翎毛，黑旗迎風招展，上面交叉著骷髏頭和白骨，聽到別人竊竊私語：「這就是海盜湯姆．索耶——西班牙海上大名鼎鼎的黑衣俠盜！」湯姆心裡激起一陣又一陣的狂喜。

對，就這麼辦！他決定從家裡逃走，去過這種生活，並打算第二天早晨就開始行動。因此他必須現在就著手準備，帶上所有的家當。他走到近處的一棵朽木旁，開始用他的巴洛牌短刀挖了起來，不一會兒木頭就發出了空洞的聲音。他把手按在上面，一本正經地咕噥著咒語：

「沒有來的，快來！在這裡的，留下來！」

接著，他刨去泥土，下面露出一塊松木瓦片。他把它拿開，露出一個底和四邊都是松木瓦片的小寶箱。小寶箱很精緻，裡面有一顆彈珠。湯姆驚訝不已，他疑惑不解地搔著頭說：

「哎，怎麼不靈了！」

於是他一氣之下扔掉那顆彈珠，站在原地沉思。原來他的迷信沒有靈驗，他和所有伙伴一向認為它萬無一失，可是這次卻沒有——埋下一顆彈珠時，要是一邊唸出幾句有關的咒語，等兩週後再用湯姆的咒語去挖出它，就會發現原本遺失、散落各地的彈珠都會聚集到這裡。可是現在，它失敗了，湯姆的信心徹底動搖了，因為他聽說的都是成功的例子，根本沒聽過有哪一次不靈驗。他百思不得其解，最後認定有妖魔在作怪，破了咒語，並覺得這種解釋可以讓他得到安慰。於是他在周圍找到一個小沙堆，沙堆中央有一個漏斗形凹陷處。他撲到地面，嘴緊貼著凹陷處喊道：

「小甲蟲，小甲蟲，告訴我這究竟是怎麼回事！小甲蟲，小甲蟲，請告訴我這究竟是怎麼回事呀！」

沙子開始動起來，一隻黑色小甲蟲很快地鑽出來，才一出現，又被嚇得縮了回去。

「它不說！我知道了，一定有妖魔在搗蛋。」

他明白和妖魔為敵沒什麼好處，只好垂頭喪氣地放棄了。但是他忽然又想起他剛才扔掉的那顆彈珠，何不再把它找回來呢？於是他一邊走，一邊耐心地尋找著，可是沒有找到。他又回到他的小寶箱旁邊，站在剛才扔彈珠的地方，接著從口袋裡再掏出一顆彈珠，朝同一個方向扔去，嘴裡還說道：

「老兄，去找你的兄弟吧！」

彈珠落地後，他走過去找了起來。但是彈珠或許扔得太近或是太遠，因此他又試了兩回。最後一次成功了，兩顆彈珠相距不到一呎。

就在這時，樹林裡的林蔭道上隱隱約約傳來一聲玩具喇叭聲。湯姆迅速脫掉上衣和褲子，把背帶改成腰帶，撥開朽木後面的灌木叢，找出一副簡陋的弓箭、一把木劍和一支錫皮喇叭。片刻之間，他就抓著這些東西，光著腳、袒著胸膛，跳了出去。他很快在一棵大榆樹下停下來，也吹了一聲喇叭作為回應，然後踮著腳警覺地東張西望，謹慎地對想像中的同伴說：

「穩住，好漢們！聽號令再行動。」

這時，喬．哈伯出現了。和湯姆一樣，他精心裝備，輕裝上陣。

湯姆喊道：

「站住！來者何人，未經許可竟敢擅闖謝伍德森林？」

「我乃皇家衛士奎斯本的摯友，行遍天下，所向無敵。你是何人，竟敢——竟敢——」

「竟敢口出狂言。」湯姆說，他在提示哈伯，因為他們憑著記憶在背誦這些話。

「你是何人，竟敢口出狂言？」

「我？我乃羅賓漢是也，你這無名小卒馬上就會知道我的厲害。」

「這麼說來，你果真是那位名揚四海的綠林好漢了？我正想與你較量較量，看看這林中樂土歸誰所有。接招！」

他們各持一把木劍，把身上多餘的東西都扔到地上，兩人站立對峙著，開始了一場「兩上兩下」的激戰。湯姆說：「聽著，要是你懂得劍法，我們就痛快地比一比吧！」

於是他們較量了起來，比得兩個人氣喘吁吁、汗流浹背。後來湯姆又嚷道：

「倒下！倒下！你怎麼不倒下呀？」

「我不要！你才怎麼不倒下呀？你招架不住了。」

「我倒不倒下沒什麼關係，但書上說我不能倒下，書上還說『接著反手一劍，他就把可憐的奎斯本的摯友刺死了。』你應該轉過身去，讓我一劍刺中你的後背才對。」

喬無可奈何，只好轉過身去，挨了重重的一刺，倒在地上。「聽著，」喬從地上爬起來說，「你得讓我把你殺掉，那才公平。」

「嘿，那怎麼行呢？書上又沒這麼說。」

「夠了，你真是太小氣了——不玩就拉倒吧！」

「喂，我說喬，你可以扮演塔克修士或是磨坊主的兒子馬奇，拿一根鐵頭木棍打我一頓，或是我扮演諾丁罕的行政司法官，你扮一會兒羅賓漢，把我殺死也行。」

這主意倒令人滿意，於是他們這麼辦了。後來湯姆又扮演了一開始的角色羅賓漢，他被那個忘恩負義的修女陷害了。由於傷口沒有得到治療，他失血過多，耗盡了精力。最後喬扮演了一群綠林好漢，哭哭啼啼地拖著他前進，把他的弓遞到他那雙軟弱無力的手裡。湯姆就說道：

「箭落之地，綠林成蔭，可憐的羅賓漢葬在那裡。」說完他射出那支箭，身體向後一仰，準備倒地而死，不巧竟倒在有刺的草上。他猛地跳起來，活蹦亂跳的模樣簡直不像在裝死。

兩個孩子穿戴好衣帽，把道具藏起來離開了，他們很傷心現在已經沒有綠林好漢了，很好奇現代文明中有什麼事可以彌補這個缺陷。他們說：寧可在謝伍德森林裡當一年綠林好漢，也不願意當一輩子的美國總統。

第九章

那天晚上九點半，湯姆和席德就像平常一樣被叫去上床睡覺。他們做完禱告，席德很快就睡著了；湯姆沒有睡著，他躺在床上不耐煩地等著，覺得天似乎快要亮時，才聽到鐘敲了十下！這太令人失望了，他很想順應神經的要求，翻個身，動一動，可是又怕吵醒席德，只好一動也不動地躺著，兩眼直直盯著漆黑的夜空。萬籟俱寂，陰森可怕，在那一片寂靜中，有一點小小的、幾乎聽不見的動靜漸漸變大了起來；只聽到鐘擺滴答滴答地在響，房子的屋樑神秘地發出裂開般的聲響，樓梯也吱吱嘎嘎地響著。顯然，鬼怪們開始出來活動了。波麗姨媽的臥室裡傳來一陣有節奏的、沉悶的鼾聲；一隻蟋蟀開始發出令人心煩的唧唧聲，而人們卻不清楚它在什麼地方。接著，床頭的牆裡有隻小蛀蟲發出陰森可怕的踢嗒聲，這聲音讓湯姆嚇得心驚肉跳——這似乎意味著某個人來日不多了。然後遠處有一隻狗嗥叫起來，這叫聲在夜晚的上空迴蕩，與遠處隱約傳來的狗吠聲遙相呼應。湯姆簡直難受極了，最後他認定時間暫停了，永恆已經開始了。他不由自主地打起盹來，鐘敲了十一下，但是他沒有聽見。當他正迷迷糊糊、似睡非睡的時候，外面又傳來一陣非常淒慘的貓兒發情的聲音；一個鄰居打開窗戶，聲音驚動了他，一聲「滾！你這瘟貓！」的罵聲和一只空瓶子砸到姨媽家木棚小屋上的破碎聲，使他完全清醒過來。不一會兒，他便穿戴好衣帽，從窗戶出來，爬到屋頂上。他一邊爬，一邊小心謹慎地「喵」

了一兩聲；然後縱身一跳，上了木棚小屋，再從那裡跳到地上。哈克貝利．芬早已守候在那裡，手裡還拿著他那隻死貓。接著，兩個孩子一起消失在黑暗中。半小時之後，他倆就穿梭在墓地的深草叢中。

這是一個西部的老式墓地，座落在村子一哩外的半山腰。墳地周圍有一道歪歪斜斜的木柵欄，有些地方往內傾，有的地方向外斜；總之，沒有一個地方是直的。整片墓地雜草叢生，所有的舊墳都塌陷下去，上頭連一塊墓碑也沒有。圓頂的、被蟲蛀的木牌無依無靠，歪七扭八地插在墳墓上。這些牌子上曾經寫有「紀念某某人」之類的字樣，但即使現在有亮光，大多數也無法再辨認出來。

一陣微風吹過樹林，發出蕭瑟的聲響，湯姆擔心這可能是鬼魂們在抱怨有人闖入打擾了他們。他們很少說話，即使說了也只是悄悄地說，因為此時此地，到處是一片死寂，令人壓抑。他們找到了那座新隆起的墳墓在距離墳堆幾呎內的地方，有三棵大榆樹長在一起，於是他們躲在那裡。

他們靜靜地等了彷彿很長一段時間，除了遠處貓頭鷹的叫聲外，周圍靜悄悄的。湯姆被悶得受不了了，他必須打破沉默，開口說點話，於是他低聲問道：

「哈克，你相信死人願意來我們這裡嗎？」

哈克貝利低聲說：「我怎麼知道呢？這裡安靜得令人害怕，是嗎？」

「是啊。」

有好一陣子他們沒出聲，各自在心中想著這件事。之後湯姆又小聲地說：

「喂，我說哈克——你知道霍斯．威廉斯聽得見我們講話嗎？」

「那當然。至少他的鬼魂能聽見。」

湯姆停了一會才說：「我剛才提到他時，要是加上『先生』兩個字就好了。不過我從來沒有對他不尊敬，別人都只叫他『霍斯』。」

「湯姆，議論死人時要特別——特別小心才對。」

這句話猶如一盆冷水掃了湯姆的興，談話因而中斷。

過了一會，湯姆抓住哈克的手臂說道：「噓！」

「怎麼啦？湯姆。」他們倆緊緊靠在一起，心怦怦直跳。

「噓！又來了，你沒有聽見嗎？」

「我——」

「聽！現在聽見了吧？」

「哦，天啊！湯姆，它們來了，它們來了，真的！我們該怎麼辦啊？」

「我不知道。你想它們會看見我們嗎？」

「哦！湯姆，它們像貓一樣，晚上也看得見東西。我要是沒來就好了。」

「啊，別怕，我猜它們不會來找我們的麻煩，我們又沒招惹它們。只要我們一動也不動，它們也許根本不會發現我們。」

「湯姆，我的確想不動。可是，天啊！我渾身抖個不停哩！」

「聽！」

兩個孩子湊得很近，低著頭，屏住呼吸。這時從遠處的墓地那裡傳來一陣低沉的說話聲。

「瞧！那裡！」湯姆小聲說，「那是什麼？」

「是鬼火。哦！湯姆，這太嚇人了！」

黑暗中，有幾個模模糊糊的影子走過來，一盞老式提燈搖來晃去，地上被照得光點斑斑。哈克馬上戰戰兢兢地說：

「肯定是鬼來了，老天呀！一共有三個！湯姆，我們死定了！你還能禱告嗎？」

「我來試試，不過你別怕，它們不會傷害我們的。現在我躺下睡覺，我——」

「噓！」

「怎麼了？哈克。」

「是人！至少有一個是人。那是莫夫．波特老頭的聲音。」

「不——那不是他的聲音。」

「我敢打賭我沒聽錯，你得保持安靜。他沒那麼精明，不會看見我們的，也許又跟往常一樣喝醉了——這個該死的老廢物！」

「好吧，我一定會保持安靜。現在他們不走了，看不到他們了——現在他們又來了，他們來了——又走了——又來了，走得很快！他們這回找對了方向。喂！哈克，我聽出了另一個人的聲音，那是印第安．喬。」

「沒錯，是那個殺人不眨眼的雜種！我倒情願他們都是鬼，鬼都比他們好得多！他們來這裡想打什麼壞主意呢？」

兩個孩子全都住口了。那三個人已來到墳邊，站立之處離孩子們的藏身之處不到幾呎。

「到了。」第三個人說，提燈的人舉起燈，燈光下露出了年輕醫生羅賓森的臉。

波特和印第安．喬推著一個手推車，車上有一根繩子和兩把鐵鍬。他們把車上的東西卸下來，開始挖墳。醫生把燈放在墳頭上，走到榆樹下，背靠著一棵樹坐下來。樹離得很近，兩個孩子伸手就能碰到他。

「挖快點，伙計們！」他低聲說，「月亮隨時都可能出來。」

他們用粗嗓音應了一聲，繼續挖掘著。有一段時間，只能聽到他們用鐵鍬拋泥土和石子所發出的嚓嚓聲，那聲音非常單調刺耳。後來有一把鐵鍬碰到了棺材，發出了低沉的木頭聲。一兩分鐘後，那兩個人已經把棺材抬出來擺在地上了。他們用鐵鍬撬開棺蓋，把屍體弄出來，隨便扔到地上。月亮從雲朵後面鑽出來，照著屍體那張蒼白的臉。他們把車準備好，將屍體放上去，並蓋上毯子，用繩子捆好。波特拿出一把大彈簧刀，割斷車上垂下來的繩頭，說：

「醫生，這該死的東西現在弄好了。再給五塊錢，要不然就別想弄走它。」

「對，說得對！」印第安．喬說。

「喂，我說，這是什麼意思？」醫生問道，「我已經按照你們的要求，事先給過錢了。」

「沒錯，不過那還遠遠不夠。」印第安．喬一邊說，一邊走到已經站起來的醫生面前，「五年前的一個晚上，我到你父親的廚房裡要點吃的，被你趕了出來，還說我到廚房去一定沒好事。從那時起我就發誓：就算要花一百年的時間，我也要找你算帳。你父親因為我是遊民而把我關進牢裡，你覺得我會善罷甘休嗎？印第安人的血不是白流的，現在你落到我手裡，你得為此付出代價！」

說到這裡，他開始在醫生面前揮舞著拳頭威脅他。醫生突然猛擊一拳，將這個惡棍打倒在地。波特扔掉刀，大喊：「嘿！你竟敢打我的朋友！」緊接著，他和醫生扭打在一起。兩個人拚命搏鬥起來，腳踩著地上的草，踢得塵土飛揚。印第安．喬迅速從地上爬起，眼裡燃燒著怒火，抓起波特扔在地上的那把刀，像貓一樣彎著腰，悄悄地在兩個打架的人周圍遊走，尋找著機會。突然間，醫生猛地把對手摔開，抓起威廉斯墳上那塊重重的墓碑，一口氣把波特打倒在地。這一瞬間，那個惡棍趁機把刀捅進了醫生的胸膛。醫生掙扎了一下，就倒在波特身上，波特頓時渾身是血。這時烏雲遮住了這可怕的慘劇，兩個嚇壞了的孩子連忙趁著黑暗跑掉了。

不久，雲層退去，月亮又露出了臉。印第安．喬站在那兩個人身旁，凝視著他們。醫生喃喃地說了些什麼話，又長長地喘了一兩口氣，然後就安靜地死去了。那個凶手還說：

「那筆帳就算扯平了——你這該死的傢伙。」

接著他又去搜屍體身上的東西，然後把凶刀放在波特張開的手裡，坐上了撬開的棺材。三——四——五分鐘過去了，這時波特才開始動彈，並且呻吟起來，他的手握住了那把刀。他舉起刀來瞥了一眼，隨即打了個寒顫，刀掉到了地上。接著他坐起身來，推開壓著他的屍體，然後盯著它看了一會，又朝四周張望，心裡感到困惑不已。他的目光碰到了喬的目光。

「天啊！這是怎麼回事？喬。」他說。

「這件事糟透了，」喬不動聲色地說，「你為什麼要這麼做？」

「我！我可沒做這種事！」

「聽著！你怎麼能賴帳呢？」

波特嚇得直發抖，臉色變得慘白。

「我認為我會清醒的，今晚我本來不想喝酒，可是現在腦子還是糊裡糊塗的，比我們剛來的時候還糟糕。我現在昏昏沉沉，幾乎想不起任何事情。老實告訴我，喬，這是我幹的嗎？喬，我根本不想那麼做，我對天發誓！喬，告訴我這是怎麼回事？喬。噢！這太可怕了——他這麼年輕有為，前途無量。」

「唉！就是你們扭打了起來，他用墓碑砸了你一下，你被打倒了。接著你爬起來，搖搖晃晃地站立不穩，然後你撿起這把刀，一下子捅進他的身體；這時候他又奮力地給了你一擊，於是你就躺在這裡，像死了一樣不省人事，一直躺到現在。」

「啊！我一點也不知道自己幹了些什麼。要是我當時清醒的話，我情願馬上死掉！我想這都是威士忌在作祟，我當時又很衝動。喬，我從未殺過人，我跟人打過架，但從來沒殺過人，這一點大家都知道。喬，這件事你可別說出去！喬，快保證你不會說出去。喬，我一向喜歡你，也總是跟你站在同一邊。難道你忘了嗎？喬，你不會講出去的，對嗎？」於是這個可憐的傢伙雙手合掌，跪倒在那個殘忍的凶手跟前乞求他。

「對，莫夫．波特，你一向對我不錯，我不會虧待你的。怎麼樣？我這麼說還算公平合理吧？」

「啊！喬，你真是慈悲，我要祝福你一輩子！」波特開始哭起來。

「噢！夠了，別再說了！現在不是哭哭啼啼的時候。你往那裡走，現在馬上動身，別留下任何腳印。」

波特一開始還是小跑步，接著就狂奔起來。那個凶手站在那裡，看著他的背影，自言自語地說道：「他挨了一擊，酒也沒醒，瞧他那副模樣，八成想不起這把刀了。就算他想起來，他也已經跑出十哩八哩了。他一個人是不敢再回來這裡撿刀的——這個膽小鬼！」

兩三分鐘後，只有月光照著那個被害者、那個用毯子裹著的屍體、那個沒有蓋上的棺材，還有那座挖開的墳墓。一切又恢復了平靜。

第十章

由於恐懼，兩個孩子一言不發，只顧著朝村莊飛快地奔跑，還不時回頭望去，深怕被人跟蹤。路上見到的每根樹樁，對他們來說都彷彿是一個人、一個敵人，嚇得他們連氣都不敢喘。在經過村莊附近的農舍時，受驚的狗一聲狂叫更嚇得他倆魂飛魄散。

「趁還沒有累垮，要是能一口氣跑到老皮革廠那裡就好了！」湯姆上氣不接下氣地低語道，「我實在撐不了多久了。」

哈克貝利也喘得很厲害，這表明了他們現在處境相同。兩個孩子眼睛直盯著希望中的目的地，一心一意地拚命朝那裡跑去。他們越跑越接近，最後肩並肩地衝進敞開的大門，筋疲力盡地撲倒在裡面的陰暗處，感到舒坦極了。過了一會兒，他們平靜下來，湯姆低聲說：

「哈克貝利，你想這件事的結果會怎麼樣？」

「要是羅賓森醫生死了，我想就會被判絞刑。」

「真的嗎？」

「那還用說，我知道的，湯姆。」

「那該由誰去揭發呢？我們嗎？」

湯姆略微思考，然後說：

「你說什麼傻話，萬一事情不順利，印第安・喬沒被絞死，那該怎麼辦？他遲早會要我們的命，這一點確定無疑。」

「哈克，我心裡正是這麼想的。」

「要揭發就讓莫夫・波特那個傻瓜去幹吧！他總是喝得醉醺醺的。」

湯姆沒出聲，仍在想著。片刻後他低聲說：

「哈克，莫夫．波特不知道出事了，他要怎麼告發呢？」

「他怎麼會不知道出事了？」

「印第安．喬動手的時候，他剛挨了一擊，你覺得他還能看見什麼？還能知道什麼嗎？」

「真有你的。沒錯，確實如此，湯姆。」

「另外，你再想想，那一擊說不定就要了他的命！」

「不，這不可能，湯姆。他當時喝酒了，我看得出來，何況他也經常喝酒。我爸就是這樣一個人，要是他喝夠了，你就是把一座教堂壓在他頭上也休想吵醒他。他自己也是這麼說的。所以莫夫．波特當然也不例外囉！話說回來，要是你絕對沒喝酒，那一擊說不定會要了你的命，我也不太確定。」

湯姆又沉思了一會兒，說：「哈克，你保證不說出去嗎？」

「湯姆，我們必須守口如瓶才行，這你也明白。要是那個該死的印第安．喬沒被絞死，而我們又走漏了風聲，那他會像淹死兩隻小貓一樣把我們淹死。好了，聽著，湯姆，現在我們彼此發誓——我們必須這樣做——絕不走漏半點風聲。」

「我同意，這再好不過了。好，請舉起手發誓，我們——」

「哦，不不不，光舉手發誓還不行。這只能用來發誓女人們的那些小事。她們今天發誓，明天就忘得一乾二淨，一氣之下就把你出賣了。像我們今天這樣的大事情，光有口頭發誓還不夠，要寫下來，歃血為盟。」

聽他這麼一說，湯姆佩服得五體投地。當時夜色深沉，四周漆黑，令人膽戰心驚，正符合此時、此地、此景的氣氛。他藉著月光，從地上撿起一塊乾淨的松木板，又從口袋裡掏出一小截「紅硯石」，映著月光畫了起來。他落筆時又慢又重，抬筆時又輕又快，一邊寫，一邊唸唸有詞，好像在替自己打氣。他費了九牛二虎之力，寫出以下幾句：

哈克．芬和湯姆．索耶對天發誓：我們將嚴守秘密，要是有人膽敢毀約洩密，甘願當場斃命，屍骨無存。

看著湯姆流利的書寫、響亮的內容，哈克貝利佩服不已。他立刻從衣領上拿下一枚別針，準備戳自己，這時湯姆說：

「別忙！這樣不行。別針是銅做的，上面可能有銅綠。」

「那是什麼東西？」

「不管是什麼東西，反正上面有毒。不然，你現在就可以吞一點下肚，保證有你好受的。」

於是湯姆拿出一根針，去掉了線。兩個孩子各自在大拇指上戳了一下，然後擠出兩滴血來。之後他們又擠了數次，湯姆用小指沾血寫下了自己姓名的第一個字母。他又教哈克寫好H和F，宣誓就此結束。他們唸著咒語，舉行了生硬的埋葬儀式，將松木板靠牆埋了起來。他們認為，一起埋葬的還有那鎖住他們口舌的枷鎖，而鑰匙再也用不著了。

這時，這棟破建築另一頭的缺口處，有個人影鬼鬼祟祟地溜了進來，但他倆都沒有發覺。

「湯姆，」哈克貝利小聲問道，「這樣一來，我們將不會洩密，永遠都不會，是嗎？」

「那還用說。不管發生了什麼，我們都必須嚴守秘密，否則我們將『當場斃命』，你也知道的。」

「對，一點也沒錯。」

他們又小聲嘀咕了一陣子。沒多久，外面傳來了狗叫聲，聲音又長又淒涼，距離他們不到十呎。兩個孩子一陣害怕，突然緊緊地抱在一起。

「牠在吠誰？」哈克貝利喘著氣問道。

「我不知道，你從縫裡往外瞧瞧。快點！」

「我不要，你自己來看！湯姆。」

「我不能——我不能去看！哈克。」

「拜託你了，湯姆。牠又叫起來了！」

「哦！我的老天爺，謝天謝地！」湯姆小聲說，「我聽得出牠的聲音，原來是哈賓森的那隻狗布林。」

「哦，這下可好，湯姆，我差點被嚇死了，我還以為那是隻野狗呢！」

那隻狗又嗥叫起來，孩子們的心再次沉了下去。

「哦，我的天哪！那絕不是布林！」哈克貝利小聲說，「去瞧瞧！湯姆。」湯姆嚇得直發抖，但還是走過去，貼著裂縫往外看。「哦！哈克，那果然是隻野狗！」湯姆的話小聲得幾乎聽不見。

「快點，湯姆，快點，那隻狗是在吠誰？」

「哈克，牠一定是吠我們吧！誰叫我們要抱在一起呢？」

「唉！湯姆，我想我們死定了。我也知道我會有什麼下場，誰叫我平常幹了那麼多壞事呢！」

「真是一團糟，都怪我平日愛蹺課、又不聽話。要是我願意的話，我也能像席德那樣當個好孩子，但是我卻不肯。不過，這次要是我能逃過一劫，我打賭我一定在主日學校好好表現！」說著，湯姆開始有些哽咽了。

「你壞嗎？」哈克貝利也跟著啜泣起來，「湯姆，你和我相比簡直天差地遠。哦！我的老天爺呀！要是我有你的一半好就好了。」

湯姆哽咽著低聲說：「瞧，哈克，你瞧，牠現在是背對我們的。」

哈克心中一喜，看了一陣子後說道：「沒錯，是背對我們的，剛才也是這樣嗎？」

「是的，但我傻乎乎的，根本沒想太多。哦！這太好了。那麼牠到底在吠誰呢？」

狗不吠了，湯姆警覺地側耳聽著。

「噓！那是什麼聲音？」他小聲說。

「像——像是豬發出的聲音。不，湯姆，是人的打呼聲。」

「對，是打呼聲！哈克，你聽它在什麼地方？」

「我敢說在那一頭，是從那裡傳過來的。我爸爸有時會跟豬一起睡在那裡，但要是他打起呼來，那可不得了，簡直震耳欲聾！再說，我猜他不會再回到這個鎮上了。」

兩個孩子想再次碰碰運氣，看能不能逃走。

「哈克，要是讓我打頭陣，你敢跟我一起去看看嗎？」

「我不太想去，湯姆。萬一那是印第安．喬呢？」

湯姆動搖了一下，但還是抵擋不住強烈的誘惑，兩人決定試試看。他們達成了默契：只要呼聲一停，他們就溜之大吉。於是，兩人一前一後，踮著腳尖偷偷走過去。在離那人不到五步遠的地方，湯姆「啪」地一聲，踩斷了一根樹枝。那人悶哼著，稍微動了動身子，臉暴露在月光下，原來是莫夫．波特！剛才他動彈時，兩個孩子的心差點跳了出來，以為這下跑不掉了；但現在恐懼過去了，他們又踮著腳，溜到了破爛的擋風木牆外，沒走多遠就分道揚鑣了。夜空中又傳來那又長又淒涼的狗叫聲，他們轉身看見那隻野狗在離波特不到幾呎的地方，臉朝著他，正仰天長嗥。

「哦，我的媽呀！原來那隻狗吠的是他呀！」兩個孩子不約而同地驚呼道。

「喂，湯姆，聽說大約兩個禮拜前，有一隻野狗半夜朝著強尼．米勒家狂吠；同一天晚上，還飛來了一隻夜鷹落在欄杆上叫個不停，但並沒有誰死掉啊。」

「嗯，這我知道，是沒有人死；但是葛雷絲．米勒不就在接下來的禮拜六摔倒在廚房的火裡，被燒得很慘嗎？」

「這也沒錯，但她畢竟還活著，並且正在康復呢！」

「那我就沒什麼好說了。你等著瞧吧！和莫夫．波特一樣，她就要完了。這是那些黑奴說的，哈克，他們對這類事情可瞭解得很呢！」

分手的時候，他們還在想這個問題。等湯姆從窗戶爬進臥室時，天已經快亮了。他躡手躡腳地脫去衣服，躺下的時候，慶幸沒有人發現自己溜出去。但他卻沒察覺輕輕打呼的席德沒有睡著，而且已經醒來一個小時。

湯姆起床後，發現席德已經穿好衣服離開了。天已大亮，寢室裡又沒有人，顯然時候不早了。湯姆感到很吃驚——為什麼今天沒人叫他呢？要是在平常，他們非盯著他起床不可。想到這裡，他覺得情況不太妙。不到五分鐘，他就穿好衣服到了樓下，感到渾身不對勁，懶洋洋的。全家人已吃完了早飯，但仍然坐在餐桌旁，沒人責怪他遲到，也沒人看他。大家默不作聲，顯得十分嚴肅，這讓他的心涼了半截。他坐下來，想裝出愉快的樣子，但這件事談何容易。大伙兒既不笑，也不出聲；於是他只好也一聲不吭，心情沉重到了極點。

早飯過後，湯姆被姨媽叫到一旁，他面露喜色，以為終於要挨鞭子了。可是姨媽沒有打他，而是站在他旁邊痛哭起來。她一邊哭，一邊責怪湯姆怎麼能這樣讓她這把年紀的人傷心呢？然後她說了一堆氣話：既然湯姆不聽她的話，那就隨便他鬼混下去、自暴自棄，直到要了她這條老命為止。這番話比鞭打一千下更管用，湯姆的內心比肉體更加痛苦不安。他大哭起來，一邊央求姨媽原諒他，一邊不斷保證改過自新。姨媽最後原諒了他，但他覺得她並沒有完全釋懷，心中半信半疑。他離開時很傷心，完全忘了應該報復席德；但席德卻多此一舉——他快速從後門溜掉了。湯姆滿面愁容，悶悶不樂地來到學校。他和喬·哈伯一起因為昨天蹺課的事被鞭笞了一頓；在挨鞭子時，他一副憂心忡忡的樣子，根本不把鞭笞這種小事放在眼裡。之後，他走到位子上坐下來，兩手托著臉，一副痛苦的樣子，目不轉睛地盯著牆壁發呆。他的手肘壓到了什麼硬東西，過了好一段時間，他才難過地慢慢移動了手肘，嘆息著拿起那樣東西。東西包在紙裡，他打開紙包，接著又重重地長嘆一聲——原來裡頭包著他的那個銅把手！這個打擊猶如雪上加霜，讓湯姆徹底崩潰了。

第十一章

接近中午時分，那個可怕的消息使全村人一下子嚇呆了。用不著電報（當時的人連做夢都想不到這玩意兒），消息一傳十、十傳百，以電報的速度傳開了，很快就家喻戶曉，人盡皆知。因此校長決定當天下午放半天假，以免遭到鎮民白眼。

根據傳聞，人們在屍體附近發現了一把帶血的刀，經過辨認，發現它是莫夫．波特的東西。另外，有一個夜間趕路的人，在凌晨一兩點左右碰巧看見波特在小河邊清洗自己，一看見有人來就立刻溜掉。這確實令人起疑，尤其是洗澡這件事根本不符合波特的習慣。還有，他們說鎮上的人已經開始搜捕這名「凶手」了（人們對於蒐集證據定人入罪這件事從不拖泥帶水），可是卻沒有找到。騎馬的人沿著四面八方的路去追捕他，鎮上的警長深信天黑之前就能逮到他。

全鎮的人如潮水般湧向墳場，湯姆突然不傷心了，也跟在後面。實際上，他很想到別的地方去，卻被一種可怕的、無法言喻的魔力吸引到這裡。到了之後，他矮小的身體被人群擠來擠去，擠到了前排，看見了悲慘的場景。他彷彿覺得自從前一晚來過這裡後，已經過了許多年。這時候，有人在他手臂上擰了一下，他轉過身來，發現是哈克貝利。他們的目光一相接，立刻又轉向其他地方，生怕被旁人看出什麼端倪；可是大家都在談話，一心關注眼前的慘狀。

「可憐的人呀！」「不幸的年輕人呀！」「這對盜墓者來說是個教訓！」「莫夫．波特要是被逮住了，一定會被絞死！」人群中不時傳出這樣的言語。牧師卻說：「這是他應得的懲罰。」

這時，湯姆的目光落到了印第安．喬的臉上，發現他無動於衷。湯姆從頭到腳嚇得直打冷顫。人群開始騷動起來，有人大呼：「就是他！就是他！他竟自己來了！」

「是誰？是誰？」有一二十人問道。

「是莫夫．波特！」

「哎呀！他停下了。注意，他轉身了！別讓他給跑了！」

「他不是要跑，只是有點遲疑和慌張。」湯姆抬起頭，看見這是爬在樹上的人在說話。

「該死的！」一個旁觀者說，「幹了壞事，還想偷偷跑來看熱鬧，真不要臉。沒想到會來這麼多人吧？」

人群閃開了，讓出一條路。警長抓著波特的手臂，炫耀似地走上前。這個可憐的傢伙臉色憔悴，眼中流露出恐懼的神色。到了屍體面前，他像中風似的，用手捂著臉，突然哭了起來。

「這不是我幹的，鄉親們，」他嗚咽著說，「我敢發誓，我從來沒有殺人。」

「誰控告你殺人了？」有人大聲喊道。

這句話給了波特一絲希望。他抬起頭，絕望而可憐地環視了周圍。他看到印第安．喬，便大聲喊道：

「哦！印第安．喬，你保證過絕不——」他的話還沒說完，警長就將一把刀扔到他面前，說：

「這是你的刀嗎？」

聽到這話，要不是波特被人們扶著慢慢放到地上，他差點當場昏倒。

「不知怎地，我不由自主地想回來拿走……」他哆哆嗦嗦地說著，然後像洩了氣的球一樣，無力地揮了揮手，說：

「告訴大家，喬，跟他們說。反正隱瞞也沒有用了。」

於是哈克貝利和湯姆目瞪口呆地站在那裡，聽著那個鐵石心腸的傢伙滔滔不絕對大家扯了一套謊言。他們希望老天有眼，當場用雷劈死這個騙子！可是恰好相反，那個騙子卻神氣活現，安然無恙。他們原打算把誓言拋到一邊，出面搭救那個被陷害的可憐人，見了這番情景，卻更加猶豫不決了；再加上那個壞蛋一定已經把靈魂賣給了撒旦，與它們鬥也太不自量力了。

「你怎麼不遠走高飛？還回來幹什麼？」有人問道。

「要是能那樣就好了，」波特呻吟著說，「我逃過，但不知怎麼搞的，除了來這裡，我別無其他地方可去。」說完他又嗚咽起來。

幾分鐘後，在驗屍的時候，印第安．喬先是發誓，然後又不慌不忙地把那套謊話重複了一遍。天空並沒有雷電大作，兩個孩子更加深信：喬的確已把靈魂賣給了魔鬼。這個傢伙雖然凶殘虛偽，但兩個孩子卻感到十分好奇，迷得他們目不轉睛地盯著他。

他們暗自決定，晚上要是有機會就去監視他，看能否見識一下他那魔鬼主人的真面目。印第安．喬幫忙把屍體抬上馬車運走，驚魂未定的人群則七嘴八舌地說那死人的傷口流了點血，兩個孩子想到這一條線索或許有助於人們作出正確判斷，查出真正的凶手。但他們馬上又洩了氣，因為不只一個村民說道：

「當時，莫夫．波特離死人不到三呎遠呢！」

湯姆既不敢說出可怕的真相，良心又受到煎熬，害得他之後的一週睡不安穩。一天，吃早飯時，席德說：

「湯姆，你翻來覆去，還說夢話，我被你搞得一個晚上只睡著了一半。」

湯姆聽完後臉色慘白，垂下了眼皮。

「這可不是好兆頭，」波麗姨媽沉著臉說，「湯姆，你有什麼心事嗎？」

「沒有，我什麼都不知道。」但他的手在發抖，把咖啡給潑了出來。

「昨晚你的確說了，」席德說，「你說：『是血，是血，就是血！』你反覆說個不停，還說：『不要再這樣折磨我了——我乾脆全說出來！』說出來什麼？是什麼事呀？」

湯姆只覺得眼前一陣暈眩，前途未卜。幸運的是，波麗姨媽轉移了注意力，無意中替湯姆解了圍。

「哎！沒什麼，不就是那樁恐怖的謀殺案嗎？我夜裡經常夢見那樁案子，有時還夢見是自己幹的呢！」

瑪莉說她也有同樣的感覺，這下席德才不再問東問西了。湯姆總算騙過了席德，隨後他就溜之大吉。接下來的一週裡，他說自己牙痛，每天晚上睡覺都把嘴封起來。可是席德夜裡總是盯著他，時常解開他封嘴的帶子，然後側著身子聆聽好一陣子，再把帶子綁上。這一切，湯姆都被蒙在鼓裡。漸漸地，他的心情平靜了許多，也不再裝牙痛了。即使席德從湯姆夜裡的夢話中理出個頭緒來，他自己知道也就罷了。

湯姆覺得，同學們一天到晚玩替貓驗屍的遊戲，這總讓他想起那天的驗屍場面，感到非常不愉快。席德發現：湯姆以前做什麼新鮮事都喜歡打頭陣，但現在玩驗屍遊戲時，他再也不扮驗屍官了；還有，湯姆也不願演證人——這確實令人不可思議。席德還清楚地記得在玩驗屍遊戲時，湯姆明顯表現出厭惡的樣子，要是可能，他總是盡量避開這個遊戲。席德感到奇怪，但並未有任何表示。

湯姆一直感到很難過。一兩天之後，他把自己能弄到手的小慰問品送到那個「凶手」那裡，找個機會從小柵欄窗戶遞進去。牢房很小，是一間磚砌的小屋，位於村邊的沼澤地上，沒人看守——事實上，這裡經常空著。湯姆覺得這麼做，讓他的心靈得到不小的寬慰。

全鎮的人強烈要求把那個盜墓賊印第安·喬給趕走，在他身上塗柏油、插羽毛，讓他騎在木槓上被抬走（註：以上皆為當時盛行於美國的私刑）；但這個傢伙可不是好惹的，沒有一個人願意帶頭做這件事，事情也就這樣不了了之。印第安·喬參與過兩次作證，都只談了打架的事情，沒有承認盜墓，所以人們覺得這樁案件目前最好不要付諸法庭。

第十二章

湯姆轉移了注意力，不再為心中的秘密苦惱，原因之一是他現在感興趣的是另一件更重要的事情：貝琪不來上學了。湯姆和自尊心鬥爭了幾天，老想把她忘記，但總是沒成功；最後，他發現自己晚上總是一個人傷心地在她家附近徘徊。原來她生病了。但萬一她死了呢？想到這裡，他幾乎快發瘋。什麼打仗啦、當海盜啦，對他來說頓時失去了樂趣。美好的生活一去不返，留下的盡是些煩惱。他收起鐵環，把球拍放到一邊——這些東西已經沒用了，不能再帶來快樂。最擔心他的是波麗姨媽，她馬上想用各種藥來治療他。她就像某些人，對於特效藥或是強身健體等之類的保健藥品，總是不分青紅皂白地想先試為快。只要有新的藥問世，她從不漏掉一樣，一股腦兒都拿來嘗試；但她自己從不生病，所以不會放過任何機會。她訂閱了所有醫學雜誌和骨相學之類的刊物，把裡頭一本正經的胡說奉為圭臬；什麼通風透氣、如何上床和起床、吃什麼、喝什麼、運動量多少最好、保持什麼心情，還有穿什麼樣的衣服等等，這一切廢話都被她當成至理名言。有趣的是，儘管前後兩期雜誌的內容自相矛盾，但她從來沒有察覺過。她的頭腦簡單，心地單純，所以很容易上當受騙。於是，她收集那些鬼話連篇的刊物和騙人的藥，用比喻來說，就像是帶著死神的催命符，騎上灰馬到處跑（註：灰馬在基督教中象徵死亡）；但她卻以為帶的是靈丹妙藥，自己是名醫再世，受苦受難的鄰里有救了。

當時，水療法是個新玩意，正巧湯姆的精神也不怎麼好，這正中她的下懷。早晨天一亮，她就把湯姆叫到房間外，要他在木棚裡站好，然後沒頭沒臉地往他頭上澆了幾桶涼水；她還用毛巾像銼東西一樣用力替湯姆擦身子，讓他恢復精神。接著她用濕床單包裹住湯姆，再蓋上毯子，捂得他大汗淋漓，說是替他洗淨靈魂。

用湯姆的話來說，這就是「讓汙泥穢水從每個毛孔中流出」。

經過這番「好心」的折騰，那孩子反而更加憂鬱、蒼白、無精打采了。於是，她又用了熱水浴、坐浴、淋浴，以及全身水浴法，但都無濟於事。湯姆看起來仍然像一口棺材，死氣沉沉。她又特別在水裡加了一點燕麥和治療水泡的藥膏，又像估量罐子容量一樣來計算湯姆的用藥量，每天拿些靈丹妙藥讓他服用。

此時的湯姆對這種「迫害」般的治療早已麻木不仁，老太太更加驚恐不已。她決心不惜一切代價治好他的麻木不仁。她一聽說有「止痛藥」這種東西，立刻去買了一些，心想這下有救了。這種藥是一種烈性的液體，她放棄水療法和其他辦法，把希望全寄託在這種藥上。她給湯姆服了一湯匙，然後焦急萬分地等待結果。藥果然見效了，湯姆不再麻木不仁了，她的心情馬上平靜下來，變得無憂無慮。再瞧瞧湯姆，他突然變得興致勃勃，就算老太太真的把他放在火上，也激不起他現在的熱情。

湯姆覺得自己該醒了，儘管姨媽的折騰讓他覺得充滿浪漫情調，卻缺乏理智，攪得人眼花繚亂。他絞盡腦汁，終於想出一個解脫的計畫：他假裝喜歡吃止痛藥，不時就找姨媽要藥吃，結果弄得她煩躁起來，最後乾脆讓湯姆自己動手去拿，只要別來煩她就行。要是換成席德，她完全可以放心，但對方可是湯姆，因此她暗中注意藥瓶的情況。她發現藥瓶裡的藥越來越少，但萬萬沒想到：湯姆正在客廳裡，用這種藥填補地板的裂縫。

有一天，湯姆正在「餵」裂縫吃藥，姨媽養的那隻黃貓彼得一邊叫一邊走過來，眼睛貪婪地盯著湯匙，好像想嘗一口。湯姆說：

「彼得，如果不是真的想要，就別吃了。」可是彼得表示牠確實想要。

「你最好想清楚。」

彼得的表情似乎很堅定。

「這是你自找的，我就給你，我可不是小氣。要是你吃了覺得不對勁，別怨我，只能怪你自己。」

彼得沒有異議，於是湯姆撬開牠的嘴，把止痛藥灌下去。彼得立刻竄出兩三碼遠，狂叫著在屋裡跑來跑去，然後「砰」地一聲撞在傢俱上，打翻了花瓶，弄得一團亂。接著牠又昂起頭，後腿著地，狂喜地跳來跳去，按捺不住高興的聲音。隨後，牠又在屋裡狂奔，所到之處，不是碰翻這個就是撞毀那個。當波麗姨媽進來時，正好看見牠在翻跟斗。最後，牠「哇」地大叫一聲，從敞開的窗戶一躍而出，把剩下的花瓶也撞了下去。老太太嚇呆了，站在那裡，眼睛從鏡框上向外瞪著，而湯姆卻躺在地板上笑得喘不過氣來。

「湯姆，那貓到底得了什麼病？」

「我不知道，姨媽。」他喘著氣說。

「我真沒見過這種事，牠到底為什麼會變成那樣？」

「我真的不知道，姨媽，貓開心的時候總是那個樣子。」

「是這樣嗎？」她的語氣有點令湯姆生畏。

「是的，姨媽，我是這樣想的。」

「你是這樣想的？」

「是的，姨媽。」

老太太彎下腰，湯姆焦慮萬分地關注著。當他看出老太太的用意時，已經來不及了——因為證據之一的湯匙已暴露在床單下。波麗姨媽撿起湯匙，湯姆害怕得垂下眼皮。接著波麗姨媽一把揪住他的耳垂，還用指套狠狠地敲他的頭，敲得咚咚作響。

「我的小寶貝，你幹嘛要這樣對待那個可憐的東西？牠又不會說話！」

「我是可憐牠才餵牠吃藥的。妳瞧，牠又沒有姨媽。」

「你說什麼！牠沒有姨媽？傻瓜！那跟這件事有什麼關係？」

「關係可大了。要是牠有姨媽，那肯定會無視牠的感情，拚命灌牠吃藥，直到燒壞牠的五臟六腑為止！」

聽到這裡，波麗姨媽感到一陣難受，後悔不已。湯姆的話讓她頓悟過來：貓受不了，那人不也同樣受不了嗎？她心軟下來，內心感到愧疚，眼睛也濕潤了。她把手放在湯姆頭上，親切地說：

「湯姆，我是一番好意；再說，湯姆，我那麼做對你確實有好處。」

湯姆抬起頭，嚴肅地看著姨媽的臉，並眨著眼睛盯著她說：「我的好姨媽，我知道妳是好意，我對彼得也是好意呀！那藥對牠也有好處，自從我灌藥給牠吃後，我再也沒有看見牠的影子了。」

「哦，該死的！湯姆，別再氣我了。你就不能當個聽話的孩子嗎？哪怕一次也行，這樣的話，就不需要再吃藥了。」

湯姆早早來到學校，大家發現他最近每天都是這樣。和平常一樣，他沒跟伙伴們一起玩耍，而是獨自一人在校門口徘徊。

他說自己病了，看上去也確實像生病的樣子。他裝出若無其事的樣子東張西望，其實他真正關心的是那條大路。這時，傑夫．柴契爾的身形躍入眼簾，湯姆喜上眉梢，盯著他看了一會，然後又失望地轉過身去。等傑夫走近後，湯姆主動上前跟他搭話，想套出有關貝琪的情況，但只是白費力氣。湯姆只好繼續等待，每當路上出現了女孩子的身影時，他都滿心歡喜；等到靠近一看，發現不是他要等的人，他又馬上恨得咬牙切齒。後來，路上一個人影也沒有了，他的希望破滅了，只好悶悶不樂地走進空無一人的教室，坐在那裡難過。

這時，湯姆看見女孩的衣服從大門口飄進來，心怦怦直跳。他馬上跑出教室，像印第安人一樣開始登場表演。他叫著、笑著、追趕著，甚至不顧摔斷手腳的危險跳過柵欄，前後翻著跟斗或是倒立；總之，凡是他能想到的花招，他全都做了。他一邊做，一邊偷瞄貝琪是不是看見了。但她似乎一點也沒看見，甚至連一眼都不想看——也許是因為她沒有注意到他。於是湯姆又靠近了一些，「衝啊！殺呀！」地喊個不停。他跑去抓下一個男孩的帽子，扔到教室的屋頂上，然後又衝向另一群孩子，弄得他們跌跌撞撞地散開來，自己也一下子摔倒在貝琪面前，還差點把她絆倒。貝琪轉過身去，昂著頭。

湯姆聽見她說：

「哼！有的人自以為了不起，總想在別人面前出風頭！」

湯姆被說得滿臉通紅。他爬起來，偷偷地溜掉了，一副垂頭喪氣的模樣。

第十三章

湯姆現在橫了心。他既憂鬱又絕望，覺得自己成了無親無友的棄兒，沒有人愛他。也許，等那些人發現他們把他逼到這一步時，一定會覺得內疚。他一直努力不出差錯，改過向善，但人們卻又不讓他那麼做；既然他們一心要避開他，那就請便吧！就讓他們為了將要發生的事來責怪他好了——他們總是這副德性，隨他們去吧！話又說回來，像他這樣一個無親無故的孩子哪有資格責怪人家呢？是的，是他們逼他鋌而走險的——他要過犯罪的生活，別無選擇。

此刻他已快走到草坪巷的盡頭，學校的上課鈴聲隱隱在耳邊響著。一想到自己永遠也聽不到這熟悉的聲音，他忍不住啜泣起來——殘酷的事實怎能不令人難受呢？但這是被逼的呀！既然他們存心要把他逼進冷酷的世界，他也只好認命——但他原諒了他們。想到這裡，他哭得更傷心了。

就在這時，他遇到了他的好兄弟喬．哈伯——他兩眼發直，顯然心懷鬼胎。不用說，他們正是「志同道合」的朋友。湯姆用袖子擦了擦眼睛，邊哭邊說自己決心要離開這地獄般的鬼學校和沒有同情心的家人，浪跡天涯，永遠不回去。最後他說，希望喬別忘了他。

巧的是，喬原來也是特地趕來向湯姆告別，向他提出這個請求的。他媽媽因為他偷喝乳酪揍了他一頓，其實他根本沒喝，也根本不知道這回事。顯然，她討厭他了，希望他滾蛋——既然她這麼想，他除了服從又能怎麼樣呢？但願她能開開心心，永遠不會後悔自己把可憐的兒子趕出家門，讓他在冷酷的世界受罪、死亡。

兩個孩子一邊傷心地趕路，一邊訂下一個新盟約，發誓互相幫助，情同手足，永不分離；除非死神硬要拆散他們，讓他們獲得徹底的解脫。接著，他們開始擬定行動計畫。喬提議去當隱士，遠離人群，露宿野外，靠乾麵包維生，等著有一天被凍死、餓死，或傷心而死。但聽完湯姆的建議後，他覺得幹犯罪的勾當也不賴，於是欣然同意去當海盜。

在聖彼德堡鎮下游三哩的地方，密西西比河寬約一哩多，那裡有個狹長的、林木叢生的小島；島前有塊淺灘，這裡是個秘密集會的好地點；島上荒無人煙，離岸很近，河岸旁還有片密林，人跡罕至；於是他們選中了這個傑克森島。至於當海盜後要打劫誰，他們一點主意也沒有。接著，他們找到了哈克貝利．芬，他馬上就入了伙，因為他隨遇而安慣了，對什麼都無所謂。不久，他們便分了手，約好在他們最喜歡的時刻——半夜，在小鎮上游兩哩處的河岸上一個僻靜處碰面。那裡有艘小木筏，他們打算據為己有。每個人都要帶上釣魚鉤和線，以及各自的寶物——也就是像強盜們一樣，去偷些東西來裝備自己。天才剛黑，他們就已經在鎮上放出消息，說人們很快就將「聽到重大新聞」。做了這些事後，他們感到得意不已；凡是得到這種暗示的人，都被他們一一叮嚀「別吭聲，等著瞧」。

半夜時分，湯姆帶著一隻火腿和幾件小東西趕來了。他站在一個小懸崖上又密又矮的樹林裡，從懸崖往下望，就能看見他們約好的碰面地點。這是個星光燦爛的夜晚，四周一片寂靜，寬闊的河流如海洋般靜臥著。湯姆側耳聽了一會兒，沒有什麼聲音來打擾這片寧靜，於是他吹了一聲口哨，聲音雖低，卻清晰可辨。懸崖下立即有人回應。湯姆又吹了兩聲，也得到了同樣的回應；接著是一個警覺的聲音問：「來者何人？」

「我乃西班牙海黑衣俠盜湯姆．索耶，你是何人？」

「赤手大盜哈克．芬，海上死神喬．哈伯。」

這兩個頭銜是湯姆從他最愛看的書裡挑出來，封給他們兩人的。

「好，口令呢？」

在一片寂寥中，兩個沙啞的聲音幾乎齊聲喊出一個可怕的字：「血！」

於是湯姆把火腿從崖上扔下去，自己也跟著滑下來；這一滑讓他的衣服和皮肉都嘗到了苦頭。其實，有一條平坦的小道可以直通崖下，但那條路太輕鬆、沒有危險，反而讓這位海盜覺得不夠刺激。

「海上死神」帶來了一大塊鹹豬肉，這幾乎累得他筋疲力盡。「赤手大盜」偷來了一只長柄平底鍋，外加一些烤得半乾的煙葉、幾個玉米芯，準備用來做煙斗。不過除了他自己以外，這幾個海盜沒有人抽煙，也不嚼煙葉。「西班牙海黑衣俠盜」說，要是沒有火，就什麼事也辦不成。這真是一個聰明的建議，當時在那一帶，人們幾乎不知道火柴這種東西。他們看見一百碼外的上游處一條大木筏上有堆冒煙的火，就溜過去取了些火種。他們故意裝出驚險的表情，不時說一聲：「噓！」然後用手指壓著嘴唇停下來。他們手握想像中的刀柄前進，陰沉著臉，低聲發佈命令，說只要「敵人」膽敢動彈，一律「殺無赦」，因為「死人是不會說話的」。他們明知撐筏人到鎮上的商店去採購或是飲酒作樂了，但仍然按小偷的習慣盜走了船。

他們很快就撐著木筏離岸了，由湯姆負責指揮，哈克划右槳，喬划前槳。湯姆站在船中間，眉頭深鎖，雙臂抱胸，低沉而又威嚴地下達口令：

「轉舵順風行駛！」

「是——是！船長。」

「穩住，照直走！」

「是，照直走！船長。」

「向外轉一度！」

「遵命！船長。」

幾個孩子穩穩當當地將木筏朝河心划過去，這些口令只不過是為了顯顯威風罷了，並沒有特別的意思。

「現在升的是什麼帆？」

「大橫帆、中桅帆、三角帆，船長。」

「把上桅帆拉起來！升到桅杆頂上。喂！你們六個一起動手——拉起前中桅的副帆！用力一點！喂！」

「是——是！船長。」

「拉起第二接桅帆！拉起腳索，轉帆索！喂，伙計們！」

「是——是，船長！」

「要起大風了——左轉舵！風一來就順風開！左轉，左轉！伙計們，加油！照直——走！」

「是，照直走！船長。」

木筏駛過了河中央，孩子們轉正船頭，接著奮力划槳。水流不急，流速不過二、三哩，之後的四十五分鐘內幾乎沒有人出聲。現在木筏正駛過那隱約可見的小鎮，兩三處閃爍的燈火顯示了鎮的方位，它在星光點點、波光粼粼的河對岸，平靜而安詳地躺著，竟沒有察覺眼前發生了怎樣驚人的一樁大事。黑衣俠盜交叉著雙臂，站在木筏上一動也不動。他在「看最後一眼」，那給了他歡樂又苦悶的感覺，並希望「她」此刻能看見他在白浪滔滔的大海上面對危險和死亡，毫無懼色、一臉冷笑、從容赴死。他稍微用了一點想像力，把傑克森島移到了一眼看不見的地方，因此當他朝鎮上「看最後一眼」時，雖然有些傷感，卻也倍感欣慰。另外兩個海盜也在和故鄉道別。他們望了許久，以至於差點讓急流把木筏沖過了島去；幸好他們及時發現了這一危險，並設法阻止了它。凌晨兩點鐘左右，木筏在島外二百碼的沙灘上擱淺了。於是他們就在水裡跑來跑去，把帶來的東西都搬到岸上。木筏上原有的物品中有一塊舊帆布，他們用它在矮樹叢的隱蔽處搭了座帳篷。把東西放在帳篷裡，自己卻仿效海盜，天氣晴朗時就睡在外面。

在距離樹林深處二三十步遠的地方，他們緊挨著一根倒地的大樹幹生火，架起平底鍋燒了些鹹肉當晚餐，還把帶來的玉米麵包吃掉了一半。遠離人群，索居荒島，在一片原始森林裡自由自在地野餐，似乎趣味無窮，他們說不打算回文明世界了。烈焰升起，照耀著他們的臉龐，也照亮了他們用樹幹撐起的那座林中聖殿，還把光鍍到那些光滑得像油漆過的樹葉和那些綴著花朵的青藤上。

幾個孩子吃完最後一塊鬆脆的鹹肉和一些玉米麵包以後，就心滿意足地倒在草地上。他們本來可以找個更涼快的地方，但熱烘烘的篝火更能烘托浪漫的情調，他們實在難以割捨。

「這不是挺快活的嗎？」喬說。

「快活極了！」湯姆說，「要是那幫小子能看見我們，他們會怎麼說？」

「怎麼說？哈！他們會羨慕得要命——喂，你說對不對？哈克。」

「肯定是這樣，」哈克貝利說，「不管怎樣說，我很喜歡這兒。就這麼生活，我覺得再好不過了。平常我連一頓飽飯也沒吃過——而且這裡也不會有人來欺負你。」

「我也喜歡這種生活，」湯姆說，「不必一大早起床，不必上學，也不必洗臉，那些該死的麻煩事都不必做了。喬，你知道，海盜在岸上時，是什麼事都不必做的；可是當個隱士呢，還必須老是禱告、禱告，一點開心事也沒有，始終是孤孤單單一個人。」

「嗯，對呀！是這樣沒錯，」喬說，「不過你知道，我當初沒想太多。現在試過以後，我情願當海盜！」

「你要知道，」湯姆說，「現在的隱士不像古時候那麼優越了；但海盜一直沒有被人小看過。而且，當個隱士，就得找最硬的地方睡覺，頭上纏粗麻布、抹著灰，還得站在外頭淋雨，還有——」

哈克插嘴：「頭上纏粗麻布、抹著灰幹嘛？」

「我不清楚，不過他們非這麼做不可，隱士就得這樣。如果你是隱士，你也得這麼做。」

「我才不幹呢！」哈克說。

「那你要怎麼做？」

「我不知道，反正我不幹。」

「哼！哈克，你必須這麼做，逃不掉的。」

「哈！我就是不去受那種罪，我會一走了之。」

「一走了之？哼！說得真好，那你就成了一個貨真價實的懶隱士，太丟人現眼了！」

赤手大盜正忙著別的事情，沒有回答。他剛挖空一根玉米芯，現在正忙著把一根蘆葦桿裝上去當煙斗柄，又填上煙葉，用一大塊火紅的炭把煙葉點燃，然後吸了一口，吐出一道香噴噴的煙來——此刻他心曠神怡，愜意極了。旁邊的兩個海盜看著他這副氣派的模樣，十分羨慕，也決定要儘快學會這一招。哈克說：

「海盜通常要做些什麼？」

湯姆說：「嘿！他們過著神仙般的日子——把人家的船搶來再燒掉，搶了錢以後埋到他們島上那些陰森的地方，讓鬼神替他們看守。他們還把船上的人統統殺光——蒙上他們的眼睛，把他們丟到海裡。」

「他們還把女人帶回島上，」喬說，「他們不殺女人。」

「對，」湯姆表示贊同地說，「他們不殺女人——真偉大！那些女人也常常是些漂亮的小姐。」

「他們穿的衣服也總是很講究！哦，還不只這些！他們穿金戴銀。」喬興致勃勃地說。

「誰呀？」哈克問。

「嘿！那些海盜啊。」

哈克可憐兮兮地瞄了一眼自己的衣服。

「我看，憑我這身打扮不配當海盜。」他說，懊惱之情溢於言表，「但我也沒有別的衣服了。」

但另外兩個夥伴安慰他說，只要他們行動起來，很快就能弄到好衣服。他們告訴他，雖然按照一般慣例，闊綽的海盜很講究行頭，但剛入行時穿著破爛也是可以允許的。

他們的談話漸漸停了下來，小流浪漢們睏了，眼皮開始不聽使喚。赤手大盜的煙斗從手中滑到地上，他無憂無慮、筋疲力盡地睡著了。海上死神和黑衣俠盜卻久久不能入眠。既然那裡沒有人強迫他們跪下禱告，他們就躺在地上，只在心裡默默祈禱。其實他們內心根本不想禱告，但又怕惹上帝發怒，降下雷電。很快地，他們也睡意朦朧起來——但偏偏又有什麼東西在搗蛋，不讓他們睡著。那是良心這個傢伙。他們害怕起來，隱約感到離家出走是個錯誤。一想到偷肉的事情，他們更加難受。他們試圖安撫自己的良心，說以前他們也偷過糖果和蘋果，但良心並不接受這個解釋。最後，他們似乎覺得有一個事實是不容忽視的，那就是偷糖果之類的東西只不過是「順手牽羊」，而偷鹹肉和火腿等貴重物品就是真正的偷竊了——聖經裡嚴正禁止這類行為。因此他們暗下決心，只要他們還是海盜，就不能讓偷竊的罪行玷汙他們海盜的英名。最後，良心同意與他們和解了，這兩個令人費解而又自相矛盾的海盜才心安理得地睡著了。

第十四章

早晨，湯姆一覺醒來，迷迷糊糊地不知身在何方。他坐起身，揉了揉眼，向周圍看了看，很快就想起來。此時正值涼爽、灰濛濛的黎明時分，樹林裡一片靜謐，被一種甜蜜的安息與和平的氣氛圍繞著。樹葉一動也不動，沒有任何聲音打擾大自然的酣睡。露珠還逗留在樹葉和草葉上，一層白色的灰燼蓋在火堆上，一縷淡淡的煙直飄向天空，而喬和哈克都還睡得正熟。

這時，林子深處有隻鳥兒叫了起來，另一隻也隨之呼應。接著又聽見一隻啄木鳥啄樹的聲音。淡淡的晨光逐漸發白，各種聲音也緊接著稠密起來。大地萬物，生意盎然；大自然從沉睡中甦醒，精神抖擻地把一片奇景展現在這驚奇的孩子眼前。一條小青蟲從一片帶露的葉子上爬過來，不時地把大半截身子翹在空中，四處嗅一嗅，接著又向前爬——湯姆說它是在探路。這條小蟲爬近他身邊時，他像一塊石頭般凝然不動，滿心希望它能再爬近一些。那條小蟲一下子朝他爬過來，一下子又彷彿改變了主意，打算爬往別處。他的希望也隨之起起落落。後來，小蟲翹起身子，考慮良久，終於爬到湯姆腿上來，在他身上悠遊，於是他心裡充滿了歡樂——因為這表示他將會得到一身新衣服——毫無疑問，是一套光彩奪目的海盜制服。這時，不知道從什麼地方來了一大群螞蟻，正忙著搬運東西；其中一隻正用兩條前肢抓住一隻五倍大的死蜘蛛，奮力拖上了樹幹，一隻背上有棕色斑點的蝴蝶趴在一片葉子的尖端。湯姆俯下身子，對它說：「蝴蝶，蝴蝶，快回家，你的家裡失火啦！

你的小孩在找媽媽。」於是它就拍著翅膀飛走了，回家去看到底怎麼了——湯姆對此毫不懷疑，因為他早就知道昆蟲容易相信火災的事情，頭腦又簡單，經常被人捉弄。不久，又有一隻金龜子飛過來，不屈不撓地在搬一顆糞球；湯姆碰了一下這個小東西，看它把腿縮進身體裝死。這時許多鳥兒吱吱喳喳叫得更大聲了；有一隻貓鵲——一種北方的學舌鳥——停在湯姆頭上的一棵大樹上，模仿著附近鳥兒的叫聲，叫得歡天喜地；隨後又有一隻樫鳥尖叫著疾飛而下，像一團一閃而過的藍色火焰落到一根小樹枝上，湯姆幾乎一伸手就能搆到牠。牠歪著腦袋，十分好奇地打量這幾位不速之客。還有一隻灰色的松鼠和一隻像狐狸的動物匆匆跑來，一會兒坐著觀察這幾個孩子，一會兒又朝他們叫幾聲。這些野生動物也許從未見過人類，因此不知道該不該害怕。自然界的萬物全都醒來，充滿了活力，一道道陽光如長矛般從茂密的樹葉中直射下來，幾隻蝴蝶扇著翅膀翩翩起舞著。

湯姆叫醒了另外兩個強盜，他們大叫一聲，嘻嘻哈哈地跑開了。兩分鐘以後，他們就脫得一絲不掛，跳進白沙灘上那片清澈見底的水裡互相追逐，扭打嬉戲。寬闊的河流對面就是村莊，但他們並不想念。他們的小木筏似乎被一股激流或一陣上漲的潮水沖走了，他們卻為此感到慶幸；因為少了木筏，就像是燒毀了他們與文明世界間的橋樑，斬斷了他們返家的念頭。

他們回到營地時，神采奕奕，興致勃勃，卻也飢腸轆轆，於是把篝火又撥旺了。哈克在附近發現了一處泉水，孩子們就用大片的橡樹葉和胡桃樹葉做成杯子；他們覺得這泉水有一股森林的清香，完全可以取代咖啡。喬正在切鹹肉片做早餐，湯姆和哈克要他稍候片刻；他們來到河邊，找了一個僻靜之處，放下魚鉤，沒多久就有了收穫。喬還沒等到不耐煩，他們就拿回幾條漂亮的鱸魚，一對河鱸和一條小鯰魚——這些魚足夠一家人飽餐一頓。他們把魚和鹹肉放在一起煮。令人驚訝的是，魚的味道竟這麼鮮美！他們不知道淡水魚越新鮮，味道也越鮮美；另外，他們也沒有想到露天睡覺、戶外運動、洗澡以及飢餓會讓食欲大增。他們不知道在飢餓的人口中，任何食物都是佳餚。

吃完早飯，他們就在樹蔭底下隨便一躺，哈克抽了一袋煙，然後大家就走進樹林探險。他們隨意走去，一路上跨過朽木、涉過雜林，穿過高大的樹叢；這些大樹披垂著一根根葡萄藤，就像王冠上垂下來的流蘇。他們不時遇到一些幽靜的地方，地面長滿青草，綻放著鮮花，宛如一塊塊鑲著寶石的綠色地毯。

他們看到了很多令人欣喜的東西，不過並沒有什麼稀奇古怪的玩意兒。他們發現這個島大約長三哩，寬四分之一哩，離河岸最近的地方只有一條狹窄的水道相隔，不到兩百碼寬。他們差不多每個鐘頭就游一次泳，所以當他們回到營地時，已過過了大半個下午。他們餓壞了，顧不得停下來捉魚來吃，就拿起冷火腿狼吞虎嚥了一番，吃完就躺在樹蔭下說話。說話聲越來越小，最後終於停住了。周遭的寂靜、森林的肅穆以及孤獨感，慢慢對這些孩子的情緒產生了影響。他們開始沉思，一種莫名的渴望逐漸爬上他們心頭——那是越來越強烈的思鄉情緒，連赤手大盜都在緬懷他從前睡覺的台階和那些大木桶。但是他們對這種軟弱感到害臊，沒有一個人有勇氣說出自己的心事。

有一段時間，他們隱約聽到遠處傳來一種奇怪的聲響，就像偶然會聽到的鐘擺的滴答聲；但後來這種神秘的聲響越來越大，他們不得不去一探究竟。孩子們愣了一下，互相對望一眼，接著側耳細聽。過了好久都沒有聲音，只有死一般的寂靜；後來，一陣沉悶的隆隆聲從遠處滾蕩而來。

「什麼聲音？」喬小聲驚呼。

「我也不知道。」湯姆低聲說。

「那不是雷聲！」哈克貝利說，聲音裡帶有驚恐，「因為雷聲——」

「你們聽！」湯姆說，「聽著——別出聲。」

他們彷彿等了許多年，這時天空才又傳來一陣沉悶的隆隆聲。

「走！去看看。」

他們一下子跳起來，趕緊朝小鎮方向的岸邊跑去。他們撥開河邊的灌木叢，偷偷朝水面看去。那艘渡河用的小蒸汽船在小鎮下游約一哩的地方順流而下，寬大的甲板上似乎站滿了人；另外有好多小船在渡船附近划動，漂來漂去，但他們卻不明白船上的人在做什麼。後來，渡船邊忽地冒出一大堆白煙，像霧一般瀰漫開來。與此同時，那種沉悶的聲音又灌進他們的耳鼓。

「我知道了！」湯姆喊著，「有人淹死了！」

「原來如此！」哈克說，「去年夏天，比爾．特納掉到水裡時，他們也是這樣做的。他們朝水面放炮，好讓落水的人浮上水面。對！他們還用大塊的麵包，灌入水銀，放在水面上浮著。要是哪裡有人落水，麵包就會直直漂過去，停在出事的地方。」

「對，我也聽人講過這些事，」喬說，「不知道那麵包怎麼會那麼靈。」

「哦，或許不是麵包本身很靈，」湯姆說，「我猜八成是人們事先對它唸了咒語。」

「他們可不唸什麼咒語呀！」哈克說，「我親眼見過，他們不唸咒語。」

「哎！那就怪了，」湯姆說，「不過也許他們只是在心裡默唸。他們一定有唸，這是很明顯的。」

兩個孩子覺得麵包沒有知覺，要是沒有人替它唸咒語，它絕不會表現得這麼出色。於是他們同意湯姆說得有道理。

「哎呀！要是我也在場就好了。」喬說。

「我也這麼想。」哈克說，「我寧可用很多東西交換，要人家告訴我是誰淹死了。」

幾個孩子仍然在原地聽著、看著。突然一個念頭在湯姆腦海裡一閃，他恍然大悟地喊道：

「伙伴們，我知道是誰淹死了——就是我們呀！」

他們立刻覺得自己儼然成了英雄，這真是個可喜可賀的勝利！由此可見，還有人惦記他們、哀悼他們、為他們傷心、痛哭。那些人一想到自己曾經虧待這幾個失蹤的苦命孩子，良心就會受到譴責，感到愧疚不已，可是後悔已經太晚了。最重要的是，全鎮的男女老少一定都在談論這幾個淹死的人，而別的孩子見他們如此聲名大噪，既羨慕又嫉妒——這真不賴，總之，當海盜是值得的！

天色漸暗，渡船又回到碼頭，其餘的小船也不見了。海盜們也回到宿營地，他們想到自己新得的榮耀，想到為鎮民惹出的麻煩，感到滿意極了。他們抓了魚、做了晚飯吃完後，就猜想鎮上的人會怎麼想他們，會怎麼說他們；想像著人們為他們心急如焚的情形，這實在得意極了——至少他們是這麼想的。可是，當茫茫夜色罩住大地，他們就漸漸停止了談話，坐在那裡望著火堆，心不在焉。這時候，興奮的感覺過去了，湯姆和喬不自覺地想起了家裡的某些人，他們對這樣過火的玩笑絕不會像他們那樣覺得開心。一陣恐懼襲上心頭，讓他們不安起來，心情沉重，情不自禁地嘆了一兩口氣。後來，喬膽怯地拐彎抹角試探兩個同伙的意思，想知道他們對回到文明世界一事有什麼看法——當然不是馬上回去，只是——

湯姆嘲笑了他一番，潑了他一頭冷水，哈克也站在湯姆一邊。於是那個動搖的份子馬上為自己「辯護」，不想被嘲笑是膽小、想家。叛亂總算暫時平定了下來。

夜色漸深，哈克打起盹來，不久便鼾聲大作。喬也跟著進入了夢鄉。湯姆用手肘支著頭，緊緊盯著他們，很長一段時間沒有動彈。最後，他雙膝撐地，小心翼翼地站起來，在草地裡和篝火的閃亮處搜索。他撿起幾塊半圓形的白色梧桐樹皮，仔細看了看，最後選了兩塊中意的；然後在火堆旁跪下，用他那塊紅硯石在樹皮上吃力地寫了幾個字。他把一塊捲起來，放到上衣口袋裡，另一塊放在喬的帽子裡。他把帽子挪遠了一點，又在裡面放了些小學生最愛的東西——一截粉筆、一顆橡皮球、三個釣魚鉤和一塊叫做「水晶球」的石頭。然後他踮著腳尖，小心地溜出樹林，直到他認為別人已經聽不見他的腳步聲，就立刻朝沙灘飛奔過去。

第十五章

幾分鐘後，湯姆便到了沙洲的淺灘上，朝伊利諾州涉水過去。走到河中央時，水還不到腰部，但流水越來越急。涉水過河是不行了，於是他自信地決定游過剩下的一百碼。他朝上游游去，但是河水又把他往下沖，流速比他想像的要快得多。最後他還是游到了岸邊，又漂浮了一段距離，從一處較低的河堤爬上了岸。他伸手按了按上衣口袋，發現樹皮還在，就鑽進河邊的樹林，身子一路滴著水。將近十點鐘，他從樹林裡走出來，來到小鎮對面的一塊空地，看到渡船正停在高高的河堤旁的樹蔭裡。天空星辰閃爍，大地萬籟俱寂；他悄悄溜下河堤，睜大眼睛四處張望，然後潛入水中，游了三四下，爬上船尾那艘待命的小艇上，躺在座板下面，氣喘吁吁地等著開船。

不久後，船上的破鐘敲響了，有人喊出了「開船！」的命令。一兩分鐘以後，小艇的船頭被渡船激起的排浪沖得直豎起來，船啟航了。湯姆慶幸自己趕上了這班船，他知道這是當晚的最後一班了。好不容易熬過了漫長的十二至十五分種，渡船終於停下來。湯姆從小艇上跳下水，在暮色中向岸邊游去。為了不讓人看見，他在下游五十碼的地方安全地上了岸，接著飛快地穿過冷冷清清的小巷，轉眼間就到了姨媽家的後圍牆下。他翻過圍牆，走近側門。客廳的窗戶發出亮光，於是他朝屋內張望。

屋裡坐著波麗姨媽、席德、瑪莉，還有喬．哈伯的媽媽，大家正在談話。他們坐在床邊，床擺在他們和門之間。湯姆走到門邊，輕輕地撥開門閂，隨後慢慢地推了一下，門露出了一條縫，他又小心翼翼地推開門。每次門發出聲音，他都嚇得發抖，後來他估計可以趴著擠進去時，就把頭先伸進去，心驚膽戰地開始往屋內爬。

「燭光怎麼搖得這麼厲害？」波麗姨媽問，湯姆急忙往前爬，「唉！我想門一定是開著的。啊，門果然開著，怪事真是一樁接著一樁！席德，去把門關上。」

湯姆這時剛好藏到床底下。他躺在那裡，等喘過氣來之後又往前爬，幾乎快碰到姨媽的腳。

「但是，就像我剛才說的，」波麗姨媽說，「他不壞——可以說，他只是淘氣罷了，有點心浮氣躁、冒冒失失的。他只不過是個小毛頭，沒什麼壞心眼，我從沒見過像他那麼善良的孩子。唉……」她開始哭了起來。

「我的喬也是這樣——凡是調皮搗蛋、淘氣的事，他全都做過；但他不自私，心腸也好。天哪！想起揍他的事我就難過。我以為他偷吃了乳酪，不分青紅皂白地拿鞭子抽了他一頓，完全忘記是因為乳酪酸了，我親手倒掉的。唉，這下子我別想活著見到他了，永遠、永遠也見不到了。這個可憐的、苦命的孩子啊！」哈伯太太似乎傷心至極，哽咽著泣不成聲。

「我希望湯姆在另一個世界過得快樂，」席德說，「不過他以前有些表現不怎麼好……」

「席德！」儘管湯姆看不清楚，卻感覺到老太太正瞪著眼睛跟席德說話，「湯姆已經走了，不許你再說他一句壞話！有上帝照顧他——用不著你來操心！噢！哈伯太太，我簡直不知道該怎麼忘掉他！雖然他從前常折磨我這顆衰老的心，但他畢竟也給了我極大的慰藉啊！」

「上帝把他們賜給我們，又把他們收回去了——感謝上帝！但這太殘酷了——啊！實在讓人受不了！就在上禮拜六，喬在我面前放了個炮竹，我就把他揍了一頓；誰知道他這麼快就……啊！要是一切能從頭再來一次，我一定會抱著他，誇他做得好。」

「是啊，是啊，是啊！我理解妳的心情，哈伯太太，我完全理解。就在昨天中午，我的湯姆抓住貓，灌了牠很多止痛藥，當時我以為牠要把家裡給毀了。真是愧對上帝！我拿指套敲了湯姆的頭。可憐的孩子，我那可憐的短命的孩子啊！不過，現在他總算從千萬煩惱中解脫了，我最後聽見他說的話就是責備我……」

老太太傷心得說不下去了，放聲大哭起來。此時的湯姆也開始感到鼻酸——倒不是在同情別人，而是在同情自己。他聽見瑪莉也在哭，還不時為他說句好話。他從未像現在這樣，覺得自己是個不平凡的人物；還有，姨媽傷心的樣子深深打動了湯姆，他真想從床下面衝出來，讓她驚喜欲狂——再說，湯姆也十分喜歡製造一些戲劇化的場面。但這一次他卻沉住氣，沒有輕舉妄動。

他繼續聽著，從零零星星的談話中得知，起初人們以為幾個孩子在游泳時淹死了，之後他們又發現那艘小木筏不見了；接著又有些孩子說這幾個失蹤的孩子曾暗示過他們不久將「聽到重大新聞」，一些聰明人根據這些線索，斷定幾個孩子一定是撐著小木筏走了，不久後就會出現在下游的村鎮。但是接近中午時，人們發現木筏停在小鎮下游五六哩的密西西比河岸邊——而孩子們不在上面。於是希望成了泡影，破滅了！——他們一定淹死了，否則的話，到不了天黑，他們就會餓得跑回家。大家認為打撈屍體是徒勞無益的，因為幾個孩子一定是在河中淹死的，要不然，憑他們那麼好的水性，早就漂到岸上來了。今天是禮拜三晚上，要是到禮拜天還找不到屍體的話，那就沒有希望了。禮拜天早上就舉行喪禮。聽到這裡，湯姆渾身顫抖起來。

哈伯太太哭著道了聲晚安，準備離去。這兩個失去親人的女人忽然一陣激動，抱在一起痛哭了一場，這才分手。波麗姨媽在與席德和瑪莉說晚安時，一反慣例，顯得十分溫柔。席德有點哽咽，瑪莉卻大哭著走掉。

波麗姨媽跪下來，為湯姆祈禱。她祈禱得十分感人，湯姆聽見她聲音顫抖，話裡充滿無限愛意，還沒等她說完便已淚流滿面。

波麗姨媽十分傷心，上床很久以後仍不時發出長吁短嘆，輾轉難眠。但最後，她還是安靜地睡了，雖然偶爾能聽到一兩聲呻吟。於是湯姆便從床底鑽了出來，慢慢站起身，用手擋住燭光，站在床邊端詳著她，心裡對她充滿了憐憫。他從口袋裡掏出梧桐樹皮，放在蠟燭旁邊；可是又忽然想起了什麼事，猶豫了一下。他作出了一個愉快的決定，頓時面露喜色，連忙把樹皮放回口袋。接著他彎下腰來，吻了吻那憔悴的嘴唇，就悄悄地朝門口走去，順便把門閂好。

他繞路回到了渡船碼頭，發現那裡沒人走動，就大膽地上了船。他知道船上只有一個守船的人，而他總是在睡大覺，睡著時就像一尊雕像。他解開船尾的小艇，悄悄跳上去，小心翼翼地朝上游划去。他划離村子一哩後，就調轉船頭，全力衝刺，朝著對岸徑直划過去。他很熟練地靠了岸——這對他來說是雕蟲小技。他很想把這條小船據為己有，想像它是一艘大船，被海盜擄獲是理所當然的。但他轉念一想，又打消了主意，因為人們一定會四處搜索，反而會讓事跡敗露；於是他棄船登岸，鑽進了樹林。

他坐下來，休息了好一陣子，同時拚命忍住睡意，然後小心謹慎地向露營地所在的河灣走去。此時一夜將盡，當他走到島上的沙灘時，天已大亮。他又休息了一會，直到日上三竿，光芒四射，寬闊的河面上金光閃閃，他才朝河裡縱身一跳。很快地，他就渾身溼淋淋地站在營地門口，聽見喬說：

「不會的，湯姆最守信用了，哈克，他會回來，不會拋棄我們的。他知道這麼做對一個海盜來說是不光彩的，像湯姆這樣愛面子的人，絕不會幹出這種事來。他一定是有事離開了。不過，他究竟去幹什麼了呢？」

「哎！不管怎麼說，這些玩意兒歸我們了，對吧？」

「差不多，不過還不能確定，哈克。他在留言裡說，如果吃早飯時他還沒回來，這些東西就歸我們了。」

「說曹操曹操到！」湯姆喊了一聲，像演戲一樣，神氣十足地大步走了進來。

不久，一頓豐盛的鹹肉與鮮魚早餐便端了上來。孩子們圍坐著，一邊大快朵頤，一邊聽湯姆講述回家的經歷，他不忘加油添醋一番。講完之後，這群孩子頓時成了自命不凡的英雄。接著，湯姆躲到一個陰涼幽靜的地方睡覺，一直睡到中午，其餘兩個海盜則忙著為釣魚和探險作準備。

第十六章

吃過午飯後，海盜幫全體出動，到沙洲上去找烏龜蛋。他們用樹枝往沙子裡戳，戳到軟的地方就跪下來用手挖。有時候，他們一次就能挖出五六十顆烏龜蛋；這些蛋又白又圓。當天晚上，他們吃了一頓美味可口的煎蛋，禮拜五早上又飽餐了一頓。

早飯後，他們歡呼雀躍地朝沙洲奔去。一行人相互追逐，圍著圈子，邊跑邊脫掉身上的衣服；等全身脫個精光後，又繼續嬉鬧，一直跑到沙洲的淺灘上，逆流站著。水流從他們腿上沖過，不時要把他們推倒，這種冒險為他們帶來了極大樂趣。有時候，他們彎腰駝背站在一起，互相用手掌朝對方臉上打水；大家越靠越近，頭歪向一側，躲開水花。最後，他們扭成一團，在一番搏鬥後，弱者被按到水裡，其他人也一起潛入水中，幾雙雪白的手臂和腿在水裡交纏，然後猛地跳出水面噴水，哈哈大笑，氣喘吁吁。

等玩得累極了，他們就跑回岸上，四腳朝天地躺在又乾又熱的沙灘上，拿沙子蓋住自己。過一會兒，又衝進水裡，再打一次水仗。後來他們忽然想到，自己身上裸露的皮膚完全可以當成肉色的「緊身衣」，於是他們在沙灘上劃了個大圓，開始演馬戲。三個人互不相讓，誰也不願失去扮演這有趣角色的機會，結果台上出現了三個小丑。

到後來，他們拿出石頭彈珠，玩「補鍋」、「敲鍋」和「碰到就贏」，一直玩到意興闌珊為止。然後喬和哈克又去游泳，但湯姆卻不敢冒這個險——因為他發現剛才他踢掉褲子時，把綁在腳踝上的一串響輪也踢飛了。他很納悶少了這個護身符保佑，剛才玩了這麼久居然沒有出事。後來他找回了護身符，這才敢去玩，但這時兩個伙伴都已玩累了，準備休息一下。於是他們只好無精打采地望著寬闊的河對岸出神，在那裡，他們嚮往的小鎮正在陽光下打盹。湯姆發現自己不由自主地用腳趾在沙灘上寫了「貝琪」。他把字跡抹掉，對自己大為惱火，恨自己意志不堅。然而，他還是情不自禁地又寫了這個名字。他再一次把名字擦掉，為了防止再寫下去，他叫來兩個伙伴，和他們一起玩了起來。

但是喬的情緒一落千丈。他非常想家，簡直忍不住了，淚水在眼眶裡打轉；哈克也悶悶不樂。湯姆雖然也意志消沉，卻盡力不表現出來；他有一個秘密，原本不打算太早說出口，但現在的士氣如此低落，他不得不亮出這張王牌了。他露出興味盎然的樣子說：

「伙計們，我敢打賭這個島以前有過海盜，我們得再去探險。他們一定把珠寶藏在這個島的某個地方了。要是讓我們找到一個爛箱子，裡頭全是金銀財寶，你們會怎麼想？」

兩個伙伴沒有回答他，剛燃起的一點興致也隨之消失了。湯姆又試著用一兩件事來引誘他們，全都失敗了，真讓人掃興！喬坐在那裡，用小樹枝撥弄沙子，一副愁眉苦臉的。最後他說：

「喂，我說，伙計們，就此罷手吧。我要回家，這裡實在太寂寞了。」

「哎！喬，這可不行，慢慢就會好起來的，」湯姆說，「在這裡釣魚不是很開心嗎？」

「我不喜歡釣魚。我要回家。」

「但是，喬，別的地方有這麼好的游泳勝地嗎！」

「游泳有什麼好的？即使現在有人不准我下水，我也不在乎。我就是要回家。」

「哼！豈有此理，就像個找媽媽的小娃娃。」

「對，我就是要去找媽媽——要是你也有媽媽，你也會想去找她的。你說我是小娃娃，那你又有多大呢？」說著說著，喬就有點哽咽。

「好吧，我們就讓這個愛哭的小娃娃回家找媽媽，好嗎？哈克。可憐蟲——他要去找媽媽？讓他去好了。你一定喜歡這裡，對吧？哈克。我們留在這裡，好嗎？」

哈克不輕不重地說了一聲：「好——啊。」

「打死我都不會再跟你說話！」喬說著站起身來，「你走著瞧吧！」他悻悻然地走開，並且開始穿衣服。

「誰稀罕！」湯姆說，「沒人求你跟他說話。滾回去吧！讓人家看你的笑話吧。瞧！你可真是個偉大的海盜。哈克和我不是愛哭的小娃娃，我們要留在這裡，對嗎？哈克，他要走就讓他走好了，少了他，我們搞不好也一樣過得好好的。」

然而湯姆心裡卻不是滋味，他看見喬臉色陰沉，只顧著穿衣服，不免有些驚慌。而哈克老是盯著喬，一言不發，露出想跟他一起走的表情，更令湯姆心神不寧。接著，喬連一句道別話也沒說，就開始下水，朝伊利諾州涉過去。湯姆的心開始往下沉，他瞥了一眼哈克，哈克受不了他的目光，低下了頭。後來他說：

「湯姆，我也要回家。我們在這裡越來越孤單。湯姆，我們也走吧！」

「我絕對不走！你們要是想走，那就走吧！我一定要留下來。」

「湯姆，我還是回去好了。」

「好啊，去吧！去吧！誰攔住你了？」

哈克開始一件一件地收拾自己的衣服。他說：

「湯姆，我希望你也一起走。你好好考慮一下，我們到岸邊等你。」

「哼，你們儘管去吧！沒什麼好說的了。」

哈克傷心地走了。湯姆站在原地，看著他的背影，心裡激烈地掙扎著，真想拋開自尊也跟著他們走。他希望兩個伙伴停下來，但他們仍然慢慢涉水前行。湯姆忽然覺得四周如此冷清、寂寞，在和自尊心作了最後一次交戰後，他終於直奔兩個伙伴，一邊跑一邊喊：

「等一等！等一等！我有話要跟你們說！」

他們立刻站住，轉過身來。他走到他們面前，把那個秘密說了出來。他們起初悶悶不樂地聽著，等到明白了他真正的「意圖」時，便歡呼雀躍起來，連呼：「太妙了！」他們說，要是他一開始就告訴他們，他們怎麼也不會走的。湯姆巧妙地搪塞了過去，他說，他真正擔心的是這個秘密是否真能讓他們在這島上待一陣子，所以他故意守口如瓶，不到萬不得已，絕不亮出這張王牌。

小傢伙們又興高采烈地回來了，痛痛快快地玩著遊戲，不停討論著湯姆那偉大的計畫，稱讚他足智多謀。吃完一頓美味的龜蛋和鮮魚後，湯姆說他要學抽煙，喬表示贊同，說他也想試一試。於是，哈克就做了兩個煙斗，填上煙葉。這兩個外行人除了葡萄藤做的雪茄之外，從沒抽過別的煙，那種雪茄讓舌頭發麻，而且看起來也特別土氣。

他們側身躺下，用手肘靠著地，開始抽煙，抽得小心翼翼，沒什麼信心。煙的味道不怎麼樣，嗆得他們有點喘不過氣來，但是湯姆說：「嘿！抽煙有什麼難的，我以前不知道抽煙這麼簡單，要不然我早就學會了。」

「我也是，」喬說，「這根本不值一提。」

湯姆說：「哎！有好幾次我看別人抽煙，想說要是我會抽就好了；但從沒想到我真的能抽呢！」

「哈克，我也一樣，對吧？」喬說，「你聽我這麼說過，對嗎？哈克。要是我說謊，我隨你擺佈。」

「是的，他說過——說過好多次。」哈克說。

「嘿！我也說過呀，」湯姆說，「唔！總有上百次吧。有一次是在屠宰場，你忘了嗎？哈克。當時鮑伯在場，強尼跟傑夫也在，想起來了吧？哈克。」

「想起來了，的確有這麼一回事，」哈克說，「那是我丟掉白石頭彈珠後的那一天——不對，是前一天。」

「瞧——我就說有吧！」湯姆說，「哈克也想起來了。」

「我覺得我抽一整天也沒問題，」喬說，「我不覺得噁心。」

「我也不覺得噁心，」湯姆說，「我也能一整天抽這種煙。但我敢打賭傑夫就不行。」

「傑夫？哈！讓他抽個一兩口他就會一頭昏倒。不信可以試試看，一次就夠他嗆的了！」

「我敢打賭是這樣沒錯。還有強尼——我倒很想讓強尼嘗個兩口。」

「啊，我也這麼想哩！」喬說，「我敢說強尼最差勁，他只要聞一下這味道就會昏死過去。」

「的確如此，喬。哎——我真希望那些小子能看到我們現在的樣子。」

「我也這麼想。」

「喂——伙計們，先別提這件事。以後找個機會，趁他們都在時，我就走過來問：『喬，帶煙斗了嗎？我想抽兩口。』你就擺出一副毫不在乎的樣子，彷彿這根本不算什麼，然後說：『帶了，這是我那根老煙斗，喏！還多了一根，不過我的葉子不太好喔！』我就說：『哦！沒關係，只要夠勁就行。』然後你就掏出煙斗，我們點上火來抽，慢條斯里的，讓他們瞧個夠！」

「哈！那真有趣，湯姆！我恨不得現在就抽給他們看！」

「我也這麼想！我要告訴他們，那是在當海盜時學會的，他們肯定會希望當初有跟我們一起來。」

「嗯，當然希望囉！我打賭他們一定會這麼想！」

談話就這樣繼續下去。但不久他們就開始洩氣了，講出的話也牛頭不對馬嘴，後來更沉默不語了，但痰卻越吐越厲害。這兩個孩子的喉嚨裡的口水就像噴泉一樣，舌頭下彷彿是個積滿水的地窖，為了不氾濫成災，得不斷把水往外排；但無論他們怎麼盡力把水往外吐，嗓子裡卻還是湧出一股股的水，伴隨著一陣陣噁心。此刻，兩個孩子看起來都臉色蒼白，一副慘樣。喬的手指沒了力氣，煙斗掉了下來，接著湯姆的煙斗也掉了下來。兩個人的口水仍然噴泉似地往向湧，兩個抽水機全力以赴地往外抽水。最後，喬有氣無力地說：

「我的小刀不見了。我想我得去找找看。」

湯姆嘴唇發抖，吞吞吐吐地說：

「我幫你找。你去那邊找，我到泉水旁邊看看。不，哈克，不用你來幫忙——我們兩個就能找到。」

於是哈克重新坐下來等。一個小時後，他覺得有些孤單，便動身去找同伴。他們一東一西，相距甚遠，臉色蒼白地倒在林中睡大覺。他看得出他們對抽煙不太適應，不過現在這種難受感應該已經過去了。

吃晚飯時，大家的話都不怎麼多。喬和湯姆看上去可憐兮兮的。飯後，哈克準備好自己的煙斗，正打算替同伴們也準備，他們卻說不用了，因為晚飯吃的東西不太對勁，他們覺得有些不舒服。

夜半時分，喬醒了，叫醒另外兩個孩子。空氣悶熱逼人，似乎就快變天。儘管天氣又悶又熱，令人窒息，幾個孩子還是依偎在一起，盡力靠近火堆。他們全神貫注、一言不發地坐著、等待著。周圍還是一片肅靜，除了那堆火，一切都被漆黑的夜色吞噬了。

不一會兒，遠處劃過一道亮光，隱約照在樹葉上，只閃了一下便消失了。不久，又劃過一道更強烈的閃光；接著又是一道。這時候，一陣低吼聲穿過森林的枝椏，幾個孩子彷彿感覺一股氣息拂過臉頰，以為是幽靈，嚇得瑟瑟發抖。一陣短暫的空檔後，又是一道觸目驚心的閃光，把黑夜照得亮如白晝，他們腳下的小草清晰可辨，三張慘白、驚懼的臉也展露無遺。一陣轟隆的雷聲當空掠過，漸漸遠去，消失在遙遠的天邊。一陣涼風襲來，樹葉沙沙作響，火堆裡的灰如雪花般四處飛揚。又一道強光照亮了樹林，響雷緊隨其後，彷彿就要把孩子們頭上的樹劈成兩半。之後，又是一片漆黑，幾個孩子嚇得抱成一團，雨點劈哩啪啦地砸在樹葉上。

「快！伙計們，快撤到帳篷裡去！」湯姆大喊。

他們拔腿就跑，黑暗中不時絆到樹根和藤蔓。由於極度害怕，他們拚命地朝不同方向跑。一陣狂風呼嘯而過，所到之處簌簌作響；耀眼的閃電一道接著一道，震耳的雷鳴一陣尾隨著一陣。片刻之間，傾盆大雨直瀉而下，被陣陣狂風沿著地面刮成了一片片雨幕。孩子們相互呼喊著，但他們的聲音被風聲雷鳴完全掩蓋住了。不過，他們總算一個接一個衝回了營地，在帳篷底下躲起來，又冷又怕，渾身濕透。幸好在這樣惡劣的環境下，大家還守在一起，可說是不幸中的大幸。

他們講不出話來，因為那塊舊帆布劈啪作響，這麼大的噪音實在無法交談。狂風越刮越猛，不久便吹斷了繫帳篷的繩子，把它一捲而飛。孩子們手拉著手，逃向河岸上一棵大橡樹底下躲雨，一路上跌跌撞撞，絆到了許多地方。這時候，天空中風雨、閃雷交加，狂暴至極。閃電把天空也照亮了，把世間的一切映照得格外鮮明；被風吹彎的樹木、白浪翻騰的大河、大片隨風飛舞的泡沫以及河對岸高聳峭壁的模糊輪廓，都在那飛揚的亂雲和斜飄的雨幕中若隱若現。每隔一會，就有一棵大樹不敵狂風，嘩啦一聲撲倒在小樹叢中；驚雷如潮，震耳欲聾，可怕得難以言狀。最後的一陣暴風雨更是威力無窮，似乎要在片刻之間把這個小島撕成碎片、燒成灰燼、淹沒樹頂，再把它吹個無影無蹤；要把島上的生靈都震昏、震聾。對這幾個離家出走的孩子來說，這一夜實在夠他們受的了。

不過，暴風雨總算過去了。風雨漸漸平息下來，一切又恢復了寧靜。孩子們回到了營地，他們被嚇得半死，因為緊挨著他們床鋪的那棵梧桐樹被雷劈倒，幸好當時他們不在樹下。營地的一切都被大雨淋透，篝火也熄滅了。這幾個孩子畢竟缺乏經驗，沒有想到防雨的措施；更倒楣的是，他們都淋成了落湯雞，冷得直發抖，狼狽的模樣不言而喻。不過他們很快就發現，原先那堆火已經把他們靠著生火的那根傾倒的大樹幹燒得凹了進去，就在彎起來距離地面一些距離的地方，因此有塊巴掌大的地方沒有被雨淋濕。於是他們很有耐心地設法從那些有遮掩的樹下找來碎葉、樹皮當做火引，總算又把火生了起來。隨後他們又添了許多枯樹枝，讓火苗呼呼直竄，這才感到興高采烈。他們把熟火腿烘乾，飽餐一頓，吃完就坐在火堆旁，把夜裡的歷險大肆渲染一番，一直聊到清晨，因為周圍沒有一處可以睡覺的乾地方。

太陽漸漸升起，照在孩子們的身上。他們感到困倦難耐，就從森林裡走出來，躺在沙灘上睡覺。不久後，他們渾身被太陽曬得燥熱，又懶洋洋地起來弄東西吃。吃完，他們都覺得渾身痠痛，筋骨發硬，於是又有點想家了。湯姆看出了這點，竭力說些開心的事，想打起那兩個海盜的精神。可是，他們對石彈珠、馬戲、游泳等遊戲都不感興趣了。他又向他們提起了那個秘密，這才激起了一點效果。趁著這股氣氛，他又讓他們對一種新玩法產生了興趣，也就是大家暫時放棄當海盜，改扮成印第安人，換換口味。他們一下子被這個主意吸引住了。於是，不久後他們便脫得赤裸裸的，從頭到腳抹了一條條的黑泥巴，就像幾匹斑馬——當然每個人都是酋長；然後他們飛奔入林，去襲擊一個英國佬的據點。

後來他們又分成三個敵對的部落，從埋伏處發出可怕的吼叫，衝出來相互襲擊，被殺死和剝掉頭皮的人數以千計。這是一場血腥的戰爭，也是個痛快的日子。

接近晚飯時分，他們才回到營地集合，飢餓難耐，卻十分快活；不過，又一個難題產生了——互相仇視的印第安人要是不先講和，是不能一起友好進餐的，而講和的儀式中必須抽一袋煙——他們從沒聽過其他講和的辦法。這三個野蠻人中的兩個幾乎一致表示希望當回海盜。最後，大家想不出別的解決辦法，只好裝出一副愉悅的神情，把煙斗要過來，按照傳統的儀式輪流抽了一口。

說也奇怪，他們又很高興自己變成野蠻人了，因為他們收穫不小——他們發現自己已經會抽煙，而不必再藉口找小刀溜掉了——現在他們不會再被煙嗆得難受了。他們當然不會輕易放過這可喜的進步；吃完晚飯，他們又小心地練習了一下，取得了不小的成果，因此，這一晚他們過得喜氣洋洋。他們對自己的收穫非常自豪、滿意，即使他們能把六個印第安部落的人全都剝掉頭皮，或是把全身的皮都剝掉，也不會比這更痛快了。就隨他們在那裡抽煙、閒扯吧！目前我們暫時沒什麼事情要麻煩他們了。

第十七章

也就在同一個禮拜六的下午，鎮上雖然寧靜，但人們的心情卻沉重不已。哈伯家和波麗姨媽家都沉浸在悲傷之中，哭聲不斷。說實話，鎮上本來已經夠寧靜了，現在又靜得更加奇怪。村裡的人幹活時都心不在焉，也很少說話，只是唉聲嘆氣個不停。週六似乎也成了孩子們的負擔，他們玩遊戲時總是提不起精神，後來乾脆不玩了。

那天下午，貝琪在空無一人的學校操場上愁眉苦臉地踱步，心裡感到很淒涼，但找不到什麼安慰自己的東西，於是一邊走，一邊喃喃自語道：

「哦！要是我能再得到那只銅把手就好了！現在我連一件紀念他的東西都沒有了。」她強忍著淚水。過了一會，她停住腳步，自言自語道：

「就是在這兒。哦！要是他再給我一次的話，我絕不會像上次那樣固執了，也不會再像上次那樣說話了。可是他現在已經不在了，我永遠也見不到他了。」

想到這裡，她再也支撐不住。於是她茫然地走開，淚水順著臉頰往下流。後來，有一大群男孩和女孩——他們曾是湯姆和喬的伙伴——走了過來，站在那裡朝柵欄外望去，用虔誠的語調講述著湯姆曾經做過什麼樣的事，以及他們最後一次見到湯姆的情形，還有喬說過的各種話。（現在他們一眼就看出，這一切都充滿了可怕的預兆！）在場的每個人都能講出失蹤的伙伴當時站的確切位置，然後補上一句：「我當時就這麼站著——就像現在這樣，比如你是他——我們距離就這麼近——他笑了，就像這樣——接著我覺得渾身不對勁，就像——很嚇人，你知道的；我當時根本不知道是怎麼回事，但現在我全明白了。」

接著，他們開始爭論是誰最後看見那些失蹤的孩子。許多孩子真是苦中作樂，爭著搶頭功，並且提出了一些證據，證人又加油添醋地糾正了一番。最後公佈結果時，那些被認為是最後看到過死者、並和他們講話的幸運者便擺出一副了不起的樣子，其餘的人則張大了嘴望著他們，羨慕得不得了。有個可憐的傢伙，他沒有什麼值得驕傲的事蹟，於是就想起一件往事，得意地說道：

「哦！湯姆曾經揍過我一次。」

可是，這並沒有讓他得到大家的羨慕——因為大多數的孩子都有資格說這句話。後來，這群孩子繼續聊著，用敬畏的口氣追憶幾位死去的英雄的生平事蹟。

第二天上午，主日學校下課以後，教堂的大鐘一反往常，發出了報喪的聲音。這個禮拜天，鎮上顯得十分寧靜，報喪的鐘聲似乎與籠罩著大地的寂靜很協調。村裡的人開始聚集起來，在走廊裡逗留了一會兒，低聲談論著這件慘劇；可是教堂裡除了女士們走向座位時發出的衣服摩擦聲，沒有任何人竊竊私語。誰也想不起這個小教堂什麼時候曾像今天這樣座無虛席。室內變得鴉雀無聲，大家耐心等了一陣子，才見到波麗姨媽走了進來，後面跟著席德和瑪莉。過了一會，哈伯一家也來了，他們都穿著深黑色的服裝。全場的人都起立，連年老的牧師也不例外；大家恭恭敬敬地站著，一直等到那些家屬在前排就座後才坐下。接著又是一陣默哀，不時夾雜一陣陣哽咽的啜泣聲。然後牧師攤開雙手，做了禱告。人們唱了一首震撼人心的聖歌，之後又唸了一段頌詞：「復活在我，生命也在我。」

喪禮上，牧師描述了死者的美德和他們討人喜歡的行為，以及美好的前途。在座的人都暗自承認他說得對，他們以前真是有眼無珠，居然對這一切視若無睹，只注意他們的過錯和毛病。牧師還講述了這些孩子生前一些感人的事蹟。他們天真可愛、慷慨大方，人們現在輕易就能明白他們過去的行為多麼地高尚、令人讚賞；但當時卻認為那是流氓的行為，恨不得用鞭子狠抽他們。想到這一切，人們也很難過。牧師越說越動容，在場的人也越來越感動，都嗚咽起來。牧師本人也壓抑不住自己的感情，在佈道台上哭了起來。

教堂的長廊裡響起一陣沙沙聲，可是沒有人注意。不久後，教堂的門吱咯一聲打開了，牧師拿開手絹，抬起淚汪汪的眼睛，站在那裡呆住了！於是一雙又一雙的眼睛也順著牧師的視線看過去，接著全體一瞬間都站起來，睜大眼睛看著死而復生的這三個孩子沿著走道大步走過來。走在前面的是湯姆，喬在中間，哈克最後。他們剛才一直躲在沒人的長廊裡，傾聽著追悼他們的頌詞呢！

波麗姨媽、瑪莉，還有哈伯一家立刻朝這幾個復活的孩子撲過去，把他們吻得透不過氣來，同時說了許多感激上帝的話。可憐的哈克卻站在原地，窘迫不安，不知該如何是好，也不知該逃到哪裡才能躲開這些不歡迎自己的目光。他猶豫了一下，正打算溜走，可是湯姆抓住他，說道：

「波麗姨媽，這不公平，哈克也該受到歡迎才對。」

「是的，說得有道理，我很歡迎他。他沒有母親真是可憐！」

波麗姨媽的親切關懷，反而讓他變得更不自在。忽然間，牧師放開嗓音，高聲唱道：「讚美上帝，賜福眾生——唱！大家盡情地唱呀！」

大家果然熱情地唱了起來。人們以飽滿的熱情，大聲唱起了頌歌，歌聲迴蕩在教堂上空。海盜湯姆．索耶向四周張望，發現周圍的伙伴們都在羡慕他，心中暗自承認：這是他一輩子最得意的時刻。

當那些「受騙」的葬禮參加者成群結隊走出教堂時，大家都說：要是能像今天這樣熱情地唱頌歌，他們情願再被捉弄一次。

那一天，湯姆不是挨耳光就是被親吻——這全看波麗姨媽的心情變化。他過去一年所受的加起來，也比不上今天一天多。他簡直搞不清哪一種表示是對上帝的感激，哪一種是對他的愛。

第十八章

這就是湯姆最大的秘密計畫——和他的海盜幫兄弟一起回家，出席自己的葬禮。禮拜六黃昏時分，他們坐在一塊大木頭上，順流而下，漂到密蘇里河的另一邊，在小鎮下游五六哩的地方上了岸。他們在鎮外的樹林裡睡了一覺，醒來時天已快亮，然後悄悄地穿過僻靜的小巷，溜進教堂的長廊。那裡堆滿了亂七八糟的破凳子。他們又接著睡，一覺睡到天亮。

禮拜一早上吃飯的時候，波麗姨媽和瑪莉對湯姆非常親切，他要什麼都滿足他。大家的話也比平常多，談話中，波麗姨媽說：

「喂，湯姆，我不得不說你這個玩笑開得很好。你們幾個為了尋開心，卻讓我們大家受了快一個禮拜的罪！你不該那麼狠心，讓我也跟著受罪。你既然能夠坐在大木頭上來參加自己的葬禮，那為什麼就不能給我一點暗示，說你是離家出走而不是死了呢？」

「是呀！湯姆，姨媽說得對，」瑪莉附和道，「我想你要是想到這一點，一定會那樣做的。」

「你會嗎？湯姆。」波麗姨媽問，臉上一副渴望的神情，「說呀，要是你想到了，你會不會那樣做呢？」

「我——呃，我不知道，要是那樣的話，會壞事的。」

「湯姆，我還以為你有把我放在心上。」波麗姨媽說，她悲傷的語調使湯姆深感不安，「要是你有想到這一點，就算沒做到，那也很不錯了。」

「哦！姨媽，別這麼想，那不要緊，」瑪莉替湯姆開脫道，「湯姆就是這麼輕浮，做事總是莽莽撞撞，從不考慮什麼後果。」

「那更不應該！要是換成席德，那就不一樣了，他一定會告訴我的。湯姆，有朝一日當你回想往事的時候，你會後悔的！後悔當初不應該這樣傷我的心，而那時已經太遲了。」

「噢！姨媽，妳知道我確實是愛妳的。」湯姆說。

「要是你不只用嘴巴說說，還能做到的話，我就會更相信你了。」

「現在我希望當時真的有那麼想過，」湯姆後悔地說，「不過至少我夢見過妳呀！這不也很足夠了嗎？對吧？」

「這算什麼——連貓也會夢見我的。不過話說回來，這總比沒夢見過來得好。你夢見我什麼了？」

「噢，是這樣的，禮拜三晚上，我夢見妳坐在那張床邊，席德靠著木箱坐著，瑪莉距離他不遠。」

「沒錯，我們當時是那樣坐的，我們總是這樣坐。我很高興你在夢裡也為我們這麼操心。」

「我還夢見喬．哈伯的媽媽也在這裡。」

「哎呀！她的確來過。還有呢？」

「噢，多著呢！不過現在記不太清楚了。」

「那麼，盡量回想一下好嗎？」

「我記得好像風——風吹熄了——吹熄了——」

「好好想一想！湯姆，風的確吹熄了什麼東西，說呀！」

湯姆把手指放在腦門上，一副著急的樣子。想了一會又說：

「我想起來了！風吹熄了蠟燭！」

「我的天哪！太對了！接著說，湯姆——再接著說！」

「我記得妳好像說了——哦！我想那扇門……」

「往下說！湯姆。」

「讓我稍微回想一下——別急。哦！對了，妳說妳覺得門是開著的。」

「我當時就像現在一樣坐在這裡，我確實說過！對吧？瑪莉。往下說！湯姆。」

「後來——後來——後來發生的事，我有點說不准；不過我彷彿記得妳要席德去——去——」

「去哪兒？說呀！湯姆，我要他去幹什麼？要他去幹什麼？」

「妳要他——妳——哦！妳要他去關上門。」

「啊！我的天哪！我活了大半輩子還沒聽說過這種怪事！現在我總算明白夢不全是假的。我這就去跟賽倫妮·哈伯（喬的母親）說，要她解釋解釋這件事情。她總是不相信迷信，這回看她還有什麼話好說。再接著往下講！湯姆。」

「哦！我現在全想起來了。後來，妳說我不壞，只不過是淘氣罷了，有點心浮氣躁、冒冒失失的。妳還說我是個小毛頭——我猜妳是這麼說的——沒有任何壞心眼。」

「一字不差！哦，老天！接著講！湯姆。」

「接著妳就哭了。」

「我是哭了，我哭了也不奇怪。那後來呢？」

「後來哈伯太太也哭了起來。她說喬也跟我一樣；她後悔不該為乳酪的事用鞭子抽他，其實是她自己把乳酪倒掉了——」

「湯姆，太神奇了！你的夢就是預言！」

「後來席德他說——他說——」

「我記得我當時好像沒說什麼。」席德說。

「不，席德，你說了。」瑪莉說。

「你們都住嘴，讓湯姆往下說！他說什麼了？湯姆。」

「他說——我想他是這麼說的：他希望我在另一個世界裡過得快樂，但要是我從前某些方面表現得更好的話——」

「瞧，你們聽見了吧！當時他正是這麼說的！」

「還有，妳要他閉嘴。」

「我的確這樣講了！這件事一定有天使在幫助你，一定有天使在背後幫助你！」

「哈伯太太還把喬放炮竹嚇她的事講了一遍，妳就講了彼得和止痛藥——」

「千真萬確！」

「後來你們還談論了很多事情，講了到河裡打撈我們，講了禮拜日舉行喪禮，後來你和哈伯夫人抱在一起哭了一場，最後她就離開了。」

「事情的經過確實如此！確實如此，就像我現在坐在這裡一樣，分毫不差。湯姆，即使親眼見過的人也不能說得更多了！那麼後來呢？繼續說，湯姆！」

「我記得後來妳為我做了祈禱——我能看見，還能聽見妳說的每個字。妳上床睡覺了，我感到非常難過，於是拿出一塊梧桐樹皮，在上面寫道：『我們沒有死，只是去當海盜了。』還把它放在桌子上的蠟燭旁。後來妳躺在那裡睡著了，看上去沒有什麼異樣。我走過去，彎下腰來，吻了妳的嘴唇。」

「是嗎？湯姆，是嗎？為了這一點，我會原諒你一切過錯的！」於是她一把摟住這個小傢伙，這一摟更讓他感到自己是個罪惡深重的小壞蛋。

「雖然這只是一個夢，倒也不錯。」席德自言自語，聲音小得剛好能聽見。

「閉嘴！席德。一個人日有所思，夜有所夢。湯姆，這是我特地為你留的大蘋果，打算要是能找到你，就給你吃——現在去上學吧。你終於回來了，感謝仁慈的天父。凡是相信祂、聽祂話的人，上帝一定會對他們大發慈悲。天知道我是不配的，但要是只有配得到祂庇佑的人才能得到，由祂幫助渡過災難，那就沒有幾個人能在臨死前面帶微笑，從容地到主那裡去安息了。走吧，席德、瑪莉，還有湯姆——快走吧——你們耽誤太多時間了。」

孩子們動身上學去了，老太太就去找哈伯太太，想以湯姆那個活靈活現的夢來說服哈伯太太：夢有時也能成真。席德離開家的時候，對湯姆的話早已心中有數，不過他並沒有說出來，那就是：「這不可信——那麼長的一個夢，居然沒有一點差錯！」

瞧！湯姆現在可神氣了，他成了大英雄。他一改平日的蹦蹦跳跳，走路時腰板挺直，儼然一個受人矚目的海盜。是的，他從人群中走過時，既不看他們一眼，也不理睬他們的話，不把他們當一回事。小孩子們成群結隊地跟在他身後，並以此為榮，湯姆也不介意，彷彿自己成了遊行隊伍中的鼓手或是進城表演的馬戲團的團長那樣引人注目。與他同齡的伙伴們表面上裝作不知道他的經歷，心裡卻嫉妒得要命。要是他們也能像這個傢伙一樣，皮膚曬得黝黑，又如此受人仰慕，那真是死也瞑目！但就算拿馬戲團來換，湯姆一樣也不肯讓給他們。

在學校裡，從孩子們羨慕的眼神中可以看出湯姆和喬簡直被捧上了天！不久後，這兩位「英雄」總算滿足了，不再擺出不可一世的架子。他們開始向那些飢渴的「聽眾」講起自己冒險的經歷。可是才剛一開頭，他們就不往下講了，因為他們豐富的想像力足以提供大量內容，你想故事會有結束的時候嗎？到了後來，他們拿出煙斗，不疾不徐地抽著煙，四處踱著步。這時，他們的光榮達到了登峰造極的地步。

湯姆橫下心來，認為沒有貝琪也沒關係，只要有榮耀就夠了，他願意為榮耀而活。既然現在他出了名，或許她會要求與他重新和好；不過，那是她的事，她會發現他現在根本不在乎了。不久後，她來了，湯姆裝作沒看見她，跑到另一群孩子們中間說起話來。他很快就發現她滿臉通紅，來回走個不停，四處張望，好像在追逐同學們，追上一個就笑著大叫一聲，開開心心的；但他還注意到她總是在他的附近追人，每追到一個，都好像刻意地向他這邊瞥上一眼。湯姆的虛榮心得到了滿足，這下他更覺得自己是個偉人了，因此對她越是不動聲色。她不再嬉戲了，只是猶豫地走來走去，然後嘆了一口氣，悶悶不樂地看著湯姆。她發現他只和艾美一個人講話，不理睬別人，立刻感到極度悲傷，變得煩躁不安。她想走掉，但雙腳不聽使喚，身不由己地來到了人群一旁，裝著滿不在乎的樣子對距離湯姆很近的一個女孩說：

「嗨，是瑪莉．奧斯汀呀？妳這個壞傢伙，怎麼沒去主日學校？」

「我去了——妳沒看到我嗎？」

「沒錯，沒看見。妳去了？那妳坐在什麼地方？」

「我一直都在彼得小姐那一班。不過，我當時倒看見妳在那兒。」

「是嗎？真有趣，我居然沒看見妳。我原本想跟妳說野餐的事情。」

「啊，太捧了！誰來舉辦呢？」

「我媽媽打算讓我舉辦。」

「噢！好極了，希望她會讓我參加。」

「嗯，她會的。野餐是為我舉辦的，我想邀請誰都可以。我要邀請妳，她當然會答應囉！」

「好極了！什麼時候舉辦呀？」

「快了，也許就在暑假。」

「好，這太有趣了！妳打算邀請所有的男女同學嗎？」

「對，凡是我的朋友，我都會邀請，還有想跟我交朋友的人也請。」說完，她偷偷瞥了一眼湯姆，可是他正在跟艾美講島上那場可怕的暴風雨的故事：當時，一道閃電劃破長空，把那棵大梧桐樹「劈成碎片」，而他自己站得離那棵大梧桐樹還「不到三呎遠」。

「喂，我可以參加嗎？」葛雷絲．米勒說。

「可以。」

「還有我呢？」莎莉．羅傑問。

「妳也可以。」

「我也可以嗎？」蘇茜．哈伯問道，「還有喬呢？」

「都可以。」

就這樣，除了湯姆和艾美以外，所有孩子都高興地拍著手，要求貝琪請他們參加野餐。湯姆冷冰冰地轉身帶著艾美走了，邊走邊和她說著話。見到這幅情景，貝琪氣得嘴唇發抖，淚往上湧；她強裝笑顏繼續聊著，不讓別人看出異樣，但是野餐的事如今失去了意義，一切都黯然失色。她馬上跑開，找到一個無人的地方，痛哭了一場。由於自尊心受了傷害，她悶悶不樂地坐在那裡，一直坐到上課鈴響。這時她才站起身來，瞪大眼睛，一副復仇心切的樣子，把辮子往後一甩，說：「他會後悔的。」

下課休息的時候，湯姆仍然一直和艾美玩耍，一副得意洋洋、心滿意足的模樣。他走來走去想讓貝琪看見，藉此激怒她、傷她的心。最後，他終於在教室後面找到她，但他頓時像洩了氣的皮球般，情緒一落千丈。原來，貝琪正舒舒服服地坐在一條小板凳上，和阿爾弗雷德．坦波一起看圖畫書。他們看得津津有味，頭也湊得很近，彷彿世上只有他們兩個人。嫉妒的火焰在湯姆身上燃燒起來，他開始憎恨自己，罵自己是傻瓜，白白放棄了與貝琪重修舊好的機會；凡是能罵自己的話，他都派上了用場。他又急又氣，真想放聲大哭一場，而艾美此時卻很開心，一邊走，一邊愉快地聊著。湯姆一句也聽不進去，只是默默無語地往前走。艾美有時停下來，希望他答話，他很尷尬，答得總是牛頭不對馬嘴；無論問他什麼，回答都是「是的」。他忍不住一次又一次地走到教室後面，看見那可恨的一幕，氣得他眼珠都要掉出來了。更讓他發瘋的是，貝琪根本就沒有把他放在眼裡，不知道世上還有他這個人（他是這麼想的）。事實上，貝琪已經發現他來了，她知道自己贏了這場較量，看到如今輪到湯姆受罪，她十分高興。

艾美興高采烈地說個不停，湯姆感到難以忍受。他暗示自己有事要忙，而且刻不容緩；但這個女孩一點也不理解，照樣講個不停。湯姆心想：「唉！該死的，怎麼老是纏著我不放。」到後來他非走不可了，但她仍然糊裡糊塗的，還說什麼她會「等他」，於是湯姆只得悻悻然地匆忙離去。

湯姆咬牙切齒地想：「如果是城裡別的孩子也就算了，偏偏選了聖路易來的這個自以為是的花花公子！那又怎樣？你剛踏上這塊土地，我不就揍了你一頓嗎？只要讓我逮住，你就得再挨揍一次，到時我可就……」於是他拳打腳踢，憑空亂揮一通，彷彿正在揍那個孩子，挖他的眼睛。「我揍你！我揍你！還不求饒！我要讓你記住這個教訓！」這場想像中的打鬥以對方的失敗告終，湯姆感到心滿意足。

中午時分，湯姆溜回家。有兩件事讓他頭疼不已：一個是艾美的興致，他受不了她的糾纏；一個是教室後面的那一幕，嫉妒讓他再也經不起別的打擊了。貝琪繼續和阿爾弗雷德看圖畫書，時間一分一秒地過去，她想看湯姆的笑話，但他卻沒有來，她那得意的心中不免蒙上一層陰影，她不再沾沾自喜了，隨之而來的是心情沉重。她不能集中注意力，後來又變得悶悶不樂；但希望仍然落空——湯姆並沒有來。最後她傷心極了，後悔自己做得太過分了。那個可憐的阿爾弗雷德見她心不在焉，不停地大聲說道：「喂，妳看這一張真有趣！」這回，她終於耐不住性子了，說道：「哼！別煩我了。我不喜歡這些東西！」說完，她大哭起來，站起身轉頭就走。

阿爾弗雷德跟在她身旁，想安慰她，但她卻說：「滾開！別管我。我討厭你！」

於是這孩子停下了腳步，納悶自己做錯了什麼——因為他們已經約定好，整個午休時間都要一起看圖畫書——可是現在她卻哭著走了。他苦苦思索著，來到了空蕩蕩的教室，感覺受了羞辱，非常惱火。很快地，他想通了：原來他成了這個女孩報復湯姆的工具。想到這一點，他更加痛恨湯姆。他希望能找個方法，既能讓那傢伙吃苦頭，又不連累自己。這時候，他看見湯姆的拼音課本。報復的機會來了，他喜滋滋地把書翻到當天下午要學的那一課，然後把墨水潑在上面。

阿爾弗雷德的這個舉動被站在他身後窗外的貝琪發現了，她馬上不露聲色地走開。她打算回家告訴湯姆這件事，他一定會感激她，然後與她和好。但走到了半途，她又改變了主意——一想起湯姆在她說野餐的事情時的那副神氣模樣，她心裡一陣陣灼熱，感到無地自容。她下定決心，要讓湯姆被鞭打，而且要永遠恨他。

第十九章

湯姆悶悶不樂地回到家裡。姨媽一見到他就把他罵了一頓，讓他覺得即使回家也未必能減輕痛苦。

「湯姆呀！湯姆，我想剝了你的皮！」

「姨媽，我怎麼了？」

「瞧！你太過分了。都是因為你，我傻乎乎地跑去找哈伯太太，像個老傻瓜一樣，希望能說服她相信你編的那個鬼夢。可是你瞧！她早就從喬那裡聽說你那一晚回過家，聽見了我們說的一切。湯姆，我不知道你這個孩子將來會怎麼樣。都是因為你，我才跑去哈伯太太那裡，出盡了洋相。一想到這裡我就傷心！」

湯姆沒想到事情會鬧到這種地步。他還以為這只是饒富創意的小玩笑，但現在看來既卑鄙又可恥。他先是低下了頭，無言以對，然後開口說：

「姨媽，我真不該那樣做。不過我沒想到——」

「是的，孩子，你從不好好思考，只想到自己。你能想到夜裡從傑克森島大老遠跑來幸災樂禍；能想到捏造一個夢來騙我；卻想不到來告訴我們你還活著而且沒有死。你知道我們當時多麼傷心嗎？」

「姨媽，我現在知道了，這麼做太卑鄙了。但我不是故意的。真的，我不是故意的。還有，那天晚上我回來這裡不是要幸災樂禍的。」

「那你回來幹什麼呢？」

「是來告訴你們別為我傷心，因為我們並沒有淹死。」

「湯姆啊！湯姆，要是我能相信你真有這麼好的心腸，還會為別人著想，那可就謝天謝地了！不過你是個什麼樣的人，你自己心裡有數。我明白。」

「姨媽，我真的是這麼打算的。要是我說謊，我甘願永遠無法動彈。」

「哦！夠了，湯姆，不要說謊——不要說謊，否則事情會變得更糟，更加不可收拾。」

「我沒說謊，姨媽，我說的都是真的。我希望妳不要傷心——我來就是為了這個。」

「湯姆，我真想相信你的話，這樣一切都解決了。可是這聽起來太離譜了，如果真像你說的那樣，孩子，那你為什麼不早點告訴我呢？」

「唉！因為，我聽妳說要替我們舉行葬禮，於是一心想著要跑到教堂躲起來。我捨不得放棄這個好機會。所以，我把樹皮又放到口袋裡，一聲不吭地走了。」

「什麼樹皮？」

「上面寫著我們去當海盜的那塊樹皮。唉！我當時吻妳的時候，要是妳醒過來就好了。真的，我真的是這樣希望的。」

姨媽繃緊的臉一下子放鬆了，她眼裡突然閃現出慈祥的目光。

「你吻了我？湯姆。」

「是啊，我吻了。」

「你確定？湯姆。」

「那還用說。我吻了，姨媽，百分之百確定。」

「那你為什麼要吻我？湯姆。」

「因為我很愛妳，當時妳躺在床上哭泣，我很難過。」

湯姆說得像是真的。老太太再說話時已掩飾不住激動的心情，聲音顫抖地說：

「湯姆，再吻我一下！現在你可以去上學了，不要再來煩我了。」

湯姆剛一走，她就跑到櫥子那裡，拿出湯姆當「海盜」時穿的那件破外套，自言自語說道：

「不，我不敢看！可憐的孩子，我猜他在說謊；不過，這是個善意的謊言，令人欣慰。我希望上帝——我知道上帝一定會原諒他，因為他心地好，才會撒這樣的謊。我情願這不是謊言。我不想看。」

她放下外套，站在原地想了一會。她兩次伸手想再去拿那件衣服，卻又把手縮了回來。最後，她下定決心再次伸出手去，心想：「這謊撒得好，我喜歡這樣的謊話，別讓它壞了我的心情。」於是她翻了外套的口袋，隨即看見了那塊樹皮上的字，於是她老淚縱橫，邊流淚邊說：「就算這孩子犯了錯，哪怕是再大的錯，我現在也能原諒他了。」

第二十章

波麗姨媽再吻湯姆的時候，態度有所變化。湯姆馬上感到精神一振，心情也愉快起來。他上學去了，在草坪巷口碰巧遇上了貝琪。他現在心情變好了，態度也有了一百八十度的轉變，於是毫不猶豫地跑上前說道：

「貝琪，我很抱歉，我今天那麼做實在太不像話了。不過妳放心，我再也不會那樣了。我們和好吧！」

貝琪停下腳步，鄙視地盯著他。

「湯瑪斯．索耶先生，請你別再來糾纏我了，謝謝。我不會再跟你說話的。」

說完，她昂起頭走了。湯姆一瞬間愣住了，等他回過神來，正要反駁「滾蛋吧！自以為是小姐」時，已經來不及了。他雖然沒說什麼，卻憋了一肚子的火。他無精打采地走進校園，心想要是貝琪是個男孩子，他非狠狠揍她一頓不可。隨後，兩人又相遇了，湯姆說了一句刺耳的話就走了，貝琪也回敬了一句，這下子兩人算是徹底決裂了。盛怒之下，貝琪想起了湯姆書上的墨水，她迫不及待，盼望著湯姆早點受到懲罰。她本來還有點猶豫不決，或許還想揭發那是阿爾弗雷德幹的好事，但湯姆那句刺耳的話一下子打消了她的念頭。

真是個可憐的女孩！她就快大禍臨頭、自身難保了，卻一無所知。他們的老師杜賓斯先生雖然已到中年，卻心願未了。他夢想成為醫生，貧窮卻註定他當不了，只能做一名鄉村教師。他每天從講台拿出一本神秘的書，趁不用上課的時候潛心研讀。平常，他總是小心翼翼地把那本書鎖好。學校裡那些調皮的孩子沒有一個不想看一眼那本神秘的書，但總是苦無機會。至於它的內容，孩子們七嘴八舌，各抒己見，但都無法得到證實。

當貝琪走過靠近門口的講台時，正好看到鑰匙還在鎖孔上搖晃。這可是千載難逢的好機會！她環顧四周，發現沒有其他人在場，於是立刻拿出那本書，只見扉頁上寫著「某某教授的解剖學」幾個字。她看不懂，於是繼續往下翻。剛一打開下一頁，一張精緻的彩色裸體圖立刻映入眼簾。就在這時，湯姆從門口走進來，一眼瞥見了那張圖。貝琪連忙抓起書想把它闔上，慌亂中竟把那張圖撕成兩半。她馬上把書扔進抽屜，鎖上鎖，又羞又惱地大哭起來。

「湯姆．索耶！你真卑鄙。偷看別人，還偷看人家正在看的東西！」

「我怎麼知道妳在看什麼東西呢？」

「湯姆．索耶！你應該感到害臊。你會告狀的！這下我該怎麼辦呢？我要挨鞭子了，我從沒挨過鞭子！」

接著她跺著小腳說：

「你想做卑鄙的事，那就隨你的便！不過，你就要完蛋了，等著瞧吧！可惡，可惡！真可惡！」接著，她一陣大哭，衝出了教室。

湯姆被貝琪劈頭罵了一頓，弄得他一頭霧水，站在原地不知所措。後來，他自言自語地說：

「女孩子真是傻得離譜，說什麼從沒挨過鞭子！呸！哪有這回事！挨打算什麼？女孩子就是這樣——臉皮薄，又膽小。不過，我當然不會把這件事告訴杜賓斯老頭。要想找她算帳，方法多得是，用不著幹這種告密的勾當。但那又怎麼樣呢？杜賓斯老頭照樣會查出是誰幹的。他會問書是誰撕的，班上一定沒人回答，於是他會一個一個問；等問到這個女孩時，他就全明白了。女孩子總是沉不住氣，心裡的話全寫在臉上。她們意志薄弱。這次她要挨打了！貝琪呀，貝琪，妳這回難逃一劫。」湯姆又仔細想了一會，「好，就這樣吧，妳不是想看我的笑話嗎？等著瞧吧，有妳好受的。」

湯姆跑到外頭和同學們玩了沒多久，老師就來上課了。湯姆並不想學習，他只要朝女生那邊偷看一眼，貝琪的神情就會令他不安。他左思右想，就是不想同情她，卻也不想幸災樂禍。他很快就發現了拼音課本上的墨漬，於是有一段時間，他一直悶悶不樂地想著自己的事。貝琪反倒來了興致，對事態的發展產生了強烈的興趣；她覺得湯姆不會承認是自己弄髒了書，但也無法因此免罪。她的預料果然不錯，湯姆越是否認，反而越會把事情弄糟。貝琪以為自己會為此感到高興，但後來眼看湯姆情形不妙時，又想當場站出來揭發墨水是阿爾弗雷德潑的。不過她努力忍耐著，強迫自己保持沉默，因為她心想：「他會告發我，把我撕老師書的事說出去。我現在最好什麼也別說，不管他的死活。」

湯姆挨了鞭打，回到座位上，但一點也不傷心。他以為是自己在跟同學們打鬧時，把墨水瓶撞翻，弄髒了自己的書。他否認是自己幹的，只不過是一種習慣罷了；另外，他也認為死不認錯是一種原則。

一個小時過去了，老師坐在座位上打盹，教室裡嗡嗡的讀書聲令人疲乏。漸漸地，杜賓斯先生挺直身子，打著哈欠，然後打開抽屜的鎖，但手才伸出半截卻又停下來，猶豫不決。大多數學生都漫不經心地抬起頭看了一眼——但其中有兩個人特別關注老師的一舉一動。杜賓斯先生把手伸進抽屜，隨便摸了一會，拿出書本，身體往椅子一靠，讀了起來。湯姆瞥了貝琪一眼，她就像一隻被獵人追捕的兔子，牠的頭已經被獵槍瞄準，露出一副絕望無助的可憐模樣。他立刻忘掉了兩人之間的爭吵——得採取行動，越快越好！俗話說「急中生智」，但湯姆這回卻束手無策。有了！就這麼辦。他突然有了靈感：他要衝上去，一把從老師手裡搶過書，奪門而出。可是他稍一失神，就錯過了機會，老師已經翻開了書。湯姆懊悔不已。這下完了，做什麼也來不及了，想幫忙也幫不了了。老師立刻望向學生，大家都低下了頭，就連沒有犯錯的孩子也嚇得不得了。大約有十秒鐘，教室裡一片寂靜。老師的火氣越來越大，終於說道：

「是誰撕了這本書？」

教室裡鴉雀無聲，連一根針掉到地上都能聽見。老師見無人回答，於是逐一盤問學生，看到底是誰撕的。

「班傑明．羅傑，是你撕的嗎？」

老師得到否定的回答。他停了一會問道：

「喬瑟夫．哈伯，是你幹的？」

喬也否認是他幹的。老師不疾不徐又問了幾個學生。湯姆越來越緊張，顯得惴惴不安。老師問完男生，想了想，就轉向女生。

「艾美．羅倫斯，是妳嗎？」

她也同樣搖了搖頭。

「蘇珊．哈伯，是妳幹的嗎？」

又一個否認。下一個就要問到貝琪了！湯姆十分緊張，他意識到情況不妙，嚇得他全身發抖起來。

「蕾貝卡．柴契爾——」湯姆瞄了她臉上一眼，見她嚇得臉色蒼白，「是妳撕——不，看著我的眼睛。」她承認地舉起手來，「是妳撕壞這本書的嗎？」

這時，湯姆的腦中霍地閃出一個念頭，他猛然起身，大聲說道：「是我幹的！」全班同學迷惑不解地盯著湯姆，覺得他太蠢了，蠢得不可思議！湯姆站了一會，好像在讓自己鎮定，然後走上前接受懲罰。湯姆發現那個可憐的女孩眼中先是流露出吃驚，然後是感激，最後是敬慕之情，他覺得即使挨了一百鞭也是值得的，而且自豪不已。因此，在遭受杜賓斯先生有史以來最嚴酷的鞭打時，他吭都沒吭一聲。放學後，他還得被罰站兩個小時。他毫不在意這殘忍的處罰，因為他明白，有個人會心甘情願地在外面等他兩個小時。

當天晚上，湯姆上床睡覺前，盤算著如何報復阿爾弗雷德。貝琪把自己的背叛以及潑墨水的事情一五一十地說了出來。可是不久後，湯姆的思緒又轉到一些美妙的事情上，他的耳邊朦朦朧朧地響起了貝琪剛才說過的話：「湯姆，你真是個高尚的人！」就這樣，他終於進入了夢鄉。

第二十一章

暑假即將來臨，向來嚴厲的老師變得比以往任何時候更加嚴厲、苛刻，目的是要全班同學在考試那一天好好表現一番。他手中的教鞭和戒尺現在很少閒著，至少對那些年齡較小的同學更是這樣。只有最大的男孩子，和十八到二十歲的年輕姑娘才不挨打。杜賓斯先生的鞭子打起來特別痛；別看他頭戴假髮，禿著腦袋，但他到了中年，身上的肌肉沒有一點鬆弛的跡象。隨著考試的臨近，他的蠻勁漸漸暴露無遺；只要學生出了差錯，哪怕是微不足道的小錯，他也要趁機發揮，以懲罰學生來獲取快感。這讓年幼的男孩們恐慌不已，晚上盤算著如何報復。他們一有空就搗蛋，從不放過任何給老師添麻煩的機會。但老師仍然一意孤行，不理睬他們那一套。即使孩子們成功，隨之而來的卻是更嚴厲的懲罰，最後總是以孩子們的徹底失敗而告終。但他們並不服輸，仍然聚在一起密謀，最後終於想出了一條妙計，這回一定能取得輝煌勝利。他們找到油漆匠的孩子，要他發誓保密，然後將他們的秘密計畫告訴他，請他幫忙。雙方一拍即合。原來，這位老師經常在他家吃飯，已經多次得罪了這個孩子。再過幾天，老師的太太要去鄉下作客，那樣他們就能順利地實行計畫；另外，每逢重要日子，老師總會喝得酩酊大醉。那孩子說，考試那天晚上，等老師差不多醉倒在椅子上的時候，他就趁機下手，然後再弄醒他，催他趕快到學校去。

到了預定的時間，晚上八點鐘，那個有趣的時刻終於來臨了。教室裡燈火通明，掛著花環和彩帶，彩帶上紮著葉子和花朵。在高高的講台上，老師像皇帝一樣坐在那張大椅子裡，身後就是黑板。還好他看上去不算太醉。他前面有六排長凳，上面坐著鎮上的重要人士；兩邊又各有三排長凳，坐著學生的家長；左前方，家長座位後臨時搭起了一個大講台，參加晚間考試的學生全都坐在這裡。一排排小男孩被家長打扮得漂漂亮亮，梳洗得乾乾淨淨，穿得整整齊齊，看起來有點不自在。接著是一排排大男孩，顯得靦腆而呆板。再瞧瞧那些女孩們，她們一身素裝，潔白耀眼，個個穿著細麻軟布做的衣服，頭上插著裝飾品——有鮮花、粉紅和藍色相間的髮帶，還有老祖母傳下來的各種小飾品。她們露著手臂站在那裡，顯得格外局促不安。至於那些不用考試的學生，則散坐在教室裡別的地方。

考試開始了。一個年齡小的男孩站起來，按事先準備好的說道：「大家可能沒有想到，像我這年齡的孩子會到講台上來當眾演講。」等諸如此類的話。他一邊說，一邊吃力地比劃著，動作雖然準確，卻很生硬，就像一台故障的機器一般。他機械般地鞠躬退場，獲得了全場一陣熱烈的鼓掌。

一個小女孩臉滿臉通紅、口齒不清地背誦了《瑪莉有隻小綿羊》，然後十分認真地行了個屈膝禮。在博得了大家的一陣掌聲後，她紅著臉，高興地坐了下來。

接著，湯姆十分自信地走上前去，背起了那篇名作《不自由，毋寧死》。他唸得慷慨激昂，不時用力地做著手勢，但他背到一半就背不下去了，怯場的毛病像魔鬼一樣攫住了他。他兩腿發顫，彷彿就要窒息。所有在場的人都替他捏了把冷汗，卻沒有人吭聲，這讓他覺得比同情更加難受。到後來，老師皺起了眉頭——湯姆這下完了。他結結巴巴地想往下背誦，但過了一會，便像一隻戰敗的鬥雞一樣溜下場去。台下的人想鼓一兩掌，但掌聲才剛響起又消失了。

隨即有人背誦了《站在燃燒甲板上的男孩》，《亞述人來了》等一些名篇；接下來是朗讀表演和拼寫比賽；寥寥數人的拉丁語班背誦時顯得無比自豪。最後是晚上的壓軸節目——女孩們朗誦自己的創作。大家一個一個走上前來，站在講台邊，等清完嗓子就拿出稿子（繫著鮮豔的緞帶）唸起來。她們個個唸得有聲有色，賣力的模樣令人幾乎感到不自然。文章的主題都是她們的母親和祖母輩在同樣場合下早已發揮過的。毫無疑問，由此可以追溯到十字軍時代她們家族的母系祖先們，人人都用過這類主題，例如《友情論》，還有《往日重來》、《歷史上的宗教》、《夢境》、《文化的優點》、《政體比照論》、《傷感》、《孝道》、《心願》等等；這類文章的共通點有三個：一是無病呻吟、多愁善感；二是堆砌詞語、濫用華麗詞藻；三是偏愛陳腔濫調。此外，這些文章有個特點，也是它們的敗筆——就是每篇文章的結尾都有一段根深蒂固的說教，好像斷尾的狗一樣，令人難受。無論她們的創作涉及什麼內容，她們都絞盡腦汁，千方百計想給人道德或宗教上的啟示。在眾目睽睽之下，這種說教雖然給人虛假的印象，但這類風氣還是消除不了，時至今日依然如此；也許只要世界還存在一天，這種毫無誠意的說教就永遠消滅不了。在這個國度裡，有哪一所學校的女生不會在文章的結尾加上一段說教呢？更有趣的是，你會發現越是不守規矩、不信仰宗教的那些女孩，她們的文章寫得就越長、越虔誠。

罷了，忠言逆耳，暫且不說這些了。我們再接著講考試的情況。朗讀的第一篇文章題目是《難道這就是生活嗎？》，以下摘錄一段：

飛舞馳騁的想像描繪出一幅幅玫瑰色歡樂的圖畫。那些沉溺於紙醉金迷，耽溺於聲色享受的人群，成了眾人注目的明星。她舉止優雅，身穿素裝長袍，翩翩起舞於歡樂的迷宮。她的眼睛最明亮，她的步伐最輕盈。

夢幻美妙，時光如梭，她進入天堂的時刻來臨了。她的眼前的一切如同仙境！每到一處，景物變得更美。然而時隔不久，她發現漂亮的外表徒有虛名。曾經令她心花怒放的甜言蜜語，現在錚錚刺耳；舞廳變得平淡無奇；她身心憔悴地退出，篤信世俗之樂無法慰藉心靈的企求！

諸如此類的話還有很多。朗讀中，人群裡爆發出一陣滿意的議論聲，還不時突然低聲說道：「多麼美妙！」「真有道理！」「樸實無華！」最後一段佈道詞特別令人難受，大家都巴不得早點結束。朗讀剛完，全場就報以熱烈的掌聲。

下一個站起來的是一位身材瘦弱、性格憂鬱的女孩，她臉色蒼白得引人注目，那是經常吃藥和消化不良留下的後遺症。她朗誦了一首「詩歌」，這裡節選其中兩節就可以了：

《密蘇里少女告別阿拉巴馬》

再見！阿拉巴馬，我愛你篤深，

離別雖短暫，難捨又難分！
想到你，往事歷歷燃胸間，愛憐又悲傷。
曾記否，萬花叢中留下我的足跡，
塔拉波薩溪旁有我琅琅的讀書聲；
我聽過，塔拉西的流水猶如萬馬奔騰，
我見過，庫薩山巔晨曦初現。
我心中充滿悲傷，卻無悔無怨，
含淚回首，心平氣和。
我告別的是我熟悉的地方，
見我嘆息的也不是異鄉客；
來到這裡，我似乎回到久別的故鄉，
但如今我將遠離高山和幽谷。
親愛的阿拉巴馬，一旦我心灰意冷，
那時，我真的告別人寰。

在場很少人理解她「真的告別人寰」的含意，不過對這首詩還是挺滿意的。

接著又上來一位姑娘。她黑眼睛、黑頭發連皮膚也黝黑。上來後，她稍作停頓，這一停頓令人難忘。隨後她一副痛苦不堪的樣子，用莊嚴而又有節奏的語調開始念起來。

《一個夢想》

夜色深沉，狂風肆虐，暴雨傾盆。高高的天上，沒有半點星辰閃爍；雄壯的雷鳴不住地迴蕩，震耳欲聾。

憤怒的閃電穿過烏雲，劃破夜空，似乎在藐視大名鼎鼎的富蘭克林。大風也平地而起，以助雷電群起而攻之，把瘋狂的景象推向高潮。

如此時刻，如此黑暗、陰沉，我心生憐憫地為眾生哀嘆。

「我最親愛的朋友、老師；我的安慰者和嚮導——我悲傷中的快樂，我那隨歡樂而來的幸福」來到我身邊。她像浪漫的年輕畫家筆下的伊甸園仙女一般，漫步在陽光下，步履輕盈，來無聲去無息。若不是她也和別的仙女一樣輕撫人間，予人神奇之震顫，她一定會像浮雲般神不知鬼不覺，消失得無影無蹤。她指著外頭酣戰的狂風暴雨，要人們想想它們象徵什麼。這時她臉上莫名其妙地籠上愁雲，猶如寒冬臘月裡的天氣令人顫慄。

這篇可怕的文章差不多用了十頁稿紙，結尾仍是一段說教詞，把那些不是長老會的教徒說得毫無得救的希望，因此而獲得了頭獎，被認為是當晚最優秀的作品。鎮長在頒獎時，發表了一番熱情洋溢的講話。他說這篇文章是他生平聽過「最美」的文章，連大演說家丹尼爾．韋伯斯特聽了也會覺得驕傲的。

順帶一提，有些人過分使用「美好」兩字，喜歡把人生經歷比喻成「人生的一頁」，這樣的文章像平常一樣出現了很多。

那位老師這時醉得幾乎像是和藹可親的樣子。他推開椅子，背對著觀眾，開始在黑板上畫美國地圖，為地理考試作準備；但他的手不聽使喚，結果把圖畫得歪七扭八，引得大家暗暗發笑。他心裡明白大家在笑他畫得不好，於是又著手修改。他擦去一些線，然後又畫上，結果畫得比原來還要差，大家更加肆無忌憚地笑話他。於是他集中精神，全心投入，準備把地圖畫好。他覺得大家全都盯著他看，想像著自己終於畫成了一幅像樣的美國地圖。但台下的笑聲還是不斷傳來，並且顯然越來越大。原來，他頭上是一間閣樓，閣樓的天窗正對著他的頭頂，垂下了一隻腰部繫著繩子的貓，牠的頭和嘴被破布塞住了，發不出聲。在下降的過程中，貓向上翹起身，用貓爪抓住繩子，然後在空中亂揮一通，慢慢地垂下來。大家的笑聲越來越大。貓離那個專心作畫的老師頭部只有六吋遠，越來越近，越來越低，終於在絕望中一下子抓住了老師的假髮，隨即連同假髮又一下子竄回閣樓。老師的禿頭閃著光芒，因為那個油漆匠的孩子已經在他頭上塗了一層漆。

考試就此結束，孩子們報了仇，假期來臨了。

第二十二章

湯姆被「少年節制會」的漂亮綬帶吸引住了，便加入了這個新組織。他保證入會期間不抽煙、不嚼煙，也不說褻瀆神的話。之後他有了個新發現，那就是嘴上保證的越漂亮，而實際上卻恰恰相反。他很快就發覺自己被一種強烈的欲望折磨著——想抽煙、想破口大罵。這種欲望如此強烈，他真想馬上退出節制會，但想到自己有機會佩戴紅肩帶大出風頭，才打消了這個念頭。七月四號（美國獨立紀念日）就快到了，但湯姆還是放棄了這個願望——他戴上「枷鎖」還不到四十八小時就放棄了——又把希望寄託在治安法官弗雷澤身上。這個老頭顯然快死了，既然他身居要職，死後一定會有個盛大的喪禮。三天以來，湯姆密切關注著法官的病情，急切地盼望著消息。有時，他的希望似乎觸手可及——他甚至大膽地拿出綬帶，對著鏡子自我演示一番。但法官的病情進展並不如湯姆的意，他竟然生機重現，接著便慢慢康復了。湯姆對此大為光火，他簡直覺得自己受了創傷，於是他馬上申請退會——但就在當晚，法官舊病復發，一命嗚呼。湯姆發誓，以後再也不相信這種人了。

喪禮頗為隆重。少年節制會的會員們神氣十足地列隊遊行，讓那位前會員嫉妒得要死；但不管怎麼說，恢復自由之身仍是件好事。他又可以喝酒、可以咒罵了——可是他驚奇地發現自己對這些事興趣索然。道理很簡單：他現在沒了約束，這些事對他而言就失去了魅力。

湯姆不久就感到，他夢寐以求的暑假漸漸變得沉悶、冗長起來。

他試圖寫寫日記，但三天以來，沒有什麼稀奇事發生，於是他又放棄了這個想法。

一支出色的黑人樂隊來到鎮上，引起了轟動。湯姆和哈伯也組織了一支隊伍，盡情地瘋了兩天。

就連光榮的七月四日，從某種意義上來說也沒那麼熱鬧了。因為那天下了場大雨，所以沒有隊伍遊行；而世上最偉大的人物（在湯姆看來）、一個真正的美國參議員班頓先生則令人失望——因為事實上，他身高不到二十五呎，甚至遠遠不到這個數字。

馬戲團來了。從那時開始，孩子們用破毯子搭起一個帳篷，一連玩了三天的馬戲——入場券是：男孩三根別針，女孩兩根——不久後，馬戲也玩膩了。

接著，又來了一個算命師和一個催眠師——他們也走了，這個鎮子比以往更加沉悶、乏味。

有人舉辦過男孩和女孩的聯誼會，但次數有限，況且聯誼會又那麼有趣，讓沒有聯誼會的日子顯得更加空虛、苦惱了。

貝琪也和父母去君士坦丁堡鎮的家度假了。於是，無論怎麼過，日子仍一點樂趣也沒有。

那樁可怕的謀殺案的秘密不斷折磨著湯姆，簡直像一顆沒完沒了的毒瘤。

接著，湯姆又患上了麻疹。

在漫長的兩週裡，湯姆像個囚犯般在家躺著，與世隔絕。他病得很嚴重，對什麼都不感興趣。當他終於能下床、虛弱無力地在鎮上走動時，他發現周圍的人事物都發生了變化，變得更無趣了！鎮上舉辦了一次「信仰復興會」，所有的人都「信主」了，不僅是大人，連小孩也不例外。湯姆到處閒逛，希望能看見一個被上帝漏掉的邪惡面孔，結果卻使他失望。他發現喬正在讀聖經，便難過地避開了這掃興的場景；接著他找到了班．羅傑，發現他正提著一籃佈道的小冊子去探視窮人們；他又找到了吉姆．荷利斯，對方竟提醒他要從這場病中汲取寶貴的教訓。每遇到一個孩子，他的沉悶就多添一分。最後，他決定向哈克尋求安慰，想不到他也引用聖經上的一段話來迎接他。湯姆沮喪透頂，悄悄溜回家裡，躺在床上，意識到全鎮只剩下他永遠成為了一隻「迷途羔羊」。

就在當夜，刮了一場可怕的暴風，大雨滂沱，雷電交加，令人膽戰心驚。湯姆用床單蒙住頭，滿心恐懼地等待自己的末日來臨。因為他毫不懷疑，這一切狂風驟雨都是衝著他來的。他深信是自己激怒了上帝，才降下這樣的報應。在他看來，像這般用一排大炮來殲滅一隻小蟲，似乎有點小題大作，而且也太浪費彈藥了；但要徹底剷除像他這樣的一隻害蟲，又似乎怎麼做都不為過。

後來，暴風雨筋疲力盡，還沒達到目的就休兵了。這孩子的第一個衝動就是感謝上帝，準備脫胎換骨。第二個衝動卻是等待——因為今後也許不會再有暴風雨了呢！

第二天，醫生們又來了——湯姆的病又復發了。這一次，他在床上躺了三週，在他看來，彷彿過了整整一個世紀！當他從病床上起來的時候，回想起自己多麼淒苦、無助而寂寞，竟覺得沒被雷劈不算什麼可喜的事。他茫然地走上街頭，看到吉姆在扮演法官，正在一個兒童法庭上審理一件貓兒咬死小鳥的謀殺案，被害者也在場。他還發現喬和哈克正在一條巷子裡吃偷來的甜瓜。可憐的孩子們！他們又重新墮落了——就跟湯姆一樣。

第二十三章

最後，昏昏欲睡的氣氛被打破了——而且十分徹底。那樁謀殺案在法庭上公開審理了。這件事很快成了全鎮人談論的熱門話題。湯姆無法擺脫這個話題，每當有人提及這樁謀殺案，他的心就怦然直跳；因為他那不安的良心和極度的恐懼幾乎使他相信，人們是故意說給他聽，要探他的口風。他不明白，別人怎麼會懷疑自己瞭解案情；但聽完這些議論，他總是無法處之泰然。這些話讓他不停地打寒顫。他把哈克拉到一個僻靜處，與他談了這件事。能暫時傾吐一下心事，和另一個同樣受折磨的人分擔憂愁，這對湯姆來說多少有些安慰；同時他也想搞清楚，哈克是否真的從未把秘密洩露出去。

「哈克，你曾經跟什麼人說起過——那件事嗎？」

「什麼事？」

「你明知故問。」

「哦——當然沒說過。」

「一句也沒說過嗎？」

「一個字也沒說過，我發誓。你問這個幹嘛？」

「唉！我很害怕。」

「嘿，湯姆，一旦秘密洩露，我們連兩天也活不成。這你也知道。」

湯姆覺得心裡踏實多了。停頓了一會，他說：

「哈克，要是他們逼你招供，你怎麼辦？」

「逼我招供？哼，除非我想被那個混蛋活活淹死，我才會招供。否則，他們休想辦到。」

「好吧，那就沒事了。我想，只要我們守口如瓶，就能安然無恙。但是，讓我們再發一次誓吧！這樣更可靠些。」

「我贊成。」

於是他們又非常嚴肅地發了一次誓。

「大家都在議論些什麼？哈克，我聽到的簡直太多了！」

「什麼事？嘿！還不是莫夫．波特、莫夫．波特、莫夫．波特……沒完沒了！這些話讓人直冒冷汗，我真想找個地方躲起來。」

「我也有同感。我想他完了，你是不是有時也為他感到難過？」

「經常——經常如此。他不是什麼好人，但也從沒做過什麼傷天害理的事，頂多是釣釣魚、拿去賣錢買酒喝、到處遊手好閒；可是，老天！我們也常幹這些事啊！至少我們多數人都是這樣——連教會的人也不例外。而且他心腸好——有一次，我釣的魚不夠兩個人分，他還給了我半條；還有好幾次，我運氣不佳的時候，他都沒少幫我的忙。」

「唉！哈克，他幫我修過風箏，還幫我把魚鉤繫在釣竿上。我希望我們能把他救出來。」

「哎呀！湯姆，那可不行。況且，救出來也無濟於事，他們會再把他抓回去。」

「是呀——他們會再把他抓回去。可是，我討厭聽到他們罵他是魔鬼，其實他根本沒幹——那件事。」

「我也一樣，湯姆。老天！我聽到他們罵他是全國頭號的惡棍，還說他為什麼從前沒被絞死呢！」

「對，他們一直都是這麼罵的。我還聽人說，要是他被放出來，他們就要偷偷幹掉他。」

「他們真的會那麼做。」

兩個孩子談了很久，但沒得到太大的安慰。天色已晚，他們來到那偏僻的小牢房附近閒晃，心裡抱著不太明確的希望，希望能發生什麼意想不到的事，來幫他們排憂解難。但是，什麼也沒發生，似乎沒有任何神明對這倒楣的囚犯感興趣。

兩人就像以往一樣，走到牢房的窗戶旁，遞了一點煙葉和火柴給波特。他被關在第一層，沒有人看守。

他非常感激他們送東西給他，這更讓他們的良心不安起來——就像一把刀深深地刺進他們心裡。當波特開始說話時，兩人覺得自己膽小如鼠，是個十足的叛徒。他說：

「孩子們，你們對我太好了——比鎮上任何人都好，我不會忘了的。我常自言自語地說：『我過去常為鎮上的孩子修理風箏之類的玩具，告訴他們在哪裡釣魚最好，努力跟他們交朋友。但現在波特老頭遭殃了，他們就把他忘了。可是，湯姆沒有忘，哈克也沒有忘——只有他們兩個沒有忘記他。』我說我也不會忘記他們。啊！孩子們，我幹了件可怕的事情——當時我喝醉了，神智不清——我只能這麼解釋——現在，我要因為這件事被絞死，這是應該的。我想，是應該的，也是最好的——我反倒希望被絞死。哦！不談這件事了，我不想讓你們難過，你們對我這麼好。但是，我想對你們說，千萬不要酗酒——這樣的話，你們就不會被關進這裡了。你們再往西站一點——對，就是這樣。一個人遭遇這種不幸，還能看到對他友好的面孔，真是莫大的安慰啊！現在，除了你們，再也沒有人來看我了。多麼友善的臉——多麼友善！你們倆一個爬到另一個背上，讓我摸摸

你們的臉吧！好了，我們握握手吧——你們的手可以從窗戶縫中伸進來，我的手太大不行。這麼小的手，沒什麼力氣——但它們卻幫了莫夫．波特很大的忙。要是能幫上更大的忙，一定也在所不惜。」

湯姆悲痛地回到家裡，當晚做了很多惡夢。第二天和第三天，他在法院外轉來轉去，心裡有種無法克制的衝動，想闖進去，但他還是強迫自己留在外面。哈克也有同樣的想法。他們刻意迴避著對方，時常離開那裡，最後卻又被這件慘案吸引回來。每當有旁聽的人從法庭出來，湯姆就側著耳朵細聽，但聽到的消息都令人憂心忡忡——法網更加無情地罩向可憐的莫夫．波特。第二天快結束的時候，鎮上謠傳：印第安．喬的證據確鑿，陪審團會如何裁決此案已經無庸置疑了。

那天夜裡，湯姆很晚才回家，他從窗戶爬進屋上床睡覺；由於極度亢奮，過了好幾個小時才睡著。隔天早上，鎮上所有人成群結隊地向法院走去，因為今天是個不尋常的日子。聽眾席上擠滿了人，男女各佔一半。等了很久之後，陪審團員才依序入場就座。不一會，波特戴著手銬被押了進來，面色蒼白，一臉憔悴，神情羞怯，一副聽天由命的樣子。他坐的地方很明顯，全場的人都能看得見。印第安．喬也同樣引人注目，他還是跟先前一樣不露聲色。又過了一會，法官駕到，執法官宣佈開庭；接著，就聽見律師們按照慣例交頭接耳和收拾文件的聲音。這些細節和隨後的耽擱給人們一種準備開庭的印象，既讓人印象深刻，又令人著迷。

現在，一個證人被帶上來。他作證說：在謀殺案發生的那天清晨，他看見莫夫．波特在河裡洗澡，而且很快就溜掉了。

原告律師質問了一會，說：「訊問證人。」

犯人抬眼看了一會，然後又低下了眼睛。這時他的辯護律師說：

「我沒有問題要問。」

第二個證人證明：他曾在被害人屍體附近發現那把刀。

原告律師說：「訊問證人。」

波特的律師說：「我沒有問題要問。」

第三個證人發誓說，他常看見波特帶著那把刀。

「訊問證人。」

波特的律師拒絕向這名證人提問。看得出聽眾們開始惱火了，難道這個辯護律師不打算作任何努力，就把他的當事人葬送掉嗎？

有幾名證人都作證說，當波特被帶到凶殺現場時，他表現出了畏罪行為。被告的律師沒有盤問他們一句，就允許他們退出了證人席。

在場的人對那天早上墓地裡發生的悲劇都記憶猶新。現在宣過誓的證人把一個個細節都講了出來，不過無一人受到波特的律師盤問。全場一片低語，表達了人們的困惑和不滿的情緒，結果引起了法官的一陣訓斥。於是，原告律師說：

「根據這幾位宣誓的公民不容置疑的證詞，我們認定這樁可怕的謀殺案，無疑是被告席上這個不幸的犯人所為。本案取證到此結束。」

可憐的莫夫呻吟了一聲，他雙手捂臉，輕輕地來回搖晃著身子。與此同時，法庭上一片寂靜，令人痛苦。許多男人都被感動了，女人們也掉下同情的眼淚。這時，辯護律師站起身來說：

「法官大人，打從本庭審訊之初，我們就一直力圖證明我的當事人是由於喝了酒，才在神智不清的情況下犯下這樁可怕的罪行。現在我改變了看法，我申請撤回那篇辯護詞。」然後他對書記員說：「傳湯姆．索耶！」

在場的每一個人都莫名其妙，驚訝不已；連波特也不例外。當湯姆站起來，走到證人席上的時候，人們都懷著極大的興趣，迷惑不解地盯著他。這孩子因為受到過分驚嚇，看起來有點驚慌失措。他宣了誓。

「湯姆．索耶，六月十七日大約半夜時分，你在什麼地方？」

看見印第安．喬那張冷酷的臉，湯姆的舌頭僵住了，說不出話來。聽眾們屏息靜聽著，可是他還是說不出話來。然而，過了幾分鐘，這孩子恢復了一點氣力，勉強提高了聲音，但仍然只有部分人能聽清楚他的話：

「在墓地。」

「請你稍微大聲點。別害怕。你是在——」

「在墓地！」

印第安・喬的臉上迅速閃過一絲嘲弄的微笑。

「你是在霍斯・威廉斯的墳墓附近的某處嗎？」

「是的，先生。」

「大聲點——再稍微大聲點。距離多遠？」

「就像我距離您這麼遠。」

「你是不是躲起來了？」

「是。」

「躲在什麼地方？」

「躲在墳邊的幾棵榆樹後面。」

印第安・喬吃了一驚，別人幾乎沒有察覺到。

「還有別人嗎？」

「有，先生。我是和……」

「別急——等一下。先不要說出你同伴的名字，我們會在適當的時候傳訊他的。你去那裡時，有帶著什麼東西嗎？」

湯姆猶豫著，不知所措。

「說出來吧，孩子——別害怕，說實話是令人敬佩的。你帶了什麼去？」

「帶了一隻——呃——一隻死貓。」

人們一陣哄笑。法官把他們喝止住了。

「我們會把那隻死貓的殘骸拿來給大家看的。現在，孩子，你把當時發生的事說出來——照實說，什麼也別漏掉，別害怕。」

湯姆開始說了——起初有些吞吞吐吐，可是漸漸喜歡上這個話題了；於是，他越說越流利。沒過多久，除了他的說話聲外，庭上別無其他聲音，每雙眼睛都盯著他。人們張著嘴，屏住呼吸，興致盎然地聽他講述這則傳奇般的經歷，一點也沒注意到時間，都被這段恐怖而富有魅力的歷險吸引住了。

說到最後，湯姆心中積壓的情感一下子迸發出來，他說：

「——醫生一揮那墓碑，莫夫．波特立刻倒在地上，印第安．喬拿著刀，跳過來，猛地一刺——」

「嘩啦！」那個混帳像閃電一般朝窗戶竄去，衝開所有阻擋他的人，跑了！

第二十四章

湯姆再一次成為眾人矚目的英雄——長輩們寵愛他，同伴們羨慕他；他的名字上了報，可以流芳百世，鎮上的報紙大肆宣揚了他的事蹟。有些人相信，只要他將來沒被絞死，總有一天能當上美國總統。

那些喜怒無常、沒有大腦的人們又像往常一樣，把莫夫．波特當作老朋友，對他非常親密友善，那股熱情就和當初他們羞辱他一樣。但這種行為畢竟是人之常情，因此我們還是別去吹毛求疵了。

湯姆白天過得神氣十足，得意洋洋，晚上卻變得擔驚受怕。印第安．喬總是出現在他的夢裡，目露凶光。天黑以後，無論多麼大的誘惑也無法吸引他再走出家門。可憐的哈克也處於同樣的恐怖之中，湯姆在開庭的第一天，已經把事情的所有經過告訴了律師；儘管印第安．喬的逃跑使他免於出庭作證，但他還是極度害怕，害怕自己與這個案子有牽連的事會洩露出去。雖然他已經要律師向他保證保守秘密，但那又有什麼用？湯姆的嘴原本已被可怕而莊嚴的誓詞封住了，後來由於受到良心的折磨，他又在夜晚去律師家，把那可怕的經歷抖了出來。因為這樣，哈克對人類的信任幾乎蕩然無存。

在白天，莫夫．波特的感謝使湯姆很慶幸自己說出了真相；但一到晚上，他又懊悔自己未能封住舌頭，守口如瓶。

現在，湯姆既害怕印第安．喬永遠逍遙法外，又害怕他被捕。他深深感到，除非這個人死了，並讓他親眼看見他的屍體，否則他將永無寧日。

法院貼出懸賞，整個地區都搜遍了，但就是沒抓到印第安．喬。從聖路易那裡派來了一位神通廣大的警探，他四處調查，搖頭晃腦，看起來頗為不凡，還像他的同行們一樣取得了驚人的進展——也就是說，他找到了「線索」；但是，總不能把「線索」當作殺人犯來絞死吧！

所以在這位偵探完成任務回去之後，湯姆覺得和從前一樣，沒有安全感。

漫長的日子一天一天地熬過去了。每過一天，這種恐懼的心理負擔也相應地稍稍減輕了一點。

第二十五章

每一個健全的男孩，總有一段時期會萌生出一種強烈的欲望：到某個地方去掘地尋寶。一天，湯姆也突然生出這種念頭。他外出去找喬．哈伯，但沒有找到；接著，他又去找班．羅傑，但他去釣魚了；不久後，他遇見赤手大盜哈克．芬，這倒也不錯。湯姆把他拉到一個沒人的地方，和他說出了自己的想法。哈克欣然表示同意，凡是好玩的、又無須花錢的冒險活動，哈克總是來者不拒。他有足夠的時間，而時間又不是金錢，他正愁沒地方花呢！

「我們要去哪裡挖？」哈克問。

「噢，好多地方都可以呀！」

「什麼？難道到處都藏著金銀財寶嗎？」

「不，當然不是。財寶埋在一些相當特殊的地方，哈克——埋在島上，有的裝在朽木箱子裡，埋在一棵枯死的大樹底下，就在半夜時分的樹影下方。不過，大多數情況下是埋在神鬼出沒的房子底下。」

「是誰埋的呢？」

「嘿，你想還會有誰？當然是強盜們囉——難道會是主日學校的校長不成？」

「我不知道。換作是我，我才不把它們埋起來呢！我會拿出去花掉，痛痛快快地揮霍一下。」

「我也是。但是強盜們不這麼做，他們總是把錢埋起來，然後就不聞不問了。」

「埋了以後他們就不再來找它了嗎？」

「不，他們當然想來找。但他們要不是忘記當初留下的記號，就是死了。總之，財寶埋在那裡，時間一久都生了鏽。過了很久以後，就會有人發現一張變了色的舊紙條，上面寫著如何尋找那些記號——這種紙條要花一個禮拜才能解讀，因為上面用的都是些密碼和象形文字。」

「象形——象形什麼？」

「象形文字——像圖畫一樣的玩意兒，你知道，那玩意兒看上去好像沒有什麼意義。」

「你得到那樣的紙條了嗎？湯姆。」

「還沒有。」

「那麼，你打算怎麼去找那些記號呢？」

「我不需要什麼記號。他們老愛把財寶埋在鬧鬼的屋子裡，或是某個島上；再不就埋在枯樹下面，樹上總會有一根獨枝伸出來。哼！我們已經在傑克森島上找過一陣子了，以後可以挑個時間再去找找。在那裡的河岸上，有一間鬧鬼的老房子，還有許多枯樹——多得很呢！」

「下面全埋著財寶嗎？」

「瞧你說的！哪有那麼多啊！」

「那麼，你怎麼知道該挖哪一棵樹呢？」

「所有樹的下面都要挖挖看。」

「哎！湯姆，這可得花上一整個夏天呀！」

「哦，那又怎麼樣？想想看，你挖到一個銅罐子，裡面裝了一百塊錢，都生了鏽，變了顏色；或者挖到了一口箱子，裡面滿滿都是鑽石。你會有什麼感想？」

哈克的眼睛亮了起來。

「那就太棒了！對我來說簡直棒極了。你只要給我那一百塊錢就好，鑽石我就不要了。」

「好吧。不過，鑽石我可不會隨便扔掉。有的鑽石一顆就值二十塊錢——有的也不那麼值錢，不過也值六毛到一塊。」

「哎呀！是真的嗎？」

「那當然啦——人人都這麼說。你難道沒見過鑽石嗎？哈克。」

「在我的記憶中似乎沒見過。」

「嘿！國王那裡有數不清的鑽石哪！」

「唉，湯姆，我一個國王也不認識呀。」

「我知道，不過，要是你去了歐洲，就能看到一大群國王，到處蹦蹦跳跳的。」

「他們蹦蹦跳跳？」

「什麼蹦蹦跳跳——你這笨蛋！才不是呢！」

「哦，那你剛才說他們怎麼了？」

「真是胡鬧，我的意思是說你會看見他們的——當然不是蹦蹦跳跳——他們蹦蹦跳跳幹什麼？——反正，我是說你會看見他們——簡單來說，就是到處都有國王。比如說那個駝背的理查老國王。」

「理查？他姓什麼？」

「他沒有姓。國王只有名，沒有姓。」

「沒有姓？」

「沒有！」

「唉，他們高興就好，湯姆。不過，我不想當國王，只有名，沒有姓，像個黑奴一樣。算了，我問你——你打算從哪裡開始動手呢？」

「嗯，我也不知道。我們先去鬼屋河岸對面的小山上，從那棵枯樹開始挖，你覺得呢？」

「我同意。」

於是，他們找到一把破爛的十字鎬和一把鐵鍬，走了三哩路。等到達目的地，兩人已經熱得滿頭大汗，氣喘吁吁，於是在榆樹下面一躺，休息一會兒，抽一袋煙。

「我喜歡幹這活兒。」湯姆說。

「我也是。」

「喂，我說哈克，要是現在就找到了財寶，你打算怎麼花你的那一份呢？」

「嘿！我會天天吃餡餅，喝汽水，上演多少場馬戲，我就看多少場。我敢說我會快樂得像神仙一樣。」

「嗯，不過你不打算存點錢嗎？」

「存錢？幹什麼用？」

「嘿！為以後作打算嘛。」

「哦，那沒用的。我爸遲早會回到鎮上，要是我不趕緊把錢花光，他一定會搶走我的錢。告訴你吧，他會一口氣把錢花得一點也不剩。你打算怎麼花你的錢呢？湯姆。」

「我打算買一個新鼓、一把貨真價實的寶劍、一條紅領帶和一隻小鬥犬，還要娶個老婆。」

「娶老婆？」

「就是這麼回事。」

「湯姆，你——喂！你腦子不正常吧？」

「等著瞧吧，你會明白的。」

「唉！要娶老婆，你可真是蠢透了。看看我爸媽，一天到晚吵個沒完，一見面就打架。自從我懂事開始，他們一直打個沒完。」

「這是兩碼子事。我要娶的這個女孩可不會跟我打架。」

「湯姆，我認為她們都是一樣的，她們都會跟你糾纏不清。你最好仔細想想，我勸你三思而後行。那個妞兒叫什麼名字？」

「她不是什麼妞兒——是個女孩子。」

「反正都一樣，有人喊妞兒，有人喊女孩——都是一樣的。噢！對了，她到底叫什麼名字？湯姆。」

「等以後再告訴你——現在不行。」

「那好吧——以後就以後吧！只是你結婚後我就孤獨啦！」

「怎麼會呢？你可以搬過來跟我們一起住。我們還是別談這些，趕快動手吧！」

他們忙了半個小時，大汗淋漓，卻沒有任何收穫。他們又拚命地挖了半個小時，仍然一無所獲。哈克說：

「他們總是埋得那麼深嗎？」

「有時候是的——不過不全是如此，一般來說不會這樣。我想我們也許找錯地方了。」

於是他們又換了個新地點，開始挖起來。他們挖得不快，但仍有所進展。他們堅持不懈，默默地苦幹。最後，哈克倚著鐵鍬，用袖子抹了抹額頭上的汗珠，說道：

「挖完這裡，你打算再到哪裡去挖呢？」

「我想我們也許可以到那裡去挖，卡地夫山上寡婦家後面的那棵老樹下。」

「那地方不錯。不過，那寡婦會不會把我們挖到的財寶據為己有呢？湯姆，那可是她家的土地呀。」

「據為己有？說得倒輕鬆，叫她試試看呀！誰找到的寶藏就該歸誰，這與是誰的土地沒有任何關係。」

這種說法令人滿意，他們又繼續挖著。後來，哈克說：

「該死，我們一定又挖錯了地方。你覺得呢？」

「這就怪了，哈克，我真搞不懂。有時候，巫婆會暗中搗蛋，我猜問題就出在這兒。」

「胡說！巫婆白天是沒有法力的。」

「對，說得對。我沒有想到這一點。啊！我知道問題出在哪裡了，我們真是兩個大傻瓜！你得弄清楚半夜的時候，那個伸出的樹枝影子落在什麼地方，然後在那裡開挖才行呀！」

「可不是嗎！真是的，我們傻傻地白忙一場。真該死！我們得三更半夜跑到這裡來，路程可不近。你能溜出來嗎？」

「我想我可以，我們今晚非來不可，因為要是被別人看見這些坑坑洞洞，他們立刻就會知道這裡有什麼，然後盯上這塊地方。」

「那麼，我今晚就到你家外面學貓叫。」

「好吧，我們把工具藏到矮樹叢裡。」

當夜，兩個孩子果然如約而來。他們坐在樹蔭下等著。這是個偏僻的地方，又值半夜時分，迷信的傳說把這地方搞得陰森可怕。沙沙作響的樹葉就像鬼怪們在竊竊私語，暗影裡不知有多少靈魂潛伏著；遠處不時傳來沉沉的狗吠，一隻貓頭鷹也在陰森地厲叫著。兩個孩子被這種恐怖的氣氛嚇住了，很少講話。後來，他們估計時間已經十二點了，便在樹影垂落的地方作了記號，開始挖起來。他們的希望越來越大，興致越來越高，幹勁也越來越大，坑越挖越深。每當他們聽到十字鎬碰到什麼東西的聲響，心都激動得怦怦直跳，但每次又都免不了失望。原來那不過是碰到了一塊石頭或一塊木頭。湯姆終於開口說道：

「這樣還是不行，哈克，我們又搞錯了。」

「哎！怎麼會呢？我們在樹影落下的地方作了記號，一點都沒錯。」

「我知道，不過還有一件事。」

「是什麼？」

「唉！時間只是我們估計的，也可能太早或太遲了。」

哈克把鐵鍬往地上一扔。

「對，」他說，「問題就出在這兒。我們別挖這個坑了，我們根本搞不清楚時間，而且這件事太可怕了！三更半夜的，在這麼個鬼魂出沒的地方。我總覺得背後有什麼東西盯著我，害我簡直不敢回頭；前面說不定也有什麼怪物在等著害人呢！自從來到這裡後，我就渾身起雞皮疙瘩。」

「唉！我也有同感，哈克。他們在樹下埋財寶的時候，通常還會埋一個死人來看守。」

「天啊！」

「是真的。我常聽人家這麼說。」

「湯姆，我不喜歡在有死人的地方遊蕩，否則一定會遇上麻煩的，肯定會的。」

「我也不想打擾他們。說不定這裡會有個死人伸出腦袋，開口說話呢！」

「別說了，湯姆！真恐怖。」

「嘿，可不是嗎？哈克，我也覺得不對勁。」

「喂，湯姆，我們還是別在這兒挖了，再去別的地方碰碰運氣。」

「好吧，就這麼辦。」

「再去哪裡挖呢？」

湯姆思考了一會，然後說：

「到那間鬧鬼的屋子裡去挖。對！就這麼辦！」

「該死，我也不喜歡鬧鬼的屋子，湯姆。唉！那裡比死人還可怕。也許死人會說話，可是他們不會趁你不注意，披著壽衣悄悄靠近，忽然從你背後探出來，齜牙咧嘴的。而那些鬼魂就會。我可受不了這種驚嚇，湯姆——沒人受得了。」

「是呀。不過，哈克，鬼怪只會在晚上出來。我們白天去挖，他們不會礙事的。」

「對，說得沒錯。但你知道，無論是白天還是晚上，都沒人敢去那間鬼屋。」

「哦，那大概是因為他們不喜歡去一個出過命案的地方——但是，除了夜裡，沒有人在那棟房子周圍看過什麼；夜裡也只有些藍光在窗戶裡飄來飄去，不一定有鬼。」

「可是，湯姆，只要有藍光飄蕩的地方，後面一定跟著一個鬼。這是當然的，因為你知道，除了鬼怪，沒有人會點藍色的火光。」

「是呀，一點也沒錯。不過，既然它們白天不會出來，我們還怕什麼呢？」

「唉！好吧。既然你這麼說，我們就去探探那間鬼屋——不過，我想我們只是在碰運氣。」

這時候，他們已經動身往山下走。在他們下面的山谷中間，那棟「鬼屋」孤零零地立在月光下，圍牆早已不見了，遍地雜草叢生；台階半掩，煙囪傾倒，窗框空空蕩蕩，屋頂一個角也塌掉了。兩個孩子瞪大眼睛看了一會，想看看窗戶邊有沒有藍色的火光飄過。他們壓低了說話聲，一邊盡量靠右邊走，遠遠躲開那棟鬼屋，穿過卡地夫山後的樹林，一路走回家去。

第二十六章

第二天，大約中午時分，這兩個孩子到那棵枯樹下拿工具。湯姆迫不及待地要到那間鬧鬼的屋子去；哈克顯然也想去，但他突然說：「喂，我說湯姆，你知道今天是什麼日子嗎？」

湯姆想了想，數著日子，接著迅速地抬起眼睛，一副驚訝的表情。

「我的媽呀！哈克，我還沒想到這一點呢！」

「哦，我也是，不過，我剛才忽然想起今天是禮拜五。」（註：禮拜五是耶穌受難的日子，因此基督徒認為不吉利。）

「真該死，哈克，得小心一點才行。我們在這個日子幹這種事情，可能會自討苦吃。」

「可能？應該說一定！要是換成別的日子，說不定還有救，可是今天不行。」

「這連傻瓜都知道。不過，哈克，我想除了你之外，別人應該也明白這個道理。」

「哼！我說過只有我一個人明白嗎？除了禮拜五，昨晚我還做了一個糟透了的夢——夢見老鼠了。」

「該死！這可不是好兆頭。牠們打架了嗎？」

「沒有。」

「嗯，那還好，哈克。夢見老鼠但沒夢見牠們打架，這說明有麻煩事要發生了。但我們只要特別小心，設法避開它就沒事了。今天算了，去玩吧！哈克，你知道羅賓漢嗎？」

「不知道，他是誰？」

「嘿！連這個都不知道，他可是英國有史以來最偉大的人物之一，也是最好的一個。他是個強盜。」

「哎唷！真了不起，我如果也是就好了。他搶劫誰呢？」

「他搶的都是郡長、主教、國王之類的富人。他不但不騷擾窮人，還跟他們平分搶來的東西。」

「嗯，那他一定是個好漢。」

「那還用說，哈克。噢！他真了不起，我從沒見過這麼高尚的人。我敢說現在沒有這樣的人了。他一隻手背在後面都能把任何人打倒；要是他拿起那把紫杉木弓，一哩半外就能射中一毛錢硬幣，百發百中。」

「紫杉木弓是什麼？」

「我也搞不清楚，就是一種弓吧？他如果沒有射到硬幣，那他會坐下來哭——還會咒罵。好了，我們來演羅賓漢吧，它好玩極了，我來教你。」

「好呀！」

他們玩了一個下午的羅賓漢遊戲，一邊玩，一邊不時朝那棟鬧鬼的房子看上一兩眼，議論著明天去那裡會發生的事。太陽西沉時，他們順著長長的樹影走回家，不久就消失在卡地夫山的樹林中。

禮拜六中午剛過不久，兩個孩子又來到那棵枯樹旁。他們先在樹蔭下抽了一會兒煙，聊了幾句，然後又在剩下的一個洞裡繼續挖了幾鍬。當然，這麼做並非因為抱著多大的希望，而是因為湯姆說過，有許多挖寶的人離寶物不到六吋，結果還是功虧一簣，被別人挖走了。不過，這一次他們沒那麼幸運，於是他們扛著工具走了。他們很重視這次行動，單就挖寶而言，他們已盡了最大的努力。

當他們走近那間傳說中的鬼屋時，熱烘烘的陽光下籠罩著一種死寂，屋子瀰漫著一股陰森可怕的氣氛，所以他們一時間還不敢大膽地走進去。隨後，他們悄悄地走到門口，畏畏縮縮地朝屋內窺探了一下。眼前是一間野草叢生、沒有地板的房間，角落有一個老式壁爐，窗戶都沒有玻璃，樓梯也殘破不堪，屋裡幾乎佈滿了蜘蛛網。他們躡手躡腳地走進屋內，心跳隨之加速，肌肉也緊繃起來，隨時又準備一旦發生異狀立刻拔腿就逃。

片刻之後，他們熟悉了這個地方，不再像剛來時那麼害怕了。於是，他們仔細地審視了一番，既驚奇又十分佩服自己的膽量。接著，他們孤注一擲，想上樓看看，於是把手中的工具扔到牆角，走上樓梯。樓上與樓下一樣破敗，他們很快發現牆角處有個壁櫥，裡面似乎有些東西，一看之下卻什麼都沒有。這時他們的膽子大多了，正當兩人準備下樓動手時——

「噓！」湯姆說。

「怎麼回事？」哈克嚇得臉色發白，悄悄地問道。

「噓！……那邊……你聽見了嗎？」

「聽見了！……哦！天啊，我們快逃吧！」

「安靜！別動！它們正朝門這邊走來。」

兩個孩子趴在樓板上，眼睛盯著孔洞，靜靜等待著，心裡怕得要命。

「它們停下了……不，又過來了……來了。哈克，別再出聲；天哪！我要是不在這裡就好了！」

進來了兩個男人，兩個孩子都喃喃自語道：「一個是那個又聾又啞的西班牙老頭，近來在鎮上露過一兩次面，另一個是陌生人。」

「另一個人」衣衫襤褸，蓬頭垢面，臉上的表情令人難受；西班牙老頭披著一條墨西哥花圍巾，臉上長著密密麻麻的白色落腮鬍，頭戴寬邊帽，長長的白髮低垂著，鼻梁上架了一副綠眼鏡。進屋後，「另一個人」低聲說著什麼，兩人面對著門，背朝牆坐在地板上，「另一個人」繼續說著，神情變得較不緊張了，話也越來越大聲：「不行，」他說，「我反覆考慮了，我還是不想幹，這件事太危險。」

「危險？」那又聾又啞的西班牙人咕噥著說，「沒出息！」兩個孩子聽了大吃一驚，這個聲音嚇得他們喘不過氣來，不斷發抖——是印第安．喬的聲音！沉默了一會，喬說：

「我們在上游幹的事更危險，可是還不是沒有出差錯！」

「那可不一樣，那是在河上游，離得很遠，附近又沒有人家。雖然我們沒有成功，但至少不會有人知道。」

「再說，有什麼比大白天來這裡更危險的事呢？任誰看見都會起疑的。」

「這我知道。但自從幹了那件傻事後，沒有比這裡更方便的地方了。我也要離開這間爛房子，昨天就想走了，可是那兩個可惡的小子在山上玩，這裡被他們看得一清二楚，想溜是不可能的。」

「那兩個可惡的小子」一聽就明白了，因此顫抖個不停。幸好他們等到禮拜六才行動，真是幸運！他們心想，即使等了一年也沒關係。

那兩個男人拿出些食物做午飯，印第安．喬仔細沉思了許久，最後說：「喂！小伙子，你先回到河上游那裡，等我的消息。我要進城一趟，打探風聲。等我覺得比較安全時，我們再去幹那件危險的事。完事後就一起去德克薩斯！」

這倒令人滿意，兩人隨即打了個呵欠，印第安．喬說：

「我睏死了！該輪到你把風了。」

他蜷著身子躺在草地上，不一會兒就打起鼾來。同伴推了他一兩次，他不打鼾了。不久之後，把風的人也打起瞌睡，頭越來越低，兩人大聲打起鼾來。

兩個孩子深深地吸了口氣。真是謝天謝地！湯姆低聲說：

「機會來了——快點！」

哈克說：「不行，要是他們醒來，我就死定了。」

湯姆催他走，但哈克還是不敢動。於是湯姆慢慢站起身，輕輕地向外走。他一邁步，那搖搖晃晃的樓板就吱咯作響，嚇得他立刻趴下，像死了一樣，不敢再動彈。兩個孩子躺在原地，一分一秒地數著時間，度日如年；最後他們看到太陽下山，心中充滿感激之情。

這時，有一個人鼾聲停了。印第安．喬坐起來，朝四周張望；同伴的頭垂到了膝上，他冷冷地笑了笑，用腳把他踹醒，對他說：

「喂，你就是這樣把風的？幸好沒發生什麼意外。」

「天哪，我睡著了嗎？」

「伙計，差不多，差不多。該上路了，剩下的那點贓物怎麼辦？」

「像從前那樣，把它留下，等去南方時再帶上它。六百五十塊銀幣背起來可不輕哪！」

「也好，到時再來拿也沒什麼關係。」

「不過，還得像以前一樣，最好晚上來。」

「對！不過，幹那件事可得耐心等待，弄不好會出差錯。這個地方並不絕對保險，我們乾脆把它埋起來——埋得深深的。」

「說得好。」同伴說道，他走到屋內另一頭，用膝蓋頂地，取下後面爐邊的一塊石頭，掏出一袋叮噹作響的袋子，自己拿出二三十塊錢，又給了印第安．喬相同的數量，然後把袋子遞給他。喬正跪在角落邊，用獵刀挖東西。

此刻，兩個孩子把恐懼和不幸全拋到了九霄雲外。他們按捺住內心的喜悅，觀察著他們的一舉一動，真是幸運！想都不敢想的好運氣。六百塊錢足以讓五六個孩子變成有錢人！得來全不費工夫，只要到那裡一挖，絕對錯不了。他們不約而同地碰了碰對方，意思十分明瞭：「噢！現在你該慶幸我們留下來了！」

喬的刀碰到了東西。

「喂！」他說。

「那是什麼？」他的同伴問道。

「快腐爛的木板——不，肯定是個箱子。幫幫忙，看看是做什麼用的。不要緊，我已經挖出了一個洞。」

他伸出手把箱子拖了出來——

「伙計，是錢！」

兩個男人仔細端詳著滿手的錢幣——是金幣！上面的兩個孩子也跟他們一樣激動、高興。

喬的同伴說：

「我們得趕快挖。我剛才看見壁爐那邊轉角處的草堆中有把生鏽的鐵鍬。」

他跑過去拿了兩個孩子的十字鎬和鐵鍬，挑剔地看了一番，搖搖頭，自言自語地咕噥了一兩句，然後開始挖了起來。箱子很快被挖出土，外面包著鐵皮，不太大，經過歲月的侵蝕，不像以前那麼牢固了。兩個男人看著寶箱，樂不可支。

「伙計，箱子裡有一千塊錢。」印第安．喬說道。

「以前常聽說，有一年夏天莫雷爾那幫人曾到過這一帶活動。」陌生人說。

「我知道這件事，」印第安．喬說，「我看，應該是這麼一回事沒錯。」

「現在你不用去幹那件事啦！」

這名混血兒皺起眉頭，說道：

「你不瞭解我，至少你不大清楚那件事。那不完全是搶劫——那是復仇啊！」他眼裡射出凶惡的光芒，「這件事你得幫我。辦完事就到德州去，回去看你老婆和孩子們，等我的消息。」

「好吧，如果是這樣的話。那這箱金幣怎麼辦？再埋在這裡？」

「對，（樓上的人高興得歡天喜地）不！好傢伙！絕對不行！（他們的心情一落千丈）我差點忘了，那把鐵鍬上還有新土呢！（他們一聽嚇得要命）這裡怎麼會有鐵鍬和十字鎬？是誰拿來的？人呢？聽見聲音嗎？看見了嗎？好傢伙，把箱子埋回去，好讓他們回來發現有人挖過？不，這樣不妥，把箱子拿去我那裡。」

「說得對，幹嘛不呢？我早該想到這個主意了，你是說要拿到一號去？」

「不，是二號，在十字架下面。別的地方不行，不安全。」

「好，天快黑了，可以動身了。」

印第安．喬站起身來，在窗戶間來回走動，小心地觀察外面的動靜，隨即說道：

「誰會把鐵鍬和十字鎬拿來這裡呢？你說樓上會不會有人？」

兩個孩子被嚇得不敢喘氣。印第安．喬手上拿著刀，站在那裡，有點猶豫不決。片刻之後，他轉身朝樓梯口走去，孩子們想起了壁櫥，但現在一點力氣都沒有了。

腳步聲吱吱嘎嘎地響著，他上樓梯了，情況萬分危急。這時兩個孩子堅定了決心——他們正準備跑到壁櫥裡，就聽見「嘩」的一聲，印第安．喬連人帶木板跌到地上的爛樓梯木堆裡。他一邊咒罵一邊站起來，他的同伴說：

「罵有什麼用？要是有人在樓上，就讓他待在上面吧，沒人在乎。要是他們想跳下來找碴，就儘管來吧！再十五分鐘天就黑了，他們想跟蹤就跟蹤好了。我想，把東西扔在這裡的人，一定看見了我們，以為我們是鬼，我敢打賭他們正在逃跑。」

喬咕噥了一陣，然後覺得同伴說得有道理，應該趁天黑之前把握時間，收拾好東西離開。隨後他們在漸漸沉下來的暮色中溜出去，帶著寶箱往河那邊走去。

湯姆和哈克站起來，雖然很疲累，但現在舒服多了，他們從木板縫隙中盯著那兩個人的背影。跟蹤他們？不行，從樓上平安地下來而沒有扭傷脖子，再翻過山順著小路回到鎮上，就已經很不錯了。兩人沒再多說什麼，只是不斷地埋怨自己，怪自己運氣不好，才把那倒楣的鐵鍬和十字鎬帶來這裡。要不是這兩樣工具，印第安．喬絕不會起疑；他會把裝金幣的箱子藏在這裡，然後去報仇，等回來後會傷心地發現東西不翼而飛。自己怎麼會把工具帶來這裡呢？真是該死，倒楣透頂！

他們打定主意，等那個西班牙人進城打探、伺機報仇時，一定要牢牢盯住他，跟他到「二號」去，就算他飛天遁地也要跟去。

突然，一個可怕的念頭出現在湯姆的腦海裡。

「報仇？哈克，要是他們指的是我們，那該怎麼辦？」

「噢！別講了。」哈克說著，差點昏過去。

他們仔細商量了一番，回家後，就當作他指的是其實是別人，至少是指湯姆——因為只有湯姆出庭作過證。

只有湯姆一人陷入危險，確實讓他感到不安，內心十分恐懼。他想，要是有個同伴，多少會好過一些。

第二十七章

那天晚上湯姆沒有睡好，白天的歷險也被帶入夢鄉。他在夢中抓住了寶箱四次，但是一覺醒來後，他面對的還是那不幸的嚴酷現實：寶箱化為烏有，他仍然兩手空空。一大早，他躺在床上，回想著偉大的冒險經歷，覺得那些事件越來越模糊，越來越遙遠——就像在另一個世界裡發生的，或是很久以前發生的。於是他突然意識到：這次冒險一定是一場夢！這種想法最大的證據就是他見到的金幣數量太多，一定不是真的。他過去從未一眼見到五十塊錢。他和同年的孩子們一樣，認為幾千元、幾萬元，只不過是談談而已，根本不存在這麼多的錢。他從未想過哪個人真的擁有一百元這麼大數目的錢。再分析一下，他認為埋藏的那些財寶，只不過是一把真的銀幣和一堆模模糊糊、閃閃發亮卻握不住的金幣罷了。

但是他越思考，就越感到這場冒險歷歷在目，他更覺得這也許不是夢，而是真的。他一定要弄個水落石出，於是他隨便吃完早飯後就去找哈克。

哈克坐在一艘平底船的船舷上，兩隻腳無精打采地放在水裡，看上去憂心忡忡。湯姆決定讓哈克先開口——要是他不提，就足以證明上次的冒險只是一場夢。

「哈克，你好！」

「哦，你好。」

一陣沉默。

「湯姆，要是把那該死的工具放在枯樹那裡，我們就拿到錢了。唉！你說糟不糟！」

「不是夢，是真的！不知怎的，我倒希望它是個夢。騙人的是小狗，哈克。」

「什麼不是夢呀？」

「哦，就是昨天那件事，我剛才還半信半疑地以為那是一場夢。」

「夢！要不是那樓梯塌了，你還會做更多的夢！我一夜夢得夠多的了，那個獨眼的西班牙鬼子一直追著我——該死的傢伙！」

「不不！不要詛咒他死，要找到活人！把錢追出來！」

「湯姆，我們不可能找到他。一個人發財的機會少得可憐，而我們又錯過了這次機會。不管怎麼說，只要見到他，我就會渾身發抖。」

「對，我也會發抖。不過我們一定得見到他，就算去『二號』也要把他揪出來。」

「二號？對，正是如此，我也在想這件事，但理不出個頭緒來，你有何高招？」

「我也不知道那是什麼地方，太難了，想不出來。哈克，那會不會是指門牌號碼？」

「太對了！——不，湯姆，那不是門牌號碼，這個拳頭大的小鎮，根本用不著什麼門牌號碼。」

「對，說得沒錯。讓我再想想——那是房間號碼，旅店裡的，你知道吧？」

「噢，你說對了！這裡只有兩家旅店，一定查得出來的。」

「哈克，待在這裡，等我回來。」

湯姆立刻出發了，他不喜歡在大庭廣眾下和哈克走在一起。他去了半個多小時，發現在那家較好的旅店裡，有一位年輕的律師長期住在二號房，現在也沒走。可是那間較差的旅店，二號房卻很神秘。旅店老闆的年輕兒子說，二號房一直鎖著，除了晚上，從來沒有人進出，他也不知道為什麼會這樣，只是覺得有點好奇，並用那個房間「鬧鬼」的說法來滿足自己的好奇心。他還注意到前天晚上，二號房裡有燈光。

「哈克，這就是我調查的結果。我想我們要找的就是這個二號。」

「我想也是，湯姆。你打算怎麼辦？」

「讓我想想。」

想了很久之後，湯姆說：

「聽著，二號房後門通往旅店和舊磚廠之間的小巷子。你去把所有能找到的鑰匙全弄到手，我也去偷姨媽的。等天一黑，我們就去試門。你一定要注意印第安．喬的動靜，他說過要溜回城裡打探消息，以便伺機報復。如果你看見他，就跟蹤他；要是他不進二號，就代表不是那裡。」

「開玩笑！要我一個人跟著他，我才不幹！」

「要是晚上去，他肯定看不見你——就算看見了，也不會多想的。」

「好，如果是晚上去，我想我可以試試，不過我也說不準，總之試試吧。」

「要是天黑的話，哈克，我一定會跟著他。他也許發現復仇是沒指望的，就會先去把錢弄到手。」

「說得對，湯姆，說得對。我去盯著他，一定去，就這麼說定了。」

「這才是好兄弟！別動搖呀，哈克，我是不會動搖的。」

第二十八章

當天晚上，湯姆和哈克準備好冒一次險。他們在旅店周圍閒晃到九點後才開始行動，一個在遠方注視著小巷子，另外一個監視旅店的門。巷子裡沒有行人，進出旅店的人也沒有那個西班牙人的影子。晚上好像不太黑，湯姆回家前和哈克約好：如果夜色陰暗，哈克就出來學貓叫，湯姆聽到後就溜出去用鑰匙試開門。可是那晚天色明亮，哈克十二點左右才結束把風，到空糖桶裡睡覺去了。

禮拜二，兩個孩子的運氣同樣不好，禮拜三也是如此。到了禮拜四晚上，天氣有了起色。湯姆提著姨媽那盞舊的鐵提燈，拿了一條遮光的大毛巾，趁機溜了出去。他把燈藏在哈克的糖桶裡，開始把風。晚上十一點，旅店關了門，僅有的燈光也熄滅了。西班牙人沒有露面，巷子裡也沒人走動，一切平安無事。夜色深沉，萬籟俱寂，遠處偶爾傳來一兩聲雷鳴。

湯姆拿起提燈，在糖桶裡點亮後，用毛巾將它緊緊圍住。夜幕中，兩個探險者躡手躡腳地朝旅店走去，由哈克把風，湯姆偷偷摸摸進了巷子。過了好一陣子，哈克焦急地等待著，心頭彷彿壓了座大山那樣沉重。他希望能看到提燈閃一下光，這雖然令他害怕，但至少說明湯姆還活著。他彷彿離開了好幾個小時，一定是昏過去了，要不然就是死了，也可能因為害怕和興奮，心臟爆裂了。就在惶惶不安中，哈克已不知不覺接近了那條小

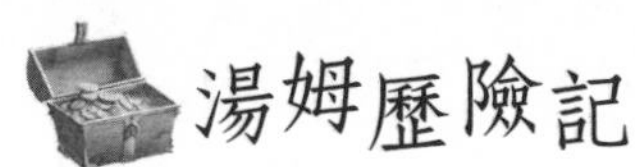

巷，心裡忐忑不安，隨時準備迎接意外的降臨，一瞬間把他嚇得窒息——事實上他已沒多少氣了，只能一點一點地呼吸，這樣下去很快就會心力衰竭。突然間，燈光一閃，只見湯姆狂奔著從他身邊跑過。

「快逃！」他說，「快逃命！」

他不必再重複，一遍就夠了。還沒等湯姆再說下去，哈克的速度已達到每小時三四十哩。他們一口氣跑到村口舊屠宰場的木棚那裡才停下來；一到屋簷下，風暴就刮過來了，接著大雨傾盆而下，湯姆一喘過氣就說：

「哈克，真恐怖！我盡量小聲地試了兩把鑰匙，可是門鎖卻不停發出聲音，嚇得我連氣都喘不過來，鑰匙也轉不動了。後來不知怎地，我抓住門把，結果門打開了，原來沒上鎖。我連忙跳進去，扯下燈上的毛巾，我的媽呀！我差點沒被嚇死！」

「是什麼？——湯姆，你看見了什麼？」

「哈克，我差點踩到印第安・喬的手！」

「不可能！」

「真的！他躺在那裡，睡得很熟，眼睛上還貼著那塊紗布，手臂攤開。」

「老天！你幹了什麼？他醒了嗎？」

「沒醒，一動也不動，我想他一定是喝醉了。我抓起毛巾就往外跑！」

「我要是你的話，連毛巾都不要了。」

「我做不到。要是丟了毛巾，姨媽會讓我好看的。」

「喂，湯姆，那你見到箱子了嗎？」

「哈克，我哪有時間看呢？沒看到箱子，也沒見到十字鎬。除了印第安・喬身旁的地上有個瓶子和一只鐵杯之外，別的什麼也沒看見。對了，我還看到屋裡有兩只酒桶和一堆瓶子。你明白了吧？哈克，你說說，這個鬧鬼的房間究竟是怎回事？」

「怎麼回事？」

「鬧鬼！鬧的是酒鬼！也許所有的禁酒旅店都有個鬧鬼的房間。喂！哈克，你說是嗎？」

「嗯，我想你說得對，誰也想不到有這樣的怪事。話說回來，湯姆，趁現在印第安．喬還在酒醉中，正是拿箱子的大好機會。」

「說的也是！不過，你去試試！」

哈克嚇得直打哆嗦。

「算了，不——我看不行。」

「我也覺得不行，哈克，一瓶酒是醉不倒印第安．喬的，他身邊要是有三瓶，那他一定爛醉如泥，連我也敢去試一試。」

湯姆沉思了很久後才開口說：

「哈克，聽著，只要印第安．喬一刻不走，我們就只得放棄，太嚇人了。要是每天晚上都盯著那裡，我們肯定能看到他出來。無論何時，只要他一出來，我們就像閃電一樣衝進去，抱著箱子就跑。」

「好，我贊成，我可以天天晚上看守，你負責去拿箱子。」

「好，就這麼決定了。你只要沿著胡伯街走一個街區，然後學貓叫。要是我睡著了，就朝窗上扔一顆小石頭，叫醒我。」

「沒問題，太妙了！」

「哈克，風雨停了，我要回家了。再過一兩個小時天就亮了，你在這段時間繼續監視，好嗎？」

「一言為定，湯姆。我願意每晚監視那家旅店，監視一年都行，白天睡覺，晚上盯一整夜。」

「很好，你打算睡在什麼地方？」

「班．羅傑家的乾草棚裡。他讓我睡在那裡，他爸爸雇的那個黑奴傑克叔叔也讓我睡。我幫他提水，如果有吃的，他也會分我一點。這黑奴真是個好人，湯姆，他喜歡我，我也從不對他擺架子，有時還會坐下來跟他一起吃飯。不過別告訴別人。一個人餓的時候就管不了那麼多了，只要有吃的，什麼都願意幹。」

「好，要是白天我沒來叫你，你就睡覺，我不會來煩你。晚上如果有情況，你就趕快跑到我家附近，學貓叫一聲就行了。」

第二十九章

早期五早晨，湯姆聽到的第一件事是一則好消息：柴契爾法官一家前一晚又回到了城裡。現在印第安・喬和那份寶藏變成次要的了，貝琪吸引了他全部的注意力。他見到了她，兩人一起和同學們玩捉迷藏和「守溝」遊戲，愉快極了。這一天大家玩得特別痛快，還有一件事特別令人開心：貝琪纏著她媽媽，要她答應第二天去野餐；因為她曾經答應過，但直到現在都沒有兌現。母親同意了。

孩子的歡樂總是無邊無際，湯姆也是如此，太陽還沒下山，邀請函就發送了出去，村裡的年輕人立刻忙碌起來，準備著，激動地等待著這一天的到來。湯姆也興奮得睡不著，他懷著極大的希望等待聽到哈克的貓叫，好在隔天野餐時拿出寶藏給貝琪和參加的人們一個驚喜。但他的如意算盤落了空，那一晚根本沒有任何貓叫聲傳來。

早上了。十到十一點左右，柴契爾法官家門口聚集了一群瘋瘋顛顛、吵吵鬧鬧的孩子們，他們全都準備好了，等著出發。大人們照例不參加這樣的野餐，免得掃興；反正有幾個十八歲的女孩和二十三歲左右的小伙子參加，所以孩子們一起野餐不會出事的。這回他們租了那艘老蒸汽渡船。隨後，歡樂的人群帶著滿載食物的籃子排隊走上大街。席德生病了，無法和大家同樂，瑪莉留在家中陪他玩。柴契爾夫人臨走前對貝琪說：

「孩子，要是很晚才回來，你可以到碼頭附近的女孩家去住。」

「媽媽，那我就到蘇珊・哈伯家去住。」

「好，到別人家要注意自己的行為，別給人添麻煩啊！」

他們走了，路上湯姆對貝琪說：

「喂，告訴妳，不要去哈伯家。我們直接去爬山，到道格拉斯寡婦家休息。她有冰淇淋，幾乎每天都可以吃——多得不得了。我們去，她一定開心得要命。」

「噢，那太有趣了！」

貝琪又想了片刻後說：「但不知道我媽媽會怎麼想？」

「她不會知道的。」

她想了想，不情願地說：「我看這麼做不好，不過……」

「別猶豫了！妳媽媽怎麼會知道呢？不會有事的。她只希望妳平安無事，我敢打賭，要是她能想到這個地方，一定早就答應讓妳去了，我知道她會的！」

道格拉斯寡婦十分好客，使得孩子們都非常想去她家，再加上湯姆的花言巧語，事情終於定下來了，他們不向任何人透露當晚的計畫。湯姆又忽然想到，哈克今晚說不定會來發信號給他；想到這裡，他的興致消弱了不少。但更讓他難受的是放棄去道格拉斯寡婦家玩——幹嘛不去呢？他盤算著：前天晚上沒有信號，那麼今晚怎麼可能會有呢？財寶遠在天邊，而晚上的玩耍近在眼前。因此他決定大玩一場，以後再去想寶箱的事情。

在離小鎮三哩的地方，渡船在樹木叢生的山谷口靠岸停泊，他們一窩蜂地湧上岸。不久後，樹林中、高崖上，到處都迴蕩著孩子們的歡聲笑語，什麼能讓他們汗流浹背、筋疲力盡，他們就玩什麼。漸漸地，那些亂跑的小傢伙回到營地，胃口大增，見到好吃的東西就飽餐一頓。飯後，他們在橡樹底下休息，邊說話邊恢復體力，後來有人大喊：

「誰打算去山洞裡玩？」

大家都想去。一捆捆蠟燭被拿了出來，大家立刻愉快地開始爬山。洞口在山坡上——形狀像大寫的字母A。巨大的橡木門沒有閂上，裡頭有個小房間，寒氣逼人，四周是天然的石灰岩牆壁，上面的水珠晶瑩透亮。

站在這個黑暗的地方，看著陽光下翠綠的山谷，真是既浪漫又神秘。但大家很快又忘了這裡的美景，開始嘻鬧起來；蠟燭一點亮，就被一些人撲上去搶走，隨後就是一陣英勇的你爭我奪，沒過多久，蠟燭要不是被打翻，就是被吹熄，接著大家發出一陣哄笑，又開始新的追逐。可是凡事都有個結束，隨後大家一個個沿著主要通道的陡坡往下走，那一排燭光照得高聳的石壁朦朦朧朧，幾乎能達到頭頂上方六十呎兩壁相連的地方。這條主通道寬不過八到十呎，每隔幾步，兩旁就有高聳而狹窄的通道通往別處——麥克道格斯山洞是個通道交錯的大迷宮，不知通往何處，有人說過在這錯綜複雜的裂口和崖縫中一連走上幾天幾夜，也找不到山洞的盡頭。你可以一直往下走，往深處走，大迷宮與小迷宮相連，沒有一個走得到盡頭。沒有人真正熟悉這個山洞——要熟悉它是不可能的事，大多數年輕人都知道一點路，但沒有人敢再往裡面多走一點。而湯姆也跟其他人一樣，只不過知道一點而已。

一行人沿著主通道走了大約四分之三哩，然後三三兩兩地鑽進了岔路，在陰森的長廊裡奔跑，然後在轉彎的地方偷襲彼此。小隊的人可以互相閃避，半個小時之內是不會迷路的。

漸漸地，一組組人馬零星地回到洞口，喘著氣，興奮不已，從頭到腳都是蠟油，身上沾滿了泥土，完全沉浸在一天的歡樂之中，這時他們才吃驚地發現，自己光顧著玩，沒注意到時間，天馬上就要黑了。鐘已噹噹地敲了半個小時，就這樣結束一天的探險活動，浪漫極了，因此大家都很滿意。當渡船載著興高采烈的遊客啟程時，除了船伕以外，沒人有虛度光陰的感覺。

渡船的燈光一搖一閃從碼頭旁經過時，哈克已經開始守夜了。他沒聽見船上有什麼聲音，那群年輕人現在不聲不響，似乎累得要命。哈克不知道這是一艘什麼船，隨後他不再想船的事，全神貫注地守夜。晚上起了雲，天色越來越暗，到了十點，車輛的聲音停止了，四處的燈火開始熄滅，行人也都散盡，整個村莊進入了夢鄉，只有這個小傢伙獨自一人守著寂寞，與魔鬼作伴。十一點鐘，旅店也熄了燈，這下到處一片漆黑。哈克等了很長一段時間，等得睏了，但仍然毫無動靜；他開始動搖了，繼續守在這裡有什麼用呢？真的有用嗎？不如回去睡覺算了。

突然，他聽到了動靜。他立刻聚精會神地聽著，小巷的門輕輕關上了。他連跑帶跳地來到磚廠轉彎的地方，這時兩個男人與他擦身而過，其中一人腋下夾著一件東西——一定是寶箱！他們是在轉移寶藏啊！現在不能去叫湯姆，那太傻了，那兩個人會逃跑，一旦跑了就休想再找到他們。對！必須盯著他們，跟在後面，靠著夜色掩護自己。哈克心裡盤算著，一邊光著腳溜出去，像貓一般跟在那兩個人後面，離得不遠不近，始終保持著能看見他們的距離。

他們順著沿河的街道走了三個街區後，向左轉進了十字街，然後徑直來到通往卡地夫山的那條小路。上了這條路後，他們經過半山腰的威爾斯曼的老房子，繼續往上爬。好吧！哈克心想，他們會把寶箱埋在石坑裡。但那兩個人卻繞過老石坑，爬上山頂，一頭鑽進了茂密漆樹間的一條小路，消失在黑暗中。哈克靠上去，縮短了距離，因為對方現在絕不會看見他。他小跑了一陣，擔心跑得太快，然後又放慢腳步；向前走了一段路後，他就停下來聽一聽——沒有聲音，除了他急促的心跳聲之外，什麼也聽不到。山那邊傳來貓頭鷹的叫聲，多麼不祥！但是卻沒有腳步聲。老天！什麼都不見了！他正想拔腿去追，這時在不到四呎的地方，有個男人在清嗓子，哈克的心差點跳出來。他強忍著，站在原地發抖，簡直要摔倒在地上。他知道自己在什麼地方——在離道格拉斯寡婦家庭院的階梯口不到五步遠的地方。很好，就讓他們在這裡埋寶吧，這裡找起來不難。

一個很低的聲音傳來，是印第安・喬的聲音：

「該死！她家裡也許有人——這麼晚還亮著燈。」

「我看不到有什麼燈亮著。」

這是那個陌生人的聲音——那個鬧鬼房子裡的陌生人。哈克的心一陣冰冷——原來這就是復仇！他這時的念頭是一溜煙地逃走；但他突然想起道格拉斯寡婦不只一次地對他很好，這兩個傢伙說不定想謀害她呢！他真希望自己有膽量去向她報信，但他知道自己不敢，因為那兩個傢伙可能會把他逮住。這些想法在他腦裡一閃即逝，一切都發生在那個陌生人和印第安・喬談話的空檔。接著喬說：

「樹叢擋住了你的視線，往這邊看——這下看得見燈光了吧？是不是？」

「是的，看見了。我覺得的確有外人在那裡，最好別幹了吧！」

「別幹了？那怎麼行！再說我就要離開這個鬼地方，再也不回來了；如果放棄這次行動，就沒有下一次機會了。我再說一遍，我已經跟你說過了，我根本不稀罕她那幾個小錢，你把錢全部拿去也行！但她丈夫對我太刻薄了——他總是那樣凶狠，就因為他是治安法官，說我是流氓。還不只這樣，我說出來的還不到他所做的百萬分之一。他叫人用馬鞭抽我，就像打黑奴那樣，在監獄的前面抽我，讓我在全鎮人面前丟臉！挨馬鞭抽！你懂嗎？他死了，這倒便宜了他，不過他欠我的，我一定要從他女人這裡討回來！」

「啊，可千萬別殺死她！別那麼做！」

「殺人？誰說過要殺人？要是他還在，我就會殺了他，但我不是要弄死她。想報復女人，用不著要她的命——那太蠢了，你只要毀掉她的臉就行，扯開她的鼻孔，把耳朵戳個洞，讓她看上去像頭豬。」

「天哪，那真是……」

「收起你的蠢話吧！那樣對你最保險。我要把她綁在床上，如果她因為失血過多而死，那能怪我嗎？就算她死了，我也不會掉一滴眼淚的。老兄，看在我的面子上，這件事你得幫我——我找你來就是為了這個，我一個人也許做不到。你要是敢退縮，我就宰了你，明白嗎？要是非宰了你不可，我也要先弄死那個女人——這樣一來，我想絕不會有人知道這件事是誰幹的。」

「好吧，要殺就殺吧，立刻動手。越快越好，我現在渾身發抖呢！」

「現在動手？即使有外人在也不怕？聽著，現在不行，得等屋裡的燈熄了才能動手——不用著急。」

哈克覺得隨後會有一陣沉默，這種沉默比任何口頭上說要殺人的話還可怕。因此他屏住呼吸，小心翼翼地往後退。他每退一步，就靠單腿用力，身子先往一邊傾，然後又傾向另一邊，有時差點跌倒，然後小心地站穩腳跟；接著以同樣的方式、冒同樣的危險，再挪動另一隻腳；就這樣左右腳輪流往後退——突然間，一根小樹枝「啪」地一聲被踩斷！他憋住氣，聽了聽，沒有異樣——只有絕對的寂靜。他感到謝天謝地，現在他退回到兩堵牆般的綠樹之間的小道上，轉身時非常小心，彷彿一艘船在掉頭；然後步伐敏捷而謹慎地往回走去。到了石坑那邊，他覺得安全了，拔腿就跑，一路狂奔，直到威爾斯曼家門口才停下來。他用力地敲門，老人和他那兩個健壯的兒子從窗戶裡探出頭。

「怎麼搞的？是誰在敲門？你想幹什麼？」

「開門讓我進去——快點！我全部都告訴你們。」

「什麼？你是誰？」

「哈克貝利．芬——快點，讓我進去！」

「確實是哈克貝利。不過，光聽見你的名字，就會有很多人家不想開門。孩子們，快開門讓他進來，看看是什麼麻煩的事情。」

「請別跟別人說是我講的，」哈克進門就說，「請你務必保密，否則人家一定會要我的命！那寡婦有時候對我很好，我一定要講出來，也願意講出來，你可千萬別跟人說是我講的。」

「哎呀！他確實有事情要講，否則不會這樣的！」老人大聲說，「孩子，說吧！這裡沒人會講出去的。」

三分鐘後，老人和他的兒子帶著武器上了山。他們手拿著槍，踮著腳進入了綠樹成蔭的那條小路，哈克只跟著他們到這裡，就沒再向前走去。他躲在一塊大圓石後面靜靜地聽著。經過一陣沉默，哈克等得心急了，突然傳來槍聲和喊聲。

哈克還來不及弄清楚情況，就跳起來拚命地衝下山坡。

第三十章

禮拜天早上，天剛有點濛濛亮，哈克就摸黑上山，輕輕地敲著老威爾斯曼家的門。裡面的人還在睡覺，但由於夜裡那樁驚人的事件，大家變得十分警惕，窗戶裡傳出了一句問話：

「是誰呀？」

哈克有點驚魂未定地低聲答道：

「請讓我進去吧！我是哈克．芬呀！」

「哦，是你呀。只要你來，白天、黑夜都歡迎你！」

這個流浪兒從沒聽過這樣的話，這是他有生以來聽到最快樂的話——他想不起從前有沒有人對他說過「歡迎」。門很快打開了，他走了進去，老人讓哈克坐下，他和兩個高大的男孩很快穿好衣服。

「嘿，好傢伙，我想你一定餓壞了。太陽一出來，早飯就準備好了，我們可以吃上一頓熱騰騰的飯。儘管放心吧！我和孩子們都希望你昨晚來我們家過夜呢！」

「我真是嚇壞了！」哈克說，「我跑了，一聽見槍響就跑了，一口氣跑出三哩遠！我回來是想問問情況，趁天還沒亮來是怕遇上那兩個鬼東西，打死我也不想再遇到他們。」

「唉！可憐的孩子，看來昨晚的事確實讓你受了不少苦——吃完早飯後，這裡有張床，你可以睡上一覺。那兩個傢伙還沒死，孩子，真是可惜。你瞧！我們照你說的，知道該在哪裡對他們下手，所以我們踮著腳，走到離他們只有十五呎的地方——但那樹叢黑得像個地洞！這時候我忽然想打噴嚏，真是倒楣透了！我想憋住，但沒有用，結果打了出來！我提著槍走在最前頭，因此驚動了那兩個壞蛋，他們沙沙地鑽出小路，我大叫：『孩子們，開火！』便對著發出聲音的地方開了好幾槍，孩子們也開了槍，但那兩個惡棍卻溜了。我們穿過樹林一路追過去，我想我們根本沒打到他們。他們也都開了槍，子彈從我們身邊嗖嗖地飛過，卻沒有傷到我們。他們跑遠了，我們就沒有再追上去，只是下山叫醒了警官。他們調來一隊人馬，部署在河岸上守衛。等天亮後，警長還要親自帶一幫人到森林裡搜索，我的兩個兒子也要跟他們一起去。我很想知道那兩個傢伙長什麼模樣，這樣找起來也容易些。可是孩子，我想昨晚你也沒看清楚他們的長相，對嗎？」

「不，我在鎮上見過他們，還跟蹤過他們。」

「太棒了！說說看──孩子──說出他們的特徵！」

「一個是又聾又啞的西班牙人，他來過這裡一兩次；另外一個長相難看，衣衫襤褸──」

「孩子，這就夠了，我們認識那兩個傢伙，有一次在寡婦家後面的樹林中遇到過，卻被他們逃掉了。快去吧！兒子們，去告訴警長──等天亮再吃飯吧！」

威爾斯曼的兩個孩子立即動身出發。他們走出屋子時，哈克跳起來，大聲說道：

「喂，請你們千萬別對任何人說是我講的！啊，千萬別說是我！」

「好，你不想說，我們就不說，可是你總該讓人家知道你的功勞呀！」

「不不不！請不要講！」

兩個年輕人離開後，威爾斯曼老人說：

「他們不會說出去，我也不會的。但你為什麼不願意讓人知道呢？」

哈克沒別的理由，只說他認識其中一人，不想讓對方知道是自己在跟他作對，否則肯定會送命的。

老人再次表示會替他保守秘密，說道：

「孩子，你怎麼會跟蹤他們呢？是不是他們有什麼可疑之處？」

哈克表面上不說話，心裡卻在盤算如何回答他的問題。他說：

「你瞧，我是個無藥可救的壞傢伙，至少大家是這麼說的，我也不覺得委屈──有時我為了想這個問題，好讓自己改過自新，結果弄得睡也睡不著，昨晚就是這樣。我睡不著，大約午夜時分來到街上，一邊想著這件事，一邊走到了旅店旁的那個老磚廠，然後靠在牆上繼續想。嘿！剛好這時候，那兩個傢伙悄悄從我身邊溜過，腋下夾著東西，我想一定是偷來的。一個傢伙抽著煙，另一個要借火。他們就停在我前方不遠，雪茄煙的火光照亮了他們的臉，我因此認出了那個白鬍子、戴著眼罩的傢伙是又聾又啞的西班牙人，另外一個傢伙有點寒酸，衣衫襤褸。」

「雪茄的火光能讓你看清楚他的穿著嗎？」

這一個問題一下子難倒了哈克。過了片刻後，他又說：

「嗯，不太清楚——不過我似乎看清了。」

「然後他們繼續往前走，而你——」

「對，跟在他們後面，是這樣的，我想知道他們要幹什麼壞事——他們那樣偷偷摸摸的實在不太對勁。我一直跟到寡婦家院子的階梯那裡，站在黑暗裡，聽見一個人在替寡婦求情，但那西班牙佬發誓要毀掉她的臉，就像我告訴你和你那兩個——」

「什麼？這是那個又聾又啞的西班牙人說的？」

哈克又犯了一個大錯誤！他一直不想讓老人知道——哪怕是一點點——西班牙人的事情；儘管他十分小心，但那條舌頭就是不聽話，似乎故意要給他添麻煩。他幾次想擺脫窘境，但老人始終緊盯著他，害得他一次次地露出馬腳。隨後老人說：

「孩子，別怕我，我不會傷害你一根汗毛。相反地，我會保護你。這個西班牙人既不聾也不啞，你已經無意中說了出來，現在想瞞也來不及了。你知道那個西班牙人的一些事情，你想隱瞞嗎？相信我——告訴我吧！請相信我——我不會背叛人的。」

哈克看了看老人那雙真誠的眼睛，終於彎下腰去，在老人耳語低語道：

「那不是西班牙人，是印第安．喬啊！」

威爾斯曼聽後差點從椅子上跳起來，片刻後他說：

「現在事情全清楚了。你當時說什麼割開鼻子，在耳朵戳個洞之類的事情，我當時還以為是你瞎編出來的，白人們不會這樣報仇的。但如果是印第安．喬的話，那就完全不同了。」

吃早飯時，他們繼續談論這件事。老人提到在上床睡覺前，他和兒子們做的第一件事就是提著燈到階梯附近，看看有沒有血跡，結果血跡沒見到，卻找到了一大包——

「一大包什麼？」

這幾個字，就像閃電一樣快速從哈克嘴中脫口而出。他顯得很吃驚，嘴唇發白，眼睛也瞪得大大的，張大了口在等待回答。威爾斯曼吃了一驚，他瞪著哈克——三秒——五秒——十秒——然後答道：

「是強盜作案的工具。哎！你怎麼了？」

哈克一下子放鬆下來，微微喘著氣，有種說不出的放鬆感。威爾斯曼嚴肅地看著他，顯得迷惑不解，接著又說：

「是啊，那是作案的工具。你似乎鬆了一口氣，但你剛才為什麼臉色大變？你以為我們找到了什麼？」

哈克被逼問得非常狼狽——因為老人用懷疑的眼光盯著他——他真想用一切來交換一個能說得通的藉口，但就是想不出該怎麼解釋——質疑的眼光盯得他頭皮發麻——他不知不覺地想出了藉口——由不得他再三思考了，於是他硬著頭皮，提高嗓子說：

「也許是主日學校用的課本吧。」

可憐的哈克裝出十分難過的樣子，不苟言笑，但老人卻開懷大笑，笑得渾身發抖。最後，他還說這種大笑就像金錢一樣寶貴，因為笑能治百病。他接著補充道：

「可憐的小伙子，你臉色發白，氣色不佳，腳步也站不太穩。不過會好起來的，我想你只要休息一下，睡個覺就好了。」

哈克一想到自己是隻十足的笨鵝，激動得差點露出馬腳，就不免有些懊惱。自從他在寡婦家的階梯處聽到那兩個傢伙說話後，就不再認為他們從旅店中拿出來的東西是財寶。不過這只是他的猜測，他並不曉得裡面確實沒有財寶；直到老人提及一包東西時，他馬上就沉不住氣了。不管怎麼說，他還是挺高興的，至少他現在知道「這包」東西毫無疑問不是他想的「那包」，他心裡高興極了。事情也都朝著他希望的方向發展，財寶一定還在「二號」裡，那兩個傢伙當天就會被抓住，關進牢裡，而他和湯姆則會不費吹灰之力，在晚上弄到那些金子，根本不用擔心被人打擾。

早飯剛吃完，就有人來敲門。哈克跳起來找藏身的地方，他不想讓人把他和最近發生的事聯想在一起。幾個女士和紳士進屋了，道格拉斯寡婦也來了，威爾斯曼老人還看見有一群人正朝山上爬，以便看清楚那道階梯——原來人們已經知道這件事了。

老人只好把晚上發生的事向在座的人說了一遍。寡婦因為逃過一劫，也痛痛快快地表示了她的感激之情。

「太太，別提這件事了，還有一個人比我和孩子們做得更多，更值得妳感謝；不過他有言在先，不讓我說出他的名子。要不是他，我們也不會到妳那裡去。」

大家的好奇心一下子轉到了這上面，但老人守口如瓶，只讓大家牢牢記住這件事，要他們傳遍全城，卻不說出這人是誰。寡婦知道了一切後，說道：

「當時我已上床，在床上看書，雖然外面吵吵鬧鬧的，我卻睡著了。你們怎麼不來把我叫醒？」

「我們覺得沒那個必要，那些傢伙不可能再回來——他們沒有了作案工具，我們又何必叫醒妳，把妳嚇個半死呢？後來我派了三個黑奴守著妳的房子，一直守到天亮。他們才剛回來。」來的人越來越多，老人一遍又一遍地對大家複述晚上發生的事情，花了兩個多小時才結束。

學校放暑假的期間，主日學校也不上課，然而去教堂的人卻很早就到了。那樁驚心動魄的事已經鬧得滿城風雨。有消息說，那兩個壞蛋已經跑得不見人影。做完佈道，柴契爾夫人與哈伯太太隨人群沿著走道往外走，邊走邊說：

「我們家貝琪難道要睡一整天不成？我想她一定累得要命。」

「你們家貝琪？」

「對呀，」法官夫人看起來很吃驚，「昨晚她不是跟妳住在一起的嗎？」

「和我住？不，沒有！」

柴契爾夫人臉色發白，癱坐在一把椅子上。這時波麗姨媽從她身旁走過，愉快地和朋友聊著。她說：

「早安，柴契爾夫人，早安，哈伯太太，我家那個小鬼又不見了。我想我家的湯姆昨晚住在妳們家中——不知是在妳們誰家。他現在不敢來教堂做禮拜，我一定要找他算帳。」

「他沒住在我們這裡。」哈伯太太說著，顯得有些不安，波麗姨媽臉上明顯露出了焦慮的神色。

「喬，你早上看到我家湯姆了嗎？」

「沒有，伯母。」

「你最後見到他是在什麼時候？」

喬拚命回想，卻答不出來。這時，往教堂外走的人都停下了腳步，竊竊私語著，人人臉上露出不祥的焦慮。大人們迫不及待地詢問孩子和老師們，他們都不敢肯定湯姆和貝琪是否搭上了回程的船——當時天色已黑，沒人想到去清點人數是否到齊。有個年輕人突然說他們還在山洞裡，柴契爾夫人立刻昏了過去，波麗姨媽捶胸頓足地放聲大哭。

這個驚人的消息一傳十，十傳百，弄得大街小巷人盡皆知，不到五分鐘的時間，大鐘瘋了似地噹噹直響，全鎮的人都行動起來。卡地夫山的事件頓時變得無足輕重，盜賊的事也被拋到了一邊。大家套上馬鞍，為小船配好槳手，立即出發。不到半個時辰，全鎮就有二百多個人沿著公路和河流向山洞湧去。

那天下午，小鎮裡彷彿什麼也沒有，靜悄悄的。許多女士去探視波麗姨媽和柴契爾夫人，想安慰她們，結果大家一起罵個不停——這比安慰的話更有用。這一夜鎮上顯得十分沉悶，大家都在等待消息；但當黎明最後來臨時，所有的消息都只是一句話：「再送些蠟燭去——再送些吃的。」

柴契爾夫人幾乎崩潰了，波麗姨媽也是。柴契爾法官從洞中派人送來鼓舞人心的好消息，但那一點也引不起大家的興致。天快亮的時候，老威爾斯曼回家了，他渾身滴滿蠟油，沾滿泥土，累得筋疲力竭。他看見哈克仍睡在那張床上，發著高燒昏迷不醒。醫生們都去了山洞，因此由道格拉斯寡婦來照顧他；她說她一定會全力照顧他，無論哈克是好孩子還是壞孩子都一樣，因為他屬於上帝，上帝的任何造物都應該受到重視。威爾斯曼說哈克有優點，寡婦說：

「的確如此，那就是上帝留給他的記號，上帝從沒有放棄留給人們良好的記號；凡經祂手的人，都有這樣的記號。」

還沒到下午，人群三三兩兩拖著疲憊的身軀回到鎮上；那些身強力壯的人繼續留在洞裡搜索。帶回來的消息只是說，現在大家正在努力搜索，包括過去山洞裡沒人去過的地方，每一個角落、每一處縫隙都要徹底地搜過一遍。人們在錯綜複雜的迷宮中鑽來鑽去，遠遠就能看見燈光四處搖曳，吶喊、槍聲迴蕩在陰森的通道裡。在一個一般遊客很少到達的地方，人們發現石壁上用蠟燭燻了貝琪和湯姆的名字，不遠處還有一截沾有蠟油的髮帶，柴契爾夫人認出那是貝琪的東西，痛哭不已。她說這是她女兒留給她的最後一點遺物，再也沒有什麼東西比它更寶貴了，因為當那可怕的死亡降臨時，這件東西最後離開她的孩子。

有人說洞裡深處不時有微光閃動，還有大喊大叫聲。於是一二十個男人列著隊，鑽進聲音迴蕩的通道——結果依然是空歡喜一場，孩子並不在那裡，亮光其實來自搜索者的燈光。

漫長的三天三夜過去了，令人焦慮、乏味。全村都陷入絕望，茫然不知所措，沒有心情做別的事；就連碰巧發現禁酒旅店的老闆私自藏酒這樣令人震驚的事，也提不起眾人的勁。哈克清醒的時候，斷斷續續地把話題扯到旅店上，最後他問——心裡隱約覺得會有最壞的事態——在他發病期間，是否在禁酒旅店裡找到了什麼？

「沒錯，是找到了點東西。」寡婦說道。

哈克一下子從床上吃驚地坐起來，眼睛睜得大大的。

「是什麼？找到了什麼東西？」

「酒啊！現在旅店被查封了。躺下來，孩子——你真是嚇了我一大跳！」

「告訴我一件事就好——就一件事，求妳了！是湯姆．索耶發現的嗎？」

寡婦突然哭了起來。「安靜點，安靜點，孩子，安靜點！我早就跟你說過了，不要講話，你現在病得很厲害，很虛弱！」

除了酒以外，沒有發現別的東西。如果找到的是黃金的話，大家肯定會大談特談，看來那批財寶是永遠找不到了——永遠找不到了！但是她幹嘛哭呢？真是不可思議。

哈克迷迷糊糊地想著這些問題，感到十分疲倦，終於睡著了。寡婦自言自語道：

「唉！終於睡著了，可憐的孩子。是湯姆找到的！遺憾的是沒有人能找到湯姆！更糟的是沒有幾個人還抱有希望或有力氣繼續尋找他。」

第三十一章

現在，我們回頭來說說湯姆和貝琪參加野餐的情況。他們跟伙伴們一起穿梭在黑暗的通道裡，遊覽那些熟悉的洞中奇觀——人們替它們取了誇張的名字，例如「客廳」、「大教堂」、「阿拉丁宮殿」等等。在這之後，他們開始玩捉迷藏，玩得十分起勁，直到有些厭煩了為止。接著兩人高舉蠟燭，沿著一條彎曲的小路往前走，邊走邊唸著用蠟油燻寫在石壁上的名字、年月、地址和格言之類的東西。他們邊走邊聊，不知不覺來到了另一個山洞。這裡的牆上沒有字跡，他們在一塊突出的岩石上燻了自己名字，又繼續往前走去。

不久後，他們來到一個地方，那裡有股溪流從突出的岩層上流下來，水裡有石灰石沉澱，經年累月下形成了瀑布般的景觀。它的四周彷彿嵌著邊，凹凸不平，水裡的石頭晶瑩閃亮，光彩奪目。湯姆擠到後面，好讓貝琪藉著他的燭光看個夠。他發現後方的狹縫中有條陡峭的天然台階，一下子心血來潮，想去繼續探險。貝琪聽了他的建議，兩人於是燻了個記號，作為認路的標誌，便開始了探險。他們一下子往這邊走，一下又往那邊走，就這樣蜿蜒進到了沒有人到過的洞穴最深處；做了個記號後，又沿著岔路走下去，以便出去後跟人炫耀。在一個地方，他們發現了一個寬敞的石窟，頭頂垂著一些人腿大小的鐘乳石。他們在裡面轉了一圈，驚嘆不已，然後從其中的一個出口離開了。

接著，他們到了一個美妙的泉水旁，水底下的石頭像雪花般玲瓏剔透；泉水位於石窟中間，四周的石壁全由奇形怪狀的柱子支撐著，這些石柱是大鐘乳石和大石筍相連而成的，是千萬年來滴水不息的結果。石窟上聚集著成群的蝙蝠，每一群都有成千上萬隻。被燭光一照，數以千計的蝙蝠飛下來，尖叫著朝蠟燭猛撲過去。湯姆知道牠們的習慣和危險性，趕緊拉著她鑽到最近的一條通道裡。這一步他們走對了，因為當貝琪往外走時，手裡的蠟燭正巧被一隻蝙蝠撲滅了。兩人被蝙蝠追出一大段距離，只要看到通道就往裡鑽，最後終於擺脫險境，把牠們甩開了。

湯姆又發現了地下湖，它漸漸地伸展，最後消失在黑暗中。他打算沿著湖岸一探究竟，但轉念一想，又覺得還是先坐下來休息一下好了。這時，兩個孩子第一次感到這寂靜的山洞裡彷彿有張冰冷的魔掌，攫住了他們的靈魂。貝琪說：

「哎呀，我忘了留意，不過好像很久沒聽見其他同伴的聲音了。」

「妳想想，貝琪，我們現在離他們很遠，鑽到洞下面來了。我也不知道自己朝北、朝南，還是朝東跑了多遠，我們在這個地方聽不見他們。」

貝琪開始擔心起來。

「我不知道我們在這裡待多久了，湯姆，我們還是回去吧！」

「對，我也是這樣想的，也許該回去了。」

「你認得路嗎？湯姆，這裡彎彎曲曲、亂七八糟的。」

「我想我能認得——但是那些蝙蝠很討厭。要是蠟燭被牠們撲滅，那就更糟了。我們不妨走別的路，避開那個地方。」

「好是好，但願別再迷路了。真可怕呀！」小女孩一想到前途未卜，不禁打了個寒顫。

他們鑽進一條長廊，一聲不響地走了老遠，邊走邊找出口，看看跟進來時的路是否一樣。可是沒有一個出口是一樣的。湯姆每次檢查洞口，貝琪就望向他的臉，看是否有希望的表情。湯姆則總是愉快地說：

「噢，沒什麼好怕的，這裡不對，不過我們會找到出口。」可是一次又一次的失敗讓湯姆感到希望越來越渺茫，後來索性見到洞就鑽，希望能找到來時的路。他的嘴上仍說著「沒什麼大不了的」，心情卻十分沉重，連說出的話都失去了力量，聽上去就像是「沒救了！」貝琪痛苦萬分地緊跟在湯姆身旁，努力想止住哭泣，但眼淚還是不停地流出來。她終於說：

「算了，湯姆，別管那些蝙蝠了，快回到那條路上去吧！我們好像越走越遠了。」

湯姆停下腳步。「聽！」他說。

周圍萬籟俱寂，靜得連他們的喘息聲都能聽見。湯姆放開喉嚨大叫，叫聲迴蕩在通道裡，漸漸遠去，直到最後像是陣陣笑聲般隱沒在通道深處。

「喂，湯姆，別喊了，聽起來好嚇人！」貝琪說。

「是很嚇人，貝琪，但我這樣喊一喊，他們說不定能聽見我們。」說完他又大喊起來。「說不定」三個字比那一陣陣回聲更可怕，它表明希望正在消失。兩個孩子靜靜地站在原地傾聽，但什麼也沒聽見。湯姆立刻沿著原路大步返回，但沒過多久，他表現出舉棋不定的樣子。這讓貝琪感到十分害怕——湯姆居然連往回走的路也找不到了！

「喂，湯姆，你怎麼什麼記號也沒做！」

「貝琪，我真笨！笨極了！我根本沒想到我們會順原路返回！是的，我們現在迷路了。真是糟透了。」

「湯姆，湯姆，我們迷路了！找不到路了！永遠也走不出這個鬼地方了！真是的，我們當初幹嘛不和別的伙伴一起走呢？」

說完，她癱軟在地上大哭起來，這下子湯姆嚇壞了，他以為她快死了，要不然就是快瘋了。他坐在她旁邊抱著她，她也緊緊挨著他，把臉貼在他懷裡，不斷訴說她的恐懼，以及無限的悔恨；這陣聲音傳到遠處後變成了嘲笑，迴蕩在通道裡。湯姆求她再打起精神來，但她做不到，於是湯姆開始自責，罵自己不該連累她到這種不幸的地步——這一罵反倒有了效果，她表示會努力打起精神，只要湯姆不再說這種話，她就願意跟他一起走，因為她自己也有錯。

就這樣，兩人又開始往前走，漫無目的地亂走——他們現在能做的就是往前走，不斷地往前走。不久，希望又開始復甦——沒有什麼理由，很簡單，只要希望的泉源還沒有因為時間和失敗而消失，它就會自然而然地復甦。

過了一會，湯姆把貝琪的蠟燭拿來吹熄了，這種節約意味深長，不需要多餘的解釋，貝琪就明白了其中的含意：她的希望又破滅了。她知道湯姆口袋裡還有一整根蠟燭和幾個蠟燭頭——但他必須節約使用。

又過了一會，疲勞開始襲上心頭，兩個孩子盡力想掙脫它，因為現在分秒必爭，他們連坐下來休息一下都不敢。只要繼續往前走，無論是往哪個方向，至少都算是前進，都可能會有結果；可是千萬不能停下來，否則就等於坐以待斃，好讓死神更快降臨。

到了後來，貝琪柔弱的四肢再也支撐不住，她一步也走不動了。她坐在地上，湯姆也坐下來陪她休息。兩個人談到家、那裡的朋友、舒服的床鋪，尤其是那燈光！貝琪哭了起來，湯姆想轉移話題安慰她，但她已不只一次聽到他這樣鼓勵，那些話如今聽起來反而像是在挖苦她。貝琪實在疲倦極了，她昏昏欲睡，湯姆卻因此覺得高興，他坐在那裡盯著她，見她在甜蜜的睡夢中臉上的表情逐漸舒展開來，笑容也慢慢顯露，那平靜的臉龐為湯姆的心靈也帶來了一些慰藉。於是，他的心思轉到了過去的時光和如夢般的回憶上去了。當他陷入沉思時，貝琪在一陣愉快的微笑中醒來，笑容突然中止，接著是一陣呻吟聲。

「唉，我怎麼睡著了呢？要是一睡不起該有多好啊！不！不！湯姆，我不是這麼想的！不要這樣看我！我不說了。」

「貝琪，妳睡了一覺，這很好；妳會覺得休息後好多了，我們會找到出去的路。」

「我們可以試試，湯姆。但我在夢中見到了一個美麗的國家，我想我們正是在去那裡的路上。」

「不一定，不一定。貝琪，打起精神來！我們再去試一試。」

他們站起來，手拉著手向前走去，但心裡仍然沒有把握。他們想算出自己待在洞裡多久了，卻只知道好像過了好多天、好幾個禮拜——不過這不可能，因為蠟燭還沒有用光。之後的很長一段時間，他們都搞不清楚到底在洞裡待了多久。湯姆說他們必須輕輕地走路，聽聽哪裡有滴水聲——他們必須找到泉水處。不久後兩人果真發現了一處泉水，湯姆又說該休息一下了。兩人累得不得了，但貝琪卻說她還能再走一會；湯姆不同意，這讓貝琪大吃一驚。他們坐下來，湯姆用黏土把蠟燭黏在前方的石壁上，兩人各自沉思著，誰也沒有說話。過了一會兒，貝琪先開了口：

「湯姆，我好餓！」

湯姆從口袋裡掏出點什麼東西。

「還記得這個嗎？」他問貝琪。

她差點笑起來。

「那是我們的結婚蛋糕啊！湯姆。」

「對，現在就剩下這點東西了，它要是有一個桶子那麼大就好了。」

「這是我在野餐時偷偷留下的，想用它來許願——大人們的結婚蛋糕不也是這樣嗎？湯姆。不過這將是我倆的——」

她話只說了一半，湯姆就動手分蛋糕。貝琪大口地吃著，湯姆卻一點一點地嘗著他那一份。最後，兩人又喝了一大口涼水，結束了這頓「宴席」。貝琪再次建議繼續往前走。湯姆先沉默了一會，然後說：

「貝琪，我要對妳說一件事，妳受得了嗎？」

貝琪的臉色發白，但她覺得她能受得了。

「是這樣的，貝琪，我們得待在這裡，這裡有水喝，我們的蠟燭也只剩這麼一小截了！」

貝琪放聲大哭，湯姆盡全力安慰她，但是一點用也沒有。最後貝琪說：

「湯姆！」

「我在這裡，貝琪，妳想說什麼呢？」

「他們會想我們，會來找我們的！」

「說得對，他們會的，一定會的！」

「說不定現在正在找我們呢，湯姆。」

「當然囉！我想他們也許正在找，我希望如此。」

「湯姆，不知道他們什麼時候會發現我們失蹤了？」

「大概是上船回去之後吧。」

「湯姆，那時候天已經黑了，他們會不會注意到我們沒回去呢？」

「這我就不知道了。不過他們一回家，妳媽媽見不到妳，一定會想妳的。」

貝琪臉上露出害怕的神情，湯姆這才意識到自己犯了個大錯——貝琪已經說好那天晚上不回家。兩個孩子沉默不語，各自思考著，貝琪突然悲從中來；湯姆發現，他想的事情跟她一樣——也就是當禮拜天柴契爾夫人發現貝琪不在哈伯夫人家時，已經是中午了。兩個孩子的眼睛盯著那一小截蠟燭頭，看著它一點一點地燒掉，最後剩下半吋長的燭芯，軟弱的燭光忽高忽低，順著細長的煙柱往上爬，在頂部徘徊了一會，接著恐怖的黑暗完全籠罩了一切。

也不知過了多久，貝琪才慢慢意識到她趴在湯姆的懷裡哭。他們只知道自己似乎睡了很長一段時間，之後仍然一籌莫展。湯姆說現在可能已經禮拜天了，要不然就是禮拜一。他試著讓貝琪說話，但是她十分悲傷，所有的希望全都泡了湯。湯姆說他們已經失蹤很久了，毫無疑問，人們正在搜索他們；他要大喊，一定會有人聽見的。他叫了幾聲，可是回聲在黑暗中聽來十分可怕，他只好閉上了口。

時間一分一秒地過去。飢餓再度折磨起這兩個小傢伙，湯姆拿出他那一小塊留著的蛋糕分給貝琪吃，但是他們越吃越覺得餓得發慌。那塊小得可憐的蛋糕反而激起了他們的食欲。

過了一會，湯姆說：「噓！妳聽見了嗎？」

兩人屏住呼吸仔細聽著，遠處傳來一陣模糊不清的叫喊聲。湯姆立刻應了聲，拉著貝琪的手，朝著聲音傳來的方向摸索著進入通道。他又聽了聽，聲音又傳過來，這次明顯地接近了。

「是他們！」湯姆說，「他們來了！快來，貝琪——我們有救了！」

這兩個被困在山洞裡的「囚犯」高興得幾乎發狂。不過他們走得很慢，因為腳下不時碰到坑坑洞洞，必須小心一點。很快地，他們又碰到一個坑洞，兩人停下腳步。那個洞大約有三呎深——也許有一百呎——無論如何是跨不過去的。湯姆趴在地上，伸長了手往洞裡摸，但根本摸不到底。他只好待在原地，等待搜索的人過來。他們就這樣聽著，本來就很遙遠的喊叫聲如今變得更遠了。一會兒之後，聲音一點也聽不到了。真是倒楣透頂！湯姆直喊得嗓子都啞了也無濟於事。他充滿希望地和貝琪談著，但過了一段令人焦慮的時刻後，再也沒有聽見那遠去的喊叫聲，孩子們又摸索著重新回到泉水旁。時間慢慢地過去了，令人乏味。他們又睡了一覺，醒來後飢腸轆轆，痛苦不堪，湯姆堅信今天一定是禮拜二。

湯姆突然靈機一動。附近有許多岔路口，與其在這裡坐以待斃，不如去碰碰運氣。他從口袋裡掏出一根風箏線，把它繫在一塊突出的石頭上，然後和貝琪一起往前走。湯姆走在前頭，邊走邊放線；大約走出了二十步遠，通道便往下到了盡頭。湯姆跪下來，往下摸著，順手摸到轉角處，他又盡可能往左邊一點摸。這時，不到二十碼的地方，有隻手拿著蠟燭，從石頭後面出來了。湯姆大叫一聲，那隻手的主人——印第安．喬的身體立刻露了出來。湯姆嚇壞了，動彈不得；接著就見到那「西班牙人」拔腿就跑，轉眼間就不見了。

真是謝天謝地！湯姆認為喬沒聽出他是誰，否則會過來殺了他，以報復他在法庭上作證。山洞裡的回音讓人無法分辨出誰是誰，顯然這就是喬沒認出他的原因。湯姆被嚇得渾身無力，他自言自語地說道，要是他還有力氣回到泉水邊，一定要乖乖待在那裡，無論怎樣都不再去冒險，否則遇上印第安．喬就完蛋了。他不想對貝琪說出自己看到了什麼，只說他大叫一聲是為了碰碰運氣。

不過，等時間一久，害怕又變成次要的，最主要的問題是飢餓和疲乏。兩人在泉水旁度過了另一個漫長而乏味的夜晚，醒來時仍然飢餓難忍。湯姆堅信今天已經禮拜三或禮拜四了，又說不定是禮拜五、禮拜六；現在大伙兒一定不再搜尋他們了，他提議再找一條出路。他現在覺得即使遇到印第安．喬或是其他危險也不怕；問題是貝琪太虛弱了，她陷入麻木狀態，怎麼樣都打不起精神。她說她要在原地等待死亡——這不會太久了。她告訴湯姆，如果他願意，他可以自己順著風箏線去找出路，但拜託他不時回來跟她說說話；她還要他保證：當最後時刻來臨時，一定要守在她身旁，一直握著她的手。

湯姆吻了她，喉嚨裡有種哽咽的感覺，表面上卻裝出信心十足的樣子——別人一定會來救他們的。接著，他手裡拿著風箏線爬進一個通道。飢餓令他沮喪，尤其是一想到死亡，更令他感到悲傷。

第三十二章

到了禮拜二下午，一直到黃昏時分，聖彼德堡全村都沉浸在哀悼之中。兩個走失的孩子仍無音訊，大家為他們舉行了公開的祈禱儀式；還有許多私下為他們祈禱的人，個個誠心誠意，盼望他們早日歸來。但洞中傳來的消息仍然跟以前一樣，大多數搜索的人都回家去做自己的事情，顯然認為不可能再找到那兩個孩子了。柴契爾夫人病得很嚴重，大部分時間都處在昏迷狀態，不停呼喚著孩子的名字；有時又抬起頭來，整整一分鐘仔細聆聽，然後無力地呻吟著一頭倒在床上。見到這種情形，真讓大家感到心碎。波麗姨媽也深陷愁雲之中，那頭灰髮幾乎全白了。晚上整個村莊在一片悲哀和絕望的氣氛中靜了下來。

半夜時分，村裡的鐘突然全部噹噹地響起來，聲音特別大。頃刻之間，街道上擠滿了人，村民連衣服都來不及穿好，就站在那裡大聲嚷著：「大家快起來，快起來，孩子找到了！孩子找到了！」接著還能聽見敲擊鐵盆和吹號角的聲音。人群自動集結起來，朝著河那裡走，去迎接那兩個孩子。他倆坐在一輛敞篷的馬車上，周圍的人群前呼後擁，再加上迎接的人，大家浩浩蕩蕩地湧上大街，歡呼聲此起彼落。

村子裡頓時燈火通明，沒人想回去睡覺。這是他們度過最壯觀的一夜。最初的半小時裡，村民們一個接一個地來到柴契爾法官家，抱著兩個孩子狂親一陣，用力地握住柴契爾夫人的手，想說些什麼，又說不出來——然後他們就湧了出去，淚水灑得滿地都是。

波麗姨媽開心極了，柴契爾夫人也差不多；等派往洞裡報喜的人把這個消息告訴她丈夫，他也會欣喜若狂的。湯姆躺在沙發上，一群熱心的聽眾在周圍聽他講述這次歷險的故事，他不時加油添醋地渲染一番。最後，他描述了他如何離開貝琪，獨自一人去探險；怎樣順著兩個通道一直走到風箏線搆不著的地方；然後又是怎樣順著第三個通道往前走，把風箏線全放開；他剛要返回時看見遠方有個小亮點，看起來像是陽光；於是他丟下繩子，朝小亮點處摸索過去，連頭帶肩一起伸出小洞，看見了寬闊的密西西比河；如果當時是晚上，他就不會發現亮光，更不可能走這條通道。他還說他是如何回去，把這個好消息告訴貝琪，但她說不要拿這種謊話來煩她，因為她已經夠累了；她知道自己活不久了，也願意死去。他描述了他費盡唇舌去說服她，等她摸索到看得見天空的地方，簡直高興死了；他是怎樣擠到洞外，然後把她也拉出了洞；他們怎樣坐在那兒，高興得大喊大叫；然後有幾個人是如何乘著小艇經過，湯姆叫住他們，說明自己的處境。那幾個人起初不相信這麼荒唐的事，還說「你們待的那個山洞在河下游五哩處呢！」——然後把他們弄上小艇，划到一戶人家，讓他們吃了晚飯，天黑後休息了兩三個小時，才把他們帶回家。

天亮之前，送信的人根據柴契爾法官和同行的人留下的麻繩記號找到了他們，通知了這個重大的消息。

湯姆和貝琪很快就發現：由於在洞裡待了三天三夜，又累又餓，身體不可能一下子恢復過來。整個禮拜三和禮拜四，他們都臥床不起，彷彿越睡越睏，越休息越疲倦。禮拜四湯姆稍微活動了一下，禮拜五就到鎮上去了，到禮拜六差不多恢復了元氣；可是貝琪一直到禮拜天才出門，看上去很消瘦，好像生過一場大病似的。

湯姆聽說哈克病了，禮拜五便去看他，但人家不讓他進臥室；禮拜六和禮拜天也沒能進去。之後雖然讓他進去了，卻不准他提起冒險的事或任何刺激的話題；道格拉斯寡婦待在房間裡監視湯姆，防止他亂說話。湯姆在家中聽到了卡地夫山的事件，還知道人們後來在渡口附近的河中發現了那個「衣衫襤褸」的人的屍體——也許是他想逃跑，結果卻被淹死了。

湯姆獲救後已過了大約兩週，哈克也恢復得差不多了，不怕刺激了。湯姆心想有些話題能讓哈克感興趣。當他路過柴契爾法官家時，順道進去看了貝琪；法官和幾個朋友逗湯姆說話，有個人半開玩笑地問他還願不願意舊地重遊；湯姆說再去也沒什麼關係，法官就說：

「是啊，湯姆，我毫不懷疑，以後還是會有人像你一樣被困在洞裡。但我們現在學乖了，再也不會有人在洞裡迷路了。」

「這是怎麼回事呢？」

「因為兩週前我已經在大門上釘了一層鐵板，上了三道鎖——鑰匙由我保管。」

湯姆臉色馬上變得慘白。

「你怎麼啦？孩子，喂！快去倒杯水來！」

有人取來水，潑在湯姆的臉上。

「啊，你現在沒事了。湯姆，你到底怎麼啦？」

「噢！對了，法官先生，印第安．喬還在洞裡呀！」

第三十三章

幾分鐘之內，消息傳開了，十幾艘載滿人的小艇朝著麥克道格斯山洞划去，渡船也滿載著乘客隨後而至。湯姆和柴契爾法官同乘一條小艇。

洞口的鎖被打開了，黯淡的光線下顯露出一幅悲慘的景象。印第安．喬躺在地上，四肢僵直地死了。他的臉離門縫很近，似乎直到最後一刻，企盼的眼神都緊緊盯著外面的光明和那自由的歡樂世界。湯姆大受震撼，因為他親身在洞中待過，能理解這個傢伙死前的痛苦。他感到憐憫，但無論如何，他覺得現在十分快慰和安全，這種感覺他過去從未體會過。自從他在法庭上作證後，他的心頭一直有種沉重的恐懼感。

印第安·喬的那把獵刀還在他身邊，刀刃已裂成兩半。他死前拚命用刀砍過門下面的大橫樑，鑿穿了一個缺口，可惜沒有用，外面的石頭如同渾然天成的門框，用刀砍它無異於以卵擊石，根本沒有作用，反而是刀被砍得不成形了。就算沒有石頭，印第安·喬也是白費力氣；他可以砍斷大橫樑，但想從門下面鑽出來也是不可能的，他自己也明白這一點。他砍大橫樑只是為了找點事做，打發那難熬的時光，轉移注意力。通常，人們可以在洞中找到五六截遊客插在縫隙裡的蠟燭頭，但這一次一截也沒有，因為這個被困的傢伙把所有的蠟燭頭都找出來吃掉了。他還設法捉到幾隻蝙蝠，把爪子以外的部位統統吃掉了。這個可憐而不幸的傢伙最後是餓死的。

不遠處有根石筍，年代久遠，它是由頭頂上的鐘乳石滴水形成的；他把石筍弄斷，把一塊石頭放在石筍墩上，鑿出一個淺坑，來接每三分鐘滴下的一滴寶貴的水。水滴聲像鐘錶一樣有規律，令人煩躁，一天一夜下來才能接滿一湯匙。自從金字塔剛出現，這水就開始滴了；特洛伊城淪陷時、羅馬城剛建立時、耶穌被釘上十字架時、征服者威廉創建英國時、哥倫布出海時、萊克星頓大屠殺鮮為人知時，那水一直滴個不停；現在它還在滴，即使一切都隨著歷史煙消雲散，而被後人遺忘，它仍會滴下去。世間萬物是不是都有目的、負有使命的呢？這滴水五千年來默默地流淌著，是不是專為這個可憐蟲準備的呢？它是不是還有其他重要的目的，要再流個一萬年呢？這似乎無關緊要。在那個倒楣的混血兒用石坑接那寶貴的水之前，已經過了好幾年；但如今的遊客來麥克道格斯山洞觀光時，會長久駐足，盯著那塊令人傷心的石頭和緩緩而下的水滴。印第安·喬的「杯子」在山洞奇觀中格外突出，連阿拉丁宮殿也比不上它。

印第安·喬被埋在洞口附近。城裡、鄉下周圍七哩內的人都乘船或馬車成群結隊來到這裡。他們領著孩子、帶來各種食物，都表示看到埋葬喬和看到他被絞死幾乎一樣開心。

這件事過後，人們不再向州長提出赦免印第安·喬的事了。許多人都曾在請願書上簽了名，還開過許多痛哭流涕的會議，選了一群心腸軟的婦女組成請願團，身穿喪服到州長那裡哭訴，請求他大發仁慈，無視自己的職責。據說印第安·喬手上有五條命案，但那又怎樣呢？就算他是魔鬼撒旦，也還是會有一群糊塗蛋願意在請願書上畫押，並且從他們那永遠修不好的「自來水龍頭」裡滴出淚水來灑在請願書上。

喬被埋葬的那天早上，湯姆把哈克叫到一個無人的地方，跟他說一件重要的事。此時哈克已經從威爾斯曼和道格拉斯寡婦那裡聽說了湯姆的歷險，但湯姆卻說，他覺得他們有一件事沒告訴哈克，這正是他現在要講的。哈克臉色陰沉地說：

「我知道是什麼。你進了『二號』，除了威士忌以外，什麼東西也沒找到。雖然沒人說是你幹的，但我一聽到威士忌那件事，就知道一定是你。你沒弄到錢，要不然你早就跟我說了。湯姆，我總覺得我們永遠也得不到那份財寶了。」

「我說哈克，我從來沒有告發旅店老闆。禮拜六我去野餐時，旅店不是好好的嗎？這你也知道。你忘了嗎？那天晚上輪到你去守夜。」

「噢！對，怎麼感覺好像是一年前的事了。就是那天晚上，我跟在印第安．喬後面，一直跟到寡婦家。」

「原來是你跟在他後面的呀？」

「是我，但是別聲張出去。我想印第安．喬還有朋友，我不想被他們報復。要不是我，他現在肯定已經去德克薩斯了，一定沒錯。」

於是哈克將他歷險的全部經過一五一十地告訴了湯姆。在這之前，湯姆只聽說過關於威爾斯曼的事。

「反正，」哈克言歸正傳，「是誰發現威士忌的，錢就在他手裡。反正沒我們的份。」

「哈克，那些財寶根本就不在『二號』裡！」

「你說什麼？」哈克仔細打量著同伴的臉，「湯姆，難道你又有了新線索？」

「哈克，它就在洞裡呀！」

哈克的眼睛閃閃發光。

「你再說一遍，湯姆。」

「錢在洞裡！」

「湯姆，你是開玩笑，還是說真的？」

「當然是說真的，我一直都是這樣。你跟我去把它弄出來好嗎？」

「你發誓？只要我們能做記號，找到回來的路，我就跟你去。」

「哈克，這次進洞，不會遇到任何麻煩。」

「太棒了，你怎麼會知道錢在——」

「哈克，別急，進去就知道了。要是拿不到錢，我願意把我的小鼓還有全部東西都給你，絕不食言。」

「好，一言為定。什麼時候動身呢？」

「馬上就去，可以嗎？你身體行嗎？」

「要進到很深的地方嗎？我已經恢復三四天了，不過最遠只能走一哩，湯姆，至少我覺得是這樣。」

「哈克，別人進洞得走五哩，但有條近路只有我一個人知道，我馬上帶你划小船過去。我會把它停在那裡，回來時我自己划船，不用你出力。」

「湯姆，我們這就走吧！」

「好，我們得準備一點麵包、肉，還有煙斗、一兩個小袋子、兩三根風箏線，再帶點火柴。上次在洞裡，好幾次我都覺得要是有帶火柴就好了。」

中午才剛過，兩個孩子就趁人不在「借」了一艘船，出發了。在離洞口還有幾哩的地方，湯姆說：

「你瞧，從這高崖往下看都一個樣——沒房子、沒鋸木廠，連灌木叢都一樣。你再瞧那邊的崩塌處有塊白色空地，那就是我們的記號之一。好了，現在該上岸了。」

他們上了岸。

「哈克，在這裡用釣魚竿就能搆到我鑽出來的洞，你肯定能找到洞口。」

哈克四處找了找，沒找到什麼。湯姆神氣地邁著大步，走到一大堆綠樹叢旁說：

「找到了！哈克，洞在這裡。這是最隱蔽的洞口，別跟其他人說。我一直想當個強盜，就差一個洞藏身，可是一直找不到理想的洞；現在有了，但是你得保密，只能讓喬・哈伯和班・羅傑進來，因為我們得結幫成伙，要不然就成不了氣候。湯姆・索耶這名子挺響亮的，是嗎？哈克。」

「嗯，是挺響亮的，湯姆，但你要搶誰呢？」

「遇到誰就搶誰，攔路搶劫——他們都是這樣幹的。」

「要殺人嗎？」

「不，不一定要殺人，把他們關進洞裡，讓他們交付贖金！」

「什麼叫贖金？」

「就是用錢來換人，叫他們把所有的錢全都拿出來，連朋友的錢也弄來；要是一年之內不付贖金，就把他們宰了，通常都是這麼幹的。不過不要殺女人，只要把她們關起來就夠了，她們長得很漂亮，也很有錢，但一被抓就嚇得腿軟。你可以拿她們的手錶、拿別的東西，但對她們必須摘帽行禮，書上都說強盜是最有禮貌的人。接下來她們就會漸漸對你產生好感。在洞裡待上一兩週後，她們就不哭了，之後就算你要她們走，她們也不走；要是你把她們帶出去，她們會折回來，書上都是這麼寫的。」

「哇！太棒了，湯姆，當強盜的確比當海盜好。」

「的確有些好處，因為這樣離家近，看馬戲什麼的也方便得多。」

此刻，一切準備就緒，兩個孩子開始鑽進山洞。湯姆走在前頭，好不容易來到通道的另一頭，然後繫緊手中的風箏線，又繼續往前走。不到幾步路，他們來到泉水處，湯姆渾身一陣發抖，他讓哈克看看牆邊泥塊上的那截燭芯，講述了他和貝琪兩人當時看著燭光搖曳，直到最後熄滅時的心情。

洞裡死氣沉沉，靜得嚇人，兩個孩子也壓低嗓門說話。他們再往前走，很快就鑽進了另一個通道，一直來到那個低窪處；藉著燭光，他們發現這裡不是懸崖，只是個二十呎高的陡坡。湯姆悄悄說：

「哈克，現在讓你看一件東西。」他高高舉起蠟燭，「盡量朝轉角處看去，看見了嗎？那邊——那邊的大石頭上——有煙燻出來的記號。」

「湯姆，我看那是個十字！」

「那麼你的『二號』呢？在十字架下，對吧？哈克，我就是在那裡看見印第安．喬伸出蠟燭的！」

哈克盯著那神秘的記號看了一陣子，然後聲音顫抖地說：

「湯姆，我們出去吧！」

「什麼？出去？不要財寶了嗎？」

「對，不要財寶啦！印第安．喬的鬼魂就在附近，肯定在。」

「不在這裡，哈克，一定不在這裡，在他死的地方。那個洞口離這裡有五哩遠。」

「不，湯姆，它不在那裡，它就在錢的附近。我知道鬼的特性，你也知道的。」

湯姆也動搖了，他擔心哈克也許說得對，但很快又說道：

「喂，哈克，我們真是十足的大傻瓜！印第安．喬的鬼魂怎麼可能在有十字的地方遊蕩呢？」

湯姆這下子說到重點了，他的話果然起了作用。

「湯姆，我怎麼沒想到十字能避邪呢？真是幸運，好十字！我覺得我們應該從那裡爬下去找財寶。」

湯姆走在前面，一邊往下走，一邊挖一些粗糙的樓梯，哈克跟在後面。有大岩石的那個洞分出四條岔路，他們查看了三條岔路，結果一無所獲；在最靠近大石頭的路口裡，他們找到了一個小窩，裡面有個鋪著毯子的地鋪，還有個舊吊籃、一塊燻肉皮、兩三塊啃得乾乾淨淨的雞骨頭，但就是沒有箱子。兩個小傢伙一遍又一遍地尋找，還是找不到，於是湯姆說：

「他曾說就在十字下面，你瞧，這不就是最靠近十字的地方嗎？不可能藏在石頭底下吧？這下面一點縫隙也沒有。」

他們又到四處找了一遍，便灰心喪氣地坐下來。哈克什麼也說不出來，最後還是湯姆開了口：

「喂，哈克，這塊石頭的一面泥土上有腳印和蠟油，另一面卻什麼也沒有。你想這是為什麼呢？我打賭錢就在石頭下面，我要把它挖出來。」

「這個主意不錯！湯姆。」哈克興奮地說道。

湯姆立刻掏出巴洛牌小刀，挖不到四吋深就碰到了木頭。

「嘿！哈克，聽見木頭的聲音了嗎？」

哈克也開始挖，不一會工夫，他們把露出的木板移走，這時出現了一個通往岩石下的天然裂口。湯姆舉著蠟燭鑽了進去。他說他看不到裂口的盡頭處，想下去看看，於是又彎著腰穿過裂口。路越來越窄，越來越深。他沿著彎彎曲曲的通道往前走，哈克跟在後面。最後湯姆進了一段弧形通道，不久就大叫道：「老天！哈克，你看這是什麼？」

是寶箱！千真萬確，它藏在一個小石窟裡，旁邊有個空彈藥桶、兩支裝在皮套裡的槍、兩三雙舊皮鞋、一條皮帶，還有一些被水浸得濕漉漉的破爛東西。

「終於找到財寶了！」哈克一邊說，一邊用手抓起一把變色的錢幣。「湯姆，這下我們發財了！」

「哈克，我就覺得我們會找到的！真是難以置信，不過確實找到了！喂，別愣在那兒，把它拖出去！我來試試看搬不搬得動。」

箱子重達五十磅，湯姆費了好大的力氣才把它提起來，但要拿著走卻很吃力。

「我早就猜到了，」他說，「那天在鬧鬼的房間裡，他們拿箱子時，看起來也是十分吃力。我們帶來的這些小布袋正好派得上用場。」

錢很快被裝進小袋子裡，孩子們把它搬上去，拿到十字岩石旁。

「我現在去拿槍和其他東西。」哈克說。

「別拿！別動那些東西，我們以後當強盜會用得著它們，放在那裡就好。我們還要在那裡聚會，痛飲一番，那可是個難得的好地方。」

「什麼叫痛飲一番？」

「我也不知道，不過強盜們總是聚在一起痛飲，我們當然也要這樣做。快走，哈克，我們在這裡待太久了，現在時候不早了，我也餓了，等回到船上就可以吃東西、抽煙。」

不久後，他們出了洞，鑽進了樹林，警覺地觀察四周，發現岸邊沒人，就開始上船吃起飯，抽起煙來。

太陽快接近地平線時，他們把船划離岸邊，湯姆沿著岸邊划了很長一段時間，一邊興高采烈地和哈克聊天，天才剛黑他們就上了岸。

「哈克，」湯姆說，「我們把錢藏到寡婦家柴火棚的閣樓上，早上我就回來把錢數一數，然後兩個人分掉，再到林子裡找個安全的地方把它放好。你待在這裡別動，看著錢，我去把班尼．泰勒的馬車偷來，一會兒就回來。」

說完他就消失了。不一會工夫他拉著馬車回來，把兩個小袋子先扔上車，然後再蓋上些爛布，拖著「貨物」出發了。來到威爾斯曼家時，兩人停下來休息，正要動身時，威爾斯曼走出來說：

「喂，是誰呀？」

「是我們，哈克和湯姆。」

「好極了！孩子們。跟我來，大家都在等著你們呢！快點，快進來，我來幫你拉車。咦，怎麼這麼重？裡面裝了磚頭？還是什麼破銅爛鐵？」

「是一堆爛鐵。」湯姆說

「我想也是，鎮上的孩子就是喜歡東翻西找，弄些破銅爛鐵賣給工廠，頂多能換六毛錢。要是肯認真幹活的話，通常都能掙兩倍的錢，但人就是這樣。不說了，快走吧，快點！」

兩個孩子想知道為什麼要催他們走。

「別問了，等到了寡婦家就知道了。」

哈克由於常常被人誣陷，所以心有餘悸地問道：

「瓊斯先生，我們什麼也沒幹呀！」

威爾斯曼笑了。

「噢！我不知道，我的好孩子。哈克，我也不知道是什麼事，你跟寡婦不是好朋友嗎？」

「是的，不管怎麼說，她一直待我很好。」

「這就行了，那你還有什麼好怕的呢？」

哈克反應慢，還沒意會過來，就和湯姆一起被推進了道格拉斯夫人家的客廳。瓊斯先生把車停在門邊，也跟著走進來。

客廳裡燈火輝煌，村裡有頭有臉的人物全都聚在這兒。有柴契爾一家、哈伯一家、羅傑一家、波麗姨媽、席德、瑪莉、牧師、報社記者，還有許多人，大家全都穿得十分講究。寡婦熱情地接待這兩個孩子，通常人們都會對可愛的孩子伸出熱情之手，不過，這兩個孩子卻渾身是泥土和蠟油。波麗姨媽羞得滿臉通紅，皺著眉朝湯姆不停搖頭。他們感到坐立不安。瓊斯先生說：

「當時湯姆不在家，所以我就沒再找他了，但碰巧又在門口遇到他，他和哈克在一起。瞧！我就立刻把他們帶來這裡。」

「你做得很好，」寡婦說，「孩子們，跟我來吧。」

她把兩個孩子領到一間臥室，然後對他們說：

「你們洗個澡，換件衣服。這裡有兩套新衣服、襯衫、襪子樣樣齊全。這是哈克的——不，用不著道謝，哈克，一套是瓊斯先生拿來的，一套是我拿來的。不過一定會很合身。穿上吧！我們等著——穿好就下來。」

她說完走了出去。

第三十四章

哈克說：「湯姆，要是弄得到繩子，我們就可以滑下去。窗戶離地面沒有很高。」

「胡說！幹嘛溜走呢？」

「因為我不習慣跟一大群人待在一起，我受不了。湯姆，反正我不想下去。」

「真是的！其實下去也沒什麼大不了的，我根本不在乎，我會照應你的。」

席德來了。

「湯姆，」他說，「波麗姨媽等了你一個下午呢，瑪莉為你準備好了禮服。大家都為你擔心。喂，這不是蠟油跟黏土嗎？就在你的衣服上。」

「夠了，席德先生，你少管閒事。他們今天為什麼在這裡大吃大喝呢？」

「這是寡婦家的宴會，她經常請客。這次是為了威爾斯曼和他兒子舉辦的，以感謝他們的救命之恩。喂，還想知道更多嗎？我可以告訴你。」

「是什麼事？」

「什麼事？老瓊斯先生今晚有驚人的消息要告訴這裡的人們。他在跟姨媽談這件事時被我偷聽到了，不過我想，現在這已經算不上什麼秘密了，大家都知道，寡婦也知道，但她卻極力掩飾。瓊斯先生一定要哈克出席。你瞧，哈克不在場，他怎麼能說出那個大秘密呢？」

「席德，到底是什麼秘密？」

「就是哈克跟蹤強盜到寡婦家的那件事。我想瓊斯想用這件事給大家一個驚喜，不過我打賭他不會成功。」

席德笑了，心滿意足地笑了。

「席德，是你把秘密洩露出去的吧！」

「算了，別管是誰說的，只要知道有人已經說出了那個秘密，這就夠了。」

「席德，全鎮只有一個下流傢伙會幹出這種事，那就是你！假如你是哈克，你早就溜之大吉了，根本不會向人報告強盜的消息。你只會幹些卑鄙的事情，見不得做好事的人受表揚。很好，我要賞你一頓——套句寡婦的話：『不用謝我』。」

湯姆一邊說，一邊打他耳光，連踢帶推地把他趕出門外。「好，趕快去跟姨媽告狀吧！只要你敢，明天就有你好受的。」

幾分鐘過後，寡婦家的客人都坐在晚餐桌旁，十幾個小孩也被安排在同一間房裡的小餐桌旁規規矩矩地坐著，這是當時的習俗。過了一會，瓊斯先生作了個簡短的發言，感謝寡婦為他們父子舉辦這次宴會，但又說還有個很謙虛的人——

他說了很多之後，突然戲劇性地宣佈這次歷險中哈克也在場。人們露出很驚訝的樣子——實際上是裝的。要是在平常遇上這麼歡樂的場面，人們聽到秘密後會顯得更加熱鬧。

只有寡婦一人表現出相當吃驚的樣子。她不停地讚揚和感激哈克的所作所為，讓哈克幾乎忘了在眾目睽睽下穿著新衣的不自在感。

寡婦說她打算收養哈克，讓他受教育，一旦存夠了錢就讓他做點小生意。湯姆終於有機會開口了，他說：

「哈克不需要那個，他已經很有錢了。」

聽了這句可笑的話，在座的來賓為了不失禮貌都忍著沒笑出來，但場面仍十分尷尬。湯姆打破了沉默：

「哈克有錢了，你們或許不相信，不過他真的有了很多的錢。喂，你們別笑，我會讓你們看到的，請稍等片刻吧！」

湯姆跑到門外，人們莫名其妙地面面相覷，又問哈克是怎麼回事，但他此時卻瞠目結舌。

「席德，湯姆得了什麼病？」波麗姨媽問道，「他呀——真是的，我從來猜不透他，我從來不——」

她還沒說完，只見湯姆吃力地背著袋子走進來。他把金幣倒在桌上，說道：

「看呀！我剛才怎麼說的？這些一半是哈克的，一半是我的！」

這下子在座的人全都大吃一驚。大家只是瞪大了眼盯著桌上，一時鴉雀無聲，接著才一致要求湯姆說出原委。湯姆一口答應，於是把事情的來龍去脈說了一遍，雖然故事很長，大家卻聽得津津有味，沒有一個人插話打斷他的話。

講完後，瓊斯先生說：

「我還以為今天我會讓大家大吃一驚，可是聽完湯姆的敘述，我承認我說的根本算不上什麼了。」

錢被清點了一遍，總共有一萬兩千元。儘管在座的人當中有的人財產不只這個數，但一口氣見到這麼多錢卻還是頭一回。

第三十五章

湯姆和哈克兩人意外地發了橫財，頓時轟動了聖彼德堡這個偏僻的小鎮。讀者讀到這裡可以鬆口氣了。這麼一大筆錢，又是現金，真令人難以置信。人們無不興味盎然地談論此事，對湯姆既是羡慕，又是稱讚；後來竟有人因為過於激動，也開始迷上了尋寶。現在，聖彼德堡鎮上每間鬧鬼的屋子都被掘地三尺，木板被一塊塊拆掉，只為了尋找寶物——而且這一切全是大人們做的，其中一部分人幹得特別起勁。湯姆和哈克無論走到哪裡，都受到人們巴結、羡慕，或是睜大眼睛看著。兩個孩子不記得過去他們的話在人們心目中是否有份量，現在卻大不一樣。無論他們說什麼，人們都津津樂道，到處重複他們的話；就連他們的一舉一動也被認為意義重大。顯然，他們已失去了作為凡人的資格；甚至有人收集了兩人過去的資料，說他們從小就與眾不同。村裡的報紙還刊登了兩個孩子的小傳。

道格拉斯寡婦把哈克的錢拿出來，按六分利息放貸；波麗姨媽也委託柴契爾法官，以同樣的利息把湯姆的錢也拿出去放貸。現在每個孩子都有一筆可觀的收入，平常日以及半數的禮拜日，他們一天有一塊錢的收入。這筆錢相當於一個牧師整年的收入——不，準確地說，牧師拿不到那麼多，只有上頭開給他們的一張空頭支票罷了。當時的生活費用低，一塊兩毛五就足夠一個孩子上學、膳宿的開銷，連衣著、洗澡等都包括在內。

柴契爾法官十分欣賞湯姆，他說湯姆絕不是個平庸的孩子，否則不會救出他的女兒。當他聽到貝琪偷偷告訴他湯姆曾在學校替她受過、挨過鞭打時，顯然被感動了。她請求父親原諒湯姆，因為他說謊好替她挨打。法官情緒激動，大聲說：那個謊是高尚的！它是慷慨、寬宏的謊話；它完全有資格抬頭挺胸，永垂青史，與華盛頓那備受讚揚的砍倒櫻桃樹的故事相提並論！貝琪見父親在地板上走著、跺著腳說這句話時，顯得十分偉大，她從沒見過父親這副模樣。她立刻跑去找到湯姆，把這件事告訴了他。

柴契爾法官希望湯姆以後成為一名大律師或是著名的軍人。他說他打算安排湯姆進國家軍事學院，然後再到最好的法學院接受教育，這樣將來無論是當律師、軍人或是身兼二職都行。

哈克．芬有了錢，又被道格拉斯寡婦收養，從此踏入了社交圈子——不對，他是硬被人拖進去的——於是他苦不堪言。寡婦的傭人幫他又梳又刷，把他打扮得乾乾淨淨，每晚又為他換上冷冰冰的床單，哈克在上面找不到任何小汙點，好讓他按在胸口上做朋友。他吃飯得用刀叉，還要用餐巾、杯子和碟子；又得唸書、上教堂，說話時要斯文。無論他走到那裡，文明都束縛著他的手腳。

就這樣，他硬著頭皮忍耐著。過了三個禮拜，有天他突然不見了，寡婦急得要命，四處去找他，找了整整兩天兩夜。人們也十分關注此事，他們到處搜索，有的還到河裡打撈。第三天一早，聰明的湯姆跑到破舊的屠宰場後面的幾個舊空桶裡找人，結果在一只空桶中發現了哈克——他就在這裡過夜。哈克剛吃完早餐，吃的全是偷來的剩飯菜。他抽著煙斗，正舒服地躺在裡頭休息。他邋遢不堪，蓬頭垢面，穿著往日無憂無慮時的那套爛衣服。湯姆把他趕出來，說他惹了麻煩，叫他快回家。哈克臉上悠然自得的表情立刻消失了，露出一臉愁容。他說：

「湯姆，別提了。我已經試過了，那沒有用，沒用，湯姆。那種生活不適合我，我不習慣。寡婦對我很好，也很夠朋友，但是我受不了那一套。她每天早上按時叫我起床，叫我洗臉，還要僕人幫我梳洗，也不讓我在柴棚裡睡覺。湯姆，我得穿那種該死的衣服，硬梆梆的，一點也不透氣。衣服很漂亮，害得我站也不是，坐也不是，更不能到處打滾。我已經很久沒有到過別人家的地窖裡——也許好幾年了。我還得去做禮拜，弄得渾身是汗——我恨那些沒用的佈道詞！在那裡我既不能捉蒼蠅，也不能嚼口香糖，禮拜天整天不能打赤腳。寡婦無論吃飯、睡覺、起床都要按鈴。總之，一切都井然有序，真讓人受不了。」

「不過，哈克，大家都是這樣的。」

「湯姆，你說得沒錯，不過我不是大家，受不了這種束縛。還有，我也不喜歡飯來張口的日子，即使要釣魚也得先得到寡婦的同意，去遊個泳也得先問她，真該死！幹什麼事都要先問她才行，說話也得斯文，真不習慣——我只好跑到閣樓胡亂大罵一通，這樣才覺得舒服些，否則真不如死掉算了。湯姆，寡婦不讓我抽煙，不讓我在人們面前大聲講話，還不准我伸懶腰、抓癢——」接著，他顯得十分煩躁和委屈的樣子。

「還有，她整天祈禱個沒完！我從來沒見過像她這樣的女人。我得溜走，湯姆——不溜不行呀！何況學校快要開學了，不跑就得上學，那我怎麼受得了呢？湯姆。喂，湯姆，發了財並不像人們說的那麼愉快，簡直就是受罪！弄得你最後簡直想一死了之。我穿這衣服多合適呀！在桶裡睡覺也很舒服，我不打算再離開這裡了，湯姆。要不是那些錢，我根本不會有這麼多麻煩；現在，你把我那份錢也拿走吧，偶爾給我一點花花就行了，不要太常，因為我覺得容易到手的東西就沒什麼價值。請你到寡婦那裡為我道別吧！」

「噢，哈克，你知道我不能這麼做，這不太好。如果你再多試幾天，就會喜歡上那種生活的。」

「喜歡上那種生活——就像喜歡一直坐在火爐上一樣？我不要，湯姆，我不要當有錢人，也不想住在那種悶熱的房子裡。我喜歡森林、河流，和那些桶子，我絕不離開它們。真是倒楣，剛弄到幾支槍，找到山洞，準備去當強盜，卻偏偏碰上了這種事情，真令人掃興。」

湯姆找到了機會——

「喂，哈克，有錢了也能當強盜啊！」

「真的嗎？你說的是真的？湯姆。」

「當然是真的，就像我現在坐在這裡一樣，千真萬確。不過，我們不接受不體面的人入伙，哈克。」

哈克的興致一下子被打消了。

「不讓我入伙？湯姆，你不是讓我當過海盜嗎？」

「的確，但這跟入伙沒什麼關係。大致來說，強盜比海盜更加高尚；在許多國家，強盜算是上流人中的上流人，都是些公爵之類的人。」

「湯姆，你一直對我很好，不是嗎？你不會不讓我入伙，對吧？湯姆。」

「哈克，我不會不讓你入伙，也不想那麼做；不過要是讓你進來，別人會怎麼說呢？他們會不屑地說：『瞧瞧湯姆．索耶的那幫烏合之眾，全是些下等人。』這是指你，哈克，你不會喜歡被這麼說，我也一樣。」

哈克沉默了一會，心裡掙扎不已。最後他開了口：

「好吧，我再回寡婦家裡住上一個月，看能不能適應那種生活。不過，湯姆，你會讓我入伙，對吧？」

「好吧，哈克，一言為定！走，老伙計，我去跟寡婦說，叫她對你寬鬆一點。」

「你答應了？湯姆，你答應了！這太好了。要是她能寬容一些，我就可以在背後抽煙、咒罵，努力挺過去。你打算什麼時候成立這個強盜幫？」

「噢，馬上就幹。把孩子們集中起來，也許今晚就舉行入幫儀式。」

「舉行什麼？」

「入幫儀式。」

「什麼叫入幫儀式？」

「就是發誓互相幫忙，永不洩密。即使被剁成肉醬也不能洩密。如果有人傷害了你，就把他一家統統幹掉，一個也不留。」

「這真好玩，真有意思，湯姆。」

「對，我想是好玩。儀式得在半夜舉行，要選在最偏僻、恐怖的地方做。鬧鬼的房子最好，可是現在全被拆了。」

「半夜時分總是比較有意思，湯姆。」

「對，還要對棺材發誓，咬破指頭簽名呢！」

「這才像樣！這比當海盜要厲害一萬倍。湯姆，我到死都要跟著寡婦在一起。要是我能成為一名響噹噹的強盜，人人都會談到我，那麼我想，她會為自己把我從困境中解救出來而自豪。」

尾聲

故事到此結束，因為這確實是個兒童的故事，所以必須在這裡停筆，再寫下去就得涉及成人時期。寫成人的故事，作者很清楚寫到結婚成家就行了，但是寫童年故事則必須見好就收。

本書中的人物有許多仍然健在，過著富裕快樂的生活。有朝一日再來延續這個故事，看看書中的孩子們長大後究竟做了什麼。這也許是件值得玩味的事情。正因為如此，明智的做法就是現在不要畫蛇添足。

Adventure of Huckleberry Finn

哈克歷險記 1884

得到了盜賊寶藏的哈克，
從流浪兒，搖身變成小少爺，
上學校、讀聖經、衣裝筆挺，
卻發現過去的陰影正迅速襲來，
被迫再度逃離文明，沿河漂泊。
途中，他遇見逃亡的黑奴，
目睹強盜殺人越貨、仇家喋血火併，
又跟著無業流氓招搖撞騙；
殘酷的現實，成為頑童眼中最滑稽的奇遇。

Adventure of Tom Sawyer

第一章

要是你沒有讀過一本叫做《湯姆歷險記》的書，就不會知道我這個人。不過這也沒什麼。那本書是馬克·吐溫先生寫的，他講的大部分是實話；儘管有些事是他誇大的，但大致上都是實話。不過，是不是實話不重要，我從未見過不會說謊的人，這次不說，下一次也會說。波麗姨媽也好，那位寡婦也好，也許還有瑪莉——都是一樣的。至於波麗姨媽——就是湯姆的波麗姨媽——還有瑪莉，還有道格拉斯寡婦，有關她們的事，在那本書裡都講過了——那是一本大致上是實話的書，有些被誇大了，就像我剛才說的。

那本書的結尾是這樣：湯姆和我找到了那伙強盜藏在洞穴裡的錢，我們發了大財。我們一人得了六千塊錢——全是金幣。把這些錢堆起來，看上去真是嚇人。柴契爾法官把錢拿去生利息，這樣一來，我們每天能得到一塊錢，一年下來就有——這麼大的數目，沒人知道該怎麼花掉。道格拉斯寡婦讓我當他的養子，說要教我做人的規矩；但只要想想她多麼古板、一本正經，就能明白一天到晚待在她家裡真是活受罪！因此當我再也受不了的時候，我就溜啦！我穿上我原來的破衣服，重新躲到我的那個大木桶裡，好不自在！可是湯姆找到了我，告訴我他打算成立一個強盜幫，如果我肯回到寡婦那裡去，學好，就可以加入這個幫。於是我回去了。

寡婦對著我大哭一場，把我稱為一隻迷途的羔羊，還用各種名稱叫我；不過，她絕對沒有什麼惡意。她讓我又穿上了新衣裳，我實在毫無辦法，只能一直流汗，憋得難受。啊！這麼一來，過去那一套又重新開始了。寡婦打鈴開飯，你就得準時到場；到了餐桌前，你不能馬上開動，必須等待著，等寡婦低下頭來，朝飯菜嘰哩咕嚕地挑剔幾句，儘管這些飯菜沒什麼好挑剔的——也就是說，每道菜都是單獨做的。要是把東西都放在一個桶子裡，那就不一樣了，所有的菜混在一起煮，連湯帶水，吃起來格外鮮美。

吃完晚飯，她就會拿出她那本書來，跟我講摩西和蒲草箱的故事。我急得直冒汗，想知道一切有關他的事。不過，她過了一陣子才解釋說摩西已經死了很久。於是，我不再為他操什麼心了，因為我對死人一點興趣也沒有。

沒過多久，我想要抽煙，希望寡婦能允許我。但她就是不答應，她說這是一種下流的習慣，又不衛生，要我以後不再去抽。世界上有些人就是這樣，明明對一件事一竅不通，卻偏要說三道四。摩西這個人與她非親非故，對誰都沒什麼用處，而且老早就死了，她卻要為他操心；而我做一件事，明明有好處，她偏要從中作梗。再說，她自己也吸鼻煙，那當然是對的事囉！因為是她做的嘛。

她的妹妹華生小姐是一個瘦削的老小姐，戴著一副眼鏡，不久前才來跟她同住。她拿來一本拼音課本，故意為難我，逼著我讀了將近一小時，寡婦才叫她歇口氣。我實在熬不住了，但接著又是悶死人的整整一小時。我實在煩躁得不行。華生小姐會說：「別把你的腳放在那上面！哈克貝利。」「別發出噪音，哈克貝利——坐正！」一會兒又說：「別這樣打呵欠，伸懶腰，哈克貝利——為什麼不能學著規矩些？」然後她跟我講到有關那個壞地方（指地獄）的一切，我說我倒寧可在那裡，她就氣壞了。但我並非心存惡意，只不過是想到什麼地方走動一下，換換環境。她說，我剛才說的那些話，全是下流胚子的言語，要是她的話，死也不肯說出那樣的話來；她要活得規規矩矩，好進入那個好地方（指天堂）。啊，我看不出她要去的那個地方有什麼好，所以我已經下定決心，絕不幹那樣的事。不過，我從沒有說出口，因為這麼做只會惹麻煩，討不到好處。

她的話匣子已經打開了，於是不停地說下去，把有關那個好地方的一切說得沒完沒了。她說，在那邊，每個人成天做的事就是這裡走走、那裡逛逛，彈琴唱歌，直到永遠。因此我對那個地方不怎麼心動，不過我從沒說出來。我問她，根據她的看法，湯姆會去那裡嗎？她說他還差得遠呢！聽了這句話，我滿心歡喜，因為我要他跟我在一起。

華生小姐不斷找我的碴，日子過得又累又寂寞。後來，她們叫了些黑奴來，教他們禱告，然後就都去睡覺了。我上樓走進房間，手裡拿著一支蠟燭，放在桌子上，然後在一張靠窗的椅子上坐下來，想點有趣的事情——但什麼也想不到。我只覺得寂寞孤單，恨不得馬上死去。星星在天上閃爍，樹葉在林子裡沙沙作響。我聽見遠處有一隻貓頭鷹，正在為死者嗚嗚地哀鳴；還有一隻夜鷹和一條狗正在向一個將死的人嚎叫。風聲似乎在我耳邊低聲訴說，但我猜不出它想說什麼；就這樣，我不由得渾身一陣陣顫抖。我又聽見遠處森林裡有鬼魂的聲音；它想把存在心底的話說出來，但又說不清楚，於是在墳墓裡安份不下來，非得每晚悲切地到處飄蕩。我失魂落魄，十分害怕，但願身邊有個伙伴。一會兒，一隻蜘蛛爬到我肩上，我一揮，把它揮到蠟燭上，燒焦了。不用別人告訴我，我也明白：這是個不祥之兆，我認定將有大禍臨頭。這讓我十分害怕，幾乎要把身上的衣服抖下來。我站起身來，原地轉了三圈，每轉一圈就在胸前劃個十字；接著用線把頭上一小撮頭髮綁起來，讓妖怪不能靠近。不過我還是不放心。當人家把找到的一塊馬蹄鐵弄丟了，沒有釘在門上，才會這麼做（註：當時迷信，找到一塊馬蹄鐵，就代表將有好運，丟了它則會倒楣）；但從來沒有聽說弄死了一隻蜘蛛，也能用這個辦法消災避禍。

我坐了下來，渾身直發抖，又取出我的煙斗抽了一口，因為屋子裡到處死氣沉沉的，寡婦絕不會知道我在抽煙。隔了好一會兒，我聽到遠處鎮上的鐘聲響起，噹——噹——噹——敲了十二下，接著又一片寂靜——比原來還要靜。不久，我聽到一根樹枝折斷的聲音，就在那樹叢的黑暗深處——啊！有什麼東西在響。我一動也不動地坐著聆聽，立刻聽到從那裡隱約傳來「咪——嗚，咪——嗚」的聲音，多好啊！我也發出「咪——嗚，咪——嗚」聲，盡可能地小聲。接著，我吹熄了蠟燭，爬出窗戶，來到棚屋頂上。再溜下草地，爬進樹叢。果然沒錯，湯姆正在等著我呢！

第二章

我們踮著腳尖，沿著樹叢裡的小路，朝寡婦家的院子盡頭走去，一路上彎下身子，免得被樹枝擦破腦袋。當我們走過廚房時，我被樹根絆了一跤，發出了聲音。我們伏下不動。華生小姐那個高個子黑奴吉姆正坐在廚房門口，他的身後有燈光，因此我們看得一清二楚。只見他站起身來，把脖子往前探，仔細聽了一會兒。接著說道：「誰呀？」

他又仔細聽了一會兒，然後踮著腳尖走下來，走到我們之間，我們幾乎能摸到他的身子。就這樣，幾分鐘過去了，一點動靜也沒有，但我們仍靠得那麼近。這時，我腳背上有一處發癢，不過我沒有動手去抓；接著，我的耳朵也癢起來了，然後我的背上——就在我兩肩中間——也癢起來了。再不抓就要癢死了！是啊，在這之後，我發現有好幾回都是這樣：只要你跟有身分的人在一起，或是參加一場葬禮，或是明明睡不著偏要睡——不論在哪裡，只要那裡不允許你抓癢，你全身就會有一千處發起癢來。不一會兒，吉姆說：

「喂——你是誰啊？是什麼人？我要是沒聽到什麼，那才有鬼哩！好吧，我知道該怎麼辦。我要坐在這裡，直到再聽到聲音才罷休。」

就這樣，他坐在地上，就在我和湯姆中間，背靠著一棵樹，兩腳往前伸直，一條腿幾乎碰到了我的腿。我的鼻子開始發癢，癢得我眼淚都流了出來，但我沒有抓；接著，鼻孔裡也癢了起來，然後是鼻子下。我真不知道要怎樣才能坐著不動。多麼難受的罪啊！一直熬了六七分鐘，儘管感覺不只六七分鐘，接著，我身上有十一處在發癢。我心想，要是再過一分鐘，我就要忍不住啦！不過，我還是咬牙強忍。就在這個時刻，吉姆的呼吸聲變粗了；再過一會兒，他打起鼾來了——於是，我馬上又舒坦起來。

湯姆給了我一個信號——嘴裡發出一點聲響——我們便手腳並用爬開了。爬出十步遠後，湯姆在我耳朵低聲說，他要把吉姆綁在一棵樹上，這樣很有趣。我說不行，因為會弄醒他，讓他大鬧起來，家人會發現我不在屋裡。接著，湯姆說他的蠟燭不夠用，想溜進廚房多找幾根；我勸他別這麼做，因為吉姆說不定會醒來，也跟著來。不過湯姆仍然想冒一次險，於是我們溜了進去，取了三支蠟燭。湯姆在桌上留下五分錢，算是代價，然後我們出了廚房。我急著想溜走，但怎麼也阻止不了湯姆——他手腳並用地爬到吉姆那邊，想跟他開個玩笑。我在一旁等著，彷彿等了很久，四下裡一片寂靜，感覺很孤單。

湯姆一回來，我們就繞著院子的圍牆，沿著小徑往前走，一步步爬上了屋外的小陡坡。湯姆說，他把吉姆的帽子從他頭上輕輕摘了下來，掛在他頭頂的一根樹枝上，吉姆身子動了一下，不過沒有醒。

事後，吉姆對人說，有女巫對他施了巫術，搞得他神智昏迷，然後騎著他飛往州內各地，又把他降落在原來那棵樹下，並且把他的帽子掛在樹枝上，好讓他知道這究竟是誰幹的。又有一次，吉姆告訴別人，她們一直把他騎到了新奧爾良。到了後來，這個地點被越吹越遠；最後，他告訴人們，她們騎在他身上飛遍了全世界，搞得他幾乎快累死，他背上也長滿了被馬鞍磨破的水泡。吉姆為了這件事得意忘形，甚至不把其他黑奴放在眼裡。各地的黑奴大老遠跑來聽吉姆講述這些故事，他成了這一帶黑奴中最受尊敬的人。外地來的黑奴嘴巴張得大大的，從頭到腳打量著他，彷彿見到了稀世珍寶。黑奴往往喜歡談論女巫在爐火旁暗處做的勾當；不過，一聽到有人這麼講，顯得自己在這方面無所不知時，吉姆往往會插嘴，說一聲：「哼！你懂什麼女巫？」那個黑奴就會閉上嘴，乖乖退到後面去。吉姆總是把那個五分錢的硬幣用細繩掛在脖子上，說這是那個女巫親手給他的法寶，還告訴他這能治好一切病症；並且說只要唸出咒語，他可以隨時把女巫召喚過來——不過她們教他的那些咒語，他從未跟人講過。黑奴從四面八方而來，還帶給吉姆他們所能帶來的禮物，只為了見識一下那個五分錢的硬幣。不過他們從來不敢碰那枚硬幣，因為那是被魔鬼的手摸過的東西。做為一個僕人，吉姆這下子可不太妙；因為他既然見過魔鬼，又被女巫騎在身上過，也就自然而然地神氣起來，目中無人了。

言歸正傳，湯姆和我來到小山頭的邊緣，我們往下面的村子裡眺望，見到有三四處閃著燈光，也許那裡有病人吧。我們頭頂的星星閃爍著迷人的光亮，下方村子的邊緣流淌著密西西比河，整整一哩長，那麼寬闊、寂靜、莊嚴。我們走下山坡，找到了喬·哈伯和班·羅傑，還有兩三個其他男孩，都躲在廢棄的皮革工廠裡。於是，我們解開了一艘小船，順著水流划了兩哩半，來到小山坡下的一處大岩石，上了岸。

我們走進了一簇矮樹叢，湯姆要大家逐一宣誓，表示決心保守秘密，然後帶他們到小山上的一個山洞前，那裡正是矮樹叢裡最茂密的地方。我們點起了蠟燭，連走帶爬地進了洞。走了兩百碼後，洞穴忽然變寬敞。湯姆在一條條通道之間摸索了一陣子，便從一道石壁處鑽了下去，在那裡，你根本不會發現有個洞口。我們沿著一條狹窄的通道，闖進了一處類似一個密室的地方，那裡又濕又冷。

我們就在那裡停了下來。湯姆說：

「啊，我們的強盜幫就在這裡成立啦！我們給它取個名字，就叫『湯姆．索耶幫』吧。凡是願意參加的，都得起個誓，還要用血寫下自己的名字。」

人人都願意，於是湯姆取出一張紙，上面已寫好了誓詞。他把誓詞唸了一遍，內容是說：每個兄弟要忠於本幫，絕不把本幫的秘密告訴任何人；如果有本幫的任何一個兄弟遭到傷害，因此要求其他兄弟去殺死對方和他的家人，那就必須照辦。在他把仇人殺死、並用刀在他們胸膛上劃下本幫的標記——也就是十字——以前，一概不准吃東西，不准睡覺。不是本幫的人，一律不准使用這個標誌，凡是使用了的，初犯者要被控告，再犯者處死；凡是本幫成員對外洩露秘密者，必須割斷他的喉嚨，並把屍體燒掉，把骨灰撒掉，將名字從血字名單上除掉，本幫成員從此不准再提到他的名字，而且要加以詛咒，直到永遠。

人人都說，這才是一個真正了不起的誓詞，還問湯姆，這是不是他自己想出來的。他說，有些地方是的，但其餘的都出自海盜與強盜的故事書，還說任何體面的強盜幫都有一套誓詞。

有的人認為，凡是洩露秘密的兄弟的家屬，也應該處死。湯姆說這個建議很好，便用筆抄了下來。接著，班．羅傑說：

「那哈克呢？他可沒有家屬啊——對他該怎麼辦才好？」

「啊，他不是有個父親嗎？」湯姆說。

「沒錯，他是有個父親。不過這些日子以來，我們從未見到過他的人影。他老是喝得醉醺醺的，睡在皮革工廠的豬圈裡。在這一帶，已經有一年多沒見到他了。」

他們開始進行了討論，還準備把我排除在外，理由是每個兄弟們非得有個家或是什麼人可以殺掉才行，不然對其他的人來說就太不公平了。是啊，沒有人想得出一個辦法來——全都一籌莫展，呆呆地坐在原地。我簡直快哭出來了。可是突然之間，我靈機一動——我舉出了華生小姐——他們可以殺死她啊！於是所有人都說：

「哦，她可以，她可以！行了，行了，哈克能加入了。」

接著，大伙兒用針刺破自己的手指頭，用血寫下姓名，我也在紙上寫了姓名。

「那麼，」班．羅傑說，「我們這個幫要幹什麼樣的勾當呢？」

「除了搶劫和殺人，其他一律不幹。」湯姆說。

「可是我們要搶什麼呢？房子——還是牲口——還是——」

「胡說！偷牲口之類的東西，算什麼強盜？那是偷竊！」湯姆說，「我們可不是小偷，那一點都不氣派。我們是攔路打劫的好漢，我們在大路上攔劫驛車和私人馬車；我們頭戴面具、我們殺人、搶他們的錶，奪走他們的財物。」

「我們非得老是殺人不可嗎？」

「哦，那當然，那麼做最好。有些老行家不這麼看，不過大部分都認為殺掉最好。除非某些人，我們會把他押進山洞，關在這裡，直到拿到贖金為止。」

「贖金？那是怎麼一回事？」

「我也不知道，不過人家就是這麼幹的，我看到書上這麼寫的。因此，我們當然也得這麼幹。」

「我們連那是怎麼一回事都還搞不清楚，要怎麼幹？」

「別光說洩氣話，反正我們得幹。我不是跟你們說過了嗎？書上是這麼說的，難道你們打算不按照書上寫的，想自作主張，把事情搞得一團糟？」

「哦，用說的很容易，湯姆。不過，要是我們不知道該怎麼對付這些人，該死！那要怎麼勒索到贖金？我要搞清楚的正是這個，你說應該怎麼做？」

「啊，我還不知道，不過也許是這樣：我們把他們看守好，一直到勒索到贖金——也就是說，一直到他們死去為止。」

「嗯，這還多少像話，可以解決問題，你怎麼不早說呢？我們要把他們看住，直到他們死掉——也會有不少麻煩事，他們會把東西吃光，還老是想著逃跑。」

「瞧你說的，班，有警衛看守他們，他們要怎麼溜掉？只要他們敢亂跑，就宰掉他們。」

「警衛，嗯，這很好。那就得有人整夜站崗，絕不打瞌睡，只為了把他們牢牢看住。我看這是個笨主意，為什麼不把他們一押到這裡，就馬上拿根棍子，逼他們交出贖金？」

「因為書上不是這麼寫的——這就是原因所在。班，我問你，你是願意照規矩辦事，還是不願意？——這就是問題所在。你以為寫書的人不知道怎麼做才對嗎？你自以為比他們更高明嗎？才不呢！老兄，不，我們還是要按照一般的規矩來勒索贖金。」

「好吧，我不在乎。不過，我還是覺得這是個笨辦法。再說，我們也殺女人嗎？」

「啊，班，要是我跟你一樣笨頭笨腦，就不會隨便亂說。殺女人？不，這樣的事，誰也沒有在任何一本書上看到過。你把她們帶到山洞裡，自始至終對她們客客氣氣，慢慢地，她們就會愛上你，再也不想回家啦！」

「好，要是這樣的話，我贊成。不過，我看這行不通；不用多久，山洞裡就會擠滿女人和肉票，沒有強盜可以待的地方。不過，就這麼幹吧！我沒有什麼意見了。」

小湯米．巴恩斯睡著了，當人家把他弄醒時，他嚇壞了，哭了起來，說要回家找媽媽，再也不想當什麼強盜了。

大家就嘲笑他，說他是個愛哭的娃娃，這可把他氣瘋了，說他要馬上離開，把秘密全都說出去。不過，湯姆給了他五分錢，叫他別說，還要大家都回家，下禮拜再聚會，然後去搶劫幾個人，再殺掉幾個人。

班說他不能太常出門，除了禮拜天，因此他主張下個禮拜天再聚會；不過，其他的兄弟們都說禮拜天幹這種事是邪惡的，於是事情就這麼定了——他們贊成再碰一次頭，儘快訂出一個日子。接著，我們推舉湯姆作為本幫的首領，喬作為副手，大家就打道回家了。

我爬上了棚屋，鑽進窗戶，當時天正濛濛亮。我的新衣服上盡是油漬和泥土，而我則睏得要命。

第三章

第二天早晨，為了衣服的事，我被華生小姐從頭到腳檢查了一遍。寡婦倒沒有處罰我，只是把我衣服上的油漬和泥土弄乾淨，一臉難過的樣子；我不禁心想，要是可以的話，我也該學著規矩一點才是。接著，華生小姐把我帶到那個小房間裡，還做了禱告——儘管沒有什麼效果。她要我每天都做禱告，還說我祈求什麼，就能得到什麼。不過，事實並非如此，我早已試過了。有一次，我弄到了一根釣魚竿，但是沒有魚鉤；沒有魚鉤，釣魚竿又有什麼用呢？我因此禱告了三四次，但就是無法弄到魚鉤。有一天，我請華生小姐替我求一求；但她說我是個傻瓜。至於為什麼，她沒有解釋，而我自己也捉摸不出一個道理。

有一回，我在樹林後面坐著，想了這件事情好一陣子。我心裡盤算著，要是做一做禱告，祈求什麼就有什麼，那教堂執事威恩為什麼找不回他買豬肉丟掉的錢？寡婦為什麼找不到失竊的那只銀鼻煙盒呢？華生小姐又為什麼不能長得胖一點？不，我對自己說，沒有那回事。我把這個道理告訴寡婦，她回答說，一個人禱告之後，所能得到的是「精神上的禮物」。這可真是難倒我了。不過，她倒是向我解釋了她的意思——她說我必須幫助別人，為了別人竭盡全力，並隨時隨地照顧他們，從不想到自己——我猜這包括華生小姐在內。我進了樹林裡，在心裡想來想去，想了好長一段時間，但我看不出這樣思考有什麼好處——除了對別人有好處——這樣一來，我又何必操這個心呢？還是隨它去吧！

有時候，寡婦會把我叫到一旁，把上帝講得天花亂墜，叫任何小孩子聽了都口水直流。可是到了第二天，華生小姐也許又會過來把原先那一套徹底推翻。因此我想，上帝或許有兩個。要是一個窮光蛋能遇上寡婦口中的那個上帝，就會有出頭之日；不過，要是遇見華生小姐的上帝的話，那就什麼也撈不到了。我把這個道理想了又想，認為還是信仰寡婦那個上帝比較划得來，只要祂肯接納我。儘管我不明白祂要怎樣把我變得比過去更好，因為我既笨、又卑賤，脾氣又壞。

至於我爸爸，我有一年多沒見到他了，這倒讓我樂得輕鬆，因為我根本不想再見到他。他不醉的時候，只要看到我在一旁，總是要揍我。而我呢？只要有他在，總是溜進樹林裡。現在，我聽說有人發現他在河裡淹死了，說是在鎮外十二哩的地方。人們說那個淹死的人一定是他，因為身材跟他一樣，還穿著破爛的衣衫，頭髮長得出奇——這一切正是我爸爸的模樣。不過從臉上就看不出什麼了，因為泡在水裡太久，早已面目全非。據說，他浮在水面上，被人們打撈了上來，就在河邊埋葬了。不過我並沒有高興太久，因為我忽然想到一件事：我很清楚，溺死者絕不會臉朝天浮在水面上，而應該是背朝天。因此我斷定，那不是我爸爸，而是一個穿了男人衣服的女人。於是我高興不起來了，我想那老頭有一天又會出現，儘管我不希望他回來。

有一個月的時間，我們照樣玩假扮強盜的遊戲。後來我退出不幹了，兄弟們也一個個都退出了。我們並沒有搶劫過誰，也沒有殺過誰，不過是裝裝樣子罷了。我們總是從森林裡跳出來，衝向那些趕豬的人，和那些趕著車把蔬菜運到市場去的女人；不過從來沒有把她們扣押起來過。湯姆把那些豬稱為「金條」，把蘿蔔之類的東西稱為「寶物」。我們會到山洞裡去，吹噓我們的功績，我們殺了多少人啦、在多少人身上留下傷疤啦；不過我看不出這麼做有什麼好處。

有一次，湯姆派一個兄弟，手裡舉著一根燃燒的火把，在鎮上跑了一圈。他把那根火把叫做「信號」，用來通知全幫的兄弟集合；接著，他說他得到了他派出的密探帶回的秘密情報，說明天會有一大隊西班牙商人和阿拉伯富翁要到「大山洞」那裡宿營，帶了兩百匹大象、六百匹駱駝和一千多頭「騾子」，滿載著金銀珠寶，而他們的警衛只有四百個人。因此，用他的話來說，我們不妨來一個「伏擊」，把這批人殺掉，搶走他們的財寶。他說，我們必須把刀槍磨亮，作好一切準備——他連一輛載蘿蔔的車子都對付不了，卻要我們把刀槍磨亮好，準備好一切。事實上，刀槍只不過是薄木片和掃帚柄，再怎麼擦也不過是一堆廢物罷了。我可不相信我們能打垮這麼一大群西班牙人和阿拉伯人；不過，我倒想見識那些駱駝、大象之類的東西。

因此，到了隔天的禮拜六，我也參加了伏擊。一得到消息，我們就衝出樹林，衝下小山，不過卻沒看見西班牙人和阿拉伯人，也沒有駱駝、大象，只有主日學校舉行的一次野餐，而且只有一年級生參加。我們把他們衝散，把小孩子們趕進了窪地；至於戰利品，我們什麼也沒有撈到，除了一些炸麵包和果醬。班撈到了一個破舊的洋娃娃，喬弄到了一本讚美詩集和一本小冊子。接著，老師趕來了，我們只好把一切全扔掉，趕快溜走。

我跟湯姆說，我根本沒見到什麼鑽石；他說那裡一馱馱多得是，又說那裡還有阿拉伯人、大象跟其他東西。我說，為什麼我看不見？他說，只要我不這麼笨，並且讀過一本叫做《唐吉訶德》的書，就不會這麼問了。他說這是魔法，還說那裡有成百上千的士兵，有大象、珍珠寶貝等等，但也有敵人——他把他們稱為「魔法師」，說是他們把這裡的一切變成了主日學校，只為了搗蛋。我說好吧，那我們應該去找出那些魔法師。湯姆又說我真是個笨腦袋。

「那怎麼行？」他說，「一個魔法師能召喚出一大批精靈，在你們還來不及喊一聲『哎唷』之前，他們就能把你們剁成肉醬。他們的身體跟大樹一樣高，有一座教堂那麼大。」

「啊！」我說，「要是我們能讓一些精靈幫我們就好了——那樣就能把那群人打垮了吧？」

「你要怎麼找到他們呢？」

「我不知道，其他人又是怎麼找到他們的呢？」

「哦，他們把一盞舊的鐵燈或是鐵環這麼一摸，精靈們便在一陣陣閃電和煙霧中『呼』地一聲出現了。然後你叫他們做什麼，他們就馬上做什麼。要他們把一座炮塔從地基上拔起來，或是要他們用皮帶鞭打一個主日學校校長或是誰的腦袋，對他們來說一點都不難。」

「是誰叫他們這樣飛快趕來的呢？」

「還用問嗎，當然是那個擦燈、擦鐵環的人囉！他們得聽從那個人的指揮，他說了什麼，他們就得去做。要是他要他們建一座皇宮，寬四十哩，用珍珠寶石砌成，裡面裝滿了口香糖或其他東西，再弄來一位中國皇帝的公主嫁給你，那他們也得服從命令——並且得在隔天太陽升起之前辦好。不只如此，他們還得搬著這座宮殿在全國各地跑來跑去，只要你高興到哪裡就到哪裡，你懂了嗎？」

我把這件事想來想去，想了兩三天，最後決定不妨試一試，看究竟有沒有道理。我弄到了一盞破舊的鐵燈，還有一只鐵環，然後跑到樹林裡去，擦啊擦的，擦得我滿身大汗，活像個野人，只為了能建造一座皇宮，然後把它賣掉。可是怎麼也不管用，精靈始終沒有出現；於是我斷定，這全是湯姆的謊話——這不過是其中一件罷了。我心想，他仍然相信阿拉伯、大象那一套，但我可不這麼想。這全是主日學校的那套騙人把戲罷了。

第四章

三四個月就這麼過了，如今已是冬天。在這段時間裡，我通常會去學校，我能拼音、能讀書、能寫一點東西，會背乘法表，背到「六七三十五」；可是要再背下去，我一輩子也做不到，反正我從不相信數學那一套。

起初，我恨學校；不過漸漸地，我也能習慣它了。只要我感到煩悶，我就蹺課，而隔天挨的打對我也有好處，能讓我打起精神。就這樣，上學的日子越久，也越加好過。另一方面，對於寡婦的生活方式，我也能習慣一些了，她們對我不再那麼急躁了。當我住在家裡，睡在床上時，往往被管得緊緊的；但冬天來臨以前，我經常偷溜出去，有時候還睡在樹林裡，這對我來說真是一種休息。我很喜歡過去的那種生活，但不知不覺地，也開始喜歡新的生活了。寡婦說我有進步，儘管很慢，但至少很穩定。她說，她覺得我沒有丟她的臉。

一天早晨，我在吃早餐時打翻了鹽罐。我急忙抓了一些鹽往左肩後面扔，以免遭到厄運。不過華生小姐已經搶先一步為我劃了十字，她說：「哈克貝利，把手拿開——你老是弄得一場糊塗！」寡婦為我說了句好話，但我很明白，這仍然無法幫我消災避禍。早飯以後，我走出門去，心事重重，不知道什麼時候會有災禍臨頭，又會是什麼樣的災禍。有些災禍是可以預防的，但這次可不是那一類的災禍，因此我也只能聽天由命，只是心裡沮喪，打算多留意一些。

我走到前院，爬上梯子，越過高高的木柵欄。地上已有一層積雪，我看到有人留下的腳印。這個人是從採石場過來的，在梯子旁站了一會兒，然後繞過院子的柵欄往前走了。他在這裡站了一會兒，卻沒有進來，這有點奇怪；我想不出是怎麼一回事，總之有點怪異。我打算順著腳印走，於是彎下身查看一下腳印，起初沒有發現什麼，但再仔細一看，卻發現有一隻左腳的鞋印，鞋跟用釘子釘了一個十字，那是為了驅邪而釘上去的。

我馬上站起身子，一溜煙地衝下山去。我往四周張望，但沒有發現什麼人，很快就到了柴契爾法官家。

「怎麼啦？我的孩子，上氣不接下氣的，是為了你的利息來的嗎？」

「不是的，先生，」我說，「有利息要給我嗎？」

「哦，是的，昨晚是上半年的結算日。有一百五十多塊錢的進帳，這對你來說是一筆不小的數目啊！最好還是讓我連同你的六千塊錢一起生息，你一拿走就會花掉。」

「不，先生，」我說，「我不打算花掉。這筆錢我不要——六千塊錢也不要了。我要給你——那六千塊和所有的錢。」

他顯得大吃一驚，彷彿摸不著頭腦，說道：

「怎麼啦？你這是什麼意思？我的孩子。」

「請你別問我問題，你會收下這筆錢，是吧？」我說。

「你真把我搞糊塗了，出了什麼事情嗎？」

「請你收下，」我說，「什麼也別問——我不想撒謊。」

他考慮了一會兒，接著說：

「哦！我想我懂了。你是要把全部的財產賣給我——不是送給我。這是你的本意。」

接著，他在一張紙上寫了些什麼，當場讀了一下，然後說：

「看，上面寫著：『作為報酬』——意思是說，我從你那裡把一切買下來了，而且已經付錢給你了。這裡是一塊錢。好吧，你在上面簽個字吧！」

我簽了字，走開了。

華生小姐的黑奴吉姆有一個拳頭大的毛球，是從一隻牛的第四個胃裡取出來的，他總是用它來施展法術。據他說，那裡面藏著一個精靈，這個精靈無所不知。於是我在一個晚上去找他，告訴他說，我爸又出現在鎮上了，因為我在雪地裡發現了他的腳印。我想問的是，他究竟想幹什麼呢？還有他是否要在這裡待下去？吉姆把毛球取了出來，對著它唸唸有詞，先往上一拋，再穩穩地掉到地上，滾了幾吋遠。吉姆又做了第二遍、第三遍，結果跟第一遍一樣。吉姆雙膝跪地，耳朵湊著毛球，仔細地聽著；可是沒有用。他說，它沒有說話，還說不給它錢，它有時候就不肯說話。我告訴他，我有一枚舊的兩毛五偽幣，又舊又光滑，已經不能用了，因為銀幣已經露出一小塊銅，沒人肯收了——即使銅沒有露出來，也很難使用，因為它舊得像抹了一層油一般油膩的，一眼就被看出來了。（我心想，法官給我的那一塊錢，我可不能說出來。）我說，這是枚偽幣，不過毛球也許肯收下，因為它認不出真假。吉姆把偽幣聞了聞，咬了咬，擦了擦，然後說他要想個辦法，好讓毛球以為那是真的銀幣。他說他可以把一塊愛爾蘭馬鈴薯掰開，把偽幣夾在中間，這樣放一個晚上，隔天早上就看不見銅的影子了，也不會油膩膩的了。不只毛球，鎮上的人也都會願意收下它。是啊，我也知道馬鈴薯有這個效用，但一時間把它忘了。

吉姆把那個兩毛五的硬幣放在毛球下面，又趴下身子聆聽。這回有用了。他說，要是我想知道我一生的命運的話，它將會告訴我。我說好。於是，就由毛球告訴了吉姆，再由吉姆告訴我。他說：

「你的爸爸還不知道自己該做些什麼呢！他有時候想走，有時候又想留下。最好的辦法是放任那個老頭不管。他頭上有兩個天使正在轉，一個是白的，一個是黑的。白的指點他正確的道路，沒多久黑的也飛來，要把事情搞砸。現在還不知道誰會佔上風，不過你不會有什麼事。你的一生中會有些麻煩，也會有些歡樂；你有時候會受到傷害，有時候會生病，不過最後總能逢凶化吉。你這輩子會有兩個女孩圍著你打轉，一個白皮膚，一個黑皮膚；一個富有，一個貧窮。你先娶貧窮的，後來娶富有的。你要盡可能離水遠遠的，別冒險，因為毛球說，你命中註定要被絞死。」

當晚我點上蠟燭，走進房間時，我爸爸正在那裡——正是他本人。

第五章

我把房門關上，一轉身，就見到了他。我平常總是害怕他，因為他揍我可凶了。我心想，這回我一定也會害怕他；不過，頃刻之間，我知道自己錯了——也就是說，儘管我起初嚇了一跳，連氣都不敢喘，因為他來得太突然了——不過一陣子之後，我知道我用不著怕他。

他差不多五十歲了，外表看起來也那麼老。頭髮又長，又亂，又油膩，往下披散著。他的眼光不斷閃爍，彷彿他正躲在藤蔓後面；眼珠是一片黑色，不是灰色，他那亂糟糟的鬍子也是這樣。他的臉色蒼白，不是一般的白，而是令人不忍直視的那種白，令人渾身起雞皮疙瘩的那種白——像樹蛙、魚肚一樣。至於衣服——穿得破破爛爛，那就不用說了。他蹺著腿，蹺起的那隻腳上的靴子開了口，露出兩隻腳趾，他不時動一動那兩隻腳趾。他的帽子被扔在地下，是一頂舊的黑色垂邊帽，帽頂塌了進去。

我站著在原地看著他，他也看著我。他坐的那張椅子往後微翹著。我把蠟燭放好，發現窗戶往上開著——也就是說他是從那裡爬進來的。他始終盯著我看，最後說道：

「燙得筆挺的衣服——很挺。你以為自己是個大人物了，是吧？」

「也許是，也許不是。」我說。

「別跟我頂嘴，」他說，「自從我走之後，你可越來越神氣了。我得殺一殺你的威風，不然我跟你沒完沒了。聽說你還受了教育，會讀會寫；你以為你現在比你老子強了，因為他不會，是吧？看我不揍你才怪！誰教你幹這種蠢事的，哼？是誰告訴你可以這麼幹的？」

「是寡婦，是她告訴我的。」

「哦，寡婦？——但又是誰跟寡婦說，她有權插手與她不相干的事？」

「沒有人跟她說過。」

「好，讓我好好教訓她，讓她知道多管閒事有什麼下場！聽我說——不准你再去上學了，聽到沒？一個小孩子，裝得比他老子還神氣，比他老子還強——教他這麼幹的人，我可要好好教訓他。不准你再去學校，被我發現就饒不了你，聽到沒？你媽生前也不會讀，不會寫，他們一家人沒一個會；我也不會。但現在可好，你倒神氣起來了！我可容不下這一套，聽到了吧？——讀一點讓我聽聽看。」

我拿起一本書，從講到華盛頓將軍和獨立戰爭的地方讀起。才讀了半分鐘，他就一把將書搶過去，丟到房間那一頭，說道：

「看來，你還真有些本事。你跟我說的時候，我還有點半信半疑，現在你聽好，不准再這樣裝腔作勢，我不允許！你這自作聰明的傢伙，我會等著看，要是你被我在學校附近逮到了，就有你好受的。首先，你要知道，一上學，你就會信教；我可沒見過像你這樣的兒子！」

他拿起了一幅小小的圖畫，上面畫著幾頭牛和一個小孩。他說：

「這是什麼？」

「這是學習表現良好的獎品。」

他一把撕了，說道：「我會給你比這更好的——給你一根皮鞭。」

他坐在那裡，狠狠地咕噥了一陣子，又說：

「你可真是個優雅的貴公子！一張床，又是床單被褥，又是一面鏡子，地板上還鋪著地毯——但你的老子只能在舊皮革廠裡跟豬睡在一起。我可從來沒見過這樣的兒子，我非得殺殺你的威風不可，不然我跟你沒完沒了！哼，你看起來真是派頭十足啦——聽說你發了財，嗯？——這是怎麼回事？」

「人家說謊——就是這麼回事。」

「聽著——注意你的態度。我什麼都聽到了，所以不准胡說！我回鎮上兩天了，人們都說你發了財。我在河上的時候就聽說了，我就是為了這個才回來的。明天你把錢給我——我要這筆錢。」

「我可沒有什麼錢。」

「說謊。柴契爾法官保管著，在你名下。我要這筆錢。」

「我跟你說了，我沒有什麼錢。你可以去找柴契爾法官，他也會這麼跟你說的。」

「好吧，我會問他的，我會叫他交出來的；而且我會要他解釋事情經過。話說回來——你口袋裡有多少錢？我要用。」

「只有一塊錢，而且我要用它來——」

「我才不管你要用來幹什麼——交出來就對了。」

他把錢拿去了，咬一咬，看看是真是假；接著就說要去鎮上買點威士忌，因為他一整天沒喝到酒了。他爬出窗子，上了棚屋，一會兒又探進頭來，罵我裝模作樣，彷彿比他還厲害。後來我猜想他應該已經走了，但他又折了回來，探進了頭，提醒我不准去上學；還說要是我不聽話，他會守在學校，狠狠揍我一頓。

第二天，他喝醉了。他跑去柴契爾法官家裡，對他死纏濫打，設法要他交出錢來，但怎麼也無法得逞。於是他發誓要訴諸法律，逼他交出來。

法官和寡婦告到了法院，要求判決我和他脫離關係，讓他們其中的一個成為我的監護人。然而，那是一位新上任的法官，不瞭解我爸爸的情況，因此判決：非到萬不得已，法院不能強制介入，拆散家庭。他不主張讓孩子離開父親。這樣一來，柴契爾法官和寡婦不得不放棄。

這下子，這個老頭簡直樂不可支。他說，要是我不能替他湊點錢，他就要狠狠地揍我，把我揍到鼻青臉腫。我從柴契爾法官那裡借了三塊錢，爸爸拿去，喝得酩酊大醉，然後到處胡鬧、罵人、裝瘋賣傻，又敲打著一只鐵鍋鬧遍了全鎮，直到深夜，最後被人關了起來。第二天，他被帶到法庭上，被判了一週的徒刑。可是他卻挺滿意的，說他能管住他的兒子，一定會讓他好看的。

老頭被放出來以後，法官說要讓他改頭換面。他把老頭帶到自己家裡，讓他穿得乾乾淨淨，一天三餐都跟他們一家人一起吃，簡直對他禮遇有加。吃過晚飯，他又跟老頭講了戒酒之類的道理，講得老頭大叫自己過去簡直是個傻瓜，白白虛度了一生，但如今他要改過自新，希望法官能幫他一把，不要瞧不起他。法官說，聽了他這些話，他要擁抱他。於是，這個法官哭了起來，他的妻子也哭了起來。我爸爸說，他過去是那麼糟的一個人，總是遭到人家的誤解；法官說他明白。老頭又說，一個落魄的人最需要的是同情；法官說這句話很有道理。接著，他們再次哭了起來。等到要睡覺的時候，老頭站起身來，把手向外一伸，一邊說：

「先生們，女士們，請看看這隻手，請抓住它、握握它。這曾經是一隻豬的爪子，但現在不是了，現在它是一個重生之人的手了。我寧願死，也絕對不走回頭路。請記住這些話——別忘了是我說的——現在它是一隻乾乾淨淨的手了——別怕。」

就這樣，他們逐一握了他的手，個個都哭了，法官的太太甚至親了這隻手。接著，老頭在一份保證書上簽了字，畫了押。法官說，這是有史以來最神聖的時刻——總之說了許多諸如此類的話；然後他們把老頭送進一間陳設漂亮的空房。但有一天的晚上，他的酒癮發作，爬到了門廊頂上，抱住一根柱子滑了下去，把他那件新的上衣換成一壺威士忌，然後又爬回房間，痛飲了一番。天快亮的時候，他又爬出來——這時已經爛醉如泥——沿著門廊滑下來，把左手臂跌斷了兩處。當主人在天亮後發現他時，他幾乎快凍死了。他們又到那間客房查看，只見房裡一片狼藉，簡直無處伸腳。

法官的心裡不是滋味。他說，也許只有一支槍能讓那個老頭改過自新，別無他法。

第六章

過了不久，老頭的傷好了，又到處遊蕩了。接著，他上法庭控告柴契爾法官，要他把錢交出來。他也來找過我，因為我沒有停止上學；他捉住我幾次，還揍了我，但我還是繼續上我的學。大部分的時候我都能躲過他，或是搶先他一步到學校。起初，我本來不太願意上學，但現在上學是為了氣我爸爸。法律訴訟是件緩慢的事，彷彿永遠也不想開審；於是，為了免挨鞭子，我不得不時常找法官借幾塊錢；而他每回拿了錢，就喝得爛醉；每次爛醉，便鬧得全鎮不得安寧；每次在鎮上胡鬧，就被關押起來。這也合他的心意——這類舉動正是他的拿手好戲。

他三天兩頭跑來寡婦家，她終於警告他，要是他再去她那裡，她就要對他不客氣了。嘿，跟這樣一個瘋子有什麼好講的呢？他揚言要讓大家明白，究竟誰才是哈克的主人。因此，春天的某一天，他在外守候著，把我逮住了，划著一艘小艇把我帶到上游三哩處，然後過河到了伊利諾州的岸邊。那裡樹林茂密，沒有人家，只有一間舊木棚——那是在密林深處，不知道的人是找不到那裡的。

他把我牢牢看住，我找不到機會逃跑，兩人就這樣住在木棚裡。他總是把木棚鎖起來，一到晚上，就把鑰匙放在枕頭下。他還有一支槍，我想是偷來的吧。我們過著釣魚、打獵的生活。每隔一段時間，他就會把我鎖在木棚裡，到下游三哩外的店裡、渡口，把釣來的魚、打來的獵物換成威士忌，然後回家喝個爛醉，並且揍我一頓。至於那寡婦，她後來知道了我的下落，派了一個男人來，想把我討回去，但我爸爸拿出槍來把他趕走了。這件事過後不久，我就習慣了這種生活，也愛上了這種生活——除了挨鞭子這件事。

生活過得慵懶、快活，整天舒舒服服地躺著，抽抽煙、釣釣魚，沒有書本，不用學習。兩個多月就這樣過去了，我的衣服又爛又髒；我想，寡婦家的那種生活我再也不會喜歡了。在那裡，你得保持乾淨、用盤子吃飯、梳理好頭髮，每天準時睡覺、起床，然後為了一本書惹出各種煩惱，還得不時遭到華生小姐挑剔。我再也不想回去了，我原本已經改掉罵人的習慣，因為寡婦不愛聽，但現在老毛病又犯了，因為我爸爸並不反對。

總而言之，在樹林裡的日子過得挺稱心如意的。

不過，爸爸一天到晚打我，讓我實在受不了。我全身都是傷痕。再說，他常常出門，每次都把我鎖在屋裡。有一次，他把我鎖在裡面，一鎖就是三天，我猜想他是淹死了，那我就永遠出不去了。這下子可把我嚇壞了！我下定決心，一定要設法逃離這裡。我曾經好多次嘗試逃出木棚，但就是不成功。木棚有一扇窗，大小只能容一隻狗進出；我無法從煙囪爬出去，因為煙囪口太窄；而大門是用厚實的橡木做的。我爸爸出門時總是很小心，絕不在木棚裡留下一把小刀之類的東西。我在屋裡前後找了上百遍，把時間都花在這上面了，因為這是我唯一能消磨時間的辦法。

不過這一次，我終於找到了一樣東西。我找到一把生滿了鏽的舊鋸子，連手柄也沒有，就放在一根綠木和天花板中間。我在上面抹了油，開始行動起來。有一塊用來遮馬的舊毯子，就釘在桌子後方屋角的一根圓木上，是為了避免風從縫隙裡鑽進來把蠟燭吹熄。我爬到桌子下，把毯子掀起，動手鋸了起來，要把床底下那根大木頭鋸掉一節，好讓我能爬出去。這工程得花些時間，正當我鋸得差不多了，卻聽到爸爸的槍聲在樹林裡響了起來。我趕緊把木屑收拾乾淨，把毯子放下，再把鋸子藏起來。沒過多久，他就走了進來。

爸爸今天脾氣不好——他總是這樣。他說他今天去了鎮上，所有的事情都不對勁。他的律師說，他認為他能打贏這場官司、拿到這筆錢，只要法官願意審理；但人家就是有辦法拖延這件案子，一拖再拖。何況柴契爾法官懂得各種門道。他還聽說，眼下又冒出了另一件案子，要我與他脫離父子關係，由寡婦做我的監護人，律師說這一回她或許能贏。我嚇得大吃一驚，因為我怎麼也不願意回到寡婦家，那麼拘束，又得守各式各樣的規矩。接著，老頭子破口大罵起來，不論什麼人、什麼事，只要他想得到的，一個也逃不過。接著，他又重新咒罵了一遍，確保沒有漏掉任何人，包括了那些連姓名都不知道的人。罵到這些人的時候，他就說「那個傢伙」，然後一直罵下去。

他說，他可要瞧瞧，看寡婦要怎麼把我弄到手。他說他一定要小心提防，還說要是他們敢耍什麼花招，他知道六七哩外還有個地點，要把我藏在那裡，人家怎麼搜也搜不到。這又讓我心慌了起來。不過，這種感覺一瞬間就消失了，我心想，當那個時刻來臨時，我早已逃之夭夭了。

老頭叫我到小艇上搬他帶來的東西，有一袋五十磅的玉米粉、一大塊醃豬肉、火藥和一罐四加侖的威士忌，還有一本書、兩張包火藥的報紙、一些粗麻繩。我拿了一趟，然後在船頭上坐著歇口氣。我把一切思考了一遍，心想當我逃到樹林裡時，不妨把那支槍和幾根釣魚竿一起帶走，因為或許我不會固定待在一個地方，而會到處流浪，多半是在晚上活動，靠打獵、釣魚維生，並且會走得遠遠的，讓老頭也好、寡婦也好，永遠也找不到我。我推測，今天晚上爸爸會喝得大醉，他一醉，我就鋸斷木頭逃跑。我一心想著這些，竟忘了我耽擱了多少時間，後來爸爸吼了起來，罵我究竟是睡著了，還是淹死了。

我把東西一樣樣搬進了木屋，這時天已經微黑。當我準備晚飯的時候，老頭開始大口喝起酒來。他在鎮上早已喝醉了，在髒水溝裡躺了整整一晚，全身都是汙泥，人家一看到他這副模樣，還以為是亞當再世呢！當他發起酒瘋，就會拚命批評政府，這一次他說道：

「這是哪門子的政府！嘿，你看吧！看它究竟是個什麼鬼東西！還有這樣的法律呢！硬是把人家的兒子搶走——那可是人家的親生兒子啊！他花了多少心血，花了多少錢，又操過多少心啊！等他終於把兒子撫養成人，可以出去賺錢養家，好讓自己喘口氣的時候，法律卻出來把一切搶走了——但人家還把它叫做『政府』呢！不光是這樣，法律還替柴契爾法官撐腰，幫他奪走我的財產！法律就只會幹這種事，把一個人的六千多塊錢搶走，把他擠在這樣一間破屋裡，叫他披上一件破爛的衣服到處亂晃——他們還叫它『政府』呢！在這種政府下面，一個人連權利都得不到保障。我有時候真想把心一橫，永遠離開這個國家，再也不回來。是啊！我就是這樣告訴他們的，我當著柴契爾的面這樣說，很多人都聽到了。我說，我一點也不屑這個倒楣的國家，決心一走了之，永遠不回來——我就是這麼說的。再說，看看這頂帽子——要是這還算得上是帽子的話——帽頂翹了起來，帽檐又往下垂，竟然垂到了下巴上，這還算什麼帽子！不如說是把我的腦袋塞到煙囪裡。我說，你們看看——叫我這樣的人戴上這種帽子——我可是鎮上的大富翁之一啊！如果我能收回我的權利。」

「哦！這個政府可真了不起！真了不起！好，請看！有一個自由的黑人，是從俄亥俄州來的，是個黑白混血兒，皮膚跟一般的白人一樣白，身上穿著白得出奇的襯衫，頭戴一頂發亮的帽子，他的衣服比鎮上所有人都漂亮！還有一只金錶——有金鏈條——還有頂端鍍了銀的手杖，是州內最可敬的老富翁。你猜怎樣？人家說，他是大學裡的一位教授，會說所有國家的語言，無所不知；最糟糕的還不只這樣！人家說，他在家鄉還可以投票。這可把我搞糊塗了，這個國家會變成什麼樣子啊！到了選舉的日子，要是我沒有喝醉的話，我會出去投票；可是啊，要是有人告訴我，說在這個國家裡有一個州，竟准許黑奴投票，那我可就不去了！我說，我再也不會投什麼鬼票了！——這就是我親口說過的話，大家都聽到了。哪怕國家爛透了，只要我還活著，就不會去投什麼票！你再看看那個黑奴的那副神氣——嘿！要是我們在大路上相遇，除非我一把將他推到一旁，否則他才不會讓我走過去呢！我跟人家說，憑什麼不把這個黑奴拿出去拍賣掉？——這就是我想問的，你知道人家是怎麼說的？嘿！他們說，在他在州內待滿六個月之前，你不能把他賣掉。哈！——這真是怪事一樁！一個自由黑人在州裡待不到六個月就不准拍賣，這樣的政府還叫做政府嗎？當今的政府就是這樣子幹的，裝出一副政府的派頭，還自認為了不起！但我們卻得苦苦等滿六個月，才能把一個遊手好閒、鬼鬼祟祟、十惡不赦、身穿白襯衫的自由黑人給抓起來，然後——」

爸爸就這麼滔滔不絕，完全沒想到自己那兩條無力的腿把他帶到了哪裡。於是，他被醃豬肉的木桶一絆，跌了個四腳朝天，兩條小腿也被擦傷了。這下子，他的話說得更加起勁——主要是衝著黑奴和政府，偶爾也朝木桶罵上幾句，就這樣東扯西扯地說個沒完。他用一隻腳在木屋裡跳著走了好一陣子，先是提起這條腿，靠另一條腿跳，然後又換一條腿跳，雙腳輪流交換。到後來，他突然提起左腳，對準木桶猛踢一腳，但他這次判斷失誤——因為那隻腳上的靴子破了，露出兩隻腳趾頭。只聽得一聲哀號，叭噠一聲，他跌落在地，在地上滾來滾去，一手抓住了腳趾頭，一邊破口大罵起來，這一番痛罵比他過去任何一次都出色，後來他自己也是這麼說的。在老索伯里．哈根最得意的時候，他曾聽到他是怎麼罵人的，他自認這一回可是贏過了老哈根。不過依我看，這也許有點言過其實了。

晚飯以後，爸爸又拿起了酒瓶，說瓶裡的威士忌夠他喝醉兩回，外加一次酒瘋——這是他的口頭禪了。我心想，大約一個小時後，他就會醉得不省人事，我就可以偷走那把鑰匙，或是把木頭鋸斷，偷溜出去——兩個辦法總有一個行得通。只見他不斷地喝，一會兒就滾到了他那條毯子上。不過，這次我運氣不佳，因為他並沒有睡熟。他不停地呻吟，又不停地翻身。後來，我實在睏得不行了，連眼睛也睜不開來，不知不覺之間便睡著了，連蠟燭都忘了吹熄。

不知道睡了多久，只聽見一聲尖聲怪叫，我連忙爬了起來。只見爸爸神色狂亂，在屋裡跳來跳去，一邊狂叫有蛇。他口口聲聲說有蛇爬上他的腿，接著又跳又尖叫，又說有一條蛇咬了他的臉頰——但我根本沒看見什麼蛇。他在屋裡東奔西跑，一邊高喊「捉住牠！捉住牠！蛇在咬我的脖子啦！」我從未見過眼神如此狂亂的人。很快地，他實在累垮了，便倒下來喘氣，接著又滾來滾去，碰到什麼就踢，雙手在空中亂揮著，還尖聲叫喚，說他被魔鬼纏住了。後來，他躺了一會兒，不停呻吟；再後來，他變得更加安靜，最後一點聲音也沒有了。只聽得遠處林子裡貓頭鷹和狼的叫聲，氣氛陰森得嚇人。他在角落裡躺著，慢慢地又半坐起身，腦袋歪向一邊，仔細聽著，並用很低的聲音說：

「啪噠——啪噠——啪噠，這是死人。啪噠——啪噠——啪噠，是他們來抓我了！但是我不去——哦！他們來啦！別碰我——別碰！把手放開——手冰冰涼涼的。放開我——哦！放了一個孤零零的窮鬼吧！」

只見他手腳伏在地下，一邊爬開，一邊哀求「它們」放開他。他用毯子把全身裹了起來，滾到舊的橡木桌下，仍然不住哀求，接著又哭了起來。我能聽到那透過毯子傳出的哭聲。

到了後來，他滾了出來，站起身子猛然一跳，神色狂亂。他看到了我，朝我追來，手裡拿著一把小刀，一圈又一圈地追我，一邊說我是死亡天使，他要殺我，好讓我不能再來索他的命。我不停求饒，跟他說我是哈克，但他只是慘笑了一下，又大吼、咒罵了起來，然後又拚命地追我。有一次，我突然一轉身，想從他手臂下鑽過去，但被他一把抓住了外套。我想這下子完了，但我像閃電一般把外套一下子脫了下來，總算保住一命。沒過多久，他也累垮了，一邊背靠著大門倒下，一邊說先讓他休息一下，等會再來殺我。他把刀子放在身邊，一邊說他要睡一下，等精神恢復了，再來看一看究竟誰是誰。

就這樣，他很快便打起了瞌睡。隔了一會兒，我拖出了那張用柳條編成的舊椅子，躡手躡腳地爬上去，不發出聲音，終於把槍拿到了手。我用通條捅了捅槍管，確認它裝了火藥；接下來，我把槍放在蘿蔔桶上，瞄準了爸爸，自己躲在桶子後面觀察他的動靜。啊！時間過得多慢啊，又是多麼安靜啊！

第七章

「起來！你怎麼搞的？」

我張開眼睛，東張西望，想弄清楚自己身在何處。太陽已經升起，我睡熟了。爸爸站在我面前，一臉不悅——而且病懨懨的。他說：

「你拿著這把槍幹什麼？」

我斷定他對自己那場鬧劇一無所知，就說：

「有人想闖進來，我埋伏好了。」

「幹嘛不叫醒我？」

「我叫了，但是叫不醒，推你也推不醒。」

「嗯，好吧。別老是站在那裡廢話連篇！跟我出去看看有沒有魚上鉤，好弄成早飯。我馬上就來。」

他把上了鎖的門打開，我走了出去，來到河岸邊，見有些樹枝之類的東西往下游漂去，還有些樹皮。我知道大河開始漲水了，並心想，要是我現在在下游的鎮上，現在或許就是我的大好時光了。六月漲水時，我總會有好運；因為每當開始漲水，往往有些大塊木料從上游漂下來，還有零散的木筏——有時會有整打捆綁在一起的原木，只要攔住它們，便可以賣給木料場或者鋸木廠。

我往河岸上走去，一隻眼睛留意著爸爸，另一隻眼注意看能從河面上撈到些什麼。啊！有一艘獨木小舟，看起來多麼漂亮，長十三、四呎，浮在水面就像一隻鴨子。我像一隻青蛙一樣縱身跳進河裡，身上的衣服還沒有全脫，就朝著獨木舟游過去。我猜會有人躺在船裡——因為人們往往喜歡這樣捉弄人，只要有人把船划近，他就坐起身來，把來者取笑一頓；但這一回卻不是這樣，那是一艘無主的獨木舟，肯定是這樣。我爬上了小舟，划到岸邊，心想老頭見到了一定會很高興——這條船可以賣十塊錢。不過當我上岸，卻不見爸爸的影子。

我把小舟划到一條溪溝裡，水面上掛滿了藤蘿和柳條，這時我靈機一動：我可以把小舟藏好，等我逃跑時，就不用鑽進樹林，可以划著船到下游五十哩外的地方，挑一個地方露營，以免靠雙腳走，搞得半死不活的。

這裡離木屋很近，我彷彿覺得老頭正在朝我走來，不過我還是把獨木舟藏了起來。接著，我走了出來，繞著一叢楊柳樹，朝周圍張望了一下，只見老頭正沿著小徑往下走來，用他的槍瞄準了一隻小鳥——也就是說，他什麼也沒有看見。

他走過來的時候，我正用力把曳釣繩往上拉。他罵我動作太慢，不過我跟他說我掉進了河裡，才花了這麼多時間。我知道他會看到我濕漉漉的身子，還會問東問西。我們從釣繩上拿下五條大鯰魚，就回到了家裡。

吃了早飯以後，我們開始休息，準備睡一覺。兩個人全都累壞了。我得盤算一番，要怎麼做才能讓爸爸和那個寡婦不要纏著我不放，在他們發覺之前遠走高飛。唉！可惜我暫時想不到好方法。這時，爸爸起身又喝了一罐水，說道：

「下一次，再看見有人在附近鬼鬼祟祟的，一定要叫醒我，聽到了沒？這傢伙心懷不軌，我要打死他。記得叫醒我，聽到了沒？」

說完就往下一躺，又睡著了——但他的話卻激發了我正需要的一個念頭。現在，我得想出一個辦法，好讓任何人都不會想來追蹤我。

十二點鐘左右，我們出了門，沿著河岸行走。河水流得很急，漲水帶來了不少木料——有九根原木緊緊捆綁在一起。我們駕著小船追過去，拖到了岸邊。接著，我們吃了中飯。通常，人們總會一整天守在河邊，以便多撈些東西，但爸爸往往不這麼做。一次有九根原木，那就足夠啦！他必須立刻把它弄到鎮上去，然後賣了。於是，他把我鎖進屋內，用小船拖著木筏走了。時間是下午三點半，我斷定今晚他是不會回來了。等到他離開一段時間，我便取出了那把鋸子，繼續鋸那一段原木。在他划到河對岸之前，我已經從洞裡爬了出來，他和他的那張木筏在遠處的河面上只是一個小黑點罷了。

我拿了那袋玉米粉，撥開了藤蔓樹枝，來到了藏獨木舟的地方，把玉米粉放在舟上；接著把那塊醃肉和威士忌酒瓶也放上去，還拿走了所有的咖啡和糖，火藥也全部帶走。我還帶走了塞彈藥的填料，還有水桶和水瓢，以及一只勺子和一只洋鐵杯，還有我那把鋸子、兩條毯子，跟平底鍋和咖啡壺。我還帶走了釣魚竿、火柴和其他東西——凡是值一分錢以上的東西全都帶走。我把小屋裡清空了。我還需要一把斧頭，不過沒有多的了，只有柴堆那裡的唯一一把——我知道必須把它留下來。我找出了那支槍。就這樣，一切都準備就緒。

我從洞裡爬出來，又拖出了這麼多東西，把地面磨得相當厲害。因此我從外頭用心整理了一下，在那裡撒一些土，把磨平的地方用鋸屑蓋住了；接著再把那段木頭放回原處，在木頭下墊上兩塊石頭，又搬一塊頂住那一節，不讓它掉下來——因為木頭在這裡彎了起來，並不貼著地面。這樣一來，要是你站在四五步外，絕不會知道這節木頭曾被鋸過；再說，這是在木屋的後方，沒有人會到那裡去檢查。

從這裡到獨木小舟的地方，一路上長著青草，因此沒有留下什麼痕跡。我沿路察看了一遍。我站在河岸上，遙望著大河的河面，一點異樣也沒有。於是我提了槍，走進樹林，約走了一箭之遙，想打幾隻鳥。這時，我發現了一頭豬——是從草原上的農家逃出來的。我一槍把牠打死，拖回住處。

我拿起斧頭，砸開了門——我又劈又砍，使了好大的力氣才成功。我把豬拖進屋裡，拖到離桌子不遠處，用斧頭砍斷了豬的喉嚨，把牠留在地上放血。接下來，我拿了一只舊麻袋，在裡頭放進不少大石頭——能找到多少就放多少——然後從豬倒臥的地方開始，將麻袋一路拖到門口，再拖進林子、河邊，最後扔進河裡。袋子瞬間沉了下去，不見蹤影。任何人一眼都能看出，有什麼東西曾在地面上被拖行過。我真希望湯姆能在這裡，我知道他對這類玩意肯定十分有興趣，能想出一些異想天開的點子來。在這方面，沒有人比得上他。

最後，我拔了我的幾根頭髮，塗滿了斧頭上的豬血，然後把頭髮黏在上面。接下來，我抱起那隻豬，貼緊了我胸前的外衣（這樣血就不會滴下來），在屋外找了一個理想的地方，就把牠扔進河裡。就在同時，我又想到了另一個念頭。我走回去，把那袋玉米粉和那把鋸子從小舟上拿出來，放回了木屋；把袋子放回原處，用鋸子在袋底鑽了一個小洞，因為那裡沒有刀叉——爸爸平常燒菜總是用他那柄折疊小刀。接下來，我背著袋子，走了約一百碼，經過那片草地，穿過屋子東方的柳樹林，到了那淺淺的湖邊，湖寬五哩，長滿了蘆葦——到了特定的季節還會有野鴨呢！在湖面的另一頭，有一個水溝或一處溪溝，可以通到幾哩之外的某處，但並非注入大河。王米粉一路漏出來，直到湖邊，留下了一小條印子。我把爸爸的磨刀石也丟在那裡，人家一看，會以為是無意間遺落的。然後我把袋子的破洞縫起來，便把它和鋸子又帶回了小舟上。

這時，天開始黑了，我把小舟放到河上，靠著河岸上的幾株柳樹掩蓋住它，就在那裡等著月亮升起。我把獨木舟繫在一株柳樹上，吃了些東西；之後就在小舟上躺了下來，吸了口煙。我在心裡盤算著：人們會追蹤那袋石塊，一直追到岸邊，然後在河裡打撈我；還會跟蹤那袋玉米粉，一直追到湖面上，然後沿著那條溪溝搜索那些殺死我、搶劫了財物的強盜。用不了多久，他們就會找得厭煩了，不會再為我操心。這下子，我哪裡都可以去了。傑克森島怎麼樣？那對我來說是個好去處，這座島我很熟悉，也沒有別的人去過；而且到了夜晚，我可以划到鎮上去，偷偷地到處溜達，撿一些我用得到的東西——傑克森島正好是這樣的地方。

我也真的累了，不知不覺就睡著了。等我醒過來，一時間不知道身在何方。我坐起身子，四下張望，嚇了一大跳，但很快就又回想起來了。河面彷彿寬好幾哩，月色皎潔，在河上漂過的圓木，我幾乎能數得一清二楚。河岸百碼外一片漆黑，寂靜無聲，看來時間不早了——你明白的，時間不早了——雖然我不知道該怎麼表達這種意思。

我打了一個呵欠，伸了一下懶腰，正準備解開繩子離開，忽聽到遠處河面上傳來一點聲響。我仔細聽了一下，很快就明白了：那是每逢寂靜的夜晚，船槳在槳架上發出的那種有節奏的沉悶聲音。我從柳樹枝的縫隙朝外偷看，果然——河對面有一艘敞篷平底船；上面有多少人，我一時間還看不清。它正迎面駛來，等到幾乎來到我面前時，才發現原來只有一個人。我心想，也許是我爸爸吧！儘管我一點才想見到他。他順著水勢，在我的面前停了槳，然後從水勢平穩的地方划向岸邊。他距離我那麼近，我要是把槍桿伸出去，就能碰到他的身子。啊！正是爸爸，千真萬確——而且不像喝醉的樣子，這從他划槳的模樣可以看得出來。

我毫不遲疑，馬上沿著樹蔭，悄悄地朝下游快速划去。我划了兩哩半，然後又朝河中央划了四分之一哩多一些，因為我很快便會划到渡口，可能會被人看見。我划出了漂流木中間，然後在獨木舟上往下一躺，任由它到處漂。

我躺在那裡，舒舒服服地休息，吸了一口煙，望著遠處的天空，只見萬里無雲。在月光下躺著仰望天，才知道天這麼幽深，這是我從前不知道的。像這樣的夜晚，河上的聲音從遠處就聽得到。渡口的說話聲我也聽得一清二楚，有一個人在說，現在快到晝長夜短的時節了；另一個人則說，依他看，今晚的夜還不算短——接著他們笑了起來。這個人把剛才的話又說了一遍，兩人再次笑了起來。然後他把另一個人叫醒，也對他說了一遍，並且笑了，可是這人並沒有笑，只咕噥了一聲，叫人家別惹他。第一個人說，他要把這句話告訴他老婆——她一定會認為他說得很對；不過，要是和他當年說過的一些話相比，就算不上什麼了。我又聽見一個人在說，快三點鐘了，但願等天亮不必像等一個禮拜那麼久。在這之後，談話聲越來越遠，再也聽不清了，不過遠處仍依稀傳來些聲響，或是一陣笑聲。

如今我已漂過了渡口。我坐起身來，傑克森島就在眼前，就在河下游兩哩半外，林木茂密，聳立在大河中央，又大又黑，又沉穩，活像一艘沒有點燈的輪船，島尖的沙洲連一點影子也看不見——如今都沉在水裡了。

我沒有花太多力氣就划到了那裡。水流很急，我的小舟像箭一般劃過島尖，接下來到了靜水地段，我在面向伊利諾州的一側上了岸，把小舟划到了我熟悉的一個深灣裡，我得撥開柳樹叢的樹枝才進得去。接著，我把小舟拴好，沒有人能從外側看到它的影子。

我上了岸，坐在島一端的一根圓木上，向外一望，只見前方是大河，河上漂著木頭，三哩外便是小鎮了，三四點光亮正在閃爍。上游一哩外，有一排龐然大物般的木筏漂過來，木筏中央點著一盞燈。我看著它慢慢地接近，快到我面前時，有一個男子說道：「喂，搖尾槳！往右邊掉頭！」說話聲聽得一清二楚，彷彿這個人就在我身旁。

天色有些濛濛亮了。我便鑽進樹林，躺了下來。在吃早飯以前先打個盹吧！

第八章

等我醒來，太陽早已高高掛著。我猜應該過了八點了。我躺在草地上的樹蔭裡，一邊思考著，覺得全身放鬆了不少，挺舒服的。透過樹蔭的一兩處空隙，可以見到陽光；不過，這裡到處是巨大的樹木，一片陰森森的。在某些地方，陽光透過樹葉往下灑落，在地上留下了幾處斑斑的亮點。每當這些地方光線搖曳，便知道有微風吹拂過。樹上有幾隻松鼠，態度友好地對著我吱吱叫著。

我仍然懶洋洋的——還不想起來準備早飯。是啊，我又打起了瞌睡。可是忽然間，我聽見河面上遠處傳來重重的「轟」的一聲，連忙爬了起來，撐起一隻手臂，仔細地傾聽。沒過多久，又傳來了一聲。我跳起身來，走了出去，透過樹葉的空隙向外張望，只見遠處河面上有一團黑煙——大約在渡口附近。渡船上擠滿了人，正往下游漂來。到了這一刻，我總算明白是怎麼回事了。「轟！」我看到渡船一側噴出白煙，他們正在河上放炮，希望我的屍體能浮到水面上來。

我餓極了，不過現在可不是生火的時候，煙會被看見的。因此我坐了下來，看著炮火冒出的煙，聽著隆隆的炮聲。大河河面有一哩寬，每到夏天早晨總是一片風光明媚——就這樣，看著人家忙著搜尋我的屍體，著實是一種樂趣，要是能有一口東西吃的話。這時我突然想到，人們往往會把水銀灌到麵包裡，然後讓它們漂在水面上，因為聽說它們會朝著屍體所在的地方漂去。我自言自語地說道，我要仔細看看，有沒有麵包漂到我身邊來找我；要是有的話，一定要給它一點顏色瞧瞧。我移到了島上靠伊利諾州的一側，看看我的運氣究竟如何。事情倒沒有讓我失望，一個特大的麵包漂了過來。我用一根長棍子，幾乎要把它撈到手了，但腳下一滑，麵包就漂向遠處了。不久後，又漂來第二個，這一回我總算取得了一點成果。我撥開上頭的塞子，把水銀倒出來，就咬了一口。這可是麵包店的麵包——是給上流人士吃的，可不是你們下等人吃的那種玉米麵包。

我在樹蔭深處找到了一個絕佳去處，在一根原木上坐下來，一邊啃麵包，一邊看看那艘渡船上的熱鬧景象，好不快樂。就在這樣的時刻，一個念頭湧上我的心頭。我對自己說，那個寡婦或是牧師，或是別的什麼人，肯定已經做過禱告，希望這塊麵包能找到我；如今它真的漂過來了，事實擺在眼前——其中果然有什麼奧妙吧？也就是說，寡婦或是牧師他們的禱告才有用，而我的禱告卻不靈驗，這其中必然有什麼奧妙。我想，大概只有對好人才靈驗吧！

我點燃煙斗，痛快地吸了一口，繼續觀看著。渡船仍順著水勢漂流。我心想，等船漂過來的時候，我或許能看清楚上頭究竟有哪些人，因為渡船勢必會朝麵包沉下的地方漂過去。當渡船朝我這裡開來的時候，我把煙斗熄了，走到了我撈麵包的地方，伏在岸邊一小片空地的一根木頭上，透過樹枝的空隙向外偷看。

渡船慢慢漂過來，離岸很近了，只要再架上一塊跳板，就能走到岸上來。幾乎所有人都在船上——爸爸、柴契爾法官、貝琪、喬，還有湯姆和波麗姨媽，以及席德和瑪莉等其他人。他們個個都在討論謀殺案的事，不過船長插話說：

「注意！水流在這裡離岸最近，說不定他被沖上岸，被水邊的矮樹叢絆住了，至少我希望是這樣。」

我可不這麼希望呢！大伙兒便擠在一起，從船的欄杆上探出身子，幾乎跟我互看。他們靜靜地站在那裡，聚精會神地察看著，我能把他們看得一清二楚，不過他們就是看不見我。接著，船長忽然高喊：

「站開！」一聲炮響，簡直是在我面前放的，震得我耳朵都聾了，炮灰幾乎弄瞎了我的眼睛。我心想，這下子我完了，要是他們真的放進幾顆炮彈，我看他們這回一定能找到他們正在找的那具屍體。啊！謝天謝地，我沒有受傷，渡船繼續向下漂去，到了島岬那邊就見不到了。我不時聽見遠方傳來的炮聲。一個小時以後，終於聽不見了。這個島長三哩，我判斷他們已到了島尾，便決定不找了。事實上，他們還持續找了一陣子，他們從島尾折返，開足馬力，沿著密蘇里州一側的水道找，一路上偶爾也鳴了炮。我跑到了島的那一側察看動靜。船開到了島尖，他們便停止炮轟，停靠在密蘇里州的岸邊，紛紛回到鎮上的家裡去。

到了這一刻，我知道自己總算安全了，不會有人再來找我了。我把獨木小舟上的物品取了出來，在密林深處建立了一個小巧的營地。我利用毯子搭了個帳篷，下面堆放那些物品，免得被雨淋溼。之後我釣上一條大鯰魚，用那把鋸子剖開魚肚。日落以前，我生起篝火，吃了晚飯，接著放了魚線，以備明日的早餐。

天黑了，我在帳篷旁抽著煙，心裡覺得挺滿意的，漸漸又感到有點寂寞，便在河岸上坐下，傾聽流水沖刷河岸的聲音，數一數天上的星星，以及從上游漂下來的木頭和木筏，然後就去睡覺。在寂寞的時候，這是消磨時間最好的方法了。你不會總是這樣的，很快就會習慣的。

就這樣，三天三夜過去了，沒什麼特別的——一切都跟往常一樣。不過，到了第二天，我走遍了整座島，好好巡視了一番——我是一島之主啦！島上的一切全歸我了，因此我得熟悉這裡所有的一切。不過，話說回來，最大的原因還是為了消磨時間。我找到了許多草莓——又大又美；還有青色的野葡萄和野莓，以及將熟的黑莓。我斷定，這些隨時都可以摘來吃。

我在密林深處閒晃，到後來，我估計已經離島尾不遠了。我一直隨身帶著槍，不過沒有打過什麼東西，只是為了防身，但也可以打幾隻野味回去。就在這時，我差點踩到一條大蛇，那條蛇正在青草和花叢中穿行。我追過去，一心想給牠一槍。正當我向前飛奔著，突然之間，我踩到一堆篝火的灰燼——它還在冒煙呢！

我的心簡直要跳出來。我一刻也沒有停下來察看，立刻把槍上的扳機拉下，踮著腳尖偷偷往回縮，縮得越快越好，不時在茂密的樹叢中停下腳步，仔細傾聽。可是我喘得很厲害，很難聽到別的聲音。一路上，情況便是如此；要是看見一根枯樹樁，我就會把它當成一個人；要是踩斷了一根樹枝，我便覺得彷彿有人把我的喘息砍成了兩半，我只剩下半口氣，而且是短的那一半。

回到宿營地，我不再那麼急躁了，我原來的那股勇氣已所剩不多。不過，我對自己說沒時間磨蹭了。我把自己的雜物再次放上了獨木小舟，免得被人發現；然後又把篝火熄滅，把灰燼往四周撒開，好讓人家以為是一年前留下的灰燼。接著，我便爬上了一棵樹。

根據我的估計，我待在樹上有兩個小時。不過我什麼也沒見到，什麼也沒聽到——儘管我自以為聽見、看見了上千樁事情。啊！我可不能老是待在那裡。我終於爬了下來，不過還是留在樹林裡，提高警覺，只能吃野草莓，以及早飯吃剩的東西。

到了晚上，我餓壞了。因此天黑以後，我趁著月亮還沒有升起，便划離岸邊，來到了伊利諾州的河岸——大致划了四分之一哩遠。我上了岸，到樹林裡燒了晚飯。正當我打定主意，準備一整晚都待在那邊的時候，突然聽到了一聲聲「得——得！得——得！」我想是一匹馬來了，接下來又聽到說話聲。我趕緊把所有東西又搬上小舟，偷偷穿過林子，一探究竟。走沒多遠，就聽見一個男子在說：

「要是我們能找到一個合適的地方，最好在這裡宿營，馬快累垮了。讓我們四處察看一下。」

我沒有拖延，便拿起槳划回島上。我把獨木舟拴在老地方，心想不妨在小舟裡睡一會兒。

我沒有睡多久。不知怎地，一想起心事便睡不著。每一回醒來，總覺得彷彿有人掐住了我的脖子，因此睡也沒有用。後來，我告訴自己這樣不行，我得弄清楚究竟是誰跟我一起待在這座島上，不然就完了。這樣一想，心裡馬上好過許多。

就這樣，我抄起了槳，先把小舟划開，離岸一兩步，再讓小舟順著陰影往下漂。月色皎潔，除了陰影處以外，亮得如同白晝。我小心翼翼地漂了將近一小時。世界就像一塊岩石般寂靜，正在熟睡著。不知不覺間，小舟已接近島尾，一陣涼風徐徐吹來，彷彿在說黑夜將盡。我掉轉船頭，繫在岸邊，然後帶上槍，溜進了樹林，找了一棵圓木坐下，透過一簇簇樹葉向外張望。只見月亮下沉，一片黑暗遮住了大河。不過很快地，樹梢出現了一抹白色，預示了白天的來臨。我便帶著槍，朝發現了篝火灰燼的方向跑去，每隔一兩分鐘便停下腳步，細聽一番。可是，也許我運氣不好，總是找不到那塊地方。

過了一陣子，我總算透過遠處的樹叢，發現了火光一閃。我慢慢朝那個方向走去，越來越近，終於能看清了。啊！有一個人正躺在地上，這嚇得我渾身直打顫。那個人用毯子蒙住了頭，腦袋湊近篝火。我坐在一簇矮樹叢裡，離他大約六呎，雙眼緊盯著他。天色已灰白了，一會兒，他打了個呵欠，伸了伸懶腰，掀開毯子，啊！原來是華生小姐的黑奴吉姆啊！見到他，我高興極了。我說：

「哈囉！吉姆。」我跳了出去。

他一下子蹦了起來，一臉狂野地瞪著我。接著他雙膝下跪，雙手合攏地說：

「別害我！別害我！我從未傷害過一個鬼魂。我一向喜歡死人，盡力為他們做好事。你回到河裡去吧！那是你的地方，可別傷害老吉姆，他從來都是你的好朋友啊！」

不用多少工夫，我便讓他明白了我沒有死，而我見到他又有多麼高興。我對他說，這下子我不再寂寞了。我並不怕他會把我的行蹤告訴別人。我不停說著話，但他只是坐在原地看著我，一聲不吭。於是我說：

「天亮了。來，吃早飯。把你的篝火生起來。」

「生篝火有什麼用？草莓也需要煮嗎？不過你有一支槍，不是嗎？我們能弄到比草莓更好的東西。」

「草莓？」我說，「難道你只靠這些過活？」

「我找不到別的東西啊！」他說。

「老天！吉姆，你在島上多久了？」

「就在你被殺的那一天，我才來的。」

「啊，來了這麼久？」

「是的，千真萬確。」

「除了這些玩意兒，什麼別的也沒吃？」

「沒有——沒有別的。」

「啊！你一定餓壞了，是吧？」

「我想我能吞下一匹馬。你在島上又待了多久？」

「從我被殺的那一個晚上開始。」

「啊，你靠什麼過活呢？不過你有一支槍，是的，你有槍，這就好。你可以去獵點什麼，我來生火。」

我們一起到了繫船的地方。他在樹林裡的空地上生起火，我去拿玉米粉、鹹肉、咖啡和咖啡壺、平底鍋，還有糖和洋鐵杯。這可把這個黑奴嚇了一大跳，因為他認為這些都是魔法變出來的。我又釣到了一條大鯰魚，吉姆用他的小刀處理好，放在鍋裡煎了。

早飯準備好了，我們隨意地躺在草地上吃了起來。吉姆拚命把食物往肚裡塞，因為他實在餓壞了。等到肚子一裝滿，我們便懶洋洋地躺了下來。

吉姆說：「不過，哈克，要不是你沒被殺死，那又是誰在那個小房間裡被殺死了呢？」

我便把全部經過都說給他聽，他說我幹得漂亮，還說即使是湯姆也不會做得比我更漂亮了。我說：

「吉姆，你是怎麼過來這裡的？又怎麼會來這裡呢？」

他的神色大為不安，有好一會兒一聲不吭。接著他說：

「也許我還是不說的好。」

「為什麼？吉姆。」

「嗯，是有原因的。不過嘛，如果是你的話，哈克，你不會告發我的，對吧？」

「吉姆，要是我敢告發你，我就是個混蛋。」

「好，我相信你，哈克——我是逃跑的。」

「吉姆？」

「記住，你說過你不會告發我——你答應過了的，哈克。」

「是啊，我的確說過，我說過絕不告發你，我說話算話。老實說，我絕不反悔。當然，人們會罵我是一個下賤的廢奴主義者，從此瞧不起我——不過這無關緊要。我不會告發你，反正我也絕不會再回那裡去了。所以說，把事情從頭到尾說一遍給我聽吧！」

「好吧，聽我說，事情是這樣的：老小姐——也就是華生小姐——她一天到晚挑剔我——對我可凶了——但她常常說，她不會把我賣到下游的奧爾良去。不過我注意到，最近有一個黑奴販子老是在這裡活動，害得我心神不寧。啊！有一天晚上，我偷偷跑到門口，那時已經很晚了，門沒有關緊。我聽到老小姐告訴寡婦，說她要把我賣到奧爾良。她說她本來不想賣，但是賣了能得到八百塊錢，這麼大的一個數目，她很難不動心。寡婦勸她別這麼做，不過我沒有等她們說完，就急忙溜之大吉了，就這樣。」

「我溜出家門，急忙跑下山去。原本想在鎮上偷一艘小船，不過那裡人來人往，我只好躲在岸邊那個木桶匠的破屋裡，等路人一個個離開。我等了整整一個晚上，總是有人；直到早上六點，小船一艘艘開過去；到了八九點，每一艘經過的小船都說，你爸爸怎樣來到鎮上，又說你是怎樣被殺害的。一些船上擠滿了太太和老爺們，趕去現場看個究竟。有的停泊在岸邊，逗留一下再開。於是從他們的談話裡，我得知了你被殺死的全部經過，我很為你感到難過，不過現在不難過了，哈克。」

「我在木屑堆裡躺了一整天，餓極了。不過我心裡並不害怕。因為我清楚，老小姐和寡婦吃完早飯就要去參加佈道會，會離開一整天。她們知道我白天要照顧牲口，因此天黑以前不會來找我。至於其餘的傭人，他們也不會來找我，因為一看到主人不在家，他們早就各自逍遙去了。」

「天一黑，我便溜出屋子，沿著大河走了兩哩多，來到沒有人家住的地方。我開始思考該怎麼辦，要知道，如果我只靠兩隻腳走路，遲早會被狗追蹤到；要是我偷一艘船渡河，人家會發現他們的船失竊了，並且會知道我在對岸的什麼地方上岸，然後也會跟蹤而來。所以我心想，最好找一艘木筏，才不會留下痕跡。」

「過了一會兒，我看到島尖透出一道亮光，便跳下水去，抓住一根木頭往前推，游到了河中央的漂流木堆中，把腦袋伏得低低的，逆流而上，一直等到有艘木筏漂過來。接著，我游到木筏後面，緊抓住不放。這時候，天上起了雲，天色一時變得很黑，我便趁機爬了上去，躺在木板上，木筏上的人都聚在中間有燈的地方。大河漲潮了，水勢很猛。我心想，到了早上四點，我就可以航行二十五哩了；到天亮以前，我就能溜進河裡，游到岸上，鑽進伊利諾州的樹林裡去。」

「不過，我運氣不好。快到島尖的時候，有一個人卻提著燈走過來。我一看不妙，不能再耽擱了，便跳進水裡，朝島尖游去。我原本以為到處都能上岸，但是不行——河岸太陡。一直快游到島尾，我才找到一個好地點。我鑽進了樹林，心想木筏上的燈移來移去的，我再也不坐木筏啦！我把我的煙斗、一塊板煙，還有一盒火柴都塞在帽子裡，沒有弄溼，所以我的日子還算好過。」

「這麼說來，你這陣子都沒有吃到肉和麵包，是吧？你為什麼不捉幾隻泥龜來吃呢？」

「我要怎麼捉？總不能偷偷溜過去，用手捉住牠吧？也不能用石頭打牠，在黑夜裡要怎麼打？再說，在大白天裡，我才不要在岸邊暴露自己呢！」

「嗯，說得也是。當然囉！你得一直躲在樹林裡。你聽見他們的炮聲了嗎？」

「哦，聽見了，我知道那是因為你。我看見他們從這裡過去的，我透過矮樹叢盯住了他們。」

有幾隻小鳥飛來，每飛一兩碼便停下來休息。吉姆說這是一種預兆，表示快要下雨了。他說，要是一隻小雞這樣飛，就是一種預兆，因此他推測小鳥這樣飛也是一種預兆。我想捉幾隻來，但吉姆不同意，說這樣會鬧出人命。他說，他父親當年病得很重，有人捉了一隻小鳥，他年老的媽媽說父親將會死去，後來他果真死了。

吉姆還說，凡是你準備在中午煮來吃的東西，都不能去計算它的數量，否則會招來厄運。太陽下山以後，要是你把桌布抖一抖，也會招來厄運。他還說，要是有個人養了一窩蜜蜂，一旦他死了，必須在隔天日出之前把死訊告訴蜂群，否則蜂群會變得病懨懨地，再也不採蜜，然後死掉。吉姆說，蜜蜂不會螫笨蛋，不過我不相信，因為我自己曾試過好多次，但它們就是不螫我。

這類事情我以前也聽說過一些，不過聽得並不完整。吉姆懂得各種形形色色的預兆，他說他幾乎無所不知。據我看，預兆彷彿全都是不好的，因此我問他，究竟有沒有好的預兆？他說：

「非常地少——再說，好的預兆對人一無是處。你知道什麼時候會走好運，那有什麼用？難道是為了避開它嗎？」他還說：「如果你的手臂或是胸口毛茸茸的，那就預示你將要發財。啊，這樣的預兆還有一點用，因為那是好久以後的事。要知道，說不定你得先窮好長一段日子，要是你不知道自己總有一天會發財，搞不好會灰心喪氣到自殺的地步。」

「那你的手臂跟胸口毛茸茸的嗎？吉姆。」

「那還用問？你沒有看見我都有嗎？」

「那麼，你發財了嗎？」

「沒有，不過我曾經發過，以後也還會發。有一次，我得到十四塊錢，我把它拿去做生意，結果賠光了。」

「你做了什麼生意?吉姆。」

「嗯，我首先買了股票。」

「什麼樣的股票?」

「啊，活股票——也就是牲口，你懂嗎?我買一頭乳牛，花了十塊錢。以後我再也不會把錢砸在牲口上啦!那頭牛一到我手上就死掉了。」

「那你損失了十塊錢?」

「不，我沒有全部賠光。我損失了十分之九，我把牛皮和牛油賣了一塊一毛。」

「你剩下了五塊一毛，之後又做了什麼生意嗎?」

「是啊。你知道布拉迪斯老先生家那個一條腿的黑奴嗎?他開了一家銀行。他說，誰只要存了一塊錢，過了一年就可以得到四塊錢。哦!黑奴全跑去存了，不過他們都沒有很多錢，我是最有錢的一個。我跟他說，我要拿比四塊錢更高的利息，否則我就要自己開一家銀行。那個黑奴當然要阻止我這麼做，因為他說沒有那麼多生意可以給兩家銀行做。他說，我可以存進五塊錢，年底他會還我三十五塊錢。」

「於是我就這麼做了。我還想，不妨把那三十五塊錢馬上投資出去，讓它們滾出更多的錢。有一個叫鮑伯的黑奴，他瞞著主人買了一條平底船，我從他手裡買下這條船，告訴他：到了年底，那三十五塊錢就是他的了。不過，就在那一晚，有人把船偷走了。到了第二天，一條腿的黑奴又說他的銀行倒閉了。所以我們兩人誰也沒有拿到錢。」

「那麼，那一毛錢你是怎麼用的呢?吉姆。」

「啊，我正打算花掉它呢!但是我做了一個夢，夢裡有人叫我把錢給一個叫做巴魯的黑奴——大家都叫他『巴魯的驢子』，你知道，他天生笨頭笨腦的。不過，大家都說這傢伙天生運氣好，至於我，我自己知道運氣不好。夢裡的人交代我，要把一毛錢交給巴魯去投資，他會替我賺錢的。於是，巴魯收下了這一毛錢。有一次他上教堂，聽到傳教士說，誰把錢給了窮人，就等於把錢給了上帝，他將會得利一百倍，巴魯就把那一毛錢給了窮人，等著看結果會如何。」

「那麼結果如何呢？吉姆。」

「什麼結果也沒有。我想盡辦法也拿不回這一毛錢，巴魯說他也沒辦法。以後，要是沒有抵押品，我絕不把錢借出去。傳教士說什麼可以得利一百倍！要是我能把一毛錢收回來，我就認為夠划算了，運氣不錯啦！」

「啊，那沒什麼，吉姆，反正你遲早還是會發財的嘛！」

「是啊——我如今已經發財了。你想想，我這副身體是我自己的，而它又值八百塊錢——但願我自己擁有這筆錢，再多我也不要了。」

第九章

我打算到島中央的一個地方察看，那是我一開始探路時發現的。於是我們出發了，很快就到達那裡，因為這個島不過三哩長、四分之一哩寬。

這個地方是個又長又陡的山丘，或者該說「山脊」。有四十呎高，爬到山頂上也夠累人的。兩側的山坡很陡，矮樹叢生得十分茂密。我們圍著這座山爬上爬下，終於在山岩裡發現一個大山洞，那是朝伊利諾州的那一側，接近山頂。山洞裡有兩三個房間加起來那麼大，吉姆能站直身子走動，而且相當陰涼。吉姆建議把我們的雜物搬進去，但我說，我可不想因此一天到晚爬上爬下的。

吉姆說，要是我們能把獨木舟找一個好地方藏起來，然後把雜物放在山洞裡，一旦有人到島上來，我們就能馬上跑去那邊。除非對方帶了狗，否則永遠也別想發現我們。何況他提醒我，小鳥已經預示我們快下雨了，難道我想讓東西被雨淋濕嗎？

就這樣，我們找到獨木舟，划到和山洞成一直線的地方，把雜物都推進了山洞。接下來，我們在附近找了一個地方，把小舟藏在茂密的柳樹叢裡，又從釣魚竿上取下幾條魚，再把魚竿放好，就開始準備中飯。

洞口很寬，連一只大木桶都能滾進去。洞口的一邊朝外突出了一小塊，地勢平坦，倒是個生火的好地方。我們便在那裡做飯。

我們在洞裡鋪了些毯子，坐在上面吃飯，把其他東西放在容易拿到的地方。過沒多久，天黑了下來，只聽見雷電交加，顯然鳥兒的預兆有道理。接著，下起了大雨，雨勢很大，風又吹得如此猛烈，夏天的雷陣雨總是這樣。天空變得一片黑暗，洞外又青又黑，十分美麗。雨斜斜地打著，又急又密，不遠處的樹木看起來朦朦朧朧，彷彿被一張張蜘蛛網罩住了。忽然又吹來一陣狂風，把樹木吹彎了腰，又把樹葉背面蒼白的一片片朝天翻起。接著又一陣狂風，只見樹枝猛烈搖撼，簡直像發了瘋一般。就在這時——唰！天空亮得耀眼，千萬枝樹梢在暴風雨中翻滾，連幾百碼以外也看得清清楚楚。下一個剎那，又是一片漆黑，這時只聽到雷聲猛烈地炸開，轟隆隆地從天上滾下來，直奔地底，就像一批空木桶從樓梯上連滾帶跳地掉下來，不亦樂乎。

「吉姆，多麼痛快！」我說，「我哪裡也不想去了，就愛這裡！再給我一塊魚，還有一點熱的玉米餅。」

「啊！要不是吉姆，你就不會待在這裡，你就會留在樹林裡，沒有飯吃，還會被淋得半死，真的。老天！雞知道什麼時候下雨，鳥也知道，伙計。」

大河在十到十二天裡頭不停地漲水，後來淹沒了河岸。島上的低窪處水深三四呎，伊利諾州河邊的低地上也是這樣。在另一邊，河面有好幾哩寬；但在伊利諾州那一邊，還是原來那樣的距離——半哩寬——因為那裡的沿岸盡是一堵堵高牆似的峭壁。

在白天，我們坐上小舟划遍了島上各處。即使外頭豔陽高照，密林深處卻到處是樹蔭，一片陰涼。我們在樹叢裡四處穿梭，有些地方藤蔓長得太密，我們只好退回來，另找路走。每一棵被吹斷的老樹下，都能見到兔子和蛇之類的動物，在島上淹水的一兩天中，牠們因為餓得發慌，變得十分溫馴，你簡直可以划近牠們，用手觸摸牠們。不過，蛇和烏龜可不行——牠們往往一下子就溜進水裡。我們的山洞所在的山坡上到處是這些東西，只要你高興，就可以捉到很多。

有一個晚上，我們攔下了一小節木筏——九塊松木板，有十二呎寬，十五六呎長，筏面露出水面六七吋，就像一片結實、光滑的地板。在白天，有時可以見到鋸好的一根根木頭流過，但我們聽任它們漂走，因為我們白天不露面。

另一個晚上，天色濛濛亮，我們正在島尖。上游漂來了一座木屋，是在西邊那一側。屋子有兩層，歪七扭八的；我們划了過去，從二樓的窗戶爬進屋子，可是天太黑，看不清楚。我們便回去把小舟繫好，等待天亮。

到達島尾以前，天開始亮了起來。我們就從窗戶朝裡頭一望，看到了一張床、一張桌子，還有兩張椅子，地板上有一些雜物，牆上還掛著幾件衣服。角落的地板上彷彿躺著什麼東西，似乎是一個男人。吉姆說：

「哈囉，你好啊！」

可是他沒有動彈。我也喊了一聲，吉姆接著說道：

「他不是睡著了——他死了。你別動，讓我去看。」

他進了屋，彎下身子仔細觀察，說道：

「是個死掉的男人。是啊，正是如此，而且還光著身子——是從背後開槍打死的。我猜他死了有兩三天了。哈克，你進來，可是別看他的臉——樣子太可怕了。」

我根本看不到他的臉，因為它已被吉姆用幾件舊衣服遮住了。其實他不需要這麼做，反正我也不想看。油膩膩的紙牌散落在地板各處，還有威士忌的酒瓶，以及黑皮革做成的幾個面罩。牆上到處都是用木炭塗的字和畫，盡是些愚蠢無聊的內容；還有兩件髒舊不堪的花洋布衣服、一頂太陽帽和幾件女人的內衣，都掛在牆上，上頭還掛著幾件男人的衣服。我們把一些東西放進了舟裡，也許有用得上的地方。地板上有一頂男孩戴的花斑點舊草帽，我把這個也撿起來；還有一只瓶子，裡面還有牛奶，上面有一個布奶嘴，是給嬰兒用的。我們本來想把瓶子帶走，但是它破了。還有一只破舊的木櫃，一只帶毛邊的皮箱，上面的鉸鏈都已裂開；皮箱沒有上鎖，是敞開著的，不過裡面並沒有什麼值錢的東西。由東西凌亂地散落一地來看，我們推測人們是匆忙離開的，來不及決定帶走哪些東西。

我們找到了一盞舊的鐵皮提燈、一把鐵柄的割肉刀，還有一把嶄新的巴洛牌大折刀——可以賣兩毛五——還有不少牛油蠟燭、一座鐵燭台，以及一個瓢子、一只鐵杯、一條丟在床邊的破爛被子，一個手提包，裡頭裝著針線、黃蠟、鈕扣等東西，還有一把斧頭和一些釘子，一根釣魚竿，跟我的指頭一樣粗，上頭繫著幾根特大的魚鉤，一卷鹿皮、一個牛皮做的狗項圈、一條馬蹄鐵，跟幾個沒有標籤的藥瓶。正要離開的時候，我找到了一根馬梳；吉姆找到了一把破舊的提琴弓，還有一隻木製假腿，上面的皮帶已經裂開了，不然倒是不錯的一條腿。只是對我來說太長，對吉姆來說則太短，至於另外一條呢？我們找遍了房子，也沒有找到。

就這樣，我們發了一筆大財。當我們準備划走時，已經在小島下游四分之一哩的地方了。天已經亮了，於是我讓吉姆躺在小舟裡，用被子蒙上；因為要是他一坐起來，人們大老遠就能認出是個黑奴。我們划到了伊利諾州岸邊，接著往下流了半哩。我沿著岸邊的靜水處划去，一路上沒發生什麼意外，也沒見到什麼人。我們平安無事地回到了家。

第十章

吃過早飯以後，我本想談談有關死人的事，猜猜他為什麼會被殺害，不過吉姆不願意談，他說這會帶來厄運，還說他的鬼魂搞不好會出來作祟。他說，一個人要是沒有入土安葬，那麼與正常埋葬的人相比，更容易到處遊蕩。這聽起來倒也有道理，我便沒有再說什麼了。不過，我不由得想好好思考這件事，心裡總希望能搞清楚開槍打死那個男人的是誰，又是為了什麼動機。

我們把帶回來的衣服翻了一遍，在一條舊呢毯大衣裡找到了八塊錢。吉姆說，他認為是那間屋子裡的人偷了這件大衣，因為他們要是知道衣服裡有錢，就不會把它留在那裡。至於我，我認為是他們殺掉那個男人的，不過吉姆不願多談這件事。我說：

「你認為這是件不吉利的事，但是前兩天我摸了我在山上發現的蛇皮時，你又是怎麼說的呢？你說，我用手摸蛇皮，會遭到世界上最大的厄運。好啊，這就是你說的『最大的厄運』了——我們撿到一大堆東西，還有那八塊錢，吉姆。我還真希望每天都遭到什麼厄運才好呢！」

「別說了，天哪，別說了。先別高興得太早！厄運就快降臨了，聽我說，厄運就要降臨了。」

真是厄運臨頭了！我們說這些話的時候，正是禮拜二。啊！到了禮拜五，吃過晚飯，我們躺在山頂的草地上。我的煙草抽光了，我到山洞裡去拿一些，發現那裡有一條響尾蛇，就把牠打死了。我把死蛇捲起來，放在吉姆的毯子腳上，就像一條活生生的蛇，心想等吉姆見到後就有好戲可看了。到了晚上，我把蛇的事情忘得一乾二淨。當我點燈的時候，吉姆往毯子上一躺，那條蛇的同伴正在那裡，咬了他一口。

他大吼一聲，跳了起來。燈光下，我看見那條可惡的東西昂起頭來，正準備再咬一回。我拿起一根棍子，一下子打死了牠。只見吉姆抓起爸爸的那個酒罐，大口往嘴裡灌。

他是光著腳的，蛇對準了他的腳跟咬了一口。我真是傻瓜！竟忘了只要有死蛇，牠的同伴就會爬過來，盤在上面。吉姆要我把蛇頭砍下來扔了，然後把皮剝掉，把蛇肉烤一段吃。我照著做了。他吃了，說這能夠治病，然後叫我取下蛇尾巴的響環，他把它纏到他的手腕上，說這麼做也有用。之後我悄悄地溜了出去，把死蛇扔到矮樹叢裡，我不打算向吉姆承認過錯，只要可以，我就絕不這麼說。

吉姆拿著酒罐喝了又喝，不時神智不清地跳來跳去，高聲叫喚。每次醒過來，便又去拿起酒罐大喝起來。他那隻腳腫得好粗，小腿也腫得厲害；不過，酒的效果慢慢見效了，我斷定他沒事了。不過，我寧可被蛇咬，也不要喝爸爸的酒。

吉姆躺了四天四夜，腫全消了，他又起來活動。我從此打定主意，再也不說什麼用手摸蛇皮的話了。惹了這場大禍，不是很清楚了嗎？吉姆說，他相信下回我會聽他的話，還說摸蛇皮的厄運非同小可，說不定我們的災難還沒有結束呢！他說，他寧可朝左肩後方望著新月一千遍，也不願用手摸蛇皮一回。是啊，我也開始半信半疑了，儘管我一向認為，朝左肩後方望新月真是最愚蠢的一件事了。老漢克．邦克曾經這麼幹過一次，還大吹大擂；不到兩年，他在一次喝醉後從瞭望塔上摔下來，摔得像是一張薄餅攤在地上。人們把穀倉的兩扇門板當作棺材，把他的屍體塞了進去——這是爸爸跟我說的，我沒有親眼看見。不過，無論如何，只是這樣傻乎乎地望著新月，就得到了這種下場。

日子一天天過去了，河水的水位又往下落，在兩岸之間流淌。我們做的第一件事，是把一隻兔子剝了皮，繫在大魚鉤上放下去，結果釣到了一條大鯰魚，簡直像一個人那麼大，長六呎兩吋，重量超過兩百磅。我們當然應付不了它，它會把我們一下子甩到伊利諾州那邊去；只能乖乖坐著，看著它活蹦亂跳，直到死去。我們在它的胃部找到一粒銅鈕扣和一顆圓球，還有不少亂七八糟的東西。我們用斧頭把那顆球劈開來，裡頭有一個線軸。吉姆說，線軸擺得久了，外頭裹上各種東西，就成了一顆球。我看，這麼大的一條魚，是密西西比河上所能釣到最大隻的了。要是在村裡的話，可以賣很多錢，人們會在市場上論磅出售，每個人都會買一點。它的肉像雪一樣白，煎著吃美味極了。

第二天早上，我覺得日子過得太慢、太沉悶，想找點熱鬧的事做。我說，不妨讓我偷偷渡過河去，打聽各種消息。吉姆很贊成這個主意，但他說我必須晚上去，而且得提高警覺。接著，他打量了我一番，說我能不能穿上舊衣服，打扮得像一個女孩呢？這可是個好主意，於是我們動手將一件印花布衫剪短，我把褲管捲到膝蓋上，穿上了布衫；吉姆用鉤子幫我把背後收緊，弄得更合身；我戴上了女用的遮陽大草帽，繫到下巴上，這樣，要是人家想仔細看我的臉，就像從煙囪往下看一樣難。吉姆說沒有人認得出我，即使是白天也一樣。我練習了一整天，漸漸掌握了一些訣竅；不過吉姆說我走起路來還不太像個女孩子，他還說我千萬不可以拎起衣服，或是把手插進口袋——這個習慣必須改掉。當我注意到這一點後，就進步更多了。

天黑以後，我便乘著小舟前往伊利諾州的河岸那邊。

我從渡口下游不遠處朝小鎮划去，水流把我帶到了鎮口。我把獨木舟繫好，沿著河岸往前走。有一間小小的草屋，已經好久沒有人住了，如今卻點著亮亮的燈光，我心想，不知道是誰住在那裡。我躡手躡腳地走過去，從窗戶往內偷偷一望，只見有一位婦女，大約四十歲，正藉著一張松木桌上的燭光做針線活。我沒有見過她，她是個外地人——鎮上的人沒有我不認識的。我的運氣真好，當時我正覺得心虛，開始後悔不應該來，因為搞不好人家會聽出我的聲音，然後識破我的身分；不過，如果這個女人才剛到鎮上兩天，那一定會告訴我一切。於是，我便敲了敲門，並提醒自己：別忘了自己是個女孩子。

第十一章

「進來。」那個女士說，我走了進去。

「請坐。」

我坐了下來。她那對閃亮的小眼睛把我看了個仔細，接著說：

「妳叫什麼名字？」

「莎拉．威廉斯。」

「妳住在哪裡？是在這附近嗎？」

「不，在胡克維爾，下游七哩的地方。我一路走來，實在累了。」

「或許也餓了吧？我找點東西給妳吃。」

「不，我不餓。本來很餓，但我在兩哩外的一個農莊休息了一會，所以不餓了，所以我才會來得這麼晚。我媽媽生病了，又沒有錢，我是來通知我叔叔阿布納．穆爾的，我媽說他住在鎮上的另一頭。我從沒來過這裡呢！妳認識他吧？」

「不，我還不認識什麼人呢！我住在這裡還不到兩禮拜。要到鎮上另一頭，還有一段距離呢！妳今晚最好在這裡過夜。把帽子拿下來吧！」

「不，」我說，「我看我只要休息一會兒，就繼續趕路。我不怕天黑。」

她說她可不能讓我一個人走；不過，她丈夫馬上就會回來，也許再一個半小時吧！她會讓他陪我一起走。接下來她便聊起她的丈夫、她在上游的親戚、下游的親戚，講他們過去的日子多麼好，自己對這一帶多麼陌生，怎樣放棄了好日子不過，來到這個鎮上……等等，說得津津有味。我忍不住擔心起來，擔心向她打聽鎮上的消息是個錯誤的決定。不過，很快地，她提到了我爸爸以及那件殺人案，這件事我倒是很樂意聽下去。她說了我和湯姆如何弄到六千塊錢（只是她說成了一萬塊錢），說了有關爸爸的各種事情，以及他多麼命苦，我又是多麼命苦；到後來，她講到了我是怎樣被殺害的。我說：

「是誰幹的？在胡克維爾，我們聽到很多關於這件事的傳聞，不過卻不知道是誰殺了哈克．芬的。」

「哦，依我看，即使在這個鎮上，也有不少人想知道是誰殺了他的。有些人認為，是芬老頭自己幹的。」

「不會吧——真的是這樣嗎？」

「一開始，幾乎每個人都這麼想，他永遠不會知道自己差一點就被人用私刑處死；不過，到了天黑以前，那些人改變了主意。據他們判斷，是一個叫吉姆的逃亡黑奴幹的。」

「什麼？他——」

我閉上了嘴巴，看來我最好別出聲。她滔滔不絕地講著，根本沒有注意到我的插話。

「那個黑奴逃跑的那一晚，正是哈克．芬遇害的日子。因此，鎮上的人懸賞他——懸賞三百塊錢，還有芬老頭——懸賞兩百塊錢。你知道吧？他在案發後的隔天一早來到鎮上，講了這件事，然後和人們一起坐船到河上尋找，可是搜索一結束，他馬上就不見蹤影了。人們打算在天黑前用私刑對付他，但是他逃掉了，你知道吧？嗯，到了第二天，人家發現那個黑奴跑了——他們發現，發生命案的那一晚十點鐘以後，就沒有再見到這個黑奴的人影了，於是就把罪名加在他頭上。可是當他們吵得正起勁的時候，第二天，芬老頭又回來了，又哭又喊地找到了柴契爾法官，向他索討那筆錢，好讓他走遍伊利諾州尋找那個黑奴。法官給了他一些錢，當天晚上他就喝得醉醺醺的，一直逗留到半夜。半夜之後，他和一些相貌凶惡的外地人混在一起，接著便跟他們一起走掉了。啊！從此以後，再也沒有人看到他。人們都說，在這件案子的風頭過去之前，他或許不會回來，因為搞不好就是他殺了自己的孩子，把現場佈置了一番，讓人家以為是強盜幹的，這樣他就能得到哈克的那筆錢，不用再花時間打官司。也有人說他是個懦夫，幹不出這種事。哦！依我看，這個人真是夠狡猾的了。他要是一年之內不回來，就不會有什麼事了。你知道，你找不出證據定他的罪，然後一切便會煙消雲散。他就能毫不費力地把哈克的錢弄到手。」

「是的，我也這麼想，我看不出他有什麼理由不這麼做。人們是不是覺得黑奴是清白的了？」

「哦，不，不是每個人都這麼看，還是有不少人覺得是他幹的；不過，他們很快就會逮到那個黑奴，說不定會逼他招出來的。」

「什麼？他們還在搜捕他嗎？」

「唉！妳可真是傻啊！難道三百塊錢的機會是天天都能遇到的嗎？有些人覺得那個黑奴還跑不遠呢！我也是這麼想，雖然我不常這麼跟人說。幾天前，我跟隔壁木棚裡的一對老夫婦聊天，他們無意間提到，人們還沒有到附近那個叫做傑克森島的地方去找。我問那裡有人住嗎？他們說沒有。於是我沒有再說什麼，不過我倒是想到一些事——我可以肯定，我曾見過那裡冒著煙，是在島的尖端那裡，就在一兩天前。我暗自盤算，那個黑奴多半就在那裡。這樣一來，或許值得花一點工夫去島上找找。不過，在那之後就沒有再看到煙了，我猜說不定他溜了，要是島上真的就是那個黑奴的話。不過，我丈夫打算和另一個人去島上一趟。他出門到上游去了，不過他兩個小時前回來的時候，我曾經跟他說過這件事。」

我變得心神不寧，再也坐不住了。我應該讓雙手保持忙碌才是，於是我從桌上拿起一根針，想要穿一根線頭，但我的手一直顫抖，怎麼也穿不過去。那位女士停下了話，好奇地看著我，微微一笑。我把針線放到桌上，裝作聽得出神的樣子——確實如此——然後說：

「三百塊錢可是一個大數目啊！但願我媽媽能得到這筆錢。妳丈夫今天晚上要去島上嗎？」

「是啊。他和另一個人到鎮上去了，打算弄一艘小船，還要想辦法弄一支槍。他們半夜以後動身。」

「白天再去不是能看得更清楚嗎？」

「是啊，可是也更容易被那個黑奴發現，不是嗎？半夜以後，他或許會睡著了，他們就更容易穿過林子，偷偷地溜到島上，尋找到他的藏身之處。趁著黑夜，找起來更方便一些，如果他真的躲在那裡的話。」

「這點我倒沒有想到。」

那個婦女還是帶著好奇的神色看著我，這令我很不舒服。

「親愛的，妳叫什麼名字？」

「瑪——瑪莉．威廉斯。」

我似乎記得，我一開始說的並不是「瑪莉」，所以我不敢抬起頭來。我記得當初說的好像是「莎拉」，因此感到相當窘迫，害怕臉上露出難堪的表情。真希望那位女士能說些什麼；她越是一聲不吭地坐著，我越是局促不安。她這時說：

「親愛的，妳剛進門的時候，說的是莎拉吧？」

「啊，是的，我是這麼說的。莎拉．瑪莉．威廉斯——莎拉是我第一個名字，有人叫我莎拉，有人叫我瑪莉。」

「哦，是這樣啊。」

「是的。」

這樣一來，我感到輕鬆了一些，但還是希望能離開這裡。我不敢抬起頭來。

接著，那個女人談起了時局多麼艱難，他們的生活多麼窮困，老鼠又多麼猖狂，彷彿這裡就是牠們的天下……等等。我感到越來越舒坦。關於老鼠，她講的倒是事實，因為在屋角的一個小洞裡，每隔一會兒，就能見到一隻老鼠把腦袋伸出洞口探望一下。她說，她一個人在家時，手邊必須準備好東西扔過去，不然沒有一刻清閒。她給我看了一根根鉛絲擰成的線團，說扔起來很準；不過，一兩天前她扭到了手，如今不知道還能不能扔呢！她抓住了一個機會，朝一隻老鼠猛扔過去，不過，離目標差了一段距離，她一邊大叫：「噢！我的手。」她要我也扔一次試試，我一心想著在她丈夫回來以前溜之大吉，但又不方便表露出來。我把鉛團子拿到手裡，老鼠一探頭，我就迅速扔過去。牠差點被砸成一隻殘廢的老鼠。她說我扔得很準，還說她覺得我下次一定能扔中。她又拿了一些鉛團子，還拿了一團毛線，要我幫她繞好。我伸出雙手，她把毛線套在我手上，一邊講起她和丈夫的事情。不過，她補充了一句：

「眼睛盯好老鼠。最好把團子放在大腿上，好隨時扔過去。」

說著，她把一些鉛團子扔到我大腿上，我用雙腿夾住了。她接著說下去，不過才說了一分鐘，她放下毛線，眼睛緊盯著我的臉，和顏悅色地問道：

「說吧——你真正的名字叫什麼？」

「什——什麼？阿姨。」

「你真正的名字是什麼？是比爾？湯姆？還是鮑伯？——還是什麼？」

我想我一定是抖得像一片葉子。我實在不知所措，但還是說：

「阿姨，別捉弄我這樣一個窮苦的女孩吧！要是我在這裡礙事，我可以——」

「才沒有這回事！你給我坐下，別動！我不會害你，也不會告發你。把你的秘密一五一十告訴我，相信我，我會保守秘密的。不只這樣，我還會幫你的忙，我家的老頭也會的，如果你需要他這麼做的話。我知道，你是個逃跑的學徒——一定是這樣。這沒什麼大不了的，這算什麼呢？別人虐待了你，於是你決心一走了之。孩子，上帝保佑你！我不會告發你的。老老實實告訴我——這才是一個好孩子。」

我只好說，事到如今，我也不必再裝了；還說我會把一切原原本本說給她聽，只要她保證不食言。隨後我告訴她，我的父母雙亡，按照法律，我被鄉下一個卑鄙的農民收養，離大河有三十哩。他虐待我，讓我再也無法忍受了。趁著他出門幾天，我偷了他女兒的幾件舊衣服，溜出了家門。我走了三個晚上，才走了三十哩——我只在晚上趕路，白天躲起來，找地方睡覺；靠著家裡帶出來的一袋麵包和肉填飽肚子，份量十分足夠。我相信我的叔叔阿布納．穆爾會照顧我的。這就是為什麼我要來高森鎮。

「高森？孩子，這裡可不是高森！這裡是聖彼德堡啊。高森在上游十哩外呢！誰跟你說這裡是高森的？」

「什麼？這是今天早上我遇到的一個男人說的——當時我正打算到樹林裡睡覺。他告訴我，遇到岔路的時候，只要往右邊走，走五哩便能到高森了！」

「我看他一定是喝醉了，他替你指的路正好是相反的路。」

「哦，他看起來的確像是喝醉了。不過沒關係，反正我還是得往前走。天亮以前，我就能趕到高森。」

「等一下，我替你準備一點吃的帶著，也許你用得著。」

她幫我弄了一點吃的，還說：

「聽我說——如果有一頭乳牛趴在地上，當牠要爬起來時，是哪一頭先離地？立刻回答——不要思考。哪一頭先起來？」

「牛屁股先離地，阿姨。」

「好，那如果是一匹馬呢？」

「頭先離地，阿姨。」

「一棵樹的哪一側，青苔長得最茂盛？」

「北邊那一側。」

「如果有十五頭牛在一個小山坡上吃草，有幾頭會朝著同一個方向？」

「十五頭全朝同一個方向，阿姨。」

「嗯，我看你真的住在鄉下沒錯。我還以為你又要騙我呢！現在告訴我，你的名字是什麼？」

「喬治．彼得斯，阿姨。」

「嗯，記好了，喬治，別忘了，免得在走之前又告訴我你的名字叫『亞力山大』，等出了門被我逮住時，便說是『喬治．亞力山大』。還有，別穿著這麼舊的花布衣裝成女人啦！你假扮起女孩來實在蹩腳，不過要是騙一個男人，也許還過得去。上帝保佑你！孩子，穿針線時，可別捏著線頭不動，用針去靠近線；而是要捏著針頭，用線去靠近針——女人多半是這麼穿的，男人則大都相反。打老鼠或者別的東西時，應該踮著腳尖，把手伸到頭頂，越高越好；打過去之後，離老鼠最好有六七呎遠，手臂伸直，用肩膀的力扔出去，肩膀就像一個軸，手臂在軸上面轉——這才像一個女孩子扔東西的姿勢，而不是用手腕與手臂後的力，把手臂朝外伸，那是男孩子扔東西的姿勢。還要記住：一個女孩，當人家在她腿上放東西，她接的時候，兩腿總是張開的，而不會男孩一樣把腿併攏。哦！在你穿針線的時候，我就看出你是個男孩子了，所以我又想出一些方法來測試你，好證實我的想法。現在去找你的叔叔吧！『莎拉．瑪莉．威廉斯．喬治．亞力山大．彼得斯』。要是你遇到麻煩了，不妨寫封信給茱蒂絲．洛特斯，那是我的名字。我會設法幫你解決的。順著大河，一直往前走。下回出遠門時，記得帶上襪子跟鞋子，河邊的路盡是石子路。我看，要走到高森，你的腳可要遭殃了。」

我沿河岸往上游走了五十碼，然後急忙折返，溜到了繫獨木舟的地方，那裡離那戶人家相當遠。我跳上船，匆匆忙忙地划了出去。我朝上游划了很長一段路，好划到島的頂端。我取下了遮陽帽，因為我已經不需要它了。當我划到河面中央時，聽到鐘聲響起了，我便停下來，仔細傾聽著。聲音從水上傳來，很小聲，但很清楚——響了十一下。我一到島尖，儘管累得喘不過氣來，但不敢停下來休息，直奔我之前宿營的樹林那裡，找一個乾燥的高處生起一堆大火，隨後便跳進獨木舟，使出渾身的力氣，朝下游一哩半的藏身之處划去。我跳上岸，竄過樹林，爬上山坡，衝進山洞。吉姆正躺在地上，睡得正香。我把他叫了起來，對他說：

「吉姆，快起來！收拾好東西！一分鐘也不能拖延，有人來搜捕我們啦！」

吉姆一個問題也沒問，一句話也沒說。不過，從接下來半小時內收拾東西的樣子來看，他肯定嚇壞了。我們把所有家當都放上木筏，準備從柳樹蔭下撐出去。洞口的火堆灰燼已經熄滅了，在這之後，我們在外頭連一根蠟燭也不敢點。

我把獨木舟划到離岸不遠的地方，然後朝四下張望了一下。不過，就算當時附近有一艘小船，我也不會看到，因為星光黯淡，陰影濃密，什麼也看不清楚。隨後，我們上了木筏，把它撐到陰影下，朝下游漂去，悄無聲息地漂過了島尾，兩個人一句話也沒有說。

第十二章

抵達島尾的時候，也許快深夜一點了，看來木筏漂得挺慢的。要是當時有船開過來，我們打算坐上獨木小舟，直奔伊利諾州的河岸。幸好沒有船來，畢竟我們沒有想到把槍藏在獨木舟裡，也沒有想到把釣魚竿放在小舟上釣東西吃；匆忙之餘，實在想不到這麼多。看來，把什麼都放到木筏上，實在不是個好主意。

要是人家找到島上去的話，我想他們一定會找到我生起的火，在那邊守候一整晚，等待吉姆出現。無論如何，至少我把他們引開了。我生的火如果沒有讓他們上當，那也不能怪我，因為這些花招已經夠狡猾的了。

天濛濛亮了，我們在伊利諾州河岸的大灣旁找了個沙洲靠岸，用斧頭砍了一些白楊樹枝，把木筏遮起來。這樣，從外頭看上去就像河岸塌了一塊似的。沙洲是一片小土丘，上面長滿了白楊樹，密得像耙子一樣。

密蘇里沿岸山巒起伏，伊利諾一側是茂密的白楊樹，航道在這一段較靠近密蘇里一側，因此我們不擔心會遇到什麼人。我們一整天躺在那裡，看著一些木筏和輪船沿著密蘇里河岸向下游駛去，看著朝上游行駛的輪船在河面中央努力前行著。我把我跟那個女人的對話一五一十地說給吉姆聽，他說，這個女士是個精明的人，還說要是由她來搜捕我們的話，她一定不會在火堆旁枯等——不，她會帶一隻狗來。我說，那麼她怎麼不會叫她的丈夫帶一隻狗呢？吉姆說，依他看，那幾個男人準備動身的時候，她一定會想到這一點。他相信，這些人一定是去鎮上找一隻狗了，因此耽擱了一些時間，否則，我們現在就來不及逃到村子下游十六七哩的沙洲上了——不，肯定來不及，我們只能被逮回去。我就說，無論是什麼個原因，反正他們沒能逮到我們。

天快黑了，我們從白楊樹叢探出頭來，朝四面八方張望了一番，什麼也沒見到。吉姆便拿起木筏上層的幾塊木板，搭了一個舒適的小棚子，可以用來遮陽避雨。他還在棚子底下放了一塊地板，比木筏高出一呎多，這樣一來，毯子或是其他雜物不致被輪船激起的水花濺濕。在棚子的正中央，我們鋪了五六吋的土，放了個框架，將四周圍得嚴嚴實實，好在刮風下雨的天氣能生起火來，火光還能被棚子遮住，不會被外人看見。我們又做了一把備用的槳，預防原有的槳被撞壞。我們豎起一根矮樹杆子，把那盞舊燈掛了上去，每當有輪船往下游駛來，我們就要點亮它，以免被撞翻。不過，如果是朝上游駛的輪船，我們就不用點燈，除非我們自己漂到了橫向水道上。河水水位還很高，較淺的河岸還有一小部分淹沒在水面下，因此往上游開的船往往不會走這個水道，而會找水流較慢的水道走。

第二個晚上，我們漂了大約七八個小時，水流每小時四哩。我們抓魚、聊天，或者為了提神，下水游一會泳。順著這靜靜的大河往下漂，仰臥在木筏上望著星空，倒是一件莊嚴的事情。這時候，我們無心大聲說話，也不常大笑，只有偶爾喃喃自語。天氣一直很好，第二天、第三天也都是如此。

每個晚上，我們都會漂過一些小鎮，其中有一些是在黑壓壓的山腳下，除了一些燈火之外，見不到一棟房屋。第五個晚上，我們經過聖路易，頓時彷彿全世界都點了燈。在聖彼德堡的時候，人們總說聖路易住了兩三萬人，我一直不相信，直到那個晚上，在半夜兩點親眼見到了那奇妙的燈海，這才信了。在那裡，沒有一絲聲音，家家戶戶都熟睡了。

如今我每個夜晚，都會在十點鐘左右溜上岸去，到村子裡買一毛或一毛五分錢的肉或是鹹肉，以及其他食物，偶爾看見一隻不好好待在籠子裡的小雞，便順手拎了回來。爸爸總是說，當機會上門時，不妨順手捉一隻小雞，因為即使你不幹，也會有別的人去幹。再說，做了一件好事，人家絕不會忘掉的。爸爸不喜歡吃雞，因此我從沒見他這麼做過——不過他喜歡這麼說。

一大清早，天才剛亮，我就溜進田裡，「借」一顆西瓜、甜瓜，或是南瓜，或是幾個剛熟的玉米。爸爸常說，借東西，只要你總有一天會還人家，那就沒有什麼壞處；不過寡婦卻說，那不過是偷竊的一種好聽的說法罷了，正直的人絕不會做這樣的事。吉姆說，寡婦說的有一點道理，我爸爸說的也有一點道理，最好的方法是我們列出一份清單，從裡頭挑出兩三種東西，先借到手，然後發誓以後不再借了——依他看，這樣一來以後再借別的東西就沒關係了。我們就這樣商量了一整夜，一邊沿著大河往下游漂過去，一邊思考，看今後能不能不再借西瓜、香瓜，或是甜瓜。商量到天亮後，一切問題都得到了圓滿解決——我們決定不借山楂和柿子，把它們從清單上刪掉。在作出決定以前，我們心裡都不太痛快，但決定之後就覺得好過多了。我很高興能作出這樣的決定，因為山楂一點也不好吃，而柿子要兩三個月才會熟透。

我們有時會用槍打下一隻起得太晚的水鳥。大致來說，我們過得非常快活。

又過了五個晚上，小船開到了聖路易下游。半夜以後，雷電大作，大雨如同一道道水柱般直洩下來。我們躲在棚子裡，聽任木筏向前漂去。電光一閃，只見前面是一條筆直的大河，兩岸是高聳的山岩，好不嚇人。

不久之後，我大叫：「喂！吉姆，看前面！」原來有一艘輪船撞到了岩石上，被困住了。我們的木筏正朝著它直往前漂。那艘船已經有一側傾斜，頂艙一部分浮在水面上。閃電閃了一下，拴煙囪的一根根小鐵鍊看得一清二楚；大鐘旁有一把椅子，背後還掛著一頂垂邊的舊帽子。

時間已是深夜，風雨交加，氣氛一片詭秘。我的想法就跟所有孩子看到一艘破船深夜孤單地停在河上時一樣——我要爬上去一探究竟。於是我說：

「我們上去，吉姆。」

可是吉姆拚命反對。他說：

「我可不想到破船上去鬼混。我們一路上平平安安的，讓我們像聖經上說的，還是保持平平安安的吧。船上說不定還有一個看守的人呢！」

「少來了！」我說，「除了艙房和操舵室之外，還有什麼好看守的？而像這樣一個深夜，眼看船就快裂開，隨時會沉入河裡，還有誰會冒著生命危險，去守艙房和操舵室？」吉姆無話可說，我又說：「再說，說不定我們能從船長室那裡弄到些什麼，我敢說有雪茄煙——而且是五分錢一支的，輪船的船長都是有錢人，一個月可以賺六十塊錢，只要是想要的東西，他們才不在乎多少錢呢！在口袋裡放一支蠟燭，吉姆，我們要是不上去好好搜一遍，我絕不死心。你猜猜，如果湯姆遇到這樣的事，他會放過機會嗎？他才不會呢！他會把這個叫做『歷險』，然後爬上這條破船，就算會沒命也要做；而且他還會擺出他的那副派頭——就像哥倫布發現新大陸的時候一樣！他一定會的。但願湯姆今天也在這裡。」

吉姆咕噥了一會兒，終於屈服了。他說我們千萬別再說話了，即使要說，也說得小聲一些。這時候又是電光一閃，我們抓住了輪船右舷的起貨桅杆，把木筏繫好。

甲板翹得高高的，我們在一片黑暗中躡手躡腳地沿著坡度溜下艙房，用手腳摸索著前進，撥開吊貨的繩索。沒有多久，我們摸到了天窗的前面一頭，爬了進去，接著就到了船長室的外頭。門是開著的——哎！不妙，從頂艙的前廳望過去，只見一處燈光！

與此同時，彷彿聽到了房內傳來微微的聲音。

吉姆低聲跟我說話，還說他感到十分難受，要我還是一起回去吧！我說好吧。正當我們兩人準備往木筏走去，突然聽到有人哭著說：

「哦，伙計們，不，不！我發誓絕不告密！」

另一個聲音大聲地說：

「你在說謊！吉姆．特納，你以前也玩過這種把戲，你每回都想多分一些油水，而且每次都讓你得逞，只要我們不答應，你就威脅要去告密；不過這回你只是白費力氣。你真是這個國家最卑鄙、惡毒的畜生了！」

這時候，吉姆往木筏走去了。我簡直壓抑不住好奇心，我告訴自己，在這種時刻，湯姆絕不會退縮——所以我也不會。我要看個究竟，看接下來會發生什麼。在狹窄的走道裡，我手腳並用，在暗中爬行，爬到離艙房的前廳只隔了一間官艙的地方。在那裡，我看到了一個男子躺在地板上，手腳都被綁住了，一旁站著兩個男人，其中一個手舉一盞微暗的燈，另一個手裡拿著一把手槍；他把槍頂著躺在地板上的人的腦袋，說：

「我真想斃了你，我也該斃了你，你這個該死的混帳！」

地板上的那個人嚇得縮成一團，吼道：「哦！不！求求你，比爾，我一定不會說出去！」

每次他這麼說，提著燈的人便會一陣大笑，一邊說：

「你當然不會說了！在這件事上，你從來沒說過什麼真話，不是嗎？」後來又說：「聽聽他怎麼哀求的！可是，要不是我們搞定了他，把他綁了起來，他一定會殺了我們兩人。為什麼呢？不為什麼，就為了我們想捍衛我們的權利！不過，吉姆．特納，我想你今後再也威脅不了誰啦！比爾，把槍先收起來。」

比爾說：

「不行，傑克．帕卡德，我要斃了他——他不就是用同樣的方法殺死老哈特菲爾德的嗎？他不是罪有應得嗎？」

「不過，我可不想殺死他，我有我的理由。」

「上天會保佑你這句話的！傑克．帕卡德，只要我還活著，就一輩子也不會忘記你的大恩大德！」地上的人帶著哭聲說道。

帕卡德沒有理會這些話，只是把燈掛在一根釘子上。在一片漆黑中，他朝我藏身的地方走過來，一邊把比爾也叫來。我趕緊拚命往後爬，往後縮了兩碼。可是船身傾斜得太厲害，我一時爬不了太遠。為了不被他們踩到而逮住，我爬進了上層的一間官艙裡。帕卡德摸黑往前走，摸到了我在的那間艙房。他說：

「這裡——到這裡來。」

他進來了，比爾也跟著進來了。不過，在他們進來以前，我已爬到了上鋪。如今已無路可退了，這時我才開始後悔，真不該上這艘船。接著，他們站在房裡，手扶住上鋪的邊緣，說起了話來。我看不到他們，不過憑著他們正在喝的威士忌的氣味，能分辨出他們的位置——幸好我沒有喝威士忌；話說回來，喝了也無所謂，因為我在這段時間裡連氣也不敢喘，免得被他們逮住。再說，一個人要這樣偷聽人家說話，就不能喘氣。他們說話聲很小，但談得十分認真。比爾想殺掉特納，他說：

「他說他要告發我們，他一定會這麼做。我們這樣跟他吵了一架，又這樣狠狠教訓了他一遍，如今即使把我們的那兩份都給他，也於事無補。他會去局裡作證，把我們招出來。現在你還是聽我的話吧！我主張殺人滅口，乾淨俐落。」

「我也是這麼想的。」帕卡德說，說得十分鎮靜。

「該死！我還以為你不同意呢。那好，就這麼說定了，我們動手吧！」

「等一下，我的話還沒說完呢！你聽我說，一槍斃了他是個好方法；不過，如果非這麼做不可的話，還有一個更保險的方法。也就是說，要是案發之後得上法庭，然後讓絞索套到你的脖子上——那可不是個好主意！如果你能用別的方法達成目的，同時又不會帶來什麼風險，不是更好嗎？你說是不是？」

「那當然。不過事到如今，你又有什麼方法呢？」

「嗯，我的方法是這樣：我們趕緊動手，到每一間艙房把我們遺忘的東西都收拾好，搬到岸上藏起來，然後靜靜等著。這樣，用不了兩小時，這艘破船便會裂開來，沉入河底。懂了吧？他就會被淹死，怨不得誰——除了他自己。依我看，這比殺掉他要好得多。只要還有別的方法，我就不贊成殺人，這不是個好主意，也不道德。你說對吧？」

「對——我覺得你說得對。不過，萬一船沒有裂開，沒有沉呢？」

「那麼，我們不妨等個兩小時，直到它沉為止，不是嗎？」

「那好吧，來吧！」

他們開始行動了，我也溜了出來，一身冷汗。我往前爬過去，眼前是一片漆黑，但我壓低嗓音喊道：「吉姆！」他應了一聲，活像在呻吟一樣。原來他就在我身旁呢！我說：

「快！吉姆，現在可不是拖拖拉拉的時候了。船上是一幫殺人犯，要是我們不找到他們的小船，把它放掉，好阻止這些傢伙逃下船的話，那麼他們之中就只有一人會遭殃。但要是我們能做得到，那他們全都難逃一劫——只能乖乖等著警察來抓。快——趕快！我找左舷，你找右舷，從木筏那裡找起——」

「哦，天哪！天哪！木筏？木筏不見啦！它鬆開了，被沖走了！——把我們給留在這裡啦！」

第十三章

啊！我嚇得呼吸都停止了，幾乎暈了過去。跟這樣一幫人困在一艘破船上！不過，現在可不是感嘆的時候，我們得找到那艘小船，立刻！——找來給我們自己用。於是我們一邊打著哆嗦，一邊順著右舷摸過去。我們的進展很慢，彷彿花了整整一禮拜的時間才摸到船尾。但沒有小船的影子。吉姆說他再也走不動了，因為他已經被嚇得有氣無力；我跟他說要撐住，要是我們被困在這艘破船上，那就完了。於是我們繼續摸索。

我們朝艙房的尾端摸過去，然後再攀上天窗，抓住一塊窗板，又換到另一塊窗板，因為天窗的邊緣已經斜到了水裡。快到前廳時，只見一艘小船正停在那裡——確實在那裡！我們正希望找到它，真是謝天謝地！只要再有一秒鐘，我們就會上船了。但就在這一刻，門開了，一個歹徒探出頭來，離我只有幾步遠。我以為這下子我完蛋了。不過，他又把頭縮了回去，說道：

「把那盞該死的燈拿開吧！別被人看見了，比爾！」

他把一袋什麼東西扔進了小船，接著上了船，坐了下來。原來是帕卡德。接著比爾走了出來，也上了船。帕卡德小聲說道：

「全都搞定了——出發吧！」

我在窗板上幾乎撐不住了，全身虛弱無力。這時比爾說：

「等等——你搜過他的身了嗎？」

「沒有，你搜過了嗎？」

「沒有啊！這麼說來，他的那一份錢還在他那裡。」

「那就動手吧——只把東西拿走，卻留下了錢，這像什麼話！」

「喂——他會不會猜到了我們想幹什麼？」

「也許不會，不過我們非得拿到手不可，走吧！」

他們便跳出小船，鑽到艙裡去了。

門砰地一聲關上了，它在破船上歪著的一面。一瞬間，我便跳上了船，吉姆也一跌一撞地上了船。我取出小刀，割斷了繩索，我們便溜之大吉啦！

我們連槳都沒有划，也沒說話，甚至呼吸都幾乎停止了。我們一聲不響，飛快地往前漂，漂過了外輪蓋的尖頂，漂過了船尾，剎那間距離破船已有一百碼遠。黑暗把我們吞沒了，連最後的一點影子也沒了。我們很清楚：我們安全了！

朝下游划了三四百碼遠以後，我們還能看見那盞燈在艙房門口不時閃爍。我們知道，那兩個流氓找不到的船，漸漸明白了他們如今與吉姆．特納一樣陷入了絕境。

隨後，吉姆划起了槳，我們便去追趕我們的木筏。到了這個時候，我才第一次想起那幫人的處境——在這之前，我實在沒有心思。我想，即使是殺人犯，陷入這種絕境也真是夠悲慘的。我告訴自己，說不定哪一天我也會是個殺人犯呢！難道我也會高興嗎？於是我對吉姆說：

「只要我們一看見燈光，就在那裡的上游或下游一百碼處上岸，找一個藏身之處。然後，我再編一個故事，讓人們聽了去尋找那幫傢伙，先把他們救出來，之後再把他們絞死。」

但是這個主意落空了。沒過多久，又是風雨交加，比之前還要厲害。大雨不停地往下傾倒，一絲燈光也看不見。依我看，人們或許都睡了。我們被水流往下游沖去，一邊尋覓燈光，一邊尋找我們的木筏。過了很長一段時間，雨停了，不過雲還沒有散開，閃電仍在一閃一閃。我們看見前方有一個黑糊糊的東西，浮在水面上，趕緊追了上去。

那正是我們的木筏！能再次登上自己的木筏，我們高興得無法言喻。這時候，我們見到下游的右邊岸上有一處燈光，我就說要去看看。小船上放著那幫歹徒偷來的贓物，裝了滿滿的半船；我們把這些東西胡亂地堆在木筏上。我叫吉姆順著水流往下漂，等漂了大約兩哩遠後，便點上一盞燈，直到我回來為止。接下來，我划起槳，朝著燈光划去。途中，陸續出現了三四處燈光——在小山坡上，那是個村子。我往岸上的燈光靠近，停下槳，朝下游漂去。漂過燈光時，發見那是一艘雙艙渡船，船頭的旗杆上掛著燈。我四處尋找看守船的人，心想不知道他在哪裡睡覺。很快地，我發現他坐在船頭的纜柱上，腦袋垂在雙腿之間。我輕輕地推了他的肩膀兩三下，哭了起來。

他醒了，有點兒吃驚。不過，他見到只有我，便打了一個好大的哈欠，伸了伸懶腰，接著說道：

「啊，什麼事啊？別哭了，小傢伙。有什麼困難嗎？」

我說：

「我爸爸、媽媽、姐姐……」

我哭得說不下去了。他說：

「哦！該死的。好了，別傷心了，每個人都有煩惱，一切都會好轉的。他們究竟怎麼啦？」

「他們……他們……你是看守船的嗎？」

「是的，」他說，彷彿相當得意，「我是船長，又是船主，又是大副，又是掌舵，又是看船的，又是水手。有時候，我還是貨物和乘客。我比不上老吉姆．洪貝克那麼有錢，我對待湯姆、迪克和哈利不能像他那麼大方、那麼好，像他那樣亂花錢；不過，我跟他說過不只一次，我可不願意跟他對調。我說，因為水手生活就是我的生活，要是叫我住在鎮外兩哩，什麼好玩的都沒有，別說他那點臭錢了，就算再給我一倍的錢，我也不幹！我說——」

我插嘴說：

「他們大難臨頭啦！而且……」

「誰？」

「啊！我爸爸、媽媽和姐姐，還有胡克小姐。只要你把船往上游開過去……」

「往上游哪裡？他們現在在哪裡？」

「在那艘破船上。」

「什麼破船？」

「什麼？破船不就只有一艘嗎？」

「什麼？你是說『瓦爾特·司各特號』嗎？」

「是的。」

「天啊！他們到那裡去幹什麼啊？」

「唔，他們不是故意要去的。」

「我想也是，但是如果他們不能趕快離開，那就——天啊——那就沒命啦！怎麼搞的，他們怎麼會鑽進那樣一個要命的地方呢？」

「說來話長。胡克小姐是要到上游的鎮上找親戚——」

「是啊，是布斯渡口——接著說。」

「她是去找親戚的，就在布斯渡口。黃昏時分，她和黑奴女傭上了載騾馬的渡船，準備到一個朋友家過夜——那個朋友叫什麼小姐來著，我記不得了。渡船上的人弄丟了槳，船就開始打轉，往下游漂去，尾部朝前，漂了兩哩多，撞到那艘破船，就翻船了。船員和黑奴以及一些馬匹全都被沖走了，只有胡克小姐一把抓住了那艘破船，爬了上去。到了天黑之後一個小時，我們坐著平常做生意的平底船經過那裡，由於天色很暗，沒有注意到那艘破船，等到了附近，已經來不及了，於是也被撞翻了。幸好我們都得救了，除了比爾·韋伯——唉！他可是個大好人啊——我寧願那是我！」

「天哪，這真是我生平遇過最傷心的事了。接下來你們又做了些什麼呢？」

「哦，我們大喊救命，喊了半天，但是河面太寬，再喊也沒有人聽得見。爸爸說，必須有人上岸去求救，而會游泳的只有我一個，於是我自告奮勇。胡克小姐說，要是我一時找不到人來搭救，就可以到這裡來找他的叔叔，他會把事情安排好的。我在下游一哩路的地方上了岸，到處找人幫忙，可是他們卻說：『什麼？天這麼黑，水這麼急，這簡直是胡鬧！還是去找渡船吧。』現在，要是你願意──」

「我是願意，但要由誰來付這筆費用呢？你看你爸爸──」

「哦，那簡單。胡克小姐跟我說──是特地對我說的──說她叔叔洪貝克──」

「好傢伙！原來他就是她的叔叔。聽我說，你朝遠處有燈光的方向跑過去，再往西走四分之一哩，就能找到那家酒店。你告訴他們，要他們趕快帶你去找吉姆．洪貝克。他一定會付這筆錢的。別再耽擱了，因為他會急於知道你帶去的消息。告訴他，在他來到鎮上以前，我一定會把他的侄女平安救出來的。你快跑過去吧！我馬上去街角把我的輪機手叫醒。」

我朝著有燈光的方向走去。不過，等他一彎過轉角處，我就往回跑，跳上小船，把船上的積水舀掉，再停靠在六百碼外靜水區的岸邊，自己則躲到幾艘木船裡看著──因為不看見渡輪出發，我就放不下心來。不過，大致說來，我為了對付那幫歹徒費了這麼大的力氣，心裡還是覺得十分舒坦，因為肯像我這麼做的人想必不多。我倒希望寡婦知道這件事，據我判斷，她會為我的行為感到驕傲，因為這類惡棍和騙子正是寡婦和正直的人們最感興趣的事物了。

沒過多久，前方漂來了那艘破船，黑漆漆的一片。一瞬間，我全身打了個寒顫。我朝著它衝過去，它已經下沉得很深了，我一下子就看出船上的人們沒什麼希望了。我圍著它划了一圈，高聲喊了幾聲，不過毫無回應。我的確為那些人感到心情沉重，不過也沒有多沉重。因為我心想，要是他們撐得住，那我一定也可以。

彷彿等了很長一段時間，我才見到吉姆的燈光升起。它的距離彷彿遠在千里之外。等到我走近它，東方已經開始灰白。我們便去找了一座小島，把木筏藏起來，把小船沉到水裡，鑽進棚子裡大睡一覺。

第十四章

醒來以後，我們把從破船上拿來的那些贓物翻了一遍，發現有靴子、毯子、衣服和各式各樣的東西，還有一些書、一架望遠鏡、三盒雪茄煙。在這以前，我們兩人從未這麼富有過。雪茄煙是上等貨。整整一個下午，我們躺在樹林裡聊天，我還讀了那些書，好好享受了一番。我把破船和渡輪上發生的一切全說給吉姆聽，說這些事就叫做「歷險」；但他說，他可不想再去歷險了。他說，當我爬進破船的艙房、以及他往回爬，想尋找木筏卻發現它不翼而飛的時候，他差點昏死過去。因為他斷定，這一切都是衝著他來的——總之他這下子完了，因為要是沒有人來救他，他就會被淹死；要是他獲救了，也會被人送回家，以領到那筆賞金；華生小姐又肯定會把他賣到南方去。是啊，他說得對，他總是對的，對一個黑奴來說，他的頭腦可不簡單。

我把書上的那些東西讀給吉姆聽：什麼國王啊、公爵啊、伯爵啊等等，還有他們的穿著多麼華貴，他們的派頭又如何了不起，彼此總是稱呼「陛下」啊、「大人」啊、「閣下」啊什麼的，而不只是「先生」而已。吉姆聽得入了神，眼睛瞪得大大的。他說：

「我都不知道他們有這麼多人！除了所羅門王以外，我還從沒聽說過別的國王！除非你把撲克牌上的國王都算進去。一個國王能賺多少錢啊？」

「賺？」我說，「哦！只要他們高興，他們一個月可以得到一千塊錢，他們要多少就有多少，所有東西都歸他們所有。」

「多麼快活！不是嗎？他們平常都做些什麼呢？哈克。」

「他們什麼都不用做。還用問嗎？他們只是這裡坐坐，那裡坐坐。」

「不會吧——真的是這樣嗎？」

「當然是了。他們就只會到處坐坐，除非發生了戰爭，他們才去參加。其餘的時間，他們都懶洋洋的，要不就帶著鷹去打獵──只有打獵──噓！你聽到了什麼聲音嗎？」

我們跳了起來，朝四處張望了一下，不過什麼也沒發現，除了一艘輪船的輪槳在水下攪動的聲音，那艘船正從下游繞過河灣駛過來。我們便走回原地。

「是啊，」我說，「有些時候，他們悶得無聊，就會到議會找事做。要是有人不安分，他就砍掉他們的腦袋。不過，他們大部分時間都待在後宮裡。」

「那是什麼啊？」

「後宮。」

「後宮是什麼？」

「那是他安置老婆的地方。你不知道後宮嗎？所羅門王就有一個，他有一百萬個老婆！」

「啊，是的，的確是這樣。我──我可沒忘了這件事。我猜，後宮是個包吃包住的大房子，那裡的育兒室肯定熱鬧得很！我想，那些老婆肯定吵個沒完，那就更熱鬧了！人家說，所羅門王是從古至今世上最聰明的人，我可不相信。為什麼？難道一個聰明人願意從早到晚待在那種混亂的鬼地方？不──他才不會呢！一個聰明人會造一座鍋爐廠，等到他想休息的時候，把工廠關掉就是了。」

「嗯，不過他的確是最聰明的人，這是寡婦親口跟我說的。」

「我才不管寡婦是怎麼說的。總之，他不是個聰明人，他只會幹一些我從沒聽說過的荒唐事。你知道他要把一個孩子劈成兩半的故事嗎？」

「知道，寡婦跟我說過這個故事。」

「那就好！那難道不是世上最狠毒的詭計？你只要好好想想。聽我說，假設這個樹樁是其中一個女人──而那個樹樁是另一個女人，我是所羅門王，這張一塊錢的鈔票是那個孩子；她們兩人都說孩子是自己的，我該怎麼辦呢？也許我會到街坊鄰里走一走，調查這張鈔票究竟是誰的，然後物歸原主──任何有點頭腦的人不都會這麼做嗎？可是我卻不──我把這張鈔票一口氣撕成了兩半，一半給你，一半給另一個女人──所羅門王正是這樣對待那個孩子的。現在我問你：這半張鈔票有什麼用？能用來買東西嗎？那劈成了兩半的孩子又有什麼用？你就是給我一百萬個劈成兩半的孩子，我也不要呢！」

「可是，該死的是，吉姆，你沒有抓住重點——該死！你把問題想歪啦！」

「誰？我？少來了！別跟我說什麼重點。依我看，有沒有道理，我一眼就看得出來，他這麼做就是沒道理！她們爭的不是半個孩子，而是一個活蹦亂跳的孩子；但有人竟以為可以用半個孩子來解決這場爭端，這簡直就像站在雨中而不知道躲雨一樣。別跟我提所羅門王了，哈克，光瞧他的背影就知道他是什麼樣的人了。」

「不過我跟你說，你沒有抓住問題的重點。」

「什麼該死的重點！依我看，我看到的事，我自己心裡有數。要知道，真正的重點，還埋在裡頭——還埋在深處，也就是所羅門是怎樣成長的。例如說，有一個人，家裡只有一兩個孩子，這樣的人會隨便糟蹋孩子嗎？不會，不會的！他糟蹋不起，他會知道怎樣珍惜孩子；可是如果是另一個人，家裡有五百萬個孩子，那就另當別論了。他會把孩子劈成兩半，就像對付一隻貓一樣——反正他還有的是孩子，少了一兩個，對所羅門王來說根本無所謂，那個混帳東西！」

我從未見過這樣的黑奴，只要他腦中有了一個想法，就再也無法撼動。在黑奴裡面，敢這樣瞧不起所羅門的，他可算得上第一個。因此，我把話題轉到了別的國王身上，把所羅門撇在一邊。我講到了路易十六，就是那個很久以前被砍掉腦袋的法國國王；還講到了他的小孩——那個皇太子，他本該繼位為王的，卻被人家抓了起來，關在大牢裡，最後死在牢裡。

「可憐的小傢伙。」

「可是也有人說，他逃出了大牢，逃離法國來到了美國。」

「這太好了！不過他會孤零零的——這裡並沒有國王，是嗎？哈克。」

「是的。」

「那麼他就找不到工作了吧？他打算做些什麼呢？」

「哦，這我就不知道了。有些法國人去當了警察，還有些人教法語。」

「什麼？哈克，法國人講的話跟我們不一樣嗎？」

「不，他們講的話，你一個字也聽不懂——一點也聽不懂。」

「哦！真是要命，怎麼會這樣？」

「不知道，事實就是如此。我從一本書上學了幾句他們怪腔怪調的話。比方說，有個人來找你，跟你說：『波利——伏——法蘭茲——』你覺得怎麼樣？」

「不怎麼樣，我會朝他的腦袋揍一拳——當然，除非他是白人。如果是黑奴，我可不准他這樣叫我。」

「呸！他又沒有叫你什麼，那只是在說：『你會說法語嗎？』」

「哦，那麼，為什麼他不直接這麼說呢？」

「什麼，他不就在這麼說了嗎？法國人都是這麼說的。」

「嘿！真是滑稽，我再也不想聽了，一點意思也沒有。」

「聽我說，吉姆，一隻貓說的話跟我們一樣嗎？」

「不，不一樣。」

「好，那麼一頭牛呢？」

「也不一樣。」

「貓說的話跟牛一樣嗎？或是牛說的話跟貓一樣嗎？」

「不，牠們都不一樣。」

「牠們說的話都不一樣，這是理所當然的，是吧？」

「當然囉！」

「那麼，一隻貓與一頭牛，說的話也當然跟我們不一樣，是吧？」

「那是當然的囉！」

「所以，一個法國人說的話跟我們不一樣，不也是很自然的嗎？你說說看。」

「一隻貓是一個人嗎？哈克。」

「不是。」

「好，那麼要一隻貓像一個人一樣說話，那就是胡鬧。一頭牛是一個人嗎？——或者說，一頭牛是一隻貓嗎？」

「不，都不是的。」

「那就好，所以牠沒有理由跟人或是貓一樣說話。一個法國人是不是人？」

「是的。」

「這就對了！該死的，那他為什麼不說人話呢？你說說看。」

我知道，這只是白費唇舌，一點用處也沒有——你無法跟一個黑奴講道理。於是我沒有再說下去。

第十五章

我們估計，再三個晚上，我們就會抵達開羅，那是在伊利諾州的南邊，密西西比河與俄亥俄河在此交匯，我們的目的地正是那裡。我們打算賣掉木筏，搭上輪船，沿著俄亥俄河往上游走，到那些不買賣奴隸的自由州去，從此擺脫是非之地。

第二天晚上，河上開始起霧，我們便朝一處沙洲划去，想把木筏繫好，因為在霧裡是不可能航行的。我坐在獨木小舟上，拉著一根纜繩，想把木筏拴在什麼地方，卻無處可拴，只有一些小小的嫩枝。我把纜繩套在凹岸邊的一棵小樹上，卻正好遇上一道急流，將木筏用力一沖，把小樹連根拔了起來，跟著木筏一起漂走了。我看見迷霧由四面八方聚攏而來，感到驚慌不已，至少有半分鐘動彈不得。等我抬頭一望，木筏早已消失得無影無蹤，二十碼以外什麼也看不清楚。我跳進了小舟，跑到船尾，拿起槳用力一划，可是它動也不動。原來我一慌張，忘了解開繩索。我站起身來，解開了獨木舟，但兩隻手仍然顫抖個不停，什麼事也做不成。

船一划動，我就沿著沙洲朝木筏拚命追去。情況還算順利；不過，沙洲不到六十碼長，我才剛經過沙洲尾端，就一頭沖進了白茫茫的一片濃霧之中。我像個死人一般，連自己正朝哪一個方向漂行也分不出來了。

我心想，這樣漫無目的地划可不行，我遲早會撞到岸上、沙洲上或是什麼東西上面；我必須坐著不動，任由它漂。但在這樣的緊要關頭，要人閒著雙手實在太困難了。我喊了一聲，又仔細地聽。我聽到從下游處隱約傳來了微弱的叫喊。我立刻振作起精神，飛快地追趕它，一邊屏住氣仔細地聽。等到再次聽到喊聲的時候，我才明白了自己並非朝著它划，而是偏移到右側去了。再下一次，又偏移到左側——無論偏左或偏右，進展都不大，因為我正在團團亂轉，一下子朝這，一下子朝那，一下子又回過頭來；但木筏卻始終朝前方漂去。

我希望那個傻瓜能想出敲鐵鍋這個辦法，但他始終沒有敲過一聲。最令我難受的是，在前後兩次喊聲之間完全聽不到一點聲響。啊！我一直拚命划著，但忽然又聽見那喊聲跑到我的後方去了。這下真把我搞糊塗了！一定是某個其他人的喊聲吧，要不然就是我的小舟轉過頭了。

我把槳一扔，這時又聽見了喊聲——還在我後方，只是換了個地方。喊聲不斷地傳來，又不斷地更換位置，而我也不斷地回應。到後來，它又轉到了我的前方了；我知道，是水流把獨木舟的船頭轉到了下游的方向。只要那確實是吉姆的喊叫，而非其他木筏上的人，那這個方向就對了。在濃濃的迷霧中，我無法辨認出聲音，因為無論是形體也好、聲音也好，在霧中都和原本不一樣。

喊叫聲仍然持續著。大約過了一分鐘，我突然撞到一處陡峭的河岸，岸上長滿了黝黑、陰森的大樹。一股河水把我沖到了左側，然後又飛箭似地往前沖，在殘枝敗葉中一邊咆哮著，一邊夾著它們朝前猛衝。

不一會兒，又見到白茫茫的濃霧，四周一片寂靜。我靜靜地坐著，一動也不動，聽著自己心跳的聲音。據我估計，心跳了一百下，我連一口氣也沒有吸。

到了這一刻，我總算死心了。我明白究竟是怎麼一回事了：那陡峭的河岸是一座小島，吉姆已經到了小島的另一側。這裡可不是什麼沙洲，十分鐘便能漂過；它像其他小島一樣長著大樹，可能長五六哩，寬半哩多。

大約有十五分鐘的時間，我一聲不吭，豎起了耳朵。小舟仍然漂著，我估計一小時可以漂四五哩，只是你並不覺得自己正在水上漂，不，你只覺得自己像死了一樣躺在水面上，即使偶爾瞥見一段樹枝滑過，也不會想到自己正飛快地朝前漂去，而是屏住了呼吸，心想：天哪，這段樹枝沖得多快啊！要是你想知道一個人在深夜裡，四下一片迷霧，這時候有多麼淒涼、孤單，那你不妨也來試一試——那你一定會明白。

之後的半個多小時，我不時大喊幾聲。到後來，終於聽到遠處傳來了回應，我便用力划去，但只是白費力氣。我猜我陷入了沙洲的坑洞裡，因為在我的左右兩旁，我都隱約瞥見了沙洲的景色——有時候，我看得出自己在兩岸之間一條狹窄的水道上漂；有時又看不見，但我知道自己是在那裡，因為我聽得到水面上的樹枝被流水撞擊發出的聲響。當我陷進了坑洞裡沒多久，連喊聲也聽不見了。雖然我仍試著追蹤，但這比追蹤一團鬼火還要糟——聲音如此地東躲西閃、難以捉摸，地點又變得如此快速，而且面積廣大，這是我從未遇過的。

有四五次，我不得不用手及時地推開河岸，以免猛然撞上高出水面的小島。因此我斷定，我們的木筏一定也不時撞到了河岸上，不然的話，它會漂得老遠，再也聽不見了——木筏比我的小舟漂得更快一些。

再後來，我彷彿又回到大河寬闊的河面上，但再也聽不見一絲喊聲了。我猜想，吉姆會不會撞到了一塊礁石上，遭遇了什麼不測呢？我這時候也夠累了，便在小舟上躺下來，對自己說，別再浪費力氣了。我當然並不是存心要睡覺，但實在睏得沒辦法，因此我打算先打個瞌睡。

或許不只是打了個瞌睡——當我醒來時，只見滿天星辰，迷霧已經散去，獨木舟的舟尾朝前，正飛快地沿著一處大的河灣往下游漂去。起初，我不知道自己身在何處，還以為自己正在做夢呢！當我慢慢回想起之前的事情，覺得那彷彿是上個禮拜發生的事。

這裡已是一片浩瀚的大河，兩岸的參天大樹茂密地生長著，在星光下彷彿是一堵結實的城牆。我朝下游遠遠望去，只見水面上有一個黑點，我立刻朝它追去。一划近，發現原來只是捆在一起的幾根圓木。接著又看到了另一個黑點，我再次划過去，這一回總算猜對了，那正是我們的木筏。

當我上去的時候，吉姆正坐在那裡，腦袋垂在兩腿中間，睡著了，右手還握著掌舵的槳，另一柄槳已經震裂了。木筏上到處是樹葉、樹枝和灰塵，看來他在那段時間裡也經歷了各種危險。

我把小舟繫好，在吉姆面前躺下，打起了呵欠，然後伸出拳頭戳了戳吉姆，說道：

「喂，吉姆，我剛才睡著了嗎？你怎麼沒有叫醒我？」

「天啊！難道是你嗎？哈克，你沒有死！你沒被淹死啊？你又活過來了嗎？這真是太好了！老天，難道會有這樣的好事嗎？讓我好好看看你，伙計啊，讓我摸摸你！是啊，你沒有死！你回來了，活蹦活跳的。還是以前的那個哈克，謝天謝地！」

「你怎麼啦？吉姆。你喝醉了嗎？」

「喝醉？我喝醉了嗎？我難道還有時間喝酒嗎？」

「好吧，那你為什麼說話沒頭沒腦的？」

「我哪裡沒頭沒腦？」

「哪裡？嘿！你不是說什麼我回來了——諸如此類的話，好像我真的離開過一樣。」

「哈克——哈克．芬，你看著我，看著我，難道你沒有離開過？」

「離開？你是什麼意思？我哪裡也沒有去啊！我還能去哪裡呢？」

「嗯，聽我說，伙計，一定是哪裡出了差錯，一定是的。我還是我嗎？要不然我又是誰呢？我就在這裡嗎？要不然又在哪裡呢？我一定要弄個一清二楚。」

「嗯，依我看，你是在這裡沒錯。不過我覺得，吉姆，你可真是個腦袋糊塗的老傻瓜。」

「我是嗎？難道我是嗎？你說說看，你有沒有坐著小舟，牽著繩子，要去把小船拴在沙洲上？」

「沒有，我沒有。什麼沙洲？我沒見到什麼沙洲啊？」

「你沒見到什麼沙洲？聽我說——那根繩子不是鬆了嗎？木筏不是在河裡順著水流被沖下來了嗎？不是把

你和那艘小舟給丟在大霧裡了嗎？」

「什麼大霧？」

「連大霧都——大霧飄了一整個晚上。難道你沒有大喊嗎？我不是也喊了嗎？喊到後來，我們被那些小島弄得暈頭轉向，個個都迷了路，沒有人知道自己究竟在哪。難道我沒有在那些小島上東撞西撞，吃足了苦頭，還差點被淹死嗎？你說是不是這樣，老弟——是不是這樣？你說說看。」

「嘿，這可真是難倒我了！吉姆，我沒見到什麼大霧，沒見到什麼小島，也沒遇到什麼麻煩——什麼都沒有。我在這裡坐著，跟你說了一整夜的話，十分鐘前你才睡著；而我大概也是這樣。在那個時間，你不可能喝醉啊？這麼說來，你肯定是在做夢吧！」

「真是怪了，我怎麼能在十分鐘裡頭夢見這麼多的事啊？」

「啊，該死，你一定是在做夢，因為根本沒發生你說的任何一件事啊！」

「不過，哈克，對我來說，這一切栩栩如生——」

「不管多麼栩栩如生也沒用，根本沒有這回事啊！我很明白，我從頭到尾一直待在這裡。」

吉姆有五分鐘說不出話來，只是坐在原地左思右想。接著，他說：

「嗯，這麼說來，我想我是做了夢了，哈克。不過，這可真是我這輩子最大的一場惡夢了！我從沒做過這種快把我累死的夢呢！」

「哦，沒錯，這沒什麼，因為做夢有時候確實很累。不過這場夢真是美妙無比呢——把夢的經過一五一十告訴我吧！吉姆。」

於是，吉姆把全部經過從頭到尾說了一遍，跟實際發生的事情一模一樣，只是多了些加油添醋。之後他說，他必須好好解一解這個夢，因為那是老天給他的一個警告啊！他說，那第一個沙洲代表對我們好的人，而那流水代表另一個人，他存心讓我們遇不到好人；而喊聲是一些警告，警告我們將會遇到些什麼，要是我們不能搞懂這些警告的含意，那它不但不能幫我們逢凶化吉，反而會讓我們倒楣。至於沙洲的數目，代表了我們會跟那些愛惹事生非的卑鄙傢伙吵架的次數；不過，只要我們守好本份，不去跟人家頂嘴，把事情搞砸，就能撐得過去；最後，衝出了重重濃霧，漂到寬敞的大河之上，那代表抵達了解放黑奴的自由州，從此擺脫了災難。

我上木筏的時候天空起了雲，夜色很黑，這時卻再度開朗起來了。

「哦，好啊！吉姆，這樣就把夢全都解釋清楚了，」我說，「不過，那些東西又代表什麼呢？」

我指的是木筏上的樹葉和那些破爛的東西，還有那根撞裂的槳。這時候，已經能把它們看得一清二楚了。

吉姆看了一眼那堆骯髒的東西，接著看了我一眼，然後又看了那一堆東西。「做了一場夢」這樣的認知已深深刻在他的腦中，擺脫不了，一時間無法把發生的事重新理出個頭緒。不過，等到他把事情搞清楚了，他便緊盯著我，一點笑容也沒有，說道：

「那些東西代表什麼？我會跟你解釋：我拚命地划，拚命地叫你，累到快死了；睡覺的時候，還以為搞丟了你，心都碎了，也不在乎自己和木筏了。當我一覺醒來，發現你回來了，平安無事，我忍不住流出了眼淚，為了感謝上帝，我恨不得跪在地上吻你的腳。可是，你心裡卻只想著如何編一個謊話來捉弄老吉姆。那一堆殘枝敗葉是骯髒的東西，骯髒的東西就是把髒東西倒在朋友的頭上，要人家替他感到羞恥的人。」

然後他慢慢站起身來，走進了棚裡，一路上不吭一聲。但這已經足夠了，我只覺得自己實在太卑鄙了，簡直想伏下身來吻他的腳，求他收回剛才的話。

足足過了十五分鐘，我才鼓起勇氣，在一個黑奴面前低頭認錯——不過我總算認了錯，而且之後也不曾後悔過。從此以後，我再也沒有卑鄙地捉弄過他，要是我早知道他會那麼難過，我也絕不會幹那樣的事。

第十六章

我們睡了幾乎一整天，到了晚上才動身。這時，我看到前方不遠處有一艘長得出奇的木筏，長得彷彿一支遊行隊伍一樣。木筏的每一側有四根長槳，因此我們估計他們可能有三十幾個人；上面有五個棚子，彼此離得很遠；在中間的地方，露天生起了篝火，兩頭豎起了高高的旗杆，派頭非同小可，彷彿在大聲宣告：在這樣的大木筏上當個船員，才算得上是個人物。

我們順著河水漂到一條大的河流裡。夜晚，天上起了雲，十分悶熱。河水很寬，兩岸是連綿不斷的巨木林，透不出一絲亮光。我們聊到了開羅，還說當我們經過時，不知道能不能認出那個地方。我說，也許我們認不出來，因為我聽說開羅只有十幾戶人家；要是鎮上沒有點燈的話，當我們經過時，又怎麼知道那是開羅呢？吉姆說，要是兩條大河在那裡交匯，那一定認得出來。我又說，搞不好我們會以為我們只是經過了一個小島的尾端，又回到了原來的河流上。這樣一說，害得吉姆大為不安——而我也是，於是我們開始討論該怎麼辦。我說，乾脆一見到燈光，就划過去登上岸，跟人家說我爸爸在後頭坐著商船，馬上就來；還可以說，他是個做生意的新人，想知道這裡離開羅還有多遠。吉姆認為這個主意不錯，我們便一邊抽煙，一邊等待。

現在無事可做，我們只能睜大眼睛，留心注意是否到了開羅，以免錯過了。吉姆說，他肯定能認得出來，因為只要他一認出來，從那一刻開始，他就是自由之身了；反之，要是錯過了，他就會再次置身奴隸制的州裡，再也沒有重獲自由的機會了。於是，每隔一會兒，他便會跳起來說道：

「到啦！」

可是那不是燈火，只是些鬼火或螢火蟲罷了。他便又坐下來，像剛才一樣繼續盯著。吉姆說，眼看自由就在前方，他卻渾身發抖、發熱；聽他這麼一說，我也覺得全身發抖、發熱；因為我的腦中漸漸生出一個想法，那就是他快要自由了——這件事該怪誰呢？唉，該怪我啊！無論怎麼想，無論怎麼做，我就是無法說服自己的良心——這令我坐立不安。在過去，我從未想到這一點，也從未意識到自己正在幹些什麼；可是我現在想到了，認真想過了，這讓我越來越焦急。我也曾試圖替自己辯解，說這件事怪不得我，因為我可沒有叫吉姆從他合法的主人那裡逃跑。可是辯解也沒什麼用；每一次良心都會站出來，說道：「但你明明知道他正在逃跑，你大可以划上岸，向人們告發他。」這話說得沒錯——我無法反駁。良心對我說：「可憐的華生小姐哪裡虧待了你，你竟然眼睜睜地看著她的黑奴逃跑，而一個字也沒說？那個可憐的老婦人哪裡對不起你，你竟然這樣卑鄙地對待她？啊！她設法讓你好好讀書，要你守規矩，她的每一個舉動，凡是你所能見到的，無一不是為了你好——她就是那樣對待你的啊！」

我只覺得自己太卑鄙了，太難受了，恨不得就此死去。我在木筏上忐忑不安地踱著步，一邊埋怨自己；而吉姆也忐忑不安地在我身旁踱步，兩人誰也安心不下來。每當他跳起了舞，說道：「開羅到啦！」我的心臟就彷彿中了一槍，心想：要是真的是開羅的話，我一定會難過得死去。

當我自言自語的時候，吉姆不斷地大聲說話。他說，等到了自由州，他要做的第一件事就是拚命賺錢，絕不亂花一分錢，等存了夠多的錢，就要把老婆贖回來——她現在屬於一家農莊，就在華生小姐家附近——然後他們兩人要拚命幹活，好把兩個小孩也贖回來。他還說，要是他們的主人不肯賣的話，他們就要找個反對黑奴制度的人，把孩子們偷出來。

聽到他這樣說，我頓時全身冰涼。在今天以前，他絕不敢說出這樣的話來；可見當他斷定自己即將自由的那一剎那，他的變化有多麼大。俗話說得好：「給黑奴一吋，他就要一呎。」我心想，都是因為我太疏忽了，才會有這樣的結果啊！在我的面前，正是這樣一個黑奴，我一直在幫助他逃跑，而他如今竟然這麼露骨地說什麼要偷走他的孩子們——那些孩子屬於一個我不認識的人，而且那個人從來沒有對不起我啊！

聽到吉姆說出這樣的話來，我非常難過。他實在太不自愛了！我的良心在我心裡煽起的火越來越旺，到了後來，我對良心說：「別再怪我了——還來得及呢！等一見到燈光，我就划過去，上岸告發他！」於是我立刻覺得滿心舒坦，身子輕得像一根羽毛似的，所有煩惱也都煙消雲散了。我繼續張望著，看有沒有燈光，這時我高興得想在心裡為自己歌唱一曲呢！沒有多久，出現了一處燈光，吉姆歡呼了起來：

「我們得救啦，哈克，我們得救啦！跳起來，立正！美好的開羅終於到啦！我知道的！」

我說：

「我把小舟划過去看一看，吉姆。你知道的，也許還不是呢！」

他跳了起來，把小舟準備好，又把他的舊上衣放在船上，好讓我坐在上面。他把槳遞給了我，當我划的時候，他說：

「我很快就要歡呼啦！我要說，這一切全都歸功於哈克。我是個自由人啦！但要不是哈克，我哪裡能自由呢？全是哈克的功勞，吉姆一輩子也忘不了你，哈克。你是我最好的朋友，也是吉姆唯一的朋友。」

我剛把小船划開，急著去告發他，但他這麼一說，讓我頓時洩了氣。我的動作慢了下來，也搞不清我的心裡是高興，還是不高興。划出了五十碼後，又聽見吉姆說：

「去吧！你這個夠義氣的哈克。在白人的先生裡頭，你是唯一一個對老吉姆守信用的人！」

啊！我只覺得心裡不是滋味；但我想，我還是非這麼做不可，這件事我義不容辭。就在這時，一艘小船開了過來，上頭有兩個人，手上有槍。他們停下船，我也停下船。其中一個人說：

「那裡是什麼？」

「一艘木筏。」我說。

「你是木筏上的人嗎？」

「是的，先生。」

「上面有人嗎？」

「只有一個，先生。」

「嗯！今晚有五個黑奴逃跑了，是在上游的河灣口。那個人是白人還是黑人？」

我沒有立刻回答——我想回答，但就是說不出口。一兩秒以後，我決定鼓起勇氣說出來，但還是做不到——連一隻兔子的勇氣都沒有。我知道自己正在洩氣，索性放棄了原來的念頭，直截了當地說：

「一個白人。」

「我想我們還是親自確認一下。」

「我也這麼覺得，」我說，「是我爸爸在那裡，請你們幫個忙，把木筏拖到有燈光的岸邊，他生病了——跟我媽媽和瑪莉安一樣。」

「哦，孩子，我們忙得很啊！不過我看我們還是過去一趟。來吧！——用力划，一起過去。」

我用力划，他們也用力划。划了一兩下之後，我說：

「我想，爸爸一定會很感激你們。我找了人幫忙把木筏拖上岸，可是他們全溜了。我一個人又做不到。」

「哦，那可真是太卑鄙啦！而且很奇怪。再說，好孩子，你爸爸究竟怎麼啦？」

「是……是……呃，也沒有什麼大不了的。」

他們停下來不划了，這時距離木筏已經很近了。有一個人說：

「孩子，你在說謊。你爸爸究竟怎麼了？老實地回答，這樣對你也好。」

「我會的，先生，我會老實說——不過千萬別把我們丟在這裡。他的病——唉——先生們，只要你們把船划過去，我把木筏上的繩索遞給你們，你們就不用靠近木筏——求求你們了。」

「把船倒回去！約翰，把船倒回去！」一個人說，他們在水上往後退，「快躲開！孩子——躲到下風處去。該死的，我看風已經把它吹到這裡來了吧？你爸爸得了天花，你自己應該也很清楚的，那你為什麼不老實說出來？難道你想把病散佈得到處都是嗎？」

「因為，」我哭哭啼啼地說，「我跟每個人都說了，可是他們一個個都溜掉了，拋下了我們。」

「可憐的小鬼頭，這話也有道理，我們也為你難過。不過我們——該死的，我們可不想得什麼天花！知道吧？聽我說，我告訴你該怎麼辦：你一個人可別想靠近岸邊，不然會撞得粉身碎骨的。你還是往下游漂個二十哩，到河流左岸的一個鎮上。到那個時候，太陽已經出來很久了。當你求人家幫忙時，不妨說你的家人只是忽冷忽熱，昏了下來——別再當個傻瓜，讓人家猜出是怎麼一回事了。我們也是為了你好，所以嘛，跟我們保持二十哩的距離吧！這才是一個好孩子。要是你在有燈光的那裡上岸，那是沒用的——那邊只是個堆放木頭的廠房。聽我說——我猜，你爸爸也是窮人，不得不說他目前處境艱難；這裡——我留下價值二十塊錢的金幣，放在這塊板子上，你只要撈得到它，它就是你的了。棄你們於不顧，我自己也難免良心不安，不過，老天！我可不想跟天花開玩笑，你明白了嗎？」

「別放手，帕克，」另一個人說，「把我這二十塊錢也放在木板上。再見了！孩子，乖乖聽帕克先生的話，一切問題都會解決的。」

「沒錯，我的孩子——再見了，再見了！要是你見到逃跑的黑奴，不妨找人幫個忙，把他們抓起來，你也可以得到一些獎金嘛！」

「再見了，先生，」我說，「只要我辦得到，我絕不會讓黑奴在我手裡逃掉。」

他們划走了，我上了木筏，心裡不是滋味，因為我很清楚自己做了一件錯事，也明白我永遠也無法學好了——一個人從小就走了歧路，以後也難成大器；一旦大禍臨頭，沒有東西能支持他把事情做好，最後只能以失敗收場。我又思考了一會，對自己說——等等，假如你做了對的事，把吉姆交出去，你的心裡會比現在更好些嗎？不，我會難受的——我會像現在的感覺一樣。於是我說，既然做對的事需要費力氣，做錯的事不必費力氣，而代價都是一樣的，那麼又何必學著做對的事呢？這個問題可把我難倒了，我答不出來。因此我想，從今以後，別再為這件事操心了，從此以後，無論遇到什麼事，怎樣比較方便就怎麼做吧！

我走進小棚子，吉姆不在那裡。我四處搜尋，卻找不到他。我說：

「吉姆！」

「我在這裡！哈克，那些人走掉了嗎？別那麼大聲。」

他躲在水裡，就在槳下，只有鼻子露出水面。我告訴他，已經看不見那些人了，他這才爬上船，說道：

「你們講的話我全都聽到了，我溜到了河裡，要是他們上船的話，我會游上岸去，等他們走了再游回來。

不過，老天！你把他們好好捉弄了一番，哈克。這實在做得太妙了！跟你說，老弟，你這下救了老吉姆一命——老吉姆永遠也不會忘了老弟。」

隨後我們談到了錢。可一回可撈了不少，每人二十塊錢呢！吉姆說，如今我們可以在輪船上訂一個艙位了，這筆錢足夠負擔我們到任一個自由州途中的開銷。他說，再走二十哩對木筏來說也不算遠，他但願我們已經到了目的地。

拂曉時分，我們繫好了木筏，吉姆特別留意如何把它藏好。接下來，他花了一整天把東西捆好，準備隨時離開木筏。

晚上十點鐘左右，我們看見左側的河灣下游有一個小鎮透著燈光。我把小船划過去打探消息。不久後，我見到有一個人在河上駕著小船，正在收鉤繩。我划過去問道：

「先生，這裡是開羅鎮嗎？」

「開羅？不，你可真是個笨蛋！」

「先生，那這是什麼鎮？」

「如果你想知道，就去問別人吧！要是敢再纏著我半分鐘，就給你好看！」

我划回了木筏，吉姆失望到了極點。但我說不用灰心，據我估計，下一個鎮就會是開羅了。

我們在天亮以前到了另一個小鎮。我正要出去，一看那是片高地，便不再出去了——吉姆說，開羅四周並沒有什麼高地，我差點忘了這點。我們在離左岸不遠的一處沙洲打發了一天。這時我開始產生一些疑慮，吉姆也一樣。我說：

「說不定那天晚上我們在大霧中漂過了開羅。」

他說：

「別提了，哈克，可憐的黑人就是走不了好運。我一直懷疑，那條蛇皮為我們帶來的厄運還沒有完呢！」

「但願我從未見過那張蛇皮！吉姆——但願我這雙眼睛從未見過那張蛇皮！」

「這不是你的錯，哈克，因為你不知道嘛！你用不著為這個怪罪自己。」

天一亮，河岸這一頭果然是俄亥俄河清澈的河水，千真萬確。外側還是原先那種混濁的河水。唉！原來我們真的錯過開羅了。

我們好好商量了一番。走陸路是行不通的，也不可能把木筏划到上游；沒有別的辦法，只能等到天黑，再乘著小舟往回走，碰碰運氣了。於是我們便在茂密的白楊樹叢中睡了一整天。等到天黑，我們回到木筏處，竟發現小舟不見了！

一瞬間，我們一句話也說不出來。何必說呢？我們都心知肚明，這又是蛇皮在作祟！說話只會招來更多的厄運——直到我們終於明白最好一聲不吭。

我們又開始商量該怎麼辦。最後，我們想不出什麼好辦法，只能坐木筏往下游漂去，找機會買艘小船往回走。我們不打算用「借」的，就像我爸爸當年幹的那樣，因為那樣一來，就會有人在後面追我們。就這樣，我們在天黑以後坐著木筏離開了。

蛇皮帶給我們這麼多災難，要是有人還不相信玩弄蛇皮是多麼愚蠢的事，那麼，只要他繼續讀下去，看看它如何進一步陷害我們，就一定會相信了。

要買獨木舟，通常要找個有木筏停靠的岸邊。不過我們並沒有看見什麼木筏，所以我們一直往前走了三個多小時。夜色變得灰濛濛的，十分沉悶，就像大霧一樣令人厭惡。河面上的景象一點也看不清，連遠近也分辨不出來。夜深了，四周一片寂靜，這時下游開來了一艘輪船。我們把燈點亮，好讓船上的人看見。下游開來的船通常不會太靠近我們，它們會沿著沙洲航行，挑水勢平緩的地方走；不過，在這樣的夜晚，它們會不顧一切往水道上前進，彷彿跟整條大河作對一般。

我們聽見它隆隆地開過來，不過還無法看得很清楚。它正朝著我們駛來——這些輪船往往會這麼做，好炫耀它們能靠得多麼近，但又不碰到我們；有時候，輪槳把一根長槳打飛了，然後掌舵人會探出腦袋，大笑一聲，威風凜凜的。現在，它駛過來了，我們說，它是想幫我們「刮鬍子」吧！但是它並沒有往旁邊一閃，而是急匆匆地開過來，活像一大片烏雲，四周圍著一排排螢火蟲的亮光；一瞬間，它突然露出了巨大的凶相，只見一長排敞開的爐門閃著紅光，彷彿燒得熾熱的一排排牙齒，那大得嚇人的船頭和護欄籠罩了我們，對我們發出了一聲大叫，又響起了停下引擎的鈴聲、一陣陣咒罵聲、放氣聲——正當我與吉姆從木筏兩側跳下水的一剎那，輪船猛衝過來，朝著木筏的中間撞去。

我拚命往下潛，因為一艘直徑三丈的巨輪眼看要從我的頭頂上開過，我必須與它保持距離。我能在水下停留一分鐘，但這一次，我猜我停了整整一分半；接著我急忙竄回水面，因為我就快憋死了。我把腦袋探出水面，一邊用嘴巴吐水，一邊又用鼻子擤水。水流得很急。輪船停了十秒鐘，又開動了引擎，因為這些大船從不把木筏上的工人放在眼裡；它正朝大河上游駛去，在夜色中消失得無影無蹤，只有偶爾能聽見它的聲音。

我大聲叫喚吉姆十幾次，不過毫無回音。於是我抓住河面上的一塊木板，推著它朝岸上游去。不過我發現，水是朝著左岸流去的；也就是說，我已經來到橫水道裡了，於是我轉了一個方向，朝水流的方向遊去。

這是一條兩哩長的斜水道，因此我花了不少時間才游過去，找了一個安全之處上岸。我無法看得很遠，只能在坑坑窪窪的地上摸黑往前走了四分之一哩。接著不知不覺走到了一座老式的、用雙層圓木搭成的大房子外。我正要快速通過，突然竄出幾條狗朝我亂吠，我知道，我還是站著不動為好。

第十七章

大約過了半分鐘，窗下有個人在說話。他並沒有探出頭來，只是說：

「準備好！孩子們。外面是誰？」

我說：「是我。」

「你是誰？」

「喬治・傑克森，先生。」

「你要什麼？」

「我什麼都不要，先生。我只要走過去，可是狗不讓我過去。」

「夜這麼深，你幹嘛在外頭遊蕩？」

「我沒有在遊蕩，先生，我是從輪船上失足落了水。」

「哦，是嗎？真的？你們去那邊點個燈！——你剛才說你叫什麼名字？」

「喬治・傑克森，先生。我還是個孩子。」

「聽我說，要是你說的是真的，那你就不用害怕——沒有人會傷害你。不過你別動，站在原地。你們去把鮑伯跟湯姆叫醒，再把槍帶來。喬治・傑克森，還有什麼人跟你在一起？」

「沒有，先生，沒有別人了。」

這時我聽見屋裡的人們在走動，還看到了一處燭光。那個人喊道：

「把蠟燭給我拿開！貝茜，妳這老傻瓜——妳還有大腦嗎？把它放在前門後面的地上。鮑伯，要是你跟湯姆準備好了，就站到你們的位置上去。」

「準備好了。」

「嗯。喬治・傑克森，你知道謝弗遜家的人嗎？」

「不知道，先生——我從來沒聽說過他們。」

「嗯，也許是，也許不是。好，都準備好。喬治・傑克森，往前走一步。注意！——千萬別急——要慢慢地走過來。要是有什麼人跟你在一起，叫他退後——要是他一露面，就得挨子彈。好，走過來，慢慢地走，把門推開，你自己開——開一個小縫，夠擠進來就行了，聽見了嗎？」

我沒有著急，著急也沒有用。我慢慢地一步一步走，現場鴉雀無聲，只聽得見自己的心跳。狗也十分安靜，但緊盯著我的背後。等我走到了由三根圓木搭的台階時，我聽到了開鎖、拉開門閂的聲音。我用一隻手按住大門，輕輕推了一點，然後又一點；最後有人說話：「好，夠了，把你的腦袋伸進來。」我照著做了，但我還擔心人家會把它「摘」下來呢！

蠟燭放在地板上，屋裡的人全都在場。我與他們相視了十幾秒。三個大漢用槍瞄準著我，嚇得我畏縮不前；年紀最長的一個頭髮灰白，六十歲左右，另外兩個三十多歲——全都長得一表人才；還有一位慈祥的白髮老太太，背後還有兩位年輕小姐，我看不太清楚。老紳士說：

「好吧——我看沒事了，進來吧！」

我走進屋，老紳士便鎖上大門，把門閂上，再鎖上門。他叫那些拿槍的年輕人回到房內，所有人便聚在一間鋪著花地毯的大廳裡。他們全都擠在一個轉角，那裡能夠避開所有來自前窗的子彈——兩側是沒有窗的。他們舉著蠟燭，仔細打量了我一番，異口同聲地說：「嘿，他不是謝弗遜家的人——不，他身上一點也沒有謝弗遜家的味道。」接著，老人說要搜我的身，看有沒有武器，希望我別介意，因為他沒有惡意——只是保險起見罷了。他沒有搜我的口袋，只用手在外頭摸了摸，摸完後說沒有問題。他要我別拘束，把這裡當自己的家，並談談我的身世；可是那位老太太說：

「哎！你呀，蘇爾，這個可憐的孩子全身濕透啦！再說，你看他會不會已經餓壞了呢？」

「妳說得對，瑞秋——我忘了。」

老太太就說：

「貝茜（這是女黑奴的名字），快替他弄點吃的，這個可憐的孩子。妳們去把巴克叫醒了，告訴他——哦！他來了，巴克，帶這個小客人進去，把他身上的濕衣服脫下來，讓他穿上你的乾衣服。」

巴克看起來跟我差不多大——約十四、十五歲，但塊頭比我大一些。他身上只披著一件襯衫，頂著蓬亂的頭髮。他打著哈欠走進來，用一隻手揉著眼睛，另一隻手裡拖著一支槍，說道：

「沒有謝弗遜家的人來吧？」

其他人說沒有，只是一場虛驚。

「好啊，」他說，「要是有的話，我想我一定能打中一個。」

大家齊聲笑了起來。鮑伯說：

「哈！巴克，像你這樣慢吞吞的，人家說不定早就把我們的頭皮剝下來了。」

「啊，根本沒有人來叫我啊！這可不行，我老是被遺忘，得不到表現的機會。」

「別擔心，巴克，我的孩子，」老人說，「你遲早有機會表現的，別急。現在，照你母親說的去做吧。」

我們上樓進了他的房間，他給我一件粗布襯衫和一件短外套，還有一條褲子。當我換衣服的時候，他問我叫什麼名字，我還沒來得及回答他，他就急著跟我說，他前兩天在森林裡抓到一隻藍喜鵲和一隻小兔子，還問我：蠟燭熄滅的時候，摩西在哪裡？我說我不知道，過去也從未聽過這個故事。

「那你猜一猜。」他說。

「我怎麼猜得到？」我說，「我又沒有聽說過。」

「不過你可以猜，不是嗎？很容易的。」

「哪一支蠟燭？」我說。

「哎！隨便一支都行。」他說。

「我不知道他在哪裡，」我說，「在哪裡呢？」

「這個嘛，他就在『黑暗』中呢！」（註：聖經記載摩西出生三個月時，母親把他扔在河岸邊，「河岸」英文「dock」與「黑暗」的英文「dark」發音接近，此處為一雙關語的猜謎。）

「既然你知道，又何必問我？」

「啊！真是的，只是一個謎語嘛，你不知道嗎？聽我說，你打算在這裡待多久？你一定要一直待下去，我們會過得很快活的——現在也沒有學校可以去了。你有養狗嗎？我有一隻狗——牠能衝進河裡，把你扔到河裡的小木片叼回來。在禮拜天，你喜歡把頭髮梳得亮亮的，以及諸如此類的玩意兒嗎？跟你說，我才不願意，可是媽媽逼我這麼做。這些舊褲子真討厭，但最好還是穿上吧，真是熱。你好了嗎？好——來吧，伙計。」

冷的玉米餅、醃牛肉、黃油和酸奶——這就是他們給我吃的東西，我從沒吃過這麼棒的食物。巴克、他媽媽，以及其他所有的人全都抽玉米芯煙斗，除了那個女黑奴——她走開了，還有那兩位年輕女性。他們全都一邊抽煙，一邊說話，而我則吃著東西。那兩位年輕女士都披著棉斗篷，將頭髮披在背後。他們問我一些問題，我告訴他們，我爸爸和我們一家是怎樣在阿肯色州南方的一個小農莊生活的；我姐姐瑪莉安是怎樣離家出走、結了婚，從此杳無音訊；比爾是怎樣出去尋找他們，最後連自己也行蹤不明；湯姆和摩爾是怎樣也過世的；除了我和爸爸，我們一家就沒剩下別的人了；爸爸歷經磨難、傾家蕩產，所以等他一死，農莊便落入別人的手中，我只好把剩下的一點東西帶走，坐船往上游去，但又掉到水裡，最後才流浪到這裡。他們說，我可以把這裡當成自己的家，愛住多久就住多久。天已經快亮了，大家一個個去睡覺了，我和巴克睡在同一床。早晨醒來時，我發現——糟了，我忘了自己的名字。我躺著想了一個鐘頭，當巴克醒來時，我說：

「你會拼字母嗎？巴克。」

「會。」他說。

「我猜你才不會拼我的名字呢！」我說。

「我敢說，你會的我也會。」他說。

「好吧，」我說，「那你拼拼看。」

「喬——治——傑——克——森——如何？」他說。

「沒錯，」我說，「拼出來了，我還以為你不會呢！這名字太好記了——不用想也能拼得出來。」

我暗自把名字背下來，因為下次可能會有人要我拼出來，我得把它記牢，並且隨口就能說出這個名字，彷彿早已習慣它似的。

他們是可愛的一家人，他們的家也是可愛的房子；我過去在鄉下從未見過這麼可愛、這麼氣派的。大門上並沒有安裝鐵門鎖，也沒有帶鹿皮繩的門閂，而是可轉動的銅把手，鎮上的人家也都是這樣的。客廳裡沒有床，也沒有鋪過床的痕跡，但在一些鎮上，大廳裡鋪著床的人家多得是呢！有一個大壁爐，底下鋪了磚頭，要是在上面澆水，再用另一塊磚頭在上面磨，就能擦得於乾乾淨淨，露出鮮豔的紅色。他們偶爾會抹上一種叫做西班牙銅的紅色顏料，用它來擦拭東西，跟鎮上的人家一樣。壁爐的銅架大得可以放上一根待鋸的圓木，爐台中間放著一台鐘，鐘的玻璃罩下半部畫著一個小鎮，中間部位畫著一個圓輪，代表太陽；在它的後面，你能看見鐘擺在擺動，發出規律的滴答聲；有時還會有流動的工匠來擦洗一遍，把它修復得有模有樣的，一口氣就能敲響一百五十下。這樣的一台鐘，無論你開出多少價錢，他們都不肯賣。

鐘的兩旁各立著一隻有點奇怪的大鸚鵡，是用石膏之類的東西雕成的，顏色塗得紅紅綠綠。在一隻鸚鵡旁邊有一隻瓷貓，另一隻旁邊則有一隻瓷狗，在它們身上一按，就會哇哇地叫起來，雖然嘴並不會張開，也不會動，更沒有什麼表情，而是從肚子裡發聲的。在這些東西的後方，張著幾把由火雞羽毛做成的大扇子。屋子中間有一只可愛的瓷藍，裡面裝著一堆堆蘋果、橘子、桃子、櫻桃，顏色比實物來得更紅、更美麗，也更可愛。它們當然不是真的，從破損處露出的石膏或是其他材質就可以看得出來。

桌子鋪著一張美麗的漆布，上面畫著紅藍兩色展翅翱翔的老鷹，四周圍著花朵，他們說這是從遙遠的費城運來的。還有一些書，堆得整整齊齊，放在桌子的四角，有一本是大開本的家用聖經，附有許多圖畫，一本叫做《天路歷程》，是講一個離家出走的人的故事——至於為什麼離家，上面沒有說。我有時會拿來讀，已經讀了不少，書上的句子很難懂，但還算有趣。另一本叫做《友情的獻禮》，盡是美麗的文字和詩歌，不過我沒有讀。還有一本是亨利．克雷的演講集，另一本是昆恩博士的《家庭醫藥大全》，講述一個人生病了或死了的時候應該怎麼辦。還有一本《讚美詩集》以及其他的一些書。屋子裡有幾張柳條椅，還很硬挺，並不像舊籃子那樣凹陷或是龜裂。

牆上掛著畫——大多是有關華盛頓、拉法葉和一些戰役的題材，還有「高原上的瑪麗」；有一幅標示「簽署獨立宣言」。有幾張炭筆畫，據說是他們一位夭折的女兒畫的，她死的時候才十五歲。這些畫比一般的畫要來得黑。其中一幅畫的是一位婦女，身穿瘦長的黑衣裳，腋下綁著帶子，袖子中段大得像是兩顆包心菜；頭上戴著一頂又大又黑、像煤鏟一樣的遮陽帽，帽上垂下一層黑面紗；又白又細的手腕上繞著黑絲帶，穿著一雙小巧的黑色便鞋，活像兩把鑿子。她正站在一棵柳樹下，用右手肘斜靠在一塊墓碑上，像是在沉思，另一隻手則垂下來，拿著一條白手帕和一個手提袋。畫的下緣寫著「想不到，從此天人永隔。」另一幅畫，畫的是一位年輕女孩，頭髮從四邊撥到頭頂，在一把梳子前打了一個結，彷彿椅子的靠背。她正用手帕捂著臉哭泣，她左手托著一隻死鳥，兩腳朝天仰臥著。這幅畫下面寫著「婉轉嗓音，竟成絕響。」在第三幅畫上，一位年輕的女孩凭窗仰望月亮，眼淚沿著臉頰流下，一手拿著一封已經打開的信，信封的一頭還有黑色的火漆；她把裝著照片的紀念小盒貼在嘴上。畫的下面寫著：「難道從此逝去了嗎？唉，逝去了，多麼傷心！」

我覺得這些畫都畫得很好，但我似乎不太喜歡它們，因為每當我心情不好的時候，這些畫往往更讓我心神不寧。大家都為她的死而惋惜，因為要是她還活著，還能再畫出更多的畫，從她留下的貢獻可以看出這種損失有多大。不過我又猜想，以她的個性，或許待在墳墓裡還更開心。人們說，她病倒的時候，仍在努力創作她那幅最偉大的畫，她日夜都祈禱上帝能讓她完成；可惜的是，她沒能如願以償。畫上的是一位年輕女孩，身穿一件白色長袍，站在一根橋頭的欄杆上，已準備好縱身一躍。她長髮披肩，仰望明月，淚流滿面，雙臂抱在胸前，另有一雙手臂朝前張開，一雙手臂伸向明月——這是為了決定哪一雙手畫得比較好，決定之後，再把多餘的手塗掉。不幸的是，正如我所說的，在她作出決定以前，她就突然逝世。如今，家人把這幅畫掛在她臥室的床頭，每到她的生日，他們就在上面放上花，平日則蓋上一塊小小的帷幔。畫上的年輕姑娘，臉蛋十分甜美，只是手臂太多了，我總覺得看起來就像一隻蜘蛛。

這位女孩生前有一本剪貼簿，把《長老會觀察報》上的訃聞、事故消息和某些人默默忍受煎熬的事蹟保留下來，並抒發自己的感想，寫下詩篇。詩寫得很好，有一首是為一個不幸墜井而死的男孩史蒂芬．道林寫的：

《哀悼史蒂芬．道林．柏茲》

莫非年輕的史蒂芬病了？

莫非年輕的史蒂芬死了？
莫非悲傷的人，正越加哀痛？
莫非弔唁的人，在痛哭失聲？

不，年輕的史蒂芬．道林．柏茲，
他遭到的並非是這樣的命運，
固然周圍的人的哀傷越來越深，
他卻並非因為病痛而喪生。

並不是百日咳折磨他的身體，
並不是可怕的麻疹使他渾身斑點，
並不是任何病痛，奪走了
史蒂芬．道林．柏茲神聖之名。

並不是單相思，
折磨了這一頭捲髮的年輕人，
並不是胃的什麼病痛，
害得史蒂芬．道林．柏茲一命嗚呼。

啊！都不是，且聽我以熱淚傾訴。
當你聽著我細訴他的命運，

他的靈魂已從這冷酷的世界逝去，
只因他不幸墜入了井中。

他被撈起了，也擠出了肚子裡的水，
可是痛哭吧，只因為遲了一步，
他的英靈早已飛向遠方，
在那至善至偉的國度。

如果艾米琳．格蘭傑福德在十四歲以前就能寫出這些詩，要是她現在沒有死，又會寫出什麼樣的好詩，那是可想而知的。巴克說，她能出口成詩，而不需經過太多思考；他說，她隨便一寫就是一行，這時候，要是她想不出能押韻的下一句詩，她就會把原本那一句劃掉，重新起頭。她的詩不限題材，無論你選了什麼題目，她都能寫，只要與悲哀有關就行。每當一個男人死了，或是一個女人、小孩死了，屍體還未冰涼，她就已經把「輓詩」送來了——她是這麼稱呼它們的。鄰居們都說，最先到場的是醫生，然後是艾美琳，最後才是葬儀師——葬儀師從來沒有在艾米琳之前到達過；除了有一回，為了想出與死者的名字「惠斯勒」押韻的詩句，她多耽誤了些時間，這才來遲了。在那之後，她的身子大不如前；她從來沒有怨天尤人，只是從此消瘦了下去，直到死亡。可憐的人！我曾好幾次下定決心，到她生前的小房間去，找出她那本令人傷心的剪貼簿來閱讀——那是在她的畫作使我感到煩悶、甚至對她有些不滿的時候。我喜歡這一家人，無論是死去的，還是活著的，我絕不讓我們之間有什麼隔閡。可憐的艾米琳，活著時曾為所有死者寫下詩篇，如今她走了，卻沒有人為她寫詩。這也許是一件遺憾吧！因此，我曾絞盡腦汁，要為她寫一首輓詩，但不知怎麼搞的，詩總是寫不成。艾米琳的這個房間總是被家人整理得乾淨、整齊，就像她生前喜歡的那樣，而且從沒有人睡在這裡。老太太親自整理這個房間，儘管她有的是女黑奴。她往往在這裡做針線活，一邊閱讀她的聖經。

至於那間大廳，每一扇窗戶都掛著漂亮的窗簾。窗簾是白色的，上面畫著圖畫，例如一些城堡，藤蔓從城牆上垂下；或是走到河邊飲水的牛群等等。大廳裡還有一架小小的舊鋼琴，我猜裡面一定裝了不少的鐵鍋。年輕的女士們唱著一曲《最後的斷鏈》，彈著一曲《布拉格戰役》，再悅耳不過了。每個房間裡的牆壁都粉刷過，地板幾乎都鋪了地毯；而房子外側一律漆得雪白。

這是一座雙棟的住宅，兩棟建築之間有一塊寬敞的空地，上頭有屋頂，下面也有地板；有時候中午會在那裡擺一張桌子，確實是個陰涼、舒適的地方，無可挑剔。何況飯菜既美味，又任你吃到飽。

第十八章

格蘭傑福德上校是一位徹頭徹尾的紳士，他的家人也都一樣。他的家世好，這對於一個人來說，就像對一匹馬來說一樣珍貴。道格拉斯寡婦就是這麼說的；說到這位寡婦，誰也不否認她是我們鎮上最尊貴的人家，我爸爸也總是這麼說——儘管他的家世比一條大鯰魚好不了多少。格蘭傑福德上校個子很高，身材修長，皮色黑裡透白，一點血色也沒有。每天早上，他總是把瘦削的臉刮得乾乾淨淨。他薄嘴唇、小鼻孔、高鼻子、濃眉毛，一對漆黑的眼睛深陷在眼眶裡。當他看著你時，就像從山洞裡朝外望著你。他的額頭高高的，頭髮又黑又直，一直拖到肩上，雙手又長又細。他每天穿著一件乾淨的襯衫，以及一整套細帆布做的白色西裝，白得簡直刺眼。每逢禮拜天，他總是穿著一身藍色的燕尾服，上面有黃銅的鈕扣；手中提著一根鑲銀的紅木杖。他的氣質毫不輕浮，也不會大聲說話，為人和藹可親——人們都感覺得出這一點，這給了大家一種信任感。他有時微微一笑，十分動人；但一旦他把腰板一挺，如同一根旗杆立在原地，再加上濃眉下的目光一閃，就會讓你想爬到樹上，探問究竟出了什麼事。他不需要提醒別人注意自己的行為舉止——在他的面前，人們總會不自覺變得規規矩矩。大家都喜歡跟他在一起，他就像一片陽光——我是指他的表情像個好天氣。一旦他成了層層烏雲，在半分鐘內變得黑壓壓的，那就足夠嚇人了。在接下來的一個禮拜內，絕不會出任何差錯。

早上，每當他和老夫人走下樓，全家人會從椅子上站起來，向他們道一聲早安。在他們兩位就坐以前，其他人是不會坐下的。接著，由湯姆和鮑伯走到櫥櫃，取出酒瓶，配好一杯苦味酒遞給他。他就拿在手裡，等湯姆和鮑伯也調好了各自的酒，並彎下腰說一聲：「敬老爺與夫人一杯。」他們才稍稍欠一下身子，說一聲謝謝，於是三個人全都乾了。之後，鮑伯和湯姆把一湯匙的水倒在他們的杯子裡，和剩下的一點白糖與威士忌，或是蘋果白蘭地混在一起，遞給我和巴克，讓我們向兩位老人家舉杯致敬，再喝下肚。

鮑伯年紀最長，湯姆排行老二。兩個人的個子都很高，肩膀很寬，棕色的臉、長黑髮、兩隻黑色的眼睛，都可說是一表人才。他們穿著一身細帆布服裝，跟老紳士一模一樣，戴著寬邊的巴拿馬帽。

接著再說說夏綠蒂小姐。她二十五歲，身材高䠷，自信而富有氣質。當她不生氣時，往往十分和氣；但只要她一生氣，就會像她父親一樣，讓你立刻敬畏三分。她長得很美。

她的妹妹蘇菲亞小姐也是，不過她是另一種類型。她很文靜，長得也美，就像一隻鴿子。她只有二十歲。

每一位家人都有貼身黑奴侍候——巴克也有。我的貼身黑奴閒得很，因為我不習慣讓人家服侍；不過巴克的黑奴整天跑東跑西，忙個不停。

這就是一家人的情形。不過，原本還有別的人——另外的三個兒子。他們被殺死了，還有艾米琳也死了。

老紳士擁有好幾處農莊，黑奴超過一百個。有的時候，會有許多人聚集在這裡，是騎了馬從十哩或十五哩外的地方來的。他們在這裡待個五六天，在附近痛快地玩一玩。白天，他們在樹林裡跳舞、野餐，夜晚則在屋裡舉辦舞會。他們大多是這家人的親戚，男人身上都帶了槍。告訴你吧，這些人真是了不起。

附近還有另一個貴族人家——一共五六戶吧——大多是姓謝弗遜。他們跟格蘭傑福德家族同樣富有格調，家世顯赫，又有錢。謝弗遜家和格蘭傑福德家使用同一個輪船碼頭，離這座大宅邸兩哩多遠，因此有時候我會和大伙兒一起去那裡，在那裡見過不少謝弗遜家的人，一個個都騎著駿馬。

有一天，巴克和我出門到樹林裡打獵，聽見了朝我們走來的馬聲。當時我們正要穿過大路。巴克說：

「快！朝樹林裡跳！」

我們跳進樹林，透過一簇簇樹叢朝外張望。不一會兒，一個英俊的年輕人騎著馬沿大道飛奔而來。他騎在馬上，態度從容，神態像個軍人，把槍平放在鞍上。我曾經見過這個人，他是哈尼．謝弗遜。只聽見一聲槍響，巴克的子彈從我耳邊擦過，哈尼頭上的帽子頓時滾落在地。他握緊了槍，徑直朝我們藏身的地方衝過來。不過我們可沒有猶豫，立刻跑進了樹林。這座樹林並不茂密，所以我曾幾次回頭察看，好躲開子彈。我看到哈尼兩次瞄準了巴克。最後他走了——我猜是回去找帽子的，不過我沒能看到。我們一路飛奔回家。老紳士的眼睛亮了一下，足足有半分鐘——據我推斷，這似乎是欣慰的表示。隨後，他臉色和緩下來，語氣柔和地說：

「我不喜歡躲在矮樹叢裡偷襲這種做法，我的孩子。為什麼不到大路上去呢？」

「爸爸，謝弗遜家才不這麼做呢！他們都喜歡使詐。」

夏綠蒂小姐在巴克講述事情經過時，一直昂著頭，活像一位女王。她的鼻孔張大，雙眼飄忽不定。兩個兄弟顯得十分陰沉，但都沒有說話。蘇菲亞小姐一度臉色發白，但當她知道那個男子沒有受傷，臉色也恢復了。

等我把巴克帶到樹下的玉米倉庫外面，只剩下我們兩人時，我說：

「你真的想殺死他嗎？巴克。」

「嗯，當然是了。」

「他做了什麼對不起你的事嗎？」

「他？他從來沒對我做過什麼。」

「既然如此，你又為什麼要殺他呢？」

「啊，這沒什麼，是因為世仇。」

「什麼叫做世仇？」

「哈，你是在哪裡長大的？竟然不知道什麼叫世仇？」

「我從未聽說過——說給我聽聽。」

「噢！」巴克說，「世仇就是：一個人跟另一個人吵了架，把他殺了。另一個人的弟兄便殺了他。接著，其他的弟兄們——也就是雙方的——也開始我打你、你打我。再下來，堂兄弟、表兄弟也參加了進來——到後來，他們全都被殺死了，世仇也就結束了。這是一個緩慢的過程，得花很長的時間。」

「這裡的世仇有很長的時間了嗎？」

「嗯，這我得好好想一想！是三十年前開始的——大概有那麼久了吧。我們為了什麼事而發生了糾紛，結果鬧上了法庭，由於判決結果對一方不利，於是他把勝訴的一方槍殺了——他當然會這麼做了，換成了任何人都會這麼做。」

「是什麼糾紛呢？巴克。是爭田產嗎？」

「我想也許是吧——我不清楚。」

「啊，那麼，先開槍的是誰呢？——是格蘭傑福德家的人，還是謝弗遜家的人？」

「老天！我怎麼知道？是很久以前的事啦！」

「有人知道嗎？」

「哦，是的，我想我爸爸知道，有些老一輩的人也知道。不過事情過去那麼久了，一開始是怎麼鬧起來的，連他們也不知道了。」

「死了很多人嗎？巴克。」

「是啊，一天到晚都有喪禮。不過，也並非總是死人，像我爸爸身上就有幾顆子彈，不過他一點也不在乎，因為他說他的命一點也不重要。鮑伯被人家用長獵刀砍了幾下，湯姆也受過一兩次傷。」

「今年有人被打死嗎？巴克。」

「有，我們死了一個，他們那邊也死了一個。大概三個月前，我的堂兄弟，十四歲的巴德騎馬穿過河對岸的樹林，身上沒有帶武器——這真是太傻了！在一處偏僻的地方，他聽見身後有馬聲，回頭一看，是巴迪・謝弗遜老頭，手裡拿著槍飛快地追過來，滿頭白髮迎風飄著。巴德並沒有下馬躲進樹叢裡，反而乖乖讓對方追上來。於是，兩人展開了賽跑，足足跑了五哩多。老頭越追越近，最後，巴德眼看自己沒希望了，便勒住了馬，轉過身來，正面朝著對方，於是一顆子彈打進了他的胸膛。不過，老頭也沒有太多時間慶祝，因為不到一個禮拜，我們的人又把他幹掉了。」

「我看，那個老頭一定是個懦夫，巴克。」

「我倒覺得他不是，絕對不是——謝弗遜家一個懦夫也沒有，格蘭傑福德家也一樣。是啊，那個老頭有一次對上了三個格蘭傑福德家的人，打了半個多小時，最後還贏了。我們的人都是騎了馬的。他下了馬，躲在一小堆木材後面，把他的馬推到前面擋子彈；但格蘭傑福德家的人還是騎在馬上，圍著老頭轉來轉去，朝著他一陣槍林彈雨，他也不甘示弱地反擊。最後，他和他的馬流著血，一跛一跛地回家了，但格蘭傑福德家的人卻是被抬回家的——其中一個死了，另外一個隔天死了。不，伙計，要是有人想找一個懦夫，他絕不會在謝弗遜家找到，因為他們從來沒有這樣的廢物。」

接下來的禮拜天，我們都去了教堂。教堂離宅邸有三哩路，我們騎馬過去，男丁全都帶了槍，巴克也帶了。他們把槍插在兩腿間，或是放在靠牆隨手可得的地方；謝弗遜家的人也是這般架勢。佈道內容沒什麼意思——盡是兄弟友愛這類令人厭煩的話，但人們一個個都說講得好，回家的路上還講個不停，大談信仰、善行、恩典、命運之類的話，叫我記也記不清。總之，在我看來，這可以說是我一生中最難受的禮拜天了。

吃過午飯後的一個小時，全家人都在打瞌睡，有的人坐在椅子上，有的待在臥室裡，氣氛十分沉悶。巴克帶著一條狗在草地上作日光浴，睡得很熟。我朝我們的那個房間走去，心想不妨睡個午覺。我見到蘇菲亞小姐站在她房間的門口，她的臥室就在我們房間的隔壁。她帶我進去她的房間，輕輕把門關上，問我喜不喜歡她。我說喜歡。她問我願不願意替她做件事，並且對大家保密。我說我願意。她就說，她忘了把她的聖經帶回來了，就在教堂的座位上，擺在另外兩本書的中間，問我能不能偷偷地溜出去，替她把書帶回來。我答應了。於是我一溜煙地走出家門，來到大路上。教堂裡沒有什麼人，除了一兩隻豬；因為教堂的門沒有上鎖，豬在夏天都喜歡到鋪了木板的地方納涼，如果你留心注意的話，就會知道大部分的人只有在逼不得已的時候才上教堂，但是豬就不一樣。

我心想，一定發生了什麼事——一個女孩竟會對一本聖經如此焦急。於是我把書拿在手裡抖一抖。掉出了一張小紙片，上面用鉛筆寫著「兩點半」。我又檢查了一遍，沒有找到其他的東西。我搞不懂這代表什麼意思，於是把小紙片又放回書裡，然後回家，上了樓。蘇菲亞小姐正在門口等我，她把我一把拉進去，關上了門，然後開始翻找聖經，找出了那個紙片。她看了上面的字，顯得十分高興，忽然一下抱住了我，緊緊地摟了摟，還說我是世上最好的孩子，並叮嚀我不要跟任何人說。這時候，她滿臉通紅，眼睛閃閃發光，看起來真是美極了。我吃了一驚。當我喘過氣來，便問她紙片是怎麼一回事。她問我看了沒有，我說沒有，她又問我看不看得懂手寫的字。我告訴她：「不，我只看得懂印刷體。」她說，這張紙只是個書籤，沒什麼別的意義，隨後就打發我走，叫我去玩了。

我走到河邊，把這件事思考了一番。過了一會兒，我注意到我的黑奴跟在我後面，我們走到後面那棟房子裡的人看不到的地方，他朝左右張望了一下，然後走過來說：

「喬治少爺，如果你要去下面的沼澤那裡，我可以指給你看那裡的一大堆黑水蛇。」

我心想，這太奇怪了，因為他昨天也這麼說過。照理講，他應該知道沒有人會那麼喜愛黑水蛇，到處去尋找牠們。他究竟有什麼用意呢？於是我說：

「好吧，你帶路吧。」

我跟在後面走了半哩多，他就踩進沼澤，水沒到膝蓋。又走了半哩路，我們就走到了一小片平地，地勢乾燥，長滿了大樹、矮樹叢和藤蔓。他說：

「喬治少爺，你再往前走幾步，就可以看見黑水蛇啦！我以前看過，不想再看了。」

隨後，他踩著泥水走掉了，轉眼間就消失在樹林中。我摸索著往前走，到了一小塊空地，面積跟一間臥室差不多大，四周滿是青藤，有一個人正在那裡睡著了——天啊，那正是吉姆！

我叫醒了他。我原以為他會大吃一驚，但他卻差點哭了起來，他欣喜若狂，但是並沒有吃驚。他說，那天晚上落水以後，他跟在我後面游著。我喊的每一聲他都聽到了，但是他沒有回答，因為他不想被人家抓住，再次淪為奴隸。他說：

「我受了點傷，游不快，最後落後你一大段路。當你上岸的時候，我原本想趕上去。當我正要朝你大喊，卻看到了那棟大屋子，我便放慢腳步。我跟你離得很遠，沒有聽見人家跟你說了什麼——我害怕那些狗——不過，當一切都靜了下來，我知道你進屋去了，我便走到樹林裡，等待天亮。凌晨時分，你們家的幾個黑奴走過來，到田裡幹活。他們把我帶來這裡，告訴我這個地方——這裡有水，狗又追蹤不到我——每天晚上又給我東西吃。你過得如何？」

「啊！你為什麼不早一點叫傑克帶我過來呢？吉姆。」

「唉！哈克，在想出一個好辦法之前，去打擾你又有什麼用呢？不過，如今一切都平安無事了。只要一找到機會，我會去買些盆、碗、口糧，晚上我就修理木筏。」

「什麼木筏？吉姆。」

「我們原來的那個木筏啊！」

「你是說，我們原來的木筏沒有被撞成碎片？」

「沒有，沒有撞成碎片，撞壞了不少——有一端損壞得很厲害——但還可以使用。只是我們的那些東西全泡湯了。要不是我們潛得又深又遠，天又那麼黑，我們又被嚇得暈頭轉向，我們原本可以看到木筏的。不過，這無所謂，因為現在木筏已經修理得跟原來差不多了，損失的東西也補充好了。」

「哦！你究竟是怎麼把那個木筏找回來的呢？是你抓住它的嗎？」

「我已經躲到那邊的樹林裡了，要怎麼抓住？是這裡的幾個黑人發現木筏被一塊礁石擋住了，就在河灣裡，於是他們把它藏在河濱的柳樹下。他們為了爭木筏是誰的，鬧得不可開交，很快就被我聽到了。我跟他們說，木筏不是他們任何人的，而是屬於你跟我的；我還說，你們難道想從一個白人少爺手裡搶走他的財產嗎？

這樣一來，他們的爭端就被平息了。我還給他們每人一毛錢，他們這才歡天喜地，祈禱以後還有木筏漂來，好讓他們發財。他們對我可好了！無論我叫他們幹些什麼，從來不需要我說第二遍，老弟。那個傑克是個很好的黑人，挺機靈的。」

「是啊，他很機靈。他沒有跟我說你在這裡，而是說要讓我看黑水蛇。要是出了什麼意外的話，就不關他的事。他可以說自己從未看見我們兩個在一起，這倒是事實。」

關於第二天的事，我簡直不願意多說了。我看還是長話短說吧！我早晨醒來，想翻個身，再睡一會兒，卻發現一片寂靜——沒有任何人走動的聲音，這可不太尋常。巴克也已經起床了，不在房間裡。我馬上起了身，心裡疑惑不解，一邊走下樓梯——四周空無一人，屋內一片靜悄悄。屋外也是一樣，我心想，這是怎麼一回事啊？到了木料場，我遇到了傑克，問道：

「發生什麼事了？」

他說：

「你不知道嗎？喬治少爺。」

「不，」我說，「不知道。」

「噢！蘇菲亞小姐走了！她確實走了。沒有人知道她是什麼時候走的，她和年輕的哈尼．謝弗遜私奔結婚去了——大家都是這麼說的。是家人發現這件事的，大約是在半小時以前——也許還更早一些。告訴你吧，他們一點時間也沒有耽擱，就急急忙忙帶著槍上馬，那副情景恐怕連你也沒有見識過。那些女人也出動了去通知她們的親戚。蘇爾老爺和兒子們拿了槍，騎上馬，沿著河邊大路追，要設法在那個年輕人帶著蘇菲亞小姐過河以前抓住他，殺掉他。依我看，凶多吉少啊！」

「巴克沒有叫醒我就出去了？」

「是啊，我猜他是不想叫醒你。他們不想把你捲進去。巴克少爺把槍裝好子彈，說要逮住一個謝弗遜家的人押回家來，要不然寧可自己被殺掉。我看啊，謝弗遜家的人在那邊多的是，只要他有機會，一定能逮一個回來。」

我沿著河邊的路拚命朝上游趕去，一會兒就聽見不遠處傳來了槍聲。等我能看見輪船碼頭旁的木料場和木堆時，我撥開樹枝和灌木叢拚命往前走，找到了一個理想的位置。我爬上了一棵白楊樹，躲在樹枝之間子彈打不到的地方，就在那裡張望。在不遠處，這棵大樹的前方，有一排四呎高的木頭堆。我本想躲到它後面去，後來沒有去，這也許是我的運氣好。

有四五個人在木料場前的空地上騎著馬來回奔跑，一邊咒罵著，想把躲在木堆後的一對年輕人打死——但就是無法得逞。每當他們的人在河邊的木堆旁一露面，就會遭到射擊。那一對年輕人在木堆後方背抵著背，將兩側把守得密不透風。

隔了一段時間，那些人不再騎著馬一邊跑一邊吼叫了。他們朝著木料場衝過來，一個年輕人立刻站了起來，把槍擱在木頭上瞄準，一槍射落了一人。其他的人紛紛跳下馬，抓起受傷的人抬回去。就是在這一刻，那兩個孩子拔腿就跑。他們跑到距離我一半路程的時候，對方還沒有發現；等他們一發現，就立刻跳上馬緊追在後。眼看雙方越追越近，那兩個年輕人又躲到了一個木堆後面，佔據了有利的位置。這個木堆就在我那棵樹的前方。兩個年輕人之中，有一個就是巴克，另一個是個瘦削的年輕人，大約十九歲。

這些馬上的人橫衝直撞了一陣，然後騎著馬走開了。等看不見他們的影子後，我便朝巴克大喊一聲，告訴他我在這裡。他起初還搞不清楚我在樹上，嚇了一大跳。他叮嚀我仔細瞭望，一看到那些人重新出現，就立刻告訴他；還說他們一定是在玩弄詭計，不會走遠的。我想爬下樹，但沒有這麼做。這時候，巴克忽然一邊大哭、一邊跺腳，說他和他的堂兄喬（也就是另一個年輕人）發誓要報今天的仇。他說他父親和兩個哥哥被打死了，而敵人也死了兩三個人。謝弗遜家的人設了埋伏。他還說，他的父親和哥哥們應該等他們的親戚來支援後再行動的——謝弗遜家的力量遠遠勝過他們。我問他，那個年輕的哈尼和蘇菲亞小姐的情況怎麼樣。他說，他們已經過了河，平安無事。聽到這個消息，我感到很慶幸；但巴克卻不這麼想。他恨得牙癢癢的，因為他那天沒有開槍打死哈尼——像這樣的事，我真是前所未聞！

突然間，砰！砰！砰！砰！響起了三四聲槍響。敵方的人沒有騎馬，偷偷穿過樹林，繞到他們後面，衝了過來。兩個孩子往河裡跳——兩人都受了傷——他們往下游划去，對方在岸上朝著他們一邊射擊，一邊大叫：「打死他們，打死他們！」我當時有多麼難受啊！幾乎要從樹上跌下來。這一切經過，我也不想細說了——這只會讓我更難受。我真希望那一晚我沒有爬上岸來，以致親眼目睹這場慘劇。我的腦中將永遠驅趕不了這一切——有好多次，我在夢裡又看見了這些場面。

我躲在樹上，一直躲到天黑，不敢爬下樹來。我不時聽到遠處的樹林裡有槍聲。有兩次，我看到一小隊人騎著馬、帶著槍，馳過木料場，因此我猜想衝突還沒有結束。我心裡萬分沉重，因此下定決心，從此不再走近那棟房子；因為我認為這全是我闖的禍！我推測，那張紙片是要蘇菲亞小姐和哈尼．謝弗遜在晚上兩點半一起私奔。我應該把那張紙片的事以及她怪異的舉動告訴她父親的，這樣的話，他也許會把她關在房間裡，而這些可怕的災禍就根本不會發生。

我一爬下樹，就沿著河岸朝下游走了一段路。我發現河邊躺著兩具屍體。我把他們拖上岸來，然後蓋住了他們的臉，隨後就趕快離開。把巴克的臉蓋起來的時候，我不禁哭了一會兒，因為他對我多麼好啊！

這時天色剛黑。從那之後，我沒有再走近那座房子。我穿過樹林，往沼澤走去。吉姆不在他的那個小島上。我急忙往河濱趕去，撥開了柳樹叢，一心只想跳上木筏，遠離這片可怕的土地——可是木筏不見了！我的老天！我多麼驚慌啊！我幾乎有一分鐘喘不過氣來。我拚命大喊了一聲，在我二十五呎外響起了一個聲音：

「天啊！難道是你嗎？老弟。別出聲！」

是吉姆的聲音——我從來沒聽過這麼美妙的聲音！我在岸邊跑了一段路，登上了木筏，吉姆一把抱住了我。見到我，他高興得不得了。他說：

「上帝保佑你！老弟。我以為你又死啦！傑克來過，他說他預料你已經中彈身亡了，因為你再也沒有回家。所以我剛才正打算把木筏划到河面上。我已經作好準備工作，只要傑克回來告訴我你已經死了，我就把木筏划出去。天啊！看到你又回來了，我多麼高興啊！老弟。」

我說：

「好——好極了，他們再也找不到我啦！他們會以為我已經死了，屍體被水沖到下游去了——那裡的確有些東西會讓他們這麼想——所以，吉姆，別再耽擱了，趕快朝大河划去，越快越好！」

木筏向下游走了兩哩多，來到密西西比河的河中央，我才終於放下了心。接著，我們掛起信號燈，斷定我們再度自由、平安了。從昨天以來，我一口東西也沒有吃過，因此吉姆拿出一些玉米餅、酸奶、豬肉、白菜和青菜——燒得十分可口，沒有比這更好吃的東西了——我一邊吃晚飯，一邊和他說話，高興極了。能夠離「世仇」遠遠的，我十分慶幸。而吉姆能離開那片沼澤，也十分開心。我們說，世上沒有一個家能比得上這艘木筏——別的地方總是那麼彆扭、沉悶，只有木筏是另一個天地。在一艘木筏上，你感覺到的只有自由、舒坦，以及輕鬆愉快。

第十九章

兩三個白天和夜晚就這麼過去了。不妨說是漂過去了——寧靜、順利、甜美地滑過去了。我們是這樣消磨時光的：一到了下游，只見一條大得嚇人的河流——河面有時寬一哩半；我們在夜晚航行，白天則躲起來；當黑夜將盡，我們便停止航行，把木筏靠岸——總是靠在一處沙洲水流平穩的地方，然後砍下白楊和柳樹的嫩枝，把木筏遮起來；隨後我們放好釣魚竿，然後溜下水去游一會兒，好振作精神，讓自己涼快一下；最後我們在水深及膝的沙灘上坐下，迎接白天的到來。四周沒有一點聲音——萬籟俱寂——彷彿整個世界都沉沉入睡了，只有偶爾的牛蛙叫聲。往水面上望去，首先看到的是灰濛濛的一條線——那是對岸的樹林——別的什麼也看不清——接著天空中出現一點白色，然後又多了一些，逐漸朝四周散開；接下來，遠處河水的顏色淡了些，不再那麼黑，而是變得灰灰的；更遠處，可以看到小小的黑點正漂過來——那是些載貨的船；還有黑黑的一條線——那是木筏，有時能聽見長槳吱吱地響，或是一些雜音。四周這麼寂靜，聲音又來自很遠的遠方。過了一會兒，你看到一道水紋，憑著水紋的模樣，你知道那裡有一塊礁石，急流朝著它沖過去，流水飛濺，成了這副模樣。你看見霧氣嫋嫋上升，離開水面，東方紅了起來，接著是河面；你可以看見對岸的樹林有一處原木搭成的小屋，可能是一個木料場，那裡放著一堆堆木材，中間卻是空的，能讓狗鑽來鑽去，或為了偷斤減兩。微風一陣陣從河上吹來，涼爽而清新，聞起來又那麼甜美，這全是樹木和鮮花的緣故；不過有時也並非如此美妙，因為人們把死魚扔得到處都是——像是尖嘴魚——弄得臭氣薰天。最後，白晝來臨了，萬物在陽光下微笑，百鳥在各處鳴叫。

在這個時間，一點點炊煙也不會惹人注意。我們便從魚鉤上取下幾條魚，煮一頓熱騰騰的早飯，然後便面對著河上的寂寞，懶洋洋地睡了起來。等到醒來之後，也許會看到一艘輪船一路喘著氣，朝上游駛去；但因為它在對岸很遠的地方，除了它的輪槳是裝在船的兩側或船尾，什麼也看不清；而且在一個小時以後，就什麼也看不見、聽不見了——只留下一片冷清。再隔一段時間，你也許會看到一艘木筏遠遠地滑過水面，上頭或許會有一個傻小子在劈柴，因為木筏上總有人幹這個活；你會看到斧頭一閃，朝下一劈——聲音你是聽不到的；又看見斧頭往上舉起，舉到頭頂那麼高，然後喀嚓一聲——經過一些時間後才經過水面傳到你耳裡。我們在白天裡就是這麼懶洋洋的，在一片寂靜之中聆聽著。有時河面上濃霧沉沉，駛過的木筏一路上敲打著鐵鍋，免得被輪船撞翻；有時一艘渡船或一排木筏駛過，離我們很近，說話聲、咒罵聲、談笑聲聽得一清二楚——只差看不見人的影子。這令人汗毛直豎，彷彿是精靈在天空中顯靈。吉姆說，他肯定那是精靈，不過我說：

「不，精靈不會說什麼『該死的霧』之類的話。」

沒有多久，天黑了，我們便出發。我們將木筏划到河心後，便聽任它自由地漂。接著我們點燃了煙斗，把腳泡到水裡，談天說地——不論白天、黑夜，我們總是光著身子，只要沒有蚊子咬——巴克的家人替我做的新衣服太講究了，穿起來渾身不自在；再說，我對衣服從來不講究。

有的時候，在很長一段時間裡，偌大一條河全歸我們所有，河岸與島嶼和我們隔水相望。也許會有一點微光閃爍——是船艙裡的一支燭光——有時候，你會在河面上見到一兩處閃光——是木筏上的，或是渡船上的；也許還能聽到某艘船上傳來提琴聲或是歌聲。生活在木筏上何等美妙！頭上的天空是我們的，佈滿了一閃一閃的星星。我們朝天仰臥，看著星星，議論這些星星是被造出來的，還是自然生成的——吉姆認為是造出來的，我則認為是自然生成的。我心想，要造這麼多星星，應該花多少時間啊！那實在太久了。吉姆說，那些是月亮下的蛋，這麼說似乎也有道理，我沒有表示反對，因為我見過一隻青蛙能下好多卵，或許這也是做得到的。我們留心看著星星掉下來，看著它劃過天空。吉姆認為，那些星星是壞掉了，才從窩裡被扔了出來。

每天晚上，我們總有一兩次看到一艘輪船輕巧地在黑暗中溜過去，從煙囪裡噴出一大簇火花，像雨點般落在水面上，十分好看。然後它會轉一個彎，燈不亮了，吵鬧聲也停歇了，只留下一片寂靜的大河。輪船捲起的浪花在它開走以後許久才流到我們的面前，輕輕搖動了木筏幾下。在這之後，你的耳中一片安靜，有好長一段時間內什麼都聽不到，只有偶爾傳來青蛙的叫聲。

半夜過後，岸上的人都睡了。有兩三個鐘頭，陸地上一片漆黑——木屋的窗內也看不見燈光了，它們就是我們的鐘錶——第一道燈光表示早晨正在來臨，於是我們就會馬上尋找一處地方躲藏起來，並把木筏繫好。

一天的凌晨，我又發現了一艘獨木小舟，便划著它經過一道狹窄的急流，靠到岸邊——只有兩百碼路，然後進了一哩外柏樹林中的一條小支流，看能不能摘一些漿果。我正經過一處牛走的小道，跨上岸，忽然聽見有兩個人從小路上飛奔而來。我心想這下子完了，因為每當有人在追趕東西，我總以為追的是我——要不然就是吉姆。我正想拔腿就跑，但他們已經逼近我了，還喊出了聲，苦苦哀求我救他們一命——他說他們並沒有做什麼壞事，但人家卻要追捕他們——後面有一群人帶著狗追了過來。他們想馬上跳上木筏，但是我說：

「別跳，我還沒聽見狗和馬的聲音，你們還來得及穿過灌木林，往小河的上游走一小段路，再跳到水裡，游到我這裡來，然後跳上木筏——這樣狗就聞不到味道啦！」

他們照我的話做了。他們一上了木筏，我連忙划向一處沙洲。三到五分鐘之後，我們聽見遠處狗與人的聲音吵成一團。由聲音聽來，他們正朝著小河而來，但我們沒有看到他們。他們彷彿在那裡停了下來，轉了一會兒，我們則趁機越走越遠，後來再也聽不見他們的聲音了。等我們距離樹林一哩多，駛進了大河，一切平靜了下來。我們划到了沙洲那裡，躲進了白楊樹叢，總算安全了。

兩人之中，有一個約七十歲——或許更老一些——禿頭，鬍子斑白，頭戴一頂寬邊軟呢帽，穿一件油膩的藍色羊毛襯衣、一條破爛的藍斜紋布褲子，褲腳塞在靴筒裡，腰部用兩條家織的背帶吊著——不，只剩一條了。他的手臂上搭著一件藍斜紋布舊上衣，釘著閃亮的銅扣，下擺很長（註：即燕尾服，哈克沒見過這種衣服）。兩人各提著一個用毯子做的又大又鼓的舊提包。

另一個人約三十歲上下，打扮一樣窮酸。早飯過後，我們躺下來閒聊。最先發現的一件事實，竟是這兩個人都不認識對方。

「你遇到什麼麻煩啦？」禿頭的老人問另一個人。

「我在推銷一種去牙垢的藥水——這種藥水確實能去掉牙垢，但往往連牙磁（即琺瑯質）也一起去掉——不過，錯就錯在我不該多住一個晚上。當我正要溜走的時候，半路上在鎮的這一頭遇到了你。你跟我說人家正在追你，要我幫忙擺脫他們，我跟你說我也遇到了麻煩，自身難保，乾脆兩人一起溜吧！事情的經過就是這樣——那你呢？」

「啊，我正在那裡推廣戒酒運動，忙了一個多禮拜。告訴你吧！那些女人們，不論老少都很支持我，因為我把那些酒鬼狠狠罵了一番，一個晚上可以賺五六塊錢——一人一毛，兒童、黑奴不用錢——生意好得很！想不到，昨天晚上有人到處散佈謠言，說我藏了一罐酒，私底下偷偷地喝。今天早上，一個黑奴叫醒了我，說人們正悄悄地集合起來，帶著狗跟馬，馬上就要過來。他們會先放我一馬，等我走了半個小時再追上來；追上以後，肯定會在我身上澆柏油、撒羽毛、讓我騎木槓。所以我還沒吃早飯就溜啦！——反正我不餓。」

「老頭子，」那個年輕的說，「我看，我們兩個不妨結伴而行，你看如何？」

「我不反對。你的職業——主要的——是什麼？」

「我是個打零工的印刷工人，偶爾也當當醫生、演員——你知道的，演悲劇。有機會時，我會試試催眠或算命。為了換換口味，也曾在歌唱——地理學校教過書，偶爾來一次演講——哦，我能做不少工作呢！——什麼比較方便就做什麼，所以也說不出什麼職業。你呢？」

「我當了一段時間的醫生了。我的拿手好戲是『把脈』——專治癌症、半身不遂，以及這一類的病。我的算命還挺準的，只要有人先替我把事情打聽好。傳道也是我的一項工作，還有佈道會啊、巡迴演講等等。」

大家沉默了一會兒，後來那個年輕人嘆了一口氣，說道：

「可悲啊！」

「什麼東西可悲？」禿頭說。

「我落到這樣的下場，竟然得跟你們這群人為伍，想起來真是可悲！」他用一塊破手帕擦擦眼角。

「該死！我們這群人有哪一點配不上你？」禿頭說，相當不客氣。

「是啊，的確配得上我，也是我應得的。是誰把我從那麼高貴變得這麼低賤？還不是我自己！我不怪你們，先生們——不僅如此，我誰也不怪，是我自作自受。讓這冷酷的世界盡情地折磨我吧！我很清楚——反正世上總有我的葬身之地。這個世界仍然會繼續運轉，並且從一切從我身邊奪走——我愛的人、財產、一切的東西——但有一樣東西它拿不走。有一天，我將長眠在那裡，把一切的種種忘得一乾二淨。我那破碎的心將會永久地安息。」他又擦起眼淚來。

「收起你那可憐的、破碎的心吧！」禿頭說，「你的心朝我們悲嘆幹嘛？我們可從來沒有害過你呀！」

「是的，我知道你們沒有害過我，先生們。我不是在責怪你們，是我把自己從上面摔了下來——是的，是我咎由自取，我活該受罪——完全活該——我絕不吭一聲。」

「從什麼地方摔了下來？你從哪裡把自己摔了下來？」

「啊，說了你們也不會相信，全世界也永遠不會相信——隨它去吧！一切都無關緊要，我出身的秘密——」

「你出身的秘密？你是指——」

「先生們，」那個年輕人非常莊嚴地說，「我現在向你們透露，因為我覺得你們是可以信任的——基於合法的權利來說，我是一個公爵。」

一聽見這話，吉姆的眼睛睜得大大的，我自己或許也是如此。隨後，禿頭說：

「不！這是不可能的。」

「是真的。我的曾祖父，布里奇華特公爵的長子，為了呼吸自由的空氣，在上個世紀末逃亡到這個國家來。他在這裡結婚，死在這個國家，留下了一個兒子，而他的父親也差不多在同一時期去世。已故公爵的次子奪取了爵位和財產——但那個真正的公爵，那個嬰兒，卻被拋在一邊。我就是那個嬰兒的直系後代——我才是合法的布里奇華特公爵。如今我卻在這裡，孑然一身，被剝奪了榮譽，還遭到眾人的追捕，受到冷酷的世界折磨，淪落到與木筏上的罪人為伍！」

吉姆感到無限同情，我也一樣。我們試圖安慰他；但是他說這於事無補，他不可能得到太多安慰。他說，要是我們願意承認他是公爵，那將比任何事都有價值。我們說我們願意，並且問他具體該怎麼做。他說，我們跟他說話時應該先向他鞠躬，並稱呼他「大人」，或者說「公爵大人」、「公爵閣下」——還說，如果我們只稱他為「布里奇華特」，他也不介意，反正那是一個封號，而不是姓名。他說，在吃飯的時候，我們應該有一個人隨侍在旁，並滿足他的各種要求。

嗯，這簡單，於是我們照辦了。吃飯的時候，吉姆自始至終站在一旁，侍候著他，還說：「大人，你要吃點這個，或是吃點那個？」等等。顯然他對這樣的待遇十分滿意。

不過那個老頭忽然不作聲了，他似乎對圍著公爵起鬨的那一套不以為然，心裡盤算著些什麼。到了下午，他開口了：

「聽我說，『畢奇華特（註：意即船底汙水）』，」他說，「我真為你難過極了。不過嘛，像你那樣落難的，可不只有你一個。」

「不只有我一個？」

「沒錯，不只你一個。像你這樣遭到陷害、從高位跌落谷底的人，可不只有你一個。」

「可悲啊！」

「不，懷有身世的秘密的，並不只有你一個。」真糟糕，他竟然哭了起來。

「等等！你這是什麼意思？」

「畢奇華特，我能信得過你嗎？」那老頭說，一邊還不停地啜泣。

「要是我出賣你，天打雷劈！」他緊緊握住老頭的手，說道，「把你身世的秘密說出來吧！」

「畢奇華特，我是當年的法國皇太子！」

可想而知，這一回吉姆和我又嚇了一大跳。隨後公爵說：

「你是……什麼？」

「是的，我的朋友，千真萬確——如今在你眼前的，是可憐、失蹤的『路伊十七』——『路伊十六』和『瑪莉．安東尼特』的兒子。」

「你？就憑你這個歲數？不可能！你該不會要說你是當年的查理曼吧？至少……至少，你必須是個六、七百歲的人了。」

「都怪我遭受的劫難啊！畢奇華特。劫難招來了這一切，它叫我頭髮白了，額頭也禿了。是啊，先生們，你們看到了，在你們面前，是身穿藍布褲子，身陷災禍、漂泊、流亡、受人糟蹋、折磨的合法法國國王。」

啊，他一邊說，一邊傷心地痛哭，叫我和吉姆簡直不知如何是好。我們非常難過——又非常高興、驕傲，因為能和他在一起。於是我們湊上前去，像剛才對待公爵那樣，試圖安慰他。但他說這麼做於事無補，只有一死了之；不過他又說，要是人們按他的地位對待他，跟他說話時雙膝跪地，並總是稱呼他「陛下」，吃飯時第一件事是侍奉他，在他面前沒得到聖旨就不准坐下——如果是那樣的話，他就會感到舒服一些。因此，吉姆和我稱呼他陛下，從早到晚忙著侍候他，在他面站得直挺挺的，直到他叫我們坐下為止。我們的侍候讓他很滿意，他漸漸變得高興起來。但公爵對他還是酸溜溜的，似乎對這般光景感到不是滋味。不過，國王仍主動向他作出友好的表示；他說，公爵的曾祖父和其他的畢奇華特公爵曾得到他父王的恩寵，經常被召進宮內，可是公爵還是一直在賭氣。後來國王說：

「畢奇華特，說不定我們得在這個木筏上相處很長一段時間，你這樣酸溜溜的有什麼用呢？只會讓大家心裡不開心罷了。我生來不是一個公爵，這不是我的錯；而你生來不是一個國王，這也不是你的錯——因此，何必煩惱呢？我常說『隨遇而安』——這是我的座右銘，我們有緣相聚，這並非是件壞事——吃得不錯，過得也清閒——好，把你的手給我，公爵，讓我們交個朋友。」

公爵照著他的話做了。吉姆和我見到這一切，心裡挺高興的，各種不快也一掃而空，大家都歡歡喜喜的。要是在同一艘木筏上還彼此不和，那是多麼倒楣的事！在木筏上，最大的願望就是能感到心滿意足，與同伴相處融洽。

不用花太多時間，我就在心裡認定：他們根本不是什麼國王、公爵，而是些下三濫的騙子。不過我從沒有說出口，只是心裡有數——這麼做最好，可以避免爭吵，也不致招來麻煩。就算他們要我們稱他們為「陛下」，「公爵」也沒關係，只要一船人能相安無事就好。再說，把實情告訴吉姆也沒有什麼好處。或許我從爸爸那裡沒有學到什麼好事，除了一件——跟這種人相處，最好的方法就是他們愛幹什麼，就隨他們幹什麼。

第二十章

他們問了我們很多問題，想知道為什麼我們要把木筏藏起來，為什麼要大白天睡覺，不把木筏開出去——吉姆是一個逃亡的黑奴嗎？我說：

「老天！難道一個逃亡的黑奴竟然會朝南方走嗎？（註：當時南方多為蓄奴州）」

不會的，他們也認為不會。但我得把事情說出個原委，於是我就說：

「我的家人住在密蘇里州的派克郡，我就在那裡出生。後來他們都去世了，只留下我和我爸爸，還有我的兄弟伊克。我爸爸認為應該離開那裡，到下游去找我叔叔班一起生活。我叔叔在奧爾良四十四哩外的河邊有一塊地。我爸爸很窮，還欠了債，當他把債還清以後，財產就所餘無幾了，只剩下十六塊錢和黑奴吉姆。靠著這些錢要走一千四百哩，不論是搭輪船還是用其他方法，都是辦不到的。就在大河漲水的時期，爸爸走了好運，有一天他撿到了這個木筏；於是我們認為，不妨坐這個木筏到奧爾良去。不過，爸爸並不總是走運的。有一晚，一艘輪船撞到了木筏前端的一角，我們全都落了水，潛到了輪槳下面。吉姆和我游了上來，平安無事；但爸爸喝醉了酒，伊克又才四歲，他們再也沒有浮上來。後來的一兩天，我們遇到不少麻煩，因為總是有人坐著小船追來，想從我手裡奪走吉姆，說他一定是個逃亡的黑奴。於是，我們乾脆白天不開船，因為夜裡沒有人會找我們麻煩。」

公爵說：

「讓我來想出個好方法，這樣我們白天時也能行駛。讓我想想——我會想出一個天衣無縫的辦法。不過，今天先別去管它了，因為我們當然不想在大白天路過下面那個小鎮——那不太好。」

黃昏時分，天色暗了下起來，彷彿快要下雨。天氣悶熱，閃電在低矮的天空閃來閃去，樹葉也顫抖了起來——毫無疑問，這場雨來勢洶洶，因此公爵和國王便去察看一下我們的棚子，看看床鋪的情況。我的床鋪著乾草——比吉姆那條鋪著玉米皮的好一點；他的床還摻雜了不少玉米芯，躺在上面刺得發疼；一翻身，玉米皮響起來，像在乾燥的樹葉上打滾，那聲音肯定會把你吵醒。公爵表示要睡我的那張床，但國王不同意。他說：

「依我看，應該用爵位高低來決定。一張塞了玉米芯的床不適合我，還是讓閣下去睡吧。」

吉姆和我急得直冒汗，生怕他們又產生更多糾紛。當我們聽到公爵說出了以下的話，簡直太高興了——

「被壓迫的鐵蹄不停在泥地裡踐踏，這就是我的宿命。我昔日的傲骨早已被不幸的命運打得粉碎了。我屈服、順從——這是我的宿命；我在世上孤單一人——讓我受苦受難吧！我忍得住的。」

等到天黑，我們立刻起程。國王叮嚀我們盡量朝河中央走，在駛出那個小鎮很長一段路之前不要點燈。我們逐漸逼近一小簇燈光——那就是那個小鎮了——我們又偷偷走了半哩，但一切平安無事。又駛出四分之三哩後，我們就掛起了信號燈。到了十點鐘，降下了傾盆大雨，雷電交加，國王交代我們兩人留心看守，直到天氣好轉為止，隨後就與公爵爬進棚子睡覺。接下來是該我值班，要值到十二點；不過，即使我有一張床，我也不會去睡，因為這樣的暴風雨可不是常常能見到的，不，簡直太稀罕了。天啊！風正在一路上尖聲呼叫！每隔一兩秒，電光一閃，方圓半哩內頓時變得明亮可見。大雨中，每一個小島全都灰濛濛的，大樹被風吹得前仰後倒，然後喀嚓一聲，轟隆、轟隆、轟隆、轟隆！——雷聲在滾動，一直滾向遠處才漸漸消失——緊接著，「唰」的一下，來了個大閃，隨即是驚天動地的大霹靂。大浪有時差點要把我從木筏上捲進水裡，幸好我身上沒穿什麼衣服，也不在乎。露出水面的樹幹、木樁也不難應付，既然天空不斷閃著電光，我們能把水面上的情況看得一清二楚，可以輕易地撥動木筏的方向，避開它們。

我本來該值半夜的班，但我當時實在睏得不行，於是吉姆說，開頭一半的時間由他代我值。他總是這麼體貼。我爬進了棚子，但國王和公爵在床上攤開了手腳，沒有我的容身之處；我只好睡到了外面去。我不介意有雨，因為它是暖和的雨，而現在的浪也沒有那麼高了。到了兩點鐘，風浪又大了起來，吉姆本想叫醒我，後來一想，又改變了主意；因為他認為浪不至於掀得太高，造成意外。不過這回他錯了，沒過多久，忽然沖來一個結實的急浪，一下子把我打進了水裡。吉姆開懷大笑，差點笑死了——他是黑奴中最容易哈哈大笑的一個。

我接過了班。吉姆躺下來，沒多久就打起鼾來了。暴風雨慢慢過去，天色放晴了。一見到岸上的木屋裡有燈光，我就叫醒他，把木筏藏進隱蔽處。

早飯後，國王拿出一副又舊又髒的紙牌。他和公爵玩了一會兒「七分」，賭注五分錢。玩膩之後，他們就說要——套句他們的話：「擬定作戰計畫。」公爵從他的旅行包掏出許多印著字的小傳單，高聲唸出上面的字。一張小傳單上寫道：「巴黎大名鼎鼎的蒙塔班．阿曼德博士，訂於某日某地作『骨相演講』，門票每人一角。」「備有骨相圖表，每張二角五分。」公爵說那就是他。在另一張傳單上，他則是「倫敦德魯里巷劇院飾演莎士比亞的世界著名悲劇演員小加里克。」在其他一些小傳單上，他又有別的一些名字，有著各種不凡的才能，例如使用「萬靈寶杖」，可以劃地出泉、掘土生金，還有「驅魔避邪」等等，不一而足。後來他說：

「演戲是我最心愛的工作了。陛下，你登台過嗎？」

「沒有。」國王說。

「那麼，下台的國王，三天之內你將要登台演出。」公爵這麼說，「到了下面的第一個鎮，我們要租下一個會場，演出《理查三世》中的鬥劍一幕，以及《羅密歐與茱麗葉》中陽台幽會的一幕。你覺得如何？」

「畢奇華特，我真是倒楣到家了，只要能賺錢，我都贊成。不過，我對演戲實在一竅不通，看過的也不多。我爸爸把戲班請進宮的時候，我年紀還太小。你看，你教得會我嗎？」

「那簡單！」

「很好，我正想做些什麼新鮮的事呢！馬上開始吧。」

於是公爵敘述了羅密歐是怎樣的一個人，茱麗葉又是怎樣一個人。他說，他通常演羅密歐，所以國王可以演茱麗葉。

「公爵，既然茱麗葉是一位年輕的姑娘，用我這禿腦袋、白鬍子來演她，也許有些怪異吧？」

「不，不用擔心——那些鄉巴佬不會想到這些。再說，你還得穿上戲服啊，那就會不大一樣了。茱麗葉睡前會到陽台上看看月亮，她會穿著睡衣、戴著有皺摺的睡帽——這裡就是角色穿的戲服。」

他拿出兩三件窗簾花布做的戲服，據他說，這是理查三世和另一個角色穿的中古時代的戰袍；還有一件白布做的長睡衣和一頂有皺摺的睡帽。國王很滿意，公爵就拿起他的劇本，唸角色的台詞，雙手不時一伸，盡可能地裝腔作勢，一邊跳來跳去，示範該如何演。隨後他把劇本交給國王，要他把他的台詞背熟。

離河灣下游三哩處，有一個不大的小鎮。吃過飯後，公爵說他已經想出了一個主意，能讓木筏在白天行駛，又不會讓吉姆遇到危險。他說他要去鎮上親自安排一切，國王說他也要去，看能不能碰上什麼好運。由於我們的咖啡喝完了，所以吉姆和我也打算和他們坐小舟一起去，買點咖啡回來。

到了鎮上，我們沒看見人來人往的景象；街上空空蕩蕩，簡直有點死氣沉沉的，四周一片寂靜，彷彿今天是禮拜天似的。我們找到了一個生病的黑奴，他正在一個院子裡曬太陽。他說，除了年幼或是病太重、年紀太老的人，全都去了野外佈道會了，那是在樹林裡，離這裡兩哩路。國王打聽了路線，便說他也要去，好好利用那個佈道會撈一筆，還說我也可以去。

公爵說他要找一家印刷店。我們找到了一間，木匠和印刷工人都去參加佈道會了，不過門沒有上鎖。店裡很髒、又凌亂，床上到處是油墨和一些傳單，上面繪有馬和逃亡黑奴的圖畫。公爵把上衣一脫，說他現在沒問題了，於是我便和國王去找佈道會。

我們花了半個小時左右找到那裡，滿身大汗，因為天氣很熱。方圓二十哩的地方共聚集了一千多人，樹林裡到處拴著騾馬、車輛，牲口一邊把腦袋伸進車槽裡吃草，一邊踢著腳驅趕蒼蠅。那裡的棚子以竹竿搭成，用樹枝蓋頂，販售檸檬水、薑餅，以及綠皮的嫩玉米等東西。

在較大的一些棚子裡，有人正在佈道。凳子是用劈開的原木做的，在圓的一面鑿幾個小洞，插上幾根棍子當作凳腳，凳子沒有靠背。佈道的人站在棚一頭的高台上。婦女們戴著遮陽帽，有些婦女穿著毛葛上衣，幾個穿著條紋棉布上衣；還有些年輕女孩穿著印花棉布衣。一些年輕男子光著腳丫，有些小孩除了一件粗帆布襯衫之外，幾乎什麼都沒有穿。有些老女人在做針線活，而一些年輕人則在偷偷地談情說愛。

在我們走進的第一個棚子裡，佈道的人正在一行一行地唸讚美詩。他每唸兩行，人們就跟著唱起來，聽起來頗為莊嚴，因為人多，唱得又很起勁。隨後又唸兩行，大家又跟著唱——就這樣一唸一唱。會眾越來越興奮，聲音也越來越宏亮，到後來，有些人吶喊起來，有些人甚至用力吼叫起來。接著，佈道的人開始傳道，講得十分認真，先在講台一端搖搖晃晃，然後到另一端，再來朝台前彎下腰來，手臂與身子都搖個不停。他彷彿用了全身的力來佈道。每隔一會兒，他就會把聖經高高舉起，攤開來，彷彿要遞給左右的聽眾看，一邊高喊著：「這就是曠野中的銅蛇！看看它，就能夠得到救贖！」會眾就會高喊：「榮耀啊！——阿門！」他就這樣佈著道，會眾也跟著吶喊著、哭叫著，一邊說「阿門」。

「噢！到這悔罪的板凳上來吧！過來吧，罪孽深重的人們！（阿門！）過來吧！生病的人和傷心的人！（阿門！）過來吧！病腿的、跛腳的、瞎眼的人！（阿門！）過來吧！窮苦無依的人，深陷恥辱的人！（阿門！）過來吧！所有衰弱的、墮落的、受罪的人！——帶著一顆破碎的心過來吧！帶著一顆悔恨的心過來吧！帶著你們襤褸的衣裳，帶著罪孽和骯髒過來吧！洗滌罪孽的聖水是源源不絕的，天國之門是永遠開著的——噢！進來吧！安息吧！（阿門！光榮啊！光榮啊！哈利路亞！）」

佈道會就這樣進行著，由於到處充滿吼叫、哭喊聲，佈道的人在說些什麼，根本無法聽清。在一堆堆的人群裡，人們紛紛站起身來，用力擠出人群，擠到那一排悔罪的板凳，臉上流著淚水。等到一群悔罪的人全都來到了那排板凳，他們就唱了起來、吼了起來，並且撲倒在面前的稻草上，簡直瘋狂了。

我一眼看見國王正在跑過去，聽得到他那壓倒所有人的聲音。接著，他一抬腿走上了講台，牧師請他對大家講話，他便講了——他告訴大家，他是一個海盜，已經幹了三十年，就在印度洋上；在春天的一次戰鬥中，他的部下損失慘重；如今，他回了國，想招募一批新人。昨天晚上，他不幸遭到了搶劫，被趕下輪船，落得身無分文。他對這一段遭遇卻感到高興，認為應該感謝上帝，將它視為平生一大好事；因為這下子他變了一個人，第一次真正感覺到什麼叫做幸福。儘管他如今一文不名，但是他下定決心要返回印度洋，用他的餘生盡力勸導那些海盜走上正途；他能比所有人都做得更好，因為他和印度洋的海盜全都十分熟識。雖然他這一趟旅程將花費很多時間，加上自己又身無分文，但他一定要到達那裡，他不會放過任何一個機會，對每一個被他感化的海盜說：「你們不必感謝我，你們不必歸功於我，一切應該歸功於波克維爾佈道會的伙伴們，人類天生的兄弟和恩人們——還應該歸功於親愛的傳教士，一個海盜最真誠的朋友！」

說著，他哇地一聲哭了，聽眾也個個哭了出來。這時有人高聲叫喊：「為他湊一筆錢！湊一筆錢！」剛說完，就有五六個人爭相做這件事。不過又有一個人喊道：「讓他托著帽子轉一圈湊這筆錢吧！」接著其他人都這麼說，傳教士也一樣。

國王托著他的帽子在人群裡走了一圈，一邊擦眼睛，一邊祝福大伙兒，並且感謝大家對遠在海上的海盜如此仁義。每隔一會兒，就會有最美麗的姑娘淚流滿面地走上前來，問他能不能讓她親一親他，作為一個永久的紀念。他當然有求必應。有些漂亮姑娘，他又摟又親了五六回之多——人們又邀請他多留一個禮拜，他們個個都想邀請他到家裡去住，還說他們認為這是一大光榮；不過他說，既然今天已是佈道會的最後一天，他留下來也沒什麼用了，再說，他恨不得馬上到印度洋去，好感化那些海盜。

我們回到木筏上以後，他數了數那些錢，發現總共募到了八十七塊七毛五，外加他撿來的一個三加侖的威士忌酒罐——那是他在穿過樹林回家的路上從一輛大車下撿來的。國王說，以總金額來看，今天可說是他「傳教」生涯中收穫最大的一天。他說，用講的沒有用，對於不信教的野蠻人，就像對海盜一樣，即使舉辦佈道會也是白費力氣。

至於公爵呢？他本來以為自己幹得不錯，等聽完國王怎麼露了一手之後，就不那麼想了。他在那家印刷店接了工作，為農民幹了兩件小事——印了出售馬匹的廣告，收了四塊錢，又代收了報紙廣告費十元——他跟對方說，如果預付，只要四塊錢就夠了。他還收了三個報紙訂戶——報費原本兩塊錢一年，他說如果預付的話，只收五毛錢。訂戶想按照老規矩，用木柴、洋蔥頭折現付款，但是他說自己剛買下這間店，把價錢訂得很低，無法再低了，所以貨款一律付現。他還寫了一首小詩，是他自己即興寫下的——一共三首，是那種既甜美又帶點悲傷的詩。有一首的題目是：《啊！冷酷的世界，輾碎這顆傷透了的心吧！》臨走之前，他把這首詩排好了鉛板，隨時可以印出來登在報上，不收分文。他一共賺了九塊半，還說為了這點錢，他忙了整整一天。

隨後，他給我們看了他印的另一件作品——一樣不收分文，因為是為我們印的。那是一幅畫，畫的是一個逃亡的黑奴，肩上扛著一根木棍，上頭挑著一個包裹；畫像下面寫著「懸賞兩百塊錢」。這些內容都是在寫吉姆，寫得絲毫不差。上面寫道：這個人從聖雅克農莊逃跑，農莊位於新奧爾良下游四十哩處，逃跑時間是去年冬天，還說很有可能往北逃，凡是能捉住並送回者，將有重金酬謝等等。

「現在，」公爵說道，「只要過了今晚，我們就可以在白天任意行駛了。一旦看見有人來，我們就拿一條繩子，把吉姆從頭到腳捆綁好，放在棚子裡，把這張告示給他們看，說我們是在上游把他抓住的，但我們太窮，坐不起輪船，所以買下了這艘木筏，正要去下游領獎金。給吉姆戴上腳鐐和手銬也許更逼真，不過那就與我們很窮的說法自相矛盾了。用繩子呢？那恰到好處——正如舞台上的『三一律』，非得遵守不可。」

大家都說公爵幹得漂亮，從此白天行駛也不會再有什麼麻煩了。公爵在印刷店裡做的那些事想必會引起一場風波，不過我們斷定，我們到晚上就會離開小鎮好幾哩遠，那場風波就與我們無關了。今後，我們可以一帆風順地向前航行了。

我們躲起來，不發出聲音，直到接近晚上十點才出發，偷偷摸摸地離開了小鎮。

早晨四點鐘，吉姆叫我值班時，說道：

「哈克，你看我們以後還會遇到什麼國王嗎？」

「不，」我說，「我想不會了吧。」

「也好，」他說，「一兩個國王我倒不在乎，不過不能再多了。這一位喝得爛醉的公爵也好不了多少。」

我看到吉姆總是希望國王講法語，好讓他見識一番；但國王說，他在這個國家已經待了太久，而且又歷經這麼多磨難，早就把法國話給忘了。

第二十一章

太陽已經升起了，但我們仍然往前行駛，沒有靠岸繫好木筏。後來，國王和公爵走出棚來，臉色不太好看，但他們跳下水游了一下後，顯然快活多了。早飯以後，國王在木筏的一個角落坐下，把靴子脫了，捲起褲管，兩腿泡在水裡，十分舒服。他點燃煙斗，心裡默默唸著《羅密歐與茱麗葉》的台詞。背熟以後，他和公爵開始排練起來。公爵一遍又一遍地教他，告訴他每句話應該怎麼講，應該如何嘆氣、如何把手按在心口上。過了一會兒，他說他練得很不錯了。

「不過，」他說，「你在喊羅密歐的時候，千萬不能像一條公牛吼叫一樣——你一定要說得很輕柔，有點病懨懨、恍恍惚惚的，吐出『羅——密歐——！』像這樣。因為茱麗葉是個可愛、甜美，又年輕的小姐，你知道吧！她絕不會像頭驢子一樣嗚嗚地叫。」

接下來，他們取出一對長劍，那是公爵用橡木條做成的。兩人開始練習鬥劍——公爵自稱是理查三世；他們一來一往打了起來，在木筏上跳來跳去，那副模樣令人看得入迷。不過，後來國王摔了一跤。之後，他們停下來休息，並談到他們過去在河上經歷的種種事蹟。

吃完飯以後，公爵說：

「好，路易，你知道吧！我們要把這齣戲變成一流的節目，因此或許得再加入一些元素，這樣，當人們在台下叫『安可』時，你才有辦法應付。」

「畢奇華特，『安可』是什麼啊？」

公爵對他作了解釋，然後說：

「我就來一段蘇格蘭舞，或是水手跳的笛舞。而你——啊！讓我想想——有了！你不妨唸一段哈姆雷特的獨白。」

「哈姆雷特的什麼？」

「哈姆雷特的獨白，知道吧，莎士比亞最著名的台詞！啊！多麼輝煌！每一回總能迷住全場觀眾。我的劇本裡沒有這一段——我只弄到一卷——不過我看，我能靠著記憶湊齊它。讓我來回走走台步，走個幾分鐘，看能不能從記憶的倉庫中回想起來。」

於是他來回走起了台步，一邊思索，有時候眉頭緊鎖，有時候眉毛往上一聳；接下來又用一隻手緊緊按住額頭，踉踉蹌蹌地倒退幾步，彷彿還哼了幾聲；然後他會長嘆一聲，後來又裝出流淚的樣子，各種表演十分有趣。他漸漸回想起來了，於是他要我們注意。接著，他擺出一個高貴的姿勢，一隻腳往前探，兩隻手臂往前一伸，腦袋仰起，眼睛望著天，之後他開始發狂似地大叫、磨牙；在唸這段台詞時，他從頭到尾吼叫著，兩手攤開，胸膛鼓起，這使我過去見過的表演全都黯然失色。這段台詞是這樣的——他教國王唸的時候，我很容易就記了下來：

活下去呢？還是不活下去？這是一把出鞘的寶劍，
使這漫長的一生成為無窮的災難，
誰願挑著重擔，直到伯南森林真的來到鄧西納，
可是對死後的遭遇深懷恐懼，
害死了無憂無慮的睡眠，
偉大天性的第二條路，
使我們寧願拋出厄運的毒箭，
絕不逃往幽冥去尋求解脫，
正是為了這個緣故，我們才不得不躊躇。
你敲門吧，去把鄧肯敲醒！但願你做得到；
誰願忍受人世的鞭撻和嘲弄，
壓迫者的虐待，傲慢者的凌辱，
法律的拖延，和痛苦可能帶來的解脫，
在這夜半死寂的荒涼裡，墓穴洞開，
禮俗的黑色喪服，一片陰森。
但是那世人有去無回的冥界，

正向人間噴出毒氣陣陣，
因此那剛毅的本色，像古語中那隻可憐的小貓，
就被煩惱蒙上了一層病容，
一切壓在我們屋頂上的陰雲，
因此改變了漂浮的方向，
失去了行動的力量。
那正是功德無量。且慢，美麗的奧菲莉亞：
別張開妳那又大又笨的大理石嘴巴，
趕快到女修道院裡去吧——快去。
（註：這裡公爵胡亂夾雜了《馬克白》與《理查三世》中的台詞。）

那老頭倒也喜歡這段台詞，很快便記住了，也能夠作出第一流的表演了，那副情景彷彿他生來就是為了表演這段台詞似的。等他練熟後，他表演時那副狂吼亂叫、哭哭啼啼的模樣，真是美妙極了。

一找到機會，公爵就印了幾張演出的海報。在這之後，有兩三天的時間，我們在河上漂流，木筏上總是熱熱鬧鬧的，因為上面天天在鬥劍、彩排——公爵是這麼說的——除此以外沒有別的事。一天早晨，我們到了阿肯色州下游很遠的地方，看見前方一個很大的河灣處有個小鎮，我們就在上游約四分之三哩的地方繫好木筏。那是一條小支流的出口，兩邊有柏樹蔭覆蓋，彷彿像一條隧道。除了吉姆以外，我們都坐上獨木舟前往那個小鎮，看能不能在那裡找到演出的機會。

我們走了好運。那邊下午恰好有一場馬戲演出，鄉下的人紛紛坐著各式各樣的舊篷車或是騎馬聚集而來。馬戲團將在夜晚以前離開小鎮，這給了我們一個很好的演出機會。公爵租下了法院大廳，我們便四處張貼海報。海報上面寫著：

莎士比亞名劇隆重上演！

驚人魅力！只演今晚一場！

世界著名悲劇演員：

倫敦德魯里巷劇院的小大衛．加里克，以及倫敦皮卡德里布丁巷白教堂皇家草料場劇院、皇家大陸劇院的老艾德蒙．基恩。演出莎士比亞經典名劇

《羅密歐與茱麗葉》精彩的陽台一幕！

羅密歐——加里克先生

茱麗葉——基恩先生

由本劇團全體演員協力演出！全新行頭、全新佈景、全新道具！

加演：

驚險萬狀、驚人絕技、驚心動魄，《理查三世》中之鬥劍場面！

理查三世——加里克先生

里奇蒙德——基恩先生

加演（應觀眾特邀）：

哈姆雷特的不朽獨白！由赫赫有名的基恩演出！
已在巴黎連續演出三百場。
因歐洲各地有約在先，只演今晚一場。
入場票兩角五分，兒童與僕人一角。

隨後，我們在鎮上到處閒逛。這裡的商店、住家大多是用乾木頭搭的房子，東倒西歪的，也沒有刷過油漆，離地約三四呎高，底下以木樁撐著，這樣一來，即使淹大水，房子也不會進水。屋子四周都有小院子，不過裡頭似乎沒種什麼東西，因此雜草叢生，只長了一些向日葵，此外便是灰堆、破鞋、破瓶子、破布和用舊的鐵器具。圍牆是用各種板子拼湊、在不同時間內釘上去的，歪七扭八地很不雅觀。大門只用一條皮質鉸鏈鎖上。部分圍牆曾經粉刷過，不過公爵說那是哥倫布時代的事了，的確很像。院子裡往往有豬闖入，人們就把牠們趕出去。

所有的店鋪都開設在一條街上，每間店門口都架著一個布篷。鄉下人把他們的馬拴在布篷的柱子上，布篷下堆放著裝雜貨的木箱，一些遊手好閒的人整天坐在上面，或是用他們身上的巴洛牌小刀，在箱子上削來削去，或是嘴裡嚼嚼煙葉，張開嘴打打呵欠、伸伸懶腰——真是十足的無賴。他們通常戴一頂黃色草帽，邊緣寬得像把傘。他們不穿上衣，也不穿背心，彼此稱呼「比爾」、「巴克」和「漢克」、「喬」或「安迪」，說起話來懶洋洋、慢吞吞的，並夾雜罵人的話。這些傢伙不時倚著布篷柱子，把雙手插在口袋裡，除非要伸出手拿一口煙嚼嚼，或是抓一下癢。人們總會聽見他們說：

「給我一口煙嚼嚼吧！漢克。」

「不行啊——我只剩一口啦！跟比爾要吧。」

也許比爾會給他一口，也許這是他在說謊，故意說自己沒有了。這些流氓，有的人身上從來沒有一毛錢，也從來沒有自己的煙葉；他們嚼的煙都是借來的——他們對一個傢伙說：「傑克，借一口煙嚼嚼吧！我剛把我的最後一口給了班．湯普森。」——這當然是謊話，往往每一回都是如此，除非是陌生人，否則騙不了誰；而傑克就不是陌生人，他會說：

「你真的給過他一口煙嗎？你妹妹的男人的奶奶還給了他一口呢！雷夫．巴克納。你先把我借你的那幾口還給我，然後我再借給你一兩噸，而且不收利息，怎麼樣？」

「可是我之前早就還過你好幾次啦！」

「哦，是的，你是還過——大概六口吧！可是你借的是店裡的貨，還的卻是黑奴嚼的。」

店裡的煙是又扁又黑的板煙，但這些傢伙嚼的大多是捲起來的生煙葉。他們借到一口煙的時候，往往不是用小刀切開，而是放在牙齒中間，一邊用手撕成兩片——有時候，這塊煙葉真正的主人，在別人還煙給他的時候，不免哭喪著臉，帶著挖苦的口氣說：

「好啊！把你嚼過的那一口還我，這片葉子給你吧！」

大街小巷全是泥巴，除了泥巴什麼都沒有——泥巴黑得像漆，有些地方幾乎深達一呎，其他的地方則有兩三吋深。豬隨處走動，嘴裡咕嚕咕嚕叫著；有時你會看見一頭泥濘的母豬帶著一群小豬悠閒地沿街遊蕩，一翻身就在街上躺了下來，害得人們必須繞道而行，而牠卻攤著四肢，閉上眼睛，搖搖耳朵，餵著小豬，那種舒服的表情，彷彿牠也是領薪水過活的。沒過多久，你就會聽到一個遊手好閒的人叫道：「去！過去，咬牠！小虎。」一老母豬便一邊發出可怕的尖叫聲，一邊逃走，因為牠兩隻耳朵各被一兩隻狗咬著，有時候更多；這時還可以見到那些無賴一個個站了起來，樂得哈哈大笑，直到看不見豬的蹤影為止，他們的模樣彷彿在說，多虧有這場熱鬧。然後，他們又恢復原狀，直到下回又有狗打起架來——再也沒有別的事能像狗打架一樣，讓他們提起精神歡樂起來；除非在一條野狗身上澆些松脂，點上一把火，或是把一只鐵鍋綁在狗尾巴上，眼看牠不停地奔跑，一直跑到死。

在河邊，有些房屋向外伸到了河面上，歪歪斜斜的，幾乎快掉進河裡了，裡面的居民都已搬了出來。沿岸的房子，有些部分的地基已經塌了，房子懸在河面上，裡面的人也沒有遷出，這多麼危險！因為有時會有一大片地突然坍塌，就像一棟房子那麼大。有時候，整整四分之一哩厚的土，會一天一天地往下塌，後來在某個夏天，便一口氣掉到水裡去了。像這樣的一個小鎮，得經常往後退，因為大河不停地啃蝕它。

越是接近中午，街上的篷車、馬匹也越擠，越是不斷地湧來。一家人往往從鄉下帶著午飯來，就在大篷車裡吃，也喝不少威士忌。我目睹了三次打架鬧事。後來有人叫道：

「老柏格斯來啦！——他從鄉下來了，老樣子，每個月來買一回醉——他來啦！伙計們。」

那些無賴一個個興高采烈——我想他們喜歡拿柏格斯尋開心。其中一個人說：

「不知道他這回想搞死誰！要是他能把他二十年以來說要搞死的人全都搞死，那他早就大大出名啦。」

另一個人說：「但願老柏格斯也能來嚇嚇我，那我就會知道，我一千年也死不了！」

柏格斯騎著馬飛奔而來，一邊大吼大叫，就像印第安人的架勢。他吼道：

「讓開！快讓開！我是來打仗的，棺材的價格就快上漲啦！」

他喝醉了，在馬鞍上搖搖晃晃的。他已經五十多歲了，滿臉通紅。大家朝他大叫、嘲笑他，對他說些下流的話，他也用同樣的話回敬；他還說，他要按照計畫收拾他們，一個個要他們的命，只是現在還沒有空，因為他剛到鎮上，要先宰了謝爾本上校這個老傢伙，而且他的座右銘是：「吃完了肉，再喝湯。」

他看到了我，便一邊騎著馬往前走，一邊說：

「你是從哪裡來的？孩子，你想找死嗎？」

說完就騎著馬走掉了。我嚇得腿軟，但有一個人說：

「他只是說著玩玩的，他喝醉之後便是這副德性。他可是阿肯色州最和藹的老傻瓜了——他從未傷害過人，無論是喝醉時，還是清醒時。」

柏格斯騎著馬來到鎮上最大一家店的門口。他彎下腦袋，好從篷布簾底下朝內張望。他大叫：「謝爾本！有種站出來！站出來！面對被你騙過錢的人。我正是要找你這條惡狗！老子要找的就是你，就是要你的命！」

接著，他又破口大罵，凡是他想得出的字眼全都用上了。這時候滿街都是人，一邊聽，一邊哈哈大笑，他仍然繼續罵下去。過了一會兒，一個神情高傲、約五十五歲的男子——他是全鎮穿著最講究的人——從店裡走了出來，大伙兒紛紛從兩旁退下去，為他讓出一條路。他神態鎮靜自若，一板一眼地說起話來：

「我快受夠你了。不過，我只能忍到下午一點。到了一點——記住了，絕不寬限——到這個時間之後，要是你再侮辱我，哪怕只有一回，不管你飛到天涯海角，我也一定要找你算帳。」

說完，他一轉身，又走了進去。圍觀的人群彷彿都清醒了，沒有一個人動彈，笑聲也停了下來。柏格斯騎著馬，沿著大街走掉了，一路上還不斷用各種髒話痛罵謝爾本。過沒多久，他又折回來，停在店鋪前叫罵。有些人圍在他四周，勸他別把事情鬧大，但他就是不聽。這些人對他說，離一點只剩下十五分鐘了，因此他必須回家——而且馬上就走。不過，說了也無用，他使盡全身的力量罵個不停，還把自己的帽子扔到了泥塘裡，然後騎著馬踩過那頂帽子。一會兒，他走掉了，又沿著大街一路謾罵，一頭白髮隨風飄揚著。凡是有機會跟他說話的，都好言相勸，要他下馬，跟他們進去屋裡，等酒醒再出來；可是，一切全都無濟於事——他又會再次在街上飛奔起來，再一次大罵謝爾本。最後，有人說：

「把他女兒找來！——快！快去找他女兒。他有時候還會聽她的，要是別的人不行，她一定行。」

於是就有人跑去找了。我在街上走了一陣子，然後停下來。過了五到十分鐘，柏格斯又回來了——不過不是騎著馬來的。他光著腦袋，歪歪扭扭地朝著我走過街，被朋友一左一右攙扶著，催他快走。他一聲不響，神色不安，並未賴著不走，甚至加快了腳步。

有人喊了一聲：

「柏格斯！」

我朝聲音的來處望去，看是誰喊的。那正是謝爾本上校。他一動也不動地站在大街中央，右手舉起了一支手槍，槍口朝外——並非瞄準著什麼人，只是向前伸著，槍管對著天空。就在這一剎那，我看見一位年輕小姐正飛奔而來，兩名男子陪伴在一旁。柏格斯和扶他的人一轉身，看是誰在叫他。一看到手槍，攙扶他的人便往旁邊一跳。只見槍管慢慢地垂下，直到變成水平——兩支槍管都上了扳機。柏格斯舉起雙手說：「天啊！別開槍！」

砰！第一槍響了。他腳步踉蹌地往後倒，兩手在空中亂抓——砰！第二槍響了。他攤開雙手，撲通一聲，仰面倒在了地上。年輕姑娘尖叫一聲，猛衝過來，撲在她父親身上，一邊哭泣，一邊說道：「哦！他殺了他了，他殺了他了！」圍觀的群眾推推嚷嚷，緊緊包圍住他們，伸長了脖子想看個究竟。靠近中心的人用力推開他們，叫道：「後退，後退！讓他喘口氣！讓他喘口氣！」

至於謝爾本上校，他把手槍往地上一扔，向後一轉身，便走開了。

大伙兒把柏格斯抬進一家小雜貨店，周圍的群眾仍像原來那樣圍得緊緊的。我趕緊衝上前去，在窗下佔了個好位置，能看得一清二楚。他們讓他平躺在地板上，拿一本大開的聖經墊在他腦袋下，還拿了另一本聖經，打開來放在他的胸膛上——他們已經把他的襯衫扯開，我看見有一顆子彈打進了他的胸膛。他吃力地喘著粗氣，喘了十幾次，胸前的聖經也隨著上下起伏——喘完十來下之後，他躺著不動了——他死了。人們把他女兒從他身上拉開，她一邊尖叫，一邊哭泣，被他們拉走了。她大約只有十六歲，長得甜美又溫柔，但臉色很蒼白，一臉驚慌害怕的樣子。

沒有多久，全鎮的人都趕來了，大伙兒拚命往前推擠，想擠到窗前看個清楚。不過，已經佔到好位置的人當然不肯讓位，後面的人便不斷地說：「喂，夠啦！你們看夠了，老是佔著好位置不給別人看，這實在太不公平了！別人也跟你們一樣有看的權利呀！」

前排的人也紛紛還嘴。我溜了出來，生怕鬧出亂子。凡是見到了開槍場景的人，一個個都在跟其他人描述事情的經過。在他們的四周各自圍著一批人，伸長了脖子專心聽著。一個長頭髮的瘦高個子，將一頂白毛皮煙筒帽推到後腦勺，正用一根彎柄手杖在地上劃出柏格斯站與謝爾本的站立位置；大伙兒跟著他從這一處轉到另一處，看著他的一舉一動，一邊點點頭，表示他們聽懂了，還稍稍彎下身子，用手撐著大腿，看著他用手杖在地上標出有關的位置。接著，他在謝爾本站的位置上挺直了身子，瞪起眼睛，把帽檐拉到與眼同高，喊一聲：「柏格斯！」然後把手杖舉了起來，慢慢放平，接著喊一聲：「砰！」踉踉蹌蹌地往後退，又喊一聲：

「砰！」仰面倒在地上。凡是目擊的人都說他表演得十分逼真，事情的全部經過就是這樣。接著有十幾個人拿出酒瓶，招待了他一番。

隔了一會兒，有人說，應該用私刑把謝爾本幹掉。沒過多久，所有人都這麼說了。他們很快就出發了，一路上就像瘋了一般大吼大叫，還把路上見到的晾衣繩全扯了下來，好用來絞死謝爾本。

第二十二章

人們湧上大街，朝謝爾本家走去，一路上狂吼亂叫，氣勢洶洶，活像一群印第安人，無論什麼東西都得閃開，免得被踩個稀巴爛。這景象可真嚇人！孩子們在這群暴徒前面拚命亂跑，尖聲喊叫，有的則拚命躲開壓過來的人群。沿路住家的窗戶裡擠著婦女們的腦袋，每一棵樹上都有黑人小孩扒在上面，還有許多黑人男女從柵欄裡朝外張望。只要這群暴徒靠近，他們便倉皇逃散，退得遠遠的。許多婦女和女孩子急得直哭，她們幾乎嚇死了。

暴徒們湧到謝爾本家的柵欄前，擠擠嚷嚷，密密麻麻的，吵得你連自己的聲音都聽不清楚。這是個長寬各二十呎的小院子。有人喊道：「把柵欄推倒！把柵欄推倒！」緊接著是一陣又砸又打，柵欄倒了下來。暴徒的隊伍前排便像海浪般沖了進去。

就在這一刻，謝爾本從屋裡走了出來，在門前一站，手裡拿著一支雙筒大槍，態度十分從容，一句話也不說。原來的喊叫聲停了下來，海浪般的隊伍也往後縮。

謝爾本一言不發——僅僅那麼一站，俯視著下方。那一片沉默令人提心吊膽、毛骨悚然。謝爾本朝群眾緩緩掃視了一眼，他的眼神掃到那裡，人群就試圖把它瞪回去，但是他們失敗了，只好把眼睛向下垂著，露出一副心虛的表情。緊接著，謝爾本發出了一陣怪笑，那笑聲令人很不舒服，彷彿你正吞下一個摻著沙子的麵包。

然後他說話了，說得慢條斯理，冷嘲熱諷：

「你們居然想到要把誰處以私刑！這真是太有趣了。居然敢把一個堂堂男子漢處以私刑！難道只因為你們敢在一些不幸的、無依無靠、被逐出家門的女人身上塗上柏油、撒上雞毛，就以為自己有那個膽量，敢對一個男子漢動手動腳？哈！只要是在大白天，只要你們不是躲在人家的背後——即使對上成千上萬個像你們這樣的烏合之眾，一個男子漢也一定能安然無恙。」

「難道我還不瞭解你們？我早已把你們看得一清二楚。我在南方生長，又在北方生活過，因此，各地的風土人情我無所不知。人類嘛，就是些膽小鬼。在北方，他甘願讓人隨便從他身上跨過去，然後回到家裡，祈禱上帝讓自己謙卑的精神能忍受這一切；而在南方呢，一個人能靠著自己的本領，在大白天擋下一輛載滿了人的公共馬車，把他們全都搶劫一遍。你們的報紙誇你們是勇敢的人民，經過這麼一誇，你們就以為自己真的比全世界的人都勇敢了——但實際上，你們只是同樣的貨色，一點也不比別人勇敢。你們的陪審團為什麼不敢絞死殺人兇手呢？還不是因為他們害怕，害怕兇手的朋友會在夜裡，朝他們的背後開槍——事實上，他們的確會這麼幹。」

「所以他們總是表決判處犯人無罪釋放；所以一個男子漢只敢在黑夜行動，而上百個戴面具的懦夫則跟著他，去把那個流氓處以私刑。現在，你們最大的錯誤，就是沒有叫一個男子漢陪你們一起來；另一個錯誤，是你們沒有在半夜裡來，也沒有戴上你們的面具。你們只帶來半個男子漢——就是那裡的巴克．哈克尼斯——要不是他慫恿了你們，你們早就逃得喘不過氣了。」

「你們起初根本不想來。人類嘛，總是討厭惹麻煩、冒危險，你們當然也不例外。不過只要有半個男子漢——像那邊的巴克．哈克尼斯那樣的人——高喊一聲：『處死他！處死他！』你們就不敢往後退啦！生怕因此露出自己的真面目——膽小鬼。於是你們也跟著吼出了聲，走在那半個男子漢的屁股後面，到這裡來鬧事，發誓要幹出一番轟動的大事來。天底下最可憐的是一群暴徒——一個軍隊也是如此。他們並不是靠著與生俱來的勇氣去作戰的，而是靠著他們從別的男子漢和長官那裡借來的勇氣。不過嘛，一群暴徒，沒有任何一個男子漢走在他們前面，那連可憐都談不上。現在呢，你們該做的事，就是夾起尾巴滾回家，找一個洞鑽進去。如果真的想動用私刑的話，也得等黑夜再行動，這是南方的規矩嘛！而且記得戴上面具，還有一個男子漢。現在，滾吧！把你們那半個男子漢一起帶走！」他一邊說，一邊把槍往上一提，架在左手臂，並拉上了槍機。

暴徒們瞬間一哄而散，落荒而逃，那個巴克・哈克尼斯也跟在人群後面逃，樣子十分狼狽。我原本可以留下來的，但是我不願留下。

我去了馬戲團那邊，在戲場後面閒逛了一會兒，等警衛走開，便鑽進帳篷下面。我身上還有二十塊錢的金幣，以及其他的錢，不過我想最好還是把它們省下來，因為說不定哪天會用得上的。如今我離鄉背井，又人生地不熟，總得謹慎一些。如果沒有別的選擇，我不反對把錢花在馬戲團上面，但現在沒有必要浪費錢。

這真是貨真價實的馬戲團，那個場面再壯觀不過了！只見他們全體騎著馬進場，兩人一對，一男一女，男的只穿短褲和襯衫，不穿鞋子，也不踩蹬，雙手叉在大腿上，既又瀟灑又悠閒——至少有二十個男人。至於女人，一個個光彩照人，長相嬌美，看起來彷彿是一群真正的皇后，身上穿著價值幾百萬元的服飾，鑽石一閃一閃地發著光，令人為之傾倒，這麼可愛的畫面我生平從未見過。隨後他們個個挺直了身子，在馬上站立起來，圍著圓圈繞圈子，既輕盈又有節奏地上下起伏，又極為優雅。男子顯得又高、又挺、又靈巧，他們的腦袋在帳篷下飄逸地晃動。女士們穿著玫瑰花瓣似的衣裳，裹住了她們的下半身，正輕盈地、閃閃發光地飄動，看上去就像一把把可愛的小陽傘。

隨後他們越走越快，一個個跳起舞來，先是把一隻腿翹在半空中，然後再翹起另一隻腿，馬一邊跑一邊往一側斜，領班圍著中央的柱子一圈圈地來回轉，一邊將鞭子揮得啪啪作響，一邊吼叫：「嘿！——嘿！」那個小丑便跟在他後面，說些逗趣的話。後來，所有的騎手都放開了韁繩，女演員把手背貼在臀部，男演員則將雙臂叉在胸前。這時候，只見馬斜著身子，弓起背脊，多麼美妙！最後，他們一個個縱身跳下馬來，跳進那個圈子裡，優美地向全場鞠了一躬，然後蹦蹦跳跳地退場。在場的人紛紛鼓掌，像瘋狂了一樣。

馬戲團的表演從頭到尾都令人提心吊膽，小丑不時的插科打諢也令人捧腹大笑。領班每說一句，他總能馬上回敬他一些好笑的話。我真不明白，他怎麼能想出那麼多笑話，又怎能說得那麼及時、那麼恰到好處。換成是我的話，花一年的時間也想不出來！

隔了一會兒，有個醉鬼想闖進場內，說自己要騎馬，還說能騎得跟別人一樣好。別人就與他爭論起來，不讓他進去。但他偏偏不聽，演出因而中斷。大伙兒與他起鬨，開他的玩笑，這下子可把他惹火了，惹得他又跳又罵。這樣一來，其他人也生氣了，便紛紛從長凳上站起來，朝場上衝過去，一邊喊：「揍到他躺下！把他扔出去！」有一兩個女人尖叫了起來。這時，領班發表了幾句話，說他希望不要惹出亂子，還說只要這個男子保證不鬧事，就可以讓他騎馬，如果他認為自己能騎得穩穩當當的話。於是，觀眾們都樂了，說這樣也行。那個人便上了馬，他一騎上馬背，馬便開始亂蹦亂跳，一邊繞著圈子踢腿，馬戲班的兩個人拚命拖住馬鞍，想扶住他。那個醉鬼用力抓住馬頸，馬每跳一回，他的腳後跟便被拋向空中一回。全場觀眾樂得站立起來，又喊又笑的，笑得眼淚直流。最後，儘管馬戲班的人想盡辦法，那匹馬還是掙脫了，瘋了似地繞場飛奔起來。醉鬼伏在馬背上，使勁抓住牠的脖子，一隻腳幾乎被拖到了地上，另一隻腳也差點掉到地上，觀眾樂得幾乎像發了瘋。我倒不覺得這有什麼有趣，只是為他捏了一把冷汗。

沒過多久，他用力一撐，跨上了馬鞍，抓住韁繩，在馬背上晃來晃去，坐立不穩。又過了一會兒，他一躍而起，放開了韁繩，站立在馬背上了！那隻馬彷彿像失火一般飛奔了起來。他筆直地站在馬背上，繞著圈子，神態自若，彷彿他這輩子滴酒不沾。隨後他把上衣脫掉，然後扔掉。他脫下的衣服那麼多，扔得那麼快，一時只見空中盡是一團團的衣服——他一共脫了十六件。這時，只見他站在馬背上，英俊、漂亮，打扮得十分華麗。他開始揮舞馬鞭，在馬身上用力地抽，逼著馬拚命地跑。最後，他跳下馬來，一鞠躬，翩然退場，回到更衣室去，全場觀眾又喜又驚，發狂地吼叫。

直到這時，領班彷彿才恍然大悟，發現自己被耍了。依我看，彷彿他這時才知道自己成了世上最狼狽的領班——原來醉漢竟是他們自己的人！這套把戲全是他一手安排的，而且從未對任何人透露過。唉！我被他捉弄了一番，真是太丟臉了。不過，我可不願意成為那個領班，即使給我一千塊錢也一樣。世上有沒有比這更棒的馬戲，我不得而知，至少我從未見過，反正它對我來說夠好了。以後要是又遇到它，我肯定會再次光顧。

哈！那一晚還有我們的一場好戲呢！不過觀眾只有十二位，僅夠支付開銷。這些人從頭到尾嗤嗤地笑個不停，這讓公爵大為光火。在戲全部演完以前，觀眾一個個都走了，只留下一個小孩，而他睡著了。因此公爵就說，這些阿肯色州的鄉巴佬才不配看莎士比亞的戲呢！他們只適合看低級的滑稽劇——也許還要更低級一些。他說他已經熟悉他們的品味了，於是，到了第二天，他弄來一些大的包書紙和一些黑漆，用它們塗了幾張海報，張貼到村子各處。海報上寫道：

倫敦與大陸著名劇院的世界知名悲劇演員
小大衛．加里克
與老艾德蒙．基恩
將於法院大廳演出驚心動魄的悲劇《國王的長頸鹿》
又名《皇家奇獸》
只演三晚！
門票每位五角

海報底下用最大的字體註明了這樣一行：

恕不接待婦孺

「等著瞧，」他說，「要是這行字還不能把他們引來，就算我不懂阿肯色人！」

第二十三章

他和國王忙了一整天，搭建戲台、掛布幕，安置一排蠟燭當作腳燈。這一晚，大廳裡一轉眼就擠滿了人，等到場內再也容不下更多人，公爵才離開入口處，從場後繞到幕前，作了一個小小的演說。他把這齣悲劇大大誇獎了一番，說它是所有戲劇中最驚心動魄的戲。他自吹自擂地把這齣戲介紹了一番，還替老艾德蒙・基恩吹噓了一遍，說他將要演劇中的主角。當他吊夠了觀眾的胃口之後，他把布幕向上一拉。一瞬間，只見國王全身一絲不掛，四肢著地地跳上舞台。他全身塗著紅紅綠綠的各種顏色，一圈一圈的條紋，就像彩虹一樣鮮豔，而且——不過，他身上的其他打扮也不用提了，總之大膽到家，卻又引人發笑。觀眾笑得前仰後翻，幾乎快笑死了。國王蹦跳了一番，然後又一下跳進了後台，只聽得全場又是吼叫，又是鼓掌，像暴風雨般大笑大叫，直到國王走回台前，把全部動作重新表演了一遍。在這之後，觀眾又鼓譟著要他再表演一下。啊！看這個老傻瓜的這番精彩演出，恐怕連一頭牛也會哈哈大笑吧！

接著，公爵拉下大幕，對觀眾一鞠躬，說這場偉大的悲劇只能再演兩個晚上，因為倫敦方面有約在先，在德雷里巷劇院的座位早已預訂一空。然後他又朝大伙兒一鞠躬，說要是大家滿意這場演出，從中得到一些啟發的話，就請他們介紹給親朋好友，叫他們也來看看。

有二十個人大聲喊道：

「什麼？就這麼結束了嗎？難道全部演完了嗎？」

公爵說是的，這下子立刻上演了另一場好戲。人們紛紛大喊：「上當了！」並像瘋子一樣跳起來，朝著舞台和兩個演員撲過去。不過，有一個體面的高個子男人一下子跳到一張長凳上，大叫道：

「先別動手！先生們，聽我說句話。大家就停下來聽著，「我們的確上了當——上了個大當！不過，依我看，你們不會想被全鎮的人當成笑柄、嘲笑一輩子吧？不，我們現在該做的是默默從這裡走出去，把這齣戲好好讚美一番，讓鎮上的其他人都來上當一次！這麼一來，我們就是平等的了，明白嗎？」

「我敢打賭，我明白啦！這是個好主意！」在場的人一個個都這麼叫道。

「那就好，就這麼做——上當的事，一個字也別提。我們回到家裡，勸大家都來看看這齣悲劇。」

到了第二天，鎮上流傳的盡是演出多麼精彩之類的話，除此之外簡直聽不到別的話題了。當晚，劇場內再次擠得水洩不通。我們故計重施，讓觀眾們又上了一次當。我與國王、公爵回到木筏上以後，一起吃了晚飯。後來，大約到半夜時分，他們要吉姆和我把木筏撐出去。

到了第三個晚上，全場又一次擠得滿滿的——而且這一次的觀眾都不是新面孔，而是前兩個晚上的客人。我在門口，站在公爵的旁邊，發現每一個進場的人，口袋裡都是鼓鼓的，要不就是上衣裡塞著什麼東西——我知道，那絕對不是香水，相反地，我聞到了整桶的臭雞蛋、爛白菜這類東西的味道。要是你問我是不是有人把死貓帶了進來，我敢打賭說有。總共有六十四個人帶著東西進了場，我擠進去待了一會兒，可是那種氣味讓我實在受不了。

等到場內再也容不下更多人的時候，公爵把一個兩毛五的銀幣交給一個人，要他幫忙看守大門口一分鐘，然後他繞著通往戲台小門的那條路走過去，我跟在他的後面。我們一繞過轉角，到了陰暗的角落，他就說：

「快跑！等你跑得離這些房子遠遠的，就拚命往木筏跑去，假裝有鬼在後面追你！」

於是我拔腿就跑，他也跑。我們在同一時間上了木筏，一剎那，我們便朝下游漂去。四周一片漆黑，沒有一點兒聲響，我們朝著河心斜斜地划過去，沒有人說一句話。我猜，那可憐的國王一定會被觀眾們狠狠揍一頓，可是事實上並非如此——沒過多久，他從棚子裡爬了出來，說道：

「哈！我們的老把戲這回是怎麼得手的？公爵。」原來他根本沒有到鎮上去。

在划離那個村子十哩以前，我們沒有點燈。之後才點燃了燈，吃了晚飯。一路上，我們為了他們如此捉弄了那些人，笑得骨頭都要散了。公爵說：

「這群笨蛋、傻瓜！我就知道第一場的觀眾不會聲張出去，只會叫鎮上其他的人跟他們一起鑽進圈套。我也早知道他們想在第三個晚上埋伏好教訓我們，自以為這下子輪到他們報仇啦。好吧！的確輪到他們了，我要讓他們知道自己能討到多少便宜。我真好奇他們會怎麼利用這個好機會——只要他們高興，他們大可以把它變成一次野餐——他們可是帶了豐盛的『食物』呢！」

這兩個無賴在三個晚上騙到了四百六十五塊錢，我從來沒見過這樣把錢一整車拉回家的。之後，他們睡了，打起呼來。吉姆說：

「哈克，你對國王的這種行徑不覺得驚訝嗎？」

「不，」我說，「不驚訝。」

「為什麼呢？哈克。」

「這有什麼好驚訝的？因為他們就是這種貨色。依我看，他們全是同一副德性。」

「不過，哈克，我們這個國王可是個不折不扣的大流氓——就是這麼回事，不折不扣的大流氓！」

「是啊，我也是這個意思：天下的國王都是大流氓，我看就是這麼一回事。」

「真的是這樣嗎？」

「沒錯，你只要讀過一點有關他們的事蹟，就會明白了。看看亨利八世吧！拿我們這個國王跟他相比，簡直就像是個主日學校的校長呢！再看看查理二世、路易十四、路易十五、詹姆斯二世、愛德華二世、理查三世，以及其他四十個；此外，還有七國時代的國王們，在古時候都曾經囂張一時。天啊！你真該聽聽亨利八世當年威風時的那些事蹟。他真是個花花公子，每天要娶一個老婆，第二天早上就把她的腦袋砍下來。他幹這樣的事，就像他吩咐要吃幾顆雞蛋一樣容易，一點也不當一回事。他說：『把奈兒・葛溫給我帶來！』人家就把她帶來。第二天早上，『把她的腦袋給我砍下來！』人家就把她的腦袋砍下來。他說：『把珍妮・休爾給我帶來！』她就來了。第二天早上，『砍掉她的腦袋！』——人頭就落地了。『按一下鈴，把美人羅莎蒙帶來！』羅莎蒙來了。第二天早上，『砍下她的腦袋！』——」

「除此之外，他還叫她們每天晚上講一個故事，他把這些累積起來，累積成一千零一個故事，並且把它們編成一本書，叫做《末日之書》——這個書名取得真好，名符其實。吉姆，你還不瞭解國王這些人呢！但我看透了他們。我們的這個老廢物，可以說是我在書上見過的國王裡最善良的一個了。是啊，亨利有一天心血來潮，想在國家興風作浪一番。他做了什麼呢？警告全國人民嗎？上演一場好戲嗎？不——他突然把波士頓港船上的茶葉全都拋到海裡，還發表了一個《獨立宣言》，看人家敢不敢應戰。這就是他的作風——從不考慮別人的死活！又有一次，他對他的父親威靈頓公爵起了疑心，你知道他做了什麼？要他出面嗎？不——他把他推到一大桶葡萄酒裡淹死了，就像淹死一隻貓一樣。假如有人把錢放在他的附近，你認為他會怎麼做？——偷走！假如他訂了契約要做一件事，你把錢付給了他，可是沒有在一旁監督他把事情做好，你認為他會怎麼做？——他總是在幹別的事。如果他張開了嘴，接下來會怎麼樣呢？——要是他不馬上把嘴閉上，就會說出一句謊話——屢試不爽！亨利就是這樣一個好傢伙。要是跟我們在同一艘木筏上的人是他，而不是我們這個國王，那他肯定會把那個鎮鬧得比我們這個國王更加一塌糊塗！我並不是說我們這個國王是羔羊，不過要是跟那些混蛋相比，簡直是小巫見大巫。總之，國王就是這樣的貨色，你得忍耐點。他們一個比一個不好惹——因為他們就是這樣被教養大的嘛！」（註：此段中哈克將許多歷史事件搞混在一起。奈兒．葛溫、珍妮．休爾、羅莎蒙分別為查理二世、愛德華四世、亨利二世的情婦；關於《末日之書》的敘述應為《天方夜譚》之典故；而波士頓茶葉事件、威靈頓公爵、克拉倫斯公爵溺死在葡萄酒中等事件與人物，皆與亨利八世無關。）

「不過，這個人身上有一種怪味，令人受不了，哈克。」

「吉姆，他們這種人全都是這樣。國王身上發出這種味道，我們能怎麼辦呢？歷史書上也沒有說出一個解決辦法啊。」

「說到那個公爵，有些地方倒還不那麼討人厭。」

「是啊，公爵不一樣，但也並非完全不一樣。作為公爵，他算是個中等貨色。但只要他一喝醉，近視眼的人也很難說出他和國王有哪裡不一樣了。」

「反正我不想再碰到這樣的人了，哈克。現在這兩個已經夠讓我受的了。」

「吉姆，我也這麼想。不過，既然這兩個已經纏上了我們，那只好記住他們是怎樣的貨色，多忍耐著點。有時候，我真希望聽到有哪個國家是沒有國王這種東西的。」

至於這些傢伙並非真的國王和公爵，也無須對吉姆說明，反正不會有什麼好處。而且，正如我說過的，你也說不出他們跟那些貨真價實的有什麼不一樣。

我去睡了。到了我值班的時間，吉姆並沒有叫醒我——他總是這樣。我一覺醒來，天已大亮，他坐在那裡，腦袋垂在膝蓋中間，一邊唉聲嘆氣。我並不十分在意，也沒有聲張，我知道那是怎麼一回事——他正在想念遠方的妻兒。他情緒低沉，思鄉心切，因為他一生中從未離開過家，而且我相信他與白人一樣，也愛憐自己的家人。這似乎不太正常，但我覺得這是事實。他總是這樣唉聲嘆氣，某天晚上，他以為我已經睡著了，便自言自語：「可憐的小伊莉莎白！可憐的小強尼！你們的命好苦！我恐怕再也見不到你們啦！」吉姆真是個好心的黑人啊！

不過這一次，我還是設法跟吉姆談到了他的妻子和他年幼的孩子。他說：

「這一次我會這麼難過，是因為剛才聽見岸上『啪』的一聲，像是在打人的聲音，又像關門的聲音；不由得讓我想起了我當初對小伊莉莎白多麼凶。當時她還不到四歲，害了一場猩紅熱，折騰了好幾天，不過後來漸漸痊癒了。有一天，她在附近站著，我對她說：『把門關上。』」

「她沒有關門，只是在原地站著，對我微微一笑。我生氣了，又重複了一遍，而且高聲吼叫：」

「『聽到了沒？——把門關上！』」

「她一樣站在那裡，對我笑盈盈的。我忍不住啦！就說：」

「『妳竟敢不聽話！』」

「我一邊說，一邊朝她腦袋揮了一個巴掌，打得她在地上滾，接著我就到另一個房間去了。過了大約十分鐘，我轉回來，見到門還是開著的，孩子正站在門檻上，看著下面，眼淚直流。老天！我真是氣瘋了。我正想朝她撲過去，可是就在這一瞬間——門是朝內開的——就在這一瞬間，刮起一陣風，『砰』地一聲把門關上了，正好從後面打中了孩子。『咚』地一聲把她打到門外的地上。噢！孩子再也不動了。這下子，我的心簡直快跳了出來——我難受得——難受得——我不知道我難受到什麼程度。我全身顫抖地走了過去，小心翼翼地把門打開，悄悄地伸出脖子看著她。我吼了一聲：『喂！』但她一動也不動。噢！哈克，我一邊嚎啕大哭，一邊把她抱在懷裡。『噢！我可憐的孩子！但願上帝饒恕可憐的老吉姆吧！』我這輩子永遠也饒不了自己！噢！她完全聾了、啞了！哈克，完全聾了、啞了！——可是我一直這麼狠心地對待她啊！」

第二十四章

第二天傍晚時分，我們在河心一個長滿柳樹的小沙洲停靠。大河兩岸各有一個村落，公爵和國王又開始盤算一個計畫，好到鎮上行騙一番。吉姆對公爵說，他希望他們只去幾個鐘頭，不然他整天被捆在棚子裡，實在悶得發慌——你知道，我們每次把他單獨留下時，就必須把他捆起來，不然，要是被人發現他一個人，就會以為他是個逃亡的黑奴。公爵說，整天被捆綁著的確有點難受，他得想出一個法子，好讓吉姆不必受這種罪。

公爵真是絕頂聰明，他很快就想出了一個辦法。他用李爾王的戲服把吉姆打扮了一番——那是一件印花布長袍、一套白馬尾做的假髮，以及大鬍子。他又取出戲院裡化妝用的顏料，在吉姆的臉上、手上、耳朵上、脖子上塗了一層死氣沉沉的藍色，看上去彷彿一個已經溺死了九天的人。那真是我見過最怪異的模樣了！接下來，公爵拿出來一小塊木板，在上面寫著：

他把木板釘在一根木樁上，木樁就立在小棚前面四五呎處。吉姆十分滿意，他說，這比被捆綁要好多了，不必度日如年，也不必一聽到聲響就害怕。公爵要他自在一點，要是有人來打擾，就從棚子裡跳出來，裝腔作勢一番，然後像一頭野獸那樣吼叫一兩聲；這麼一來，別人一定會溜之大吉。這很有道理。如果對方是個正常人，不必等他吼出聲來，就會拔腿便逃。因為他那副模樣，不光看起來像個死人，甚至比死人還要難看！

這兩個流氓又想演出《皇家奇獸》那一套，因為能大撈一筆。不過他們也覺得不太保險，因為上游的消息也許已經傳開了。他們一時想不出合適的妙計，因此最後公爵說，暫時休息一下，讓他再好好想一兩個小時。至於國王，他說他打算去另一個村子，不過目前還沒有具體的計畫，一切全交給上帝指引——依我看是給魔鬼指引吧！我們在上一個村子已經添購了一些衣服，國王這時便穿戴起來，還要我也穿上，我照辦了。國王打扮得一身黑，看起來十分氣派；我從沒想過衣服竟能讓人換一副模樣。原本的他像一個脾氣乖戾的老流氓，但如今，只見他摘下嶄新的白水獺皮帽，一鞠躬，微微一笑，那種氣派、和藹又虔誠的神情，你搞不好會以為他剛從挪亞方舟裡走出來，說不定他根本就是利未人呢！吉姆把獨木舟打掃乾淨，我也準備好槳了。大約在小鎮上游三哩的一個淺灘，正停靠著一艘大輪——它已經停靠好幾個鐘頭了，正在裝貨。國王說：

「看看我這身打扮！依我看，我最好說我是從上游的聖路易或辛辛那提，或是某個大城市下來的。哈克貝利，朝大輪那裡划過去！我們要搭乘它到那個村子去。」

一聽到要搭乘大輪，我二話不說，便划到了離村子半哩的岸邊，然後沿著陡峭的河岸附近的平靜水面划行。沒過多久，我們遇見一位相貌堂堂、涉世不深的年輕人。他坐在一根原木上，正擦著臉上的汗水，因為天氣確實很熱；身旁還有幾個大行李包。

「把船頭靠向岸邊。」國王說，我照辦了。「年輕人，要去哪裡啊？」

「搭大輪。要到奧爾良去。」

「那就上船吧！」國王說，「等等，讓我的傭人幫你提行李吧！你跳上岸去，幫一下那位先生，阿道弗斯。」我知道那是指我。

我照辦了，接著我們三人出發了。那位年輕人感激萬分，說這麼熱的天氣，提著行李趕路真是累人！他問國王要去哪裡。國王告訴他，他是從上游來的，今天早上在另一個村子上岸，如今準備走幾哩路，去看看一個農莊裡的老朋友。年輕人說：

「我一看見你，就馬上告訴自己：『一定是威爾克先生，一定是的，他剛剛遲了一步，沒能準時到達。』可是我對自己說：『不對，依我看，那不是他。如果是的話，他絕不會往下游划。』你不是他，對吧？」

「不是的。我的名字叫布羅蓋特——亞力山大．布羅蓋特——亞力山大．布羅蓋特牧師，也許我應該說，我是上帝的一個謙卑的僕人；不過，無論如何，威爾克先生沒能準時到達，我還是替他惋惜。要是他為此失去什麼的話——我但願事實並非如此。」

「是啊，他不會因此失去什麼財產，因為他照樣可以得到財產；但他失去了見到哥哥最後一面的機會啊——也許他哥哥不會在意，這種事誰也說不準——不過他哥哥會願意付出所有代價，在嚥下最後一口氣前見他一面。這三個禮拜以來，他一直掛心這件事。他們自小分離——他的兄弟威廉，他從未見過他——那是個又聾又啞的——他應該不超過三十歲，也許三十五歲。彼得和喬治是唯一移居過來的兩人；喬治是弟弟，結了婚，去年夫妻倆都過世了。哈維和威廉是他僅存的兄弟了。正如我剛才說的，他們沒能趕上最後一面啊！」

「有沒有人送信去給他們呢？」

「哦，有的。一兩個月前，彼得剛生病，就發出了信，因為當時他說這一回恐怕好不了了。你知道，他很老了。喬治的幾個女兒陪伴他，她們還太年輕，除了一頭紅髮的瑪莉珍。因此，喬治夫婦死後，他不免覺得孤單，也越來越不留戀人世了。他心裡最大的願望就是和哈維見上一面——還有威廉——因為他是那種不肯立遺囑的人。他留了一封信給哈維，他說他在信中交代了錢藏在哪裡，以及他希望如何把其餘財產分給喬治的女兒們——因為喬治並沒有留給她們什麼。人們好不容易才說服他在信上簽了名。」

「依你看，哈維為什麼沒有來？他住在哪裡？」

「噢！他住在英格蘭——在雪菲爾德傳教——從未來過這個國家。他沒有太多時間；再說，他也有可能根本沒收到那封信，你知道的。」

「太可惜了！可憐的人，不能見兄弟最後一面，太可惜了！你說你要去奧爾良？」

「是的，不過那只是其中一個目的地。下禮拜三，我要搭船去里約熱內盧，我叔叔住在那兒。」

「那可是很長的一趟旅程啊！不過，這一趟倒是挺有趣的，我恨不得也到那裡去一趟。瑪莉珍是最大的女兒嗎？其他人有多大呢？」

「瑪莉珍十九歲，蘇珊十五歲，喬安娜十四歲左右——她很不幸，是個兔唇。」

「可憐的孩子們。就這樣孤單地被拋在了冷酷的世界上。」

「唉，她們的處境原本還可能更糟呢！老彼得還有些朋友，他們不會讓她們受到傷害。有一個叫做哈布森的，是浸信會的牧師；還有教堂執事洛特．胡維；還有班．洛克、阿布納．謝克福德；還有律師拉維．貝爾、羅賓森醫生，跟他們的妻子；還有寡婦巴特利——總之，還有不少人，這些是跟彼得交情最深的，他們常在家書中提到他們。因此，哈維一到這裡，就會知道該去哪裡找一些朋友。」

這個老頭不斷地問東問西，幾乎把那個年輕人的肚子都掏空了。這個倒楣的鎮上所有的人物、傳聞，以及有關威爾克的每一件事，和彼得的生意狀況，要是他沒有全部問過一遍，那才奇怪呢！彼得是位皮革工人，而喬治是個木匠，哈維是個非國教派牧師……等等。接著，老頭又說：

「你願意繞遠路，一路走到大輪那裡，這又是為什麼呢？」

「因為它是到奧爾良的大船。我擔心它不會在那邊停靠，這些船在深水裡走的時候，即使你拚命招手，它們也不會停下。從辛辛那提來的船一定會停，不過這一艘是從聖路易來的。」

「彼得．威爾克的生意還好嗎？」

「哦，還好。他有房有地，據說他留下了三四千塊錢，藏在某個地方。」

「你說他是什麼時候死的？」

「我沒有說過啊？不過那是昨晚的事。」

「也許是明天出殯吧？」

「是的，大約中午時分。」

「唉！多麼悲慘。不過，人難免一死，我們該做的事就是作好準備，這樣就不必擔心了。」

「是啊，先生，這是最好的辦法。我媽媽總是這麼說的。」

我們划到輪船旁邊時，它已經快裝好貨了，很快就要開船。國王一個字也沒有提上船的事，所以我最後還是失去了坐輪船的好運。船一開走，他囑咐我往上游划一哩，划到一個沒人的地方，然後他上了岸，說道：

「現在馬上趕回去，把公爵帶來這裡，順便帶上那些新買的手提包。要是他去河對岸了，那就划到對岸，找到他，叫他馬上放下一切到這裡來。好，快走吧！」

我知道他心裡在打什麼主意，不過我當然不吭一聲。當我和公爵回來以後，我們把獨木舟藏起來，坐在一根原木上，聽國王把事情經過說給公爵聽，就跟那位年輕人說的一模一樣——簡直一字不差！他不時還從頭到尾裝出英國人的腔調，而且學得惟妙惟肖，真是難為這個流氓了。要學他那副模樣，我可做不到；但他確實表現優異。接著他說：

「你扮那個又聾又啞的人，怎麼樣？畢奇華特。」

公爵說，包在他身上，還說他曾在舞台上演過又聾又啞的角色。於是，他們就在那裡等候輪船開過來。

下午，開來了幾艘小輪船，不過並非從上游的遠方來的。最後，來了一艘大輪，他們招呼它停下。大輪放下一艘小艇，讓我們上去。它是從辛辛那提開來的，當他們知道我們只搭四五哩路就要下船，簡直氣壞了，把我們臭罵了一頓，還揚言不放我們上岸。但公爵鎮靜地說道：

「如果輪船願意派一艘小艇接送，我們每走一哩路就付一塊錢，你們說呢？」

他們的態度頓時軟化下來，答應了。於是，一到那個村子，大輪就用小艇把我們送上了岸。當時有二十幾個人聚在那裡，一見小艇開近，就圍了上來。國王說：

「哪一位先生能告訴我彼得．威爾克先生住在哪裡？」

人們面面相覷，互相點了點頭，彷彿在說：「我應該告訴他嗎？」其中一人輕聲而有禮貌地說道：

「對不起，先生，我只能告訴你昨天黃昏時他還住在哪裡。」

一眨眼間，那個老流氓連身子也站不住了，一下子撲到那個人身上，把臉頰伏在他肩上，對著他的背哭了起來，說道：

「天啊！天啊！可憐的哥哥——他走啦！我們竟然沒趕上見他最後一面。哦！這叫人怎麼受得了啊！」

隨後他一轉身，嗚嗚地哭著，向公爵比了一些莫名其妙的手勢。公爵立刻把手提包往地上一丟，哭了起來。這兩個騙子真是我見過最混蛋的傢伙。

人們聚了過來，向他們表示哀悼，說了各種安慰的話，還替他們提了手提包，帶上山去，又讓他們靠著自己的身子哭，並把彼得臨終時的情況一一告訴他們。國王也比出各種手勢，把這些「告訴」公爵。這兩人對皮革工人的死如此哀痛，彷彿他們失去了十二門徒一般。哼！要是我曾經見過這種怪人，那就罰我變成一名黑奴吧！這真是全人類的恥辱啊！

第二十五章

才過了兩分鐘時間，消息便傳遍了整個村子。只見人們從四面八方飛奔而來，有些人衣服還來不及穿好。沒過多久，我們就被大伙兒圍在中間，他們的腳步聲如同軍隊在行軍一般。路邊的窗口、門口都擠滿了人，每一分鐘都能聽到有人隔著柵欄說：

「是他們嗎？」

人群之中就會有人回答：

「當然了！」

等我們走到這棟房子時，門前的大街上人潮洶湧，三位小姐正站在大門口。瑪莉珍確實一頭紅髮，不過那無關緊要。她美麗非凡，她的臉上、眼睛裡都閃著光彩，一見到「叔叔」來了，十分開心。國王一張開雙臂，瑪莉珍便投進他的懷抱。至於喬安娜，她朝公爵跳過去，兩人親熱了一番。大伙兒看到一家人終於團聚，也都高興得為之落淚——至少女人們是這樣。

隨後，國王偷偷推了一下公爵——我看到了——接著又東張西望，看到了那口棺材，就放在角落裡，擱在兩張椅子上。國王和公爵一隻手放在對方的肩膀上，一隻手抹著眼淚，神色莊嚴地緩緩走進去，大伙兒紛紛讓出一條路，說話的聲音一瞬間都停止了。人們都說：「噓！」並且紛紛脫下帽子，垂下頭，簡直連一根針落地都能聽得見。他們一走近，就低下頭來，朝棺材裡望去，只望了一眼，便呼天搶地大哭起來，那哭聲哪怕你在奧爾良也能聽得到！然後，他們用手臂勾著彼此的脖子，把下巴靠在彼此的肩膀上，有三分鐘——也許是四分鐘——眼淚像撒尿一樣地流下，這麼誇張的情景我從未見過。不過，在場的人全都是這樣，把地板都弄溼了，這也是我前所未見的。

接下來，這兩人分別站到棺材的兩側，跪了下來，把額頭靠在棺材的邊緣，裝出全心全意禱告的模樣。到了這一刻，四周人群那種大為感動的情景，確實令人嘆為觀止。他們全都哭出了聲，大聲嗚咽——那幾位可憐的小姐也是一樣。幾乎每一個婦女都朝小姐們走過去，吻她們的額頭，撫摸她們的後腦，眼睛望著天，眼淚嘩嘩直流，竭力忍住哭聲，然後一路啜泣、抹著眼淚走開，換下一位婦女表演一番。如此令人作嘔的事，真讓我大開眼界。

隨後，國王站了起來，朝前走了幾步，醞釀好了情緒，哭哭啼啼地作了一番演說，一面眼淚直流，一面胡說八道，說他和他可憐的兄弟從四千哩外風塵僕僕地趕到這裡，卻失去了親人，連最後一面也沒見到，心裡難過極了，但能得到大家親切的慰問和神聖的眼淚，這件傷心事也多了一種甜蜜的滋味，變成一件莊嚴的事，他們兄弟倆由衷地感謝他們，由於嘴裡說出的話無法表達心意，說得太無力、太平淡了……諸如此類的廢話，聽了令人想吐。最後又嘀咕了幾聲「阿門」，然後放開嗓門大哭一場，哭得死去活來。

他一說完，人群中有人唱起了讚美詩，其他人也一個個加入其中，並使出全身的力氣大喊，令人動容，彷彿做完禮拜、走出教堂時的感覺。音樂實在是個好東西，聽完一番奉承的話和空話之後，再聽聽音樂，使人精神一振，而且它們聽起來多麼樸實、悅耳。

這時，國王又張開大嘴，胡說八道起來，說如果這家人的好友之中，有人能留下來與他們共進晚餐，並幫助他們處理死者的後事，他和侄女們將十分高興；還說如果躺在那裡的哥哥會說話的話，他會知道該說出哪些人的名字，因為這些名字對他而言是十分可貴的，也是他在信上時常提到的；為此，他說出了下列的名字——哈布森牧師、洛特．胡維執事、班．洛克先生和阿布納．謝克福德先生，還有拉維．貝爾律師、羅賓森醫生，以及他們的夫人。還有巴特利寡婦。

哈布森牧師和羅賓森醫生正在小鎮另一頭忙著他們的拿手好戲——我是指，醫生正將一個病人送到另一個世界，牧師則做為指路人。貝爾律師為了業務去路易斯維爾了。不過其餘的人都在場。他們一個個走上前來，和國王握手，感謝他，並和他說起話來。隨後他們和公爵握手，並沒有說什麼話，只是臉上始終透著笑容，頻頻點頭，活像一群傻瓜。而他呢，做出各種手勢，從頭到尾只發出「咕——咕——咕——」的聲音，彷彿一個還不會說話的嬰兒。

就這樣，國王便信口開河起來，把鎮上幾乎每個人、每隻狗的事都問了一遍，還提到了一些人的姓名，連鎮上以及喬治家、彼得家過去發生過的芝麻小事，也一件件提了出來，而且裝作是從彼得的信上得知的。不過這些都是謊話，它們全都是從那個年輕的笨蛋、也就是從搭我們的小舟去坐船的人口中套出來的。

之後，瑪莉珍拿出了她爸爸的遺書，國王大聲讀了一遍，邊讀邊哭。遺書寫明：把住宅和三千塊錢金幣留給女兒們，把皮革工廠（這個產業當時景氣正好）連同房子和土地（值七千元）和三千塊錢金幣留給哈維和威廉。遺書上還說，這六千塊錢就藏在地窖裡。這兩個騙子便說由他們去拿上來，當著眾人的面，把一切光明正大地處理好。他們要我帶一支蠟燭一起去。我們隨手把地窖的門關上，一找到裝錢的袋子，便往地板上一倒，只見金光閃閃的一堆堆，好看極了。噢！國王的眼睛多麼亮啊！他在公爵的肩膀上一拍，說道：

「太棒啦！這要是不棒，天底下還有什麼更棒的呢？噢！不，我看沒有了！畢奇，這比《皇家奇獸》更棒，不是嗎？」

公爵也承認是這樣。他們把那堆金幣拿起來把玩，讓金錢從指縫中掉到地上，發出叮叮噹噹的聲響。國王說：

「光說不練是沒用的。作為富裕的死者的兄弟、身在國外的繼承人的代理人，我們就該扮演這樣的角色，畢奇。這一切全是上帝的安排。從長遠來看，這麼做是好的，我想過各種方法，但沒有比這麼做更好的了。」

有了這麼一大堆錢，換作任何人都會心滿意足，都能以信任來對待一切了。可是——不，他們非得把錢數過一遍。於是他們就這麼做了。一數之下，發現還缺四百一十五塊錢。國王說：

「該死！不知道他把那四百一十五塊錢搞到哪裡去了？」

他們為這件事煩惱了一會兒，把各個地方也搜了一遍。後來公爵說：

「哎！他是個重病在身的人，也許是搞錯了——我想就是這樣。最好的方法是隨它去吧！不必聲張，這點小虧我們還吃得起。」

「哦，該死！是啊，我們吃得起，我根本不在乎這點——我想的是，我們必須把這件事辦得光明正大。你知道，我們得把這些錢拿到上面，在眾人面前公開清點，好讓他們不起疑心。而既然死者說是六千塊錢，這下可就——」

「等等，」公爵說，「由我們來補足。」他一邊從口袋裡掏出了錢。

「這可真是個好主意！公爵——你那個腦袋可真是聰明絕頂。」國王說，「最後還是《皇家奇獸》這齣老戲幫了我們的忙。」他也一邊掏出了金幣，堆成一堆。兩人的口袋幾乎空了，不過他們還是湊齊了六千塊錢，一毛不少。

「聽我說，」公爵說，「我又有一個計畫：讓我們上樓去，在那裡把錢清點好，然後全部交給小姐們。」

「老天！公爵，讓我擁抱你！這真是一個人所能想到最棒的主意啦！你的腦袋簡直太聰明了。哦！這真是個天衣無縫的妙計。要是他們還心存疑慮的話，這下子保證一掃而空，讓他們無話可說。」

我們一上了樓，大伙兒紛紛圍著桌子。國王把金幣數了一遍，隨手擺成一堆堆，每堆三百塊錢——一共是二十小堆。在場的每個人都睜大了眼，不停地嚥下口水。隨後，他們把錢重新扒進袋子裡。我注意到國王正蓄勢待發，準備再次發表演說。

「朋友們，躺在那一邊的、我那可憐的哥哥，對我們這些留在傷心的世間的人是慷慨的。他對他深愛的、他保護的、失去父母的這些可憐的羔羊是慷慨的。是啊！凡是瞭解他的人都知道，要不是他擔心虧待了他親愛的威廉和我，他一定會對他的侄女們更加慷慨的。他會不會呢？我認為這毫無疑問。既然如此——如果我在這樣的一個時刻，竟然出來作梗，那還算什麼叔叔？如果我在這樣一個時刻，竟然想掠奪他深愛的、這些可憐而甜美的小羔羊——是的！掠奪——那還算什麼叔叔？對於威廉，如果我還瞭解他——我想我是瞭解的——好，我直接來問他。」

他一轉身，對公爵做出各種手勢。公爵有一陣子只是傻傻地瞪大眼睛望著，之後才彷彿突然領會了意思，一下子跳到國王面前，「咕——」個不停，快活得不知怎樣才好，並且擁抱了他足足十五下，才放開手。接著，國王又說：「我早就知道了，我猜這麼做能讓大家明白他的想法——來！瑪莉、蘇珊、喬安娜，把錢拿去——全部拿去！這是躺在那邊的、身子冰涼了，心裡卻喜悅的人送給妳們的。」

瑪莉珍朝他走過去，蘇珊和喬安娜也朝公爵走過去，一個個擁抱、親吻他，熱烈的程度是我從未見過的。人們也個個含著熱淚，大多數人還和騙子們握手，一路上又說：

「你們這些親愛的好人啊！——多麼可愛——真沒想到啊！」

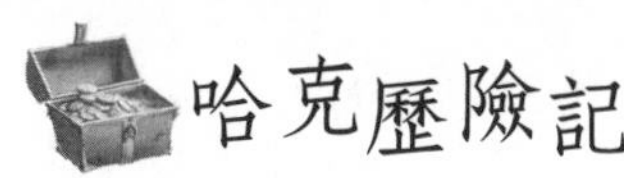

接下來他們又聊到了死者，說他是多麼好的一個人，他的死對大家是多麼大的損失……等等。這時候，有一個高大、粗魯的人擠到中間，站在那裡一邊聽，一邊張望，默不作聲，也沒有人對他說話，因為大家正專心聽著國王說話。國王此時剛說到一半：

「——他們都是死者最好的朋友，這就是為什麼今晚他們被邀請到這裡。不過，到了明天，我們希望所有人都來——我說所有人，因為他向來尊重每一個人、友愛每一個人；因此他的『喪宴』理所當然應該讓大家都來參與。」

這個人就是愛聽自己說話，因此嘮叨個沒完。每隔一會兒，他又會提到『喪宴』這回事。後來，公爵實在受不了了，便在一張小紙片上寫了幾個字：「是喪禮！你這個老傻瓜。」摺好之後，便一邊叫著「咕——咕——」，一邊從眾人頭上扔給他。國王看了一遍，把紙片往口袋一塞，說道：「可憐的威廉，雖然他身有殘疾，但他的心始終是健康的。他要我請所有人都來參加喪禮——要我提醒所有人務必參加。不過他不用擔心——我在說的正是這件事。」

隨後，他不慌不忙，又滔滔不絕地繼續胡說，仍不時提到「喪宴」這個詞，跟剛才一樣。他第三次提到這件事時，說道：

「我說『喪宴』，並不是因為這是慣用的說法，剛好相反——慣用的說法是『喪禮』——我這麼說，因為『喪宴』才是正確的說法。『喪禮』這個詞在英國早已不用了，『喪宴』這個詞更好一些，因為它更明確地指出了你的目的。這個詞源自希臘文『orgo』，代表外面、露天、國外的意思；希伯來文是『jeesum』，代表種植、掩蓋，也就是埋葬的意思。知道了吧！所以『喪宴』就是指在眾人面前公開下葬。」

這是我見過最拙劣的表演了。那個粗魯的人立刻當著他的面大笑起來，大伙兒全都驚呆了，紛紛在說：

「怎麼啦？醫生。」阿布納．謝克福德說：

「怎麼了？羅賓森，你還沒聽說這個消息嗎？這位是哈維．威爾克。」

國王也巴結地滿面堆笑，伸過手來說：

「這位是我那可憐的哥哥的好朋友羅賓森醫生吧？我——」

「別用你的髒手碰我！」醫生說，「你說話像一個英國人嗎——是嗎？我從沒見過學得這麼糟糕的。你這個彼得．威爾克的兄弟啊！你是個騙子——這才是你的真面目！」

這下子大伙兒都嚇呆了！他們圍住了醫生，要他冷靜下來，把事情解釋清楚。他們告訴他，哈維已經在四十件事情上證明了自己確實是哈維——他知道每個人的名字、知道每一隻狗的名字。他們還不斷央求他，千萬別傷害了哈維的感情、小姐們的感情，以及大伙兒的感情。可是不管人們怎麼勸說，他仍然不停地大發雷霆，還說不管是誰，假扮成英國人卻又把英國話說得那麼糟，一定是個騙子！幾位可憐的女孩依偎著國王哭泣，醫生突然一轉身，對她們說：

「我是妳們父親的朋友，至今仍然是妳們的朋友。作為一個朋友、一個忠實的朋友、一個要保護妳們免於傷害的朋友，現在要警告妳們：不要再理那個流氓，那個無知的流浪漢！他滿口謊言，胡扯什麼希臘文和希伯來文。他是一眼就能識破的詐欺犯——不知從哪裡聽來一些名字和沒意義的事，就當成什麼證據，還讓這裡的一些本該明事理的糊塗朋友幫忙欺騙妳們。瑪莉珍，妳知道我是妳的朋友，也是妳無私的朋友。現在，聽我的，把這個可悲的流氓趕出去——我懇求妳，好嗎？」

瑪莉珍將身子一挺——我的天，她多麼漂亮啊！她說：

「這就是我的回答。」她抱起那一袋錢，放在國王的手心，並說道：「收下這六千塊錢吧！為我和我的兩個妹妹花掉它們吧，你愛怎麼花就怎麼花，也不需要給我收據。」

隨後，她一邊用一隻手摟著國王，蘇珊和喬安娜摟著公爵。眾人一個個鼓掌，用腳跺著地板，彷彿掀起了一場風暴。國王昂起了腦袋，傲然一笑。醫生說：

「好吧，我再也不管這件事了。不過我警告你們，總有一天，你們會為了今天的事情感到羞恥的。」說完，他就走了。

「好吧，醫生，」國王嘲笑他說，「到時我們會叫她們告訴你的。」這句話逗得大家笑了起來。他們說，

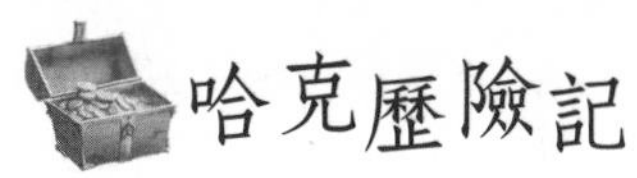

這番話挖苦得恰到好處。

第二十六章

等到人們都走了，國王問瑪莉珍有沒有空的房間。她說有一間是空的，威廉叔叔可以住這一間，而哈維叔叔則住在她那個更大的房間。她會搬到妹妹的房間去，睡一張帆布床。閣樓上有個小房間，擺著一張小床，國王說可以讓他的隨從住——也就是我。

瑪莉珍帶我們上樓，讓我們看了自己的房間。房間陳設簡單，但倒也舒適。她說，如果哈維叔叔嫌礙事的話，她可以把她的一些衣服和雜物搬出去；不過國王說不用搬了。那些衣服掛在牆邊，其中一排的前面有一張印花布幔垂到地上。房間的一個角落，擺了一只舊的毛邊箱，另一個角落放著一只吉他盒；各式各樣的小器具、小玩意兒散落各處，都是些女孩子愛用來裝飾房間的東西。國王說，這些傢俱讓房間增添了家常的氣氛，也更舒適，因此不必搬動了。公爵的房間小巧而舒適，我的小房間也是這樣。

那天的晚餐很豐盛，所有男女齊聚一堂，我站在國王和公爵的椅子後面侍候他們，其餘的人由黑奴們侍候。瑪莉珍坐在桌子一頭的主人席上，蘇珊坐在她旁邊，她們的話題盡是小麵包的味道多麼糟、果醬多麼粗糙、炸雞炸得多麼老、口味多麼差……之類的廢話，是婦女們常用的客套話，用來逼客人說些恭維的話。客人都知道今天的飯菜全是傑作，而且也這麼說了：「這小麵包妳是怎麼烤的？竟然烤得這麼美味！」「天啊！妳是從哪裡弄來這麼好吃的醃菜啊？」諸如此類的話，你知道，人們在餐桌上就愛說這一些。

把這些人都侍候過後，我和喬安娜在廚房裡吃剩下的飯菜，別的人則幫忙黑奴收拾東西。喬安娜一直希望我多講講英國的事，有時候，我真覺得自己要露出破綻了。她說：

「你見過國王嗎？」

「誰？威廉四世嗎？噢！我當然見過——他總是上我們的教堂。」我知道他幾年前死了，不過我沒有露出一點口風。她說：

「什麼？——每個禮拜都去嗎？」

「是的——每個禮拜。他的座位正好在我的對面——在佈道台的那一側。」

「我還以為他住在倫敦，不是嗎？」

「噢！當然，他不住倫敦要住哪裡呢？」

「我原本還以為你住在雪菲爾德呢！」

這下我知道自己快招架不住了，只好裝出被一根雞骨頭噎到的樣子，好爭取時間想出脫身之計。我說：

「我的意思是，他在雪菲爾德的時候每週都會上我們的教堂——這只包括夏季，他夏季會來洗海水浴。」

「啊，瞧你說的——雪菲爾德並不靠海啊！」

「什麼？誰說靠海啦？」

「是你說的呀！」

「我可沒有說。」

「你說了的！」

「我沒有。」

「你有！」

「我從來沒有說過這種話。」

「好，那你說了什麼？」

「我說的是他來洗海水浴——我只說了這個。」

「好吧，如果不靠海，他要怎麼洗海水浴？」

「聽我說，」我說，「妳見過國會礦泉水嗎？」（註：紐約薩拉托加有一處泉水名為「國會泉」。）

「見過。」

「好，那妳是不是一定得去國會，才弄得到這種水？」

「哦，當然不是。」

「很好，所以威廉也並不一定得去海邊才能洗海水浴啊。」

「那他要怎麼弄到海水呢？」

「這裡的人怎樣弄到國會水，他就怎樣弄到海水——用桶子運吧！在雪菲爾德的王宮裡有鍋爐，他洗的時候需要把水燒熱。在海邊，人們沒辦法燒這麼多的水，他們沒有這麼方便的設備呀！」

「哦，這下我明白了。你可以一開始就說清楚嘛！也好節省些時間。」

聽到她這麼說，我知道自己總算得救了，頓時變得舒坦、快活起來。接著她說：

「你也上教堂嗎？」

「是的——每個禮拜。」

「你坐在哪裡呢？」

「坐哪裡？當然是坐在我們的長椅上啊。」

「誰的長椅？」

「誰的？我們的啊——妳叔叔哈維的啊。」

「他？他要長椅幹嘛？」

「坐呀！不然妳覺得，他要長椅做什麼？」

「啊，我還以為他是站在佈道台後面。」

糟糕！我忘了他是個傳教士。我知道我又快招架不住了，因此，我再次玩起了雞骨頭的把戲，好動動腦筋。隨後我說：

「該死！妳以為一個教會只有一個傳教士嗎？」

「啊，那麼多有什麼用呢？」

「什麼！——在國王面前佈道嗎？像妳這麼傻的女孩，我從來沒有見過。他們一共有十七位之多呢！」

「十七位！我的天，要我聽這麼長的一段話，即使進不了天堂，我也坐不下去！聽他們佈完道得花一個禮拜吧？」

「別胡說了，他們並不是在同一天內佈道——只有其中一個佈道。」

「那其餘的人要幹什麼呢？」

「哦，沒什麼事。到處走走，遞遞盤子、收收捐獻……等等。不過他們通常什麼也不做。」

「那麼，要他們幹什麼？」

「哈，為了氣派呀！妳怎麼什麼都不知道呀？」

「我才不想知道這種蠢事呢！英國人對待傭人怎麼樣？比我們對待黑奴好嗎？」

「不！傭人在那裡不算一個人，他們受的待遇連狗都不如！」

「會像我們這樣讓他們放假嗎？像聖誕節呀、新年呀、國慶日等等的。」

「哦！聽我說，從這些話就聽得出妳沒去過英國。哎！喬安娜，他們從元旦到年底，一天假期也沒有，從沒去過馬戲團，沒有上過戲院，也沒有看過黑奴表演，哪裡也不去。」

「教堂也不去嗎？」

「不去。」

「但你為什麼經常上教堂？」

哎！我又被問倒了。我忘記自己是老頭的僕人啦！不過一轉眼間，我馬上胡謅了一個理由，說一個侍從跟一個僕人是不同的，無論他本人想不想，都得跟著上教堂，與一家人坐在一起，因為這是法律規定的。不過這個理由並不算好，我解釋完之後，她彷彿還不滿意，說道：

「老實說，你是不是一直在騙我？」

「我說的是實話。」我說。

「連一句謊話也沒有？」

「一句謊話也沒有，一句也沒有。」我說。

「把你的手放在這本書上，然後再重複一遍。」

我一看，那不是什麼了不起的書，只是一本字典；於是我把手按在上面，然後複述了一遍。這樣一來，她總算滿意了一些。

「那好吧，我相信一部分。不過其餘的，我死也不信。」

「妳不信什麼？喬。」瑪莉珍跨進門來，蘇珊跟在後面，「妳這樣對一個落單的陌生人說話，實在太不應該、也太不客氣了。要是你們處境對調，妳希望人家這樣對妳嗎？」

「妳總是這副脾氣，瑪莉——怕人家受委屈，老是喜歡半途插嘴。我並沒有得罪他啊！依我看，他把一些事說得天花亂墜，我不能全部都相信——我只說了這麼幾句話。這樣的小事，我想他還受得了，不是嗎？」

「我才不管是小事還是大事，他是我們的客人，妳這麼說是不對的。要是妳處在他的立場，這些話會令妳難堪的。正因為這樣，凡是會令人家難堪的話，妳都不該對別人說。」

「可是，瑪莉，他說——」

「他說了什麼，這無關緊要——問題不在這裡，而是應該對他和和氣氣。凡是會讓人家感到不自在的話，一律不該說。」

我告訴自己：「多好的女孩啊，我卻聽任那個老流氓去搶劫她的錢財！」

隨後，蘇珊也插嘴了——你一定不相信，她把喬安娜狠狠罵了一頓！

我又告訴自己：這也是一位好女孩，我卻聽任那個老流氓搶劫她的錢財！

然後瑪莉珍又責罵了一遍，隨後才親熱地說起話來——這是她的手段——不過，等她把話說完，可憐的喬安娜便無話可說了，只是不停地央求。

「那好吧，」另外兩位小姐說，「那妳就請他原諒吧。」

她也照做了，而且她說得多麼動人啊！聽了叫人多麼快樂。我真希望能跟她說一千次的謊話，好讓她再這麼道歉一次。我第三次告訴自己：這是一位好女孩，我正聽任那個老流氓搶劫她的錢財。

她道了歉之後，她們姐妹便對我百般殷勤，讓我彷彿身在家裡，正和朋友們在一起。我只覺得自己既缺德、卑鄙、又毫無人性。我對自己說，我已經下定決心，死也要把那筆錢藏起來。

於是我跑開了，嘴上說要去睡覺——最後再去。我把眼前的事從頭到尾想了一遍，並問自己：要是我私底下去找那位醫生，告發這兩個騙子呢？不——這不行，他說不定會說出是誰告密的，那樣一來，國王和公爵一定不會放過我。要是我私底下告訴瑪莉珍呢？不——這也不行，也許她臉上的表情會露出馬腳。如今，只要他們把錢弄到手，就會馬上溜之大吉，從此不見蹤影。要是她找人來幫忙呢？我想，在事件解決之前，我就會先被捲進去。不，只有一個辦法：無論如何，非得由我把錢偷到手。我必須想出一個辦法，把錢偷到手，而又不讓他們起疑，認為是我偷的。如今，他們在這裡大受歡迎，一定不會馬上離開——在把這家人和這個小鎮的好處撈光以前，他們是不會走的。所以我還有的是機會。我要把錢偷到手、藏起來；等我到了大河下游，可以寫封信，告訴瑪莉珍錢藏在哪裡。不過，要是做得到的話，最好今天晚上就動手；因為醫生未必真的撒手不管了。或許他正計畫把他們嚇跑呢！

就這樣，我打算自己去房間裡搜一搜。樓上的大廳裡是黑的，我先找到了公爵的臥室，便用手到處摸著。不過我又想，按照國王的個性，未必會讓別人保管這筆錢，一定得由他自己來保管。於是我去了他的房間，到處摸索。但是我發現，沒有一支蠟燭，什麼也做不成。也許我得試試另一個方法——躲起來偷聽。就在這時，我聽見了腳步聲。我想最好躲到床底下，便伸手去摸床。不過在我原以為放床的地方卻沒有床，反而摸到了遮住瑪莉珍小姐衣服的布幔，我只好跳到了布幔後面，躲在衣衫中間，一動也不動地站著。

他們進來了，隨手把門一關。公爵做的第一件事就是彎下腰，朝床底望去。幸好我剛才沒有摸到床——你知道的，一個人如果幹什麼偷偷摸摸的勾當，便很自然的會想躲到床底下。他們坐了下來，國王說：

「你有什麼事？有話快說。因為我們在樓下大聲談論喪事，總比在樓上讓人家議論我們來得安全些。」

「喂，我要說的是，路易，我感到很不安哪！我感到不舒坦哪！那個醫生老是壓在我的心頭。我要知道你的計畫，我已經想到了一個主意，我認為十分可靠。」

「什麼主意，公爵？」

「在凌晨三點鐘以前，我們最好溜之大吉，帶著到手的東西，飛快地逃到下游去。特別是這件事得來全不費工夫——又還給了我們，簡直可以說是親自交到我們手中。我原本還以為得重新偷回來呢！我主張就此罷手，來個溜之大吉。」

這番話令我感到情況不妙。在一兩個小時以前，也許不會有這種感覺，但如今卻感到十分灰心、失望。國王著急了，叫道：

「什麼？還沒把其餘的財產拍賣掉就走，像兩個傻瓜一樣落荒而逃？價值八九千塊的財產就在我們手邊，隨我們撿，卻丟著不管——而且全都是能輕易脫手的東西。」

公爵咕噥道，有那袋金幣也就夠了嘛，他可不想再冒什麼險啦！——不願意把幾個孤女搶個精光。

「嘿！瞧你說的，」國王說，「我們並沒有搶劫她們，不過就是這些錢嘛！那些買家才是受害者，因為等我們溜掉不久，他們就會查出我們並非財產的主人，於是這回交易就不具法律效力，財產便會物歸原主，這些孤女將會重新得到它們，這對她們來說就足夠啦！她們還年輕，手腳勤快，賺錢一點也不難。她們才不會受什麼苦。啊！你只要好好想一想，世上還有成千上萬的人不如她們呢！老天，她們還有什麼好抱怨的呢？」

國王把公爵說得暈頭轉向，他最後便屈服了，說那就這麼做吧。不過他也說，還有醫生在虎視眈眈，只有傻瓜才會留下來。國王回答：

「管他的醫生！我們還在乎他嗎？鎮上的所有傻瓜不是都站到了我們這一邊嗎？這難道不是佔了任一個鎮上的多數了嗎？」

於是他們準備重新下樓。公爵說：

「我看這筆錢藏的地方不好。」

聽到這句話，我的精神為之一振，我原本還以為我得不到這筆錢的線索了呢！國王說：

「為什麼？」

「因為瑪莉珍從現在開始要戴孝，她會吩咐整理這個房間的黑奴把衣物裝進盒子裡收起來。難道你以為黑奴發現了這筆錢，不會順手拿一些嗎？」

「公爵，你的腦袋又靈光起來啦！」國王說，他在離我兩三呎處的布幔下方摸了一會兒。我緊貼著牆，一動也不動，但身子不住顫抖。要是被這些傢伙抓住的話，真不知道他們會說些什麼。我不禁心想，要是真的被他們逮到了，我該怎麼辦？不過，我還來不及繼續思考，國王已經把錢袋拿到了手中——他根本沒有懷疑到我竟然就在旁邊。他們拿起袋子，朝被褥底下一張草墊的裂縫裡猛塞，塞了足足有一兩呎深，還說放在這裡就不會有什麼問題了，因為一個黑奴只會整理被褥，不會去動草墊——草墊一年只翻兩回，把錢塞在裡面，絕不會有任何危險。

不過我比黑奴知道得更多一些。他們才下了三階樓梯，我就把東西拿到手了。我摸黑進了我的房間，隨便藏了起來，等以後再找個更好的地點。據我判斷，放在屋外最好，因為一旦這些傢伙發現錢不見了，肯定會把整間屋子都搜過一遍。就這樣，我轉身睡了，身上的衣服一件也沒脫。不過我一點也睡不著，心裡彷彿火燒似的，只想趕快把事情辦好。隨後，我聽見國王和公爵走上樓來，便從毛毯上滾下來，把下巴靠在梯子口，等著看會不會發生什麼意外。幸好什麼事也沒有。

我就這樣等待著，直到夜深了，一切的聲音都靜了下來，我這才溜下了梯子。

第二十七章

我爬到了他們的房門外偷聽，只聽見他們的打呼聲，我便踮著腳尖，快速下了樓梯。四周一點聲響也沒有，我從餐廳的一道門縫往裡望，見到守靈的人都在椅子上睡著了。門朝客廳開著，遺體就放在那裡，兩個房間裡各點了一支蠟燭。我走了過去。除了彼得的遺體外，我沒有見到任何人在裡面，於是我繼續往前走，但是前門鎖上了，鑰匙不在上面。就在這時，我聽到有人從我背後的樓梯下來。我立刻跑進客廳，四處張望了一下，發現唯一可以藏錢袋的地方只有棺材裡了。棺材蓋移開了大約一呎寬，可以看見蓋子下方的死者，他的臉上蓋著一塊潮濕的布，身上穿著壽衣。我把錢袋放在棺材蓋下面，恰好在死者雙手交叉的下方，這害得我全身發抖。死者的雙手是冰涼的。接著我跑到房間的另一頭，躲在門後。

下來的是瑪莉珍，她輕輕地走到棺材邊，跪了下來，朝裡頭看了一下，然後掏出手帕掩著臉。我看到她在哭泣，儘管我並沒有聽到聲音。她背對著我，於是我偷偷溜了出去。經過餐廳的時候，我想確認一下自己有沒有被守靈的人發現，因此我朝門縫裡張望了一下，見到一切正常，那些人根本沒有動彈。

我一溜煙上了床，心裡有些不滿意，因為我費盡了心思，又冒了這麼大的風險，卻只能做到這個地步。我在心裡暗想，如果錢袋能在那裡安然無恙，等我到了下游一兩百哩外之後，就可以寫封信給瑪莉珍，讓她掘開棺蓋，把錢拿到手。不過，事情絕不會這麼順利，很有可能當人家來釘棺蓋的時候，發現了錢袋——這樣一來，國王又會得到這筆錢，在那之後，再想找機會從他手中弄到錢袋，就不是那麼簡單的事了。當然，我一心想溜下樓，把錢從棺材裡拿出來，但是我沒有這麼做。天色漸漸亮起來了，守靈人或許會醒來的，我說不定會被逮住——被逮住時手裡還有六千塊錢，而且沒有人指示我保管它們。我心想，我可不願意捲入這樣的事。

早上我下樓梯的時候，客廳的門是關著的，守靈的人都走了。四周只有家裡的人，以及巴特利寡婦，和我們一行人。我仔細觀察他們的臉，看有沒有發生什麼情況，可是看不出來。

快到正午時，葬儀師到了，他們把棺材擺在房間中央的幾張椅子上，又放了一排椅子，包括家裡的與借來的，把大廳、客廳、餐廳都塞得滿滿的。我看到棺材蓋還是原來那副模樣，不過當著這麼多人的面，我沒有朝蓋子下面一探究竟。

隨後人們開始往屋裡擠，那兩個敗類和幾位小姐在棺材前的第一排就坐。人們排成一行，依序繞著棺材慢慢走過去，還低下頭觀看死者的遺容，每個人都花了一分鐘的時間，一共半個小時，有些人還掉了幾滴眼淚。一切既安靜又肅穆，只有小姐們和兩個敗類用手帕掩著眼睛，垂下腦袋，發出一兩聲嗚咽。除了腳擦著地板的聲音和擤鼻子的聲音以外，沒有任何聲響——因為人們總是在喪禮上比其他場合更常擤鼻子，除了教堂。

屋內擠滿了人，葬儀師帶著黑手套，正在作一些最後的安排，主持現場的秩序，同時又不發出太大的聲音，彷彿一隻貓一般。他從來不出聲，卻能把人們站的位置安排好，讓後到的人擠進隊伍、在人群中劃出行走的通道，而一切只是透過點頭、揮手示意。隨後他貼著牆，在自己的位置上站好。我從未見過能這麼輕巧、靈活、毫不聲張地把事情辦得如此周到的人。至於笑容，他的臉就像一條火腿一樣，與笑容完全搭不上邊。

他們借來了一架風琴——有點故障的風琴。等一切安排妥當，一位年輕的婦女便坐下彈了起來。風琴像得了疝氣一樣吱吱地呻吟，大伙兒一個個唱了起來；依我看，只有彼得一個人落得清閒。之後，哈布森牧師開了個場，語氣緩慢而莊重，也就在這個時刻，地窖裡有一隻狗高聲嗥叫，十分煞風景。雖然只有一隻狗，卻吵得大家心神不寧，而且牠還叫個不停。牧師不得不站在棺材前不動，靜靜等待著。這副情景實在令人難堪，但也沒人知道該怎麼辦才好。

不過很快地，只見那位腿長的葬儀師朝牧師比了個手勢，彷彿在說：「不用擔心，一切有我在。」之後他彎下腰來，沿著牆溜過去，人們只見他的肩膀從大家的腦袋上滑過；與此同時，吠叫聲越來越刺耳。後來，他滑過了房間兩邊的牆，消失在地窖裡。接下來的一剎那，只聽到「啪」的一聲，那條狗發出了一兩聲淒厲的叫聲，就再也沒有聲音了。牧師從中斷的地方重新開始，繼續演說莊重的話語。一兩分鐘以後，又見到葬儀師，他的背與肩膀再度從大伙兒的腦袋後面移過。他就這樣滑過去，滑過房間的三面牆，隨後站直了身子，用手掩住嘴巴，伸出脖子，朝牧師和大伙兒的腦袋，以低沉的聲音說道：「牠抓到了一隻老鼠！」隨後又彎下身子，沿著牆滑過去，回到了自己的位子上。我看得很清楚，所有人都很滿意，因為大家都好奇究竟發生了什麼事。這麼一件小事，儘管無關緊要，但也正是在這樣的小細節上，決定了一個人是否受到尊重、受人喜歡。在這個鎮上，沒有人比這個葬儀師更受歡迎的了。

這場喪禮的佈道說得很好，只是太長了，令人不耐煩。接著，國王擠了進來，又搬出一些陳腔濫調。最後，儀式總算完成了，葬儀師拿起了螺絲刀，輕輕地朝棺材走去。我渾身大汗，著急地注視他的動作。幸好他一點多餘的動作也沒有，只是輕易地把棺蓋一推，鎖進螺絲。這下子我可傷腦筋了！因為我根本不知道錢在不在裡面。我在心裡想著，萬一有人暗中偷走它，那該怎麼辦？——如今我該如何決定要不要寫信給瑪莉珍呢？假如她把棺材挖了起來，卻什麼也沒有找到——那她會作何感想呢？天哪！說不定我會被逮捕，關進監牢呢！我最好還是悶不吭聲，瞞著她，也不要寫信。事到如今，一切變得越來越複雜了，本來想把事情辦好，卻弄巧成拙。我存心想做好事，如今卻覺得自己不該多管閒事！

死者被下葬了，我們回到家裡，我又仔細觀察了每一個人的臉——我不得不這麼做，因為我心裡仍然十分不安。結果還是一無所獲，從人們的臉上看不出什麼。

傍晚時分，國王到處拜訪人家，讓大家都感到榮幸，也讓他更受歡迎。他想在人們心中產生一個印象，也就是他在英國的教堂很需要他，他必須加緊行事，馬上把財產的事解決，儘早回去。他對自己的匆促感到抱歉。大伙兒也一樣，他們原本希望他能多待一些日子，但還是說他們能理解這是不可能的。國王又說，他和威廉會把小姐們都帶回家去，這讓大伙兒又更加歡喜，因為這樣一來，小姐們的生活有了保障，又能跟親人生活在一起。她們聽了也很高興，幾乎忘記了自己在世上還會有什麼煩惱。她們告訴他，希望他能趕緊把東西拍賣掉，她們隨時可以動身。這些可憐的孩子是這麼地高興、幸福，我眼看她們被如此愚弄，實在心如刀絞；可是又想不出什麼可靠的方法，將局面扭轉過來。

老天！國王果真貼出了公告，說要把屋子、黑奴，以及所有家產立刻拍賣——拍賣在喪禮後兩天舉行；不過，如果有人願意在那之前私下交易，也是可以的……等等。

於是就在第二天中午，小姐們的好心情首次受到了打擊。有幾個黑奴販子上門，國王用合理的價格把黑奴賣給了他們，他們說是用三天到期的匯票支付的。兩個兒子被賣到了上游的曼斐斯，他們的母親賣到了下游的奧爾良。這些可憐的小姐、這些黑奴有多麼悲傷，連心都要碎了。她們一路上哭哭啼啼的，景象如此哀淒，我實在不忍看下去。那些女孩說，她們做夢也沒想到，她們會把一家人活活拆散，賣到別的地方去。她們與黑奴相擁而泣的情景，我將一輩子也不會忘。要不是我心裡明白，這筆交易最終不會成立，而黑奴們一兩週內就會返回的話，我早就忍不住跳出來，告發這群騙子了。

這件事也在鎮上引起了軒然大波，很多人都說這樣拆散一對母子太缺德了。這些話讓騙子們有些招架不住，但那個老傻瓜不管公爵怎麼說，仍舊執迷不悟。可以這麼說，那個公爵如今已經開始慌了。

第二天就是拍賣的日子。早晨天亮之後，國王和公爵上來閣樓，把我叫醒。我從他們的臉色就知道出事了。國王說：

「前天晚上你來過我的房間？」

「沒有，陛下。」——這是平常沒有旁人在的時候，我對他的稱呼。

「昨天？或是昨天晚上？你有去過嗎？」

「沒有，陛下。」

「事到如今，你老實說——不要撒謊。」

「老實說，陛下，我說的都是真的。從瑪莉小姐帶你和公爵看過房間之後，我就沒有接近過你的房間。」

公爵說：

「你有沒有看到誰進去呢？」

「沒有，大人，我想不起有什麼人進去過。」

「再好好想想。」

我考慮了一下，忽然靈機一動，便說：

「哦！我見到黑奴們進去過幾次。」

這兩個傢伙聽了都跳了起來，神情彷彿在說他們從未料想到這一點。過了一會兒，又裝出彷彿心知肚明的表情。接著公爵說：

「是嗎，他們全都進去過啦？」

「不是的——至少不是全部一起進去；我是說，我從沒見過他們一起走出來，除了一次。」

「哦——那是在什麼時候？」

「就是喪禮那一天，是在早上——不太早。我那天起得很晚，正想從樓梯上下來，就看到了他們。」

「好，說下去，說下去——他們幹了些什麼？他們有什麼舉動？」

「他們什麼也沒有幹。總之，就我看來，他們什麼也沒幹。他們踮著腳尖走了，我還以為他們是去整理陛下的房間的。他們以為你已經起床了，結果看到你還在睡，於是躡手躡腳地離開了，免得吵醒你——如果他們還沒把你吵醒的話。」

「老天！他們真有一套。」國王說，兩人的神色都很難看，有點錯愕的樣子。他們站在原地想著事情，不停搔著腦袋。隨後公爵怪模怪樣地笑了幾聲，說道：

「太高明了，黑奴們這一手多麼漂亮！他們還裝出因為要離開而傷心得跟什麼一樣呢！我相信他們是傷心的，你也相信了，所有人都這麼相信了！別再跟我說黑奴沒有演戲的天份啦！嘿，他們的演技完全可以騙過任何一個人，依我看，他們的身上有一筆財可發，要是我有錢、有一座劇院的話，那我不要別的戲班子，就要他們——但現在我們把他們賣了，簡直虧大了！我們永遠只會作虧本的生意！喂，那張廉價的匯票在哪裡——那張匯票呢？」

「正在銀行裡等著收款呢！還能在哪裡。」

「好，謝天謝地，這下就保險了。」

這時我插了話，彷彿畏畏縮縮地問道：

「出了什麼事情嗎？」

國王猛然一轉身，惡狠狠地對我說：

「不關你的事！不許你多管閒事，管好你自己就好！只要你還在這個鎮上——你可別把忘了這句話，聽到了沒？」隨後他對公爵說：「我們只能把苦水往肚裡吞，絕不聲張。我們只能保持沉默。」

他們下樓梯的時候，公爵又咯咯地笑起來，說道：

「賣得快，賺得少！這筆生意真不賴——真不賴！」

國王回過頭來，生氣地對他說：

「我正在想辦法儘快拍賣掉東西。就算最後撈不到什麼，或是賠了不少，什麼都沒能帶走，那我的過失也不見得比你大多少，不是嗎？」

「當初要是能聽我的勸告，那他們現在還在這間屋子裡，而我們早就走了！」

國王強詞奪理地回敬了他幾句，隨後轉過身來拿我出氣。他怪我看到黑奴從房間走出來的時候，沒有告訴他——說我再傻也該知道出事了。隨後又轉過去埋怨了自己幾句，說全怪自己沒有晚一點睡，早上就可以晚一點起床，他以後絕不會再犯這種錯了。兩人就這樣嘮嘮叨叨地走了，至於我，簡直樂死了，我把事情推給黑奴的方法見效了，而黑奴也沒有受到什麼傷害。

第二十八章

過了一會，到了該起床的時間了。我便下了梯子到樓下去。我走過小姐們的房間，門是開著的，我見到瑪莉珍坐在她那只舊的毛邊箱旁邊，箱子打開了，她正在整理行裝——準備前往英國。不過這時她已經停下手，把一件疊好的衣衫放在膝蓋上，雙手掩著臉，正在哭泣。見到這個景象，我心裡十分難過——所有人都會難過的。我走了進去，說道：

「瑪莉珍小姐，你總是不忍心見人家遭受不幸，我也一樣——總是如此。有什麼事請告訴我吧。」

於是她對我說了，不出我所料，是黑奴的事。她說，她美妙的英國之行差一點毀了，因為既然知道那對母子將會永遠分離，她不知道今後要怎麼高興得起來——說著，又哭得更加辛酸，雙手往上一舉說：

「哦，天啊，天啊！你想想，一輩子再也見不到面了！」

「不過他們會相見的——不用兩個禮拜——我知道！」我說。

老天！我還沒有仔細思考，就這樣脫口而出了。而她不容我往後退縮，立刻用兩隻手臂緊緊圍住了我的脖子，要我再說一遍——再說一遍——再說一遍！

我發現自己說得太突然了，也說得太多了，一時間感到左右為難。我請求她讓我考慮一分鐘，她便不耐煩地坐下，顯得很激動，又美麗，神情既快樂又舒坦，彷彿一個剛拔掉病牙的人。於是我又思索了起來。我對自己說，當一個人處境艱難時，要挺身而出，把真相說出來，那是十分冒險的——我雖然沒有這種經驗，卻相信是這樣沒錯。但是，在眼前這件事情上，我覺得說實話要比說謊來得好，也來得保險。我得把這件事放在心上，找時間好好思考一番。這真是個特殊的情況，非比尋常！我可從未遇過這樣的事啊。最後，我告訴自己：好吧，我還是冒險試試看好了。這一次，我要挺身而出，說出真相——儘管這就像坐在一桶炸藥上，用火把它點燃，看看它究竟會把你炸到哪裡去。我說：

「瑪莉珍小姐，有沒有辦法在小鎮附近找到一個地方，在那裡待個三四天？」

「可以——羅斯洛普先生家。為什麼這麼問？」

「現在先別問為什麼。要是我跟妳說，我知道這些黑奴將會重新團聚——不用兩個禮拜，就在這間屋子裡；而且我將會證明我是怎麼知道的——那妳肯不肯去羅斯洛普家待四天？」

「四天！」她說，「我願意待一年呢！」

「那好，」我說，「我要的就是妳這句話，不用更多了——妳的這句話，比人家吻了聖經起的誓還要可靠呢！」她微微一笑，臉紅了，十分甜美。我說：「如果妳不介意，我要把門關上——把門閂好。」

隨後我走了回來，坐下來說：

「請妳別聲張，就這樣靜靜地坐著，像個男人一樣面對這一切。我要把真相告訴妳。妳得鼓起一點勇氣，瑪莉小姐，因為這是一件不幸的事，令人難以忍受的事，但是事到如今也無可奈何了。妳們的這些叔叔，他們根本不是什麼叔叔——而是一群騙子——貨真價實的大流氓。啊！我已經把最可怕的事實說出來了，其餘的話妳應該能忍受得住了。」

可想而知，這些話對她的震撼是非同小可的。不過我卻感到如釋重負，便繼續說了下去。我一邊說著，她眼裡發出的光也越來越亮。我把這些為非作歹的事一五一十告訴了她，從我們遇見那個搭船的年輕傻瓜開始，一直講到她如何在大門口投進國王的懷抱，他吻了她不下十六七次——這時她跳了起來，滿臉通紅，彷彿燒得像黃昏的太陽。她說：

「那個畜生！快！別耽誤一分鐘——一秒鐘！我們要在他身上塗柏油、撒羽毛，把他扔到河裡去！」

我說：

「那是當然的。不過，妳難道要在去羅斯洛普家之前就動手嗎？」

「哦！」她說，「瞧我在想些什麼啊！」一邊說，一邊又坐了下來。「別介意我說了什麼——請別介意——如今你不會介意了，是吧？」她把那柔滑得像絲綢般的手放在我的手上，這份溫情即使要我死也願意。「我從沒想到自己會這麼激動，」她說，「好吧，說下去，我不會再這麼激動了。我該怎麼辦，你儘管說；無論你說什麼，我一定照辦。」

「唉，」我說，「那可是一幫窮凶惡極的傢伙啊！即使如此，我還是得跟他們同行，無論我願不願意——至於是什麼原因，我暫時還不能告訴妳——要是妳告發他們，鎮上的人雖然會把我從他們的爪子下救出來，但這其中還牽涉到一個妳不知道的人——他就要遭殃啦！唉，我們得救救他啊，不是嗎？當然了。也就是說，我們還不必告發他們。」

講這些話的時候，我又心生一計，想到了我和吉姆該怎麼擺脫那兩個騙子，並讓他們被關進監獄裡。不過我不打算在大白天划動木筏，否則除了我以外，就沒有人可以在木筏上回答人們的盤問了，因此我不願意在今晚之前實行那個計畫。我說：

「瑪莉珍小姐，我會告訴妳該怎麼辦——妳也不必在羅斯洛普家待那麼久。那裡距離這裡多遠？」

「不到四哩——就在鎮後方的鄉下。」

「很好，這就行了。現在妳可以過去那邊，待到今晚九點，或是九點半，不要聲張。之後請他們送妳回家——就跟他們說妳想起了一件事，必須回家。要是妳在十一點以前到達，就在窗台上放一支蠟燭，到時候如果我沒有出現，就等我到十一點，如果我還是沒有出現，那就代表我已經遠走高飛，已經平安無事啦！接下來妳就可以出場了，把消息散佈到鎮上，並且把這些敗類關進牢裡。」

「好，」她說，「我會照做的。」

「萬一我沒能逃掉，跟他們一起被抓住，妳務必挺身而出，說我是怎麼在事前把一切都向妳透露的，請妳務必盡力站在我這一邊。」

「我當然會站在你這一邊。他們絕不會動你一根汗毛。」她說，我看見她鼻孔微張，眼睛閃閃發亮。

「要是我成功逃走了，我就不會再出現了，」我說，「不會留下來指證這些流氓。即使我到時候還在，我也無法這麼做；我能宣誓證明他們是敗類、是無賴，但也僅此而已。儘管這麼做並非毫無用處，但還有別人也能這麼做，並且做得比我更好——而且他們不會遭到懷疑，和我不同。我來告訴妳怎麼找到這些人，請給我紙筆。就這樣——《皇家奇獸》，布里克維爾。把這個收好，別弄丟了。一旦法院要調查這兩個傢伙的事，就叫他們派人去布里克維爾，告訴鎮上的人說，你們已經抓住了演出《皇家奇獸》的傢伙，要他們出庭作證——哈！不用一眨眼的工夫，全鎮的人就會趕來作證，瑪莉小姐，而且還是怒氣沖沖地趕來。」

我想，我們已經把事情全都安排好了，因此說道：

「至於拍賣，不妨就讓它進行下去，不用擔心。得標之後，買家必須等一天後收到通知才會付款，而他們在拿到錢以前是不會離開的——根據我們的計畫，拍賣不會生效，他們也就拿不到錢了。黑奴的事也一樣——買賣是不成立的，黑奴很快就會回來。哈！黑奴的錢，他們是拿不到手的——他們這下可慘啦！瑪莉小姐。」

「好啊！」她說，「現在我先下樓吃早餐，之後就直接去羅斯洛普家。」

「哎！不行啊，瑪莉珍小姐，」我說，「這絕對不行，吃早餐以前就得走。」

「為什麼？」

「妳想，我要妳過去的原因是什麼？瑪麗小姐。」

「嗯，我還沒想過這點——讓我想想。我不懂，是什麼原因呢？」

「為什麼？因為妳可不是那種厚臉皮的人。要是書本能像妳的臉一樣易懂就好了！當人家一坐下來，就彷彿讀到了粗黑的印刷字，把妳的心思看得一清二楚。妳認為，難道妳能夠見到妳叔叔、接受妳叔叔的親吻，對妳說早安，卻又不動聲色嗎？」

「對，對，別說啦！好，我在吃早飯以前就走——我很樂意。但我的妹妹們怎麼辦？」

「沒關係，不必為她們擔心；她們還得再被騙一會兒。要是妳們全都走了的話，他們說不定會起疑。我不要妳去見他們，也不要見妳的妹妹，或是這個鎮上的任何人——要是今天早上某個鄰居問起妳叔叔，妳的表情肯定會洩露出端倪。不行，妳還是直接去吧！瑪莉珍小姐。至於其他人，我會全部安排好的，我會讓蘇珊小姐代替妳問候叔叔們，並且讓她們說，妳要離開幾個小時，好好休息一下，換一換環境，或是去拜訪一個朋友，今晚或是明天早上就會回來。」

「你可以說我去拜訪朋友，但我可不想問候他們。」

「好，那就不問候。」我應付了她一下，這就夠了——這麼做不會有什麼壞處，只是舉手之勞罷了。但一些小事往往能消除人們心裡的障礙，就像這樣一件舉動能讓瑪莉珍小姐感到舒服，卻又不必花費什麼代價。之後我說：「還有另外一件事——就是那袋錢的事。」

「噢！他們弄到手啦。一想到他們是怎麼得到的，我就覺得自己多麼傻！」

「不，妳還不知道。他們並沒有弄到手。」

「什麼！那在誰手裡呢？」

「但願我知道，可惜事實並非此。我曾經從他們那裡把錢偷過來，是為了還給妳們。我也很清楚我把錢藏在哪裡，但我擔心現在已經不在那裡了。我非常難過，瑪莉珍小姐，我實在難過極了，不過我盡力了，真的。我差一點就被逮住了，我只好隨手一塞好，拔腿就跑——可是塞的地方不太理想。」

「哦，別再埋怨自己了，你也是無可奈何的嘛！這不是你的錯。你藏在哪裡啦？」

我不想讓她又想起自己的煩惱。我開不了口說出那件事實，讓她想像棺材中躺著的屍體，肚子上放著那個錢袋。因此，我當時什麼也沒說。隨後我又說：

「我寧可不告訴妳我藏在哪，瑪莉珍小姐，如果妳願意不繼續追問的話。不過，為了妳，我可以把地點寫在一張紙片上。只要妳願意，就可以在去羅斯洛普家的路上拿出來看。這樣好嗎？」

「哦，當然好。」

於是我寫下：「我把錢袋放到棺材裡了。那一晚妳在那裡哭的時候，錢還在棺材裡。當時我就躲在門後，我也替妳感到難過啊！瑪莉珍小姐。」

寫著寫著，我也流下了眼淚，我想到她是如何在深夜裡獨自哭泣，但就在她家的屋簷下，正住著這些魔鬼，讓她丟臉、掠奪她。我把紙片摺好遞給她時，看見她眼裡也已熱淚盈眶。她用力握住我的手說：

「再見了——你剛才告訴我的事，我會全部照做。即使我再也見不到你了，我也永遠不會忘記你，我會一次次地想起你，為你祈禱。」

說完，她翩然而去了。

為我祈禱！我看，要是她知道我是怎麼樣的人，她就會挑另一件更適合她的事去做。不過我敢打賭，就算是那樣，她還是會為我祈禱的——她就是這樣的人。只要她下定決心，她甚至敢為猶大祈禱呢！我相信她一身傲骨。儘管你愛怎麼說都行，不過根據我的看法，她是我見過的女孩中最有膽量的人了。這句話聽起來似乎言過其實，但並非如此。若是說到美麗——以及善良——她絕對高出別人一大截。自從我親眼看到她走出這道門之後，就再也沒有見過她了，不過我想起她的次數恐怕不只千百次，還不時想起她說過要為我祈禱的話。要是我覺得為她祈禱會對我有點用的話，我死也要為她祈禱。

我猜瑪莉珍是從後門溜走的，因為並沒有人見到她離開。我見到蘇珊和喬安娜時，說道：

「妳們有時會去拜訪的對岸那戶人家叫什麼名字？」

她們說：

「有好幾家呢！最常去的是普羅克特家。」

「就是這個名字，」我說，「我差點忘了。瑪莉珍小姐要我告訴妳們，她急著趕去那裡——有人病了。」

「是誰？」

「我不知道，我忘啦！不過我想是——」

「天啊！但願不是漢娜。」

「很遺憾，」我說，「正好就是漢娜。」

「天啊——她上禮拜還好端端的呢！她病得很重嗎？」

「是一種不知名的病。瑪莉珍小姐說，他們陪了她整整一晚，還擔心她撐不了多久了。」

「已經到了這個地步！她究竟得了什麼病呢？」

我一時想不出什麼合理的病，就說：

「是腮腺炎。」

「腮腺炎？別胡說了，只是腮腺炎，不至於要人徹夜守著呀！」

「不用是嗎？我敢說，她得的那種腮腺炎是必須徹夜守著的。瑪莉珍小姐說，那是一種新的病。」

「怎麼個新法？」

「因為是跟別的病併發的。」

「什麼別的病？」

「嗯——麻疹、百日咳、還有丹毒；還有肺癆、黃疸、腦膜炎，還有別的什麼，連我也說不清。」

「天啊！這還叫做什麼腮腺炎嗎！」

「瑪莉珍小姐就是這樣叫的。」

「噢！他們為什麼要把這個叫作腮腺炎呢？」

「為什麼？因為這是腮腺炎——是從這種病開始的。」

「嘿，這就沒有道理了。例如一個人一開始撞到了腳拇趾，然後吃了毒藥，又掉到井裡，扭斷了脖子、摔壞了大腦，事後有人問起他是怎麼死的，這時有個蠢傢伙出來說：『哦！他撞傷了腳拇趾。』這樣的說法難道有道理嗎？不，當然沒道理。這種病會傳染嗎？」

「刺人（註：『傳染』在英文中亦有『刺人』的意思）？瞧妳說的，假如有一支耙子被擺在黑暗之中，它會刺人嗎？妳一定會踩到某根耙齒的，不是嗎？如果妳想掙脫這支耙子，就必須把整排耙齒拉開，不是嗎？這種腮腺炎就如同一支耙子——但不是普通的耙子，被它刺中就拔不出來啦！」

「我的天，這太可怕了！」喬安娜說，「我要到哈維叔叔那裡去——」

「哦，是啊，」我說，「如果我是妳，當然得去了，一刻也不能耽擱。」

「為什麼一刻也不能耽擱呢？」

「妳只要稍稍想一想就會明白了。妳的叔叔們不是得儘快回英國嗎？難道妳認為他們會那麼卑鄙，說走就走，而讓妳們獨自走這麼遠的一趟路嗎？妳們知道，他們一定會等妳們一起走的——目前為止一切還很順利。妳叔叔哈維是位傳教士，不是嗎？既然這樣，他會去欺騙船上的伙計嗎？他會嗎——只為了要他同意讓瑪莉珍小姐上船？妳知道他絕不會這麼做的。那麼他會怎麼做呢？啊！他會說，這實在沒辦法，教堂的事只好先暫緩了，因為我的侄女接觸了那可怕的綜合性腮腺炎患者，我有責任留下來觀察三個月，看她有沒有被感染。不過，不用擔心，要是妳認為最好告訴哈維叔叔的話——」

「別胡說了。放著我們在英國的好日子不過，卻留在這裡鬼混，只為了觀察瑪莉珍是不是染上了這種病？你在說傻話嗎？」

「無論如何，也許妳們最好跟哪個鄰居說一聲。」

「聽我說，你真是一個天生的大蠢蛋！難道你不明白，他們一定會告訴別人嗎？如今只有一條路可走，那就是對誰也不說。」

「噢！也許妳是對的——是啊，我認為妳是對的。」

「不過依我看，我們應該至少告訴一下哈維叔叔，說她要離開一會兒，叫他不必為她擔心。」

「是啊，瑪莉珍小姐也希望妳這麼辦。她說：『告訴她們，叫她們問候一下哈維叔叔和威廉叔叔，說我要去河對岸看看。』——妳們的彼得大伯經常提到的那個富有人家叫什麼——我是說那一家——叫什麼來著？」

「哦，你一定是指阿布索普家，是嗎？」

「當然了，真是個奇怪的名字，叫人怎麼也記不住——是的，她說她要去求阿布索普家務必到拍賣的現場來，並且買下這棟房子，因為她斷定彼得大伯希望由他們家把這棟房子買下來。她打算去請求他們，直到他們答應出面。如果她能說服他們，而且又還沒有累倒，她就會回家來——如果是這樣，至少她早上會回家來的。她還說，不要提到普羅克特家的事，只提阿布索普家就行了——真的是這樣沒錯，因為她是去說服他們買下房子的；這我很清楚，因為是她親口對我說的。」

「好吧。」她們說，隨後就去找她們的叔叔，問候他們，並傳達口信。

如今一切順利，小姐們不會多嘴什麼，因為她們想去英國。至於國王和公爵，他們寧可瑪莉珍出門為拍賣會盡一點力，也不想要她留在身邊，讓羅賓森醫生能輕易找到。而我心情也很不錯。我心想，我這回幹得漂亮——依我看，即使是湯姆也未必能幹得更漂亮。當然，他會做得更威風一些，但我從小缺乏這種訓練，無法像他那麼得心應手。

他們在公共廣場上進行拍賣，一直忙到傍晚。拍賣過程拖拖拉拉的，那個老頭親自到場，站在台上的主持人身邊，露出十分虔誠的神情，不時插嘴引用一小段聖經經文，或是幾句假仁假義的話。公爵也在旁邊咕咕咕地叫，設法引起人家的同情，並藉著這個機會出出風頭。

事情終於結束了，一切都拍賣光了，除了墓地上的一些小玩意。他們不遺餘力地把所有東西拍賣掉——國王那種決心吞下一切的貪婪模樣，我可從來沒有見過。就在這時，一艘輪船靠岸了，接著不到兩分鐘，來了一群人，他們一邊大聲喊叫，一邊哈哈大笑，半開玩笑地叫道：

「你們的對手來啦！老彼得如今有了兩組繼承人——你們大家把錢掏出來，要押哪一家都隨便你們！」

第二十九章

那群人帶來了一位體面的老紳士，以及一位同樣體面、但較年輕的人，右手臂用繃帶吊著。天啊！大伙兒又吼又笑的，沒完沒了。但在我看來，這可不是笑的時候，我還以為，公爵和國王一定會神情緊張起來——我以為他們的臉一定早已嚇白了。但是我錯了，他們才沒有呢！公爵絲毫沒有露出擔心的表情，而是繼續「咕——咕——咕——」地叫喚，顯得既高興又得意，彷彿一個正倒出牛奶的牛奶壺。至於國王，他只是憐憫地望向台下，望著那兩個剛來的人，彷彿在哀嘆世上竟有這樣的騙子和流氓，把他肚子都氣痛了。哦！他的演技真是太精彩了。不少有身分的人圍在國王身邊，好讓他明白他們是站在他這一邊的。那位剛來的老紳士彷彿摸不著頭腦。沒過多久，他開了口，我立刻感到他的發音就像一個英國人那樣，跟國王截然不同，儘管國王能模仿成那樣也算不錯的了。我就不會說老紳士說的那些話，要學也學不來。他轉過身來，對著眾人說道：

「目前的情況叫我大吃一驚，是我做夢也沒有想到的。坦白說，我承認我還沒有準備好如何面對這樣的事，因為我的兄弟和我本人剛遭到了無妄之災。他摔斷了手臂，而我們的行李昨晚又陰錯陽差地被卸在上游的一個鎮上。我是彼得．威爾克的兄弟哈維，這位是他的兄弟威廉。他又聾又啞，連手勢也做不了多少，如今又只剩一隻手可以用了。至於我們是否是我們聲稱的那些人，等一兩天內，行李一到，我就能夠拿出證據。不過，在這之前，我不打算多說什麼了，只準備到旅館裡去等著。」

這樣，他和新來的聾啞人就走了。國王大笑了一聲，開始胡說八道：

「摔斷了手——很有可能，不是嗎？說得倒容易，只不過是想騙人，卻又還沒學會怎麼比手勢罷了！丟了行李！還真是巧——這個主意太妙啦！特別是在目前的情況下！」

說著，他又大笑了起來，旁人也跟著笑了起來，除了三四個人——也許五六個，其中一個就是醫生，另一個是一位目光銳利的先生，手裡提著一只用毛毯做的老式手提包；他剛下輪船，正在跟醫生小聲說話，不時瞥向國王，還指指他們的腦袋——這個人就是拉維．貝爾，剛從上游的路易斯維爾回來。另外還有一個人，是一位又高又壯的男子。他走過來，聽完了老紳士的話，如今正在聽國王說話。國王的話剛說完，這位男人就挺直了身子說道：

「喂，聽我說，如果你是哈維．威爾克，那你是什麼時候到這個鎮上來的？」

「在喪禮的前一天，我的朋友。」國王說。

「在那一天的什麼時間？」

「黃昏時分——太陽下山前的一兩個小時。」

「那你是怎麼來的呢？」

「我搭『蘇珊．包威爾號』從辛辛那提來的。」

「那麼，你怎麼會在那天早上坐著一條小舟出現在灘嘴呢？」

「我早上沒有去灘嘴。」

「你在說謊。」

有幾個人朝他跳了過去，求他別用這樣的態度跟一位老人和傳教士說話。

「什麼傳教士！他是個騙子，是個說謊的傢伙！那天早上他明明去了灘嘴，我就住在那裡，不是嗎？當時我正在那裡，他也在，我看到他坐著一艘小舟來的，還有提姆．柯林斯跟一個孩子。」

醫生也站出來說話了。

「如果你看到了那個孩子，能認得出來嗎？海斯。」

「我想我能，不過我不確定。噢！那邊那個不就是他嗎？我記得一清二楚。」

他指的正是我。醫生說：

「鄉親們，我不知道新來的那一對是不是騙子；不過，如果這兩個不是騙子，那我就是個白痴了，就是這樣。我認為，我有這個責任不讓他們從這裡溜走，直到我們把事情弄清楚為止。來吧，海斯，還有大伙兒，我們把這些人帶到酒店裡去，和另外那一組人對質。依我看，我們不用盤問到最後，就能發現些什麼了。」

大伙兒這下子來了興頭，儘管國王的朋友們未必這麼想。於是我們都去了。當時大約日落時分，醫生牽著我的手，態度雖然挺和氣的，但從未放開我的手。

我們全都擠在旅館的一個大房間裡。點起了蠟燭，還把新來的一組人也帶了過來，醫生首先說道：

「我不想太為難這兩個人，不過我認為他們是騙子，而且還可能有我們不知道的同伙。要是有的話，那些同伙會不會帶著彼得．威爾克留下的那袋金幣逃走呢？這並非不可能。要是這些人不是騙子，他們一定不會反對把錢拿來，交給我們保管，直到他們能證明自己的清白為止——是吧？」

在場的人們全都表示贊成，我們一開始就被逼入了難堪的境地。不過國王只是露出傷感的表情，說道：

「先生們，我也希望錢還在那裡，因為我一點也不想妨礙各位對這件不幸的事進行一次公正、公開、徹底的調查。但不幸的是，錢不在那裡了，如果你們願意的話，不妨去看看。」

「那麼錢在哪裡？」

「唉！我的侄女把錢交給我，叫我替她保管，我就收下了，藏在我床上的草墊裡，我以為不必存到銀行裡去了，反正我們很快就要離開，還認為藏在床下是安全的。但我們不熟悉這些黑奴，以為他們都老老實實的，就像英國的傭人一樣。就在第二天早上，我們下樓以後，黑奴就把錢偷走了，我把他們賣掉時還沒有發現這件事。也就是說，他們把錢全都帶走啦！我的僕人可以向各位證明這一點。」

醫生和幾個人「噓」了一聲，我想沒有一個人相信他的話。有一個人問我是否看見黑奴偷那袋錢，我說沒有，但我看見他們躡手躡腳地走出臥室，當時我並未在意，只以為他們是怕吵醒了主人，想在他生氣之前趕緊溜掉。他們只問了我這一些。隨後，醫生猛然一轉身，朝著我說：

「你也是英國人嗎？」

我說是，他和其他幾個人立刻笑了起來，說：「胡扯！」

接著他們開始了詳細的調查，我們便被翻來覆去地問個不停。時間一小時一小時地過去了，誰也沒有提起吃晚飯的事，甚至連想也沒有想到——他們就這樣不停地追問，想問出一些從不存在的事情。他們要國王講自己的經歷，又要老紳士講他的經歷。除了一些執迷不悟的傻瓜以外，任何人都看得出來，那位老紳士講的是實話，而另外兩個是在撒謊。隨後，他們要我把我知道的都講出來。國王用眼角向我使了一個眼色，於是我便明白了該怎麼說。我開始講到雪菲爾德，講到我們在那裡是怎麼生活的，還講到英國的威爾克一家的種種事情……等等。不過我還沒說多少，醫生就大笑起來。拉維．貝爾律師說：

「坐下吧，我的孩子。如果我是你的話，才不會浪費這些力氣呢！依我看，你也不是習慣撒謊的人，說起謊來還不怎麼順口。你還需要多練習，瞧你說得多麼彆扭呀！」

我對這樣的恭維倒不在意，至少我很慶幸他們放過了我。

醫生開始發言了，他轉過身來說道：

「拉維．貝爾，要是你一開始就在鎮上的話——」

這時國王插了嘴，伸出手去，說：

「啊！是我可憐的亡兄信上常提起的老朋友吧？」

律師和他握了手，微微一笑，彷彿挺高興的，他們兩人便談了一會兒，隨後又走到一旁，低聲說起話來。最後律師說道：

「就這樣定了。我願意接受委託，並替你們兄弟呈上書狀。這樣一來，他們就會知道一切沒什麼問題。」

於是他們弄來了紙筆，國王坐了下來，腦袋歪到一邊，咬了咬舌頭，寫了幾行潦草的字，隨後把筆遞給了公爵——公爵第一次露出不舒服的神情，不過他還是接過筆，寫了字。於是律師轉過身來對那位老紳士說：

「請你們兄弟也寫下一兩行字，並簽下你們的名字。」

老紳士照做了，但他寫的字沒有人看得懂。律師顯得大吃一驚，並且說：

「啊，這下子可把我難倒了。」他一邊從口袋裡掏出一疊舊的信件，仔細地看，隨後又仔細看了老頭的筆跡，然後又看了舊信，接著開口道：「這些舊信是哈維．威爾克寄來的，這裡還有那兩個人的筆跡。誰都能看得一清二楚，這些信可不是他們寫的。（國王和公爵的臉色彷彿在說：『上當了！被捉弄了！』他們知道是律師設下了圈套。）還有，這裡是這位老紳士的筆跡，誰都能立刻看出來，他也不是這些信的作者——事實上，他塗的這些玩意兒根本不是在寫字。請看這裡的一些信，是從——」

那位老紳士說道：

「請你讓我解釋一下。我寫的字誰也看不懂，除了我的兄弟——是他替我抄寫的。所以你們收到的那些信，是他的筆跡，而不是我的。」

「啊，」律師說，「原來如此。我曾收到過威廉的一些信，如果你能讓他寫出一兩行，那我們就能比對——」

「他可不能用左手寫啊！」老先生說，「如果他能用右手寫，你就能分辨出他和我的信。請把這兩種信比一比——它們都出自同一個筆跡。」

律師對照了一下，然後說：

「我相信是這樣沒錯——即使不是這樣，至少也比剛才那兩人的字跡相似許多。啊！啊！我原以為一切就快真相大白了，但看來還是有些小瑕疵。不過，至少有一件事已經得到了證實——這兩人誰也不是威爾克家的人。」他一邊說，一邊朝國王和公爵搖了搖頭。

你猜怎麼樣——那個死不認帳的老傻瓜竟然還不肯認輸呢！是啊，他還不肯認輸，說什麼這樣的測試不公平，還說威廉是天底下最不正經的人，他的簽名根本不能作數——他一看威廉拿起筆在紙上寫，就知道他打算亂簽一通。就這樣，他越說越起勁，滔滔不絕地胡扯一通，最後甚至連自己也信以為真了——不過，沒過多久，那位老紳士插嘴道：

「我剛想起一件事。在場有沒有人曾幫忙裝殮我兄長——已故的彼得．威爾克的遺體？」

「有啊，」有人說道，「我和阿布．特納幫過，我們兩個都在這裡。」

隨後老人朝國王轉過身去，說道：

「也許這位先生能告訴我們，他的胸膛上刺了些什麼吧？」

這下子，如果國王不能在一瞬間作出肯定的回答，那他就會像被河水淘空的河岸一樣，當場塌下去——像這樣突如其來而又無可撼動的問題，十個人當中往往有九個人招架不住——因為他怎麼會知道死者身上刺了些什麼呢？國王的臉色不由得發白了。在場的人一片肅靜，一個個全都往前傾，凝視著他。我對自己說，這下子他總會認輸了吧——即使掙扎也沒用了。他要認輸了嗎？然而，誰也不會相信，他仍然沒有認輸。依我看，他打算死纏濫打到最後一刻，直到人們筋疲力盡，不得不罷休為止，他和公爵就能找到機會溜之大吉。總之，他仍然穩坐不動，沒過多久，只見他開始笑了起來，並且說：

「哎！這可真是個棘手的問題，不是嗎？是的，先生，我能告訴你他的胸膛上刺了什麼——刺了一支小小的、細細的、藍色的箭。就是這樣，而且要是你不靠近一點，就看不見。事到如今，你還有什麼話好說呢？」

啊！像這樣一個死皮賴臉的老東西，我可從來沒有見過！

老紳士立刻轉過身來，面向阿布．特納和他的伙伴，眼裡閃著亮光，彷彿斷定這下子可以把國王逮住啦！

他說：

「好——他剛才說了些什麼，你們都聽到啦！在彼得．威爾克的胸口有這樣的記號嗎？」

這兩人都開了口，說道：

「我們並沒有看見這樣的記號。」

「好！」老紳士說，「是的，你們真正在他胸膛上看到的，是一個小小的、看不太清楚的『P』，還有一個『B』——這是他幼名的第一個字母——還有一個『W』；字母中間有破折號，所以是『P—B—W』。」他一邊說，一邊在一張紙上寫了下來，「你們看——你們看到的是這樣嗎？」

兩個人又開了口，說道：

「不，我們沒有看到，我們根本從未見到什麼記號。」

一瞬間，大伙兒全都氣憤了起來，他們喊道：「這些人全都是騙子！快！讓我們把他們按到水裡，把他們淹死！讓他們騎著木槓遊街！」所有人齊聲狂叫，亂成一片。但那位律師跳上桌子，高聲叫道：

「先生們——先生們！就聽我一句話——一句話就好——拜託了！還有一個辦法——讓我們去把屍體挖出來，檢查一番。」

大伙兒接受了這個辦法，眾人高呼：「好啊！」立刻就出發了。不過律師和醫生高聲說：

「等一等！把這四個人抓起來，還有那個孩子，把他們一路帶著走！」

「就這些辦！」他們這樣大叫，「要是找不到那些記號，就把這些傢伙全都處以私刑！」

我嚇壞了，但是又無路可逃，因為他們把我們全都抓住了，一路上押著我們往前走，直朝墓地而去，那是在下游一哩半處。全鎮的人都跟在我們後面，一路上大吵大嚷，當時還只是晚上九點鐘。

經過我們的房子時，我不禁心想，當初真不該叫瑪莉珍離開鎮上，不然的話，現在只要我對她使個眼色，她就會挺身而出，把我救出來，並且會把那兩個無賴的惡行一樁一樁揭發出來。

我們沿著河邊的路湧去，吵吵鬧鬧的，活像一群動物。這時，天空變得更暗了，電光到處一閃，風吹得樹葉簌簌發抖，使得場面更加可怕。這是我一生中最可怕的大災難，也是最危險的一次啦！我簡直嚇傻了，情況跟我最初預料的完全不一樣。我原本以為，只要我高興，就能在一旁看笑話，直到我滿意為止，反正還有瑪莉珍做我的靠山，一旦情況緊急，她就會出來解救我，恢復我的自由，而不是像現在這樣受人擺佈。在這個世界上，在生命和死亡之間，只隔著那個刺著的記號了，要是他們沒有找到那個記號——

我簡直不敢再想了，但除了這件事，心裡卻什麼也想不到。天色越來越黑了，要從人群裡溜走，現在該是再好不過的機會了，可是那個壯漢——海斯——緊緊抓住了我的手腕，想從他手中逃掉，就彷彿想從巨人哥利亞手中逃掉一樣困難。他一路拖著我往前走，十分激動，我非得小跑步才追得上他。

一抵達目的地，人群就湧進墓地，像洪水般漫過了堤壩。到了這時，人們才發現他們帶來了一百倍的鐵鍬，卻沒有半個人想到帶一盞燈來。不過，無論如何，他們藉著閃電的光，還是挖掘了起來。同時派了一個人到半哩外的一戶人家去借一盞燈。

他們使勁地挖。天仍然烏黑一片，雨開始下了，風在呼嘯，雷電也來得更急了；可是大伙兒對這些毫不理睬，一心想著挖土。他們之中的每一樣東西、每一張臉，一瞬間都看得清清楚楚，只見鐵鍬把一片泥巴從墳裡挖出來；可是再下一瞬間，黑暗又把一切吞噬了，你的面前一片漆黑，什麼也看不見。

最後，他們終於把棺材挖了出來，並開始擰開棺蓋上的螺絲釘，隨後人們你推我擠的，都想鑽過去看一眼，那幅景象簡直前所未見，加上天色又這麼黑，真令人害怕。海斯把我又拖又拉，我的手腕被弄得疼痛不堪，我看他恐怕忘記我這個人的存在了——他是那麼地激動，直喘著粗氣。

突然間，一道閃電彷彿打開了一道閘門，只見一片白光奔瀉下來，有一個人高聲叫道：

「老天啊！那袋金幣原來就在他的胸膛上啊！」

和在場的每個人一樣，海斯不禁歡呼起來，放開了我的手腕，使出全身的力氣，想擠進去看一眼。我趁機一溜煙地直奔大路，急切的心情無以言喻。

路上只有我一個人，我飛一般地奔跑著。沿路除了我以外，便是黑漆漆地伸手不見五指。電光偶爾一閃，雨嘩嘩地下，風刮得人發疼，雷一聲聲地炸裂開來，而我飛也似地往前衝去。

到了鎮上，發現暴風雨中一個人也沒有，於是我沒有走小巷子，而是彎著身子直接穿過大街。走近我們的房子時，我特地看了一眼。裡頭沒有燈光，屋內一片漆黑——這令我難過又失望，為什麼會有這種感覺，我自己也無法解釋。但是，正當我即將跑過房子前面時，瑪莉珍房間的窗戶突然閃出一道亮光，我的心頓時鼓了起來，彷彿要爆裂開似的。就在一剎那間，那棟房子，連同其他的一切，再度被拋到了一片黑暗之中，這輩子再也不會出現在我面前了。她是我遇過最好的女孩，也最有膽識。

我走到了離小鎮相當遠的地方，能看清通往沙洲的路了，我便仔細尋找，看能不能找到一艘小船。閃電又閃了一下，我見到有一艘沒有拴住的小船，立刻跳上去划了起來。這是艘獨木小舟，除了被一根繩子繫著以外，並沒有拴住。那個沙洲在河中央，距離還很遠；但我沒有浪費時間，而是拚命地划過去。等我終於靠近木筏時，累得只想往地上一躺，而且氣喘吁吁。不過我沒有這麼做，而是跳上木筏，高聲大叫：

「吉姆，快出來！把木筏放開！謝天謝地，我們終於擺脫他們啦！」

吉姆馬上跑了出來，朝我張開了雙臂，高興得不得了。不過，電光一閃，我看見他的模樣，我的心一下子又快跳出來了。我倒退了幾步，一跤跌進了水裡。因為我忘了他如今是李爾王與一位溺死的阿拉伯人的合體，嚇得我魂飛魄散。不過，吉姆把我打撈了上來，抱著我，替我祈禱。能夠平安回來，又擺脫了國王和公爵，真是可喜可賀。不過我說：

「現在高興還太早——等吃早飯時再說，吃早飯時再說！解開繩子，讓木筏漂吧！」

二話不說，我們立刻往下游漂去。能再次恢復自由之身，在大河上任意行動，沒有別人搗亂，這是多麼美好的事啊！我不禁快活起來，在木筏上活蹦亂跳。可是才只跳了幾下，就聽到了熟悉的聲音——我屏住氣息，靜靜地聽，等著下一次響聲。又一道閃電照亮了河面，果然，是他們來了，而且正拚了命地划槳，把他們的小船弄得吱吱作響——正是國王和公爵！

我一瞬間癱倒在木筏上，聽天由命了。為了避免哭出聲來，我只能這麼做。

第三十章

他們一上了木筏，國王便朝我走過來，揪住了我的衣領，用力搖晃我。還說：

「好啊！想把我們甩了，你這小鬼！跟我們在一起嫌煩啦，是嗎？」

我說：

「不，陛下，我們不敢——請別這樣，陛下。」

「那好，立刻解釋一下你的行為，不然，我把你的五臟六腑全挖出來！」

「我會老實說，我會把一切都說出來，實話實說，陛下。那個抓住我的人對我很好，還老是說他有一個孩子，跟我一樣大，很不幸去年過世了。他又說，看到一個孩子身處險境，他也十分難過。後來大家發現了金幣，趁著他們大吃一驚，朝著棺材衝過去的時候，他放開了我的手，小聲對我說：『快溜吧！要不然他們會絞死你，一定會的！』所以我趕緊溜了。我想，再待下去也不會有什麼好下場——我做不了什麼事，而且要是能逃掉，我也不想被絞死呀！於是我拔腿狂奔，直到後來找到了一艘小船。我一上了木筏，就叫吉姆拚命划，免得被他們逮住，把我絞死。我還說，你和公爵恐怕都已經完了，我為你們感到難過，吉姆也一樣。如今看到你們回來了，我們非常高興，你可以問問吉姆是不是這樣。」

吉姆說是這樣沒錯，國王叫他閉嘴，還說：「哦，當然，也許你說得對！」一邊說，一邊使勁地搖晃我，還說要把我丟到河裡淹死。不過公爵說道：

「放了孩子！你這個老傻瓜。換成是你的話，還不是會這麼做！有什麼不一樣？你逃跑的時候，有沒有問一下他的情況？我可不記得你問過。」

於是國王放開了我，開始咒罵那個小鎮以及鎮上的每一個人。不過公爵說：

「還是罵罵你自己吧！因為你是最活該的人。打從一開始，你就沒有幹過一件正常的事，除了一件——那就是不動聲色、厚著臉皮地胡謅了一個藍色箭頭記號。這一招真是高明——確實高明，這救了我們一命。我敢打賭，要不是這樣，他們早就把我們關在看守所裡了，等英國人的行李運到，就會作最後的處理——也就是坐牢！正是這個妙計把他們引到了墓地。那袋金幣更是幫了我們一個大忙，要不是那些傻瓜在激動之餘鬆開了他們的手，那我們今晚恐怕就要戴上大領結（也就是絞索）睡覺啦！這個大領結保證結實耐用，但我們只要戴上一次就完啦！」

他們停了一陣子沒有說話，想著心事。之後國王開了腔，彷彿有點心不在焉。

「哼！但我們還以為是那些黑奴偷走的呢！」

這下子可叫我提心吊膽起來！

「是啊，」公爵用低沉的聲音意味深長地說道，「我們是這麼想的。」

大概半分鐘以後，國王慢吞吞地說：

「至少——我是這麼想的。」

公爵說了，也用了同一種腔調：

「不見得吧——我才是這麼想的。」

國王氣呼呼地說：

「聽著，畢奇華特，你這是什麼意思？」

公爵回答得挺乾脆俐落：

「說到這個，也許該由我問你才對——你是什麼意思？」

「噓！」國王語帶挖苦，「可是我並不知道——也許是你睡著了吧？連自己幹了什麼事也記不得了。」

公爵這下子可惱火了，他說：

「嘿！廢話少說，你把我當成傻瓜嗎？你知道嗎？我明白是誰把錢藏在棺材裡的。」

「是啊，先生，我知道你明白——因為是你自己幹的！」

「說謊！」公爵朝他撲了過去。國王高聲叫道：

「把手放開！——別掐住我的喉嚨！——我收回我的話！」

公爵說：

「很好，那你就得承認：第一，你確實把錢藏在那裡，打算有一天把我甩掉，然後回去把它挖出來，一個人獨吞它們。」

「等一下，公爵——回答我這個問題，老實地回答。要是你並沒有把錢放在那裡，你就老實說，我相信你。我把我說過的話全都收回。」

「你這個老流氓！我沒有，你也知道我沒有。就是這樣。」

「那好吧，我相信你。不過只要你再回答另一個問題——不過別生氣——你心裡有沒有想過要把錢偷走，然後藏起來呢？」

公爵沉默了一會兒，沒有出聲，隨後說：

「哼！是又怎樣，反正我又沒有這麼做過。而你呢，不只心裡想過，而且還做過。」

「公爵，要是我做過，我就不得好死！這是實話。我並不是說我沒打算這麼做，因為我的確正要做；不過你——我是說有人——搶在了我的前面。」

「你說謊！是你幹的，快承認是你幹的，不然——」

國王的喉嚨咯咯作響，最後他喘著粗氣說：

「好啦——我承認！」

聽到他這麼一說，我可高興了，也鬆了一口氣。公爵這才放開手，說道：

「要是你再否認，我就淹死你！你的確該坐在那裡擦你的眼淚，活像一個嬰兒——在你幹了這些事以後，你只配這麼做。但我過去卻一直相信你，把你看成我的父親一樣呢！你就那樣站在一旁，聽著人家栽贓可憐的黑奴，自己卻一言不發，難道不害臊嗎？想到我竟然心軟，相信了你的那些鬼話，這多麼可笑！你這個混蛋，我現在才明白，為什麼你那麼急著把缺的金額補足——因為你想讓我把從《皇家奇獸》以及其他地方搞到的錢都拿出來，好讓你一個人獨吞！」

國王仍然有點膽怯，可憐兮兮地說：

「可是，公爵，是你說該把金額補足，而不是我說的呀。」

「給我閉上嘴！我再也不想聽到你的話了！」公爵說，「如今你見識到了，你落了個什麼樣的下場。他們把他們的錢全都討回去啦！還把我們的錢一起帶走了。滾回床上去吧！——從今以後，只要你還活著，不論你缺多少錢，都不准再動我的腦筋！」

就這樣，國王偷偷鑽進棚子，拿起酒瓶，自我安慰了一番。沒多久，公爵也抓起了他的酒瓶。半個小時以後，兩人又親熱了起來，而且越是喝得爛醉，也越是親熱，最後抱在一起打起呼來。兩個人都非常高興。不過我注意到，公爵仍然沒有忘了那件事——也就是不准國王否認是他把錢藏起來的。這讓我非常放心，也非常滿意。他們開始打呼後，我和吉姆便有機會聊了好長一段時間，我把整件事的經過一五一十地告訴了吉姆。

第三十一章

在這之後，我們沒有在任何一個鎮上停留過，一天天地朝大河下游漂去。如今我們到達了溫暖的南方，距離家鄉已經很遠了。我們逐漸見到了生著長長蘚苔的樹木，蘚苔從樹枝上垂下來，彷彿長長的鬍子。我生平第一次見到這樣的樹木，這讓樹林多了莊嚴、陰鬱的色彩。這兩個騙子認為他們已經擺脫了危險，又想到村子裡表現一番了。

他們首先舉辦了一場戒酒演講，不過撈到的錢還不夠他們買一回醉。之後在另一個村落，他們辦了一所跳舞學校，不過他們的舞蹈才能並不比一隻袋鼠高明；他們才剛開始練舞步，人們便衝進來，把他們趕出了鎮上。還有一回，他們想教朗誦，不過他們才教沒多久，聽眾便站起來把他們痛罵了一頓，讓他們落荒而逃。他們還試過傳教、講道、治病、催眠、算命，無所不用其極，但運氣仍然不佳。終於，他們一毛錢也不剩了，整天躺在木筏上，一路往下游漂去；途中仍不停地想，有時候一想就是半天，不吭一聲，神情黯淡而絕望。

最後，他們發生了某種變化，兩個人把腦袋湊在一起，在棚裡交頭接耳，談著機密的話，有時一談就是兩三個小時。吉姆和我開始不安起來。這樣的舉動可不太妙，我們斷定，他們正在策劃某種比之前更加惡毒的主意。我們猜來猜去，最後認為他們是想闖入誰的家裡，或者某家店鋪裡，或是想製造偽鈔，或是其他的勾當。我們嚇得冷汗直冒，於是打定主意：無論到了哪裡，絕不跟這樣的惡行沾上一點邊。並且說好，只要一有機會，我們就要馬上逃跑，把他們甩掉。

一天早上，我們在距離一個又小又破、叫做皮克斯維爾的村落兩哩的地方，找到了藏匿木筏的地方。國王上了岸，臨走前說他要去鎮上打探風聲，看有沒有人聽說過《皇家奇獸》的事，還要我們在他走之後躲起來。我對自己說：「你是想去打探誰家比較好下手吧！等到你們搶劫完回來，我和吉姆還有木筏早就不見蹤影啦！到那時候，你只好乾瞪著眼，無計可施了。」他還說，要是中午時他還沒有回來，那就代表一切平安無事，我和公爵就可以前去會合了。

就這樣，我們在木筏上等待著。公爵焦躁不安，脾氣很壞，動不動就找我們的碴。顯然，他們正在醞釀什麼陰謀。到了中午，還不見國王的影子，這讓我挺高興的——也許我正期待生活有什麼變化吧。於是我和公爵進了村子，四處尋找國王的影子，後來在一家廉價酒館的房間裡找到了他。他已經喝得醉醺醺的，一些遊手好閒之徒正在開他的玩笑。他一邊使勁地罵人，一邊撂狠話，但他醉得連路也走不了，更沒有還手之力。公爵罵他是個老傻瓜，國王也立刻還嘴。趁他們鬧得不可開交時，我趕緊溜出酒館，拔腿就跑，活像一隻小鹿沿著河邊大路飛奔——因為我知道機會來了。我下定決心，從此以後，他們休想再見到我和吉姆。我跑到了木筏邊，幾乎連氣都喘不過來，可是心裡高興不已。我大聲叫道：

「放開木筏！吉姆，我們這下安全啦！」

可是沒有人應聲，小棚裡也沒有人鑽出來。吉姆已經不在了！我又大叫了一聲——又一聲——然後又一聲，接著我跑進樹林，用力吆喝，尖聲叫喚，但只是白費力氣——老吉姆已經不在啦！於是我坐下來，一邊哭喊。這時我已經無計可施了，但我不能坐在原地乾等。我立刻走到大路上，一邊思考該怎麼辦。我遇見一個男孩正走在路上，便問他有沒有見過一個外地來的黑奴，並形容吉姆的穿著打扮。他說：

「見過。」

「在哪裡？」我問。

「在前面的西拉．菲爾普斯那裡，離這裡兩哩。他是個逃亡的黑奴，被人家逮住啦！你是要找他嗎？」

「我才不是要找他呢！一兩個小時前我在樹林裡遇見他，他說，要是我敢聲張，他就要把我開腸剖肚；還叫我躺著別動，待在原地，我就照著他的話做了——就這樣一直待在那邊，不敢出來。」

「噢！」他說，「你不用再害怕啦。因為他已經被逮住了。他是從南方的什麼地方逃出來的。」

「能逮到他真是太好了。」

「是啊！我也這麼想，有兩百塊錢的懸賞呢！這就像天上掉下來的錢啊。」

「是啊，真是這樣——如果我是大人的話，這筆錢就歸我了，我是第一個發現他的呢。是誰逮到他的？」

「是一個老傢伙——一個外地人——他只要四十塊錢，就把這個好機會賣給了人家，說是有急事必須去上游，不能再耽擱了。你想想，要是我的話，這樣的機會叫我等七年我也願意！」

「我也一樣，當然了。」我說，「不過，既然他用這麼便宜的價錢賣掉了，可見這個機會也許只值這個價——也許其中有什麼內情吧？」

「可是這是真的——毫無疑問，我親眼見到了那張傳單，上頭把他的所有特徵寫得一清二楚——簡直就像替他畫了一幅肖像，還說了他是從哪一個莊園逃出來的，是在下游的新奧爾良那裡。不，絕對沒錯，這筆買賣絕對划算，不用擔心。喂，給我一口煙嚼嚼吧！」

我說我沒有，他就走掉了。我回到木筏上，坐在棚裡思考起來。可是儘管我絞盡腦汁，想得頭昏腦脹，卻想不出擺脫困境的方法。經歷過這一段長途跋涉的種種辛苦，又如此為這兩個流氓盡心盡力，卻只是白忙一場，所有的盤算都落空了，只因為這些人如此狠心，竟使出這樣的詭計，讓吉姆再次淪為奴隸，而且遠離故鄉——一切就只是為了四十塊錢。

我曾經想過，吉姆要是註定得做一輩子奴隸，留在家鄉總比在外地好一千倍。至少他在那裡有個家庭。因此我曾想過，我不妨寫封信給湯姆，叫他把吉姆目前的情況告訴華生小姐。但我很快就放棄了這個念頭。原因有兩個：她一定會火冒三丈，認為吉姆不該忘恩負義，竟然從她那裡逃跑。這樣一來，她或許會狠下心來，再一次把他賣到下游去。即使她不這麼做，人們也會瞧不起忘恩負義的黑奴，並讓吉姆隨時意識到這一點，害得他狼狽不堪，難以做人。再來就是我自己——鎮上很快便會流傳這樣的說法，說哈克出力幫助一個黑奴重獲自由。那樣的話，假如我再見到鎮上的任何一個人，肯定會羞愧得無地自容，寧可趴在地下求饒。這就是一般的情況，一個人做了什麼下流的勾當，可是又不想承擔責任，自以為只要把事情遮蓋起來，一切就天衣無縫——這多麼丟人現眼啊！而這恰好是我的情況。我越是想到這件事，良心就越是受折磨，也越覺得自己邪惡、下流、沒出息。到了後來，我終於恍然大悟，知道這是上帝的手在打我耳光，要我明白，我的罪惡始終逃不過祂的眼睛。一個可憐的老婦人從未傷害過我，我卻拐跑了她的黑奴！因為這樣，上帝正指引著我，要我明白一切都逃不出祂的手掌心，祂絕不允許這種不幸的事再發展下去——到此為止。一想到這些，我差點癱倒在地，我嚇得不得了，於是我開始設法替自己辯解。我對自己說：我從小就是在邪惡的環境中長大的，這不能全怪我呀！不過，我的心裡卻還有另一個聲音在說：「還有主日學校，你本該去那裡的。要是你早點去的話，他們會在那裡教導你、告訴你：要是你敢為黑奴做出你已做出的這一切，就會下地獄，受到永恆的烈火煎熬。」

我全身不停顫抖，想要跪下祈禱，但願能與我過去的所作所為一刀兩斷，重新做人。於是我雙膝跪下，但是話到了嘴邊卻說不出來。為什麼？企圖瞞過上帝——那是不可能的！要瞞過自己也是不可能的。我心知肚明，為什麼我說不出口，因為我的這顆心還不夠正直，因為它還有私欲。我一面假裝要改邪歸正，但是在私底下、在心底，卻黏住了最大的邪惡不放。我試圖要我的嘴巴說出我將要洗心革面，並寫信給黑奴的主人，告訴她他的下落；但在我心底深處，我知道這是在撒謊——上帝也知道。沒有人能對上帝撒謊——這個道理我總算明白了。

我的心裡亂成一團，不知道該怎麼辦才好。後來，我產生了一個念頭。我對自己說，我要把信寫出來，之後再來嘗試祈禱。這樣一想，我感覺自己的身體彷彿輕得像一片羽毛，各種煩惱頓時一掃而空。於是我找來了紙筆，既高興又激動，坐下寫了起來：

華生小姐，妳逃跑的黑奴吉姆如今正在皮克斯維爾下游兩哩處被菲爾普斯先生逮住了，如果妳把賞金交給他，他會把他還給妳。

哈克・芬

我變得舒坦許多，覺得已經把罪惡洗滌得一乾二淨，這種感覺是前所未有的。我知道，現在我能祈禱啦！不過我並沒有馬上祈禱，而是把紙放好，坐在那裡左思右想——想到一切能有這樣的結局，是多麼值得慶幸的事；而我又如何差點誤入歧途、墮入地獄。我又想到我們在大河上漂流的情景。我想到吉姆就站在我的面前，片刻不離，無論白天、深夜，有時在月夜，有時在暴風雨中，我們一邊漂流，一邊說話、唱歌、大笑。不過，無論如何，我就是找不到任何一件事，能讓我對他硬起心腸；而且情況恰恰相反。我想到他才剛值完了班又替我值班，不願意把我吵醒；我想到當我從一片濃霧中回來，當我剛目睹一場械鬥，在沼澤裡又見到了他，當時他是多麼地興高采烈，安慰我、照顧我，為我著想——他自始至終都對我那麼好。最後我又想起了那次的事：我對划過來的船說，我們木筏上有天花病人，藉此拯救了他，那時他是多麼地感激，說我是老吉姆在這個世上最好的朋友，也是他如今唯一的朋友。就在這時，我偶然朝四下張望，一眼看到了那張紙。

這真是件令人為難的事！我把紙撿起來，手不停地發抖。因為我得從兩條路中選擇一條，而且永遠不能反悔——我知道的。我認真考慮了一分鐘，並且幾乎屏住了氣。隨後我對自己說：

「好吧，下地獄就下地獄吧！」隨手把紙撕了。

這真是可怕的念頭、可怕的言語啊！不過我還是這麼說了，而且既然說出了口，就不打算改邪歸正。我把整件事從腦袋裡驅趕了出去，對自己說：我要重新走邪惡的路，因為這是我的本性，我從小就是這樣長大的，走不了別的路。於是，我要做的第一件事，就是採取行動，把吉姆從奴隸的身分解救出來。要是我還能想出比這更邪惡的主意，我也會照做不誤。因為既然我是這樣的人，那就要貫徹到底。

隨後，我開始盤算該如何下手。我在心裡想出好多方法，最後訂下了一個最適合我的計畫。接著，我找到了下游一處林木茂密的小島，等天一黑，我就把木筏偷偷划到那裡，藏起來，然後鑽進棚子睡了一整晚。天色剛亮，我就爬起來，吃過東西，穿上了我那套現成的新衣服，把一些雜物捆成一堆，坐上獨木小舟，划到對岸去了。我在菲爾普斯家附近上了岸，把那捆東西藏在樹林裡，接著把獨木舟灌滿水、裝滿石塊，沉到水裡去；這個地方我隨時都能找到，就在距離岸上那家小小的鋸木廠四分之一哩處。

隨後我就出發了。我經過鋸木廠的時候，看到一塊牌子寫著「菲爾普斯鋸木廠」，再往前走兩三百碼，就到達農莊了。儘管天已經大亮，附近卻沒什麼人，不過我並不在意，因為我暫時不想見到什麼人，只想看看這一帶的地形。在我的計畫中，我應該是從村子裡來的，而不是從下游。因此我只隨便看了一眼，就徑直朝鎮上走去。一到那裡，我第一個遇見的人卻是公爵。他正在張貼一張《皇家奇獸》的海報——只演三個晚上，跟之前一樣。這些騙子！他們還是一樣地不要臉。我與他撞個正著，想躲也來不及。我彷彿大吃一驚，他說：

「哈囉！——你是從哪裡來的？」隨後他彷彿很高興、很關心地說道：「木筏在哪裡？你把它藏在一個好地方了嗎？」

我說：

「嘿，這正是我要問你的呢。」

他立刻變得不太高興了，他說：

「問我？這是什麼意思？」

「啊，」我說，「昨天晚上，我們在小酒館裡見到國王，我心想，在他醒來之前——在幾個小時內，我們是沒辦法把他弄回去了。因此我就在鎮上到處閒逛，一邊消磨時間，一邊等待。後來我遇到一個人，他願意給我一毛錢，要我幫忙把一條小船划到對岸去，把一隻羊趕回來。我答應了。我們把羊拖到船邊，他要我一個人抓住繩子，他從羊的後面推牠上船。可是羊力氣太大，我拉不住，一鬆手，牠就逃掉了，我們只好在後面追。我們沒有帶狗，只能一直追趕牠，直到牠筋疲力盡為止。天快黑時，我們終於把牠捉住，帶過河來，接著我就去下游找我們的木筏了。可是到了那裡一看，卻發現木筏不見了。我心想：『也許是有人遇到了麻煩，划著木筏溜之大吉了。可是他們把我的黑奴也帶走了，那是我在世上唯一的黑奴啊！如今我流落他鄉，身無分文，三餐也沒有著落。』因此我趴在地上哭了起來，然後在樹林裡睡了整整一晚。不過，木筏究竟怎麼啦？還有吉姆呢？可憐的吉姆！」

「該死，我怎麼知道？——我是說，我不知道木筏在哪裡。那個老傻瓜做了一筆買賣，得了四十塊錢。我們在小酒館找到他的時候，那些無賴正在跟他賭博，賭注半塊錢。他們把他的錢騙光了，只留給他付酒帳的錢。到了半夜，我把他弄回家，一看，木筏不見了。我們說：『那個小流氓把我們的木筏偷走啦！他丟下我們不管，跑到下游去啦！』」

「我總不會丟下自己的黑奴吧，不是嗎？那是我在世上唯一的黑奴，唯一的財產啊！」

「這一點我們倒是沒想到。事實上——依我看，我們已經把他當成我們的黑奴啦！是的，我們就是這麼看待他的——他給我們惹的麻煩也夠多啦！總之，木筏不見了，我們已經一無所有了，沒有別的辦法，只好再演一回《皇家奇獸》。為了這個，我一直忙得不亦樂乎。我已經好久沒有喝東西了，口乾得像火藥桶一樣。你的那個一毛錢呢？馬上給我。」

我身邊還有不少錢，便給了他一毛錢。不過我央求他把錢拿去買食物，還得分我一些，還說我只剩這點錢了，昨天以來都還沒有吃東西呢！他不吭一聲，又過了一會兒，怒氣沖沖地問我：

「你覺得，那個黑奴會告發我們嗎？他要是敢這麼做，我們非剝了他的皮不可！」

「他要怎麼告發？他不是逃跑了嗎？」

「不！那個老傻瓜把他賣啦，連錢也沒有分給我，如今錢也沒啦！」

「把他賣了？」我一邊說，一邊哭了起來，「啊！他可是我的黑奴啊！那應該是我的錢啊！他在哪裡——我要我的黑奴！」

「嘿！你要不回你的黑奴啦，就是這麼一回事，再哭也沒用。聽我說——你也曾經想告發我們嗎？鬼才相信你呢！嘿，要是你想告發我們的話——」

他說到這裡停住了，但是他眼裡露出的凶光是我從未見過的。我繼續抽抽噎噎地哭著說：

「我誰也不想告發，我也沒時間去告發誰，我得趕快把吉姆找回來。」

他露出有點為難的表情，眉頭緊皺地思考起來，一隻手上拎著的海報隨風飄動。最後他說：

「我可以告訴你一些事——我們要在這裡待三天，只要你保證不告發我們，也不讓那個黑奴告發我們，我就告訴你該去哪裡找他。」

我作出了保證，他就說：

「有一個農民，叫做西拉・費——」他忽然停住了。看得出來，他原本打算對我說實話，但此時他又仔細考慮了一番，我猜他反悔了。事實正是如此，他不信任我，他只想讓我在這三天裡不妨礙他的事；因此很快便接著說：「買下他的那個人，叫做阿布朗・福斯特——阿布朗・G・福斯特，就住在去拉法葉鎮的路上的一個鄉下，離這裡四十哩。」

「好，」我說，「我走三天就可以走到。今天下午就走。」

「不，不要拖延，你現在就得動身，千萬別耽誤時間，一路上也不准你隨便亂說話；你只要把嘴巴緊緊閉上，趕你的路，那就不會給我們添麻煩了，聽到了沒？」

這正是我期盼的一道命令，是我求之不得的。這樣我就能自由地實現自己的計畫。

「那就快走吧！」他說，「不管你有什麼要求，不妨直接告訴福斯特先生。說不定你能讓他相信吉姆是你的黑奴——世上就是有些傻瓜不在乎什麼證明文件；至少我聽說，在這一帶下游南方地區就有這樣的人。只要你告訴他那張傳單和懸賞都是假的，以及為什麼要搞這套把戲，也許人家會相信你的話。好，現在就動身吧，你愛怎麼跟他說就怎麼說。不過要記住：一路上不准多嘴！」

就這樣，我走掉了，朝著鄉間走去。我並沒有回頭，但我感覺得到他正在監視我，不過，他遲早會盯得不耐煩的。我一直走了快一哩才停下來，隨後一轉身，加速穿過樹林，往菲爾普斯家而去。我想，最好別再猶豫，立刻按照我原來的計畫做；因為我要設法在這兩個傢伙溜走之前封住吉姆的嘴。我不想再跟這幫人有所瓜葛，他們玩的那套把戲我已經受夠了，我要跟他們一刀兩斷！

第三十二章

我到了那裡，只見四周靜悄悄的，就像禮拜天一樣。天氣很熱，豔陽高照，幹活的人都到田裡去了。空中隱約響起了蟲子或飛蠅的嗡嗡聲，格外令人沉悶，彷彿這裡的人全都離開或死光了。偶爾有一陣微風吹過，樹葉簌簌作響，使人不禁傷感，因為那就像精靈在低訴——那些死了多年的精靈——你覺得他們正在談論著你。總之，這裡的一切讓人產生一種願望，覺得自己不如死了算了。

菲爾普斯家是一個小小的產棉農莊，這類小農莊都長得差不多。一道柵欄將兩畝大的院子圍了起來，設有一排梯磴，是用鋸斷的圓木搭成的，彷彿高矮不等的木桶，從這裡可以跨過柵欄。婦女們可以站在上面，再跳上馬背。在較大的院子裡，還有些枯黃的草皮，不過大多數院子的地面都是光滑的，活像一頂磨光的絨毛帽。白人的住宅是一座雙棟的大房子，全是用圓木建成的，木頭的縫隙都用泥漿堵上並粉刷過。廚房的邊緣有一條寬敞、有屋頂的迴廊，和房屋連接起來。廚房後有一座燻肉房，燻肉房的另一側並排了三個小房間，是給黑奴住的。在稍遠處，靠近後方的柵欄，有一間小木屋，另一側設有幾個房間。在小屋旁邊，放著一個濾灰桶，還有一個煮肥皂的大壺。廚房門口有一條長凳，上面放著一桶水和一個瓢子，一隻狗正躺在那裡曬太陽，還有很多狗分散在各處睡覺。在一個角落，有三棵遮陽的大樹。柵欄旁邊有一處醋栗樹叢，外頭是一座花園和西瓜田，再過去是棉花田。從棉花田再往前走就是樹林了。

我繞到後面，踩過濾灰桶旁邊的梯磴，朝廚房走去。剛走近了一點，就隱約聽到紡車轉動的聲音，彷彿嗚嗚地哭泣，一下高一下低。聽了這種聲音，讓我不禁想到死亡——因為這是天底下最哀淒的聲音了。

我只是往前走去，沒有任何特別的目的。一旦那個時刻來到，就把一切交給上帝安排吧！祂要我的嘴巴說些什麼，我就說些什麼。因為我已經體會到，只要我順其自然，上帝總會讓我的嘴巴說出合適的話。

我走到半路，有一隻狗站了起來，然後是另一隻，朝我撲來。於是我停下腳步，看著牠們，一動也不動。狗又開始狂吠一通。一瞬間，我彷彿成了一個車輪子的軸心，一群狗——一共有十五隻，把我團團圍住，對著我伸著脖子、鼻子，不停亂叫。又有一些狗陸續跳過柵欄，從四面八方繞過轉角竄出來。

一個女黑奴從廚房飛奔出來，手裡拿著一根桿麵棍，大喊：「小虎，滾開！小花，滾開！」她給了這隻狗一棍，又給了另一隻一棍，把牠們趕得邊叫邊亂竄，其餘的狗也跟著逃跑了。沒過多久，有一半的狗又跑回來，圍著我搖尾巴，變得友好起來。畢竟狗對人是無害的。

在女黑奴後面有一個黑人女孩以及兩個黑人男孩，身上只穿了粗布襯衫。他們拽住了母親的衣服，害羞地躲在她身後，偷偷朝我張望——黑人的孩子總是這副模樣。這時，只見屋裡走出一位白人婦女，年紀大約四十五到五十歲，沒有戴帽子，手裡拿著紡紗棒，身後站著她的幾個孩子，動作與神情跟黑人小孩一樣。她一臉笑容，高興得幾乎連站也站不穩，說道：

「啊，你終於來啦！——不是嗎？」

我想都沒想，隨口應了一聲：「是的，太太。」

她一把抓住了我，緊緊地抱住，隨後又握住我的雙手，搖了又搖，眼淚奪眶而出，接著又是擁抱、握手，不停地說：「你長得不像你母親，跟我想的不一樣。不過，老天！這沒什麼關係。能見到你，我有多麼高興啊！親愛的，親愛的，我真想把你一口吞下去！孩子們，這是你們的表哥湯姆——跟他說一聲『你好』。」

但他們急忙低下頭，把手指頭含在嘴裡，躲到她身後。她又接著說：

「莉茲，快，馬上幫他做一頓熱騰騰的早餐——也許你在船上吃過了吧？」

我回答吃過了，於是她牽著我的手走進屋裡，孩子們跟在後面。一進屋，她把我按在一張藤椅上，自己在我對面的一張矮凳上坐下，握住了我的雙手說：

「現在讓我好好看看你。天啊，這麼久了，我多麼盼望見一見你啊！如今總算等到了。我們已經等你好幾天啦！話說回來，是什麼事把你拖住了？——是輪船擱淺了嗎？」

「是的，太太。船——」

「別說『是的，太太。』——叫我莎莉姨媽就好。船是在哪裡擱淺的？」

我不知道該回答什麼，因為我根本不知道船是從上游還是下游來的。但我決定憑直覺回答，我的直覺告訴我：是從下游來的——是從下游的奧爾良一帶來的。不過，這也幫不上多大的忙，因為我不知道那一帶的淺灘叫什麼名字，我想我得編造一個，或是說我忘了擱淺的地點，再不然——這時我靈機一動，脫口說道：

「倒不是因為擱淺——這只耽誤了我們一點時間。船上的一個汽缸蓋爆炸了。」

「天啊！有人受傷嗎？」

「沒有，只死了一個黑奴。」

「啊，真是幸運，有時候很嚴重的。兩年前的聖誕節，你西拉姨丈坐著『拉里．盧克號』從新奧爾良回來，一個汽缸蓋爆炸，炸傷了一個男子，我猜他後來死了。他是個浸信會教徒。你姨丈認識住在貝登．路吉的一家人，他們很瞭解那個人的事情。是啊，我想起來了，他的確死了，傷口潰爛，還長了瘡，醫生不得不替他截肢，不過這還是沒能救回他的命。是的，是因為傷口爛了——就是這個原因。他全身發紫，臨死前還希望光榮復活。人們都說他的樣子慘不忍睹。你的姨丈每天都去鎮上等你，他現在又去了，離開不到一小時，就快回來了。你一定有在路上見到他，不是嗎？他是一個有點年紀的人，帶著——」

「沒有，我沒有遇見什麼人，莎莉姨媽。船到的時候天剛亮，我把行李放在碼頭的小船上，到鎮裡和鄉下遛達了一番，打發時間，免得到這裡時還太早，所以我是從後面繞過來的。」

「你把行李交給誰啦？」

「沒有交給誰。」

「什麼！孩子，該不會被偷了吧？」

「不，我藏在一個地方，我想不會被偷走的。」

「你怎麼這麼早就在船上吃早餐了？」

這下子可要露餡啦！不過我說：

「船長看到我走來走去，對我說，上岸前最好吃點東西。於是就把我帶到船頂的職員餐廳去，讓我盡情吃了一頓。」

我心神不寧，連別人的話也聽不太清楚。我一直在打孩子們的主意，想把他們帶到一邊，套一些話出來，好弄清楚「我」究竟是誰，卻一直無法成功。菲爾普斯太太滔滔不絕地說著，很快地，她就讓我背脊直冒汗。

「不過，我們在這裡說了半天，你還沒告訴我姐姐的事，或是他們之中某個人的事。現在我先不說了，由你來說，要把所有的事一件件地都告訴我。他們的情況如何啦、如今在忙些什麼啦、他們又託你帶了什麼話啦……凡是你想得到的，都說給我聽。」

我明白，這下子我可完了——毫無退路。到目前為止，託上帝的福，一切都還順利，不過如今可不妙啦！即使想突圍也做不到了——我只能舉起雙手投降了。因此，我對自己說，這一次又非得說實話不可啦。正當我想張開嘴說話，可是她一把抓住了我，推到床後，說道：

「他來啦！把你的頭低下去——好，這樣就行了，沒有人看得見你。別露出馬腳讓他知道你來了，我要開他一個玩笑。孩子們，你們不許多嘴啊。」

如今的我進退兩難，不過，擔心也沒用。我唯一能做的就是一聲不響，靜靜等待那場即將來臨的風暴。

老先生進來時，我只瞥了他一眼，隨後就被床擋住了。菲爾普斯太太跳過去問他：

「他來了嗎？」

「沒有。」她丈夫說。

「天啊，」她說，「他該不會出了什麼事吧？」

「我也不知道，」老先生說，「我得承認，這讓我十分不安。」

「不安！」她說，「我都快發瘋了！他一定已經到了，一定是你在路上錯過了。我知道肯定是這樣，我敢打賭。」

「怎麼啦？莎莉，我不可能在路上錯過他的，這妳也知道。」

「不過，唉！天啊，天啊！我姐姐會怎麼說啊！他一定已經到啦！一定是被你錯過了。他──」

「哦，別再打擊我啦！我已經夠難受了。我真不知道該怎麼辦才好，我必須承認，我已經嚇得不知所措了。他不可能已經到了，因為要是他到了，卻被我錯過──這絕對不可能。莎莉，真是可怕，簡直太可怕了──一定是輪船出了什麼事，一定是的！」

「啊，西拉！你看那邊──就在大路上！──是不是有人正在走過來？」

他立刻跳到床頭的窗戶旁。菲爾普斯太太把握這個好機會，趕緊彎下身子，把我拉了出來。當他從窗口轉過身來，發現她滿臉笑容地站在原地，而我則乖乖地站在她身旁，冷汗直冒。老先生愣住了，說：

「啊，這是誰？」

「你猜猜看他是誰？」

「我可猜不出來，是誰啊？」

「他是湯姆・索耶啊！」

老天！我幾乎想鑽到地板下去，不過我身不由己，因為老人已一把抓住了我的手握個不停，在此同時，他的妻子則手舞足蹈，又哭又笑的。隨後，他們兩人不斷地問起席德、瑪莉以及其他家人的事。

不過，要說高興的話，恐怕沒人比我更高興的了，因為我幾乎像重生一般，終於弄清楚了我是誰。他們對著我問東問西的，一連問了兩個小時，問到我的下巴都瘦了，連話也說不下去。我告訴他們有關我的家——我是指湯姆的家——的各種情況，比起實際情形誇張了不只六倍；我還說我們的船是怎樣到白河口，汽缸蓋爆炸了，然後又花了三天才修好。這樣的解釋毫無破綻，而且效果極佳，因為他們對輪船一竅不通，即使你說一顆螺帽被炸飛了，他們也照樣會相信。

現在，我一方面感到舒坦，另一方面又覺得不太舒坦。當我假扮湯姆時，我的確覺得挺自在的，直到我聽見一艘輪船沿著河上開來時發出的氣笛聲——這時我問自己，萬一湯姆搭了這艘輪船來了呢？萬一他突然走進來，在我向他使眼色、叫他別聲張以前就喊出了我的名字呢？啊！絕不能讓這種事發生——否則可就糟啦！我必須到路上去攔截他。於是我告訴他們，我得回鎮上把行李拿來；老先生本想跟我一起去，但我拒絕了，說我可以自己騎馬去，不用麻煩他了。

第三十三章

於是我坐上馬車前往鎮上。途中，我見到一輛車迎面而來，那一定是湯姆沒錯。於是我停下車，等他靠近。我說了聲「停車」，車就停了，靠在一邊。湯姆的嘴巴張得大大的，半天沒有闔上。他吞了兩三口口水，彷彿口渴得不行，說道：

「我從來沒有害過你，你知道的。那你為什麼要變成鬼找我報仇？」

我說：

「我根本沒有變成鬼呀——我根本沒有死。」

他一聽清楚我的聲音，便恢復了鎮靜，不過還是不太放心。他說：

「別捉弄我了，我也不捉弄你。你老實說，你是不是鬼？」

「老實說，我不是。」我說。

「那好——我——我——那好，當然，這樣就沒問題了。不過，我實在搞不懂。聽我說，你不是已經被害死了嗎？」

「不，我根本沒有被害死——是我捉弄了他們。要是你不信，就過來摸一摸我吧。」

他走過來，摸了摸我，這才放了心。他很高興能再次見到我，只是他還有些不知所措，急著想知道事情的經過——因為這可是一次神秘又刺激的冒險，正合他的胃口。不過我說，這件事不妨先擱在一旁，以後再說，又叫他的車伕在旁邊等一下。就這樣，我們把車停好，隨後我把目前的困境告訴他，問他該怎麼辦才好。他要我讓他想一會兒，別打擾他。接著他左思右想了一陣子，說道：

「別擔心，我想到啦！把我的行李搬到你的車上去，假裝是你的。你現在就回頭，慢慢地走，等時間差不多了再回家。至於我呢，我要先回頭走一段路，再重新出發，等你到家後十五分鐘或半小時再到。一開始，你要假裝不認識我。」

我說：

「好，不過等一下，還有一件事——這件事除了我沒有一個人知道。那就是：還有一個黑人，我想把他偷出來，讓他不再當奴隸——他叫做吉姆——華生小姐的吉姆。」

他說：

「什麼！是吉姆——」

他沒有說下去，思考了起來。我說：

「我知道你想說什麼。你會說這是一樁下流的勾當，不過那又怎樣呢？——我是下流沒錯，我準備把他偷出來。希望你守口如瓶，別洩漏出去，可以嗎？」

他的眼睛一亮，說道：

「我會幫你把他偷出來！」

這句話真令我大吃一驚，彷彿一記晴天霹靂打在我的身上。這真是我生平聽過最令人訝異的話了——我不得不說，湯姆在我眼中的地位大大地下降了，我怎麼也不相信他竟然會是一個偷黑奴的人！

「哦，少來了，」我說，「你在開玩笑吧！」

「我可不是在開玩笑。」

「好吧，」我說，「不管是不是開玩笑，總之，要是你聽到了一個黑奴逃跑的任何消息，別忘了，你對這個人一無所知，而我也一樣。」

隨後，我們把行李放到了我的車上，兩人便分頭行事了。不過我把應該走慢一點的話忘得一乾二淨，因為我實在高興得不得了，而且滿腹心事。因此，當我到家時，時間還太早了。這時老先生正在門口，他說：

「哈！真了不起，想不到母馬也能跑這麼快。可惜我們沒有計算一下時間。牠連一根毛都沒有流汗——一根毛也沒有。太了不起了，嘿！現在就算人家出一百塊錢，我也不肯賣掉牠啦！平常出十五塊錢我就賣了，以為牠只值這個價。」

他只說了這些，他是我見過最天真、最善良的老人了。不過這也不奇怪，因為他不僅是一個農民，還是一個傳教士，在他的農莊後方還有一座用圓木搭成的小教堂呢！那是他自己花錢建造的，用來作為教堂及學校。他傳教從不收錢，也講得很好。像他這樣既是農民，又是傳教士，並且還這麼善良的人，在南方可多得是。

大約半小時後，湯姆的馬車來到大門的梯磴前。莎莉姨媽從窗戶裡看見了，因為距離只有五十碼。她說：

「啊，有人來啦！不知道是誰呢。啊！我敢說是一位外地人，吉姆（這是她一個孩子的名字），去跟莉茲說，午餐多準備一個菜盤。」

大伙兒個個朝大門口湧去，因為一個外地人可不是每年都能見到的。他的出現比黃熱病更加引人注目。湯姆跨過了梯磴，朝屋裡走來。馬車沿著大路回去鎮上了。我們都擠在大門口。湯姆穿著一套新買的衣服，眼前又有一群觀眾——只要有觀眾，湯姆就興致十足，能夠毫不費力地擺出氣派的架勢，而且十分得體。他一點也不卑躬屈膝，像一隻小綿羊般馴服地從院子走來，而是神情鎮靜、態度從容，彷彿一隻大公羊一般。當他走到我們面前，便把帽子往上提了一下，神態高雅、瀟灑，彷彿撥動一個盒蓋，盒裡裝著蝴蝶，他不願驚動它們似的。他說：

「是阿奇伯德．尼可斯先生吧？」

「不是的，我的孩子，」老先生說，「非常抱歉，你被車伕騙了，尼可斯的家在前方三哩的地方。請進，請進。」湯姆朝身後望了一下，說：「太遲了——他不見了。」

「是啊，他走啦，我的孩子。請你務必進來，與我們共進午餐，之後我們會叫車把你送去尼可斯家的。」

「哦，我可不能打擾你，這不行。我可以用走的——這一點路我不在乎。」

「不過我們不會答應的——這可不合乎我們南方人待客的禮貌，請進吧。」

「哦，請進吧！」莎莉姨媽說，「這對我們算不上什麼麻煩，一點也算不上。請你務必留下來。三哩的距離不短，路上灰塵又多，我們絕不能讓你用走的過去。我已經吩咐多準備一套餐具啦！我剛才一看見你就吩咐了，可別讓我失望。請進吧！把這裡當成自己的家。」

於是湯姆熱情道謝了一番，接受了邀請，走進屋裡。他說自己是一個外地人，來自俄亥俄州的希斯維爾，他的名字叫做威廉．湯普森——一邊說，一邊又鞠了一躬。

他滔滔不絕地說著，提到希斯維爾以及每個人的事，只要能編出什麼就說什麼，我倒有些忐忑不安，不知道這些話能否幫我擺脫窘境。到了後來，他一邊說著，一邊把頭伸過去，在莎莉姨媽的嘴上親了一下，隨後又在椅子上舒舒服服地坐了下來，準備繼續高談闊論。可是莎莉姨媽卻跳起來，用手背擦了擦嘴巴說：

「你這不要臉的小鬼！」

他一臉委屈地說：

「真想不到妳會這樣，夫人。」

「真想不到？——嘿！你把我當成什麼人了？我真想好好——說！你為什麼親我？」

他彷彿低聲下氣地說：

「沒有什麼意思，夫人，我沒有惡意。我——我——我以為妳會樂意讓我親一下。」

「什麼？你這傻瓜！」她拿起了紡紗棒，彷彿竭力忍住揍他的衝動，「你怎麼會覺得我樂意讓你親？」

「我也不知道。不過，他們——他們——告訴我妳很樂意。」

「他們告訴你？是誰說的？他一定是個瘋子。我從沒聽過這種怪事，他們是誰？」

「是誰——大家啊，他們全都這麼說，夫人。」

她簡直要忍不住了，眼睛裡冒著火光，手指頭一動一動的，恨不得馬上衝過去抓他。她說：

「『大家』是誰？給我說出他們的名字——否則，世界上就會少一個蠢蛋。」

湯姆站起身來，彷彿很難受一樣，笨手笨腳地摸著帽子，說道：

「我很抱歉，我完全沒料到會這樣。是他們告訴我的，他們全都這麼說；他們都說親她一下，她會很開心的——所有人都這麼說。不過我很抱歉，夫人，我下一次不會了——不會了，真的。」

「你不會了？是嗎？哼！諒你也不敢！」

「不會了，真的，絕不再犯啦！除非妳請求我。」

「除非我請求你？我活了這麼久從沒聽過這麼愚蠢的話。我請求你——你慢慢等吧！等你成為一千歲的老糊塗——或是那樣的東西，我也不會請求你！」

「唉，」他說，「我真沒想到。我實在不懂，他們說妳會的，而我也覺得妳會；不過——」他說到這裡停了一下，朝四周慢慢掃視一眼，彷彿希望有什麼人能投以友好的眼神。他先是朝老先生看了一眼，並且說：

「你是不是認為，她會樂意讓我親她呢？先生。」

「唔，不，我——我——哎！不。我想她不會。」

然後他又繼續朝四周張望。他朝我看了一眼，隨後說：

「湯姆，難道你認為莎莉姨媽不會張開雙臂，對我說『席德．索耶』——」

「我的天啊！」她打斷了他的話，一邊朝他跳了過去，「你這個頑皮的小壞蛋，真愛捉弄人啊——」她正要擁抱他，可是被他擋住了，並且說道：

「不，除非妳先請求我。」

她一秒也不猶豫地「請求」了他，她抱住了他，吻了又吻，然後把他推給老先生，他也接著吻他。等大家稍稍冷靜之後，她說：

「噢，天啊！我從來沒有想到。我們根本沒指望你會來，只指望湯姆。姐姐在信上只說他會來，沒有說到其他人。」

「因為她原本只打算讓湯姆一個人來，沒有其他人。」他說，「但是我苦苦哀求她，她才終於答應讓我來。我和湯姆商量了一下，認為由他先過來，而我則晚一點到，假裝一個陌生人走錯了地方，好給你們一個驚喜。不過，莎莉姨媽，我們錯了，陌生人在這裡可不大受歡迎呢！」

「不——只有不歡迎頑皮的小壞蛋，席德。我本來應該給你一個耳光呢！我已經有好幾年沒生這麼大的氣啦。不過我才不在乎呢，什麼都不在乎——只要你能來，即使再開我一千個玩笑我也願意。剛才的情景真是好笑，我得承認，你剛才親我那一下，簡直把我驚呆啦！」

我們在屋子與廚房之間寬敞的迴廊吃了中飯。桌上的東西可豐富了，足夠六家人吃——而且全都熱騰騰的，沒有一道菜是煮壞的，像在潮濕的地窖裡擺了一夜、吃起來像冰冷老牛肉的東西。西拉姨丈在飯桌上做了一個很長的感恩禱告，不過這是值得的，飯菜也沒有因此涼了，必須重新加熱——我曾遇過好幾次這樣的事。

談話持續了整整一個下午。我和湯姆一直仔細聽著，可是沒有一句話是講到逃亡的黑奴的，我們又不敢主動提起這個話題。不過，吃晚飯的時候，有一個小孩說道：

「爸爸，湯姆、席德跟我可以去看戲嗎？」

「不行，」老人說，「依我看也演不成了，即使演得成也不准去。因為那個逃亡黑奴已經把他們騙人的把戲一五一十地告訴我和柏頓了。柏頓說，他要向大伙兒公開這件事。所以依我看，他們這時早已把那兩個流氓轟出鎮上啦！」

原來如此——不過我暫時無能為力。湯姆和我睡在同一間房，因此，當我們吃過晚飯，便道了聲晚安，上樓去睡了。之後我們爬出窗戶，順著避雷針滑下來，朝鎮上跑去，因為我猜不會有人向國王和公爵通風報信的，要是我不能立刻告訴他們這個消息，他們就一定會出事。

一路上，湯姆告訴我，當初人們是怎麼以為我被謀害的，我爸又是怎樣在不久以後失蹤、從此一去不回的，吉姆逃走時又是怎樣引起了騷動的——每件事都說得清清楚楚。而我則告訴湯姆有關兩個流氓演出《皇家奇獸》的事，以及在木筏上漂流的經過。由於時間有限，我只能講出一部分。

當我們來到鎮上，直奔小鎮的中心——那時是晚上八點半——只見有一大群人像潮水般湧來，手執火把，一路上又吼又叫的，用力地敲著鐵鍋，吹起號角。我們跳到一旁，讓大伙兒過去。隊伍經過時，只見國王和公爵騎在一根圓木上——其實那只是我猜的，因為他們全身塗滿了柏油，黏滿了羽毛，早已不成人樣；乍看之下，就像怪異而巨大的頭盔羽毛。唉！這個模樣真令我作嘔，也為這兩個可憐的流氓感到難過，彷彿今後再也不忍心恨他們了。這個景象看起來可怕極了，人類對於同類竟能如此殘酷！

我們知道自己來遲了，已經無能為力了。之後，我們跟看熱鬧的人打聽了一下，他們說，大家都若無其事地去看戲，不露一點風聲；直到那個倒楣的老頭在台上起勁地又蹦又跳時，有人發出了一聲信號，全場的人湧上前去，把他們逮住了。

我們慢慢地走回家，心裡也不像原本那麼慌亂了，只覺得有點慚愧——儘管我從未做過什麼對不起人的事。世事往往如此，無論你做得對不對，那都無關緊要，因為一個人的良心往往經不起考驗。要是我有一條黃狗，牠的良心也跟人一樣脆弱的話，我一定會把牠毒死。一顆良心佔的空間比五臟六肺還多，但卻一無可取。

湯姆也是這麼說的。

第三十四章

我們停止了談話，各自思考起來。後來湯姆說：

「聽我說，哈克，我們多傻啊！之前一點也沒想到過。我敢打賭，我知道吉姆在哪裡了。」

「不會吧？在哪裡呢？」

「在濾灰桶旁邊的那間小屋裡。聽我說，我們吃中飯的時候，你沒有看見一個黑奴拿著食物走進去嗎？」

「看到了。」

「你覺得食物是給誰吃的？」

「給一隻狗吧。」

「我原本也這麼想，嘿！但那才不是給一隻狗吃的呢。」

「為什麼？」

「因為裡頭有西瓜。」

的確是這樣——我也注意到了這一點。這可真是件怪事，我竟然沒想到狗不吃西瓜。這說明了人類是會視而不見的。

「是啊，那個黑奴進去的時候打開了門上的掛鎖，出來時又鎖上。我們吃完飯，站起來的時候，他從叔叔那裡拿了一把鑰匙——我敢打賭那是同一把。西瓜說明了屋裡有一個人，鎖則說明那是一個囚犯，而這樣一個和氣、善良的小農莊也不會有兩個囚犯——那個囚犯就是吉姆。好啊！我們按照偵探的方法查出了這個事實，這真是太棒了。現在，換你動動腦筋，想出一個把吉姆偷出來的方法，我也想一個，然後我們從中挑選一個最佳方案。」

小小年紀，竟然就有這樣的智慧，真是了不起！要是我有湯姆的腦袋，就算讓我當個公爵、或是當輪船上的大副、馬戲班的小丑，或是拿其他玩意兒來交換，我也絕不答應。我絞盡腦汁，想找出一個辦法，不過只是白費力氣罷了。我心裡很清楚，真正的好方法該從哪裡來。沒多久，湯姆說：

「想好啦？」

「是的。」我說。

「很好——你說說看。」

「我的計畫是這樣的，」我說，「首先，查出吉姆到底在不在裡面。到了明天晚上，我們把我的獨木舟找出來，再把木筏從小島那裡划過來。最後，我們找一個沒有月亮的夜晚，等叔叔睡了以後，就從他口袋裡偷走鑰匙，和吉姆一起坐木筏朝下游漂去，白天躲起來，晚上趕路，就像我們以前做的那樣。這個方法行嗎？」

「行嗎？哈！當然行了，就像老鼠打架一樣，清清楚楚。不過，它太簡單了，做起來什麼困難也沒有，一點也不刺激！就像一杯水一樣清淡。唉！哈克，這種方法在人們眼中，就好比搶劫一家肥皂廠，微不足道。」

我一聲不吭，因為這跟我預料的一模一樣。我明白，只要他想出了一個方法，那一定是無可撼動的。

果然是這樣沒錯。他跟我說了他的方法，我馬上明白，他的計畫勝過我十五倍——儘管我的計畫的確能讓吉姆重獲自由，但也可能讓我們賠上性命。因此我十分滿意，並且建議他立刻行動。至於他的計畫，我不需要在這裡講出來；因為我很清楚，過程中他會隨機應變，而且一有機會，就會加上一些有趣的新花樣。這就是他一貫的作風。

不過，有一點是無庸置疑的，那就是湯姆是全心全意地想把吉姆偷出來，讓他不再當奴隸；也正是這一點令我百思不解。他明明是個有地位的孩子，受過良好的教養，人品又好，家裡也都是體面的人；他頭腦聰明、不死板，又有學問，也不下流，而且為人和善。但如今竟不顧自己的顏面，罔顧是非、人情，自貶身分幹起這種勾當，不僅丟光自己的臉，也丟光家人的臉——我實在不明白。這簡直荒唐透頂，我知道我應該站出來，告訴他這些事，勸他懸崖勒馬，以免毀了自己，這才算得上真正的朋友——而我也確實這麼對他說了，可是他立刻要我閉嘴，還說：

「難道你覺得我不知道自己在做些什麼嗎？難道我還不明白自己的打算嗎？」

「不。」

「難道我沒有說過，要把那個黑奴偷出來嗎？」

「不。」

「那就好了。」

我們只說了這幾句，一切無須再解釋了。因為每當他說要做什麼，他總是說到做到。不過我真的不明白，他為什麼要參與這件事。於是我聽任事情發展，不再操什麼心。要是他堅持這麼做，我也無能為力。

我們到家時，屋子裡一片漆黑，寂靜無聲。我們便朝放濾灰桶的小屋走去。我們在院子裡走了一圈，看看狗的反應。這些狗已經認得了我們，因此只照例發出了一些聲響，除此之外沒有別的反應。我們來到了那間小屋，在小屋的正面和兩側檢查了一番。最後，我們在沒有檢查過的那一側——也就是朝北那一側——發現了一個四方形的窗洞，相當高，只有一塊厚實的木板釘在窗洞中間。我說：

「我們要找的就是這個，窗洞大小剛好能讓吉姆鑽出來。現在只要把木板撬開就好了。」

湯姆說：

「這就跟下五子棋和蹺課一樣，未免太簡單了。我寧可找出另一種方法，比這個更複雜一些，哈克。」

「這樣的話，」我說，「就用我之前故佈疑陣的那一套，行嗎？」

「那還好一點，」他說，「要做得神秘兮兮、曲折離奇，並且趣味十足。」他說，「不過，我們一定還能想出複雜一倍的辦法。不用急，讓我們再找找看。」

在後方一側，在小屋和柵欄的中間，有一個披屋，它連接小屋的屋簷，是用木板做成的，跟小屋一樣長，但是很窄——只有六呎寬。門朝南邊開，並上了鎖。湯姆走到煮肥皂的鐵壺那裡，四處搜尋。他用開壺蓋的工具撬開了一個鏈環，鏈子應聲落下。我們隨手打開門，走了進去，把門關上，點燃一根火柴，發現披屋是搭在小屋外側，而非相通的，也沒有鋪上地板；屋裡只放了用壞的、生鏽的鋤頭、鐵鍬、十字鎬和一張壞掉的犁。火柴熄了，我們便走了出來，重新把鏈環扣上，鎖上門。湯姆興高采烈地說：

「這下有辦法啦！我們可以挖個地道讓他鑽出來。這得花一個禮拜！」

隨後，我們朝家裡走去。我從後門進了屋——只要拉一下用鹿皮做的門閂繩就行了，他們是不鎖門的。不過，湯姆對這種方式不滿意，他非要爬那根避雷針上樓不可。他大概有三次爬到了一半，但又失手滑了下來，第三次還差點摔破了腦袋。他心想，他非得放棄不可了。但是一休息完，他又決定再碰一碰運氣。這一回他終於爬上去了。

第二天，天色剛亮，我們就到黑奴住的小屋去，拍了拍狗，跟那個替吉姆送食物的黑奴套交情——如果裡面關的是吉姆的話。那些黑奴剛吃過早飯，準備到田裡去。替吉姆送食物的黑奴正把麵包、肉等東西放在一個鐵盆裡。當其他黑人走開的時候，屋裡送來了鑰匙。

這個黑奴看起來是個脾氣好、傻乎乎的人。他的一頭捲髮用細繩綁成一撮一撮的，這是為了避免妖魔作祟。他說，這幾天晚上他被它們害得好苦，他見到了各種異象，聽到了各種怪聲音；他這輩子還未被糾纏得這麼久過。這些事搞得他心神不寧，坐立不安，害得他連該做什麼工作也記不得了。湯姆就說：

「這些食物是要送給誰的？是餵狗的嗎？」

這個黑奴臉上綻放出笑容，彷彿一塊碎磚頭丟進了一片泥塘。他說：

「是的，席德少爺。餵一隻狗。你想去看看嗎？」

「好的。」

我戳了湯姆一下，小聲對他說：

「你現在要去？天剛亮就去？這可不在原來的計畫之中啊。」

「的確不在——不過在現在的計畫之中。」

嘿，管他的，我們一起去了，但我心裡卻不是滋味。我們進了屋裡，什麼也看不見，因為裡頭太黑了。不過吉姆確實在裡面，他能看清楚我們。他叫了起來：

「啊，哈克！我的天啊！這不是湯姆少爺嗎？」

這一切都跟我預料的一樣，我一時不知道該怎麼辦，即使知道也辦不到，因為那個黑奴忽然插嘴說：

「啊，老天！難道他認識你們兩位少爺？」

這時我們能看清楚四周了。湯姆定神看了黑奴一眼，彷彿莫名其妙地說：

「誰認識我們？」

「噢！這個逃跑的黑奴啊。」

「我想他並不認識。不過，你為什麼會有這樣的想法呢？」

「有這樣的想法？他剛才不是喊出了聲，好像認識你們嗎？」

湯姆彷彿疑惑不解地說：

「啊，這可太奇怪啦！誰喊出聲了？什麼時候喊的？喊了些什麼？」他轉身看著我，態度異常地鎮靜，問道：「你有聽到誰喊嗎？」

當然了，答案只有一個。於是我說：

「沒有啊，我沒聽到有誰說話啊。」

隨後他朝吉姆轉過身去，看了他一眼，露出彷彿從未見到他的神情，說道：

「你喊了嗎？」

「沒有，少爺。」吉姆說，「我什麼也沒說啊，少爺。」

「一個字也沒有？」

「沒有，少爺，一個字也沒有。」

「你曾經見過我們嗎？」

「沒有，少爺，我不記得曾經在哪裡見過你。」

湯姆便轉過身來看著那個黑奴，這時他已經有點錯亂了。湯姆厲聲說道：

「你到底怎麼搞的？你怎麼會覺得有人在喊叫呢？」

「唉！少爺，全是妖魔在搞鬼啊！但願我死了的好。說真的，它們老是跟我搗蛋，快把我逼瘋了，嚇得我魂不附體。請你別跟任何人說，少爺，要不然西拉老爺會狠狠教訓我一頓，因為他說世上根本沒有妖魔鬼怪。我真希望他現在就在這裡——看他有什麼好說的！我敢打賭，這一回他就無話可說啦！話說回來，人就是這樣固執，從來不肯親眼見識一下，即使人家告訴他真相，他也不肯信。」

湯姆給了他一毛錢，說我們不會把這件事告訴別人，還建議他不妨再去買幾根繩子來綁頭髮。隨後他看了吉姆一眼，說：

「不知道西拉姨丈會不會把這個黑奴吊死。要是讓我抓住一個忘恩負義的逃亡黑奴，我可不會放過他，我會吊死他。」這時候，趁那個黑奴走到門口檢查銀幣、咬一咬、分辨真偽時，他低聲對吉姆說：

「別露出認識我們的樣子。要是你晚上聽到挖地之類的聲音，那是我們。我們要恢復你的自由。」

吉姆匆匆抓住我們的手，用力握了握。隨後那個黑奴回來了，我們對他說，如果他希望我們再來，我們就會來。他說他很樂意，尤其是在夜晚，因為妖魔多半在夜裡作祟，要是這時能有人作伴，那就再好不過了。

第三十五章

距離吃早飯還有一個多小時，我們便離開那裡，去了樹林中。因為湯姆說，挖地道時最好能有些光，才看得見，而燈光又太亮，很可能惹出麻煩。我們打算找一些人們稱為「狐火」（註：朽木發出的磷光）的爛木頭，放在黑暗的地方，讓它發光。我們在樹林裡找到了一些，堆放在草叢裡，然後坐下來休息。湯姆用一種不太滿意的口氣說道：

「該死！這件事真是太容易又太彆扭了，要想出個曲折離奇的方法太難啦！也沒有一個守衛可以毒死——應該要有這樣一個守衛的。甚至沒有一隻狗可以下迷藥。而吉姆也只是被銬上一付一丈長的腳鐐，另一頭銬在床腳上，只要把床往上一抬，腳鐐就掉了。再說，西拉姨丈太容易信任別人了，他把鑰匙交給那個傻乎乎的黑奴，也不派一個人監視他。在這種情況下，其實吉姆早就可以從窗洞裡爬出來了，只不過腿上銬了一副鐵鐐，走不了路。真是糟透了！哈克，我從沒見過這麼無趣的安排。所有的艱辛與危險，我們都必須自己製造出來。唉！真傷腦筋，我們只能憑著眼前的材料，盡可能地發揮一番。不過，有一點是無庸置疑的——那就是必須歷經千辛萬苦把他救出來，這才稱得上光榮。但這些千辛萬苦本來應該有人負責提供，如今卻沒有著落，必須由你自己編造出來。就拿燈光這件事來說吧，雖然無關緊要，我們卻必須裝作那是一件多麼危險的事。其實，依我看，只要我們高興，即使來個火炬遊行也礙不了事。哦！我又想起一件事了，那就是：只要有機會，我們就要找些材料做一把鋸子！」

「要一把鋸子做什麼用？」

「做什麼用？難道我們不用把吉姆那張床的床腳鋸斷，好把腳鐐脫下來？」

「嘿，你不是說，只要把床往上一抬，腳鐐就會掉下來了嗎？」

「唉！哈克，這種話果然像是你這種人會說的。每當你遇到一件事，就會像一個幼稚園的小孩那樣看待它。難道你沒有讀過那些書嗎？難道你沒有讀過關於屈倫克伯爵，或是卡薩諾瓦，或是貝佛努托．徹里尼，或是亨利四世這類英雄的書嗎？有誰聽說過用女人們的那套方式去救一個囚犯的？那可不行，凡是赫赫有名的人，他們全都是這麼做的：把床腳鋸成兩截，讓床原封不動地擺在那裡，再把鋸下的木屑吞下肚，好讓人家找不到；然後在鋸過的地方塗上泥和油，讓最細心的人也看不出一點鋸過的痕跡。最後，到了夜晚，一切都準備就緒了，你就朝床腳一踢，斷掉的那一截立刻被踢到一邊，腳鐐也就脫落了，一切大功告成。除此之外什麼不用忙，只要把你的繩梯拴在城垛上，順著它爬下去，然後在城牆上摔斷了腿——因為你知道的，那繩梯短了十九呎——好，你的馬、你忠實的隨從正守在那裡，他們連忙把你救起來，扶你跨上馬背，你就飛奔而去，回到你的老家朗多克，或是納瓦爾，或者別的什麼地方——這樣才叫精彩呢！哈克，我多麼希望小屋下面有道城牆啊！到了逃亡的那天晚上，要是有時間，我們就先挖出一道城壕出來。」

我說：

「我們挖個城壕幹什麼？我們不是要從小屋下面讓他偷偷爬出來嗎？」

可是他根本沒聽見我的話，他把一切事情全都拋到腦後，用手托住了下巴，陷入沉思。沒多久，他嘆了一口氣，搖了搖頭，隨後又嘆起氣來。說道：

「不，這樣行不通——沒有必要。」

「什麼？」我說。

「哦，把吉姆的腿鋸斷。」他說。

「老天！」我說，「怎麼啦？根本沒必要這麼做呀！你幹嘛鋸斷他的腿呢？」

「因為，許多有名的人都是這麼做的。他們無法掙脫鎖鏈，便乾脆把手砍斷了逃走。砍斷腿比砍斷手要好一些，不過我們還是得放棄，因為這次的事件還沒有必要這樣做。再說，吉姆是個黑奴，他無法理解這麼做的理由，因為這是歐洲流行的風俗嘛！所以我們只得放棄。不過有一件事非做不可——必須有一條繩梯才行。我們不妨把我們的襯衫撕下來，輕易地做出一條繩梯。我們可以把繩梯藏在餡餅裡送去給他，人們大都是這麼做的，反正比這更難吃的餡餅我也吃過。」

「啊，湯姆，你別胡扯了，」我說，「吉姆根本用不到繩梯啊。」

「他非用不可。瞧你說的，你根本什麼都不懂。他非得有一條繩梯不可，人家都是這麼做的呀！」

「那你說一說，他要那個東西做什麼？」

「做什麼？他可以把它藏在被褥下，不是嗎？他們都是這麼做的，所以他也得這麼做。哈克，你老是不肯按照規矩來，總喜歡搞些新花樣。就算他用不到繩梯吧，當他逃走以後，繩梯還留在床上，不就成了一個線索嗎？你認為他們難道不需要線索嗎？當然需要了。你怎麼可以不留下一點線索呢？不然的話，豈不是會讓人們心急如焚嗎？這樣的事，我從來沒有聽說過。」

「好吧，」我說，「如果這是規矩，那他就得有一條繩梯。那就給他一條吧！因為我希望能按照規矩來。不過，還有一件事呢！湯姆——要是我們把襯衫撕下來，替吉姆做一條繩梯，我敢說莎莉姨媽肯定會修理我們的。依我看，用胡桃樹皮做繩梯，既不必花錢，又不會糟蹋東西，也一樣可以包在餡餅裡，藏在草墊下，跟布繩梯一樣。至於吉姆，他沒有什麼經驗，因此不會在乎究竟是哪一種——」

「哦！別胡說了，哈克，我要是像你那樣缺乏常識的話，我寧可不說話——是我就會這麼做。但有誰聽說過，一個政治犯竟然用一條胡桃樹皮做的繩梯逃跑呢？啊！這簡直荒謬透頂。」

「好吧，湯姆，就照你的方法辦吧。不過，要是你同意的話，我建議從晾衣繩上借一條床單。」

他說這麼做也行，並且這讓他有了另一個想法。他說：

「順便借一件襯衫吧。」

「要襯衫做什麼？湯姆。」

「為了讓吉姆在上面寫日記。」

「寫什麼鬼日記！——吉姆連字也不會寫呀。」

「就算他不會寫，也可以在襯衫上留一些符號，不是嗎？只要我們拿一根舊的鐵湯匙、或是一片木桶上的舊鐵條做一枝筆就行了。」

「可是，湯姆，只要從鵝身上拔一根毛，不就能做成一枝更好的筆，而且也更快做好嗎？」

「一個地牢附近可沒有鵝讓他拔毛呀！你這個笨蛋。他們總是用最堅硬、最結實、最費勁的東西——例如舊燭台——或是手邊的什麼東西來做筆。這得花上好幾個禮拜、好幾個月，因為他們得在牆上慢慢磨。即使真的有一枝鵝毛筆，他們也不會用，因為這不合乎規矩嘛！」

「好吧。那我們要用什麼來做墨水呢？」

「很多人是拿鐵鏽和眼淚來做的，不過那是平凡人與女人家的做法。那些赫赫有名的人物都是用他們身上的鮮血。這一點吉姆可以做到。當他想發出一些神秘的訊號，讓全世界都知道他被囚在哪裡時，他就可以用叉子刻在一只鐵盤背後，並且從窗戶扔出來。鐵面人就是這麼做的，這也是個美妙的方法呢！」

「可是吉姆並沒有鐵盤子呀！他們都是用平底鍋裝食物給他的。」

「這簡單，我們可以給他幾個。」

「沒有人看得懂盤子底下的東西。」

「這沒關係，哈克，最重要的是他必須在盤子底下寫好，然後扔出去。你根本不必讀懂，因為囚犯在鐵盤子上或是其他東西上寫的東西，有一半是看不懂的。」

「這麼說來，白白扔掉那些盤子又有什麼用呢？」

「啊，管它的，又不是囚犯自己的盤子。」

「但盤子總是有主人的，不是嗎？」

「好吧，有主人又怎麼樣？囚犯歸誰管，盤子就是誰的——」

他說到這裡停住了，因為我們聽到吃早飯的號角聲響了。我們便跑回家去。

那一個早上，我借來了晾衣繩上的一條床單和一件白襯衫，又找到了一個舊袋子，把那些東西裝進去。我們把狐火拿來，也放到了裡面。我說這麼做叫做「借」，因為我爸爸一向是這麼教我的；但湯姆說，這不是借，而是偷。他說他是代表囚犯的，而囚犯並不在乎如何把一件東西弄到手，反正弄到手就對了，也沒有誰會因此怪罪他。一個囚犯為了逃跑而偷東西，這不叫犯罪；因此，只要我們是代表一個囚犯的，那麼，只要是為了逃出牢籠，凡是有用的東西都可以偷，也不算是犯罪——湯姆說這是他的正當權利。不過他說，如果不是囚犯的話，那就另當別論了；一個人不是囚犯卻偷東西，那他就是一個卑鄙下流的人。於是我們決定，這裡的任何一樣東西，我們都可以偷。可是就在這之後的某一天，他跟我吵了一架，因為我從黑奴的西瓜田裡偷了一個西瓜來吃，他逼著我過去，還給黑奴一毛錢，也沒有告訴他們為什麼要付錢。湯姆說，他的本意是說，我們只可以偷我們需要的東西。我說那好，我需要西瓜呀。但他又說，我並不是為了逃出牢獄而需要它的，而不同之處就在這裡。他說，要是我需要一個西瓜，好把小刀藏在裡面，偷偷送給吉姆，讓他用來殺死守衛，那就是正當的了。我沒有再多說什麼，儘管要是每次想飽餐一頓西瓜，卻非得坐下來，仔細分辨兩者之間髮絲一般的差別，那我簡直看不出代表囚犯有什麼好處。

好吧，言歸正傳。那天早上，我們等著大伙兒都去幹正事了，院子四周也看不到人影了，湯姆就把那個袋子帶進披屋，而我站在不遠處替他把風。隨後他出來了，我們便跑到木堆上，坐下來說話。

「目前一切都很順利，除了工具以外。不過那很容易解決。」

「工具？」我說道。

「是的。」

「工具，幹嘛用的？」

「怎麼了？挖地道啊。我們總不能用嘴巴去啃出一條地道，對吧？」

「那裡不是有一些舊十字鎬之類的工具可以用嗎？」我說。

他轉過身來看著我，神情彷彿在憐憫一個哭著的嬰兒似的。他說：

「哈克，難道你聽說過一個囚犯用鐵鍬和十字鎬、以及櫃子裡的所有現成工具來挖地道逃走的嗎？我倒要問問你——如果你頭腦還清醒的話——這樣一來，他要怎麼轟轟烈烈地表現一番，好顯示他的英雄氣概？哈！那還不如叫人家借他一把鑰匙，用它來逃走呢！什麼鐵鍬、十字鎬——人家才不會拿這些給一個國王呢。」

「那好吧，」我說，「既然我們不要鐵鍬和十字鎬，那我們究竟要什麼呢？」

「要幾把小刀。」

「用來在小屋的地下挖地道？」

「是的。」

「該死！這太愚蠢了！湯姆。」

「蠢不蠢有什麼關係，反正應該這麼做——這是規矩。除此之外別無他法，至少我從沒聽說過。關於這方面的書，我全都讀過了，人們都是用小刀挖地道逃出來的——你要知道，他們挖的可不是土，而是堅硬的石頭。這得花上好幾週的時間呢！就舉其中的一個例子——那是在馬賽港伊夫城堡的最底層地牢的囚犯，他就是這樣挖地道逃出來的。你猜他花了多久？」

「不知道。」

「你猜猜看。」

「我不知道，一個半月？」

「三十七年！他逃出來後發現自己到了中國。這多麼偉大！但願如今這座地牢的下方是堅硬的石頭。」

「吉姆在中國可沒有認識的人啊。」

「那有什麼關係？任何人在中國都沒有熟人呀。不過，你總是想到一些旁枝末節，為什麼不先專注在重點之上呢？」

「好吧——我並不在乎他從哪裡逃出來，反正他已經出來了，但吉姆還沒有。你別忘了一點——吉姆年紀太大了，來不及用小刀挖出一條地道，他活不了那麼久的。」

「不，他當然可以，挖泥土的地基，花不了三十七年，對吧？」

「那要多久呢？湯姆。」

「哦，我們不能花太多時間，因為西拉姨丈也許很快就會得到新奧爾良的消息，知道吉姆不是從那裡出來的。那他就會登第二次廣告，招領吉姆，或是採取其他行動。因此我們不能挖太久——儘管按照常理應該挖個好幾年。現在，我建議這麼做：我們馬上開始挖，挖好之後，我們可以想像我們已經挖了三十七年。接著，一旦有緊急情況，我們就把他拖出來，趕緊把他送走。是啊，依我看，這是最妥當的辦法。」

「好，說得有道理，」我說，「用『想』的倒不用花什麼工夫，也不會惹出什麼麻煩。如果有必要，我也不在乎去『想』已經挖了一百五十年。這樣一旦開始動手，我也不會覺得太累人。我這就去偷兩把小刀。」

「偷三把，」他說，「得用一把做成鋸子。」

「湯姆，也許我這麼說有點不合規矩，」我說，「在燻肉房後面的防雨板下，有一根生鏽的鋸子呢！」

他的臉色有點疲倦，無精打采的。他說：

「哈克啊，我一直想多教你一些東西，但總是對牛彈琴！快去吧，去把小刀偷來——偷三把。」我便按照吩咐做了。

第三十六章

那天晚上，我們估計大家都睡熟了，便順著避雷針滑了下來，躲進披屋，把那堆朽木取出來，開始行動。我們把牆腳橫木中段的前面清空，清出了四五呎寬的一塊空地。湯姆說，他現在的位置正好是在吉姆床鋪的背後，我們應該往床的下面挖；等我們一挖通，小屋裡的人絕不會知道下面有個洞，因為吉姆的被子就快垂到地上了，必須把它提起來仔細查看，才能發現地洞。於是我們挖了又挖——靠著小刀——一直挖到半夜。這時，我們已累得半死，兩手也起了水泡，但還是沒什麼進展。最後我說：

「這可不是要花三十七年的活，要花三十八年，湯姆。」

他沒有說話，不過他嘆了一口氣，沒多久便住手了。隔了一會兒，我知道他開始思考了，他說：

「這樣不行，哈克，這樣行不通。要是我們是囚犯還行得通，因為我們要挖多少年就有多少年，用不到著急。趁著每天守衛換班的空檔，利用幾分鐘挖掘，這樣手也不會起水泡，我們可以年復一年地挖下去，挖得好，又合乎規矩。不過如今我們可拖延不得，必須快，我們沒時間浪費了。要是我們再這樣幹一個晚上，就得花一個禮拜等手上的傷癒合——不然的話，我們的手連這把小刀也拿不了了。」

「那我們該怎麼辦？湯姆。」

「我告訴你吧。這麼做當然是不對的，也不道德，我也不喜歡這種方法——不過如今也只有這條路了。我們只能用十字鎬挖，把他弄出來，再『想』成是用小刀挖的。」

「這才像樣！」我說，「你的頭腦越來越聰明啦！湯姆，」我這麼說，「十字鎬才能解決問題嘛，我才不管道不道德呢！當我偷一個黑奴、偷一顆西瓜，或是偷主日學校的一本書，我並不煩惱該怎麼偷，反正偷就對了。要是十字鎬是最容易達成目的的方式，我就用它來偷那個黑奴、那顆西瓜，或是那本主日學校的書。至於那些偉人怎麼想，我才不管呢！」

「嗯，」他說，「在這件事情上，用十字鎬和用『想』的也是情有可原的，不然我就不會贊成，也不會眼睜睜看著規矩被破壞——因為對的就是對的，錯的就是錯的。一個人如果有見識，有判斷的能力，就不會做錯事。就像你，就算你靠十字鎬把吉姆挖出去，又沒有用『想』的，那也沒關係，因為你不會判斷嘛！但如果是我就不行了，因為我有判斷的能力——給我一把小刀。」

他明明有一把了，但我還是把我的小刀遞給他。他把小刀往地上一扔，又說：

「給我一把小刀。」

我不知道怎麼辦才好——不過我想了一下，最後在那堆破爛的農具裡翻了翻，找出一把鶴嘴鎬遞給他。他接了過去，開始動手，一句話也沒有說。他就是這麼特別的人，滿腦子都是原則。

我找到了一把鐵鍬，我們兩人開始埋頭苦幹起來。有時交換工具，用力地挖。我們拚命挖了半個小時左右，漸漸挖出了一個洞的形狀，之後便回到房間。我上樓之後，朝窗外一望，只見湯姆抱住避雷針努力往上爬，可是怎麼也爬不上來。他的雙手滿是水泡。後來他說：

「不行啊！爬不上去。你看我該怎麼辦才好？你有別的法子嗎？」

「有，」我說，「不過依我看，這也許不合乎規矩——走樓梯上來，就『想』成是爬避雷針上來的。」

他就這麼上來了。

第二天，湯姆在屋裡偷了一根湯匙和一座銅燭台，是用來做筆給吉姆用的；還偷了六根蠟燭。至於我，則在黑奴小屋四周巡視，等待機會，最後偷了三個鐵盤。湯姆覺得這些不夠用，但我說，吉姆扔出來的盤子不會被人看見，因為它會掉到窗洞下面的野茴香和曼陀羅草叢裡——我們可以把它撿回來，重複利用。這下湯姆滿意了。接著他說：

「現在我們得想想，要怎麼把東西送到吉姆手裡。」

「等地道一挖通，」我說，「就把東西送進去。」

他露出嗤之以鼻的態度，還說他從沒聽過這樣的餿主意，然後便獨自思考起來了。之後他說，他想出了兩三個辦法，不過還不必決定用哪一種，得先通知吉姆一聲。

當天晚上過了十點鐘，我們又順著避雷針滑下樓，並順手偷了一根蠟燭。我們在窗洞口一聽，只聽見吉姆的打呼聲，我們便把蠟燭扔了進去。可是吉姆沒有醒。之後我們又拿起十字鎬和鐵鍬挖了起來，大約過了兩個半小時便大功告成。我們爬到吉姆的床底下，就這樣進了小屋，然後摸到了蠟燭，把它點燃。

我們在吉姆的旁邊站了一會兒，看到他的模樣還算健壯。隨後我們輕輕把他搖醒了，他見到我們，高興得快要哭出來，還用「乖乖」、「寶貝」等他想得出的親暱稱呼叫我們。他要我們找來一支鑿子，把他腿上的鐐銬打開，並且不要耽誤時間。但湯姆告訴他這樣不合乎規矩，然後他坐了下來，把我們的計畫解釋了一遍，還說萬一情況有變，我們該如何變通，完全不用擔心，因為一切包準天衣無縫。吉姆也同意了。於是，我們三人坐在那裡，聊了一些過去的事，湯姆還問了他幾個問題。後來吉姆說，西拉姨丈每隔一兩天會來一次，跟他一起做禱告，莎莉姨媽也會來看他過得舒不舒服，吃得飽不飽，兩人都十分和藹。湯姆說：

「現在我知道要怎麼安排了。我們要透過他們把一些東西交給你。」

我說：「這絕對不行，這是最笨的方法了。」但他把我的話當成耳邊風，一意孤行。一旦他心意已決，就一定要貫徹到底。

於是他告訴吉姆，我們打算如何透過替他送食物的黑奴納特，把繩梯餡餅等東西偷偷送進來，要他隨時留意，千萬不要大驚小怪，打開時也別讓納特看見；我們還打算把一些小玩意塞進西拉姨丈的口袋，他務必把這些東西偷到手；我們也打算一有機會，就把一些東西綁在莎莉姨媽的裙帶上，或是放進圍裙口袋裡，還會設法告訴他，那是些什麼東西，有什麼用途；他又教吉姆，該如何用自己的血在襯衫上寫日記……等等。吉姆對這些事情感到莫名其妙，不過他承認，我們是白種人，懂得比他多，因此他也就滿意了。還說他一定按照湯姆的話去做。

吉姆有很多玉米芯煙斗和煙葉，因此我們在屋裡快活地聊了一陣子，隨後便從洞中爬出來，回到房裡睡覺。我們的兩手磨破了好幾處，乍看之下就像被什麼東西啃過一樣。湯姆興高采烈的，說這是他一生中最開心也最活躍的時光，還說只要他想得出辦法，我們就要一直幹下去，讓我們的兒子把吉姆救出去；因為按照他的想法，吉姆會漸漸習慣這樣的生活，並且喜歡上它。他說，這樣一來，便有可能挖了八十年，成為歷史上的最高紀錄；他還說，這能讓我們成為赫赫有名的大人物。

到了早上，我們走出屋子，來到木材堆那裡，把那座黃銅燭台砍成幾小截，湯姆把它們和一根錫湯匙放進了口袋。隨後我們去了黑奴小屋，由我引開納特的注意力，湯姆把一小截燭台塞在鍋裡的一塊玉米餅中間。之後，我們和納特一起回到小屋，看看這辦法有沒有效——果然有效！當吉姆一口咬下去，燭台幾乎把他的牙給撞飛啦！世上恐怕沒有比這更有效的方法了，湯姆就是這麼說的。吉姆裝作若無其事，彷彿只是吃到了一粒小石子之類的東西，你知道的，吃麵包時往往會吃到小石子。但在這之後，當吉姆吃東西時，總是會先用叉子戳個幾下再吃。

當我們正站在不明不暗的小屋裡，忽然有幾隻狗從吉姆的床底下鑽了出來，並且越聚越多，最後總共有十一隻之多，擠得連氣都透不過來了。老天！我們忘了關上披屋的門了。納特叫了一聲「妖魔啊！」便昏了過去，倒在狗群裡呻吟，彷彿快死了一般。湯姆砰地推開了門，把一塊給吉姆的肉扔了出去，狗紛紛跑去搶，湯姆也出了小屋，不一會兒又回來，把門關上。我知道他把披屋的門也關上了。隨後他又去應付那個黑奴，安慰他、拍拍他，還問他是不是又看到什麼幻影。他站起身來，朝四周眨了眨眼睛，說道：

「席德少爺，你一定會說我是個傻瓜，不過我的確看到了！我見到了一百萬隻狗，或是魔鬼，或是別的東西。千真萬確！席德少爺，我覺著它們就在我眼前，撲到了我身上。該死的東西！我要是能抓住這些妖魔中的其中一個就好了——哪怕只抓住一次——那就好啦！不過，最好它們別再來纏著我啦！」

湯姆說：

「好吧，我來跟你講講我的看法。是什麼原因讓它們在逃亡的黑奴吃早餐的時候現身的呢？這是因為他們餓了，就是這樣，你只要替它們做一個妖魔餡餅就行了。這就是你該做的。」

「可是，天啊！席德少爺，我要怎麼做一個妖魔餡餅呢？我根本不知道該怎麼做啊！這種東西我連聽也沒聽過。」

「那好吧，我來幫你做。」

「真的嗎？我的好少爺——你真的肯？我願意趴在地上膜拜你！」

「好吧，看在你的份上，我來做。畢竟你對我們這麼好，又帶我們來看這個逃跑的黑奴。不過你得非常小心才行，當我們過來時，你應該轉過身去，不要看我們把什麼東西放進鍋裡，就算看見了也不准跟人家說。吉姆打開鍋子的時候，你也不准看——看了也許會發生什麼事，我也不敢說。最重要的是，你別去碰那些屬於妖魔的東西。」

「我怎麼敢呢？席德少爺，我連用手指也不敢碰。就算你給我一百萬億塊錢，我也不會去碰它的。」

第三十七章

一切都安排好了。我們便走出小屋，來到院子裡的垃圾堆。這家人的舊皮靴、破布、碎瓶子、舊鐵器等廢物都扔在這裡。我們翻了一陣子，找到一個鐵做的舊洗碗盆，把盆上的破洞盡可能堵好，用來烘餅。接著我們走下地窖，偷偷裝了一盆麵粉，然後又找到幾根小釘子。湯姆說，囚犯可以用這些釘子在地牢的牆上刻下自己的名字、自己的冤屈。他把一根釘子放到莎莉姨媽披在椅子上的圍裙口袋裡，另一根塞在西拉斯姨丈放在櫃子上的帽箍裡，因為我們聽到孩子們說他們的父母今天早上會去黑奴小屋。隨後我們便去吃早飯，湯姆把一根湯匙放在西拉姨丈的上衣口袋裡。莎莉姨媽還沒有到，我們只好等一會兒。

她一進來便氣呼呼的，滿臉通紅，幾乎連感恩禱告都等不及做完。隨後，她一隻手端起咖啡壺，為大家倒咖啡，一隻手用指套朝身旁的一個孩子腦袋上猛敲一下，說道：

「我把整間屋子都翻過一遍了，也沒有找到。你的那一件襯衫跑哪去啦？」

我的心往下一沉，一塊掰下的玉米餅剛進我的喉嚨，卻因為一聲咳嗽噴了出來，恰巧打中了對面一個孩子的眼睛，疼得他彎起身子，哇地一聲大叫。這個叫聲足以媲美印第安人打仗時的吼叫聲。湯姆的臉色變得鐵青，大約維持了十五秒鐘。情勢十分危急，我真恨不得找個洞鑽進去。不過在這以後，一切又回歸平靜——剛才事出突然，害我們嚇得驚慌失措。西拉姨丈說：

「這實在太奇怪啦！我實在搞不懂。我記得很清楚，我明明脫下來了，因為——」

「因為你身上只穿了一件。這是什麼鬼話！我知道你脫下來了，比你那顆迷糊的腦袋知道得還清楚，因為昨天還在晾衣繩上——我親眼看到的。可是現在卻不見啦！總之就是這樣。現在你只好穿那件法蘭絨紅襯衫，等我有時間再替你縫一件新的——這可是這兩年來的第三件了。就為了你的襯衫，有人必須忙個不停。我真搞不懂你到底是怎麼穿的，都這麼大年紀了，你也該有點分寸吧！」

「這我也懂，莎莉，我何嘗不想呢？不過這不能全怪我呀！妳知道，除了穿在我身上的以外，我既見不到，也管不著嘛！再說，即使是從我身上脫下來的，我應該也沒有弄丟過啊！」

「好吧，西拉，要是你沒有弄丟過，那就不是你的錯了——依我看，你要是存心想弄丟，就一定會弄丟。再說，丟的也不只有襯衫，還有一根湯匙不見了——原本有十根，現在只剩九根。我看，也許是小牛偷走了襯衫，不過牠可不會叼走湯匙啊，這是肯定的。」

「啊，還丟了什麼？莎莉。」

「六根蠟燭不見啦——這是怎麼回事？我想是被老鼠叼走的，我一直納悶，牠們怎麼沒有把這裡的全家人都叼走——都是你，說什麼要把老鼠洞全部堵死，但總是光說不做。不過，老鼠總不會偷走湯匙吧？這我知道。老鼠也實在太蠢了，要不然就會在你的頭髮裡睡覺了，西拉——反正你也不會發現。」

「唉！莎莉，是我的錯，我承認。我太粗心大意了。不過我明天一定會把洞堵死的。」

「哦，我看不用急了，明年還來得及嘛！瑪蒂爾達・安傑莉娜・阿拉米塔・菲爾普斯！」

指套「啪」地一敲，那個女孩趕緊把手從糖盆子縮了回去。

就在這時，一個女黑奴走到迴廊說：

「太太，有一條床單不見了。」

「一條床單不見了？噢，老天啊！」

「我今天就去把老鼠洞堵死。」西拉姨丈說，一副愁眉苦臉的樣子。

「哦，給我閉嘴！難道你以為是老鼠叼走床單的嗎？丟到哪裡去了？莉茲。」

「天啊！我實在不知道，莎莉太太。昨天還掛在晾衣繩上，但今天卻不在那裡啦！」

「我看是世界末日到啦！我這輩子從沒遇過這樣的日子。一件襯衫、一條床單，還有一根湯匙、六根蠟燭——」

「太太，」來了一個年輕的黑白混血女孩，「一座銅燭台不見了。」

「妳們這些丫頭，快給我滾！要不我可要罵妳們一頓啦！」

她正在氣頭上，我想找機會偷溜出去，到樹林裡躲一躲，等風頭過去。但她一直罵個不停，一家人則畏畏縮縮的，不吭一聲。後來，西拉姨丈把手伸進口袋裡摸了摸，掏出一根湯匙。她馬上住口了，嘴巴張得大大的，舉起了雙手。我恨不得鑽進地洞裡。不過這沒有持續太久，因為她說：

「果然不出我所料。啊！湯匙一直在你的口袋裡，這麼說來，別的東西也在你手裡吧？湯匙怎麼會跑到你的口袋裡呢？」

「我真的不知道啊！莎莉，」他滿懷歉意地說，「不然我早就說了。早飯以前，我正在研讀《新約》第十七章，我想我無意中把它放進去了，還以為放的是聖經呢！一定是這樣沒錯，因為聖經不在這裡。不過我倒要去看一下，看它在不在我原來放的地方。我知道我沒有把湯匙放進口袋，這就代表，我把聖經放在原處，拿起了湯匙，然後——」

「哦，天啊！讓我冷靜一下吧！出去！你們這些討厭鬼，老的小的都給我出去！在我靜下心來以前別來打擾我。」

我聽到她說的話，便站了起來，聽從她的命令——即使我是個死人也會這麼做的。我們穿過客廳的時候，老人拿起了帽子，小釘子便掉到地板上。他只是把它撿起來，放到壁爐架上，沒有作聲，便走了出去。湯姆看著他的舉動，又想起湯匙的事，便說：「唉！透過他送東西是不可能了，他靠不住。」隨後又說：「不過，他的湯匙在無意間幫了我們的忙，所以我們也要在無意間幫他一點忙——堵住那些老鼠洞。」

地窖裡的老鼠洞可真不少！我們花了整整一小時才堵完，不過堵得嚴嚴實實，密不透風。不久之後，我們聽見有人下梯子的聲音，便把蠟燭吹熄，躲了起來。老人下來了，一手舉著一根蠟燭，一手拿著堵老鼠洞的工具，神情有點心不在焉，恍恍惚惚的。他查看了一個又一個老鼠洞，然後呆呆地站在原地，長達五分鐘，一邊撥掉滴下的蠟油，一邊思考著。最後他慢吞吞地、彷彿在夢遊般地爬上梯子，一邊說道：

「噢！天啊，我想不起來什麼時候堵過了。這下我可以告訴她，那些老鼠的事可怪不得我。不過，算了——隨它去吧，我想就算說了也沒什麼用。」

他自言自語地上了樓，我們也離開了。他真是個老好人啊！一向如此。

為了再找一根湯匙，湯姆花了不少工夫，但他堅持非找一根不可，便又開始動起了腦筋。隨後，我們在放湯匙的籃子旁等著，等到莎莉姨媽走過來，湯姆走過去數數湯匙，然後又把它們放在一邊，而我則趁機偷拿了一根，放進袖口。湯姆說：

「啊！莎莉姨媽，只有九根啊！」

她說：

「你去玩耍吧，別打擾我。我已經數過了，親自數了的。」

「嗯，我數了兩遍了，阿姨。我數來數去只有九根。」

她顯得很不耐煩。不過還是又走過來重數了一遍——任誰都會這麼做的。

「我向上帝發誓，只有九根呀！」她說，「噢！天啊——到底是怎麼回事啊——是瘟神拿走啦！讓我再數一遍。」

這時，我趕緊把剛才偷拿的一根放了回去。她數完後說道：「這些破爛貨，只會搗蛋！該死的，明明是十根啊！」她顯得氣憤而煩惱。不過湯姆說：

「啊，阿姨，我看不是十根。」

「你這糊塗蛋，你剛才不是看著我數的嗎？」

「我知道，不過——」

「好吧，我再數一遍。」

我又偷走了一根。結果只有九根——跟第一次數的時候一樣。這下子她火冒三丈——簡直氣得渾身發抖。不過她還是數了又數，數得頭昏眼花，甚至把那個籃子也當成一根湯匙。有三回她數對了，另外三回卻又數錯了。最後，她伸手抓起那個籃子，朝房間對面一扔，正好扔到那隻貓身上，嚇得牠魂飛魄散。她叫我們走開，讓她冷靜一會兒，要是吃飯前我們敢再去打擾她，她要剝了我們的皮。就這樣，我們得到了那根作怪的湯匙，趁她叫我們滾蛋的時候，順手放進了她的圍裙口袋裡。吉姆總算在中午以前得到了湯匙，以及那根小釘子。這次的結果讓我們非常滿意，湯姆認為即使再花一倍的麻煩也值得，因為他說這下子姨媽為了自己的安寧，再也不會去數湯匙啦！即使再數，她也不相信自己數對了。往後的三天裡，她還會再去數，數得自己暈頭轉向，從此就不會再數了；誰要是敢叫她再數湯匙，她非跟這個人拚命不可。

於是，那天夜裡，我們把床單放回晾衣繩上，另外從衣櫃裡偷了一條，就這樣偷偷藏藏了好幾天。最後，連她也搞不清楚自己究竟有幾條床單，還說她再也不管了，也不想為了這些事傷腦筋了，否則寧可去死！

如此一來，我們就安全無事了。襯衫啊、床單啊、湯匙啊，還有蠟燭之類的東西，靠著小牛、老鼠和數目等各種糊塗帳，就這樣矇混過去了。至於燭台，那沒關係，遲早也會混過去的。

不過餡餅的事倒是個難題。為了餡餅，我們吃了不少苦頭。我們在很遠的樹林裡做好餡餅，然後在那裡烘焙，最後總算完成了，而且非常令人滿意。不過，我們是用了滿滿三盆的麵粉才做成的，而且烤得我們傷痕累累，眼睛幾乎被濃煙燻瞎了。因為你知道，對我們有用的只有那張酥皮，但它一直膨脹不起來，老是往下陷。後來我們終於找到解決的辦法，那就是把繩梯放在餡餅裡一起烤。於是到了第二天晚上，我們來到吉姆的小屋裡，把床單全部撕成一條條的，搓在一起，還不到天亮就做出了一條美麗的繩索，足以用來絞死一個人，並把它「想」成是花了九個月時間才做出來的。

到了早上，我們把它拿到樹林裡。不過餡餅包不住這條繩索，因為它是用整整一張床單做的，足夠包在四十個餡餅裡頭，如果我們真的要烤那麼多的話。除此之外，還會剩下一大堆，可以放在湯裡、香腸裡，或是其他你愛吃的東西裡——總之夠讓一頓筵席使用了。

不過我們並不需要那些，我們只需要放在餡餅裡的，因此我們把多餘的部分全扔了。我們沒有在洗衣盆裡烤餅，生怕盆子的焊錫會被火熔掉。西拉姨丈有一個珍貴的銅暖爐，是他的寶貝，因為這個擁有木頭手柄的爐子，是他的一個祖先隨著征服者威廉坐「五月花號」或什麼船從英格蘭帶來的，他一直把它和其他珍貴的古董藏在頂樓。珍藏的原因倒不是因為它們有什麼價值，只是因為它們年代久遠。我們把它偷偷弄了出來，帶到樹林裡。最初幾次的餡餅烤失敗了，因為我們抓不到訣竅，不過最後還是成功了。我們先在爐子四周鋪了一層生麵團，把它放在煤火上，然後在裡頭塞了一團布繩，最上面擺一層麵團，然後蓋上爐蓋，上面放一層滾燙的煤炭。我們站在五呎以外，握著長長的木柄，既涼快又舒服。十五分鐘以後，餡餅就完成了，看起來也很不錯。不過，吃下這個餡餅的人得準備好幾桶牙籤才行——因為餡餅肯定會把他的牙縫塞得滿滿的。再說，吃下肚以後，他的肚子肯定會痛得不得了。

當我們把這個妖魔餡餅放進吉姆的鍋裡時，納特並沒有看一眼。我們又把三個鐵盤放在鍋底的食物下面。就這樣，吉姆把一切拿到了手。當其他人都離開以後，他立刻把餡餅掰開，把繩梯塞在草墊裡，還在鐵盤底上劃了一些記號，隨後從窗洞裡扔了出去。

第三十八章

做筆可是件苦不堪言的事，做鋸子也是。但吉姆說，刻字才是苦上加苦，也就是囚犯必須刻在牆上的字。不過我們非得留下這樣的字不可；湯姆說，要是一個政治犯不留下字，也不留下紋章，那簡直匪夷所思。

「看看珍妮·格雷夫人吧！」他說，「看看吉爾福德·杜德雷吧！看看老諾森伯蘭吧！啊！哈克，就算這是件困難的事——但又有什麼辦法呢？你能忽略它嗎？吉姆非得留下字和紋章，非留不可。」

吉姆說：

「啊，湯姆少爺，我可沒有上衣啊！（註：『紋章』在英文中的第一個單字與『上衣』同義。）我什麼都沒有，只有你的這件舊襯衫。你知道，我得在上面寫下日記。」

「哦！吉姆，你不懂。一個紋章可是非同小可啊！」

「哎，可是吉姆說的是對的。他說他沒有紋章，因為他的確沒有。」我說。

「至少這一點我還知道，」湯姆說，「不過，你可以打賭，在他離開這裡以前，他會有一個紋章的——因為他要堂堂正正地出去，絕不能在他的事蹟上留下汙點。」

就這樣，我和吉姆各自用碎磚頭磨筆。吉姆磨的是一截銅燭台，我磨的是湯匙，湯姆則在一旁構思紋章。後來他說，他已想出了許多圖案，不知道該選擇哪一種，不過他偏好其中一個，他形容道：

「在盾形紋章的右側下方，畫有一道金黃斜帶。在紫色中帶上，刻著一個斜形十字。盾的下部有一隻小狗，昂起頭蹲著，作為通用的標誌，牠的腳上綁著一條鏈子，代表『奴役』。盾的上部的波紋區塊中是一個綠色山形符號，下面的藍色區塊中有三條瓦稜狀的線。盾的中間有一道左高右低的鋸齒形飾紋。頂端是個一身黑的逃跑黑奴，肩上扛著行李，站在左橫帶上。左橫帶下方有兩根紅色支柱，寫著你跟我的名字。紋章的箴言是『Maggiore Fretta, Minore Otto.』。這是我在一本書上找到的，意思是『欲速則不達』。」

「我的老天！」我說，「那麼其他東西又代表什麼意思呢？」

「我們現在沒空管這個，」他說，「別人逃獄，都得拚了命地幹，我們也得這麼做。」

「那好吧，」我說，「至少你得解釋一些呀！什麼是『中帶』？」

「中帶就是——是——你不必知道它是什麼。等到他畫的時候，我就會教他的。」

「該死！湯姆，」我說，「解釋一下又不會怎麼樣。什麼是『左橫帶』？」

「哦，我也不知道，反正非有不可。凡是貴族都有那個。」

湯姆就是這樣，只要他認為不必解釋的事情，那他無論如何也不說，哪怕你纏著他問一個禮拜也一樣。

他已經決定了紋章的圖案，現在便打算把其餘的工作完成，也就是設計一句感傷的詞語——他說吉姆必須留下這樣的一句話，因為別人都是這麼做的。他在紙上寫下不少留言，並一句句唸出來：

一、一顆被囚禁的心在這裡破碎了。
二、一個不幸的囚犯，遭到了世間與朋友的背棄，熬過了他悲苦的一生。
三、在這裡，在三十七年孤獨的牢獄生活之後，一顆孤單的心破碎了，一顆困乏的心得到了安息。
四、在這裡，在三十七年辛酸的牢獄生活之後，一個無親無故的、高貴的陌生人終於死去了。他本是路易十四的私生子。

湯姆唸的時候，聲音在顫抖，差點就要哭出來。唸完之後，他無法選出一句讓吉姆刻在牆上——因為每一句都太棒了。吉姆說，要他用一根釘子把這麼多東西在木頭上，得花上一年的時間才行，再說他也不會寫字。湯姆說，他可以替他打個草稿，吉姆只需要照著描就好了。隨後他接著說：

「話說回來，不能是木頭——地牢裡不會有木頭的牆啊！必須刻在石頭上才行。我們得弄一塊石頭來。」

吉姆說石頭比木頭更糟，在石頭上刻字要花很長的時間，那他就別想出去啦！不過湯姆說，他會叫我幫他的忙的。隨後，他看了一下我們的筆磨得怎麼樣了。這實在是吃力不討好的工作，我手上的水泡一直沒有消過，而工作更是幾乎沒什麼進展。於是湯姆說：

「我有辦法了。為了刻紋章和感傷的遺言，我們得弄一塊石頭來，這樣一來，我們可以順便完成另一個目的。鋸木廠那裡有一塊又大又棒的磨刀石，我們可以把它偷來，在上面刻東西，同時又能磨筆和鋸子。」

這個主意算不上太糟，只是要搬動磨刀石也夠辛苦的了。但我們還是決定這麼做。當晚還不到午夜，我們就去了鋸木廠，留下吉姆幹他的活兒。我們偷出磨刀石，往家的方向滾。可是這件事實在太困難了，有時候，儘管我們使出了全身的力氣，還是無法擋住磨刀石往後滾，差點把我們壓扁了。湯姆說，在推回家以前，我們兩人遲早被它累死！我們才滾了一半的路，就已筋疲力盡，流的汗簡直能把我們淹死。最後，我們只好把吉姆找來。他把床往上一抬，從床腳下掙脫了腳鐐，把腳鐐一圈圈纏在脖子上，然後跟我們爬了出來。吉姆和我把磨刀石一推，毫不費力，就能讓它向前滾動，而湯姆則在一旁指揮。他指揮得比所有孩子都要好——他做什麼事都得心應手。

我們挖的洞原本已經很大了，卻不夠把磨刀石滾進去。吉姆拿起鏟子，挖了起來，很快就把洞挖得夠大了。接著，湯姆用釘子把那些訊息劃在磨刀石上，讓吉姆照著描起來，用釘子當鑿子，用披屋裡的一只螺絲刀當鎯頭；還囑咐他刻到蠟燭熄滅為止，就可以上床睡覺，睡前還得把磨刀石藏在床墊下，然後睡在上面。隨後我們幫吉姆把腳鐐扣回床腳，便準備回去睡覺了。不過湯姆又想到了什麼，他說：

「你這裡有蜘蛛嗎？吉姆。」

「沒有，湯姆少爺，我這裡沒有，謝天謝地。」

「那好，我們替你弄一些來。」

「太感謝你了，老弟，可是我一隻也不要。我怕蜘蛛，我寧願要響尾蛇，也不要蜘蛛。」

湯姆想了一兩分鐘，隨後說道：

「這真是個好主意。依我看，別人幹過的事，我們也必須幹，這樣才合理。是啊！這真是個好主意。你要養在哪裡呢？」

「養什麼啊？湯姆少爺。」

「怎麼了，當然是一條響尾蛇啊！」

「天啊！湯姆少爺，要是這裡有了一條響尾蛇，我就立刻把腦袋拿去撞牆——我會這麼做的！」

「噢！吉姆，不用多久，你就不會再害怕牠了。你能馴服牠的。」

「馴服牠？」

「是啊——很容易的。任何動物，只要對牠友善、對它溫柔，牠總是會感恩的。凡是對牠溫柔的人，牠就不會想去傷害他。任何一本書都講過這個道理。你可以試一試——我只求你這一次，只要試個兩三天就好了。哦！不用多久，你就能馴服牠；牠會愛上你，跟你一起睡，一刻也離不開你，還會讓你把牠圍在脖子上，或是讓你把牠的腦袋放進嘴巴裡呢！」

「求求你，湯姆少爺——別這麼說！我可受不了啊！牠會讓我把牠的腦袋放進嘴巴裡——作為對我的友情，是嗎？我敢說，牠就算等一輩子，我也不會這麼請求牠。再說，我根本不想讓牠跟我一起睡！」

「吉姆，別傻了。身為一個囚犯，就得有隻不會說話的寵物。如果過去的確還沒有人養過響尾蛇，那你就是史上第一個。能用這種與眾不同的方式逃出去，那就更加光榮了！」

「噢！湯姆少爺，我可不想要這樣的光榮啊！蛇一進來，就會把吉姆的下巴咬掉，那還有什麼光榮呢？不，我不願意這麼做。」

「該死！你試一試不行嗎？我只是要你試一試嘛——要是不順利，你就不用再養啦！」

「可是，要是我才剛開始試，就被牠咬一口，那我不就完了嗎？湯姆少爺，無論是什麼事，只要是合理的，我都願意做。不過，如果你和哈克把一條響尾蛇弄到這裡來，我就一定要離開這裡。」

「好吧，那就算了，既然你這麼小心眼的話。也許我們可以弄幾條花蛇來，你在蛇尾巴綁上幾個扣子，當成是響尾蛇，這樣總行了吧？」

「那種蛇我還能受得了，湯姆少爺。不過老實說，要是沒有這些玩意兒，我就會活不下去的話，那也未免太奇怪了！一個囚犯的麻煩與災難可真不少啊！」

「嗯，按照規矩就是這樣嘛。你這裡有老鼠嗎？」

「沒有。我從沒見過一隻老鼠。」

「好吧，我們替你弄幾隻老鼠來。」

「什麼？湯姆少爺，我根本不需要老鼠啊！這些東西最討厭了。你想睡覺，牠偏要在你身邊轉來轉去，咬你的腳，我見過的老鼠都是這樣。不，要是非選擇不可的話，我寧可要花蛇，也不要老鼠。老鼠對我一點用處也沒有。」

「不過，吉姆，你總得有幾隻老鼠——別人都有嘛！凡是囚犯，一定都會養老鼠的。他們會馴養老鼠，對老鼠親親熱熱的，教牠們各式各樣的把戲。老鼠會變得像蒼蠅那樣隨和。不過你必須為牠們演奏音樂，你有什麼樂器能演奏嗎？」

「我什麼都沒有，只有一把木梳、一張紙和一個口撥琴。不過依我看，老鼠是不會聽口撥琴的。」

「不，牠們會聽的，牠們才不在乎是哪一種音樂。對一隻老鼠來說，口撥琴就很不錯了。所有動物都是愛好音樂的——在牢房裡更是如此，尤其是悲傷的音樂，而口撥琴正好吹得出這種音樂。老鼠很喜歡這種音樂，牠們就會跑出來，看看你究竟怎麼了。是啊，你什麼事也沒有，一切早就安排好了嘛。當你準備上床睡覺時，或是一大清早，你想玩玩你的口撥琴，吹一首《最後的斷鏈》——這首曲子最能打動老鼠的心，比什麼都有效；你只需要吹個兩分鐘左右，就會見到老鼠啦、蛇啦、蜘蛛啦，還有其他動物紛紛靠過來，開始為你煩惱。然後牠們全部圍著你，快快樂樂地玩上一陣子。」

「是的，湯姆少爺，我想牠們的確會這樣。不過，吉姆會怎麼樣呢？我一點也不懂其中的道理；不過，如果有必要的話，我會這麼做的。依我看，我得設法讓這些動物開開心心的，免得牠們在屋子裡惹事生非。」

湯姆又想了一下，看還有沒有其他問題要解決。沒多久，他便說：

「哦——差點忘了一件事。你能不能在這裡種一朵花呢？」

「我不知道，也許可以吧，湯姆少爺。不過這裡挺黑的，再說種花也沒什麼用，而且那麼做很麻煩的。」

「哦，反正你可以試一試嘛。別的囚犯也會種花呢！」

「有一種像貓尾巴的大毛蕊花，也許在這裡能養得活，湯姆少爺。不過養起來也得花不少力氣，也許會白忙一場。」

「管他的。我們會替你弄一株小的來，你就種在那邊的角落裡，把它養起來。也別叫它什麼『毛蕊花』，叫它『畢喬拉』吧！這是它在牢房裡的名字，而且你得用眼淚來灌溉它。」

「為什麼？我還有很多泉水呀，湯姆少爺。」

「當你用眼淚澆花時，泉水就沒用啦！別人都是這麼做的嘛。」

「噢！湯姆少爺，別人只能用眼淚澆花，但我卻可以用泉水澆，還能長得比他快一倍呢！」

「這個方法不對。你必須用眼淚澆。」

「那樣的話，花就會死掉的，湯姆少爺，必死無疑，因為我難得哭一次。」

這一來可把湯姆難倒了。不過他想了一下，又叫吉姆用一顆洋蔥頭來擠出眼淚——他打算到黑奴的房間裡，在早上偷偷把一顆洋蔥頭放進吉姆的咖啡壺。吉姆說他寧可在咖啡壺裡放點煙葉。之後，他開始發起牢騷，說又要種毛蕊花，又要吹口撥琴給老鼠聽，又要討好蛇與蜘蛛；而且當一個囚犯，有麻煩、有煩惱，還有責任，一大堆困難；除此之外，還得磨筆、留遺言、寫日記等等，想不到一個囚犯得做這麼多事。這下子，湯姆生氣了，也失去了耐性。他說，吉姆明明有這麼好的機會，能變得比世上任一個囚犯都有名，卻不知好歹，眼睜睜看著這些機會白白溜掉。吉姆急忙道歉，說他願意改進，我和湯姆便回屋睡覺去了。

第三十九章

到了早上，我們到村裡買了一個老鼠籠，拿了回來，又把最大的一個老鼠洞挖開，不到一個小時就抓到了十五隻大老鼠。我們把籠子放到莎莉姨媽床底下一個安全的地方。可是，就在我們去捉蜘蛛的時候，被小湯瑪斯·富蘭克林·班傑明·傑弗遜·菲爾普斯發現了。他把籠子打開，想看看老鼠會不會跑出來——而老鼠也確實跑出來了。這時候，莎莉姨媽進來了。當我們回家時，只見她正站在床頭大喊，而老鼠則在表現牠們的拿手好戲。她一見我們，便拿起木棍揍了我們一頓。我們不得不重新花了兩個小時，再捉了十五六隻。那個淘氣的小鬼就是愛這樣搗蛋。而且，這次捉到的老鼠也比不上之前捉的那麼好。

我們又弄到了一大批蜘蛛、金龜子、毛毛蟲、蟾蜍，以及其他東西。我們本來想弄到一個蜂窩，但後來沒有成功，因為蜂窩的主人還在裡面呢！不過我們沒有就此罷休，而是跟它們比耐性——結果是它們贏了。我們找了一點草藥，在被蜜蜂螫過的地方抹了抹，就好得差不多了，不過坐下的時候還不怎麼靈活。

接著我們去捉蛇，捉到了二三十條花蛇與家蛇，丟進一個袋子裡，然後放到我們的房間裡。這時正是晚飯時間，忙了一整天，我們餓了嗎——哦，不，我看是不餓！等我們回來一看，發現一條蛇都不剩了——我們沒有把袋口綁緊，牠們全溜了。不過，至少牠們還在這間房子裡，因此我們認為，或許能捉回一部分。老天！有好一陣子，屋裡簡直是蛇的天下，不時能看見天花板上忽然掉下一條蛇，不是掉到你的菜盤裡，就是掉到你的背上、脖子上，而且總是在你不想見到牠的時候掉下來。老實說，這些蛇長得還算漂亮，身上都是花紋，而且即使牠們有一百萬條，也害不了人；可是在莎莉姨媽眼中，蛇是沒有好壞之分的。她討厭蛇，不管是哪一種，只要是蛇，她就受不了。只要有一條蛇掉到她身上，無論她正在做什麼，她一律丟下工作往屋外跑——這樣的女人我從沒見過——而且總是大呼小叫，即使你告訴她用火鉗就能把蛇夾住，她也不幹。要是她睡覺時一翻身，看見床上盤著一條蛇，那她就會馬上滾下床來，拚命嚎叫，彷彿房子失火了。她把那位老人吵得心神不寧，讓他不禁說，但願上帝創造萬物時能沒有創造蛇。即使最後一條蛇已經從屋裡消失一個禮拜了，對莎莉姨媽來說，這件事卻還沒有結束。只要她坐著思考的時候，你用一根羽毛在她頸後輕輕一拂，她就會立刻跳起來，嚇得魂不附體。真是奇怪！不過湯姆說，女人一向如此。他說她們生來就是這樣，也不知道是什麼原因。

每當她被蛇嚇到，我們就得挨一頓揍；她還說，要是下次再把屋裡搞得到處是蛇，她會揍得我們感到這一次挨揍簡直算不上什麼。我不在乎挨揍，怕的是再去捉一批蛇，那可是件麻煩事！不過我們還是這麼做了，還捉了別的東西。每當這些東西擠在吉姆的小屋裡，聽著他的演奏、圍著他打轉，那簡直是世上最熱鬧的場面了。吉姆不喜歡蜘蛛，而蜘蛛也不喜歡吉姆，所以當它們與吉姆打交道時，弄得吉姆簡直生不如死。他還說，他生活在老鼠、蛇和磨刀石之間，他的床上簡直沒有容身之處。即使有，他也睡不著，因為到了那個時候，屋裡就會吵個不停——這裡總是吵個不停，因為那些東西是輪流睡覺的。當蛇睡的時候，老鼠就起床；老鼠睡了，蛇就起來忙碌。於是，吉姆的身子下面總有一群東西，而這時候就會有另一群在他的身上鬧起來；要是他起來尋找一個新的地方，蜘蛛就會在他走過去的時候，找機會螫他一下。他說，要是這一回他能逃出去，他再

也不想當一個囚犯了——即使發給他薪水，他也不幹！

就這樣，一直到第三個禮拜的週末，一切都進行得非常順利。襯衫早就放在餡餅裡送進來了。每當老鼠咬他一口，吉姆就會起身，趁著血還沒乾，在日記上寫點什麼。筆也磨好了，訊息已經刻在磨刀石上了。床腳已經鋸成兩段，鋸下的木屑也被我們吃掉了，結果肚子痛得要命；我們還以為這下要沒命了，幸好沒事。我從沒見過這麼難消化的東西，湯姆也是這麼說的。

不過，正如我說的，那些工作如今都完成了。它讓我們吃盡了苦頭，但最苦的還是吉姆。那位老人寫了好幾封信去奧爾良下游的那座農場，要他們領回逃跑的黑奴，不過始終沒有回信，因為根本沒有那樣一座農場。因此他決定，要在聖路易和新奧爾良兩地的報紙上刊登啟事。這個消息讓我全身發抖，我想，我們再也不能耽擱了。於是湯姆說，寫匿名信的時機已經到了。

「匿名信是什麼？」我說。

「是用來警告人家，避免發生意外的東西。警告的方式有很多種，不過往往會有人通風報信，告訴城堡的長官。當年路易十六準備逃出杜樂麗宮時，一個女僕就去報了信。這個辦法很好，寫匿名信也是個好辦法，我們不妨兩個方法都用。通常囚犯的母親會穿上他的衣服，假扮成他，然後留下來，而他則穿上她的衣服溜之大吉。我們也可以這麼做。」

「不過聽我說，湯姆，我們為什麼要警告別人，告訴他們有意外會發生呢？讓他們自己發現不好嗎——這本來就是他們自己的事嘛。」

「是啊，我當然知道。不過光靠他們是不行的。打從一開始，他們就是這麼不可靠——什麼事都得由我們自己來幹。這些人就是喜歡輕信別人，腦筋死板，根本不去注意發生了什麼事。所以，要是我們不給他們一些提示，那就不會有人來阻撓我們。這樣一來，儘管我們已經吃了不少苦，但這場越獄會變得平淡無奇，落得一場空——什麼都算不上。」

「那很好啊——就我來說，湯姆，我求之不得。」

「胡說！」他說，彷彿十分厭惡的樣子。我又說：

「不過我不想抱怨什麼，只要你覺得合適就好。至於那個女僕，你打算怎麼辦呢？」

「你就是她。你在半夜裡溜進去，把那個黃臉丫頭的裙子偷出來。」

「什麼？湯姆，那麼一來，第二天早上就麻煩了。因為可想而知，她很可能只有這麼一件。」

「我知道，不過，你把那封匿名信塞到大門底下，頂多花十五分鐘而已。」

「好吧，我來幹。不過我穿自己的上衣也一樣可以送呀！」

「那樣的話，你就不像女僕了，不是嗎？」

「是不像。不過反正也不會有人看見我長什麼模樣嘛。」

「問題不在這裡。我們該做的是盡到我們的責任，而不是擔心有沒有人看見。難道你絲毫沒有原則嗎？」

「好吧，我不說了。我是女僕。那麼誰是吉姆的媽媽呢？」

「我是他的媽媽。我要偷莎莉姨媽的一件袍子穿上。」

「那好吧，也就是說，我和吉姆離開以後，你就得留在小屋裡囉？」

「也留不了多久。我要在吉姆的衣服裡塞滿稻草，放在床上，當成他那喬裝打扮後的母親，吉姆要穿上我脫下來的莎莉姨媽的袍子，然後我們一起逃亡——一個有身分的囚犯逃跑，才叫做『逃亡』。舉例來說，一個國王逃走的時候，就稱為逃亡；國王的兒子也是這樣，不論他是不是私生子，一律如此。」

接著湯姆便寫下那封匿名信。而我則按照他的吩咐，在那天晚上偷了那個混血女孩的裙子穿上，把信塞到大門下面。信上寫著：

當心，大禍臨頭，小心提防。

一位不知名的朋友

第二天晚上，我們把湯姆用血畫的一幅畫貼在大門上，上面畫著骷髏頭，底下交叉著白骨。再下一個晚上，我們又把畫了一副棺材的畫貼在後門。這家人恐慌的模樣，我這輩子從未見過。他們嚇得魂飛魄散，彷彿家裡到處是鬼，在每一樣東西後面、在床底下、在空氣裡，隱隱約約都藏著鬼。當門「砰」地一聲，莎莉姨媽就會跳起來，喊道：「哎呀！」當什麼東西掉到地上，她也會跳起來，喊一聲：「哎呀！」當她不留神的時候，你偶然碰了她一下，她也會這樣。無論她的臉朝向哪個方向，她總是不放心，因為她總認為她的身後隨時都有妖怪——因此她不停地突然轉身，一邊說：「哎呀！」還沒有轉過三分之二，就又轉回來，又說一聲：「哎呀！」她怕上床睡覺，但又不敢坐著熬夜。湯姆說，顯然我們的做法很有效，這麼棒的效果，他過去從未遇過。他說，這代表我們做得很對。

於是他決定，壓軸好戲應該上場啦！第二天，天剛濛濛亮，我們就準備好另一封信，並考慮該怎麼送出它，因為我們曾在晚飯時間聽說，家人打算派黑奴在前後門徹夜看守。最後，湯姆順著避雷針滑下去，四下偵察了一番。後門的黑奴睡著了，他便把信貼在他的脖子後面，然後回來了。這封信是這樣寫的：

別洩露我的秘密，我希望能成為你們的朋友。如今有一幫殺人犯，是從印第安領地來的，打算在今晚盜走你家的黑奴。他們一直試圖恐嚇你們，好讓你們待在屋裡，不敢出來阻撓他們。我是這幫人之中的一份子，但由於受宗教感化，我決心脫離他們，重新做人，因此願意揭發這項陰謀。他們訂在午夜時分，沿著柵欄，從北方偷偷潛進來，帶著私造的鑰匙打開黑奴的小屋，將他盜走。他們要我在不遠處把風，一有危險，就吹起號角。不過我決定不聽他們的，不吹響號角，而是在他們進去的時候，學起羊的叫聲。希望你們趁他們正在替他打開腳鐐時，溜到小屋外，把他們反鎖在裡面，一有機會就殺掉他們。務必照我的話做，如果不照做，他們就會起疑，惹出一場血光之災。我不求報酬，只希望自己做了一件好事。

一位不知名的朋友

第四十章

吃完早飯以後，我們來了興頭，便帶著午餐坐上我的獨木舟，到河裡釣魚，玩得很開心。我們看了一下木筏，見它仍然好好的。我們一直玩到很晚才回家吃飯，發現家人們都惶惶不安，一副吉凶未卜的樣子。他們要我們一吃飽飯便上床睡覺，卻沒有告訴我們會發生什麼事。對於那封剛收到的信，他們隻字未提。不過那也沒什麼必要，因為我們跟大家一樣心知肚明。我們走到樓梯中間，等莎莉姨媽一轉身，我們就溜進地窖，打開食品櫃，挑了較好的食物裝得滿滿的，帶回房間裡，然後就睡了。到了晚上十一點半左右，我們起床了，湯姆穿上他偷來的莎莉姨媽的衣服，正要帶著食物動身。他說：

「奶油在哪裡？」

「我拿了一大塊，」我說，「塗在一塊玉米餅上。」

「也就是說你忘了拿了——這裡沒有啊。」

「沒有也沒關係。」我說。

「有也沒關係，」他說，「你就再溜去地窖一趟，弄一些來，然後抱著避雷針滑下樓，追上我。我現在就過去，把稻草塞進吉姆的衣服裡，假扮成他媽媽。等你一到，我就學羊叫，咩的一聲，然後大家一起逃跑。」

於是我們分頭行事。我去了地窖，那塊拳頭一般大的奶油還放在我剛才遺忘的地方。我拿起了那塊大玉米餅，吹熄了燭火，偷偷走上樓去。這時候，莎莉姨媽拿著蠟燭，正朝我走過來。我趕緊把手裡的東西往帽子裡一塞，再戴到頭上。下一個瞬間，她看到了我，說道：

「你剛才在地窖裡嗎？」

「是的，姨媽。」

「你在下面幹什麼？」

「沒幹什麼。」

「沒幹什麼？」

「沒有，姨媽。」

「那你在這個時間下去幹嘛？」

「我不知道，姨媽。」

「你不知道？湯姆，別這樣回答我。我要知道你在下面做了什麼？」

「我什麼都沒有做，莎莉姨媽，要是有做過什麼就好了。」

我以為這樣一來她就會放我走了。要是在平常，她一定會放我走。不過，在經歷那麼多怪事之後，如今只要有一點不對勁的事，她就會焦急起來。於是她斬釘截鐵地說：

「你給我到客廳裡去，待在那裡等我回來。你已經捲進了與你不相干的事，我一定要把事情弄清楚，不然我可饒不了你。」

於是她走開了。我把門打開，走進了客廳。老天，這麼一大群人！有十五個農民，個個都帶了槍。我怕得要命，便躡手躡腳地走了過去，坐在一張椅子上。這些人圍坐在一起，偶爾談幾句話，聲音壓得很低，他們全都心神不寧，坐立不安，但又裝得若無其事。不過我知道他們真正的心情，因為他們一會兒把帽子摘下，一會兒又戴上，一會兒搔搔腦袋，一會兒換個位子，一會兒摸摸鈕扣等等。我自己也十分不安，但我始終沒有把帽子摘下來。

我恨不得莎莉姨媽快來，把事情說清楚，高興的話，也可以揍我一頓，然後放開我，讓我去通知湯姆：我們是怎樣玩得太過火了，怎樣大禍臨頭了，怎樣該在這些傢伙失去耐性找上我們之前，就和吉姆溜之大吉。

她終於來了，開始盤問我，不過我無法直截了當地回答。我已經驚慌得六神無主，不知所措，因為這伙人變得焦躁不安，還有人主張立刻出去埋伏，等待那些亡命之徒，因為離午夜只剩幾分鐘了。有些人則建議他們暫時按兵不動，靜候羊叫聲的信號。姨媽盯著我問東問西，害得我渾身發抖，嚇得快暈過去了。房間裡又悶又熱，奶油開始融化，流到了我的脖子和耳根後面。這時，有個人叫道：「我建議先到小屋裡去，現在立刻就去，等他們來了就抓起來。」我聽了差點昏過去，這時候，一道奶油從額頭上流了下來，莎莉姨媽一見，臉色立刻白得像紙，她說：

「天啊！我的孩子怎麼啦——他一定是得了腦炎，一定是的，他的腦漿正在往外流啊！」

於是大伙兒都跑過來看，她一把摘下我的帽子，只見麵包與剩下的奶油全掉了出來。她立刻把我摟在懷裡，說道：

「哦！你可把我嚇壞了！現在我真高興，原來你沒生病啊！我們最近運氣糟透了，禍不單行，我一見那油，還以為你的小命要沒了，它的顏色簡直跟你的腦漿一樣——親愛的，為什麼不告訴我一聲，說你去地窖裡做什麼呢？我根本不會在乎嘛！好了，去睡覺吧，天亮以前別再讓我看到你。」

我立刻上了樓，抱著避雷針一溜煙地滑下來，然後朝披屋飛奔而去，心裡著急得連話也說不出來。不過我還是趕緊告訴湯姆大事不好了，必須立刻逃走，一刻也不能耽擱——房子裡已經擠滿了人，都帶著槍呢！

他的眼睛亮了一下，說道：

「不會吧！——真的嗎？太棒了！啊，哈克，要是能重來一次的話，我打賭，一定可以引來兩百個人！只要我們能延到——」

「快！快！」我說，「吉姆在哪裡？」

「就在你眼前。只要你把手一伸，就能摸到他。他已經穿好衣服，什麼都準備好了。我們現在就溜出去，發出羊的叫聲。」

想不到，我們這時已聽到人們的腳步聲，正一步步逼近門口，接著是撥弄門鎖的聲音。其中一人說：

「我早告訴你們，來得太早啦！他們還沒有來嘛——門是鎖著的。好吧，現在幾個人進去小屋，在黑暗中守候，他們一進來，就殺死他們。其餘的人分散開來，仔細聽著，看能不能聽到他們接近的聲音。」

有些人便進了小屋，但在一片漆黑中看不見我們，差點踩到我們。我們急忙躲到床底下，然後迅速地鑽出洞外——吉姆在前，其次是我，湯姆最後，這都是按照湯姆的指示。如今我們已經爬到披屋，聽得見外面不遠處的腳步聲。接著我們爬近門口，湯姆要我們留在原地，他從門縫向外張望，不過什麼也看不見，因為天實在太黑了。他小聲地說，他會仔細聽，看腳步聲走遠了沒；要是他用手肘頂了我們一下，就讓吉姆先走，由他自己殿後。隨後，他把耳朵貼在門縫上，專心聽著，可是四周一直有腳步聲。最後，他用手肘頂了頂我們，我們便溜出來，弓著背，屏住呼吸，不發任何一點聲響，一個接一個地朝柵欄走去。我們平安來到了柵欄邊，我和吉姆跨過柵欄，但是湯姆的褲子卻被柵欄上一根橫木裂開的木片絆住了，他聽到腳步聲正在接近，便用力一扯，啪地一聲把木片扯斷了。他跟在我們後面跑。有人大叫道：

「是誰？快回答，不然我要開槍了。」

不過我們並沒有答話，只是拔腿狂奔。一群人立刻追了過來。砰！砰！砰！子彈在我們身旁飛過！只聽得人們喊道：

「他們在這裡呀！他們正朝著河邊跑去！伙計們，快追啊！把狗放出來！」

他們在後面窮追不捨，我們能聽得清清楚楚，因為他們穿著靴子，又一路喊叫。我們沒有穿靴子，也沒有喊叫，走的是通往鋸木廠的小路。等他們追得很近了，我們就躲進矮樹叢裡，甩掉了他們，然後跟在他們後面。他們為了不把強盜嚇跑，早就把狗都關了起來，到了這個時候，才有些人把狗放出來，牠們便一路奔來，汪汪直叫，彷彿有成百上千隻。不過，牠們畢竟是家裡的狗，我們停下腳步，等牠們追上來，發現我們不是外人，便又朝著呼喊聲和腳步聲的方向直衝而去。我們也鼓足馬力，跟在牠們後面。到了鋸木廠後，我們改道穿過矮樹叢，到拴著獨木舟的地方，跳了上去，拚命地往河心划，一路上盡量不發出聲音，隨後便來到了藏著木筏的小島。這時還能聽見從上游到下游一路上的人狗叫聲，亂成一團。到後來，聲音越來越遠，也越來越低，最後終於消失了。我們一跨上木筏，我就說：

「吉姆啊，如今你再次成為自由之身啦！我敢打賭，你不會再次淪為奴隸啦！」

「這一回幹得真漂亮，哈克，計畫得太妙了！做得也妙。誰也想不出這樣一個複雜又厲害的計畫了！」

我們都高興極了，最高興的是湯姆，因為他的小腿上中了一槍。

我和吉姆一發現這件事，頓時沒了興致。他傷得很重，還在流血，因此我們讓他在小棚裡躺了下來，把公爵的一件襯衫撕了，替他包紮。不過他說：

「把布條給我，我可以自己包紮。我們不能在這裡停留，別再拖拖拉拉了。這一場逃亡幹得多麼漂亮啊！快划起槳，放開木筏！伙計們，我們幹得多棒啊——確實如此！這一次，要是我們帶著路易十六逃走，那該多麼有趣！那樣的話，他的傳記裡就不會寫下什麼『聖路易之子升上天堂』之類的話啦！不會的，我們會把他帶出國界——我們一定能——而且做得十分巧妙。快划起槳來，划起槳來！」

不過這時我和吉姆正在商量著，我們想了一分鐘以後，我說道：

「吉姆，你說吧。」

他就說了：

「那好吧。依我看，事情就是這樣。哈克，假如今天要逃的是他，同伴之中有一個中了槍，他一定不會說：『快走吧！快救我，別去管別人。找醫生幹嘛呢？』湯姆少爺是這樣的人嗎？他會這麼說嗎？你知道他才不會呢！那麼吉姆會嗎？不，伙計，要是不找醫生，我一步也不走，即使要等四十年也一樣！」

我知道他有顆白人的心，也料到他會說出這樣的話——因此這下事情就好辦了。我告訴湯姆，我要去找個醫生。他為此大吵大鬧起來，但我和吉姆堅決不讓步。他想從棚子裡爬出來，自己放開木筏，我們也不准他這麼做。接著，他又對我們發了一頓火——可是這也沒用。他看到我們已經準備好獨木舟了，就說：

「好吧，既然你執意要去，我告訴你到了村子後該怎麼辦。你要把門關上，把醫生的眼睛用布矇起來，叫他發誓嚴守秘密，然後把一袋金幣放在他手上。接下來，帶著他在大街小巷裡繞來繞去，最後再帶他上獨木舟，在各個小島上兜圈子，還要搜他的身，把粉筆沒收，在他回到村子以前不要還給他；不然的話，他一定會在木筏上做記號，以便之後找到它。別人都是這麼做的。」

我說我一定會照辦，便出發了。至於吉姆，只要醫生一來，他就會躲進樹林裡，一直到醫生離開為止。

第四十一章

我把醫生從床上叫醒。他是個和藹可親的老人，我告訴他，我和我的一個兄弟昨天下午到西班牙島上釣魚，就在我們找到的一個木筏上露宿。大約半夜裡，他做了一個夢，在夢裡踢到了槍，槍走了火，打中他的腿，因此要請他去那裡看一看，診療一下；還叮嚀他不要聲張，不要讓任何人知道，因為我們準備當天晚上回家，給家人們一個驚喜。

「你們的家人是誰？」

「菲爾普斯家，就在不遠處那裡。」

「哦。」他說。隔了一分鐘，又說：「你剛才說他是怎麼受傷的？」

「他做了一個夢，」我說，「就挨了一槍。」

「真奇怪的夢。」他說。

於是他點了燈，拿起藥箱，跟著我出發了。但他一見到那條獨木舟，就覺得不太喜歡——他說這種船只能坐一個人，坐兩個人恐怕不太安全。我說：

「哦，你不用害怕，先生，這條船能坐得下我們三人呢！而且綽綽有餘。」

「怎麼有三人？」

「啊，我，席德，還有——還有——還有槍，我是指這個。」

「哦。」他說。

不過他還是踩了踩船的邊緣，晃了晃，隨後搖搖頭，說他最好到附近找一條更大的船。不過，附近的船全都被拴上了，所以他只好坐我們的獨木舟，叫我在這裡等他回來，順便在附近找一找；要是我願意的話，也可以回家一趟，讓家人對驚喜有個心理準備，不過我說我沒有這個打算。我又把該如何找到我們的木筏說給他聽，他就划船走了。

我馬上想到一件事——我對自己說，萬一他不能馬上把湯姆的腿治好，那該怎麼辦？萬一得花三四天呢？那我們該怎麼辦？——難道就只能讓他躺在那裡，放任醫生把秘密洩露出去嗎？不行，我知道我該怎麼做。我要在這裡等他回來，如果他說他還會再去，我就要跟著他，即使游泳也得跟著。然後我們要抓住他，把他綁起來，不放他走，再放開木筏往下游漂去，等他把湯姆治好了，我們會重重地酬謝他，把我們的一切全送給他都行，然後把他放回岸上。

於是我鑽進一個木材堆睡了一覺。當我醒來，太陽已經在我的頭頂上了！我立刻跑到醫生家，他的家人說他昨晚出去看診了，還沒有回家。我心想，這樣看來，湯姆的傷勢恐怕很不妙，我得馬上回到島上。於是我轉身離開，剛走到街上的轉角處，差點一頭撞到了西拉姨丈的肚子。他說：

「啊！湯姆，你這個流氓，這段時間你跑去哪裡啦？」

「我哪裡也沒去啊，」我說，「只是在追捕那個逃跑的黑奴——和席德一起。」

「你究竟去了哪裡？」他說，「你姨媽擔心得不得了呢！」

「她不用擔心嘛，」我說，「我們不是好好的嗎？我們跟在大伙兒和狗的後面。不過他們跑得太快，我們跟丟了。可是我們彷彿聽到河上有聲音，我們就找了一條獨木舟，從後面追了上去，划到對岸，可是還是沒見到他們的蹤影。我們就沿著對岸往上游划，划到後來覺得累了，就把獨木舟繫好，睡了一覺，一直睡到一個小時以前，然後就划回來，打探一下消息。席德去郵局，看能不能打聽到什麼情報，而我則四處遛達，買一些吃的，正要走回家呢！」

我們便去了郵局「找」席德，不過正如我所預料的，他不在。西拉姨丈從郵局收了一封信。我們等了很久，可是席德並沒有來。最後姨丈決定騎馬帶我回家，等席德玩夠後自己走回去，或是坐獨木舟。我請求他把我留下來，等等席德，可是他不肯。他說不必等了，還要我跟他一起回去，好讓莎莉姨媽看看我們。

一到家裡，莎莉姨媽高興得又哭又笑，抱住了我，輕輕揍了幾下。還說等席德回來，也要這樣揍他一頓。

家裡擠滿了農民和他們的太太，是來吃飯的，這種吵吵鬧鬧的場面我從未見過。霍奇基斯老太太特別嘮叨，房裡只聽得見她的聲音。她說：

「啊，菲爾普斯姐妹，我把那間小屋徹底搜了一遍，我敢說，那個黑奴一定是瘋啦！我對丹瑞爾姐妹也是這麼說的——丹瑞爾姐妹，我跟妳說過吧？——姐妹們，他真的瘋啦！——我就是這麼說的，妳們全都聽見了。我說，一切事實都說明了這一點。看看那磨刀石吧，有誰能告訴我：一個腦袋清醒的人會在磨刀石上刻下這麼多瘋話嗎？一下刻了什麼『一顆心破碎了』，一下又刻了什麼『被囚禁三十七個年頭』，諸如此類的。還說什麼『路易的私生子』，盡是些瘋話。他一定是瘋啦！我一開始就是這麼說的，最後也還是這麼說——那個黑奴瘋啦！瘋得跟尼布甲尼撒一樣。」

「再看看那個破布做成的繩梯吧！霍奇基斯姐妹，」丹瑞爾老太太說，「天知道他想用這個做什麼——」

「我剛才就是這樣跟阿特貝克姐妹說的，妳可以問她本人。只要看看那條破布繩梯，她——她——我說，是啊，只要看看這個——他能用它做什麼？我說，她——她——霍奇基斯姐妹，她——她——」

「不過，天知道他們是怎麼把這塊磨刀石弄進去的？又是誰挖了這個洞？是誰——」

「我剛才正是這麼說的，潘羅德兄弟！我剛才說的——把那碟糖漿遞給我，好嗎？——我剛才對鄧拉普姐妹說的正是：他們是怎麼把磨刀石弄進去的？我說，別忘了，還沒有人幫忙——沒有人幫忙！怪就怪在這裡！別胡說了，我說，一定有人幫了忙，而且有很多人。我說，至少十幾個人幫了那個黑人。我非把那裡每一個黑奴的皮都剝了不可，不過我先得查出究竟是誰幹的。而且，我還說——」

「十幾個？四十個人也做不出那麼多事情啊！看看那些小刀做的鋸子，還有其他東西，做那些東西多麻煩！再看看那隻被鋸斷的床腳，必須有六個人鋸一個禮拜才鋸得完！還有床上那個用稻草塞出來的人偶，還有——」

「你說得沒錯，海多瓦兄弟！我剛才親口告訴菲爾普斯兄弟的就是這件事，知道吧？霍奇基斯姐妹，妳怎麼想？菲爾普斯兄弟，你又想到了什麼？我說，誰想得到床腳居然會這樣被鋸斷呢？是吧。想想吧，我說，我敢斷定，床腳不是自己斷的——是被人鋸斷的，我就是這麼想的，你信不信都可以，這或許不重要。不過，事情既然如此，我就是這麼想的。我說，如果你提得出一個更好的解釋，那你就儘管說出來。我要說的就是這些，我跟鄧拉普姐妹說了，我說——」

「話說回來，真是見鬼！要幹完這一大堆活兒，必須要一屋子的黑奴，花上四個禮拜，日夜不停地幹！菲爾普斯姐妹，看看那件襯衫吧！上面用血密密麻麻地寫滿了神秘的非洲字母，一定是有一木筏的黑奴寫了一整夜。噢！誰能把這些東西讀給我聽，我願意付給他兩塊錢。至於寫了這些的黑奴，我發誓要把他們——」

「說到有人幫他們，瑪波斯兄弟，啊！依我看，要是你在這間屋裡待一陣子，你一定會這麼想的。凡是能偷的東西他們全偷了——別忘了，我們可是一直在盯著呢！所以他們索性從晾衣繩上偷走襯衫。說到他們用來做繩梯的床單，他們已經偷了不知多少次啦！還有麵粉啊、蠟燭啊、燭台啊、湯匙啊、舊的暖爐啊，以及我已經想不起來的上千種東西，還有新的印花布衣服等等。但我和西拉，還有我的席德和湯姆，卻日夜看守著、提防著呢！這些我都跟你說過了，可是我們還是沒能拔下他們的一根毛，或是見到他們本人，聽到他們的聲音，最後甚至被他們逃掉了——就在我們的眼皮底下！還敢捉弄我們，而且不只捉弄我們，還捉弄了印第安領地的強盜，又把那個黑奴順利帶走了，即使我們立刻出動了十六個人、二十二隻狗拚命追蹤也無濟於事！告訴你吧，這種不可思議的事，我確實前所未聞。噢！即使是妖魔鬼怪，也無法做得這麼漂亮。我想，一定是妖魔鬼怪在作祟——因為你知道，我們的狗是最機靈的，可是就連牠們也嗅不出什麼！誰要是有本事，不妨把這件事解釋一下——隨便誰都可以！」

「噢！這可真是難倒人了——」

「我的老天！我從未——」

「天啊！我還沒——」

「這些小偷，還有——」

「唉！我真害怕住在這樣的一個——」

「害怕住在——是啊！我嚇得簡直不敢上床，也不敢起床，躺著也不是，坐著也不是，里奇威姐妹！啊，他們還會偷——老天！昨天晚上，到了午夜時分，我有多麼驚嚇，你們一定想不到。天知道他們會不會把家裡的人一起偷走！我簡直不知所措了。現在回想起來，我當時似乎太傻了，可是在昨天晚上，我對自己說，我還有兩個可憐的孩子在樓上那個冷冷清清的房間裡睡著呢！上帝保佑，現在我敢說了。當時我慌張到了極點，便偷偷上了樓，把他們鎖在房間裡！我就是這麼做的。換成別人，誰都會這麼做的！因為你知道，一旦人被嚇成那個樣子，腦袋就會越來越糊塗，什麼樣的荒唐事都做得出來。到了後來，你又會一個人胡思亂想，想像我是個男孩，獨自在那裡，門又沒有上鎖，那麼——」她說到這裡停住了，神情顯得有點迷惑，慢慢地轉過頭來。當她的眼光落到我身上時，我站起來，跑出去溜達了。

我告訴自己，關於早上我為什麼沒有在房間裡的事，要是我能走出門，找個地方好好想一想，就可以解釋得更圓滿。於是我這麼辦了。不過我沒有走遠，不然她會來找我的。到了傍晚，大伙兒都走了，我就走回家，對她說：當時一陣喧鬧，槍聲把我和席德吵醒了，我們想看一看熱鬧，卻發現門上了鎖，便順著避雷針滑了下來；我們兩人都受了一點傷，不過我以後不會再做這種事了。隨後，我把之前對西拉姨丈說過的那一套話，又對她說了一遍。她就說，她會原諒我們，也許這一切沒什麼大不了的；又說，反正男孩子總是冒冒失失的。既然我們沒有受傷，她決定不再去計較那些事情，也不再為我們擔心。於是她親了親我，拍拍我的腦袋，又獨自陷入沉思。沒多久，她跳了起來，說：

「哎！天啊！快天黑了，席德還沒有回來！這孩子出了什麼事啊？」

我一看機會來了，便說道：

「我馬上去鎮上，把他找回來。」

「不，你不用去，」她說，「你待在這裡別動。丟掉一個已經夠糟啦！要是他沒有回來吃晚飯，你姨丈會去找他的。」

果然，吃晚飯時湯姆還沒回來。因此一吃完飯，姨丈就出門去了。

十點鐘左右，姨丈回來了，神情顯得有些不安。他沒有找到湯姆。莎莉姨媽大為害怕，但西拉姨丈說不用太擔心——男孩總是這樣，明天早上，你一定會看到他好端端地回來。她只好放下心來，但還是說要等他一會兒，還要點上燈，好讓他隨時都能看到。

隨後我上樓睡覺時，她也跟著我上來，替我拉好被子，像母親一樣親熱，這令我感到自己太卑鄙了，也不敢正視她的臉。她在床邊坐了下來，和我說了好久的話，還說席德是一個多麼了不起的孩子，彷彿一說到席德就停不下來。她再三地問我，要我說席德會不會是死了，或是受了傷，或是落水了，這時說不定正躺在什麼地方，奄奄一息，但她卻不能在一旁照顧他。說著說著，眼淚就流了下來。我對她說，席德一定平安無事，明天早上肯定會回家的。她緊緊握著我的手，或是親親我，要我再說一遍，因為這能讓她好過一些。她實在是太難過了。臨走時，她低頭望著我的眼睛，目光沉穩而溫柔。她說：

「門不鎖了，湯姆，窗戶和避雷針也是。不過你一定會乖乖的，對吧？你不會走吧？看在我的份上。」

天知道我有多麼急著見到湯姆，多麼急著出去。不過從現在開始，我不會再出去了，說什麼也不出去了。

不過，她很重要，湯姆一樣很重要。這一晚我睡得很不安穩，有兩次，我抱住避雷針滑了下去，躡手躡腳地繞到前門，從窗戶看見她坐在蠟燭旁，眼睛盯著大路，淚水在眼眶裡打轉。我真想為她做些什麼，可是我做不到，只能暗自發誓：從今以後絕不再做讓她傷心的事了。到了清晨，我第三次醒來，又溜了下樓。她仍然在那裡，蠟燭就快熄滅了。她把滿是灰髮的頭托在手上，睡著了。

第四十二章

姨丈在早餐前又去了鎮上，但就是找不到湯姆的蹤影。兩人在飯桌上心事重重，一句話也不說，神情淒涼。咖啡冷了，他們什麼也沒有吃。後來姨丈說：

「我把信給妳了嗎？」

「什麼信？」

「我昨天從郵局拿回來的信啊。」

「沒有，你沒有給我什麼信。」

「哦，一定是我忘了。」

於是他掏了掏口袋，隨後他走到放信的地方，找出那封信遞給她。她說：

「啊，是聖彼得堡寄來的——是姐姐寄來的。」

我正在想，是時候出去溜達一會了，但我卻做不到。她還來不及拆信，就連忙把信一扔，跑了出去——因為她看見了什麼，而我也看到了。那是湯姆，就躺在床墊上，還有那位老醫生，以及穿著她那件印花布衣服的吉姆，雙手捆在背後，還有不少人。我趕緊把信藏在某處，然後衝出門外。她朝湯姆身上撲去，哭著說：

「噢！他死啦，他死啦！我知道他死啦！」

湯姆把頭微微轉過來，口中唸唸有詞，這表明了他早已神智不清。她舉起了雙手說：

「他還活著！謝天謝地！太好啦！」她吻了他一下，便飛奔回屋裡，把床鋪好，一路上嘴巴講個不停，每走一步，就對黑奴或其他人下一道命令。

我跑在人群後方，看人們準備如何對待吉姆。老醫生和西拉姨丈跟在湯姆後面走進屋裡。人們都怒氣沖沖，有些人主張絞死吉姆，好警惕這一帶的黑奴，叫他們不敢再像吉姆那樣逃跑，惹出這麼大的騷動，嚇得全家人不得安寧；但也有人不希望這麼做，因為他可不是他們的黑奴，他的主人會叫他們賠償損失的。這樣一來，大伙兒才冷靜了一些，因為那些急著絞死犯錯的黑奴的人，往往是最不願意拿出賠償金的。

儘管如此，他們還是狠狠地咒罵吉姆，不時賞他一個巴掌。不過吉姆不吭一聲，並裝作不認識我。他們把他押回原來那間小屋，把他自己的衣服套回他身上，再次用鏈子把他銬了起來。這一回可不是拴在床腳上了，而是拴在牆腳大木頭上釘著的騎馬釘上，還把他的雙手和雙腿都用鐵鍊拴住了，並告訴他：他只能吃麵包和水，直到他真正的主人出現，或是期限過了主人還沒出現，把他拍賣掉為止。他們把我們挖的洞填好了，還說每晚要派幾個農民拿槍在小屋附近巡邏，白天要在門口拴一條惡狗。當他們把事情安排得差不多，又罵了幾句當作道別時，老醫生來了，他朝四周望了一下，說道：

「別對他太過分了，因為他可不是一個壞黑奴。我一找到那個孩子，便發現非得有一個助手不可，不然就無法把子彈取出來。當時情況危急，我無法離開，去別的地方找幫手。病人的病情越來越糟，又過了一段時間，他神智不清了，又不讓我接近他，要是我用粉筆在木筏上留下記號，他就要殺死我——他不停嚷著這種傻話，我簡直束手無策，於是我對自己說，我必須有個助手。才剛說完，這個黑奴就不知從哪裡爬了出來，說他願意幫忙。他就這樣成了我的助手，而且做得非常出色。當然，我斷定他一定是個逃亡黑奴，這讓我有些猶豫；不過我不得不留下來，留了整整一天。我告訴你們，我當時真是左右為難！我還有幾個病人正在發燒發涼，我很想回到鎮上替他們醫治，但是我沒有這麼做，因為這個黑奴可能會逃掉，那我就難辭其咎；加上經過的船隻離得又遠，沒有一艘聽得見我。於是，我只好留下來，一直留到今天早上。如此善良、忠心的黑奴，我從來沒有見過，他冒著喪失自由的危險幫忙我，並且幫得筋疲力盡；再說，我很明白，這些日子他也幹夠多苦工了。先生們，老實說，為了這件事，我挺喜歡這個黑奴的。像這樣的一個黑奴，值得上一千塊錢——而且值得好好對待他。我要他做什麼，他就做什麼，所以那個孩子在那裡養病，就跟在家裡養病一樣——也許比在家裡更好，因為那裡十分清靜。只不過，我一個人要顧兩個人，而且還必須待在那裡。一直到今天早上，有幾個人坐著小船經過附近，也是我運氣好，這個黑奴正坐在草褥旁邊，頭撐在膝蓋上睡著了。我就默默對他們打了招呼，叫他們偷偷過來逮住他，在他還迷迷糊糊的時候，就把他綁了起來。這一切全不費工夫。那個孩子當時正昏昏沉沉地睡著，我們就用東西包住槳，讓聲音小一些，又把木筏拴在小船上，悄悄地把它拖過河。這個黑奴始終沒有吵鬧，也不吭一聲。先生們，這可不是一個壞的黑奴，這就是我對他的看法。」

有人就說：

「好吧，醫生，我得承認，聽起來很不錯。」

其他人的態度也和緩了一些。這位老醫生為吉姆做了件大好事，我非常感激他，這也代表我當初沒有找錯人，我感到很慶幸。因為我一見到他，就認為他的心腸好，是個好人。後來大家一致認為吉姆的行為非常好，應該被正視，並給予獎勵。於是每個人紛紛由衷地表示，從此絕不再責罵他了。

隨後他們出來了，並且把吉姆鎖在裡面。我本來還希望有人會說，不妨解開一兩條他身上的鎖鏈，因為實在太笨重了；或許有人會建議除了麵包和水以外，再給他一點肉和蔬菜——不過他們並沒有想到這一些。依我看，我最好還是別再捲進去。不過我想，等我過了眼前這一關，最好設法把醫生的話告訴莎莉姨媽。我是指，作一些解釋，說明我為什麼忘了說席德中了一槍的事——也就是在那個嚇人的夜晚，我們划著小船去追那個逃跑的黑奴，忘了提到席德中槍的那回事。

不過我有的是時間。莎莉姨媽日夜都待在病人的房間裡，而每當西拉姨丈無精打采地走過來，我就立刻躲到一邊去。

第二天早上，我聽說湯姆的病情大為好轉。他們說莎莉姨媽已經去睡了，於是我偷偷溜進了病房，心想要是湯姆醒了，我們就可以編出一個天衣無縫的故事告訴這家人。不過他睡著了，而且睡得非常安穩。他的臉色發白，已經不像剛回家時那樣發燒了。因此我便坐下來，等待他睡醒。大約過了半個小時，莎莉姨媽小聲地走了進來，這讓我再次感到不知所措。她對我揮了揮手，叫我別出聲。她在我身旁坐了下來，低聲說起話來，說現在大家可以鬆一口氣了，因為一切跡象都十分樂觀。他睡得這麼久，看起來病情正持續好轉中，當他醒來時，神智或許已經恢復正常了。

我們就坐在那裡守候著。最後，他終於動了動，睜開眼睛望了一下，說道：

「哈囉，我怎麼在家裡啊？怎麼一回事？木筏在哪裡？」

「很好，很好。」我說。

「吉姆呢？」

「也很好。」我說，不過回答得不太爽快。他沒有注意到，又說：

「好！漂亮！現在我們平安無事啦！你跟姨媽講了嗎？」

我正想回答「是」，可是她插嘴道：

「講什麼？席德？」

「哦，講這件事的全部經過啊。」

「什麼事的經過？」

「啊，還會有什麼事呢？就是我們怎麼把逃亡的黑奴放走，讓他恢復自由——由我和湯姆一起。」

「天啊！放走——這孩子在說什麼啊！親愛的，親愛的，他又神智不清啦！」

「不，我沒有神智不清。我很清楚自己在說什麼。我們確實把他放走了——我和湯姆。我們是有計畫地行動的，而且成功了，還做得非常妙。」他說得津津有味，她也不打算阻止他，只是坐在那裡，眼睛越睜越大，讓他全部說出來。至於我，我也知道輪不到我插話。「啊！姨媽，我們可累啦——忙了好幾個禮拜呢！就在你們呼呼大睡的時候。而且我們還得偷蠟燭、偷床單、偷襯衫、偷妳的衣服，還有湯匙啊、盤子啊、小刀啊、暖爐啊，還有磨刀石、麵粉；簡直說也說不完。並且你們絕對想不到我們幹的活多麼辛苦：做幾把鋸子、磨幾枝筆、刻下訊息等等；而且這種樂趣你們連一半也無法想像。我們還得畫棺材和其他東西，還要寫那封強盜的匿名信，還要抱著避雷針爬上爬下，還要挖洞通到小屋裡面，還要做好繩梯，裝在烤好的餡餅裡送進去，還要把湯匙之類的工具放在妳圍裙的口袋裡帶進去。」

「我的老天啊！」

「還在小屋裡裝滿了老鼠、蛇等等，好給吉姆作伴。還有妳把湯姆拖住了老半天，害得他帽子裡的奶油都融化了，差點把事情搞砸，因為那些人在我們離開小屋前就到了，因此我們不得不趕緊衝出去；他們一聽到我們的聲音便追上來，於是我就中了一槍。我們閃出了小道，把他們甩掉；而那些狗呢，牠們追了上來，可是對我們沒有興趣，只知道朝最熱鬧的地方跑去。我們找到了獨木舟，划著它出去找木筏，總算平安無事，吉姆也恢復了自由。這一切全都是我們獨力做出來的，難道不是棒極了嗎？姨媽。」

「啊！我這輩子還是頭一回聽到這種事。原來是你們啊！是你們這些壞小子惹出了這場風波，害得大家手忙腳亂的，也害我們差點嚇死。我恨不得現在馬上狠狠揍你一頓！你想想看，我是怎樣一晚又一晚地在這裡——你這個小淘氣，等你病好之後，我不用鞭子抽你們一頓，抽得你們哭爹喊娘，那才怪呢！」

可是湯姆既得意，又高興，仍然不肯就此住口——至於她，始終一邊插嘴，一邊火冒三丈，兩個人誰也不肯罷休，活像一場野貓打架。

她說：

「好啊，這下你玩過癮了。現在我要警告你一句：要是讓我發現你又去管那個人的閒事——」

「管誰的閒事？」湯姆說，他收住了笑容，露出非常吃驚的樣子。

「管誰？當然是那個逃跑的黑奴啦！不然你以為是誰？」

湯姆面色嚴肅地看著我說：

「湯姆，你剛才不是跟我說他平安無事嗎？難道他還沒有逃掉嗎？」

「他？」莎莉姨媽說，「那個逃跑的黑奴嗎？他當然逃不掉。人們把他活活逮回來啦！他又回到了那間小屋，只有麵包和水，跟一堆鐵鍊，等他的主人來領，或是等到他被拍賣掉。」

湯姆猛然從床上坐起來，兩眼直冒火，鼻孔一張一縮地彷彿魚腮一般，朝我大叫道：

「他們沒有權利把他關起來！快去啊——一分鐘也別耽擱。快放了他！他不是個奴隸啊！他跟全世界有腿走路的人一樣自由啊！」

「這個孩子是什麼意思？」

「就是這個意思，莎莉姨媽。要是沒有人去，我去。我熟悉他的一生，湯姆也是。兩個月前，華生小姐死了，她為了曾經想把他賣到下游感到羞愧；而且她明白地說了——她在遺囑裡宣佈還他自由。」

「天啊！既然你知道他已經自由了，那你為什麼還要放他逃走呢？」

「嘿，這是哪門子的問題？女人啊！當然，這是為了過一過冒險的癮，哪怕我必須游過跟脖子一樣深的血泊——哎呀！波麗姨媽！」

可不是嗎！波麗姨媽就站在那裡，站在剛進門的地方，一副笑盈盈的模樣，活像個無憂無慮的天使。真是想不到！莎莉姨媽朝她撲了過去，緊緊抱著她，幾乎快掐掉了她的腦袋。我趕緊鑽到床底下，因為對我來說，房裡的空氣令人憋得發慌。我偷偷朝外張望，只見波麗姨媽很快就掙脫了懷抱，站在原地，透過眼鏡打量著湯姆——你知道，那副神情彷彿要把他蹬到地底下一樣。隨後她說：

「是啊，你最好還是把頭轉過去——如果我是你，湯姆，我也會轉過去的。」

「哦，天啊！」莎莉姨媽說，「難道他變了這麼多？怎麼回事，他不是湯姆呀！是席德——是湯姆的——哎呀，湯姆跑去哪裡了？剛才還在的。」

「你是指哈克．芬吧——一定是他！我想，我還不至於養了湯姆這個小壞蛋這麼久，見了面卻認不出他來。這不大可能。哈克．芬！給我從床底下出來！」

我只好爬了出來，感到怪難為情的。

莎莉姨媽那副摸不著頭腦的表情，真是難得一見，更別提西拉姨丈了。他走進來，聽人家把所有事情跟他說了一遍，便成了那副模樣——你可以說，他就像個喝醉的人。後來的一整天裡，他簡直什麼都搞不懂了。那天晚上，他佈了一次道，這場佈道讓他聲名大噪，因為就連世上最老的老人也聽得莫名其妙。

之後，波麗姨媽把我的身分解釋了一番，我不得不告訴他們我當時的窘境：當時「菲爾普斯太太」把我誤認成湯姆——她立刻插嘴道：「哦，算了，算了，還是叫我『莎莉姨媽』吧，我已經聽習慣了，不用換個稱呼了。」於是我就說，當時莎莉姨媽把我誤認成湯姆，我只好承認——沒有別的辦法呀！而且我知道他不會介意的，因為這種故弄玄虛的事正合他意，他會就此演出一場冒險，過一回癮。結果也確實如此。因此他假裝是席德，盡量讓我的日子好過一些。

波麗姨媽說，湯姆所說關於華生小姐在遺囑裡解放吉姆的事是真的。這樣一來，湯姆至今吃的苦頭、花費的力氣，全是為了解放一個已經被解放的黑奴！這也難怪，憑著他的教養，他怎麼可能會幫助黑奴逃跑呢？我一直搞不懂這一點，如今總算明白了。

波麗姨媽還說，她收到莎莉姨媽的信，說湯姆和席德都已平安到達，她就對自己說：

「這下子可糟啦！我早該料到，放他一個人出門，卻沒有人盯緊他！看來我得親自坐船走一千一百哩的路，才能搞清楚這個小傢伙這回究竟幹了些什麼，因為我一直沒有收到妳的回信。」

「咦，我可從來沒有收到妳的信呀！」莎莉姨媽說。

「啊，這就奇怪了，我寫了兩封信給妳，問妳信上寫的『席德已經到了』是什麼意思。」

「可是，我一封也沒有收到啊，姐姐。」

波麗姨媽慢慢地轉過身來，厲聲說道：

「你，湯姆！」

「嗯——怎麼了？」他有點不高興地說。

「不准你這樣跟我說話，你這淘氣鬼——把那些信交出來！」

「什麼信？」

「那些信。我發誓我會找到它們的，而且——」

「信在箱子裡，就在那裡。我從郵局拿回來的，從來沒有動過，也沒有看。不過我知道，它一定會引起麻煩。所以我想，要是妳不著急，我就——」

「好啊！我真該揍你一頓，果然沒錯。我寄了另一封信，告訴妳我來了。我猜他——」

「不，那是昨天收到的，我還沒有看，不過它確實送到我手中了。」

我願意跟她賭兩塊錢，打賭她一定沒有收到；不過我想了一下，還是不打這個賭保險一些，所以我就沒有出聲。

最後一章

當我一有機會跟湯姆私下交談，便問他：當初逃亡時，他究竟有什麼打算？——如果他的計畫能夠成功，而且吉姆本來就已經自由了，那他下一步有什麼打算？他說，打從一開始，他腦中的計畫就是：一旦把吉姆平安無事地救出來，我們就用木筏把他送到大河下游，在出海口進行一趟貨真價實的歷險，然後跟他說他已經自由了，再叫他風風光光地坐上輪船，回到上游的家裡。至於這段耽誤的時間，我們會好好補償他，並且準備事先寫一封信，把家附近所有的黑奴全都招來，讓他們組成一個火炬遊行隊伍，再找個軍樂隊敲鑼打鼓，在一片狂歡中迎接他回鎮上。這樣一來，他就會成為一名英雄，而我們也是。不過依我看，目前這種情形，我們也應該心滿意足了。

我們趕緊為吉姆卸下鐐銬。波麗姨媽、西拉姨丈和莎莉姨媽知道他是如何忠心地幫忙醫生照顧湯姆後，大大誇獎了他一番，把他安頓得妥妥帖帖，他愛吃什麼就給他吃什麼，還讓他盡情玩樂，不用做任何事。我們把他帶到樓上的病房裡，痛快地聊了一番。除此之外，湯姆還給了他四十塊錢，作為他耐著性子假扮囚犯，而且表現得這麼好的酬勞。吉姆開心得要死，高聲大叫：「你看！哈克，我當初是怎麼對你說的——在傑克森島上，我是怎麼對你說的！我對你說，我的胸膛上有毛，命中註定會有好運。我還對你說，我已經發過一回財，以後還會再發。如今不是都應驗了嗎？好運已經來啦！別再不信邪啦——這就是命運，記住我說的話，我知道得一清二楚，就像我現在站在這裡一樣清清楚楚。」

接著是湯姆的滔滔不絕。他說，我們三人要挑最近的一個晚上，從這裡溜之大吉，準備好行裝，然後到印第安領地去，在印第安人中間待上兩三個禮拜，來一趟轟轟烈烈的歷險。我說很好，這很合我的心意，不過我沒有錢買行裝；依我看，我也不可能從家裡弄到錢，因為我爸爸很可能已經回去，而且從柴契爾法官那裡把錢全都討走，喝了個精光啦！

「不，他沒有，」湯姆說，「錢都還在那裡——六千多塊錢。你爸爸從此沒有再回去過，至少在我出門以前，他沒有再回去過。」

吉姆以莊嚴的語氣說道：

「他再也不會回來了，哈克。」

我說：

「為什麼呢？吉姆。」

「別問為什麼，哈克——不過他再也不會回來了。」

可是我纏著他不放，他終於說了：

「你還記得從大河上漂下來的那間屋子嗎？還記得屋裡有個人全身被布蓋著嗎？我爬進去，掀開來看了看，還不讓你進去，你還記得嗎？所以我說，當你需要的時候，你就能拿到那筆錢，因為那個人就是他。」

如今湯姆身體就快康復了，還把子彈用鏈子繫好，戴在脖子上當作懷錶，不時拿在手裡，看看幾點了。現在已經沒什麼要寫的了，我也為此感到開心，因為要是我早知道寫書要花多大的工夫，我當初就不會寫，以後自然也就不會寫了。不過，依我看，我得比其他的人先走一步，到印第安領地去，因為莎莉姨媽打算認養我，教我規矩——這我可受不了。我先前已經領教過一次啦！

就這樣。你們真誠的朋友哈克·芬。

Tom Sawyer Abroad

湯姆出國記 1894

從阿肯色州回到密蘇里小鎮，
從無名頑童成為鄉里英雄，
湯姆．索耶的旅程還沒有結束。
這一天，聖路易的氣球緩緩升空，
載著小小探險家的夢想起飛，
也帶他們航向未知的險境。
暗夜的一場驚魂，航道意外偏離，
當孩子們一覺醒來，竟發現
他們來到了一個陌生的國度……

Adventure of Tom Sawyer

第一章　尋找新冒險

你們認為湯姆．索耶在經歷了那些冒險之後，從此心滿意足了嗎？——我是指我們曾在密西西比河上探險，並且讓黑人吉姆重獲自由，湯姆腿上中了一槍——不，那不僅沒有讓他滿足，反而使他著了迷，更渴望去冒險了——這就是冒險帶給他的全部後果。要知道，當我們三人歷經長途跋涉，得意洋洋地從河上歸來時，村裡出動了大隊人馬，打著火把前來迎接，又是演說，又是歡呼的，把我們全當成了英雄。這正是湯姆日思夜想、夢寐以求的事啊！

他的確滿足了好一陣子，大家都很尊敬他。他總是翹著鼻子，大搖大擺地在街上走來走去，彷彿整座小鎮都是他的。有人稱呼他「旅行家湯姆」，這讓得他更加得意忘形了。他在我和吉姆面前趾高氣揚的，因為我們離開時是划木筏，回來才坐輪船；但是他呢，去程與回程都是坐輪船。鎮上的孩子們對我和吉姆都羨慕不已，可是，老天，他們在湯姆面前簡直是佩服得五體投地！

嗯，我也不知道。也許要是沒有老納特．帕森斯從中作梗，湯姆就會一直滿足下去。納特是村裡的郵政局長，個子又高又瘦，非常和藹可親，但是笨頭笨腦的，頭也禿了。在我認識的人裡頭，他大概是最愛嘮叨不休的老頭了。整整三十年來，他是村裡唯一有名望的人——我是指，作為一個旅行家而言。當然，他一向對此沾沾自喜，我猜在這三十年當中，他已經把他的那次旅行講過了一百萬遍，每次講起來，都感到相當得意；可是，如今冒出一個不到十五歲的小毛頭，也在講他的旅行，講得大家瞠目結舌，拍手叫好，這讓那可憐的老頭兒受到了不小的打擊！每當他聽到湯姆講故事，心裡就煩躁不已；一聽到別人說「我的老天！」「你真的那麼做了？」「天啊！真是前所未聞！」之類的話，他的心裡就不是滋味。但他也不願意離開，就好像蒼蠅的後腿牢牢地黏在蜜糖上一樣，想逃也逃不走；往往湯姆的話一停下，這個可憐的老頭就插了進來，沒完沒了地聊起他的旅行。他拚命想講得精彩一點，好得到聽眾們的稱讚，但他的見聞早已被他講得失了色，再怎麼講也引不起人們的興趣了。他那副樣子真令人同情！這時候，湯姆又會接著說他自己的故事，然後又換老頭講——就這樣你一句我一句地講上一個多小時，兩個人都想贏過對方。

聽我說吧，帕森斯的旅行經過是這樣的：就在他剛當上郵政局長、對業務還很生疏的時候，有一天寄來一封信，收信人是他不認識的人——村裡可沒有這樣一個人啊！他不知道該如何處理才好，只好把信擱在一旁，擺了一週又一週，後來，他一見到這封信就冒火。信上沒貼郵票，這也是一件棘手的事，到哪裡也找不到收信人討回這一毛錢的郵資。他想，政府將會為了這件事追究他的責任，而且還可能把他解雇掉。最後，他再也受不了啦！他為此睡不著覺，也吃不下飯，一天天地消瘦，瘦得像隻猴子一樣。但他偏偏不想請別人幫忙想辦法，因為他怕別人會幫倒忙，把信的事情向政府告發。他把信埋在地板下，可是那樣也不妙——一看到有人站在埋信的地方，他就會嚇得膽戰心驚，疑心大起。那天晚上，他一直坐到夜深人靜，城裡燈火全無，才悄悄跑到埋信的地方，把信挖出來，又換個地方埋下。當然，有些人開始避開他，有些人一看見他，就會一邊搖頭，一邊竊竊私語，因為他的神情和舉動，都讓人懷疑他不是殺了人，就是幹了什麼可怕的勾當；只是人們不確定，他究竟幹了一件什麼見不得人的事。假如他不是個當地人，他們早就用私刑幹掉他了。

好了，就像我剛才所說的，這封信已經讓他忍無可忍了。於是，他下定決心前往華盛頓，直接找美國總統坦白整件事情，毫不保留；然後再掏出信件，在政府面前一擺，說：「好，信在這裡，你們想怎麼處置我就請便吧！但是看在上帝的份上，我是無辜的，不該受到法律的全面制裁，留下一家老小挨餓受凍。他們都跟這件事毫不相干呀！這一點是千真萬確的，我可以發誓。」

就這樣，他說幹就幹。他坐了一段短程的輪船，又搭了一段公共馬車，其餘的路程全部騎馬，一共花了三個禮拜的時間才趕到華盛頓。旅途中，他走過了許多地方、許多村莊，還有四座城市。他去了差不多八個禮拜，當他回來時，鎮上再也找不到像他那麼自豪的人了。他的旅途見聞使他成了這一帶最了不起、也最令人津津樂道的人物。人們從三十哩外的鄉下，甚至從伊利諾州的盡頭趕來鎮上，特地來看看他這位人物——人們常呆呆地站著，望著他，而他則滔滔不絕地講著。這種場面恐怕你從來也沒有見過呢！

可是現在，人們無法斷定誰是最了不起的旅行家了，有人說是納特，也有人說是湯姆。大家公認，納特沿著地球經度走得最遠；可是又不得不承認，湯姆雖然在經度上走得不那麼遠，但從緯度和經歷的氣候變化來看，卻足以彌補這些缺憾。兩個人的經歷幾乎不相上下，只好加油添醋，把各自的奇遇吹噓一番，藉此壓倒對方。湯姆腿上的彈傷是納特無法匹敵的東西，但他還是咬牙死撐著，而且總是處於劣勢，因為當納特在大吹大擂他的華盛頓之行時，湯姆並沒有公平地靜坐不動——這是他應該做的——而是不斷地站起來，走來走去，腳步一瘸一拐的。因為即使是在他的腿傷好了之後，他仍然沒有放棄那一瘸一拐的走法，每天晚上都在家中練習著，始終把跛步走得很好。

納特的歷險是這樣的——我不知道真不真實，也許是他按照報紙什麼的瞎編出來的故事；可是我得承認，他倒是知道該怎樣把故事說得繪聲繪影。他能讓聽故事的人聽得提心吊膽，而他自己一邊說，一邊變得臉色慘白，屏住氣息。有時候，女士們聽到幾乎快暈了過去，沒有辦法聽完。好吧，他的故事是這樣的，我盡量敘述得完整一些：

他騎著馬大步地來到了華盛頓，把馬安頓好，便拿著那封信朝總統府直奔而去。總統府的人告訴他，總統在國會大廈，正準備去費城，如果想在他離開前見到他，就一分鐘也不能耽擱。納特一聽，急得幾乎要癱倒在地！馬不在身邊，他真不知道該怎麼辦才好。就在這時，前面忽然駛來一輛搖搖晃晃的破爛出租馬車，駕車的是個黑人。納特立刻衝上前去，喊道：「半小時之內把我送到國會大廈，我就給你五毛錢，要是二十分鐘內送到，我再給你兩毛五！」

「包在我身上！」黑人說。

納特跳進車廂，「砰」地關上了門，馬車就在凹凸不平的路面上一顛一簸地跑開了，並發出一種可怕的轟轟聲。納特把手臂穿過車上的鐵環，牢牢地抓住。沒走多遠，馬車撞上一塊大石頭，轟隆一下彈跳到半空中，車廂的底板被撞掉了！當馬車著地時，納特的雙腳也同時踏到了地面，他這時才意識到，要是他的腳跟不上馬車的速度，他的性命就會處於極大的危險之中。他嚇得半死，使出全身的力氣，雙手緊緊吊在鐵環上，兩隻腳則懸在空中晃蕩。他尖聲狂叫，要車伕停下來，街上的行人也朝車伕大喊，要他停車，因為大家都看見納特的腳在馬車底下搖擺，還可以透過車窗看到他的頭和肩膀在裡面左右晃動，處境非常危險。可是，人們越是叫喊，黑人車伕越是使勁地吆喝、鞭打馬匹，並大聲喊道：「老爺，你別急，我會及時把你送到的，會及時的！駕！」原來他誤會了，還以為大家是在催促他快跑呢！當然，馬車轟轟隆隆地響著，他又怎麼能聽得清楚呢？

就這樣，馬車顛簸著往前飛馳，嚇得過路人個個目瞪口呆。終於，車子趕到了國會大廈，簡直是用了打破記錄的最快速度——大家都是這麼說的。馬停了，納特跳下車子，筋疲力盡，渾身泥土，衣裳被撕得破爛不堪，鞋子也掉了。不過，他卻剛好趕在總統動身時抵達了。他見到總統，把信交給他。一切都很順利，總統當場就爽快地赦免了他。後來，納特在付車錢給那個黑人車伕時，不只多給兩毛五，而是多給了五毛，因為他想，要是沒有那輛馬車，他就不可能及時趕到。

這段歷險故事確實非常驚人。因此，湯姆也不得不把他挨那發子彈的經過描繪得驚心動魄，這樣才能贏得過納特。

可是，湯姆的光榮漸漸消退了。人們開始談論起村裡的其他新鮮事，首先是一次賽馬，接著是一棟房子發生火災，然後是馬戲團，最後是日蝕。跟往常一樣，這些事情總是被人們反覆地討論著，到了這時，幾乎沒有人再談論湯姆了。這真讓他感到憤怒、煩惱！

在那之後，他每天總是煩悶、焦躁。我問他原因，他說他就快急死了，眼看著時間一天天流逝，他自己一天天變老，而戰爭老是不爆發，沒有什麼仗可以打，無法讓自己出名。在當時，這是男孩們常有的想法，可是像湯姆那樣直言不諱地說出來的，我還是頭一回聽到。

於是，他絞盡腦汁，想辦法為自己賺一點名聲。不久，他想出辦法了，並且還要把我和吉姆也扯進去——在這種事情上，湯姆總是慷慨大方。有很多孩子，當你得到什麼好東西的時候，他們會對你很友好；可是當他們自己遇上什麼好事的時候，他們卻對你理都不理，只想一個人獨佔好處。我敢打賭，湯姆就不是這種人。有許多孩子，當你手上有一顆蘋果時，他們就垂涎三尺，圍著你團團轉，千方百計要把蘋果心討走；可是，當他們手上有蘋果時，你跟他們討蘋果心，並提醒他們以前你曾給過他們，他們會向你道一萬次謝，但就是不給你。不過，我仔細觀察過，最後他們還是會把蘋果心給你的，只要你耐心地等待。

我們三人一同來到山坡上的樹林裡，湯姆把他的想法告訴了我們：他打算發動一次「聖戰」。

「什麼是『聖戰』？」我問道。

他臉上露出輕蔑的神色，這是他為某人感到羞愧時常有的表情。然後他說：

「哈克，你是說，你不懂什麼叫『聖戰』？」

「是的，」我回答說，「我不懂，也不想懂。反正即使不懂，我一樣活到這麼大了，而且活得開開心心的。不過，你只要解釋一下，我就會懂的，不用花太多時間。有些東西，從來就不需要懂，把腦袋塞得滿滿的多沒意思。以前有個叫蘭斯．威廉斯的人，他來這裡學習喬克多語，一直學到進了墳墓還沒學會。好吧，所以聖戰究竟是什麼呢？不過趁你還沒開口，我要向你聲明一點，也就是如果聖戰是一種專利，它就無法讓我們撈到什麼錢。就像比爾．湯普森——」

「專利？」他叫道，「我從來沒見過像你這樣的蠢蛋。聖戰就是一場戰爭！」

我還以為他在說瘋話，實際上並非如此，他認真得很。他不慌不忙地繼續說道：

「聖戰，指的是一場從異教徒那裡收復聖地的戰爭。」

「哪一塊聖地？」

「唉！就是那塊聖地——只有一塊聖地呀！」

「我們要聖地幹嘛？」

「哎呀！難道你不懂嗎？聖地在異教徒手裡，我們有義務把它奪回來。」

「那我們又是怎麼讓他們搶走的呢？」

「不是我們讓他們搶走，是聖地一直在他們手裡。」

「這麼說來，湯姆，這塊聖地本來就是屬於他們的，不是嗎？」

「哎！當然是屬於他們的，誰說不是呢？」

我想了又想，可是怎麼也想不出個道理，只好說：「湯姆，這下我搞糊塗了。要是我有一個農場，農場屬於我，而另一個人想要，他有沒有權利把——」

「啊！胡說，哈克，我看你簡直笨到連下雨了也不曉得躲進屋裡。那不是一個農場，是完全不同的另一碼事，明白嗎？是這樣的：他們擁有那塊土地，但他們有的只是土地本身而已。可是，使它變成聖地的，則是我們的人，我們的猶太人和基督徒們。他們沒有權利賴在那裡，褻瀆那塊聖地。這是一個恥辱，我們一刻也不該容忍下去。我們應該向他們進攻，把聖地從他們手裡奪回來。」

「唉！依我看來，這真是一件複雜透頂的事。假如我有個農場，另一個人——」

「我不是說了這跟種田無關嗎？種田是一種職業，是一種平庸、低下的職業而已，這就是它的全部意義，你能說的也只有這些。可是，聖戰卻是更崇高的事業，是宗教上虔誠的行動，性質完全不一樣。」

「宗教上虔誠的行動，就是去把別人的土地奪過來嗎？」

「當然，人們從來都是這麼想的。」

吉姆搖了搖頭，說：

「湯姆少爺，我想這其中有點不對勁，一定不對勁。我也信教，還認識許多信教的人，卻從未見過有人做出像你說的那種事情。」

這麼一來，湯姆可發火了，嚷道：

「好啦！別說這種蠢話了，令人作嘔。太無知了！你們之中要是有人讀了一點歷史，就會知道獅心王理查、羅馬教皇、布永的戈弗雷，還有許多最高尚、虔誠的人們，為了把土地從異教徒手裡奪回來，與他們戰鬥了兩百多年，一直在血泊之中奮戰。可是，在密蘇里州的這塊窮鄉僻壤裡，卻偏偏有兩個呆頭呆腦的鄉巴佬，對於爭奪聖地的功過，自以為比他們都還瞭解。真不害臊！」

這一番話讓整個氣氛改變了。我和吉姆都感到自己的渺小、孤陋寡聞，後悔剛才不該那麼多嘴。我無話可說，吉姆也說不出話來。但過了不久，他開口了：

「這麼說來，我想那也許是對的。因為要是連他們都不懂，我們這些可憐、無知的人懂那麼多也沒用。如果那是我們應盡的義務，我們只好去幹了，而且要拚了命地去幹。同時，我和湯姆少爺一樣，也為那些異教徒感到難過。可是，要去殺害那些與我們素不相識、又從未傷害過我們的人，真令人為難。就是這一點令人為難。要是我們三個人走到他們中間，說我們肚子餓了，跟他們要一口東西吃，也許他們也跟別人一樣會給我們的，不是嗎？嗯，他們會給我們東西吃的，我知道他們會的，那麼——」

「那又怎麼樣呢？」

「湯姆少爺，我是這樣想的，那樣做沒有好處，我不能去殺那些與我們無冤無仇、素不相識的可憐人。即使要殺，也得等我們受過訓練才行。我很明白這一點，真的。可是，要是你、我還有哈克三人，拿著一兩把斧頭，在今晚月亮下山後，悄悄地溜過河去，砍死堤岸上的那一家病人，把他們的房子燒掉，然後——」

「哎呀！煩死我了！」湯姆打斷他的話，「我不想再跟你和哈克這樣的人爭辯了，你們說起話來總是牛頭不對馬嘴，又沒頭沒尾的，只曉得用房地產保障法來解釋一件純粹神學上的事！」

在這一點上，湯姆就有點不可理喻了。吉姆並沒有什麼惡意，而我也是。我們都知道自己錯了，他是對的，只不過想弄清楚那是怎麼一回事而已，沒有別的用意；而他之所以無法向我們解釋清楚，正是因為我們自身的愚昧無知——的確是愚昧無知，再加上頭腦又不好。這些我並不否認，可是，老天，這總沒有犯法吧！

可是，他聽不進我們的意見，只是說，如果我們能正確地理解他的意思，他就會招募幾千騎士，把他們從頭到腳用盔甲武裝起來，並封我為副官，封吉姆為糧草官，封他自己為統帥，率領千軍萬馬，將異教徒們像趕蒼蠅一樣趕入大海，然後橫跨世界，像夕陽一樣凱旋歸來。然而，他說我們什麼也不懂，放著好機會不抓，還說這麼好的機會他再也不給了。事實的確如此，一旦他下定決心，你就休想改變他的主意。

然而，我並不十分在意。我是個愛好和平的人，人不犯我，我不犯人。我想，要是那些異教徒對於我們沒有採取軍事行動感到滿意，那我也一樣滿意。我們願意讓事情就此了結。

原來，湯姆的這個想法，是他從經常看到的那本瓦爾特·司各特的書裡得來的。那只是痴心妄想，在我看來，他怎麼也召集不了那麼多士兵；要是他真的召集了，也八成會吃敗仗的。我把那本書借來，看了一遍。我相信，那些扔下鋤頭跑去參加十字軍的人當中，絕大多數在戰爭中吃足了苦頭。

第二章　氣球上升

湯姆想了一個又一個的主意，可是每個都有毛病，只好一一放棄。最後他幾乎絕望了。這時候，聖路易城裡的各家報紙正熱烈報導準備飛往歐洲的熱氣球。湯姆也許想去看看那個氣球長什麼樣子，卻又拿不定主意。報上仍然不停地討論著氣球，湯姆心想，要是這回不去看看，以後恐怕再也沒有機會了。後來，他聽說納特·帕森斯也要去看·這更加堅定了他的決心。他不會讓納特專美於前，回來吹噓他看到了氣球，而自己只能保持沉默，成為納特的一個聽眾。於是，他要我和吉姆跟他一起去。我們就去了。

那真是個巨大的氣球，上面還裝了機翼、螺旋槳等各式各樣的東西，完全不像圖片裡的那種氣球。氣球就擺在城邊的第十二街轉角的一塊空地上，旁邊圍了一大群人，他們拿氣球開玩笑，還拿那個臉色蒼白、身材瘦弱、眼裡閃閃發光的夢想家（你知道，這種人總是那副模樣）開玩笑。人們議論紛紛，說氣球肯定飛不起來。那個人聽了火冒三丈，簡直要朝著他們揮舞拳頭，罵他們不是人，沒長眼睛；還說在將來的某一天，他們會知道，他們曾經站在一個為人類帶來幸福和文明的人面前，但他們卻蠢到看不出這一點；而且，就在那塊地方，他們的子孫卻會為他立起一塊紀念碑，這塊碑能耐得住一千年的風吹雨打，但他的名字卻會比紀念碑更加歷久不衰。聽到這裡，圍觀的人們就會捧腹大笑，朝他大叫，問他結婚以前叫什麼名字；如果他的氣球又飛不起來，他要怎麼樣；還問他姐姐養的貓的奶奶叫什麼名字——以及諸如此類的問題，這都是人們在逮到一個他們認為可以取笑的對象時常說的話。

嗯，他們說的話，有些確實挺滑稽——是的，而且還很聰明。這一點我不否認——可是，無論如何，這是不公平的，而且也算不上勇敢。那麼一大群人，七嘴八舌地圍攻一個人，而這個人又笨口拙舌，不懂得回嘴。不過，他又何必回嘴呢？回嘴不僅沒什麼好處，反而會弄巧成拙，把他們逗得更樂。你知道，人們總是欺侮他，但他仍然表現出同樣的反應——他無法不這麼做，我認為他天性如此。他為人老實、謙虛，就像報上說的那樣，的確是個天才，這又不是他的錯。每個人都不可能十全十美，都只能用生下來的模樣過日子。就我所知，天才們總認為他們完全理解自己的本業，因此聽不進別人的意見，只按照自己的想法去做，使得大家都背棄他們、鄙視他們，而他也正是這樣的一個教授。這是很自然的。要是他們能謙虛一些，多聽聽別人的意見，並向別人學習，他們的處境就會好一些的。

教授乘坐的那個區域就像一艘船，又大又寬敞，四周擺滿了防水衣帽櫃，櫃子上可以坐人，還可以當成床鋪。我們登上氣球，裡面已經有二十幾個人，探頭探腦地四處察看著，老納特也在其中。教授先生在上面走來走去，忙著作準備。之後，人們一個接一個離開了氣球，老納特走在最後——當然，我們絕不會讓他走在我們後面，他不走，我們就不走。這樣我們才能成為最後離開氣球的人。

不過，他現在已經出去了，我們也該走了。突然間，我聽到一聲大喊，急忙轉過身來——城市就像一顆子彈一樣朝我們下方掉去。這令我渾身不舒服、想吐，害怕極了。吉姆臉色發青，說不出話來。至於湯姆，他什麼也沒說，但顯然十分激動。城市繼續往下掉，但是我們什麼也不能做，只是懸掛在空中，一動也不動。房屋變得越來越小；城市越來越緊地縮成一團；人與馬車變得像螞蟻和甲蟲一樣小，在地上爬來爬去；街道變得像一條條線與裂縫。沒過多久，一切彷彿都溶解在一起了，城市不見了，在我們眼裡，它只不過是地球上的一塊大疤。俯瞰河流，從上游到下游，彷彿能看得到一千哩遠——當然，實際上是看不到那麼遠的。漸漸地，整個世界變成了一個球，一顆圓滾滾的球，顏色黯淡，地表上彎彎曲曲地佈滿了發亮的條紋，那些都是河流。道格拉斯寡婦常跟我說，地球就像球一樣圓，但我從來不相信她的那些迷信，所以對她的這句話也沒放在心上，因為我看世界的形狀就像一個盤子。我常常爬到山頂上，瞭望四周，證實自己的想法是正確的，因為我認為，要弄清楚一個事實，最好的方法就是親自去調查，不聽信任何人講的話。可是這一回，我不得不承認寡婦說對了。正確來說，關於世界的其他部分她說對了，但關於我們小鎮所在的這一部分，她說得不對。這一部分就像個扁平的盤子，我敢發誓！

教授先生一直沉默寡言，好像睡著了一樣。但現在，他忽然發狂起來，開始吐出滿腹的牢騷。

「一群蠢貨！他們說飛不了，他們要檢查，到處偷看，想把我的氣球飛艇的秘密找出來。不過我戰勝了他們。除了我以外，誰也別想知道這個秘密。除了我，誰也別想知道氣球是怎麼發動的，它用的是一種新的動力，這種動力比地球上最強的動力還要強一千倍，蒸氣機與它相比簡直是個笑話！他們說我到不了歐洲，去歐洲？哼！氣球下的飛艇中裝有可用五年的動力，還有三個月的糧食。真是一群笨蛋！他們懂什麼呀？真笨！他們還說什麼我的飛艇不夠結實。哼！它可以用上五十年！只要我願意，我可以在空中飛行一輩子，想開到哪就開到哪。他們笑我，說我不能，誰說不能！孩子，你過來，我們來試試。你就照我說的操作這些按鈕。」

他讓湯姆駕著飛艇四處飛行，沒過多久就把他教會了。湯姆說很容易學。教授要湯姆把飛艇降下，幾乎碰到了地，讓他沿著伊利諾大草原低空盤旋，飛得很低，甚至能跟草原上的農夫說話，還能把他們的話聽得一清二楚。教授還向地上的人們散發傳單，介紹他的氣球，並告訴他們氣球準備飛到歐洲去。湯姆的駕駛技術已經熟練了，他可以朝著樹直衝過去，等快撞上的時候再猛地拔高，掠過樹梢飛過去。是的，教授還教湯姆如何降落飛艇，湯姆學得非常好。他將飛艇輕輕降落在草原上，猶如羊毛著地般輕巧。

可是，正當我們準備跳下飛艇時，教授忽然說道：「不行，你們別動！」他立刻又駕著飛艇「咻」地一下射向天空。真是可怕！我開始向他求饒，吉姆也是；但這麼做只讓他更加生氣，他的眼睛圓鼓鼓地瞪著，大發雷霆起來，簡直把我嚇壞了。

接著，他又發起牢騷，唉聲嘆氣，唸唸有詞，埋怨人們竟敢這樣對他，似乎有說不完的怨言，特別埋怨那些人說他的飛艇不夠結實。他嘲笑那些話，還嘲笑人們說他的飛艇結構太複雜，容易出毛病。出毛病！這句話讓他火冒三丈。他說，他的氣球絕不會比太陽更容易出毛病。

他越說越激動，我從來沒見過誰像他這麼激動。看著他的樣子，令我渾身直打顫，吉姆也一樣。漸漸地，他開始吶喊、尖叫，並發誓說，既然這個世界這樣欺負他，就休想得到他的秘密。他說，他要駕駛飛艇繞地球飛行一周，向全世界的人顯示他的本領，最後將氣球沉入大海，把我們這些人一起葬送掉。天哪！我們的處境真是糟透了，而且黑夜正在降臨。

他發給我們一點吃的，叫我們到飛艇的另一頭去。然後，他在一個衣帽櫃上躺下來——他可以從那裡操縱一切機器；又把他的一支老式左輪手槍枕在腦袋下，說要是誰敢跑來搗亂，想把飛艇降落，他就開槍打死誰。

我們擠成一團，各自沉思著，不敢吭聲，只有憋得發慌時才吐出一兩句話。大家提心吊膽，很不自在。黑夜慢慢地降臨，寂寞而冷清。飛艇在低空中航行，月光普照著大地，照得一切寧靜秀麗。農舍顯得格外安寧、舒適，我們能聽見農場上發出的各種聲音，恨不得立刻降落下去。可是，天啊！我們卻像鬼魂一樣，從他們的頭頂上掠過，沒有留下絲毫痕跡。

深夜裡，當四下都是夜晚的聲音，空氣中也有夜晚的氣氛、夜晚的氣味時——我猜想大約是半夜兩點多，湯姆說教授現在很安靜，一定是睡著了，因此我們最好——

「最好什麼？」我低聲問道，同時感到渾身不舒服，因為我明白他的意思。

「最好悄悄溜過去，把他綁起來，再把飛艇降落。」他說道。

「不行！伙計，你可別亂來。湯姆。」我說。

至於吉姆，他喘著粗氣，非常害怕地說道：

「啊！湯姆少爺，別——別那樣！你要是碰他一下，我們就完了——我們肯定都完了，我絕對不要招惹他，打死我也不走。湯姆少爺，他是真的瘋了。」

湯姆壓低聲音，說道：「就因為他瘋了，我們才不得不採取行動。他要是沒瘋，我哪裡也不去，就待在這裡——他要是神智清醒，就算你給我錢我也不走。我已經習慣了飛艇上的生活，克服了雙腳懸空的恐懼。可

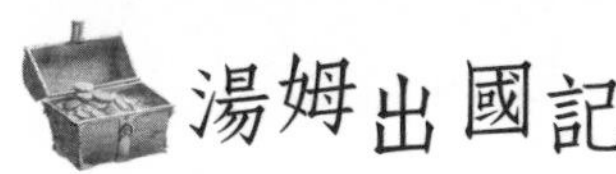

是，跟他這樣一個頭腦不清醒的人一起飛行，實在不太妙啊！他說要繞地球飛行一周，然把我們全部淹死在海裡，我們必須先下手為強。沒錯，而且必須在他醒來之前行動，要不然就再也沒有機會啦！來，動手吧！」

可是，我們光是想像這樣的事，就感到渾身發麻，毛骨悚然。我們決定一步也不走，於是，湯姆只好說由他獨自溜過去，看能不能抓到方向盤，把飛艇降落。我們苦苦央求他，要他別去，但他不聽。他爬在地上，一吋一吋地匍匐前進。我們屏住氣息，注視著他。當他爬到飛艇的中間以後，移動得更加緩慢了，我還以為花了好幾年的時間呢！終於，我們看見他爬到教授的腦袋旁，輕輕地起身，朝他臉上看了好一會兒，又聽了聽動靜；然後，他開始往教授的腳移去——駕駛的按鈕就在那裡。好了，他平安無事地到了那裡，把手慢慢地、穩穩地朝按鈕盤伸過去。突然，他打翻了什麼東西，噹啷一聲，只見他迅速撲倒在地，緊趴在地上一動也不動。教授驚醒了，叫道：「什麼東西？」可是，我們仍然一動也不動，也沒發出一點聲響。教授咕噥了幾聲，挪了挪身子，像是要起床了一樣。我心想這下子可沒命了，感到既擔心又害怕。

這時，天空飄來一片烏雲，把月亮遮住了。我一見，高興得差點叫出聲來。月亮被深深地埋進雲層裡，四周頓時一片黑暗，連湯姆也看不見了。接著，又開始稀稀落落地下起雨來。我們聽見教授朝著繩索之類的東西發牢騷，一邊咒罵著這個鬼天氣。我們擔心他隨時可能碰到湯姆，那我們就完了，可是湯姆卻早已往回爬。當我們感覺到他的手摸到我們的膝蓋時，我的呼吸頓時停止了，心也沉了下去，因為在黑暗中，我一時無法斷定爬來的人是不是教授——我以為是他。

謝天謝地，是湯姆回來了，我真是高興極了，就像一個與瘋子一同吊在半空中的人所能表現出的程度。天黑是無法降落飛艇的，我真希望雨一直下個不停，因為我不想看湯姆再去搗蛋，讓我們覺得提心吊膽。嗯，我的願望實現了，濛濛細雨不停地飄著，飄了一整夜，雖然時間並不長，但我們覺得彷彿過了很久。

天亮了，雨停了，雲也散了。地表上呈現出一片柔和、朦朧的美麗景色。樹林、田野又變得清新秀麗，牛群與馬群正清醒地站立著、思考著。接著，太陽出來了，射出紅色的光芒。這時，我們感到四肢酥軟無力，很快就進入了夢鄉。

第三章　湯姆的解釋

我們大約四點鐘入睡，八點醒來。教授坐在飛艇那一頭，悶悶不樂的。他扔給我們一些早餐，但是叫我們別靠近船中央的羅盤。好吧，當一個人肚子餓得發慌，吃完了東西，感到心滿意足的時候，一切都會變得大不相同，即使他與天才一起乘坐氣球飄在天空中，也會感到心情舒暢。我們開始聚在一起說話。

有一件事老是令我忐忑不安，於是，過了一陣子，我問道：

「湯姆，我們不是往東飛嗎？」

「是啊。」

「飛得多快呢？」

「哦，教授生氣時說的話你都聽到了嘛。他說，我們的飛行速度有時每小時五十哩，有時九十哩，有時一百哩；還說如果能順著強風飛行，就可以達到三百哩。他說，如果想找到強風，只要調整一下高度就行。」

「好吧，我想得沒錯，教授說了謊。」

「為什麼？」

「因為，要是我們飛得那麼快，現在早就該飛過伊利諾州了，對嗎？」

「當然了。」

「可是，我們並沒有飛過去呀！」

「你憑什麼說沒有呢？」

「憑顏色就知道——我們現在還在伊利諾州的上空，你自己看吧！連印第安那州的影子都沒有呢！」

「哈克，你在說些什麼？你憑顏色就能知道？」

「沒錯，憑顏色。」

「這跟顏色有什麼關係呢？」

「關係可大了。伊利諾州是綠色的，印第安那州是粉紅色的——下面沒有粉紅色，你能指給我看嗎？不能吧！先生，全是綠色的。」

「印第安那州是粉紅色？呸！真是胡說八道。」

「才不是胡說八道，我在地圖上看過，印第安那州是粉紅色。」

我從沒見過一個人如此生氣與厭惡。他說：

「唉！哈克，我要是跟你一樣蠢，我就會從這裡跳下去。在地圖上看過？哈克，你以為每個州戶外的景色會跟地圖上的顏色一樣嗎？」

「湯姆，地圖是幹嘛用的呢？難道不是教人認識真相的嗎？」

「當然是了。」

「那麼，要是它說謊，又怎麼能教人認識真相呢？你告訴我呀！」

「胡說八道！你這個笨蛋。地圖不會說謊。」

「不會說謊？真的不會說謊嗎？」

「是的，地圖就是不會說謊。」

「那麼，好吧，如果地圖不會說謊，那麼就不會有兩個顏色一樣的州。如果你有本事的話，就向我解釋一下吧！湯姆。」

湯姆被我一下子問倒了，吉姆也覺得他被問倒了。我不禁洋洋得意，因為湯姆從來都是問不倒的。吉姆「啪」地一聲在大腿上一拍，說道：

「的確！這話說得真妙，簡直妙極了！你無話可說，湯姆少爺，他這回可難倒你啦！」他又拍了拍大腿，接著說：「我的老天，說得真妙！」

我從來沒有這麼得意過，然而這些話一直到說出口之後，我才感覺到它的份量。起初，我只是若無其事地隨便閒聊著，並不期待有驚人的結果；可是，就在一瞬間，妙語就冒出來了。哎！不僅他們意想不到，連我自己也同樣感到出乎意料呢！這就好比一個人捧著一塊玉米麵包，啃來啃去，什麼也沒想，卻突然咬到一顆鑽石。他的第一個反應是以為咬到了碎石頭，直到把它吐出來，再把上面的沙子、麵包屑擦掉，仔細察看，才發現那是一顆鑽石。這時候，他會感到又驚又喜，沒錯，還會感到自豪呢！但你只要認真去思考一下，就會覺得他的榮譽實在沒有那麼大，遠不如當他有意去找鑽石時那麼大。不過，只要你仔細想想，就很容易明白其中的差別。你知道，那些碰巧發生的事，比起那些刻意去做的事，理所當然地沒有那麼了不起——誰只要拿了那塊玉米麵包，就會發現那顆鑽石。然而，至少找到那塊麵包的人，是有一些與眾不同的呀！他的榮譽就建立在這之上。至於我的榮譽，也在這上面。我並不認為自己有什麼了不起——這樣的事我永遠別想指望第二回了。可是，這一回我卻做出來了，這是確定無疑的。就像讀者此刻一樣，我根本想不到我有本事說出這種妙語，我既沒有去想，也沒有設法這麼說。哎！我多麼平靜！任何人也不能比我當時更加平靜了。但就在一瞬間，那句妙語脫口而出。

那副情景我現在仍然時常回想起，記憶猶新，就彷彿是上週發生的事一樣，一切都歷歷在目：那高低起伏的美麗鄉村，方圓幾千幾百哩內，佈滿了森林、田野、湖泊，四處點綴著城鎮、村莊。教授伏在小桌子上的航行圖上消磨時間；湯姆的帽子掛在繩索上，晃來晃去，讓風吹乾。有一件事我記得尤其清楚：一隻鳥在我們旁邊飛翔，相隔不到十哩遠，與我們同方向，想趕上我們的速度，可是漸漸被我們拋在後頭。在我們的下方，一列火車也同樣與我們賽跑，它穿過樹林、農莊，放出一縷長長的黑煙，不時吐出一串白色的東西；白色的東西消失後，過了一陣子，你幾乎要忘了它，卻又聽見一聲脆弱的嗚嗚聲——那是汽笛的聲音。我們把鳥和火車都甩在後方，甩得遠遠的，而且不費吹灰之力。

可是，湯姆滿臉怒容，罵我和吉姆是一對無知的胡言亂語的人，然後說道：

「假如有一頭小黃牛，與一隻大黃狗，畫家打算把牠們畫下來，那麼，最重要的事是什麼呢？最重要的是，他必須畫得讓你可以一眼分辨出牛和狗，對嗎？當然是了。那麼，你覺得他應該把牠們兩個都畫成黃的嗎？當然不了，他會把其中一個畫成藍色，這樣，你就不會看錯啦！地圖也是這樣，所以他們才把每個州都塗上不同的顏色。這麼做並不是要騙你，而是讓你不要自己騙自己。」

我聽了，覺得這理由不好。吉姆也這樣想，他搖了搖頭，說道：

「哎呀！湯姆少爺，要是你曉得那些畫家多傻的話，就不會拿一個畫家來幫你證明一件事實。我告訴你一個故事，你自己好好想想吧！有一天，我在老漢克．威爾遜的屋子後面，看見一個畫家在畫圖，我就走過去觀看。原來，他正在畫那頭少了右角的花牛，你知道我指的是哪一頭。我問他為什麼要畫牛，他回答說，等畫好之後，那幅畫可以賣一百元。湯姆少爺，那頭牛明明只值十五塊錢！我這麼告訴了他，可是，你相信嗎？那個畫家只是搖了搖頭，又繼續畫下去。上帝保佑你！湯姆少爺，他們什麼都不懂。」

湯姆發怒了。我發現，當一個人在爭執中遭遇挫折時，往往都會發怒。湯姆要我們閉嘴，說那樣我們也許會覺得舒服一些。這時候，他望見了一座大鐘，就在下方很遠的地方。他舉起望遠鏡，朝鐘看去，然後看看他的銀灰色懷錶，又看看鐘，再看看錶，說道：

「奇怪！那座鐘快了將近一個小時。」

他把錶收起來，隨後他又望見了另一座鐘，也看了一眼。它同樣快了一小時。這可把他搞糊塗了。

「這件事真奇怪，」他說，「我不懂。」

他拿起望遠鏡，再找到了另一座鐘，顯然也快了一小時。忽然間，他眼睛一亮，嘴裡喘著粗氣，叫道：

「好呀！那是因為經度！」

我嚇了一大跳，問道：

「怎麼了，經度怎麼啦？」

「哎呀！是這樣的：這個大氣囊已經飛過了伊利諾州、印第安那州和俄亥俄州了，毫不費力。我們現在不是在賓夕法尼亞的東端，就是在紐約上空，或是接近紐約了。」

「湯姆，你是說真的嗎？」

「沒錯，是真的，一點也不假。自從我們昨天下午離開聖路易以後，已經飛過了十五度經度。那些鐘是準的，我們已經飛行了大約八百哩。」

我不相信，但還是嚇出一身冷汗。憑著以往的經驗，划木筏沿著密西西比河航行，這段距離差不多得走兩個禮拜。

吉姆動起了腦筋，苦苦地思索著。過了一會兒，他說：

「湯姆少爺，你是說那些鐘是準的，是嗎？」

「是的，是準的。」

「那你的這支錶也是準的嗎？」

「對照聖路易的時間，錶是準的，但對這裡的時間卻誤差了一小時。」

「湯姆少爺，你的意思是說，每個地方的時間都不一樣？」

「是的，不一樣，大大的不一樣。」

吉姆顯得悶悶不樂，說道：

「聽到你這麼說，我心裡很難受，湯姆少爺。你長這麼大了，讀了這麼多書，說話還這麼瘋瘋顛顛的，我真為你感到害臊。真的，波麗姨媽聽了一定會心碎的。」

湯姆吃了一驚，一語不發地盯著吉姆，感到很納悶。吉姆繼續往下說：

「湯姆少爺，是誰把聖路易的人安置在那裡的？是上帝。又是誰把我們安置在這裡的？是上帝。他們與我們難道不都是上帝的孩子嗎？當然是了，那麼，難道上帝會對人類差別待遇嗎？」

「差別待遇？我從來沒聽過這種蠢話！才不是差別待遇。我問你，上帝把你和其他一些人創造成黑人，把我們創造成白人，你要怎麼解釋這點？是不是差別待遇呢？」

吉姆恍然大悟，無言以對。湯姆又說：

「瞧，要是上帝願意的話，祂的確可以有差別地對待人。但現在這件事並不是上帝差別待遇，而是人類自

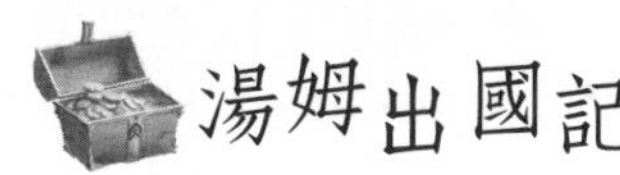

己的問題。上帝創造了白天，也創造了黑夜，但祂沒有發明鐘點，也沒有把鐘點分佈到世界各地。鐘點是人類自己發明出來的。」

「湯姆少爺，是真的嗎？鐘點是人類發明的嗎？」

「當然是真的。」

「是誰教會人類的呢？」

「沒有誰，人類從來就沒有請教過誰。」

吉姆思考了一下，說道：

「好了，算我服了你了。我是不會去冒這種險的，但有人偏偏天不怕地不怕，不顧一切地挑戰權威。這麼說來，湯姆少爺，隨便哪個地方都有一小時的差別嗎？」

「一小時？胡說什麼！你知道，每一度經度只有四分鐘的時差，十五度就有一小時，三十度是兩小時——依此類推。英國禮拜二的凌晨一點，就等於紐約禮拜一的晚上八點。」

吉姆沿著衣帽櫃挪動了一下身子。看得出他有些生氣了。他老是晃著腦袋，嘰哩咕嚕地說著什麼。我靠過去，拍拍他的腿，鼓勵他，安撫了他的怨氣。之後他說：

「湯姆少爺竟然講出這種話來！說什麼在同一天內，一個地方是禮拜二，另一個地方又是禮拜一！哈克，在我們這麼高的地方，這可不是鬧著玩的。一天裡會有兩天！你要怎麼把兩天塞到一天裡去呢？你能把兩個小時塞進一個小時裡嗎？你能把兩個黑人塞進一個黑人的身體裡嗎？你能把兩公斤的酒裝進一個一公斤的瓶子裡嗎？不行，先生，那樣會把瓶子擠破的。是的，即使擠破了也裝不下，我不相信能裝得下。喂，哈克，你聽著，假如那個禮拜二剛好是元旦，那麼，你是不是要說：在同一分鐘裡頭，有一個地方是今年，另一個地方卻是明年呢？胡說，全是一派胡言！我受不了了，一聽到這種話我就受不了了！」說著，他開始渾身打顫，臉色也變了。湯姆問道：

「到底是怎麼回事？有什麼問題？」

吉姆幾乎說不出話來了，但他還是說：

「湯姆少爺，你不是在開玩笑嗎？難道那是真的嗎？」

「是的，我沒開玩笑，那是真的。」

吉姆再一次發抖，說道：

「照這麼說來，假如那個禮拜一是最後審判日，那英國就沒有最後審判日了，也不能把死去的人都召喚到上帝面前去了。湯姆少爺，那我們不能去英國，請叫他往回飛吧！我要回……」

忽然，我們見到了什麼東西，三人不約而同站了起來，把爭論的事情拋到腦後，注視著下方。湯姆說：

「那不是——」他屏住氣，接著說：「對，一點也沒錯。那是海洋！」

聽他這麼一說，我和吉姆也屏住氣。這時，我們不禁感到憂愁，因為我們之中誰也沒有見過海洋，也沒想到會見到海洋。湯姆嘮嘮叨叨地說道：

「大西洋——大西洋！我的媽呀！這難不令人雀躍嗎？就是它！——我們正看著它呢！我們正在看呢！唉，真是太妙了，簡直令人無法置信！」

隨後，我們望見大片黑色的煙霧。飛近一看，原來是一座城市——一座非常龐大的城市，城市的一頭停泊著無數的輪船。我們想弄個究竟，看它到底是不是紐約。於是又七嘴八舌地爭論起來。轉眼間，那座城市從我們腳下滑走，飛也似地滑到後面去了，而我們不久便出現在海洋上空，如同一陣旋風般前進。這下我們真的恍然大悟了。

我們三人一起衝到船尾，嚎啕大哭，央求教授開回去，讓我們降落。可是他掏出手槍，威嚇我們退回去。我們只好無奈地乖乖回到原位，誰能體會我們當時的心情多麼糟糕呢？

陸地不見了，只剩一個小小的長條，像蛇一樣，遠遠地擺在海洋的盡頭。我們的下方只有海洋——寬達數萬哩，水面上波濤起伏，水柱上飄動著白色的浪花；海面上的船隻依稀可數，晃來晃去的，一下子把船頭朝下，一下子又把船尾插進水裡。沒過多久，一艘船也看不見了，只剩下一片汪洋與一塊藍天，這是我從未見過的、最廣闊的天地，也是最孤獨、寂寞的天地。

第四章　暴風雨

我們的處境越來越孤單了。頭上是深邃而空曠的天空，腳下是波濤洶湧的海洋，海面上什麼也沒有。我們的四周是一道海天相接的圓環——是的，那是一道很大的圓環雲，我們就處在正中心，不偏不倚。我們駕著飛艇，像野火般快速前進，可是怎麼也擺脫不了這種情形——我們似乎永遠也飛不出那個中心點，我看不出我們在圓圈裡有移動半步。這種現象是如此地奇怪、如此地匪夷所思，令人害怕。

一切都出奇地寂靜，我們只好用很低的聲音談話。我們感到越來越毛骨悚然，越來越孤單，話也越來越少，到最後，索性一句話也不說了，三個人枯坐在原地「思考」著——吉姆是這麼說的——很長的時間一句話也沒說。

教授一直毫無動靜。直到中午時分，他站了起來，拿著一塊三角形的東西放在眼前——湯姆說那叫做「六分儀」，用來測量太陽，確定氣球的飛行位置——然後，教授算了算數，看了看書，又舉著六分儀瞭望起來。接著，他又滔滔不絕地講個不停，還說什麼他將以每小時一百哩的速度飛行到明天下午三四點，然後就在倫敦降落。

我們說，那樣可真是感激不盡。

他剛要轉過身去，一聽到我們這樣說，馬上又轉過身來，用一種奇怪的眼光盯著我們，眼裡充滿最險惡、多疑的表情，這是我過去從未見過的。然後，他說：

「你們想離開我。別想否認。」

我們不知道該說什麼好，乾脆一言不發。

他走到船尾，坐了下來，但看起來仍然在思考我們說的那句話。他不時講幾句話扯到這件事，要我們回答，但我們只是緊緊閉上嘴巴，什麼也不說。

一路上，我們的孤獨感變得越來越強烈了，這使我再也無法忍受。黑夜降臨，更增添這種孤獨的感覺。過了一陣子，湯姆擰了我一把，在我耳邊悄悄地說：

「看！」

我朝船尾瞧了一眼，只見教授正拿著一瓶酒在喝。他的模樣使我深感不安。過了一會兒，他又喝了一口，接著便哼起小曲。這時天色已晚，外頭漆黑一片，還刮起了風暴。他不停地哼著曲子，越哼越像一個瘋子。同時，天空中也響起了沉悶的雷聲，風刮得繩索沙沙作響，氣氛變得可怕極了。天色那麼黑，我們根本看不見教授的身影；我們倒希望連他的聲音也聽不見才好，卻偏偏聽得見。終於，他不再出聲了。但沒過十分鐘，我們又開始疑神疑鬼，希望能再次聽到他的叫聲，至少我們能藉此辨別出他坐在哪裡。沒過多久，天空開始閃起閃電，藉著電光，我們看見他正要站起來，蹣跚了幾步，又倒了下去。黑暗中，只聽見他尖聲叫道：

「他們不想去英國！很好，我要改變方向。他們想離開我！我知道。很好，誰想離開的——現在就給我滾！」

一聽到這話，我簡直嚇得半死。後來，他又恢復安靜，很久沒有再吭一聲，這又令我憋得發慌，而且我感覺不會再有閃電了。幸好，上帝保佑，終於又閃了一下，我們看見教授趴在地上匍匐前進，離我們只有四呎遠了。天哪！他的眼神真可怕！他的手朝湯姆的方向戳了一下，說道：「你滾下去吧！」這時，閃電沒了，船上再度伸手不見五指。我不曉得他有沒有碰到湯姆，而湯姆也沒有出聲。

恐怖之中，又沉默了許久，接著又是一下閃電。我看見湯姆的頭從飛艇外側縮了下去，消失了。他已經爬到懸掛在船檐上的繩梯，教授大吼一聲，向他猛撲過去。這時，又一團漆黑，吉姆嘆息道：「可憐的湯姆少爺啊！這下他完了！」他說完，猛地朝教授撲了過去，可是教授已經不在那裡了。

不久，我們聽到幾聲尖叫，接著又聽見一個減弱的聲音，然後是一個從很遠的下方傳來的呼聲，聲音隱隱約約的，勉強聽得見。我聽到吉姆說：「可憐的湯姆少爺！」

在這之後，四周變得鴉雀無聲，也沒有閃電——我想大概要等一萬年後才會閃了。但不久之後又閃了一下，只見吉姆跪倒在地，用手枕著腦袋，伏在衣櫃上哭泣。我還沒來不及朝船檐看一眼，周圍又恢復一片漆黑了。這倒讓我感到高興，因為我不希望看見那邊有什麼東西。可是，當下一次閃電的時候，我卻忍不住張望了起來，只見飛艇下有一個人影，扶著繩梯，在風中左右搖擺。那是湯姆！

「快上來！」我喊道，「快上來！湯姆。」

湯姆的話很小聲，風聲又很大，我聽不清他在說什麼，但我猜他是問教授還在不在船上。我大聲說道：

「不在，他掉下去了，掉到海裡去了！快上來！要我們幫忙嗎？」

當然，這些對話都是在黑暗中進行的。

「哈克，你在跟誰說話？」

「湯姆。」

「哎呀！哈克，你怎麼能夠這樣呢？你不是知道可憐的湯姆少爺他——」突然，吉姆驚叫了一聲，頭和手臂「啪」地一聲伏了下去，又驚叫了一聲，因為當他抬起頭來的時候，空中忽地閃起耀眼的白光，他一眼看見湯姆白得像鬼的臉孔，從船檐那裡升起來，直直盯著他的眼睛，還以為那是湯姆的鬼魂呢！

湯姆爬上了飛艇，當吉姆明白那確實是他本人，而不是他的鬼魂時，便一把抱住他，不斷地用各種親暱的稱呼叫他。吉姆真是欣喜若狂。我說道：

「你在等什麼呢？湯姆，為什麼你一開始不上來？」

「一開始我不敢上去，哈克，我只知道有人從我身邊掉下去，但天黑看不清楚，不知道是誰，說不定是你或是吉姆呢！」

湯姆做事向來謹慎，直到他搞清楚教授的下落之後，才敢爬上飛艇。

這時候，風暴猛烈地刮起來了，電光閃閃，雷聲隆隆，加上狂風暴雨，真令人心驚膽戰。天空中一下子黑得伸手不見五指，一下子又亮得如同白晝；透過那朦朧的雨幕，可以看見下方一望無際的波濤，以及澎湃的海浪。本來，這種風暴實在是壯麗可愛，但當你來到這麼高的天上，迷失了方向，又無依無靠，四周都是大海，而且船上剛死了一個人——在這種時候，再可愛的風暴也都顯得不那麼可愛了。

我們蜷縮成一團，擠在船首，小聲談論著可憐的教授。我們都為他感到惋惜，並感嘆這個世界虧待了他，儘管他為了人類的未來努力著，卻沒有半個朋友，也沒人鼓勵他、開導他的思想，把他從精神錯亂中解救出來。在飛艇的另一端放著許多衣服、毯子等東西，可是我們三人寧可在外頭淋雨受涼，也不想躲到那裡面去。

第五章　降落

我們想決定下一步的行動，可是三個人一直無法達成共識。我和吉姆主張掉頭回去，湯姆則認為，等到天亮能辨認方位時，我們也快接近英國了，因此不妨先飛到英國，再乘船回家，到時就可以體面地吹噓一番了。

半夜時分，風暴漸漸平息。月亮冒出來了，照耀著海洋，我們總算感到舒適，並打起瞌睡來。於是，三個人舒舒服服地躺在衣帽櫃上，很快就睡熟了，一直睡到太陽升起才醒來。海面上猶如鋪撒著成千上萬顆鑽石，在朝陽下閃閃發光。天氣晴朗宜人，沒過多久，被雨淋濕的東西全都曬乾了。

我們走到船尾，想弄些早餐吃，看到的第一個東西是放在罩子下的羅盤，羅盤閃著微弱的燈光。湯姆一見便不安起來，說道：

「你們知道這代表什麼嗎？很簡單，這代表必須有人待在旁邊看守，操縱這個東西，就像在輪船上一樣，否則飛艇就會偏離航道，被風吹得到處亂跑。」

「那麼，」我問道，「自從——自從發生那件意外後，飛艇怎麼樣了呢？」

「四處亂飛，」他帶著不安的口吻回答，「四處亂飛，是的。現在它正順著風往東偏南飛行，也不知道這樣飛行多久了。」

於是，他把飛艇轉向東方，說要等吃完早餐後再去處理。教授把一切安排得妥妥帖帖，吃的東西應有盡有，儘管沒有牛奶用來滲咖啡，但是有水。船上有我們需要的一切，有白炭爐與爐架，有煙斗、雪茄、火柴，還有烈酒、葡萄酒——這些沒有用，因為我們不喝酒——以及書本、地圖、航行圖、手風琴，和皮衣、毯子和堆積如山的雜貨，例如銅珠、手飾——湯姆說，教授帶上這些破銅爛鐵，一定是想去看看野蠻人。飛艇上還放著錢呢！的確，教授準備得非常充分。

吃完早餐，湯姆教我和吉姆如何駕駛，然後把我們分開，輪流值班，一班四個小時。他的四小時值完之後，就輪到我了。這時候，他掏出教授的紙筆，寫了一封給波麗姨媽的信，把我們一路上的經歷全都告訴她，並註明：「於蒼穹，接近英國。」然後，他把信摺好，用紅色乾膠片把信口封緊，寫上收信人姓名和地址，再在左上角寫上「寄信人：航空家湯姆」。寫完之後，他說，等信寄到時，一定會讓納特大吃一驚。我說：

「湯姆，這裡不是『蒼穹』，是熱氣球。」

「哦，是嗎，誰說這裡是蒼穹了？自作聰明的傢伙。」

「你的信上是這麼寫的。」

「信上寫了又怎麼樣？我又沒說氣球等於蒼穹。」

「哦，我還以為你是那個意思呢！不過，什麼叫做『蒼穹』？」

我看得出，他一下子被問倒了。他絞盡腦汁，但還是想不出答案，只好說：

「這我就不知道了，沒有人知道。那只是一個詞，一個優美的詞，沒有什麼詞語比它更優美了——我不相信世上有任何一個詞比它美。」

「少來了！」我叫道，「我是問，什麼叫做『蒼穹』？」

「告訴你吧，我不知道什麼叫做『蒼穹』。那只是一個字，是人們用來指——指——總之，是用來修飾用的。就像人們在衣服上加上毛邊，並不是為了保暖，對吧？」

「當然不是了。」

「但他們還是要加上去，對嗎？」

「對。」

「那就好。我的信就像一件衣服，而『蒼穹』這個字就是衣服上的毛邊。」

我想，他這種解釋會讓吉姆搞糊塗的。果然，吉姆一頭霧水，他說：

「我說，湯姆少爺，你這麼說是沒道理的，而且是邪惡的。你很清楚，信不是衣服，上面也沒有毛邊，更沒有地方可以加毛邊。再說，就算加了也黏不穩。」

「噢，別說了，等談到你懂的事情再開口吧。」

「哼，湯姆少爺，你不會以為我不懂什麼是衣服吧？上帝可以作證，我從小就去外面背衣服被褥回家來洗，自從——」

「我可以肯定地告訴你，這跟衣服毫無關係，我只不過是——」

「啊！湯姆少爺，那可是你自己說的呀，你說信——」

「你是不是想把我逼瘋？閉嘴！我只不過是作個暗喻。」

「暗喻」這個詞一下子又把我們唬住了。過了一會兒，吉姆再次開口說話，但說得非常小聲，因為他看到湯姆有些生氣了：

「湯姆少爺，什麼叫做『暗喻』？」

「『暗喻』是——嗯，是個——是個——『暗喻』是一種說明。」他見我們沒有聽懂，便又解釋道：「例如說，『同色之鳥齊飛』這句話就是個暗喻，用來說明——」

「可是，同色的鳥明明不會一起飛呀！湯姆少爺。是的，不會呀！藍知更鳥和樫鳥的羽毛再相似不過了，

但要是你想看到這兩種鳥一起飛，那不知要等到——」

「唉！讓我休息一下吧，你真是笨得像塊木頭，連一件最簡單的事都弄不明白。好了，別再打擾我啦！」

吉姆覺得心滿意足，不再說話了。他鑽了湯姆的漏洞，感到洋洋得意。當湯姆一開口談鳥的時候，我就猜想他一定會輸，因為吉姆對於鳥類的瞭解，比我和湯姆加起來還要多。你知道，他打死過成百上千的鳥——要瞭解鳥類，就得靠這種方法。那些寫書介紹鳥類的人也是用同樣的方法來認識鳥的，他們酷愛鳥類，常常耐著飢餓疲勞，不畏艱難地等候鳥兒，找到後便把牠打死。人們把他們稱為鳥類學家。我本來也可以成為一個鳥類學家，因為我向來喜歡鳥類和動物。我曾經學過如何成為鳥類學家——有一次，我帶著槍出去，看見一隻鳥蹲在一棵很高的樹上，仰著頭，張開嘴，吱吱喳喳地唱著歌，我毫不猶豫地開了槍。歌聲停了，鳥從樹上「啪」地一聲跌下來，像團爛布一樣柔軟。我跑了過去，撿起來一看。鳥死了，身上還散發著熱氣，腦袋左右扭動，彷彿脖子斷了一樣，翻著白眼，一邊的腦袋上還有一滴血。老天！我頓時熱淚盈眶，什麼也看不見了。在那之後，我再也沒殺害過與我無冤無仇的動物了，今後再也不殺了。

可是，一想起「蒼穹」那件事，我又有氣了。我一定要把它弄個水落石出。於是，我把問題重新提了出來，湯姆也重新作出解釋，費了好大一番工夫。他說，當某個人做了一次振奮人心的演講時，報紙上總是會寫說「聽眾的歡呼聲響徹蒼穹」——他說報紙總是這樣評論。而「蒼穹」就是指戶外、指高高在上的天空。好吧，這樣說還有點道理，我感到滿意了，並這樣回答了湯姆。他總算露出笑容，興致勃勃起來，說道：

「好，那就好了，過去的事就讓它過去吧。『蒼穹』到底是什麼玩意兒，我也說不準，但當我們降落在倫敦的時候，一定要讓人們也給我們一個『響徹蒼穹』的歡呼聲，你們記住這點。」

他接著解釋說，「航空家」指的是坐熱氣球航行的人，「航空家湯姆」這個稱號，比起「旅行家湯姆」要光彩得多。他還說，一旦我們航行成功，將會舉世聞名，因此他現在不想再被稱為「旅行家」了。

下午三點鐘左右，我們將一切準備就緒，等待降落。這時候，我們都感到很興奮、驕傲，拿著望遠鏡四處張望，就像哥倫布過去發現新大陸一樣。可是，除了海洋之外，我們什麼也沒看見。一個下午過去了，太陽也消失了，可是連一點大陸的影子也沒有。我們不知道這是怎麼回事，但始終相信不會出什麼問題，遲早會抵達目的地的，於是繼續朝東方開去，還把飛艇往上拔升了一些，以免在黑暗中撞上高山、尖塔之類的東西。

我一直值班到半夜，然後輪到吉姆，但湯姆也不睡。他說，當一艘輪船準備靠岸時，船長總是不睡覺的，作息也不規律。

第二天早上，天才剛亮，吉姆突然喊叫一聲，我們立刻跳了起來，朝遠方望去，只見到處都是陸地——黃色的、一望無際的平地。我們不知道氣球在上面飛行了多久，後來又發現地上既沒有樹木森林、沒有山丘岩石，也沒有城鎮村莊。湯姆和吉姆一直把它誤認成海洋，以為是風平浪靜的海面；可是，我們飛得那麼高，即使是波濤洶湧的海面，在夜晚看起來也會是光滑平坦的。

這時候，我們全都熱血沸騰起來，握著望遠鏡，到處搜尋倫敦，但連一點影子也沒有，也找不到任何村落，或是江河湖泊的蹤跡。湯姆這下搞糊塗了，他說這不像他想像中的英國，他原先一直以為英國看起來就跟美國一樣。無可奈何，他只好要大伙兒先吃早餐，然後再下去打聽哪條路離倫敦最近。我們都迫不及待，隨便吃了一點東西，便開始將氣球往下降落。天氣逐漸變得暖和起來，沒過多久，我們把身上的皮衣全脫了，但天氣仍然越來越熱，很快地，就熱得令人受不了了。這時候，我們已經接近地面，簡直熱得皮膚都要起泡。

飛艇在距離陸地三十呎的高度停穩了——如果沙子也可以稱做陸地的話。因為除了沙子以外，地上什麼也沒有。我和湯姆爬下繩梯，跑了一會兒，讓雙腳活動一下，可是沙子卻像熾熱的爐燼，燒灼著我們的腳底。這時，我們看見一個人朝這裡走來，便迎了上去，卻聽到吉姆一聲大喊。我們回過頭去，只見他又跳又叫，比手劃腳著。我們聽不清他說的話，卻被嚇了一跳，於是拔腿跑回飛艇。當我們跑近，聽清了他的話，更是嚇出了一身冷汗。他喊道：

「快跑！用力地跑！那是一隻獅子。我從望遠鏡裡看得一清二楚！快跑！伙計們，用力跑吧！獅子是從動物園的籠子裡逃出來的，但是卻沒有人攔住牠！」

湯姆一聽，連忙飛奔起來，但我的腿似乎癱軟了，只是喘著氣，吃力地往前跑，像在夢裡被鬼一步步追趕上來一樣。

湯姆到了繩梯旁，爬上一級，等著我。我一踏上梯子，他就叫吉姆趕快起飛。想不到，吉姆早已嚇呆了，說他忘記該怎麼起飛了。於是，湯姆只好一步步往上爬，叫我也跟上。那頭獅子逼近了，牠每邁出一大步，都發出一聲驚天動地的吼叫，嚇得我雙腳直發抖，站在梯子上不敢動，生怕一抬腳，下面那隻腳就會站立不穩，讓我從梯子上掉下去。

幸好這時湯姆已經爬上飛艇，將氣球往上升了一些，在繩梯距離地面十到十二呎高的地方停了下來。獅子追來了，在我的腳下瘋狂地咆哮著，跳向空中，朝梯子撲來，差一點就抓到了——在我看來，牠已經撲到了離梯子不到半吋的地方。真是好險！一脫離獅子的威脅，我頓時鬆了一口氣。一方面，我慶幸自己脫了險，感到無比的喜悅；但另一方面，我無可奈何地被吊在空中，不能攀爬上去，感到相當苦惱、悲哀，人的心情悲喜交加到這個地步，也夠稀奇的了。而這種稀奇的複雜情緒，我並不鼓勵每個人都去經歷。

湯姆問我他能幫些什麼忙，但我不知該怎麼回答。他問我能不能再堅持一下，讓他把氣球開到別的地方，甩掉獅子。我告訴他那樣很好，只是別再往高空飛了，否則我就會感到頭昏腦脹，然後掉下去的。於是他說：「抓穩了！」說罷便開始航行了。

「別飛得那麼快！」我大喊，「太快了我會頭暈，受不了。」

他剛開動時，速度就像是特快車一樣，現在已慢了下來，飛過沙地時速度減得更慢，但仍然令人有些頭昏眼花。像這樣望著東西從眼皮底下一聲不響地滑過，確實會給人一種很不舒服的感覺。

可是，沒過多久，下面就傳來許多聲響。原來是那頭獅子追上來了，牠的吼叫聲驚動了其他獅子。只見成群的獅子從四面八方奔來，不一會就聚集了幾十隻，在我的腳下朝梯子撲跳、吼叫，還互相撕咬著。我們只好加速飛越沙地，而那些猛獸仍不停地跳躍，這幅場面令我們永生難忘。後來，其他野獸也一一被吸引過來，在我們的下方嚎叫、蹦跳著，吵吵鬧鬧的。

我們意識到，我們原本的計畫大錯特錯，用那種慢速飛行是甩不掉牠們的，而我也不可能永無止盡地堅持下去。湯姆沉思了一下，想出另一個辦法。他決定用那支左輪手槍打死一頭獅子，趁其他獅子停下來爭奪死獅肉的時候，便逃之夭夭。於是，湯姆停下飛艇，開槍射倒了一頭獅子，然後趁獅群混亂之際匆匆離去，飛了半哩遠後又停下來，把我拉上船內。可是，我們才剛剛起飛，那些猛獸又來了，幸好我們此刻已脫離了危險區，牠們再也咬不到了。只見牠們乖乖地蹲伏在地上，仰起頭看著我們，露出非常失望的表情。牠們的表情是那樣生動，讓我也不禁為牠們感到難過。

第六章　那是支商隊

我感到四肢無力，想好好休息一會兒。於是，我立刻朝衣帽櫃的床鋪走去，在上面躺了下來。可是，在這種火爐般的天氣裡休息，是消除不了疲勞的，湯姆只好叫吉姆把飛艇升了上去。

我們往高空升了一哩，氣溫逐漸轉涼，空氣中吹來一陣陣涼風，清爽宜人。沒過多久，我的精力全都恢復了。湯姆一直默默地坐著、沉思著。這時，他跳了起來，說道：

「我知道我們在哪裡了，我可以跟你們打賭一千塊。我們現在來到了撒哈拉大沙漠，一點也沒錯！」

他激動得跳起來，但我卻滿不在乎地問道：

「哦，那麼，撒哈拉大沙漠在什麼地方？在英格蘭，還是在蘇格蘭？」

「不在英格蘭，也不在蘇格蘭，是在非洲！」

吉姆睜大了眼睛，帶著無限關切的神情，朝地面凝望著，因為他的祖先就是來自這塊土地。但我卻半信半疑，你知道，我不可能完全相信，因為我認為我們不可能飛了這麼遠。

湯姆滔滔不絕地談論他所謂的「新發現」。他說，毫無疑問，那些獅子和沙地表明這就是非洲的那個「大沙漠」。還說，要是他能在我們見到大陸以前，就想起某樣東西，他早就判斷出我們降落的地點是哪裡了。我們問他是什麼東西，他回答：

「就是船上的這些鐘。它們都是經線儀，在海上航行時必須經常查看。其中的一座鐘顯示格林威治時間，另一座顯示聖路易時間，就像我的錶一樣。我們離開聖路易時，按照我的錶和這些鐘，當時是下午四點，而格林威治是晚上十點。還有，每年的這個季節，太陽下山的時間大約是七點。昨天日落時我注意了一下，那時是格林威治時間五點半，而我的錶和這些鐘則顯示早上十一點半。你們瞧，在聖路易的時候，太陽是按照我手錶的時間升起和下山，卻比格林威治快六個小時。而我們現在往東飛了這麼遠，格林威治時間與太陽的正常下山時間相差不到半小時，我的錶卻遠遠超過了時間——超過了四個半小時！也就是說，我們在昨天日落時正接近愛爾蘭所在的經度，要是方向正確，不用多久便可到達目的地英國；但我們把方向轉錯了，轉錯啦！先生們，我們到處飄蕩——唉！往東南方飄去了。依我看，我們一定是在非洲。看看這張地圖，明白了嗎？非洲的北端向西延伸過去。想像一下，我們的速度多麼快啊！假如我們朝東方直直飛去，這時早該飛過英國了。你們可以看看現在是不是中午——我們站立著，如果地上沒有影子，就代表按格林威治時間即將十二點了。是的，先生們，我堅持認為，我們來到非洲了，太妙了！」

吉姆舉起望遠鏡朝下觀看著，然後搖搖頭，說道：

「湯姆少爺，我想是你弄錯了吧？我還沒看到一個黑人呢！」

「那沒什麼奇怪的，黑人不會住在沙漠裡面。前面那是什麼？把望遠鏡給我。」

他看了好一陣子，說那像一條黑色的繩索，橫跨沙漠，但猜不出那是什麼。

「哦，」我說道，「依我看，現在你有機會把我們的方位找出來了。那條黑線就像是地圖上的黑線——也就是你說的經度線。我們可以下去一趟，查查那條線的號碼，然後——」

「哎呀！真是胡說八道，哈克，我從沒見過像你這樣的笨腦袋。你以為地球上也一樣標有經度線嗎？」

「湯姆，地圖上真的標了呀！就在這裡，你自己看。」

「地圖上當然標了，這有什麼好奇怪的？但是地球上沒有標。」

「湯姆，你確定是這樣嗎？」

「當然確定。」

「好吧，那地圖又騙人了。我從來沒見過像地圖這麼愛騙人的東西。」

他又生起氣來，但我不怕，吉姆也打算說些什麼。我們眼看就要爭吵起來，但湯姆突然放下望遠鏡，像個瘋子一樣拍起手來，同時大聲叫道：

「駱駝！——駱駝！」

我和吉姆一把搶過望遠鏡，往下望了望，但我十分掃興地說：

「哪來的駱駝？那是蜘蛛。」

「你這笨蛋！沙漠上哪來的蜘蛛？蜘蛛會排隊走路嗎？動動腦筋吧！哈克，儘管我認為你蠢到沒腦筋可動。難道你不知道我們現在離地面一哩高，也不知道那隊爬行的東西距離我們還有兩三哩遠？蜘蛛，老天！蜘蛛跟牛一樣大嗎？也許你也願意下去擠擠奶吧？但那些可是駱駝！嘿！那是支商隊，沒錯，是支商隊，排了一哩長呢！」

「哦，那我們就下去看看吧。我才不相信呢，不親眼看見，我絕不相信。」

我們降入熱氣層，看出那些東西確實是駱駝，排著長長的隊伍，背上馱著沉重的包袱，吃力地行走著。還有幾百個人，身上穿著白色長袍，頭上綁著圍巾，圍巾下面吊著流蘇；有的人佩著長槍，有的沒有；有的人騎馬，有的步行。天氣簡直像火在烤人，他們一步步蹣跚地移動著，走得非常緩慢。我們忽地朝下俯衝，然後在距離他們一百多公尺的地方停了下來。

這群人一見到我們，全都驚叫了一聲，有的臥倒在地上，有的朝我們開槍，其餘的四散奔逃，駱駝也跟著逃竄起來。

我們發現自己為他們帶來了麻煩，便又升高了一哩左右，再次進入冷氣層，從那裡注視著他們。只見那些人花了整整一小時，才又集合起來，重新排好隊伍繼續趕路。從望遠鏡裡可以看出，他們仍小心翼翼地提防著我們。我們繼續尾隨他們，慢慢行進，不時拿著望遠鏡朝下探望。沒過多久，我們發現了一座大沙丘，沙丘的另一側似乎圍著人群，還有一個人伏在山頂，不時抬起頭來，好像在朝商隊張望，也可能是朝我們張望。商隊逼進時，山頂上的那個人立刻溜下去，跑到等在那裡的人群和馬匹（看起來像是馬匹）前，我們看到那群人全都匆匆跨上馬，像房子著了火般朝商隊衝過去，有的揮舞長矛，有的手拿火槍，一邊衝一邊吆喝。

剎那間，兩方人馬刀劍相交，廝殺成一團，槍聲震耳欲聾，空中硝煙瀰漫，我們只能隱約看見他們的身影。捲入戰鬥的似乎有六百多人，馬匹的嘶吼與人的吶喊交雜在一起，場面可怕極了。沒過多久，人們三兩成群，展開了肉搏戰。他們彼此追趕，拳打腳踢，不顧一切地殘殺對方。每當硝煙稍稍散去，我們就能看見遍地佈滿了死屍和傷兵，沒被殺死的駱駝四處亂竄。

後來，強盜見情況不妙，打不過商隊，頭領發出一聲哨音，一行人便匆匆突圍，朝著沙漠的另一端逃去。逃在最後的一個強盜騎著馬，從人群中奪來一個小孩，放在馬上帶走了，一名女人尖聲喊叫，緊追在後苦苦哀求。她離開隊伍追了許久，可是怎麼也追不上，只好放棄了。只見她癱倒在沙地上，用手捧著臉。這時候，湯姆操縱飛艇，朝那惡棍開了過去，然後一個俯衝，把惡棍連同小孩一起撞下馬來。那傢伙摔得半死不活，但小孩毫髮無傷，臉朝上躺著，像隻四腳朝天的金龜子一樣踢著手腳，就是翻不過身來。強盜一跛一跛地去追趕他的馬，也不明白自己是被什麼東西撞下馬的，因為當時我們又離開地面三四百碼遠了。

我們猜那個女人會立刻跑過去抱起小孩，但她偏偏一動也不動。我們從望遠鏡中看見她仍然蹲在原地，把頭埋在膝蓋之間。顯然，她並沒有看到我們的舉動，仍以為孩子被強盜搶走，再也回不來了。她離她的隊伍將近半哩遠，而小孩離她又有四分之一哩，因此我們打算下去撿起小孩，趁商隊的人還來不及跑來攻擊我們，悄悄地把小孩還給他母親。想做到這件事不難，因為商隊折損了不少人，足夠他們忙碌一陣子了。我們決定碰碰運氣。

於是，我們駕駛飛艇向下降落，然後停住，接著吉姆爬下繩梯，把小孩抱了上來。小孩胖乎乎的，惹人喜歡，儘管剛經歷一場戰鬥，又從馬上跌下來，但仍然笑呵呵的，精神很好。隨後，我們朝孩子的母親開過去，在她背後停下來，靠得很近，吉姆溜下飛艇，躡手躡腳地走向前去。當他快到她背後時，小孩突然哇哇叫了起來。她一聽，立刻跳起來，又驚又喜地大叫了一聲，一把抓住小孩，緊緊抱入懷裡，然後又把小孩放下，緊緊擁抱吉姆。接著，她摘下一條金鏈，套在吉姆的脖子上，又擁抱了吉姆一次，才把小孩撿起，又是哭泣，又是讚美的。吉姆跑回繩梯，爬了上來。很快地，我們又重新回到天空。那個女人把頭高高抬起，仰望飛艇，小孩的雙手緊緊圍住她的脖子。就這樣，她一直站在原地目送著我們，遠遠地消失在空中。

第七章　湯姆尊敬跳蚤

「正午了！」湯姆叫道。真的，確實正午了。他的身體與陰影完全重疊在一起。我們瞧瞧那座格林威治時鐘，剛好十二點，一秒不差。這時湯姆又說，倫敦不在我們的正北方，就是在正南方；而他根據天氣、沙漠和駱駝等線索，判斷倫敦就在北方，並且與我們相隔很遠——就像紐約市與墨西哥城的距離那麼遠。

吉姆說，他認為氣球是世上速度最快的東西了，能比得上它的只有野鴿之類的幾種鳥類，或是火車。

但是湯姆說，時速接近一百哩的火車，他的確從書報上看過英國有；至於飛得那麼快的鳥類，他從來沒有聽說過——只有一個例外，那就是跳蚤。

「跳蚤？哎呀！湯姆少爺，第一點，嚴格來說，跳蚤不算是鳥——」

「跳蚤不是鳥，是嗎？嘿，那它是什麼？」

「這我不清楚，湯姆少爺，我想它是一種動物——不，應該也不是，要說是動物，它的體積不夠大。那麼，它一定是隻蟲子了。沒錯，它是隻蟲子。」

「但我打賭它不是蟲子，這件事就算了。你的第二點又是什麼呢？」

「哦，第二點，鳥能飛得很遠，但跳蚤不行。」

「跳蚤飛不遠，是嗎？那好，到底什麼叫做遠？請你解釋給我聽吧。」

「哎！就是很多哩，非常多哩——每個人都知道。」

「人類不是也能走很多哩嗎？」

「沒錯，人類是可以。」

「能走得跟火車一樣多嗎？」

「可以，只要有時間。」

「難道跳蚤不行嗎？」

「唔——我猜也許可以吧——只要你給它很多時間。」

「好，這下你終於明白了，對吧？距離的遠近，根本不能用來當作判斷的標準。可以當成標準的，應該是走一段距離花費的時間，對嗎？」

「嗯，似乎有道理，但我不相信，湯姆少爺。」

「這是個比例問題——對！就是比例問題。如果你按照一個東西的大小來衡量它的速度的話，那麼，你說的那隻鳥、那輛火車、那個人又怎麼比得上跳蚤呢？跑得最快的人，一小時頂多跑十哩路，這比他的身高長不到一萬倍。可是，所有的書上都說，一隻最普通的跳蚤卻能跳出它身長的一百五十倍，而且每秒可以跳五下。這麼說來，在短短的一秒鐘裡，它就能跳出它身長的七百五十倍。再說，它不需要停下來，白白浪費時間，而是一下接著一下跳——這一點，你只要用手指碰一碰它，就能看得一清二楚。好了，這還只是最普通的三流跳蚤呢！要是說起那種義大利的一流跳蚤，那就不得了啦！義大利跳蚤都是貴族們的寶貝，從來不愁吃穿，也不會生病，它一下可以跳出身長的三百倍，每秒跳五下，也就是身長的一千五百倍，而且可以一整天跳個不停。那麼，假設一個人在一秒鐘之內可以走完等於它身高一千五百倍的路程，假設是一哩半吧！那麼，一分鐘就可以走九十哩，一小時就比五千哩還要遠呢！你說，要去哪裡找到這種人？去哪裡去找到這種鳥、火車、氣球？老天！他們跟跳蚤簡直不能比，一隻跳蚤就好比是一顆縮小的彗星，健步如飛！」

吉姆被這一番話說得驚訝不已，我也同樣感到驚訝。於是他說：

「湯姆少爺，你說的那些數據是真的嗎？不是開玩笑的吧？不是假的吧？」

「當然，全都是真的，一點也不假。」

「這麼說來，我的先生，我們就必須尊敬跳蚤囉？一直以來，我從不把它們放在眼裡，很少尊敬他們；可是，它們確實值得我們尊敬，這是毫無疑問的。」

「嗯，我敢說它們的確該受到大家尊敬。按照身材比例來說，它們比世上的任何動物都更有智慧、更加聰明伶俐。你可以教它們做任何事情，而它們也比任何動物都學得快。它們被訓練來拉小型馬車，能聽從指揮拉著車到處跑；對了，還能聽口令邁步走，就像士兵一樣。它們還能學會各式各樣的雜事。假如你能把一隻跳蚤培養得像人一樣大，在成長過程中，它的智力也按照同樣的比例成長，那麼，你覺得人類將會怎麼樣呢？那隻跳蚤將會成為美國總統，想阻止也阻止不了，就像你無法阻止閃電一樣。」

「我的老天！湯姆少爺，我從來沒想過這種蟲子這麼偉大。是的，先生，我從來沒想過，真的。」

「還有呢！就它的身材比例來說，跳蚤比任何動物——無論是人還是野獸——本事都來得大。它是萬物中最具有吸引力的東西。人們總是滔滔不絕地談論螞蟻、大象和蒸汽機的力量，但這些東西和跳蚤相比還差得遠呢！一隻跳蚤能舉起相當於它的重量兩三百倍的東西，沒有其他動物做得到這一點。除此之外，跳蚤對事物有著自己的看法，它是非常挑剔的，你永遠別想哄騙它。它的本能會讓它作出各種判斷，而且頭腦冷靜，從不出差錯。有的人認為，無論是誰，對跳蚤來說都是一樣的，其實不對。有一些人，跳蚤不管餓不餓，都不願意接近他們，像我就是——我這輩子身上從未有過跳蚤。」

「湯姆少爺！」

「真的是這樣，我沒有開玩笑。」

「嘿，好吧，這真是件新鮮事，我以前從未聽說過。」

吉姆不相信湯姆的話，我也不相信，於是我們下到地面，在沙漠上尋找跳蚤，想試一試真假。果然，湯姆是對的。成千上萬隻跳蚤朝著吉姆和我身上湧來，而湯姆身上一隻也沒有。這實在太奇怪了，但事實就是這樣。湯姆說他一向如此，即使他來到一個有一百萬隻跳蚤的地方，也不會有一隻跳蚤找他的麻煩。

我們駕著飛艇升上冷氣層，在那裡逗留了一陣子，把身上的跳蚤都凍死。之後，便又降回氣溫舒適的高度，以每小時二十到二十五哩的速度，悠閒自在地在空中緩緩游弋，就像過去幾個小時中我們所做的那樣。之所以這麼做，是因為在那安靜、肅穆的沙漠上待得越久，我們那急躁的情緒和慌張的手腳就越是平靜不下來。相反地，當心情越是愉快，也越能欣賞沙漠、喜愛沙漠。因此，我們把飛行速度減下來，享受了很長一段慵懶的時光，有時看看望遠鏡，有時躺在衣櫃上看著書，有時打打瞌睡。

我們彷彿不是原先那些急著要尋找陸地、急著要著陸的人了。我們已經克服了那種情緒，適應了氣球上的生活，不覺得有什麼可怕，也不想再待在別的地方了。嗯，這就像住在家裡，彷彿我出生在氣球裡、並且在氣球裡長大的。吉姆和湯姆也這麼說。過去，身邊總有那麼一群討厭的人，嫌棄我、打擾我、咒罵我、找我的麻煩、發我的牢騷、干涉我的事情、糾纏我、抓著我不放、使喚我、強迫我做那些我不想做的事，要是我不聽話就得遭殃。人們成天給你帶來煩惱，讓你過得不痛快。可是，在這裡，在天上，到處都幽雅安靜，風光明媚，舒適甜美，有吃有睡，還有看不完的新鮮事物，又沒人在你耳邊嘮嘮叨叨，沒有「好人」來管教你，每天都像度假一樣開心。謝天謝地！我可不急於離開這裡，回到那所謂的「文明」裡去。

說起那個文明社會，有一點令人很不滿意：要是有人收到了信，信上有什麼不幸的消息，他就會找上你，把這些噩耗全告訴你，讓你心裡也不好受。至於那些報紙，它們把全世界的壞消息都寫給你看，讓你看了幾乎一整天哭喪著臉、意志消沉。這些沉重的負擔真令人難受！我痛恨報紙，也厭惡信件；要是我能夠作主，我絕不准任何人把自己的壞消息，用那樣的方式壓在別人肩上，壓在與自己素不相識、相隔千里的人肩上。不過，駕著氣球，飄在高空，就不必再去擔心這些事了。這裡真是再可愛不過的地方了！

我們吃完晚飯，度過了一個快活又美好的夜晚。月光照得大地像白天一樣明亮，卻比白天柔和許多倍。有一回我們看見一頭獅子，孤零零地站立著，彷彿獨自站在地球上一樣。牠的影子像一團墨漬，映在牠腳旁的沙地上。月光就應該是那個樣子啊！

大部分的時間，我們臉朝天躺著，一邊說話，誰也不想入睡。湯姆說我們完全處在《天方夜譚》的神奇國度裡了，還說書中一個最引人入勝的故事就發生在這一帶。當他說這個故事的時候，我急忙伸出腦袋往下看。你知道，能親眼看看書中描寫過的地方，那是最有趣的事了。那個故事是這樣的：有一個趕駱駝的人，遺失了他的駱駝，只好在沙漠上一路尋找。途中，他遇見一個人，便問道：

「你今天有看見一頭迷路的駱駝嗎？」

那人回答說：

「那隻駱駝是不是瞎了左眼？」

「是的。」

「是不是缺了一顆上門牙？」

「是的。」

「是不是瘸了右後腿？」

「是的。」

「是不是一邊馱著小米，一邊馱著蜂蜜？」

「是呀！你不用再描述其他細節了，肯定就是那一頭。我正忙著趕路呢！你是在哪裡見到的？」

「我從沒見過。」那人這麼說。

「你從沒見過？那你怎麼能把牠形容得那麼準確呢？」

「要是一個人懂得如何使用眼睛，那麼，他見到的一切都會變得有意義。可是有很多人，明明長了眼睛，卻不懂得如何使用，因此眼睛對他也毫無用處。我知道沙漠裡有過一頭駱駝，因為我看見了駱駝蹄印；我知道

駱駝瘸了右後腿，因為牠要保護右腿，輕輕踏著，右蹄印很淺；我知道駱駝的左眼瞎了，因為路上的青草只有右邊的被吃掉；我知道駱駝缺了一顆上門牙，因為被啃過的草，齒印總有一個缺口；我知道駱駝的一邊馱了小米，一邊馱了蜂蜜，因為路上的一側遺落了小米，有螞蟻在扛，而另一側露出了蜂蜜，有蒼蠅在吃。你那隻駱駝的特徵我都明白，但就是沒見過牠。」

吉姆說：

「你再說下去，湯姆少爺，這個故事真好，真有意思。」

「我講完了。」湯姆回答說。

「講完了？」吉姆吃驚地問道：「後來駱駝怎麼樣了？」

「我不知道。」

「湯姆少爺，故事裡真的沒有提到嗎？」

「沒有。」

吉姆想了一會兒，又說道：

「好吧！這是我聽過的故事中最糟的一個。才剛講到最有趣的地方，就忽然結束了。唉！湯姆少爺，這種故事真沒意思。那個人的駱駝究竟有沒有找回來，你真的不知道嗎？」

「是的，我不知道啊！」

我也覺得這種故事沒什麼意思，還沒講到結局，就忽然中斷了。但我沒有把我的想法說出口，因為我可以看出湯姆又生氣了——他的故事沒得到什麼讚美，反而被吉姆緊抓住弱點不放。我認為，當一個人失敗時，再去落井下石，也未免太不厚道了。突然，湯姆朝我轉過身來，問道：

「你呢？你覺得故事怎麼樣？」

當然，這樣一來，我只好老實把心裡的想法坦白出來，說我的看法與吉姆一樣，認為一個故事要是半途收尾，沒有一個結局，那簡直不值一提。

湯姆低下頭，把下巴垂到胸前。我如此嘲弄他的故事，還以為他會氣得發狂；不過，他只是悶悶不樂，喃喃地說道：

「就像那個人說的，有的人能聽得出道理，有的人不能。像你們這樣的蠢蛋，不用說一頭駱駝，即使來了一場暴風，你們也會搞不清風向的。」

我不懂他的意思，他也沒有解釋。我想，這大概又是他的那種扯開話題的手法了，他很擅長這一招呢！有時候，當他陷入窘境，無法解圍時，總是喜歡耍這種手段。不過，我並不在乎這點。我們找出了故事的破綻，一針見血地指出來，使他無法否認這個小小的「事實」，漂亮地贏了一回。儘管他仍裝得若無其事。

第八章　消失的湖

第二天早上，我們一大早就吃了飯，坐在飛艇裡眺望沙漠。雖然飛艇距離地面不高，空氣卻非常涼爽宜人。在沙漠裡，太陽一下山，氣溫很快就會下降，我們也就必須逐漸往下飛。因此到了接近天亮的時候，我們已經距離地面很近了。

我們看著氣球的陰影在地面上滑行，不時又把視線轉向沙漠，瞭望遠方，看看是否有什麼動靜，然後又低下頭來，望著氣球的陰影。突然間，幾乎就在我們的正下方，我們看見了一大群人和駱駝。他們凌亂地躺著，一動也不動，似乎在睡覺。

我們關掉引擎，在他們的正上方停下來，這時才看出那些全是屍體。我們感到全身發麻，說起話來也變得小聲，彷彿在參加葬禮一般。我們把飛艇慢慢降下，我和湯姆爬到地面，走到死屍中間，裡頭有男人、女人，還有小孩，個個都被太陽曬乾了，就像你在書中見過的木乃伊圖片一樣，烏黑乾癟，皺巴巴的，而且硬得像皮革。可是，他們看起來仍然像人，就像在睡覺一樣，儘管還有些令人難以置信。

有的人和駱駝身上覆蓋了沙子，但絕大多數的屍體是坦露著的。因為周圍沙層很淺，沙子的下方又是堅硬的礫石。大多數人的衣服已經腐爛了，當你去撿起破布片時，只要輕輕一碰就會粉碎，像蜘蛛網一樣。湯姆認為這些屍體已經待在那裡好幾個年頭了。

男屍當中，有的身旁放著生了鏽的槍，有的佩戴寶劍，腰間繫著寬布帶，布帶裡插著鍍銀的長手槍。所有的駱駝背上還馱著包袱，只是包袱早已破裂、腐爛，裡頭的東西撒落一地。我們心想，那些劍對死人來說沒什麼用了，於是便一人撿了一把，還拿了幾支手槍；另外，我們還拿了一個小盒子，因為它的外表非常漂亮，鑲嵌得很精緻。接著，我們想把死人埋葬，但又想不出什麼好的辦法——周圍除了沙子以外，什麼也沒有，如果用沙子來埋，很快又會被風刮掉的。

於是，我們駕著氣球飛走了，沒過多久，地上的那塊黑斑就看不見了，我們也不會再在這世上看到那些可憐人了。我們思索著、推測著，想猜出真相，搞清楚那些人究竟是怎麼來到這裡、又是怎麼死的，但怎麼也猜不出個所以然。一開始，我們認為他們也許迷了路，在沙漠裡徘徊，最後糧水耗盡，活活餓死了。但湯姆說，要是他們到處徘徊，就會遭到野獸與老鷹的襲擊，可是他們並沒有，因此這種推測是不成立的。最後，我們只好放棄，也不打算再去想這件事了，因為那實在是一件令人沮喪的事。

然後，我把撿來的那只小盒打開，裡面有許多珠寶，以及一些用奇特的金幣（我們以前從未看過）鑲邊的面紗，跟那些女屍臉上戴的一模一樣。我們心想該不該飛回去，找到那些死屍，把小盒物歸原主；但湯姆想了想，覺得沒有必要那麼做，他說這一帶強盜橫行，把盒子放回去，就會被他們盜走。這麼一來，反而是我們放了這些東西誘惑他們，罪過就會落在我們頭上。於是，我們繼續趕路，我開始後悔沒把那些死人的東西全拿回來，以免留在那裡引誘別人。

我們曾在那熾熱的地面上待了兩個小時，回到氣球上時，口渴得受不了。一上船就直奔水缸，可是水壞了，喝起來是苦的，而且被太陽曬得像開水一樣，差點把我們的嘴巴燙傷了。它已經不能喝了，但那可是密西西比河的水，是世上最好喝的水呀！我們把水底的泥巴攪動起來，看會不會好一些，可是無濟於事，泥巴的味道並不比水好。

一開始，當我們的注意力集中在那些死人身上時，嘴裡倒不覺得渴；但現在渴極了，而一發現沒水可喝，口渴的程度更是比十五秒以前增加了三十五倍以上。不一會兒，我們個個都想像狗一樣張開嘴巴喘氣。

湯姆要我們仔細觀察，注意每一個方向、每一個地方，設法找到一個有水的綠洲；不然，這樣下去，誰也不知道會發生什麼事的。於是，我們注視著、觀察著，握著望遠鏡向四處不斷張望。時間一久，手臂痠了，再也舉不起望遠鏡了。就這樣看了兩小時、三小時，眼裡所見的除了沙子還是沙子。沙漠上熱氣翻騰，清晰可見。天哪！一個人只有在長時間口乾舌燥，而且知道再也無法喝到水時，才會懂得真正的痛苦是什麼滋味。最後，我望著那烈日灼燒著的茫茫大地，再也忍耐不住了，一下子癱倒在衣帽櫃上，放棄了一切希望。

沒過多久，湯姆忽然大叫一聲：「找到了！」眼前出現了一個湖，湖面寬廣，閃爍發光，湖邊還長著許多棕櫚樹，無聲無息地斜在湖面上，樹影落在水面，婀娜的形狀簡直難以言喻，我從來沒看過這麼美的景致。湖的距離還很遠，但這點距離對我們來說根本不算什麼。我們以每小時一百哩的快速向前飛去，估計七分鐘後便能抵達湖邊。可是，我們說什麼也到不了——湖面總是離得那麼遠，沒錯，我的先生，總是離得那麼遠！總是閃爍發光，宛如夢境，但一步也接近不了。之後的一瞬間，湖不見了！

湯姆的眼光閃亮了一下，說道：

「伙計們，那是海市蜃樓！」他的話似乎帶有幾分興奮，但我覺得這種時候沒什麼好興奮的，於是說道：

「也許吧，我才不管它叫什麼名字呢！我想知道的是，你那個『海市蜃樓』去哪兒啦？」

吉姆渾身發抖，嚇得說不出話來，否則也想提出同一個問題。湯姆回答說：

「海市蜃樓怎麼了？哎！你不是親眼看到了嗎？它消失了。」

「是的，我知道消失了，但是去哪裡了呢？」

他打量了我一番，說道：

「老天！哈克，到哪裡去了？你難道不知道海市蜃樓是什麼嗎？」

「是的，我不懂，那是什麼東西？」

「是一種幻覺，不是什麼物體，也不可能是什麼物體。」

聽他這麼一說，我開始有點激動了，問道：

「湯姆，你說什麼傻話？我不是看見了一個湖嗎？」

「沒錯——我想你是看見了。」

「那可不是我幻想出來的，因為我的的確確看見了。」

「我告訴你，你並沒有看見湖，因為那裡根本就沒有什麼湖可以讓你看見。」

吉姆聽他這麼說，感到吃驚，於是也插進來，用近乎請求和苦惱的口氣說：

「湯姆少爺，在這種可怕的時候，請你別再說這種話了。你不僅在拿自己的性命開玩笑，也拿我們的命開玩笑，就像安娜．尼亞斯和西弗拉一樣。那個湖明明就擺在那裡，我看得一清二楚，就像現在看到你和哈克一樣清楚。」

我說道：

「哎！他自己也看見了呀，而且還是第一個看見的呢！這下看他怎麼解釋。」

「對，湯姆少爺，就是這樣，你不能否認。我們全都看到了，這就證明的確有湖。」

「證明有湖？你要怎麼證明？」

「就像在法庭上和其他地方作證一樣，湯姆少爺。一個人也許喝了酒、說夢話，或是因為別的原因而搞錯事情。即使是兩個人，也未必可靠。但是我告訴你，要是有三個人都看見了同樣一件東西，不管他們有沒有喝酒，總之那一定是事實。你知道的，湯姆少爺。」

「我一點也不知道。從前有四億個人，每天都看到太陽從天空的一頭走到另一頭，那能不能證明太陽在走呢？」

「當然能，還有，也沒有必要證明這一點。任何有點大腦的人都不會去懷疑這一點。瞧！太陽現在就在天上呢！跟平常一樣在走呢！」

這時，湯姆轉過身來，對著我說：

「你說呢？太陽是靜止的嗎？」

「湯姆，你問這種蠢問題幹嘛？只要長了眼睛，誰都能看見太陽不是靜止的。」

「好吧，」他說，「如今我孤立無援，只有一對低等動物陪伴，懂的東西與三四百年前的一個大學校長差不多。」

他這麼說太不公平了，我不想就這樣放過他，便說道：

「中傷人是沒有意義的，湯姆。」

「哦！上帝，哦！我仁慈的上帝啊！前面又有湖了！」這時吉姆大喊起來，「好了，湯姆少爺，現在你還有什麼好說？」

真的！我的先生，那個湖又出現了，就在沙漠的那一頭，樹木與其他景象就跟之前一模一樣。於是我說：

「湯姆，我想你現在應該相信了吧？」

可是，他非常從容地答道：

「是的，相信了，相信那邊沒有湖。」

吉姆說：

「別再說這種話啦！湯姆少爺，你說得我害怕極了。天氣這麼熱，你又這麼口渴，你一定是神智不清了，湯姆少爺。啊！那湖真漂亮！我實在是口渴了，不知道還要多久才能趕到湖邊。」

「嗯，你還得繼續等呢！不過，等也沒用，告訴你吧，那裡根本就沒有湖。」

我說：

「吉姆，你用眼睛盯著湖，我也盯著。」

「我一定盯著不放，上帝保佑你，親愛的。我一定會緊盯著不放的。」

氣球朝湖邊衝了過去，一口氣行進了很多哩，但就是無法向湖邊靠近一分。後來，湖突然又不見了。吉姆頓時踉蹌了一下，差點摔倒。當他喘過氣來，像魚一般地張動著嘴，說道：

「湯姆少爺，那是鬼，是鬼呀！請上帝保佑，別再讓鬼出現了。一開始，那裡曾經有個湖，後來發生了什麼事，湖死了，我們就看見了湖的鬼魂。我們一共看見兩次，這證明了沙漠裡頭有鬼，有鬼啊！唉！湯姆少爺，趕快飛出這個鬼地方吧！我寧可死掉，也不願再在這裡過夜，湖的鬼魂會來到我們身旁哭泣，而我們卻不知道自己大禍臨頭，還在那裡呼呼大睡呢！」

「鬼魂？你這蠢蛋！那不是什麼東西，只不過是空氣和熱氣加上你的口渴，在你的幻覺中形成的一種東西。要是我——把望遠鏡拿給我！」

他抓起望遠鏡，朝右邊看去。

「那是一群鳥，」他說道，「太陽快下山了，那群鳥正排成一行，橫過我們的前方，朝某個地方飛去。它們是有目的的——也許牠們要飛去哪裡找食物，或是找水，或是兩樣都找。聽著，向右轉——轉向！往下！好了——慢慢向上——穩住！就這樣。」

我們減慢了一些速度，以免超過鳥群的前頭。我們一直跟在牠們後面，離了四分之一哩遠，慢慢地行駛。就這樣，我們跟蹤了一個半小時，什麼也沒看到，失望極了，嘴裡渴得再也堅持不住。這時，湯姆說：

「你們兩個，誰來把望遠鏡拿去，看看鳥群的前方是什麼東西。」

吉姆搶先看了一眼，便頹然躺在衣櫃上，用一種快哭出來的聲音說：

「又是那個湖！湯姆少爺，又是那個湖啊！我知道我要死啦，一個人見到三次鬼就會死的。唉！當初真不該來乘這氣球啊！」

他說什麼也不願意再看了，說得我也膽怯起來。我猜那的確是真的，鬼就是那樣，讓你看見三次，然後讓你死去。於是，我也不願再看，與吉姆一同央求湯姆轉換航向，但他不聽，還罵我們是一群無知又迷信的蠢蛋。我心想：好吧，他竟敢這樣侮辱鬼，總有一天鬼會找上門來的。鬼也許能暫時忍耐他的辱罵，但絕不會長久地容忍下去——凡是懂得鬼脾氣的人都知道，鬼是最容易得罪、最愛記仇的。

於是，大家都沉默不語了，我和吉姆嚇得發不出聲，湯姆則是忙得沒空說話。不一會兒，他把氣球剎住了，叫道：

「喂！笨蛋，快起來看吧！」

我們站了起來，往下一看，啊！一點也沒錯，下面真的是水！清澈見底、一片湛藍，又深又涼爽，水面隨風起伏，可愛極了。岸上長滿了綠草、鮮花和樹林，上頭披著藤蔓，一切顯得格外恬靜、舒適。這一切是如此地美麗，任誰見了都會高興得哭出來。

吉姆真的哭了。他慶幸我們走了好運，開心得發瘋。他又蹦又跳的，簡直鬧個沒完。這時輪到我值班看守氣球了，所以我只好待在機器旁。湯姆和吉姆爬了下去，狼吞虎嚥地喝了一桶水，隨後也替我帶了不少上來。我一生中曾經吃過不少好東西，卻沒有一個比得上這水的甜美。

然後，我們都下去游了泳。先是湯姆上來接我的班，我和吉姆游了一會兒。接著吉姆又上去換湯姆，我和湯姆先是比賽踩水，又打了水仗，我感到那真是我一生中最快樂的一次享受。天氣也不怎麼炎熱了，因為已經接近傍晚，再說，我們脫得一絲不掛。在學校裡、鎮上以及在舞會上，衣服雖然十分管用，但一來到沒有文明，也沒有其他麻煩與驚擾的地方，衣服就變得一文不值了。

「獅子，啊！來了！——獅子！快，湯姆少爺！快逃命啊！哈克。」

剎時間，我們又沒命地跑了起來，脫下的衣服也來不及撿，就一陣風般地爬上了繩梯。吉姆的大腦又不管用了——每當他心情激動或驚慌的時候，總是這樣——他本來只需要把梯子往上收一些，讓野獸抓不到就行；但他卻開足馬力，讓氣球咻地一飛沖天，我和湯姆搖搖晃晃地懸掛在空中。後來，他才清醒過來，發現自己幹了傻事。他把氣球停住，但又忘了下一步該做什麼。我們只好繼續懸在高空，地面上的獅子看上去變得像一隻狗那麼小。

不過，湯姆已經爬上了飛艇，走到機器旁，開始把氣球降下，駛向湖邊。湖邊的野獸擠成一塊，彷彿在參加一次露天集會似的。我想湯姆也同樣失去了理智，因為他明知道我膽子小，不敢往上爬。難道他想把我摔到下面的獸群中嗎？

然而，他的神智非常清醒，對自己的舉動很有信心。他把氣球駛到離湖面三四十呎高的地方，在湖心的正上方停下來，大聲喊道：

「放手！跳下去！」

我鬆開手，腳尖向下，箭一般地掉了下去，似乎掉進湖裡一哩深的地方。當我浮上水面時，他說：

「喂！翻過身來，朝天仰著，飄在水面上休息一下，振作一下精神。然後我會把梯子吊到水裡，你再爬上艇來。」

我照他的話做了。湯姆的腦筋果真靈光，要是他開著飛艇，在沙漠上找一個地方降下來，那些野獸就會再度追來，逼得我們不停轉移陣地，最後弄得我筋疲力盡，從繩梯上摔下來。

那群獅子、老虎跑到我們下方，分撕著我們的衣裳，想分得平均一些；但牠們之間產生了某種誤會。原來，有的獅子、老虎想多佔些便宜，因此引起了糾紛，又一次大鬧起來。這情景真是罕見！牠們一共有五十隻那麼多，滾成一團，又吼又叫、又撕又咬，爪子與尾巴在空中飛舞，獸毛與沙礫混成一色，你簡直分不清誰是誰。最後，戰鬥結束了，有的獅子、老虎被咬死了，有的被咬得遍體鱗傷，跛著腿走了，剩下的蹲伏在戰場各處，有的用嘴舔著傷口，有的抬頭望著我們，彷彿在邀請我們下去玩一玩。我們才不要呢！

至於我們的衣服，一塊布也沒剩下，全都進了獅子、老虎的肚子裡。牠們也不見得吃得過癮——我想牠們不會過癮的，因為衣服上有許多鈕扣是銅做的，口袋裡還有小刀、釘子、煙葉、粉筆、彈珠、魚鉤等東西。不過我不擔心這一點，只擔心我們沒衣服可穿了，雖然教授留下了各式各樣的衣服，但沒有一件是合身的，也沒有一件可以穿出去見人——不過，沙漠中並沒有太多需要見人的場面——因為褲子長得像條隧道，上衣與其他服裝也又粗又長；幸好裁縫工具一應俱全。吉姆懂一些縫紉，他說待會就可以替我們改出一兩套合身的衣服。

第九章　沙漠的論述

後來，我們打算再下去一次，不是去玩，而是有其他目的。教授帶來的那些食物，大部分貯藏在罐頭裡，其餘的都是新鮮貨——如果你千里迢迢地把密蘇里的牛排帶到撒哈拉大沙漠上，那你就得特別注意，必須一直停留在冷氣層裡。也就是說，我們想到下面的獅肉市場走一趟，看能不能弄到些什麼。

我們將繩梯收起來，降下飛艇，在獅子、老虎碰不到的高度停了下來。然後，我們放下一根打著活結的繩子，先拉上一頭體型較小的死獅子，然後又把一隻死小虎拉了上來。一邊拉著繩子，還得一邊用左輪手槍守衛，不讓那群活著的獅子、老虎走近，否則牠們會跑來插手，幫我們的倒忙。

我們從兩隻拖上來的死獸身上割了許多肉，剝下皮，然後把剩下的扔到船外。接著，我們拿出教授的魚鉤，用剛割下的鮮肉當餌，釣起魚來。我們把氣球停在離湖面不高、方便釣魚的地方。釣上了許多上等的魚。晚上，我們煮了一頓豐盛的晚餐——獅肉排、虎肉排，還有油炸魚，外加熱騰騰的玉米麵包——我簡直不希望吃得比這更好了。

飯後，我們還吃了一些水果，是從一棵很高的樹頂摘下來的。那棵樹長得很細，從上到下沒有一根枝椏，頂端像一把撣子一樣散開。當然，那是棵棕櫚樹，只要有看過圖片，誰都能認得出來。我想從那棵樹上摘些椰子，可是上面一顆也沒有，只有稀稀落落的大串東西，長得像大顆的葡萄。湯姆說那是棗乾，因為它們長得跟《天方夜譚》和其他書裡描繪的棗子一模一樣。當然，也許那根本不是棗子，而是什麼毒果實。於是，我們只好等待一段時間，看有沒有鳥兒飛來吃。後來，有鳥來了，也吃了，我們於是跟著摘來吃。味道真是美極了。

這時，天空飛來一隻隻巨鳥，停在死獸上。這些鳥的膽子真大，活獅子在一邊咬死獅肉吃，牠們也在另一邊吃。獅子跑來驅趕也沒用，因為當牠一埋頭吃肉的時候，牠們就又飛了過來。

這些巨鳥來自四面八方，是從用肉眼看不見、必須拿望遠鏡才看得見的遠方來的。湯姆說，牠們大老遠飛來找那些肉，不是靠著嗅覺，而是用眼睛找到的。嘿！那是多麼了不起的眼力啊！湯姆說，從五哩外看，這一堆死獅看起來就像人的指甲一樣小，因此他無法想像，為什麼這些鳥能從那麼遠的地方就看見這些小東西。

看到獅子吃獅子，我們覺得有些稀奇，心想也許牠們彼此不是親戚吧！但吉姆說，即便是親戚也沒什麼差別，豬很愛吃小豬的肉，蜘蛛也是一樣，因此獅子或許也是一樣不講情面的，雖然也未必完全是這樣。而且，他認為要是獅子認得出自己的父親，大概就不會去吃牠；但要是肚子餓極了，牠卻會吃牠的姐夫或妹夫，而要是看見丈母娘，不管餓不餓都會去吃。不過，猜歸猜，並不能解釋任何問題。即使我們一直猜測下去，也不會有什麼結果。於是我們放棄了。

沙漠的夜晚通常是安靜的，但這一晚我們卻聽到了音樂——各式各樣的野獸都來覓食了。湯姆說，那些尖聲嗥叫、躡手躡腳的是胡狼，弓著背的是土狼。這一群凶惡的野獸，你嗥我叫的，一直鬧個不停。在月光的照耀下，那景象與我所見過的任何景象都大不一樣。我們拋出一條繩子，把氣球牢牢繫在一根樹梢上，沒有人守夜，一個個都睡覺了。不過，我夜裡曾醒來兩三次，去看下面的野獸，聽著他們的聲音。這就像坐在馬戲團的第一排看戲，而且不用花一分錢，因此我想，不把握這個機會好好看一看，而跑去睡大覺，簡直太愚蠢了，以後也許再也不會有這種機會了呢！

第二天一大早，我們又開始釣魚，然後在一個島上找了個蔭涼處休息。三人輪流守衛，以防那些猛獸又偷偷前來獵捕航空員當午餐。我們本來計畫第二天就離開那裡，但卻依依不捨，因為那裡實在太吸引人了。

又過了一天，我們開動飛艇，往東飛去。大家都回過頭來，朝那個地方望去，一直望到它成為沙漠上的一個小點為止。老實說，我們當時的心情就像是與再也不會重逢的朋友道別一樣，非常難過。

吉姆獨自沉思著，最後說：

「湯姆少爺，我想我們快到沙漠的盡頭了。」

「為什麼？」

「因為，我們已經在沙漠裡飛了這麼久，也應該快飛出去了。有這麼大的沙漠，真是奇怪啊！」

「胡說！沙漠還多得是呢！你不用擔心。」

「唔，湯姆少爺，我不擔心，只是很疑惑而已。上帝的沙子多得很，這一點我毫不懷疑。可是，我的先生，上帝才不會因為沙子多就隨意浪費。我覺得這沙漠已經夠大了，不應該再擴大、再浪費沙子了。」

「哎！別說了，我們才剛進入這片沙漠呢！美國是一個遼闊的國家，你說對吧？哈克。」

「對呀！」我回答說，「世界上沒有一個國家比美國更大了，我猜。」

「那麼，」他說，「這個沙漠的形狀與美國幾乎相同。要是你把它覆蓋在美國的領土上，那就會像蓋毯子一樣，把美國掩沒，只剩下東北方的緬因州和西北方的一小角，還有東南方的佛羅里達，就像烏龜尾巴一樣露出來，其餘的地方都會被蓋掉。兩三年前我們從墨西哥手上弄來了加利福尼亞州，所以現在沿太平洋的那一塊地也屬於我們了。如果你把撒哈拉大沙漠的邊緣靠著太平洋，覆蓋上去，那麼就會蓋住美國，超過紐約東方六百哩，蓋向大西洋去。」

我叫道：

「天哪！你這麼說有什麼證據呢？湯姆。」

「有，就在這裡，我還在研究呢！你可以自己來看看。從紐約到太平洋是兩千六百哩，從撒哈拉大沙漠的一端到另一端是三千兩百哩；美國的面積是三百六十萬平方哩，這個沙漠有四百一十六萬兩千平方哩。拿一部分的沙漠，就可以把美國的每一寸土地都蓋掉，而那些多出來的部分，則可以把英格蘭、蘇格蘭、愛爾蘭、法國、丹麥以及整個德國都塞進去。沒錯，我的先生，你可以把我們這位勇士的祖國和我剛剛提到的其他國家，一寸不留地蓋在撒哈拉沙漠的下方，蓋掉後還能多出兩千平方哩的沙漠呢！」

「好吧，」我說道，「我無話可說了。喂，湯姆，這麼說來，上帝創造這塊沙漠，也像創造美國以及其他國家一樣，花了很大的力氣囉？」

吉姆插嘴道：「哈克，你這麼說就沒道理了。依我看，這塊沙漠根本就不是祂創造的。你可以朝它望去，看我說得對不對——沙漠有什麼用呢？一點用也沒有，也無法讓它變得有用。對嗎？哈克。」

「我想對吧。」

「對嗎？湯姆少爺。」

「我猜也對吧，你再接著說下去。」

「要是某個東西是沒用的，那麼，這個東西就等於白造了，對嗎？」

「對。」

「那就好！上帝會白白創造出一樣東西嗎？你們說說看呀。」

「嗯——不會，祂當然不會！」

「那麼，祂怎麼會去創造沙漠呢？」

「這個嘛，那你覺得，祂為什麼要創造沙漠呢？」

「湯姆少爺，我想，這就好比你蓋房子，總會剩下一些雜七雜八的廢物。這些廢物該怎麼處理呢？你不是會用車子把它運走，倒在屋後的一塊空地上嗎？對吧？當然了。很好，依我看，就是這麼回事——撒哈拉大沙漠根本不是刻意創造的，而是創造了其他東西後碰巧剩下的。」

我說，吉姆這回真是做了一次雄辯，是他辯得最好的一次。湯姆也贊同我的說法，但他又說，辯論本身有個毛病，那就是辯來辯去講的都是「理論」，而理論是無法說明問題的，只是當你在爭論中絞盡腦汁，不斷搜尋不存在的理由，而弄得筋疲力盡時，給你一個喘口氣的機會罷了。

他接著說：「再好的理論，只要仔細思考，總會找出漏洞。吉姆剛提出的理論就有一個漏洞。你們瞧，天上的星球不知道有幾千幾萬個，可是它們怎麼能造得剛剛好，一點殘渣也不剩？怎麼沒有剩下沙子呢？」

誰知吉姆早有防備，於是便立即回答說：

「那銀河又是什麼呢？你倒是說說看。銀河是什麼呢？回答我吧。」

依我看，吉姆的這番話就像打出了一記響亮的耳光——但這只是我個人的看法而已。不過我當時卻這麼說了，如今也不想改口——那是一記響亮的耳光，讓湯姆頓時愣住了。他被辯得無話可說，就好像一個背上突然被射進一排釘子的人一樣，露出目瞪口呆的表情。他只是嘀咕著，說與其跟我和吉姆這樣的人一起討論知識，還不如去跟一條鯰魚討論好一些。可是，用說的很容易——我還觀察到，當一個人被說得百口莫辯時，總愛說出這種話。湯姆不想再討論這個問題了。

於是，我們又重新聊起沙漠的面積。我們把它與世界上的各個地點作比較，越比越感到沙漠的壯麗、宏偉。湯姆把數字算來算去，算到最後，甚至認為這片沙漠就跟中國一樣大！他這麼說著，還在地圖上為我們指出中國的位置。這倒有意思了，於是我說：

「哎！我以前聽人們提到這個沙漠不知多少遍，但從不知道它這麼重要！」

湯姆卻說：

「重要？撒哈拉沙漠重要？有的人就是這麼想，覺得大的東西就重要，這是他們的邏輯，他們只在乎面積的大小，沒別的了。但是，看看英國吧！它是世界上最重要的國家，但它卻可以塞進中國的一個衣服口袋裡。而且，當你需要它的時候，想找到它可得花不少工夫呢！再看看俄國，它的面積很大，遍及世界各地，但它的重要性可不比羅德島高呢！它擁有的價值還不及羅德島的一半。」

這時，遠方出現了一座小山，屹立在世界盡頭，湯姆閉上了嘴，十分激動地拿起望眼鏡，看了一眼，說：

「就是它——毫無疑問，那正是我一直在尋找的。如果我沒搞錯，僧侶帶那個人去看金銀財寶的地方就在那裡。」

於是，我們開始張望起來，他就開始講起《天方夜譚》中的那段故事來了。

第十章　寶山

湯姆說，故事是這樣的：

有一天，一個苦心修行的僧侶拖著沉重的步伐，在沙漠上艱難地走著。天氣熱得簡直像一盆火，他步行了一千哩，身無分文，也沒吃東西，走得疲倦極了。這時，就在我們現在的這個地方，他遇到了一個趕駱駝的人，趕著一百頭駱駝，他就走上前去，想討點東西吃。但趕駱駝的人卻說很抱歉，他沒東西可給。僧侶便問：

「這些駱駝不是你的嗎？」

「是我的。」

「你有負債嗎？」

「誰？我？——沒有。」

「我想，要是一個人擁有一百頭駱駝，又沒負債，那他就是富有的，不僅富有，而且是非常富有。你說對嗎？」

趕駱駝的人大方地承認了這一點。接著，僧侶又說：

「真主讓你成為富人，讓我淪為窮人，自有祂的道理，而且是睿智的道理，讚美祂的偉大！可是，祂的旨意是希望祂富有的子女幫助祂貧窮的子女，而你，當你的兄弟——也就是我——有困難的時候，卻偏偏不理不睬。真主會記住這一點的，你會有報應的！」

這一番話，把趕駱駝的人說得膽戰心驚，卻沒什麼實際用處。這個人是天生的吝嗇鬼，愛財如命，一毛錢也捨不得施捨。他唉聲嘆氣地解釋起來，說自己時運不佳，雖然運了一批貨去巴爾索拉，賺了一些錢，但回程卻沒貨可帶，所以這一趟賺得並不多。僧侶聽完後，說：

「好吧，要是你敢冒這個險的話——不過依我看，這一回你卻失算了，失去了一個大好機會。」

當然，趕駱駝的人很想知道究竟是什麼好機會，因為那也許是能讓他大賺一筆的差事呢！於是他跟在僧侶後面，苦苦哀求，希望僧侶可憐可憐他。最後僧侶答應了，說道：

「你看得見前面那座小山嗎？很好，在那座山裡藏著世上所有的珍寶。我一直在尋找一個人，這個人必須心地善良、慷慨大方、品格高尚；如果你能找到這種人，我這裡有一種藥膏，只要塗在他的眼睛上，他就能看見那些珍寶，並且能全部取出來。」

趕駱駝的人聽得一身冷汗，又哭又求的，激動萬分，還跪在地上，說他正是那樣的人，還說他可以找來一千個人替他作證，證明他與僧侶想找的那種人完全相同。

「那麼，」僧侶說，「好吧。要是我們在一百頭駱駝背上載滿寶藏，我能得到一半嗎？」

趕駱駝的人聽得眉開眼笑，毫不猶豫地回答：「一言為定！」

於是，兩人立下約定。僧侶取出他的盒子，在趕駱駝的人右眼裡塗了藥膏。頓時，山門打開了，趕駱駝的人走了進去，果然一點也不假，裡頭的金銀珠寶堆積如山，光輝奪目，彷彿天上的星星全都掉進來了一樣。

趕駱駝的人與僧侶立刻忙了起來，把每一頭駱駝的背上都裝得滿滿的。之後，兩人分道揚鑣，各自趕著五十頭駱駝走了。可是，沒過多久，趕駱駝的人氣喘吁吁地從後面趕上來，對僧侶說：

「你一個出家人，不須生活在俗世裡，根本用不了那麼多財寶。請你行行好，分給我十頭駱駝好嗎？」

「這個嘛，」僧侶回答說，「我不知道，不過你說得有道理。」

就這樣，僧侶讓出了十頭駱駝，兩人再次分手，僧侶趕著四十頭駱駝繼續行進。可是，沒過多久，趕駱駝的人又在後面呼喊起來，乞求僧侶再分他十頭，說一個僧侶有三十頭駱駝的財寶便足夠維持生活了，因為大家都知道，僧侶總是粗茶淡飯，日子過得十分簡樸，也不必養家，只要到處托缽就行了。

但是，事情還沒有結束。那條卑賤的餓狗來來回回，沒完沒了，直到把五十頭駱駝全部討回來，才感到心滿意足。然後，他對僧侶表示感激不盡，說一輩子也不會忘了他的恩情，還說他從沒遇見過像僧侶那樣慈悲、慷慨的人。說完，兩人握手道別，繼續趕路。

可是，你相信嗎？還走不到十分鐘，趕駱駝的人又不滿足了——他簡直是方圓幾百哩內最貪婪的畜生——於是又一次追上來。這一次，他希望僧侶在他的左眼也塗上藥膏。

「為什麼？」僧侶問道。

「哎！你知道的。」趕駱駝的人說。

「知道什麼？」

「好了，你別騙我了，」趕駱駝的人說道，「你還瞞著我一些事，你心知肚明。我想，要是我的左眼也塗上藥膏，我就能看到更多寶貝了！快！請你替我塗一點。」

僧侶回答說：

「我什麼也沒瞞著你。我可以告訴你塗了會有什麼後果：你會雙目失明，瞎得無藥可救，痛苦一輩子。」

沒想到，趕駱駝的人怎麼也不相信僧侶的話。他乞求、哀哭、吶喊，弄得僧侶無可奈何，最後只好打開盒子，說隨他高興，要塗就自己塗吧！趕駱駝的人立即撿起藥膏，往自己的左眼塗去。果然不出所料，頃刻之間，他便成了一個大瞎子，瞎得跟一隻蝙蝠一樣。

這時，僧侶開始嘲弄他、挖苦他、取笑他。他說：

「再見了——一個瞎眼的人拿了金銀財寶也不會有什麼用的。」

就這樣，他趕著那一百頭駱駝走了，留下瞎子一個人在沙漠裡，孤孤單單、一無所有，在痛苦之中度過他的餘生。

吉姆聽了之後說，這件事是對他的一個教訓。

「是啊，」湯姆說道，「是一個教訓，跟一個人一生中得到的許多教訓一樣。但教訓又有什麼用呢？同樣的事又不會再次發生，也不可能再次發生。亨．史克維爾從煙囪上摔下來，摔斷了背，永遠殘廢了，當時人們都說『這是給他的一個教訓』——究竟是什麼樣的教訓呢？他要引以為戒嗎？他再也無法爬上煙囪，也沒有第二條背可以摔斷了。」

「可是，湯姆少爺，世界上的確有這樣的事情，叫做『吸取教訓』，聖經上也說過：『被燒傷過的孩兒不碰火』。」

「嗯，我並不否認某些事情是教訓，只要它們能以同樣的方式發生兩次。這種事情有不少，都能給人啟發——阿布納叔叔經常這麼說。不過，其他的事情，也就是那些不能以同樣方式重複發生的事情，還有四百萬件呢！這些事都沒有真正的用處，它的益處也不比得天花的益處深——當一個人得了天花時，才在說早該種牛痘這樣的話，是沒有用的；而在得過天花後再去種牛痘，也是沒有意義的，因為一個人一生只會得一次天花。可是，另一方面，阿布納叔叔說，一個人如果抓過一次牛尾巴，會比沒抓過要經驗豐富六七十倍；他還說，一個人抓著貓尾巴把貓捉回家，得到的經驗是十分寶貴的，而且一生受用無窮。不過，我可以告訴你，吉姆，阿布納叔叔最瞧不起一種人，就是那種從每件事情中都想得到教訓的人，無論——」

但是吉姆睡著了。湯姆臉上露出羞愧的神色，你知道的，當一個人高談闊論，以為別人會懷著讚嘆的心情、聚精會神地洗耳恭聽，結果卻發現對方一聲不響地睡著時，總是會感到狼狽的。當然了，聽話的人本來不該睡著，因為那樣太失禮了，可是一個人的話講得越好，就越容易讓你睡著。因此，仔細想想，這不只是某一方的錯，而是兩方都有錯。

吉姆開始打呼了，先是輕輕地、啜泣般地打著，然後長吁一聲，像銼刀銼東西的聲音，接著又呼出一聲更響亮的，再來又是五、六聲令人害怕的聲響，就像澡盆裡的水快滿時，流出排水孔的聲音。隨後，又是相同的、但更用力的鼾聲，就像差點嗆死的牛一樣，發出幾聲猛烈的咳嗽和噴氣聲。一個人打呼打到這種程度，簡直是爐火純青，能把吃了一大匙安眠藥、睡在隔壁街區的人吵醒，自己卻怎麼也不會醒，儘管那雷鳴般的鼾聲距離他的耳朵不過三吋。在我看來，這簡直是世上最奇怪的事了！不過，要是你劃根火柴，點燃蠟燭，那輕輕的一聲反而能驚醒他。其中的奧妙，我怎麼也想不出來。一方面，吉姆打著呼嚕，驚動了整個沙漠，方圓數十哩的野獸都聞聲趕過來，看看天上到底發生了什麼事；另一方面，吉姆離自己的打呼聲明明那麼近，卻偏偏不受聲音影響。我和湯姆拚命喊他，但一點用也沒有，而當某處發出一些微小的聲音時，卻把他驚醒了。這究竟是什麼原因呢？我總是找不到答案，湯姆也是──我們真不懂，一個人在打呼的時候，為什麼自己聽不見。

吉姆狡辯說他根本沒睡著，只是閉上眼睛，因為那樣聽得比較清楚。不過湯姆說，並沒有人在責備他。吉姆露出一副後悔的表情，覺得自己不該先說那些話，於是想把我們的注意力引開──我認為是這樣沒錯，因為他咒罵起那個趕駱駝的人來，就像一個做錯事的人胡亂找隻代罪羔羊出氣一樣。他把趕駱駝的人說得一無是處，我不得不表示認同；接著他又用極為美好的言語把僧侶誇讚了一番，我也不得不表示認同，湯姆卻說：

「那可不一定，你把僧侶說得那麼慷慨、善良、無私，我看倒也未必。他有去找另一個窮僧侶幫忙嗎？不，他沒有。既然他那麼無私，為什麼不自己走進山洞，裝滿一袋珠寶，便心滿意足地離開呢？事情並沒有那麼簡單，老兄，他要找的不是另一個窮僧侶，而是一個趕著一百頭駱駝的人──他的目的是最後一個人獨吞全部寶物。」

「哎呀！湯姆少爺，他不是願意平均分配嗎？他不是只要五十頭駱駝嗎？」

「沒錯，那是因為他知道，他最終能把那些寶貝全部拿到手。」

「湯姆少爺，他不是告訴趕駱駝的人，塗上藥膏會讓眼睛瞎掉嗎？」

「沒錯，因為他摸透了那個人的個性。他要尋找的正是這種人──那種從不相信別人的話，不相信別人是高尚正直的人，因為他們從來沒有高尚正直的心。依我看，像僧侶這樣的人還不少呢！他們四處招搖撞騙，欺負別人，卻往往讓對方顯得像是自己騙了自己。他們欺騙時，總是採取合法的手段，人們無法找出他們的罪狀，無法把他們逮捕。他們才不會親手幫你塗藥膏呢！絕對不會，因為那麼做就是犯罪；但他們懂得如何引人上鉤，讓你自己親手去塗。這樣一來，弄瞎眼睛的就是你自己。依我看，那僧侶和趕駱駝的人狼狽為奸，簡直是天生一對──一個是道貌岸然、老奸巨猾的惡棍，一個是毫無心機、愚昧無知的惡棍；不過說到底，兩個都是惡棍。」

「湯姆少爺，你認為世上真的有那種藥膏嗎？」

「有，阿布納叔叔說有呢！他還說紐約就有。紐約人在鄉巴佬的眼睛上塗了那一點，然後帶他們去參觀世上所有的鐵路。他們走進山洞，看見了所有鐵路。可是當鄉巴佬把藥膏塗在另一隻眼睛上時，紐約人就向他們道別，與他們的鐵路一起消失了。我們到寶山了！降落！」

我們把飛艇降落了，但發現那裡並沒有想像中那麼有趣，因為我們找不到那個藏寶物的地方。不過，親眼看看那座發生過奇蹟的山，也是值得的。吉姆說他寧可丟掉三塊錢，也不肯錯過這麼好的機會。我也有同感。

我和吉姆都認為，湯姆在這麼廣大的陌生土地上，能毫不費力地找到那一個小小的沙丘，而且是從成千上萬個相似的沙丘中立刻辨認出來，只靠著他腦中的學問與天生的敏銳——能做到這一點，實在是太厲害了！我和吉姆談了很久，但仍然不明白他怎麼能做到這一點。他是我認識的人之中最聰明的一個，唯一的缺點是年紀小了點，不然，他早就可以像基德船長或喬治．華盛頓一樣名揚天下了。我敢說，儘管那兩個人聰明絕頂，但要他們找出那座山，也是困難重重的；而對湯姆來說，這卻不費吹灰之力。他橫越撒哈拉大沙漠，用手一指，就像從一群天使中指出一個黑人一樣，輕而易舉地便找出了沙丘。

我們在附近發現了一個鹹水池，就沿著池邊刮了一大堆鹽，放在獅皮和虎皮上，好讓吉姆製成皮革。

第十一章　沙暴

我們駕著飛艇在沙漠上空遊蕩了一兩天。當滿月剛冒出沙漠盡頭時，我們看到一串小小的黑影，貼著月亮銀盆似的面孔向前移動著。你能看得一清二楚，彷彿那些影子是用墨水畫在月亮上似的。那是另一支商隊。我們降低速度，跟蹤在他們後方陪伴著，儘管我們的目的地與他們不同。

這是支熱鬧的商隊，在白天看來真是壯觀、威風。太陽升起了，燦爛的陽光傾瀉而下，普照沙漠，將駱駝長長的身影投射在金色的沙地上，就像一千隻龐大的長腳蜘蛛排著隊，邁著長腿齊步向前，有趣極了。我們和他們保持一定的距離，不靠得太近，因為我們已經學乖了，不想去驚動那些駱駝，打亂他們的隊伍。這些旅行者的衣著富麗，打扮時髦；有的頭目騎單峰駱駝——我們以前從未見過——這些駱駝長得特別高，走起路來向前傾斜，好像踩高蹺一樣，人坐在上面搖晃得很厲害，差點沒把肚裡的食物都抖出來。可是，我敢打賭，牠們的速度快得很，一般的駱駝遠遠追不上牠們。

到了中午，這支商隊停下來休息吃飯，下午三四點又繼續趕路。不一會兒，太陽的樣子變得很古怪，起初像黃銅色，然後又變成紫銅色，最後又成了一個血紅的球體。空氣變得又熱又悶，沒過多久，西方的天空變得陰沉沉的，空氣像蒙上了一層霧一樣混濁，顯得炙熱、可怕，就像透過紅玻璃看東西一樣。我們朝地面望去，只見商隊一片混亂，人和駱駝都像受了驚嚇般到處奔跑，後來又都趴在沙地上，躺在那裡一動也不動。

過了一會兒，我們的眼前出現了一樣東西，像一面無限寬闊的牆壁，從沙漠上升起，掀向空中，遮住太陽，以排山倒海之勢朝我們的方向猛撲過來。隨後，迎面吹來一陣微風，風力持續增強，接著是無數的沙粒，隨風朝我們劈頭蓋臉地打過來，打得臉上火辣辣的。這時，湯姆高聲叫道：

「沙暴來了！轉過臉去背對著它！」

於是，我們立刻轉過身去。一眨眼間，狂風大作，風中伴隨大片的沙子，猛烈地肆虐著，整個天空一片混濁，什麼也看不見。才過了五分鐘，飛艇裡就裝滿了沙子。我們坐在衣帽櫃上，但還是被沙埋到了脖子邊，只剩下腦袋沒被埋掉，連呼吸都感到困難。

後來，風暴逐漸平息，那堵魔鬼般的牆才慢慢離去，消失在沙漠的遠方。那幅畫面看來真令人心驚。我們從沙堆中鑽了出來，往下眺望，發現原本商隊所在的位置已經看不到人，駱駝也消失無蹤，見到的只有沙子的海洋，靜悄悄地毫無聲息。所有的人和駱駝都被活埋了，恐怕已在十呎深的沙子下。湯姆認為，蓋在他們身上的沙子，或許得經過好幾年的風吹，才有可能吹散。在那之前，死者的親友們對於他們遭遇的災難將一無所知。湯姆說：

「這下子，我們知道之前那些佩著寶劍與手槍的死屍是怎麼回事了。」

是的，先生們，真相大白了，就是這麼回事。他們在沙漠中遇上了沙暴，被活埋了。因為埋在沙子裡，才沒有被野獸吃掉。而當他們身上的沙子被風刮掉時，時間已過了很久，屍體乾枯得如同皮革，野獸也就更不會去吃了。當我們見到那幅畫面的時候，曾為那些可憐的人感到悲傷、痛苦。可是我們錯了。這一回我們眼睜睜看著商隊被活埋，比起上一次，更是令人悲傷欲絕。你知道，上次的那些死屍完全是陌生人，我們和他們素昧平生——或許有一個人例外，我們覺得那個保護著女孩的男人似乎有點面熟。

可是，對於剛被消滅的這支商隊，我們的感覺可就不同了。我們在他們上空盤旋了一整夜，以及幾乎一整個白天，已經有點依依不捨的感情了呢！我發現，要判斷你究竟喜不喜歡一個人，最好的辦法就是跟他一起旅行。這支商隊就是這樣。我們打從一開始就喜歡他們，和他們一起旅行後，感情又更深了。我們越與他們同行，對他們的一舉一動、生活作息也越來越熟悉，越喜歡他們，心裡也越高興，慶幸能遇見這一群人。其中有幾個人，我們簡直把他們當成了老朋友，說話時也叫起他們的名字。過了一段時間，關係進一步融洽、親密，稱呼名字時後面也不再加上「小姐」、「先生」，也不覺得直呼其名有什麼失禮，而是恰如其分。當然，那些名字並不是他們的本名，而是我們擅自替他們取的。我們把他們叫做「亞力山大・羅賓森先生」、「阿德琳・羅賓森小姐」、「雅各布・麥克道格上校」、「哈麗葉・麥克道格小姐」、「傑瑞米亞・巴特勒法官」、「小布希羅德・巴特勒」等等。這些大部分都是領頭的人，因為他們繫有豪華的大頭巾和紅腰帶，打扮得像古印度的蒙兀兒大帝，他們的家眷打扮得也像貴族一樣。後來，當我們對他們非常熟悉，而且喜歡上他們時，便不再叫什麼「先生」、「法官」了，而是不加任何頭銜，親熱地叫出「亞力克」、「阿蒂」、「雅各」、「哈蒂」、「傑瑞」、「布克」之類的小名了。

你知道，越是與一個人同甘共苦，就越容易把他們視為自己的親兄弟。我們這時的心情，絕不是像大多數的旅客經常表現出的那樣事不關己、高高在上；而是十分友好、親切，對於正在發生的一切都殷切關心。商隊可以完全信賴我們，我們隨時都在近處，準備向他們伸出援助之手，不管他們發生什麼事。

每次商隊紮營，我們也紮營，停在他們上空一千到一千兩百呎的地方；他們吃飯，我們也吃飯。和他們生活在一起，讓我們感到像在家裡一樣地舒適。那天晚上，「布克」和「阿蒂」舉行婚禮，我們便拿出教授燙得筆挺的衣服，打扮得整齊而體面，在氣球上參加他們的喜宴。他們在下面舉行結婚舞會，我們便在上面跳舞，一同歡樂。

然而，歡樂不算什麼，患難的時候才見真情，而最讓我們流露真情的是一次葬禮。那是在婚禮後的第二天早晨，天剛濛濛亮、四周一片寂靜時舉行的。我們不認識死者，他不屬於我們很熟悉的那群人，但是這沒關係，他是商隊的人，這就足夠讓我們為他送葬。我們在飛艇上默哀，心情無比沉痛，最真摯的淚水從一千一百呎的高空滴落下來。

是的，與這支商隊永別，比與之前那支永別要心痛得多。畢竟，那支商隊相較之下只是些陌生人，而且也死了那麼久了。而這一支呢？當他們還活著的時候，我們就已瞭解他們，而且喜歡他們；如今，我們眼睜睜地看到死神將他們從我們的眼皮底下帶走，讓我們孤零零地遊蕩在這茫茫沙漠的中心。這真是令人悲痛萬分！要是交了朋友，又得像那樣難過地失去朋友，我們寧可這趟旅行中不再交朋友。

一路上，我們老是談論那些死去的朋友，時時刻刻回憶起他們，回想他們還活著時，我們歡歡喜喜一同旅行的情景。我們彷彿清楚地見到了那前進的隊伍，看見了那些雪亮的槍尖在陽光下閃閃發亮，看見了單峰駱駝拖著沉重的步伐緩緩前進，看見了那場婚禮和葬禮；而看見得最多的，是他們向真主祈禱——那是他們終身不忘的職責。每天他們都要祈禱好幾次，每當號令一發，他們全都停在原地不動，面轉向東方，仰起頭，張開手，開始祈禱，同時還要下跪四五次，在地上磕頭。

好了，儘管他們活著的時候多麼可愛，儘管他們生前和死後都受我們喜愛，但一直談論他們並不好，而且也沒什麼用，還會使我們垂頭喪氣。吉姆說，他要好好地過日子，當一個好人，以便在另一個更加幸福的世界裡再遇到他們。湯姆閉上嘴巴，沒有出聲，也沒告訴吉姆那些人是伊斯蘭教徒。因為吉姆當時已十分難過，不應該再讓他更失望了。

第二天早上我們起床時，心情感到舒坦了一些，因為那一晚我們睡在沙子上，格外舒服，睡得又甜又香。

我不明白，既然睡在沙子上那麼舒服，那些能夠弄到沙子的人，為什麼不在床上多鋪一些沙呢？而且，沙子還是一種很棒的壓艙物，我從未感到氣球飛得像現在一樣平穩。

湯姆說飛艇裡裝了二十噸沙子，不知道該怎麼處理才好。那些都是上等的沙子，扔了多可惜啊！吉姆說：

「湯姆少爺，我們不能把沙運回家賣嗎？要多久才能到家？」

「那得看我們的路線怎麼走。」

「哎！拿回鎮上賣，每一車可以賣兩毛五。我看這裡頭有二十車那麼多，對嗎？這樣是多少錢？」

「五塊。」

「天啊！湯姆少爺，快運回家去吧！賣掉它，我們每個人可以分到一塊多呢！對嗎？」

「對。」

「嘿！那簡直是我見過最容易的賺錢方法了！沙子就像下雨一樣，從天上掉下來，毫不費工夫。我們快往回飛吧！湯姆少爺。」

可是，湯姆陷入了沉思，正興奮地盤算著什麼，吉姆說的話他一句也沒聽見。不一會兒，他開口了：

「五塊錢——少來了！你們瞧，這沙子值——值——哎！值一筆花不完的大錢啊！」

「要怎麼賺到這筆錢？湯姆少爺，你快說呀！親愛的，繼續說下去！」

「你瞧，一旦人們知道這是來自真正的撒哈拉大沙漠的沙子，他們就會很聰明地買一些回去，用瓶子裝著，貼上標籤，陳列在家裡的某個架子上，作為收藏品供人欣賞。我們要做的就是把沙子倒進瓶子裡，駕著氣球，把貨送到美國各地去，以一瓶一毛錢的價格出售。現在飛艇裡裝的沙子，可以賣一萬塊錢——就會歸我們所有了！」

我和吉姆一聽，高興得跳了起來，大吼大叫著。湯姆繼續說：

「還有，我們還可以再回來運沙子，來來往往，一刻也不停，直到把整個沙漠的沙都賣完為止。此外，我們還會申請專利，因此沒有人敢和我們搶。」

「老天！」我了叫起來，「這麼一來，我們不就像克里索特一樣富有了嗎？湯姆。」

「沒錯——你是指克里蘇斯（註：古代呂底亞王國最富有的國王）吧？哎，那個僧侶只知道去那座小山裡尋找財寶，卻沒想到世上最大的財寶就踩在他腳下，已被他踩了一千哩遠呢！他簡直比那個被他弄瞎的人還要瞎！」

「湯姆少爺，我們可以得到多少錢呢？」

「這個嘛，我還不知道，這件事必須保密才行。不過你們隨便都算得出來，因為這一帶有超過四萬平方哩的沙，而一小瓶就可以賣一毛錢。」

吉姆興奮極了，但這股情緒消失得也快。他搖了搖頭，說道：

「湯姆少爺，我們無法帶走所有的沙——即使是一個國王也不行。我們還是別帶走整個沙漠，湯姆少爺，那會把我們累死的！」

這下子，湯姆的興奮同樣蕩然無存。我以為是因為沙子太多了，但不是這個原因。他坐在原地思考，臉色越來越陰沉，最後說道：

「各位，這行不通，我們最好放棄。」

「為什麼？湯姆。」

「因為關稅太重。」（註：英文的「關稅」與「義務」同義。）

我聽得一頭霧水，不懂他的意思，吉姆也一樣。我問道：

「我們有什麼義務？湯姆，要是逃避不了，那就去完成它吧。反正人們常常得盡義務。」

但是他說：「噢！不是『義務』，我指的是『關稅』。當你來到一個國家的邊境，就會發現那裡設有檢查站，叫做『海關』，這個國家的政府官員就會走過來，檢查貨物，叫你繳一大筆關稅。這就是他們的義務——千方百計要讓你破產。要是你付不起關稅，他們就會搶走你的沙子，他們把這叫做『扣押』。不過沒有人會被騙的，那完全就是搶劫。你們想想，要是我們照現在的方向把沙子運回家，就得通過一道道海關——像是埃及、沙烏地阿拉伯、印度……每個國家都要向我們敲詐一筆關稅。因此很顯然，這條路絕對行不通。」

「喂，湯姆，」我說道，「我們可以從他們破爛的國境線上空衝過去呀！他們要怎麼阻止我們呢？」

他面色陰鬱地朝我看了看，嚴肅地說：「哈克，你認為那樣做誠實嗎？」

我討厭那些干涉。不過我還沒開口，湯姆又說了：

「另一條路線也不行。要是我們沿著原路回去，便會遇上紐約海關的檢查。我們的這批貨會受到他們百般刁難，比所有其他國家的海關加起來還要厲害。」

「為什麼呢？」

「因為，你們知道，美國不出產撒哈拉的沙子；凡是美國不出產的東西，只要你從出產它的國家運來，關稅就是原價的一萬四千倍。」

「那太沒道理了！湯姆。」

「誰說有道理？你跟我抱怨有什麼用呢？哈克，等我說了一件有道理的事再來抱怨吧！」

「好吧，就算我說錯了，對不起。你快繼續往下說吧。」

吉姆插嘴道：

「湯姆少爺，凡是美國不出產的東西，他們是不是不分青紅皂白，全都課這麼重的關稅？」

「是的，他們就是這麼做的。」

「湯姆少爺，世上最珍貴的東西不是神的祝福嗎？」

「是的。」

「佈道牧師不是站在佈道台上，把神的祝福施予人們的嗎？」

「是的。」

「神的祝福又是從哪裡來的呢？」

「從天上。」

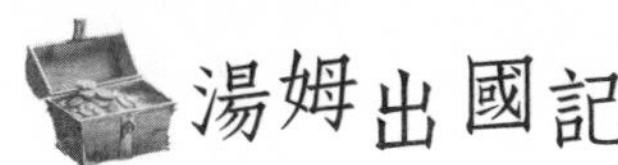

「說得對，我的先生。你說得一點也沒錯——神的祝福來自天上，而天堂是另一個國家。那麼，他們是不是也會對神的祝福課稅呢？」

「不會。」

「當然不會，因此你又說錯了，湯姆少爺。他們對於人類最需要的、世上最珍貴的東西都不課稅，又怎麼會在沙子這種可憐的買賣上課重稅呢？沙子又不是所有人都需要的東西。」

湯姆被說得啞口無言，他知道又被吉姆抓住了弱點。他想狡辯一番，說海關人員忘記課這道稅了，但下次國會開會時一定會想起來，再補加上去的。可是他自己心裡也明白，這種解釋太差勁，毫無說服力。他說外國來的東西沒有一件是不課稅的，除了神的祝福例外，這代表政策是不一致的，而對政府來說，最重要的就是要讓政策一致；所以，他堅持認為，漏了那件東西的稅，是他們的疏失，他們不會放任下去，而會盡可能去加上這道關稅，以免得被人家笑話。

至於我，一聽說沙子賣不出去，情緒一落千丈，再也沒有心情參加討論了。吉姆的興致也不高。湯姆想安慰我們，說他會想出另一筆生意，絲毫不輸沙子，甚至更好。可是，無論他怎麼說，我們也不相信會有比運沙子更大的生意。說來真令人難受！幾分鐘以前，我們還那麼富有，富有到買得下一個國家、建立一個王國，聲名大噪，幸福無比。但現在，一個個又變回了窮光蛋，變回了平凡人；而沙子呢？一點也賣不掉。不久之前，那些沙子看上去就像黃金、鑽石一樣討人喜歡，摸起來就像絲綢一樣柔軟光滑；但我現在卻再也不想看到它了，一看就生氣。我心想，不把這討厭的東西扔掉，讓它繼續留在船上，會讓我們聯想起那種幸福破滅的感覺，我的心情也難以舒暢。顯然，湯姆和吉姆也跟我一樣，因為我一提出把那些討厭的沙倒下去，他們便眼睛一亮，活躍起來了。

把沙子全部倒下船，這工作可不輕鬆！於是，湯姆按照每個人力氣的大小和公平的原則分配了任務。他說，我與他各倒五分之一，吉姆一個人倒五分之三。吉姆不喜歡這樣的安排，說道：

「的確，我的力氣最大，也願意付出力氣。但是，老天！你把沙子全堆到老吉姆的身上來啦！湯姆少爺，你說是嗎？」

「哦，我倒不這麼想，吉姆。不然就請你來分一分，看應該怎麼做吧。」

吉姆計算了一番，認為最公平的分法是：我與湯姆每人倒十分之一。湯姆聽了之後，轉過身去，以免被人看到臉上的表情，然後咧開大嘴，大笑起來，那笑容簡直能蓋過整個撒哈拉大沙漠，從它的西端一直蓋到另一端的大西洋邊緣。接著，他又轉過身來，說這樣的安排十分合理，只要吉姆本人滿意，我們便沒什麼好說了。吉姆說他滿意。

於是，湯姆到了船首，把我和他的那兩堆分了出來，其餘的都留給吉姆。吉姆看見三堆的份量相差那麼大，他的那一堆又那麼多，大吃了一驚。他說他很慶幸，還好他及時發表了意見，改變了第一次安排，即使他認為，按照現在這樣的安排，他分到的仍然是沙子多於樂趣。

接著，我們三人便開始動手。我們幹得又累又熱，只好把氣球升到冷氣層裡。我和湯姆輪流幹活，一個動手，一個休息；可是，卻沒有人可以幫吉姆。他流了好多汗，把他腳下的那塊非洲土地都淋濕了。我和湯姆哈哈大笑，笑得活也幹不好了。吉姆感到十分困惑，問他什麼東西那麼好笑，我們只得不停地編故事搪塞，編得破綻百出——但是沒關係，反正吉姆聽不出來。

當任務終於完成時，我們差點都死了，但不是累死，而是笑死。沒過多久，吉姆也差點死了——不過他是累死的。後來，我和湯姆幫了他一些忙，使他感激不盡。他坐在船檐，一邊擰著汗，大口地喘氣，一邊稱讚我們對一個黑人這麼仁慈，他一輩子也忘不了。在我們見過的黑人之中，他是最懂得感恩的一個，哪怕你替他做點小事，他也會對你千恩萬謝。儘管他外表黑，內心卻與我們一樣潔白無瑕。

第十二章　吉姆受困

那幾天，連續好幾頓飯，吃起來盡是沙子。但當你肚子餓的時候，吃點沙子倒也沒什麼關係。相反地，要是你肚子不餓，再好的東西吃起來也沒什麼味道。因此，在我看來，肉裡摻了一點小沙子，也不算什麼大不了的缺點。

接著，我們朝著東北方去，終於來到了沙漠的東端。在遠處柔和、淡紅的光芒下，依稀可見三個帳篷似的尖形屋頂。湯姆說：

「那就是埃及金字塔。」

一聽到這句話，我的心立刻劇烈地跳了起來。金字塔的圖片，我不知見過多少次了，金字塔的故事也聽了好幾百遍。可是突然間看到了，發現金字塔並不是虛構出來的，而是一種實際存在的東西，真令人吃驚！我差點連氣都喘不上來了。說也奇怪，你越是聽人談論某件大事，或者某個大人物，就越覺得不切實際，那些事物也越像是虛幻的影子，難以捉摸。喬治．華盛頓在我們腦海裡就是這樣，而金字塔也是。

再說，我認為人們一談起金字塔，總要加油添醋一番。有一次，有位先生來到主日學校講課，隨身帶來了一張金字塔的圖片，發表了一番演說。他說，最大的一個金字塔面積有十三畝，高度大約五百呎，就像一座峭的高山，全部都是用階梯大小的方形石頭砌成的，石頭排成梯形，非常整齊。你想想，光一個建築物就佔了十三畝地，簡直跟一個農場一樣大！要不是這些話是在主日學校裡講的，我會認為那個老師在說謊。隨後，等我下課出了學校，我就堅信那一定是胡說八道。那位先生還說，大金字塔裡有個洞，人們可以點著蠟燭走進去，順著一條長長的上坡隧道，走到一間大的石室裡，那裡放著一個大石櫃，裡面裝著一個四千歲的國王。我當時心想，這簡直是十足的謊言！要是真有其事，我願意把這個國王吃掉。你知道，即使是長壽老人瑪士撒拉（註：聖經人物，據說活了九百六十九歲）都沒活那麼久呢！誰也不敢說自己能活那麼久。

氣球飛近時，我們看清了沙漠的邊緣，是一條長長的直線，像毯子一樣鋪蓋著大地。與沙漠邊緣相接的，是一片寬闊、碧綠的土地，土地中央有一條像蛇的帶子蜿蜒而過，湯姆說那就是尼羅河。這時，我的心又劇烈地跳起來，因為尼羅河對我來說又是一件難以置信的東西。不過，我可以告訴你，有件事卻是絕對真實的：當你在三千哩寬的沙漠中遊蕩，一見到那冒著熱焰的沙地就急得流淚，而且維持了將近一個禮拜，那麼，如今呈現在你眼前的這片綠色大地，就彷彿故鄉與天堂一般，將會令你淚流不止——我就是這樣，而吉姆也是如此。

當吉姆終於相信他看見的土地的確是埃及時，他不肯站著進入那片土地，而是跪下、脫掉帽子。他說，這是摩西、約瑟、法老以及其他先知曾經待過的地方，因此，一個卑賤的窮黑人必須跪下。他是長老會教徒，對摩西懷有深厚的敬意，還說摩西本人也是長老會教徒。他異常激動地說：

「這是埃及的土地！埃及的土地！我終於有幸親眼見到啦！那就是那條染過血的河，我眼前的這塊地方正是那瘟疫成災的地方；也正是在這個地方，上帝派遣天使，三更半夜來到人間，把整個埃及頭一胎出生的孩子和羊統統殺掉，只放過那些按照祂的吩咐、在門柱上塗了羊血的人家。啊！老吉姆不配看到這一切呀！」

吉姆很感謝上帝給了他這麼一次機會，說著便支撐不住了，放聲大哭起來。他十分激動，因為這塊土地充滿了歷史——有約瑟和他的兄弟、有蘆葦叢裡的摩西、有來到埃及買玉米的雅各、以及藏在糧袋裡的銀杯等有趣的故事。湯姆同樣很激動，因為這塊土地也充滿了他熟悉的歷史。他談起了諾里丁、貝德里丁等可怕巨人的故事，讓吉姆聽得直發抖；此外，他還講了好幾個《天方夜譚》裡的人物。我想，這些故事至少有一半不是真實的，但編故事的人卻偏要說是真的。

接著，我們遇到一件倒楣的事情：有一天清晨起了霧，金字塔被掩蓋在霧中，隱隱約約地看不清了。如果我們穿過霧，在霧的上方飛行，那很有可能飛出埃及。但我們認為，最好的方法是瞄準正在消失的金字塔，然後把氣球降至低空，緊貼地面飛行，同時提高警覺。湯姆操縱飛艇，我站在一旁準備下錨，吉姆站在船首，緊盯著大霧前方。我們平穩而緩慢地向前飛行。霧越來越濃，漸漸地，連吉姆的身影也變得模糊起來。四周一點聲響也沒有，我們的心懸在嘴邊，都不敢大聲說話，吉姆不時向我們發出指示：

「升高一些！湯姆少爺，升高！」氣球便升高一兩呎，掠過一座平頂的泥屋，在屋頂睡覺的人正要起床。有一次，一個傢伙已經從床上爬起，正準備打哈欠、伸伸懶腰，這時候，飛艇卻朝他背後直衝過去，把他撞了個正著。我們在一片死寂中屏著氣息，仔細傾聽周圍的動靜，飛行了一個多小時。霧漸漸變小了，忽然間，吉姆用極為驚嚇的聲音大喊道：

「哎呀！看在上帝的份上，快回頭吧！湯姆少爺，《天方夜譚》裡最大的巨人朝我們走來了！」他一邊喊叫，一邊往後退。

湯姆猛地剎住了氣球。只見一張跟我的家一樣大的臉孔，朝著飛艇看過來，就像一棟房子伸出窗外張望什麼東西一樣。我立刻跌倒在地，暈了過去，直到一分鐘後——也許更久——才醒過來。這時，我發現湯姆拿了一把鉤子，刺在巨人的下嘴唇上，牢牢地固定了氣球，又抬起頭，久久地打量著那張可怕的臉。

吉姆跪在地上，交握著雙手，眼睛彷彿在乞求般地直瞪著那個巨人，嘴巴一開一開的，但什麼也說不出來。我抬頭看了一眼，又要暈過去了，可是湯姆卻說：

「他不是活的！你們這些傻瓜，這是人面獅身。」

我從未見過湯姆顯得那麼渺小，簡直像隻蒼蠅一樣。因為巨人的腦袋實在大極了，而且很嚇人。是的，確實嚇人，但不再是那麼可怕了。我可以看得出，那是一張高尚的臉，臉上露出心事重重的表情，不是在打量你，而是在思考著某件更重要的事。巨人的頭部是用淡紅色的石頭做的，鼻子和耳朵被人打爛了，顯得可憐兮兮的，看上去真叫人同情。

我們把氣球後退一步，繞著它飛行一圈，又飛到頭頂上看了看。真是宏偉極了！它像是男人的頭，又像是女人的頭、老虎的身子，長一百二十五呎，在雕像的兩隻前爪之間，有一座精緻的小廟。幾百年來——也許是幾千年來，雕像除了頭部以外，一直被沙子掩埋著，直到最近才把沙子挖去，挖掘出那座小廟。要埋掉那座雕像，可需要不少沙子呢！我猜，差不多要一艘輪船那麼多的沙才夠。

我們把吉姆送到石像的頭頂，並讓他帶著美國國旗，作為保護，因為我們正在別國的領土上。然後，我和湯姆駕著氣球駛遠，在不同的距離和角度上停了又停。湯姆說，這樣才能夠看得出效果、透視和比例。吉姆極盡所能，在石頭上表演各式各樣的姿勢、動作，表演得最棒的當屬倒立跳舞，像青蛙一樣的那一招。我們離得越遠，吉姆就變得越小，那個人面獅身也顯得越大；直到最後，吉姆就像是放在圓屋頂上的一只曬衣夾。湯姆說，這就是以透視得到正確比例的方法，還說凱撒大帝的黑奴就是因為靠他太近，所以不知道他的個頭到底有多大。

接著，我們繼續朝遠處飛。吉姆小得再也看不見了，而那石雕卻顯得特別高大宏偉。朝尼羅河峽谷默默凝視，景色格外莊嚴、孤寂。石雕周圍那些又小又矮的茅屋全都消失得無影無蹤，圍繞在它周圍的，只剩下柔軟、如絨毯般的黃沙。

在這裡停下來挺合適的，於是我們就這麼做了。兩個人坐在船上望著、想著，待了半個小時，誰也沒有說話。我們在想，那座石雕就是用這副姿態，痴痴地獨自望著、想著，想了幾千年，至今也無人能明白它到底在想什麼。這使得我們也感到心情寧靜、莊嚴。

隨後，我拿起望遠鏡，看見那絨毯上出現了一些黑色的小東西，正在跳躍嬉戲，有的沿著石雕的背部往上爬。隨後，又看見冒出了兩三股白煙，我立刻叫湯姆看。他舉起望遠鏡，一邊看，一邊說道：

「那是些甲蟲。不對——慢著，那是——哎呀！我敢說那是人。沒錯，是人——還有馬。他們把一條長梯子架在人面獅身的背上——嗯，這不是很奇怪嗎？現在，他們想把梯子靠上——又冒了幾股煙——是在開槍呀！哈克，他們要去抓吉姆！」

我們開足馬力，一陣風地朝他們飛去，轉眼間就到了；接著一個俯衝，把人群衝散，衝得他們四處逃竄，有幾個爬梯子的人嚇得慌了手腳，手一鬆摔了下來。我們又猛地拔高，發現吉姆由於大聲呼救，而且驚嚇過度，正伏在石像的頭頂喘著粗氣，無力動彈。

他說他被人包圍了一個禮拜。當然，實際上沒有那麼久，那只是他在團團包圍下產生的一種幻覺。襲擊他的人朝他開了槍，子彈如同雨點般，密密麻麻地落在他的身旁，但他沒有受傷。他躺著的時候，子彈打不到他，那些人便找來了梯子。他覺得，要是我們沒有及時趕來搭救，他恐怕就完了。湯姆感到非常氣憤，問吉姆為什麼不出示美國國旗，以美利堅合眾國的名義斥退他們。吉姆說他那麼做了，但他們根本不理睬。於是湯姆說要把這件事呈報華盛頓，他說：

「等著瞧吧！他們侮辱了美國國旗，必須為此道歉，並付出一筆賠款。即便如此，也還太便宜了他們。」

吉姆問道：

「『賠款』是什麼意思呀？湯姆少爺。」

「就是給錢，懂了嗎？」

「給誰錢呢？湯姆少爺。」

「當然是給我們了！」

「又是向誰道歉呢？」

「美國政府。要不然，我們可以在兩者之間隨便挑一個，要是你願意，可以選擇接受他們的道歉，而讓政府接受那筆錢。」

「會有多少錢？湯姆少爺。」

「哦，像這樣嚴重的事件，每人至少可以拿到三塊錢，也許更多。」

「哎！這麼說來，我們還是拿錢好，湯姆少爺，管他道不道歉呢！你是不是也這麼想？你呢？哈克。」

三個人議論了一番，覺得這個主意不錯，便一致同意拿錢。這在我看來倒是件新鮮事，於是我問湯姆，是不是所有國家做錯了事都要道歉。他回答：

「是的，所有小國都得這樣。」

我們繞著圈子，察看那些金字塔，然後往上飛，在最大的金字塔頂端停下。我們發現，金字塔就跟那個老師說的一模一樣。四面都是階梯，底部很寬，沿著斜坡往上縮小，在頂端縮成一小塊。這些階梯和你平常爬的階梯不同，它們不能爬，因為每一層都跟你的下巴一樣高，必須有人把你舉起來才爬得上去。另外兩座金字塔離這裡不遠，在兩座之間的沙漠上來往的人看起來就像小蟲在爬行一樣，因為我們的位置比他們高那麼多。

來到這樣一個舉世聞名的地方，湯姆抑制不住內心的興奮，滔滔不絕地談論起歷史，彷彿他的每個毛孔都滴著歷史一樣。他說，他站的地方就是那個王子跨著銅馬起飛的地方，簡直令人難以置信——故事發生在《天方夜譚》的時代，有人送了一匹銅馬給王子，馬肩上有一個栓子。他說，只要王子騎上馬，就能像鳥兒一樣在空中奔馳，而栓子可以控制方向與高度，還能隨時降落。

故事講完了，隨之而來的是一陣令人不舒服的沉默。你知道，當一個人扯出大謊時，聽見的人總是為說謊的人感到害臊，希望能想辦法轉移話題，給說謊的人一個台階下，可是腦袋卻一時不靈光，怎麼也想不出法子；他的頭腦還來不及清醒過來，那陣不舒服的沉默就開始了。我感到很尷尬，吉姆也是如此，兩人呆呆地不知該說什麼好。湯姆惡狠狠地瞪了我幾眼，說：

「好，你說說！你覺得故事怎麼樣？」

我回答說：

「湯姆，你自己也不會相信那是真的吧？」

「我為什麼會不相信？有什麼事是我不相信的？」

「有一件事你不相信，那件事不可能發生——就是這個故事。」

「為什麼不可能發生？」

「那你說說，為什麼會發生？」

「為什麼呢？」

「這個氣球就是再好不過的理由，完全能證明這一點。」

「為什麼？像你這樣的蠢蛋真是少見。這個氣球和那隻銅馬除了名字不同以外，不正是同一回事嗎？」

「不對，不是同一回事，一個是氣球，一個是馬，完全不一樣。我看你乾脆說一棟屋子與一頭牛也是同一回事算了。」

「我的老天！哈克又給他出難題了！這一回他要怎麼回答呢？」

「住口！吉姆，我看你們根本不知道自己在說些什麼。聽我說，哈克，我把事情說明得簡單一些。你知道，兩件事物是否相同，不是取決於它們的外形，而是取決於內在原理是否一致。而氣球與銅馬的內在原理就是一樣的，這下懂了嗎？」

我思考了片刻說：

「湯姆，你這麼解釋也沒用，原理總是冠冕堂皇的，但它們說明不了一個明擺著的事實：氣球能做到的事，不等於銅馬也能做到。」

「你真笨！哈克，你根本沒聽懂我的話。好吧，再換一種說法──你說，我們是在空中飛嗎？」

「是的。」

「是就好，我們不是可以隨心所欲地飛高飛低嗎？」

「是的。」

「我們不是想飛到哪裡就飛到哪裡嗎？」

「是的。」

「我們想在何時何地降落，不是都做到了嗎？」

「是的。」

「那你說，我們又是怎麼起飛、怎麼轉向的呢？」

「按那些按鈕。」

「沒錯，看來你總算明白了。那匹銅馬就是靠著裝在馬肩上的栓子來駕駛的，我們按鈕，王子則轉動栓子──你瞧！兩件事一模一樣，毫無差別。我就知道，只要我耐心解釋，一定能讓你明白的。」

他感到沾沾自喜，還吹起口哨來。但我和吉姆仍然一言不發，他驚訝地問道：

「喂，哈克，你是不是還沒聽懂？」

我回答說：「湯姆，我想問你幾個問題。」

「問吧！」他說道，這時我看見吉姆也把耳朵靠過來，興致勃勃地準備聽，「依我看，事情的重點全在於按鈕和栓子上，其餘的則無關緊要。但按鈕與栓子的形狀完全不同，難道這沒什麼關係嗎？」

「沒有，一點關係也沒有，只要他們具有相同的力量。」

「好吧。那麼，蠟燭和火柴具有的力量是什麼？」

「是火。」

「它們是一樣的嗎？」

「沒錯，完全一樣。」

「好，假如我劃了一根火柴，朝一家木工店放火，木工店會發生什麼事？」

「會燒起來。」

「接著，我用蠟燭朝這座金字塔放火，它會不會燒起來呢？」

「當然不會。」

「很好，兩次點的都是火，可是為什麼木工店會燒起來，而金字塔卻不會燒起來呢？」

「因為金字塔不能燃燒呀！」

「哈！那麼馬也不能飛啊！」

「天啊！哈克又難倒他了！我告訴你吧，這一回可把他難倒啦！這一招真是太妙了，讓人自投羅網。要是我——」

吉姆捧腹大笑，笑得喘不過氣來，話也說不下去了。湯姆卻快氣瘋了。我以牙還牙，徹底戰勝了他、難倒了他，而且從頭到尾言詞流利。湯姆被說得無言以對，只說他一聽到我與吉姆的論點，就為全人類感到害臊。我閉著嘴，什麼也沒說，心裡樂不可支。在與人爭論問題時，每當我爭贏時，我不像一些人到處大吹大擂，因為我想，當我被爭輸時，我也不想被別人幸災樂禍。人人都應該寬宏大量一些，這就是我的想法。

第十三章　取煙斗

過了一會兒，我們讓吉姆留下來駕駛氣球，在金字塔附近游弋。我和湯姆則爬下去，找到通往金字塔中心的隧道洞口，跟著一批阿拉伯人，點著蠟燭，走了進去。來到金字塔的正中央時，我們發現一個房間，裡頭放著一個大石櫃，櫃子裡就像那個老師說的一樣，曾經裝過一個國王，但他現在不見了，被人搬走了。不過，我對這種地方並不抱太大的興趣，因為那裡一定會有鬼，儘管不是剛死的鬼，但無論是哪一種鬼，我都不喜歡。

於是，我們又走了出來，弄到兩頭小驢子，騎了一段路，然後改搭船，接著又騎驢子，最後來到埃及的首都開羅。一路上都非常平坦、美麗，道路兩旁種著高高的棕櫚樹，光著屁股的小孩隨處可見，男人們的皮膚紅得像古銅，又壯又漂亮。這座城市是個古蹟，街道狹窄，簡直像小巷子，擠滿了人群；男人戴著頭巾，女人罩著面紗，人們的衣著五彩繽紛。街道如此狹窄，人群卻如此擁擠，真不知人和駱駝怎麼能夠走過去——不過他們卻走過了。瞧！人和駱駝擠成一團，堵住通道，人們鬧哄哄的。商店很小，人站在裡面無法轉身；不過，你也沒必要走進店裡，因為老闆就盤腿坐在櫃台上，嘴裡叼著一根像蛇一樣彎曲的長煙斗，販售的貨品就擺在一旁，伸手可及。老闆的座位簡直就在街道上，每當有駱駝經過，總會被駱駝背上的貨物掃到幾下。

街上不時出現一個高貴的人物，他坐著馬車疾馳而來，馬車前奔跑著一個奇裝異服的人，一邊喊叫，一邊用長長的棍子抽打擋路的行人。過了一會兒，蘇丹騎著馬，率領隊伍浩浩蕩蕩地開了過來。他的衣著如此豪華，令人嘆為觀止；當他經過時，路上的人們一個個俯伏在地。我忘記跪下，立刻有一個人過來提醒我，他就是那些手持棍棒、跑在最前頭的人其中的一個。

城裡建有教堂，但是當地人不懂得做禮拜，也不守安息日，把禮拜五當成禮拜天。進教堂時，必須先脫鞋。教堂裡有一群成年與未成年的男子，三五成群地坐在石板地上，嘴裡唸唸有詞——湯姆說那是在背誦可蘭經，說這裡的人認為可蘭經就是聖經，而那些知曉內情的人也很明智，沒有糾正他們。我從來沒見過這麼大的教堂，而且很高，看得人頭昏眼花，我們鎮上的教堂跟這個相比，簡直小得可憐，要是把它搬來這裡，人們還會以為是一個小貨箱呢！

我很想在教堂裡看到一個僧侶，因為一回想起那個愚弄趕駱駝人的僧侶，不禁對這些人產生了興趣。後來，我們在一座類似教堂的房子裡看到了不少，他們自稱是「旋轉僧侶」，而且的確會旋轉，我從未見過這麼新奇的事！他們頭上戴著高高的圓錐帽，身上穿著女人的亞麻布裙子，像陀螺一樣地轉來轉去，裙子也跟著飄了起來。那是我見過最美的東西，看得我陶醉不已。湯姆說他們都是穆斯林，我問他什麼叫「穆斯林」，他回答說：凡是不屬於長老會的人都是穆斯林。這麼說來，密蘇里州也有不少穆斯林呢！只是我過去從不知道。

我們連開羅的一半都沒有逛完，因為湯姆總是匆匆忙忙地尋找那些古蹟。我們費了九牛二虎之力，尋找約瑟在飢荒前貯存糧食的倉庫。可是到了那裡，卻發現倉庫早已破爛不堪，根本不值一看。不過湯姆仍然相當滿意，並且大驚小怪的，比我踩到了釘子叫得還要大聲。他究竟是怎麼找到那裡的，對我而言簡直是個謎！在找到這個倉庫之前，我們經過了四十幾個同樣的倉庫；我覺得它們長得都一模一樣，但湯姆硬是要找到那唯一的一個，我從未見過像他這麼實事求是的人。當我們來到那座倉庫旁，他一眼就認了出來，和我能認出自己的另一件衣服一樣輕而易舉——假如我還有另一件的話。至於要我解釋他的這種能力，那就像要他飛上天一樣不可能。他自己也是這麼說的。

隨後，我們又花了很多時間尋找另一棟房子。那棟房子裡曾住過一個小孩，他教導法官如何解決舊橄欖樹與新橄欖樹的案件——湯姆說這個故事就在《天方夜譚》裡，有空的話，他可以說給我和吉姆聽。就這樣，我們找來找去，找得我幾乎要累倒在地上。我勸湯姆別找了，改天再來，順便找一個熟悉這一帶、曉得那座房子的位置、又會講密蘇里話的人來帶路。但湯姆不聽我的，他說無論如何也要親自找出那個地方。沒辦法，我們只好繼續找下去。終於，一樁我遇過最奇特的事發生了——那座房子倒塌了，而且塌了幾百年，屋裡的一切東西早已消失無蹤，沒有任何痕跡，只剩下一塊土磚；而一個來自密蘇里鄉村的小孩，過去從未來過這個城市，卻能在這個城裡找出這塊磚頭——這簡直令人難以置信！可是，湯姆的確找到了，我可以作證，因為是我親眼看見的。當時，我就在他旁邊，看見他發現那塊磚頭，並且認了出來。我暗自心想，他到底是怎麼認出來的呢？是靠知識，還是靠直覺？

事實就是這樣，至於如何解釋，就請大家自行想像吧！我猜了很久，得出一個結論：一部分靠知識，但大部分靠直覺。理由是這樣的——當湯姆把那塊磚頭塞進口袋，準備回家後寫上自己的名字和解說，送到博物館去的時候，我悄悄地把磚頭掏了出來，放進另一塊相似的磚頭，結果他沒有發現。你知道，兩塊磚頭多少還是有些不同之處的。我想，這下就能斷定，他主要是靠直覺，而非知識；他的直覺能準確地告訴他磚頭在哪裡，讓他從那個位置找出那塊磚頭，而非看見磚頭的模樣才認出來的。假如靠的是知識，而非直覺，那麼，當磚頭被人家換過之後，他只要看看它的樣子就能發現——而他沒有，這就說明儘管人們把知識的重要性說得天花亂墜，但直覺對於人類行為的影響力，卻比知識還重要一百倍。吉姆也贊同我的這種說法。

我和湯姆參觀回來後，吉姆把氣球降了下來，把我們接上去。飛艇裡多了一位年輕人，頭上戴著一頂紅便帽，帽上吊著一串流蘇，穿著漂亮的絲綢外套，以及一條又粗又大的褲子，腰間繫著披巾，裡面藏著一把手槍。他會說英語，希望我們雇用他當嚮導，他會帶我們去麥加、麥地那，以及中非等地遊覽，費用只需要五毛錢一天，以及食宿。我們便雇上他，開足馬力出發了。

氣球以高速行駛，晚飯後就抵達了紅海邊。以色列人曾在這裡渡過海，法老王率領他的兵馬從後方追來，卻被海水吞沒了。這時候，我們都停下來，仔細地注視那個地方。吉姆簡直樂壞了，他說他能看得一清二楚，就像故事發生的時候一樣生動。他彷彿能看見那些以色列人從兩堵水牆之間穿過，埃及人在後方緊追不捨，以色列人才剛上岸，他們就衝進了海裡；不一會兒，埃及人都進入水中，兩道水牆卻突然塌了下來，把他們全都吞噬了。

隨後我們繼續前進，來到西奈山，在山的上空盤旋著。我們看見了摩西打破石板的地方，也就在同一個地方，以色列人露天宿營，膜拜小金牛。這一切都有趣極了！嚮導對那一帶的情況瞭若指掌，就像我瞭解自己的家鄉一樣清楚。

就在這個時候，發生了一場意外，使我們的計畫被迫中斷。湯姆的那支玉米芯煙斗，早已用得老舊不堪，變得又大又彎，無法使用了。他拿繩子之類的東西綁了又綁，但仍然綁不好——煙斗塌下去，碎成一塊一塊的了。湯姆不知該怎麼辦才好，教授的煙斗雖然好，但哪裡比得上玉米芯煙斗呢？任何抽慣了玉米芯煙斗的人都曉得，它比世界上其他煙斗都要好，也絕不肯再去抽別的煙斗。湯姆不願意用我的，我也說服不了他。於是他感到無計可施了。

他想了想，說我們應該四處找找，看在埃及、沙烏地阿拉伯或是周圍的國家裡，能不能找到一個。但嚮導說這是沒有用的，因為這些國家都不生產那種煙斗。湯姆聽了悶悶不樂，但很快地，他又振作起來，說他有了主意。他說：

「我還有一個玉米芯煙斗，品質很好，跟新的一樣，就放在家裡廚房的爐子上。吉姆，你和這位嚮導回去一趟，把煙斗拿來，我和哈克就在西奈山上紮營等你們。」

「可是，湯姆少爺，我們會找不到小鎮的！我能找到煙斗，因為我知道廚房在哪裡，但是，老天！我無論如何也找不到小鎮，更找不到聖路易城——這些地方我一個也找不到。湯姆少爺，我們不認得路啊！」

這倒是真的。湯姆愣了一下，然後說：

「聽我說，你們一定能找到的，我有辦法。你們看準羅盤，朝西方筆直飛去，一直飛到美國——這並不困難，因為大西洋的另一端就是美國。要是你們在白天抵達，就不要停下來，從佛羅里達州海岸線的北部朝西飛，依照你們出發時的速度，在一小時四十五分之後，就會飛到密西西比河的河口。」

「由於在高空飛行，你們會發現地球凸了起來——就像倒過來的臉盆那樣——上面佈滿許多彎曲的河流，但你們可以輕易地認出哪一條是密西西比河。然後，沿著密西西比河，再向北方飛行一小時四十五分，就會看到俄亥俄州。這時，你們必須睜大眼睛，因為距離目的地很近了。隨後，在你們左邊很遠的地方會出現一條線——那就是密蘇里河，聖路易就在河的南邊。這時候，你們應該下降到低空，一邊飛，一邊仔細尋找村落。十五分鐘以內會經過二十五個村落，你一定能認出我們的小鎮。萬一認不出來，你們就問下面的人。」

「要是這麼容易的話，湯姆少爺，我想我們能找到。沒錯，先生，我想我們能找到。」

嚮導同樣信心十足，並認為不用多久便能學會駕駛飛艇，與吉姆輪流值班。

「吉姆只需要半小時就能把你教會。」湯姆說道，「駕駛這個飛艇就像划船一樣，容易極了。」

湯姆掏出地圖，標出路線，比劃了一會兒，說：

「你們瞧，往西飛回去路程最短，只有七千哩左右。要是往東繞著飛，就得多一倍路程呢！」接著，他叮嚀嚮導：「你們一路上必須隨時注意計速器，一旦發現時速低於三百哩，就必須調整高度，找到順風的區域。要是不借助風力，這個破東西每小時只能飛行一百哩，另外兩百哩必須仰賴風力。你們隨時都能找到風。」

「我們會照辦的，先生。」

「好，就看你們的了。有時候，你們得上升好幾哩才能找到風，那裡的氣溫會變得很低；但是大多數的時間不用飛那麼高。要是能遇上旋風，那就更好了。翻翻教授的書就會明白：旋風在這個緯度裡是往西刮，而且刮得也很低。」

然後，他算了算時間，說：

「七千哩路程，一小時可以飛三百哩，你們一天就能抵達。今天是禮拜四，禮拜六下午就能返回這裡。很好，來吧，從船上拿一些毯子、食品、書給我們，你們就可以動身了。不必再浪費時間，我急著抽煙，越快拿到煙斗越好。」

四個人一起動手，花了八分鐘，就把我們所需的物品都拿出來了。氣球已準備就緒，我們一一握手道別。湯姆最後又叮嚀：

「現在西奈山的時間是下午一點五十分。二十四小時後飛回家中，那時小鎮的時間是隔天早上六點。回到鎮上後，你們把氣球降落在樹林裡的小山坡上，靠山後一點，別讓人看到。然後，吉姆你立刻下山，先把這些信寄到郵局，如果發現旁邊有人，便把帽子拉下來遮住臉，別讓他們認出來。接著，你們從後門偷偷溜進廚房，拿了煙斗，再把這張紙條放在餐桌上，用東西壓住，以免被風吹走。之後就趕緊溜掉，千萬別讓波麗姨媽或是任何人看見。最後，你們就跑回氣球，飛回西奈山這裡——仍然以每小時三百哩的速度飛行。你們在鎮上不用逗留一小時，就能把事情辦好。在小鎮時間的七、八點鐘時，你們就可以從村子出發。再過二十四小時——也就是西奈山時間下午兩、三點時，你們就能飛到這裡了。」

說完，湯姆把他寫在紙條上的東西唸了出來：

航空家湯姆自方舟曾停駐之西奈山上，向波麗姨媽致上最深的問候！哈克也向妳問候，問候於明天早上六點半到達。

航空家湯姆・索耶
寫於禮拜四下午

（註：挪亞方舟實際上並未停在西奈山，此處為湯姆搞錯了。）

「她看到這張紙條，一定會目瞪口呆、熱淚盈眶的。」他說，然後又命令道：

「準備好！——一——二——三——起飛！」

氣球咻地一聲飛了起來，不一會兒便消失在遠方。

我和湯姆找到一個洞穴，從洞口可以俯瞰整片大平原。我們在洞內住下來，等待著煙斗。

氣球的旅途十分順利，煙斗按時取來了。不過，當吉姆在拿煙斗時，被波麗姨媽一把抓住了。至於結果呢，不用說大家也明白——她要吉姆來叫湯姆回家。吉姆說道：

「湯姆少爺，你的波麗姨媽站在門前，抬頭盯著天空，說她見不到你回家，就站在那裡永遠不進屋了。會出事的！湯姆少爺，真的會出事呀！」

聽他這麼一說，我們立刻動身回家了，心裡都有點不高興。

湯姆探案記 1896

嚴冬褪去，春天的腳步近了，
頑童們再度來到阿肯色州。
這一回，他們捲入了一連串怪事，
從失散的雙胞胎、失竊的鑽石，
到失蹤的工人、失意的牧師，
演變成一樁離奇的謀殺案，
凶手竟然是……西拉姨丈？
看湯姆如何化身偵探，破解陰謀，
找回贓物，為親人洗刷冤屈！

Adventure of Tom Sawyer

第一章　一個邀約

那是在我跟湯姆將黑人吉姆解放後的第二個春天。嚴寒正慢慢地從地表與空氣中散去，離赤腳的時節也一天天臨近了。接下來將會是玩彈珠、擲刀遊戲、鐵環以及放風箏的季節，再來馬上就是夏季，可以去游泳了。這樣的盼望正好讓一個小男孩得了思鄉病，並且對遙遠的夏天抱著憧憬。是的，這讓他長嘆一口氣，而且滿臉愁容──有些事情在困擾著他，而他卻不知道是什麼事。即使如此，他還是會獨自外出，悶悶不樂地沉思著。他最常去山頂上的樹林，找一個人煙稀少的地方待著，眺望山下的密西西比河環繞著樹林，向遠方延伸，直到模糊不清的樹林被層層煙霧籠罩，遙遠而寂靜。一切看上去是如此地莊嚴肅穆，就像你敬愛的人過世時那樣，而這時你心裡只想著和他們一起死去，離開這個世界。

你還不知道是怎麼回事嗎？那就是春倦症──這就是它的名稱。一旦染上它，你就會想做某件事──噢，事實上也許你根本不清楚自己想做什麼，但你卻心痛不已，無時無刻不想到它！對你而言，你想要的就是解脫罷了──從你習以為常而又令人厭倦的生活中脫身，去尋找新的事物──這就是你的想法。你想離家當一個流浪者，想去一個遙遠而陌生的國度流浪，在那裡，任何東西都是神秘、美妙且浪漫的。如果你做不到這些，只好退而求其次──你想去任何你能夠到達的地方，只要能解脫就好，而且也將對這趟旅途心存感激。

好吧，我和湯姆也染上了嚴重的春倦症。但想學湯姆嘗試逃脫是沒用的，正如他所說，波麗姨媽絕不會允許他蹺課去四處遛達，浪費時間，這讓我們很沮喪。有一天黃昏，當我們正坐在門口的台階上時，波麗姨媽手裡拿著一封信，走過來說道：

「湯姆，我認為你該收拾行李去阿肯色州了──莎莉姨媽希望你過去。」

我當時簡直欣喜若狂。我還以為湯姆會奔向波麗姨媽，並緊緊抱住她；但是你相信嗎？他仍然坐在原地，一言不發。在這麼好的一個機會面前，他竟表現得如此遲鈍，我差點要叫出聲來。為什麼呢？因為要是他繼續

一聲不吭，不表示出他的感激之情，我們很有可能會失去這個機會。不過，他仍然一動也不動，想著心事，這令我煩惱極了，不知道該怎麼辦。最後，他平靜地說了一句話，聽得我忍不住想揍他：

「哦，」他說，「波麗姨媽，很抱歉，我先失陪了——一下就好。」

波麗姨媽對他如此冷漠的舉動感到詫異，半分鐘說不出話來，不過這也讓我有機會輕輕碰了碰湯姆，低聲告訴他：

「難道你沒聽懂嗎？你真的打算白白浪費這個好機會嗎？」

但他似乎不為所動，咕噥地回答道：

「哈克，難道你希望我露出迫不及待的態度嗎？何必呢！那樣只會讓她疑心大起，並且想像出各種疾病、危險和阻礙，然後收回成命。讓我靜一靜吧，我想我知道該怎麼對付她。」

目前為止，我的確沒有考慮過這一點。不過他是對的，湯姆總是對的——他是我見過的人之中最冷靜的一個，而且能保持理智，對突如其來的事有所準備。這時候，他的姨媽直截了當地作出回應，並且發起了脾氣。她說：

「你可以離開！當然可以，哼！我從沒聽過這樣子的話。快閉嘴，趕快去收拾行李。要是再讓我聽到你不想離開或是不想去的話，我發誓一定要抽你一頓鞭子！」

她戴著指套的手正準備狠敲他的腦袋，不過我們躲開了。湯姆假裝啜泣著，和我一起跑上樓。一進了房間，他便擁抱我，高興得有些失去理智，因為他終於可以去旅行了。然後他說：

「在我們離開前，她會後悔答應讓我離開，不過，現在她已經無法反悔了。一旦說出了口，她的自尊心就不會允許她把說出的話收回。」

湯姆只花了十分鐘就收好了行李，只留下一些讓姨媽和瑪莉替他準備。然後我們又等了十幾分鐘，好讓她冷靜下來，恢復慈祥的模樣。因為湯姆說，如果她沒有真的生氣，通常只需要十分鐘就能恢復鎮定；一旦她真的生氣了，則需要二十分鐘——而這回她看來是真的生氣了。接著我們下了樓，急著想知道信的內容。

她坐在那裡，陷入了沉思，信就放在她的腿上。我們一坐下，她便說道：

「他們一家遇到了許多麻煩，希望你和哈克能為他們帶去一些變化——用他們的話來說就是『安慰』；我認為，他們會從你們身上得到不少快樂。她有一個鄰居叫做布雷斯・鄧拉普，在過去的三個多月裡，他一直想娶他們的女兒貝妮。他們不肯答應，於是布雷斯的態度變得越來越差，他們一直在擔心這件事。我認為他們想與布雷斯打好關係，因為他們曾為了討好他，在農場幾乎無力負擔的情況下，雇了他一個一無是處的弟弟來幹活，儘管他們百般不願意。鄧拉普一家是什麼樣的人呢？」

「他們住在莎莉姨媽家一哩外的地方——所有農民都住在那一帶，而布雷斯卻比其他人都富有，還擁有許多黑奴。他是一位鰥夫，三十六歲，沒有子女，仗著自己的財富專橫跋扈，大家都很畏懼他。我想，他以為只要自己想要，就可以得到任何他喜歡的女人；而當他發現得不到貝妮時，便受到了不小的打擊。為什麼呢？因為貝妮的年齡只有他的一半，你們見了就知道了——她長得甜美、可愛。可憐的西拉姨丈（何必用這種方法討好人呢？太可悲了！）煩惱極了，只好雇用無能的木星・鄧拉普，來取悅他那暴躁的哥哥。」

「多麼有趣的名字——『木星』！這個名字是哪來的？」

「那只不過是個綽號罷了。我想他們很久以前就忘記他真正的名字了。他今年二十七歲，打從他第一次游泳的時候就有了這個綽號。有一個老師在他的左膝上看見一個銀幣大小的褐色胎記，周圍還有四個較小的印記；他說這使他聯想到木星以及它的衛星。那群孩子覺得很有趣，於是也開始叫他木星，從此人們便一直稱呼他木星。他長得很高，是個懶散、狡猾、卑鄙而且懦弱的人，但還算挺友善的。他留著一頭棕色長髮，但沒有留鬍子。由於他一貧如洗，布雷斯免費提供他吃住，還拿自己的舊衣服給他穿，不過他常罵他。木星有一個雙胞胎兄弟。」

「他的雙胞胎兄弟長什麼樣子？」

「正如他們說的——長得很像木星；無論如何，至少過去是這樣。不過大家已經有七年沒看到他了，他十九、二十歲的時候參與了搶劫，被關進牢裡，後來越獄逃到北方去了。幾年前，人們還不時能聽見他搶劫的傳聞。不過現在他已經死了——至少大家是這麼說的，他們再也沒聽到他的消息了。」

「他叫什麼名字？」

「傑克。」

過了好一陣子，姨媽都沒有說話，似乎在想些什麼。最後她說：

「木星常惹你姨丈生氣，這讓莎莉姨媽擔心極了。」

湯姆感到很驚訝，我也一樣。湯姆說：

「發脾氣？西拉姨丈？老天，妳一定是在開玩笑吧？我從不知道他會生氣。」

「莎莉姨媽說，他總是讓你姨丈勃然大怒，有時候他簡直想揍那小子。」

「波麗姨媽，這和我印象中的他不大一樣。怎麼會這樣呢？他一向舉止文雅啊！」

「是啊，無論如何，她還是很擔心。她說每回爭吵，西拉姨丈就像變了一個人似的。而鄰居們也在討論這件事，但都把它怪在你姨丈身上，因為他是個牧師，以前又不會吵架。莎莉姨媽說西拉姨丈不再去那個令他感到羞恥的佈道台上了，於是人們也開始對他冷漠，不再像以前那樣尊敬他了。」

「哦，這不是很奇怪嗎？為什麼會變成這樣呢？波麗姨媽，他總是和藹可親，而且傻乎乎的，討人喜歡——為什麼會變成這樣呢？他簡直就是一位天使！妳有沒有想過到底發生了什麼事？」

第二章　傑克・鄧拉普

我們的運氣很好，因為我們坐上了一艘從北部開來、駛往路易斯安那州的蒸汽輪船，能沿著密西西比河一路到達阿肯色州的農場，不必在聖路易改搭汽船。這種輪船一發動，至少能走一千哩。

船上的人很少，只有幾個乘客，而且都是些上了年紀的人。他們分散在各處，坐著打瞌睡，十分安靜。我們花了四天的時間才駛出「上游」，因為船隻經常擱淺。但這一點也不無聊——當然，對於旅行中的男孩來說絕不會無聊。

打從一開始，我和湯姆就認為隔壁的艙房裡有人生病了，因為常會有服務員送飯菜進去。不久我們問起了這件事——是湯姆去問的，服務員說房裡住著一個男人，不過他看起來並不像生病的樣子。

「哦，難道他沒病？」

「我不清楚，也許他有病，不過我覺得他只是在裝病罷了。」

「你為什麼這麼想？」

「因為要是他真的生病的話，應該會脫掉衣服——難道你不認為他應該這麼做嗎？可是他偏偏沒有。至少，他從不脫掉他的靴子。」

「真的？連上床睡覺時也不脫？」

「是的。」

湯姆總是對一類事情很著迷——神秘的事情。如果你把一件神秘的事和一塊餡餅同時擺在我和他面前，供我們選擇——你不必說出答案，因為這是顯而易見的。因為按照我的個性，我會選擇餡餅，而他天生就喜歡探索奧秘。每個人生來就是有所不同，這也是最好的方式。湯姆對服務員說：

「那個人叫什麼名字？」

「菲力普。」

「他是在哪裡上船的？」

「我想是在亞力山卓，愛荷華州的那段流域。」

「你覺得他在玩什麼花樣？」

「我不知道——我從沒想過這一點。」

我在心裡偷偷告訴自己，這裡又有一個會選擇餡餅的人了。

「他有什麼怪癖嗎——例如他的言談舉止？」

「沒有——沒什麼特別的。除了他總是看起來很驚慌，無論白天夜晚總是緊閉著門；而當你敲門時，他只會把門打開一條縫，看看外面是誰，然後才會讓你進去。」

「哎呀！這真是太有趣了！我打算去看看他。這樣吧——下回你去他那裡時，也許你可以推開門，然後——」

「不，絕對行不通！他常常躲在門後。他會識破這種花招的。」

湯姆思考了一會兒，然後說：

「這樣好了，你把工作裙借我，早上由我送早餐去給他吧。我會付給你兩毛五。」

如果座艙長不介意的話，這名服務員倒是很樂意。湯姆說沒關係，他可以去找座艙長商量一下。最後他成功了，協調的結果是：我們兩個都可以穿著工作裙，帶著食物一起去那裡。

那一晚湯姆沒怎麼睡，他迫不及待想打探出有關菲力普的秘密。除此之外，他對這件事作了很多的猜測——儘管這些猜測不會有什麼用。因為要是你即將揭開一件事的謎底，那再浪費力氣去猜測又有什麼意義呢？我也睡不著。不過我對自己說，我才不想知道菲力普身上發生了什麼事。

隔天一早，我們便穿上工作裙，推著一輛裝著托盤的餐車來到他房門外。湯姆上前敲了敲門。那個人把門打開一條縫，然後讓我們進去，並立刻把門關上了。老天！當我們看到他時，差點把盤子掉在地上！湯姆說：

「木星．鄧拉普，怎麼是你！你是從哪裡冒出來的？」

當然，那個人感到很驚訝，不過他似乎不曉得該表現出害怕、高興，還是其他表情。最後，他冷靜了下來，並且露出喜色，雖然起初他的臉色變得蒼白，但很快又恢復了血色。因此當他吃早餐時，我們已經聊在一起了。他說：

「我不是木星．鄧拉普，事實上也不是菲力普。如果你能發誓不說出去，我就會馬上告訴你我是誰。」

湯姆說：

「我們不會說出去。不過，要是你不是木星，也不需要告訴我們你是誰了。」

「為什麼？」

「因為如果你不是他的話，那你就是另一個雙胞胎兄弟，傑克。你和木星長得一模一樣。」

「好吧，我就是傑克。不過，你是怎麼知道我們兄弟的呢？」

湯姆便告訴他我們去年夏天在西拉姨丈那裡的經歷。當他發現湯姆並未提到任何關於他家人的消息、或是關於他和「那件事」有關的消息時（事實上我們的確一無所知），他便打破沉默，津津有味地談了起來。他對於自己的事還不太坦率，只說自己以前過得很苦，至今仍然很苦，並認為即使到老也還是如此。他又說，他的一生充滿危險，然後——他突然倒吸一口氣，露出一副聆聽的樣子。我們沒出聲，三個人都陷入了沉默。四周沒有任何聲響，只有船上的木頭材質發出的吱吱聲和機器運轉的聲音。

之後，我們再次安慰他，並告訴他關於他家人的事，包括布雷斯的妻子在三年前去世了、他迫切地想娶貝妮卻遭到拒絕，還有木星被西拉姨丈雇用，以及他們兩人總是吵架等等；而他也鬆了一口氣，並開心起來。他說：「天哪！這就像以前在聽那些街坊傳聞一樣，有趣極了。我已經七年多沒聽到這些消息了。那現在他們都是如何談論我呢？」

「你是指？」

「農民——以及我的家人。」

「唉！他們已經不再談論你的事了——只不過久久提到你一次罷了。」

他詫異地說：「天哪！為什麼會這樣？」

「因為他們以為你已經死去很久了。」

「不！你說的是真的——你敢保證是真的嗎？」他興奮地跳了起來。

「我當然敢保證，沒有人會想到你還活著。」

「這下我有救了，有救了！我要回去，他們會把我藏起來，他們會救我的！你別說出去，你發誓不會說出去——發誓永遠也不會說出去、永遠不告發我。啊！孩子們，可憐可憐我這個一天到晚被追捕、不敢露臉的人吧！我永遠不會傷害你們的，看在上帝的份上，我絕不會那麼做！請你發誓幫我這個忙，救救我一命！」

就算他是個無賴，我們也會發這個誓，而之後我們的確這麼做了。這個可憐的傢伙，對我們感激涕零，他能做的就是給我們一個擁抱。

我們繼續聊著，隨後他拿出一個小手提袋，將它慢慢打開，並要我們轉過身去。我們按照他的話照做了，當他叫我們轉回來時，他的身上出現了極大的變化：他戴了一副藍色的護目鏡、一副幾可亂真的褐色鬍鬚。或許連他的母親也認不出他來。他問我們現在這樣子像不像他的兄弟木星。

「不像，」湯姆說，「除了你的一頭長髮，你身上沒有一樣東西與他相似。」

「很好，在回去以前，我會先把頭髮剪得很短。到時候，木星和布雷斯會替我保守秘密，我將會以一個陌生人的身分和他們住在一起。這樣一來，那些鄰居們就不會猜出我是誰了。你覺得這個主意怎麼樣？」

湯姆想了一會兒，然後說：

「嗯，當然，我和哈克不會洩露這件事，但要是你自己說出去，這就有點風險了——也許不會很大，但畢竟有風險。我的意思是，如果你開口說話，難道大家就不會發現你的聲音跟木星很像嗎？難道他們不會想起已經死去的那個雙胞胎兄弟，並認為他也許還沒有死，一直隱姓埋名地活著嗎？」

「天啊！」他說，「你真是聰明！你說得一點也沒錯。到時候，如果一旁有鄰居在場，我就會裝聾作啞。萬一我忘了這些細節就回家——不過，我還不會回家，我要先找一個那些人找不到我的地方躲起來，然後戴上這些化裝道具，穿上不同的衣服，然後——」

他突然跳到門邊，把耳朵貼在門上。他的面色變得慘白，而且似乎在喘氣。不久他低聲說道：

「這聽起來像是扣扳機的聲音！天啊，這下該怎麼辦！」

然後他無力地癱坐在椅子上，擦了擦臉上的汗珠，露出一副病懨懨的樣子。

第三章　鑽石竊案

從那時候開始，我們幾乎一直和他在一起，至少有一個人會睡在他的上鋪。他說過去一直很寂寞，有人能陪伴他、聽他訴說煩惱，讓他倍感欣慰。我們很想瞭解他的秘密，但湯姆說最好的辦法就是裝作一點也不好奇，這樣他就有可能在無意間透露他的秘密；如果我們一直追問，他反而會心生戒備，守口如瓶。事實的確如此，我們常看出他想談論某些事，但每當話題與他的秘密有關時，他就不敢再往下講，而開始扯些別的事情。

有一次，他彷彿漫不經心地問起我們關於甲板上乘客的事。我們告訴了他一些，但他始終不滿意，覺得我們敘述得不夠詳細，希望我們能說得更準確。湯姆照做了。最後，當湯姆描述完那些乘客之中舉止最粗魯、穿著最破爛的一個人時，他不禁打了個冷顫，倒抽一大口氣說道：

「噢！天啊，那就是他們之中的一個人！我就知道——他們一定在船上。我多麼希望自己已經成功擺脫了他們，但是我從來不敢相信。你繼續描述一下乘客的特徵。」

湯姆又接著描述了另外一些乘客。當他說到甲板上另一個舉止粗魯的乘客時，他再次打了個冷顫，並說：

「就是他！——他就是另外一個。如果哪天晚上遇到暴風雨，我一定要設法上岸。你瞧！他們已經在暗中監視我了。他們會到前面的把台買飲料，然後趁機賄賂搬運工、擦鞋工或是其他人來監視我。要是我趁沒人注意悄悄溜上岸，他們一定會在一小時內就得到消息。」

接著，他開始在屋內不停踱步。過沒多久，他果然開始講他的秘密了！他說起他過去的各種經歷，當講到那件事情時，他沒有再逃避。他說：

「這是一場騙局，我們三人在聖路易的一家珠寶店進行了這場騙局。我們的目的是兩顆非常漂亮的鑽石，它們像榛果一般大，所有人都想一睹為快。我們幾個穿上盛裝，打扮得體體面面，然後光天化日地捉弄了他們——我們吩咐珠寶店把鑽石送來旅館讓我們細看，以決定是否購買。事實上，我們早就仿造好贗品了。我們要謊稱那些東西不值一萬兩千塊錢，然後讓他們把偽造品帶回去。」

「一萬兩千塊錢！」湯姆叫道，「你真的認為它們值那麼多錢嗎？」

「那些鑽石絕對值這個價錢。」

「最後你們得手了？」

「這簡直易如反掌。我認為珠寶店的人可能到現在還不知道鑽石已經失竊了。但是，繼續留在聖路易當然不安全，所以我們開始考慮下一步。可是大家的意見都不一樣，最後我們只好用擲硬幣來決定，決定的結果是去上游。我們把鑽石用紙包起來，在上面寫下各自的名字，然後交給旅館服務員代為保管，還吩咐他：除非全員到齊，否則絕不能把這包東西交給任何一個人。解散之後，我們各自去了鎮上——我猜我們心裡都有同樣的盤算，儘管我不敢保證，但我認為大家應該都有這種想法。」

「什麼想法？」湯姆問。

「就是把別人的那一份搶過來。」

「什麼——你們合謀偷到鑽石，你卻想一個人獨吞？」

「當然了。」

這讓湯姆十分反感，他說這是他聽過最下流、卑鄙的伎倆了！但是傑克說，這種事在他們那一行裡稀鬆平常，還說當一個人在幹這一行時，他只會關心自己的利益，因為不會有別人在乎這一點。然後他又繼續說道：

「你知道，最大的麻煩就是你無法將兩顆鑽石平分給三個人。要是有三顆鑽石的話就好辦了——而這是不可能的！你想都別想。我當時走在一條街上，一邊思考一邊閒逛，然後告訴自己：只要有機會，我就會把鑽石佔為己有，然後再準備好化裝道具，躲開那些同伙。等安全脫身後，我就要穿上那套化裝道具，讓他們再也找不到。於是我買了假鬍子、護目鏡和這套土裡土氣的衣服，把這些東西全裝到手提袋裡。正當我路過一家雜貨店時，我透過窗戶一眼瞥見我們的一個同伙。他叫巴德．狄克生。我高興極了，因為我想看看他到底會買些什麼。於是我躲到隱蔽的角落，繼續觀察他。你猜他買了什麼？」

我問：「是假鬍子嗎？」

「不。」

「護目鏡嗎？」

「不。」

「噢！哈克，你就不能冷靜一點嗎？你簡直是亂猜一通。傑克，他到底買了什麼？」

「你永遠也猜不到的。他只買了一把螺絲刀——就是那種很小的螺絲刀。」

「哎！真是怪了，他買那東西幹什麼？」

「這也正是我當時在思考的問題。這確實很古怪，真是把我難倒了。我問自己，他拿那東西到底想做什麼？當他從店裡出來的時候，我後退了幾步，躲開他的視線，然後又繼續跟蹤他，看著他走進一家二手服裝店，買了一件紅色的法蘭絨襯衫和幾件破舊的衣服——就像你剛才描述的那個人的穿著。後來我到了碼頭，把我的東西藏在我們挑的那艘船上。就在我準備回去，我又走運了——我看到另一個同伙，躺在他那堆又舊又生鏽的二手貨上面。之後，我們把鑽石領出來，一同登上了船。」

「但這樣一來，三個人都被困住了，不敢去睡覺——我們必須保持清醒，緊盯著其他兩人。我必須對他們有所警惕。這確實很可悲，因為在過去幾週裡，我們之間有一些恩怨，我們的關係只不過是維繫在工作之上。但不管怎麼說，鑽石只有兩顆，但人卻有三個。我們吃完了晚餐，然後抽著煙，邁著沉重的步伐在甲板上踱著步，就這樣持續到半夜。接著，我們一起回到艙房內，把門關上，檢查包在紙裡的鑽石是否完好無缺，並把它們放在下鋪大家都看得見的地方，之後我們就一直坐在那裡。但是，沒過多久，我們就感到很難再保持清醒了。後來狄克生居然睡著了，他有規律地打起了呼，下巴挨著胸前，看起來像完全睡死了一樣。就在這時，海爾．克雷頓朝鑽石點了點頭，然後又轉向門外。我當然明白他的意思，於是我把紙包拿了過來，我們站起來，一動也不動地等了很久，完全不敢出聲。接著，我小聲地轉動門上的鑰匙和把手，時刻保持警惕，踮著腳走到外面，最後又輕輕地把門關上。」

「四周鴉雀無聲，我們的船在朦朧的月光下快速而平穩地行駛在浩瀚的水面上。我們一句話也沒說，徑直走到了上層輕甲板，確認四下無人之後，便來到船尾的天窗旁坐下。不需要任何解釋，我們也明白這是什麼意思——問題在於，要是巴德醒來，發現鑽石不見的話，他會來找我們算帳的，而這個男人一向天不怕地不怕。不過，即使他敢來找我們，我們也會把他扔下船，或是把他殺了。想到這一點，我嚇得直打哆嗦，因為我不像其他人那麼勇敢。但我不能表現出懦弱的一面——當然，我知道會有什麼下場，因為當時我很怕巴德。於是我想：要是船在某個地方停靠，我們就可以上岸，沒必要冒這種險。但那是一艘笨重、緩慢的船，而且我也不可能有機會這麼做。」

「不過，時間一分一分地過去了，那傢伙始終沒有醒來——老天！直到天亮了，他也一直沒有出來。我說：『你知道這是怎麼一回事嗎？難道你不覺得可疑嗎？』海爾說：『天啊！你是說他在耍我們？——快把紙打開！』我打開了紙包，令人意外的是裡頭居然連一顆鑽石也沒有，只有幾顆小糖塊！原來這就是他放心地打呼一整晚的原因。他聰明嗎？是的，我的確這麼認為！他事前就把它們用紙包好，然後當著我們的面把真假兩份調包了。」

「我們覺得他實在卑鄙極了！但時間緊迫，我們必須馬上擬出計畫。於是我們很快決定：我們先把紙按照原樣包好，然後小心翼翼地溜進房間，把它擺回床鋪上，裝作對巴德的鬼主意一無所知。他繼續裝睡、打呼，心裡暗自嘲笑我們，我們也將計就計，假作被矇在鼓裡，繼續對他推心置腹。我們計畫在上岸的第一晚把他灌醉，搜遍他全身，找出鑽石。當然，要是風險不大的話，就殺了他——如果我們把鑽石拿到手，就必須殺了他，否則他也不會放過我們。然而事實上，我對此並不抱太大的希望。我知道我們可以灌醉他，問題是他對此早有準備，我們又能討到什麼便宜呢？即使在他身上搜索一年，可能也找不到一顆鑽石——突然之間，我屏住了呼吸，打斷了原本的思考。因為我的腦中突然閃現了一個想法——天啊！我當時真是太高興了！你瞧，由於腳痠，我把靴子脫了。當我這時拿起一隻靴子，準備穿上時，我瞥了一眼鞋後跟，興奮得差點無法呼吸。你還記得那把令人疑惑的小螺絲刀嗎？」

湯姆興奮地說：「我當然記得了。」

「當我一眼看到鞋後跟，我的腦中突然閃現一個想法，我想我知道他把鑽石藏在哪裡了！現在你看看這隻鞋後跟，瞧！在鞋後跟上有一塊鋼板，它是用幾顆小螺絲固定在上面的。在那間艙房裡，沒有一個地方有螺絲釘，除了他的鞋後跟。因此，如果他需要一把螺絲刀的話——我想我已經猜到原因了。」

湯姆說：「哈克，你說，是不是只有大壞蛋才會這麼做！」

「嗯，我穿上了靴子。我們兩個便從甲板下去，輕輕地溜進房裡，把那袋用紙包好的糖塊放回床上，坐下來繼續聽巴德打呼。海爾很快就睡著了，但我一點也睡不著，我這輩子從未那麼清醒過。我開始藉著帽檐的掩護，用眼神在地板上搜索著。我找了很久，開始覺得也許自己猜錯了，可是最後我真的找到它了——就在船的隔板旁，顏色與地毯很接近。它是一個圓形的小塊皮革，就跟你的小指末端差不多大。我告訴自己，如今有一顆鑽石就藏在那塊皮革原本的地方——我立刻偷偷地朝那裡望去。」

「想想這個囉嗦的傢伙多麼聰明和冷靜！他訂出了周密的計畫，並已反覆推測我們會做些什麼，結果我們就真的像傻瓜一樣那麼做了！而他呢？他在那裡坐下來，從容地從鞋跟的鋼板上轉出螺絲釘，剪掉那塊皮革，然後把鑽石黏上去，最後再把鋼板釘回去。他讓我們偷走假的鑽石、等了他一整夜，還讓我們白白盤算著如何溺死他。老天！這就是我們所做的一切。我覺得他真是太聰明了。」

「的確很聰明！」湯姆也讚嘆地回答道。

第四章　三個睡著的人

「一整天，我們就這樣裝模作樣地互相監視。老實說，這對我們兩人來說格外難熬。天快黑的時候，我們來到接近愛荷華的一個密蘇里小鎮。上岸之後，我們在一家小旅店吃了晚餐，在樓上租了個房間，裡面有一張雙人床，以及一張吊床。店老闆拿著一支蠟燭，帶領我們沿著走廊來到房間裡。我走在最後，順便把我的手提袋塞在走廊裡的一張小桌下。我們帶來了不少威士忌，一邊喝，一邊玩牌，用一毛錢當賭注。等到巴德的酒興發作，我們就不喝了，讓他一個人喝下去。我們盡可能地灌醉他，直到他從椅子上滾下去，躺在地上打呼。」

「這時候，我們準備動手了。我說我們最好脫掉靴子，順便把他的一起脫下來，免得發出什麼聲響。這樣我們就可以把他翻來翻去，從頭到腳搜個痛快，不會有一點兒麻煩。於是我們這麼做了，我把我們的靴子並排在一旁，又把巴德全身的衣服脫光，把他的口袋、衣縫、襪子、靴子搜過一遍，又去搜他的包裹，但一顆鑽石也沒有。我們發現了那個螺絲刀，海爾說：『你猜他要這個做什麼？』我說我不知道，但卻趁他不注意的時候偷了過來。最後，海爾似乎投降了，一臉灰心，說我們放棄好了。我正在等這一句話呢！便說道：」

「『有一個地方還沒搜過。』」

「『什麼地方？』」

「『他的肚子。』」

「『老天！我從來沒想到！這回我們肯定猜對了，絕對不會錯。我們該怎麼辦呢？』」

「『這個嘛，』我說，『你把他看好，我去外頭找間藥鋪。也許我能弄些什麼藥來，讓那些鑽石在他的肚裡待不下去。』」

「他說我這個方法好極了。就這樣，我當著他的面，把巴德的靴子穿在腳上，他並沒有注意到這一點。巴德的靴子比我大一點，但總比太小要好得多。我在黑暗中摸索經過走廊，順手拿了我的小提袋，不到一分鐘就出了後門，加快步伐，朝著河邊的大路走去。」

「我一點也不覺得有什麼不舒服——踩著鑽石走路絕不會不舒服。我跑了十五分鐘，就告訴自己：我已經走了一哩多的路了。一切仍然靜悄悄的。又過了五分鐘，我告訴自己：我走得更遠了，海爾一定開始納悶發生什麼事了。再過了五分鐘，我對自己說：他一定已經心神不寧地在房裡踱步了。又隔了五分鐘，我對自己說：

我已經走了二哩半，他一定心急如焚，破口大罵了。又隔了一會兒，我對自己說：已經過了四十分鐘了，他一定知道出事了。五十分鐘——他這時候已經完全明白了！他知道我一定在搜索的時候找到了那些鑽石，不聲不響地偷偷塞進了口袋——是的，他一定跑來追我了，他一定正在泥土上尋找腳印，可是各種方向的都有。」

「就在這時，我看見一個人騎著騾子從前方過來。我想也沒想，立刻跳進了矮樹叢裡。我真傻！他來到近處，停在那裡等我出來，隔了一會兒才又繼續往前。我再也高興不起來了，我對自己說，好好的一件事被我搞砸了！如果他遇見了海爾・克雷頓，我就萬事休矣！」

「上午三點鐘，我到了亞力山卓，看見這條輪船停在那兒。我非常高興，覺得這下可以平安無事了。你知道，當時天剛亮，我上了船，租下了這間客艙，換上這套衣服，就到掌舵室裡去瞭望，儘管我覺得沒有這個必要。我坐在那裡把玩著這兩顆鑽石，等待啟航。但是船偏偏不開！你知道，他們在修理機器，我一點也不懂，這些輪船上的事我一向不太懂。」

「總而言之，這艘船直到正午才出發。我早已躲進了這間客艙，因為早飯前我看見一個人遠遠地跑來，走路的姿勢很像海爾。我急得要命！我對自己說，如果他發現我在這艘船上，我休想逃出他的手掌心。他只要監視我，慢慢地等待——等我溜上岸去，以為他遠在幾千哩外，其實他卻寸步不離地跟在後面；到了一個合適的地方，他就叫我交出鑽石，然後他——啊！我知道他會怎麼做！這多麼可怕——太可怕了！何況另一個同伙如今也在船上。唉！我的運氣糟透了，孩子們——糟透了！但你們一定會救我的，對嗎？——啊！孩子們，求你們可憐可憐我這個苦命人吧！我簡直快被逼死了，救救我吧！我會對你們感激不盡的。」

我們躺進了被窩裡，竭力安慰他，說我們一定會替他想辦法，幫他的忙，勸他不必害怕。漸漸地，他似乎又放下了心，扳開了靴底的鋼板，把兩顆鑽石拿在手中，左看右看，說不盡地憐愛。燈光照在上面，果然美麗極了，活像一樣爆炸的東西，從四面八方噴出火來。可是，不管怎麼說，我總覺得他是個傻瓜。換作是我，我一定會把鑽石交給他們，叫他們上岸，別再來煩我。他卻和我截然不同，他說這是一筆偌大的財產，他怎麼也捨不得放棄。

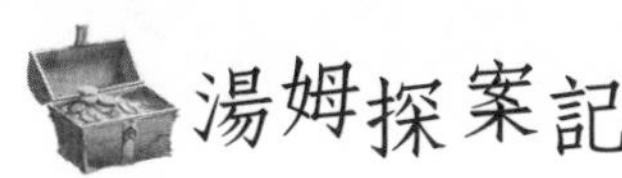

船在中途停了兩次，為了修理機器；每次都耽擱不少時間。第一次是在晚上，可是天不夠黑，他不敢逃走。第二次停下來時，機會更好，是在半夜一點；我們停泊在一個鄉下的木料場旁，這裡離西拉姨丈住的地方不到四十哩。天上飄著烏雲，馬上就要下雨。傑克等待機會，準備逃跑。船正在裝木材，不久後大雨傾洩而下，風勢也很猛，每名水手都拿了一個麻袋，像帽子一樣套在頭上——他們搬運木材時總是這麼做。我們也替傑克弄到了一個，他就帶著他的手提袋走到船尾，像大家一樣往前走，跟著我們上了岸。只見他走過火把旁，消失在黑暗裡。我們總算鬆了一口氣，滿心歡喜，感謝上帝保佑。

可是沒過多久，事情就變了樣。我想或許有人走漏了風聲。不到八九分鐘，那兩個伙伴就像箭一般衝到岸上，剎那間跑得無影無蹤。我們一直坐到天亮，希望能看到他們回來，可是始終沒看見他們的影子。我們感到非常難受、沮喪，但願傑克已經走遠了，不要被他們追上，早點回到他哥哥家裡躲起來，不再有什麼危險。

他打算沿著大路走，叫我們先去看布雷斯和木星在不在家，有沒有陌生人，太陽下山的時候再跑去通知他。他說他會在大路旁西拉姨丈的煙草田後方的一小片楓林處等我們，那裡比較僻靜。

我們坐著談論了好久，猜測他有多少希望。湯姆說，要是那兩個伙伴沿著河去找，他就沒有危險。但看起來不是這麼一回事。也許他們知道他的出身來歷；也許他們不會走錯路，而是神不知鬼不覺地跟在他後面，等天黑再殺掉他，把他的靴子取走。我們因此感到十分傷心。

第五章　樹林裡的悲劇

機器直到下午很晚才修好，當我們抵達碼頭時，太陽已經快下山了。我們一刻也不耽擱，趕緊朝楓樹林那裡跑去，想告訴傑克我們遲到的原因，叫他待在那裡，直到我們去布雷斯家打聽過消息。我們轉過樹林，天色已經黑了，我倆跑得渾身大汗、氣喘吁吁，那些楓樹就在前面，距離不到三十碼。就在這時，我們看見有兩個人跑進樹叢，只聽見兩三聲慘叫，正在呼喊救命。

「可憐的傑克一定被他們殺死了。」我們說，嚇得魂飛魄散，急忙竄進煙草田，躲在那裡不停地發抖，全身的衣服都快抖下來了。接著，有兩個人從我們身邊跑過，也進了樹叢。不到一秒鐘，四個人都從樹叢裡跳了出來，朝大路飛奔而去，兩個在前面逃，另外兩個在後面追。

我們躺了下來，渾身失去了力氣，心裡難過得想吐。我們豎起耳朵，傾聽了很長一段時間，但除了我們自己的心跳，什麼聲音也沒有。我們想到那個躺在楓樹下的可怕東西，彷彿鬼就在我們身邊，我忍不住打起哆嗦。月亮已經探出了頭，又大、又圓、又亮，在樹枝後方，就像一張臉隔著監獄的柵欄望著你；白一塊、黑一塊的影子圍著你爬來，只覺得陰風慘慘，如同在墳場裡頭，一切都靜得可怕。忽然間，湯姆在我的耳邊說道：

「瞧！——那是什麼？」

「該死！」我說，「別這樣嚇唬人！就算你不這麼做，我也快嚇死了。」

「我叫你看。楓樹裡面有什麼東西走出來了。」

「該死！湯姆。」

「那東西高得可怕！」

「噢！天——天哪！我們還是——」

「別出聲——那東西朝我們這邊過來了。」

他興奮得連話也講不出來了。我不由自主地看了一眼。我們如今都跪在地上，把下巴擱在圍籬的柵欄上，眼睛緊盯著前方——真的！連呼吸也停止了。那個東西從大路上走來，經過樹蔭下時，變得看不清楚，後來又在我們近處出現。這時，正好一片月光照在它身上，把我們嚇得快暈了過去——那是傑克．鄧拉普的鬼魂！我們當時就是這樣對自己說的。足足一兩分鐘，我們簡直無法動彈。它隨後就走掉了。我們小聲談論著這件事。湯姆說：

「鬼魂大都是朦朦朧朧，像一縷煙，或是一團霧——但這一個可不是這樣！」

「沒錯，」我說，「我很清楚地看見它戴著護目鏡和假鬍子。」

「對，還穿著一套五顏六色、鮮豔的鄉下服裝——黑綠相間的格紋褲——」

「紅底黃格的絨布背心——」

「褲管上有一排皮鈕扣，一隻腳沒有扣到底——」

「對，還有那頂帽子——」

「一個鬼竟然戴了那種帽子！」

原來，那種帽子是今年才流行的——一頂黑色的硬邊煙囪帽，高高的、有毛邊、圓頂，就像一塊糖麵包。

「你有注意到它的頭髮有沒有改變嗎？哈克。」

「沒有——好像有，又好像沒有。」

「我也沒有。可是那個手提袋倒是拿在手裡，我看見了。」

「我也看見了。袋子怎麼也會變成鬼呢？湯姆。」

「當然了！我才不像你這麼傻，哈克。凡是一個鬼所擁有的東西，全都會變成鬼。它們跟人類一樣，也需要穿的、用的。你自己也看到了，它的衣服已經變成了鬼衣服；那麼，它的袋子為什麼不能變成鬼袋子呢？當然會了！」

這話很有道理，我找不出任何破綻。這時候，比爾．威德斯與弟弟傑克一同走來，正在談著話。傑克說：

「你想他在搬些什麼東西？」

「我不知道，可是看起來挺重的。」

「是的，他用盡了全力在拖，我想是黑奴在偷西拉牧師田裡的玉米。」

「我也這麼想。我覺得我們不必把這件事說出去。」

「我同意。」

於是他們都笑了，並走遠了。顯然，大家跟西拉姨丈的關係不太好，要是黑奴偷的是別人的東西，人們才不會放過他們呢！

我們又聽見一些模糊的聲音朝我們走來，越來越大聲，不時夾雜著笑聲。那是萊姆・畢伯和吉姆・萊恩。吉姆說：

「誰？——木星・鄧拉普嗎？」

「是的。」

「哦，我不知道，我猜是吧。大約一個鐘頭以前，我看見他在挖地——他跟牧師一起。他說今晚他不想去了，不過要是我們需要他的狗，他可以借我們。」

「也許他太累了。」

「對——工作太辛苦了！」

「你說得沒錯！」

他們都笑了起來，又繼續往前走。湯姆說，我們不妨遠遠跟在他們後面，反正大家順路，也免得單獨遇見鬼魂。我們就這麼做了，平安地抵達西拉姨丈家裡。

這一天是九月二日——禮拜六，我永遠不會忘記，你們很快就會懂的。

第六章　計畫奪回鑽石

我們在吉姆和萊姆背後慢慢地走，一直走到屋後的籬笆邊，我們當初放走吉姆的小屋就在那裡。一群狗立刻圍住了我們，表示歡迎，屋裡又有燈光，因此我們不那麼害怕了。我正要爬上梯磴，湯姆卻說：

「慢著！再等幾分鐘。」

「怎麼回事？」我說。

「事情可大了！」他說，「你覺得我們該不該先去告訴大家，死在楓樹下的是什麼人、殺死他的兩個惡棍是什麼樣的傢伙、以及他們從屍體上搶走的鑽石有什麼來歷——然後加油添醋一番，突顯出我們瞭解得比誰都詳細，好好地出一回風頭？」

「也對，要是你肯放過這個機會，你就不是湯姆了。我認為，你用不著加油添醋，」我說，「只要把事情修飾一下就夠了。」

「那麼，」他十分鎮靜地說，「假如我告訴你，我根本不打算先跟別人講這件事，你有什麼看法？」

我聽他這種說，感到相當奇怪。我說：

「我會說你在撒謊。你真的要這麼做嗎？湯姆。」

「你待會就會明白。那隻鬼是不是光著腳？」

「不，有穿鞋，那又怎樣呢？」

「你等著——我會解釋給你聽。它穿著它的靴子嗎？」

「穿著，我看得很清楚。」

「你願意向上帝發誓嗎？」

「願意，我向上帝發誓。」

「我也看見了。現在你明白這是什麼意思了吧？」

「不明白，這是什麼意思？」

「意思是說：那兩個強盜沒有把鑽石弄到手。」

「啊，我的老天！你怎麼會這麼想？」

「我不光這麼想，我知道事實就是這樣。它的馬褲、護目鏡、假鬍子、手提袋不都變成鬼了嗎？它身上的東西全變了，不是嗎？那雙靴子之所以也變了，是因為他變成鬼的時候，它們還穿在他的腳上。如果這還不能證明那些強盜沒有把靴子拿走，我倒要看你怎麼解釋。」

這真是了不起！我從沒見過像湯姆那樣的頭腦。我也有眼睛，也看得見東西，但看了東西卻不明白它的意義。湯姆則截然不同，當他看見一樣東西，那件東西就彷彿長出了腿，會站起來跟他說話，把它知道的一切全告訴他——我從沒見過這樣的頭腦！

「湯姆，」我說，「我以前不知說過多少遍了，但現在還要再說一遍：我連提你擦鞋都不配！不過沒關係——這句話沒什麼特別的意思。萬能的上帝創造了我們，有的人擁有眼睛，卻仍然是瞎子，有的人則看得見東西。我想我也不必去猜想祂為什麼要這樣安排，祂是對的，否則一定會換成另一種安排。你接著說吧——我現在已經明白了，那些強盜沒有把鑽石拿走。但你覺得他們為什麼不拿走呢？」

「因為他們還來不及把靴子從屍體身上脫下來，就被另外兩個人趕跑了。」

「說得沒錯！我現在懂了。可是，湯姆，為什麼我們不跟別人說呢？」

「唉！真該死，哈克，你怎麼還不懂？你仔細想想，他們會怎麼辦？明天早上法官會來驗屍，那兩個人就會描述他們是如何聽見叫喊，跑進樹林，可是來不及搭救那個陌生人。那些陪審員又會七嘴八舌，最後判決這個人是被人槍擊、刀刺，或是被擊碎了腦袋而死的，然後說這是天意。等他們把他埋葬之後，就會把他的遺物拍賣，以償付一切開支，我們的機會就來了。」

「為什麼？湯姆。」

「我們可以花兩塊錢把那雙鞋子買下來！」

這可真讓我愣住了。

「天哪！嘿，湯姆，那鑽石就到我們手裡了！」

「可不是嗎？總有一天，他們會懸賞一大筆獎金——一千塊錢。我有把握，我們一定能得到那筆錢！現在我們可以去見姨丈了。記得，關於什麼謀殺、鑽石、強盜的事，我們一概不知道——別忘了！」

這樣子的安排，有一點令我很不滿意。要是我的話，乾脆把鑽石賣掉——沒錯——那樣就能得到一萬兩千塊。可是我一句話也沒說，說也沒用。後來我問：

「我們要怎麼跟莎莉姨媽解釋說，我們從鎮上過來花了這麼多時間呢？湯姆。」

「啊，你自己決定吧，」他說，「我想你一定會有辦法解釋的。」

他一向這麼聽話、愛面子，從來不肯自己說一句謊話。

我們來到院子裡，看見一幅熟悉的景象，感到相當親切。我們走近那座連接廚房的帶屋頂走廊，就在兩棟木屋中間；又見所有東西都跟以前一樣掛在牆上，連西拉姨丈那件褪了色的連帽綠呢工作服也在那裡，這件工作服的背上縫了一塊白色補丁，看上去就像被人丟了顆雪球。

我們推開了門，走進屋裡。莎莉姨媽正在東奔西忙，孩子們都擠在屋角，西拉姨丈則縮在另一個角落，似乎在對上帝訴苦著。莎莉姨媽跳過來迎接我們，開心地掉下了眼淚，又給了我們一人一巴掌，然後抱緊我們、吻我們、又打我們一巴掌——打了又吻，吻了又打，彷彿沒完沒了，她見到我們實在太高興了。接著她說：

「你們跑去哪裡鬼混了？你們這一對沒出息的東西！我簡直被你們急壞了，不知道該如何是好。你們的行李早就到了，我前後燒了四次晚飯，讓它保持熱騰騰的，等你們一來就可以吃。到後來我實在等得不耐煩，於是我說——我——嘿！我簡直想剝了你們的皮！你們一定餓壞了，可憐的東西！坐下吧，大家坐下吧，不要再浪費時間了。」

能來到這裡真是太好了，眼前又有上好的玉米麵包和小排骨，要什麼有什麼。西拉姨丈照例做了一篇冗長的禱告，像洋蔥頭般一層層地剝不完。難得有喘口氣的機會，我開始絞盡腦汁地思考要如何解釋耽擱的原因。我們盤裡全盛滿了菜，我正想開口大嚼，她就問出口了。於是我說：

「是的，妳知道——嗯——太太——」

「哈克．芬！我什麼時候又變了你的太太了？自從那天你站在這個屋子裡，我把你誤認成湯姆，又感謝上帝把你送過來；雖然你對我扯了成百上千次謊，我卻像傻瓜一樣一再相信你；我對你的疼愛還不夠嗎？快跟平常一樣——叫我莎莉姨媽！」

我叫了她一聲莎莉姨媽，接著又說：

「是這樣的，湯姆跟我想遛達一下，在樹林裡呼吸清新的空氣。我們碰巧在那裡遇見了萊姆・畢伯和吉姆・萊恩，他們邀請我們今天晚上一起去採黑莓。他們還說，他們可以跟木星・鄧拉普借一條狗，因為一分鐘以前他答應過他們——」

「他們在哪裡遇見他的？」西拉姨丈問，我們不禁抬起頭來，看看他為什麼會對這樣一件小事有興趣。只見他的雙眼緊緊盯住我們，似乎非常著急。我訝異得幾乎說不出話來，但立刻又振作起來，說道：

「大概是太陽快下山的時候，他跟你正好在挖什麼地。」

他只應了一聲「嗯」，看起來很失望，從此就不再對話題感興趣了。我繼續說：

「好了，我剛才正好講到——」

「算了，你不用往下講了。」說話的是莎莉姨媽，她瞪著我，憤怒極了，「哈克，他們怎麼會說要在九月裡採黑莓——又是在這個地區？」

我知道露出馬腳了，一句話也說不出來。她默默等著，依然緊盯著我。她又說：

「他們又怎麼會有那種蠢主意，想在晚上採黑莓？」

「這個嘛，嗯——他們——嗯——他們說他們有燈，所以——」

「啊，住口！何況，他們要一條狗做什麼？用牠來獵黑莓嗎？」

「我想——嗯，他們——」

「好，湯姆，我看你要怎麼替他圓謊。你快說——可是我要先警告你，你的話我一句也不會相信。你和哈克一定又在管什麼閒事了——我全明白，你們兩個休想瞞得過我。現在，快跟我解釋什麼狗、什麼黑莓、什麼燈——之類的胡說八道吧！別想敷衍我，聽見了沒有？」

湯姆彷彿受了一肚子的委屈，板起臉來說道：

「你不該這樣責怪哈克，他只不過搞錯了一兩個字，沒什麼大不了的。」

「搞錯了什麼？」

「他只不過是把草莓說成了黑莓。」

「湯姆．索耶，你要是再跟我頂嘴，我就——」

「莎莉姨媽，妳不知不覺犯了個錯——當然妳不是故意的。要是妳好好地研究過自然歷史，就會知道：除了阿肯色州，全世界都是帶著狗去獵草莓，而且還用燈——」

她聽到這裡再也忍不住了，便朝他劈頭蓋臉地痛罵一頓，簡直把他埋在話堆裡了。她只恨自己牙齒不夠利，不能把他罵得更厲害。這正是湯姆的目的，他故意激得她火冒三丈，一發不可收拾。之後，她肯定會恨透了這件事，再也不會提起一句，也不准別人再提。這一招果然成功了。她一直罵到四肢無力，於是不得不停下來。湯姆立刻又小聲地說道：

「可是，不管怎麼樣，莎莉姨媽——」

「住口！」她說，「你的話我一句也不想聽了。」

我們就這樣度過了這一難關，路上耽擱的這件事也從未再被問起。湯姆的手段實在高明！

第七章　深夜的調查

貝妮的態度很鎮定，不時嘆一兩口氣，隔沒多久又向我們問起瑪莉、席德、波麗姨媽的事。很快地，莎莉姨媽的怒氣也煙消雲散，興致勃勃地加進來問東問西，就跟之前一樣和藹可親，大家繼續開開心心吃晚飯。可是西拉姨丈仍然一言不發，心神不寧，並一再地長吁短嘆。看他這樣煩悶、痛苦、憂愁，真令人傷心。

吃完晚飯後不久，有個黑人敲了幾下門，探進頭來，手裡拿著他的舊草帽，行了個禮之後說：他家的布雷斯老爺正在籬蹬旁等他的弟弟回去吃飯，就快不耐煩了，請問西拉老爺能不能告訴他，木星老爺在什麼地方？我從來沒見過西拉姨丈脾氣如此暴躁。他說：

「我是他弟弟的保姆嗎？」他說了這句話，之後又冷靜下來，似乎後悔不該說這種話。接著，他十分客氣地說：「你不用把這句話說給他聽，比利。你來得太突然，我忍不住發起脾氣。最近我身體不好，說話沒有分寸。你就告訴他木星不在這裡就好了。」

那黑人離開之後，他站起身來，在屋子裡來回踱步，喃喃地自言自語，兩隻手在頭髮裡亂抓一通，看起來著實可憐。莎莉姨媽偷偷對我們說，叫我們不要去注意他，害他不好意思。還說自從家裡有了那種麻煩，他就總是心事重重的。她認為，當他這種毛病發作的時候，連他都不明白自己在幹什麼。她又說他睡著之後還會起來走路，比以前更厲害了——有時會在屋裡亂走，有時會跑到門外去；要是我們看見了，別去管他，也別驚動他。她說現在只有貝妮懂得如何侍候他，她似乎知道什麼時候應該安慰他，什麼時候應該不去理睬他。

他就這樣走來走去，自言自語，漸漸露出疲倦的樣子。這時候，貝妮走近他的身子，一隻手握住了他的手，一隻手圍住他的腰，扶著他一起走；他低下頭對她笑了笑，吻了吻她，臉上的愁容一點一點地消失了。於是她勸他進房去睡。他們那副親熱的模樣，令人十分愉快。

莎莉姨媽忙著哄孩子們睡覺。空氣變得沉悶、單調起來了，我和湯姆就到月光下遛達一下，在田裡摘了一個西瓜來吃，又聊了好一會兒。湯姆說他敢斷定，他們吵架全是木星的錯；要是他們再次吵起來，他要在一旁仔細觀看。如果證明確實如此，他一定要想辦法幫西拉姨丈把他趕走。

我們一邊談話，一邊抽煙，一邊吃西瓜，消磨了兩個鐘頭。時間已經很晚，屋裡一片漆黑，寂靜無聲，大家都上床睡覺了。

什麼東西都逃不過湯姆的眼睛，如今他看見那件綠呢工作服不在了，他說我們剛才走出屋子的時候，衣服還在那裡，這讓他感到納悶。後來我們也上床睡了。

我們聽得出貝妮還在房裡踱步，她的房間就在我們隔壁，一定是在為了父親擔憂，睡不著。我們也睡不著，於是又坐了好久，抽著煙，低聲談著話，心裡非常煩悶，一點興致也沒有。我們不斷聊著那件謀殺案和那個鬼魂，講得自己渾身汗毛直豎，怎麼也睡不著。

到了後來，夜變得更靜、更深，一片淒涼，湯姆突然用手肘推了推我，要我朝窗外看。有一個人在院子裡東張西望，彷彿躊躇不決的樣子，但黑暗中我們看不清楚。接著他朝籬磴邊走去，正要越過圍籬，月亮恰巧從雲端裡出來，只見他肩上扛了一把長柄鐵鍬，舊工作服上縫著白補丁，湯姆就說：

「他又在夢遊了，可惜我們不能去跟蹤他，看看他去哪兒。瞧！他朝煙草田那裡去了，看不見了。真是可憐，他連睡覺也睡不安穩。」

我們等了好久，始終沒見到他回來——要是他已經回到家裡，那一定是走另一頭的那條路。後來我們等累了，就上床去睡，一整夜做了無數可怕的夢。天還沒亮，我們又醒了，因為這時刮起了狂風暴雨，雷電交加，十分可怕。四面的樹木被吹得前仰後合，雨水一大片一大片地落下來，水窪全成了小河，湯姆說：

「我說，哈克，有一件事真令人傷腦筋！我們昨晚出外遛達的時候，還沒聽到有人提起傑克．鄧拉普被人殺害的那件事。那兩個人把海爾．克雷頓和巴德．狄克生趕走了，一定會在半小時內把那件事宣揚開來，每一個鄰居聽了也一定會東奔西跑，爭先恐後地到各處報信。天知道他們再過三十年也遇不到第二件這麼大的事了！哈克，這太奇怪了，我怎麼也想不透。」

湯姆於是希望雨趕快停，那樣我們就能出去走走，要是在路上遇見別人，看他們會不會告訴我們那件事。他又說，當他們說的時候，我們一定要裝出十分驚訝的樣子。

雨一停，我們馬上往屋外跑，這時天已經亮了，我們一路遛達，遇見人就停下來打招呼，告訴他們我們是什麼時候來的，怎麼來的，準備在這裡待多久——講了一大堆話，卻沒有任何人提起那件事。真是太奇怪了！湯姆說，要是我們去了楓樹下，一定會看見那個屍體孤零零地躺在那裡，旁邊一個人也沒有。他相信那兩個人追著強盜，追到遠方的樹林裡，強盜一找到機會，就轉過身來和他們互相廝殺，結果四個人全死了，也沒有人來告訴大家這件事了。

我們談得起勁，不知不覺已來到了楓樹那裡。一股寒氣鑽進了我的背脊，無論湯姆怎麼勸我、求我，我仍站在原地，一步也動彈不了。可是他忍不住了，他一定要去看看那雙靴子還在不在屍體的腳上。於是他爬了進去——一眨眼就回來了，兩個眼睛瞪得大大的，十分緊張地說：

「哈克，它不見了！」

我愣住了，說道：

「湯姆，這是不可能的。」

「它確實不見了，一點痕跡也沒有。地上好像有人踩過，可是即使有什麼血漬也被雨水沖掉了，那裡現在全是水窪和泥巴。」

後來我相信了，自己也進去看一看。湯姆說得一點也沒錯——連屍體的影子也沒有！

「該死！」我說，「鑽石沒了。你想是不是那兩個強盜回來把他搬走的？湯姆。」

「看起來很有可能，一定是這樣。你想他們又把他藏到哪裡去了呢？」

「我不知道，」我氣惱地說，「我也不在乎，他們已經把靴子拿到手了，我就沒什麼興趣了。哪怕他一輩子躺在這個樹林裡，我也不會來找他。」

湯姆對他也不再有什麼興趣了，只是想知道他的下落。不過他說我們不必聲張，只要在暗地裡留意，不久之後一定會有某隻狗，或是某個人把他找出來的。

我們回家吃早飯，只覺得煩惱、灰心、失望，受了欺騙。我從來沒有為了一個屍體這麼傷心過。

第八章　與鬼對話

吃早飯的時候，大家都不太高興。莎莉姨媽看起來又老又累，放任那群孩子在一旁大吵大鬧，對一切彷彿視若無睹，這和她平常的作風完全不同。我和湯姆心事重重，不想說話。貝妮似乎睡眠不足，每次抬起頭來，偷偷地朝父親看上一眼時，你可以見到她眼眶裡含著淚水。至於那個老頭，他盤裡的菜放到全涼了，我猜他根本什麼也看不見，因為他一直想著事情，一句話也不說，一口東西也不吃。

屋裡靜得不能再靜，這時候，那個黑奴又從門口探進頭來，說他的布雷斯老爺為了木星老爺十分擔心，因為木星老爺直到現在還沒回家，請西拉老爺能不能——

他看著西拉姨丈，說到這裡，剩下的半句話彷彿卡住了，因為西拉姨丈哆嗦地站了起來，用手撐著桌子，氣喘吁吁的，兩隻眼睛瞪住了那個黑人，不斷地吞著口水，又用另一隻手在自己的喉嚨摸了兩下，最後才把話說出來。他說：

「他是不是……他是不是……想……他想幹什麼！告訴他……告訴他……」他說到這裡就癱倒在椅子上，一點力氣也沒有了，說話的聲音微弱得簡直聽不出來：「出去……出去！」

那黑奴似乎非常慌張，就溜了出去。我們都感到——嗯，我也不知道我們感到什麼，只覺得十分淒慘，看到他兩眼空洞無神，宛如死人一般。我們都嚇得動也不敢動，但貝妮卻輕輕走了過來，一邊流著眼淚，站到他身邊，把他灰白的腦袋靠在她身上，一邊用手按摩、撫摸，又對我們點頭示意，叫我們不要待在這裡，於是我們都躡手躡腳地走了出去，彷彿屋裡死了個人。

我和湯姆非常嚴肅地朝樹林裡走去，談起現在跟去年夏天真是大不相同。當時我們在這裡的時候，一切都很和平、快樂，大家都尊敬西拉姨丈，他是個愉快、老實、糊塗，又心地善良的人——現在卻成了什麼樣子！即使他還沒有發瘋，也快差不多了，我們心裡都這樣想。

這一天的天氣很好，太陽也大，我們爬過了幾座小山，越走越遠，景色越來優美，我們也越來越感到懷疑。像這樣的世界裡不應該有什麼煩惱。突然間，我的呼吸停住了，我抓緊了湯姆的手臂，五臟六腑彷彿全掉在地上。

「它在那裡！」我說，我們立刻跳到一小簇樹叢後，渾身發抖。湯姆就說：

「噓！別出聲。」

它就坐在小草原邊緣的一根木頭上，正在沉思。我用力想把湯姆拉走，但他堅決不肯，而我又不敢一個人回去。他說我們或許永遠沒有機會再看到這種東西了，他一定要看個過癮，哪怕死也願意。我也跟著看，但看得手腳發冷。湯姆忍不住又開口了，不過聲音很低，他說：

「可憐的傑克，它把所有東西全穿在身上，就跟當初說好的一樣。你可以看到我們當初決定的那件事——它的頭髮，現在不像以前那麼長了，已經剪到快貼近頭皮了，哈克。我可從未見過比它更像活人的東西。」

「我也沒有見過，」我說，「我到哪裡都能認得出它。」

「我也是，它看上去栩栩如生，跟它活著時完全一樣。」

於是我們一直朝著它看。沒過多久，湯姆說：

「哈克，這一個鬼有些地方真令我納悶。你不認為它不該在白天出現嗎？」

「你說得對，湯姆——我從沒聽說過這種怪事。」

「一定沒錯，它們只在晚上出現——還必須等十二點過後。這個鬼一定有哪裡不對勁，你記住我的話，我不相信它有辦法在白天現身。話說回來，它多麼像個活人！傑克本來計畫到了這裡就裝聾作啞，讓鄰居們聽不出他說話的口音。你覺得我們該不該去跟它打個招呼？」

「天哪！湯姆，別胡說了！你要是去跟它打招呼，我一定會立刻被你嚇死！」

「別急，我不會去打招呼的。瞧！哈克，它在搔頭呢——你沒看見嗎？」

「那又有什麼關係？」

「關係可大了，它搔頭做什麼？它根本就不會覺得癢，它的頭只不過是一片像雲霧般的東西，不會覺得癢——雲霧不會覺得癢，隨便一個傻子都知道。」

「我倒想問你，如果它不會覺得癢，那它幹嘛搔頭呢？大概是習慣吧？你相信嗎？」

「我不信。我很不滿意這一個鬼的行為，我認為它很可能是一個冒牌貨——我簡直十分確定。因為，要是它——哈克！」

「現在又怎樣了？」

「你不能透過它的身子，看見對面的小樹叢！」

「真的？湯姆，你說得對！它像黃牛一樣結實呢！我也開始覺得——」

「哈克，它在嚼煙葉呢！該死，鬼是不嚼煙葉的，它們沒有牙齒可以嚼。哈克！」

「我在聽呢。」

「它根本不是鬼，它是傑克．鄧拉普本人！」

「噢，我的天啊！」我說。

「哈克，我們在楓樹下有沒有找到什麼屍體？」

「沒有。」

「有沒有任何屍體的痕跡？」

「沒有。」

「這就對了。那裡從頭到尾就沒有什麼屍體。」

「可是，湯姆，我們親耳聽到——」

「是呀，我們聽到——聽到一兩聲叫喊，這就能證明有人被殺死嗎？當然不能。我們看到四個人往外跑，後來這一個也走了出來，我們就把他當成是鬼。他跟你我一樣不是鬼，上次就是傑克本人，現在也是傑克本人。他已經把他的頭髮剪短了，就跟當初他說的一樣；他假裝成一個陌生人，這也和他當初說的一樣。鬼？

哼，他分明是個人類！」

我總算恍然大悟——我們過去的成見太深了。我很高興，他竟然沒有被人殺死。湯姆也很高興，可是我們有一件事不敢確定——他是希望我們繼續裝作不認識他呢？還是怎樣？湯姆認為我們最好還是直接過去問他。他走在前頭，我跟在他後面，因為說不定他真的是個鬼。湯姆走到他面前，說道：

「又見面了，我和哈克真是太高興了。你不用擔心我們告訴別人，如果你覺得為了安全起見，我們以後應該裝作不認識你的樣子，那你只要說一聲，我們一定照你的指示去做，哪怕粉身碎骨，也絕不讓你遭受任何危險。」

他看到我們，起初有些訝異，也不表示高興。可是聽著湯姆說下去，他漸漸變得快活許多；湯姆說完以後，他笑了一笑，又點點頭，做了個手勢，說道：「嗚——嗚——嗚。」就像個啞巴說話一樣。

就在這時，有幾個史蒂夫．尼克森家的人走過來了，他們就住在草原那一頭。湯姆於是說：

「你裝得像極了，沒有人能做得比你更好。你做得很對，對別人如此，對我們也應該如此，養成習慣後就不會出差錯了。我們以後不再來接近你了，好讓大家以為我們不認識你。不過，要是有什麼需要我們的時候，你就儘管開口好了。」

我們便一路走去，經過那些尼克森家的人的身邊。他們果然問我們：那裡是不是一個新來的陌生人？他是從哪裡來的？叫什麼名字？他屬於什麼教會？浸信會還是美以美會？他屬於哪一個政黨？保守黨還是民主黨？……等等每當一個陌生人出現時，大家習慣打聽的問題，就連貓狗也都一樣地好奇呢！湯姆就說，他看不懂那個啞巴的手勢，也聽不懂那種嗚嗚的叫聲。就這樣，我們看著他們去折磨傑克，十分為他擔心，湯姆說他得練習好幾天才能不忘了自己是個啞巴，否則一不留神就會說出話來。我們看了好久，只見他手勢比得很好，一點毛病也沒有，於是我們慢慢向前走去，希望能趕上學校下課的時間——還得走三哩路呢！

我很失望，沒有聽到傑克提起楓樹林裡的衝突，以及他是如何差點被人殺掉的。我感到很不滿意，湯姆也一樣，不過他說，要是我們是傑克，也一樣會謹言慎行，絕不肯冒險隨便講話。

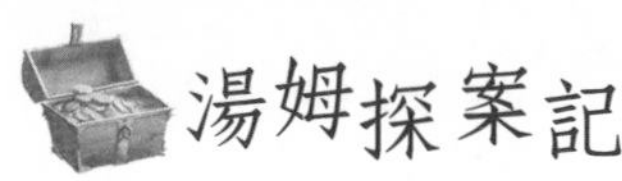

男孩女孩們見到我們又來了，十分高興，下課時間大家都玩得很開心。韓德森家的孩子在上學途中遇見了那個新來的啞巴，把這件事告訴了大家；於是所有學生的注意力都被這個啞巴吸引過去了，聊來聊去都是他的事。大家又急著想去看一看他，因為他們出生以來從未見過啞巴，個個都興奮得不得了。

湯姆說，要我們繼續一聲不響實在太難受了。只要我們把知道的事全部說出來，立刻就能成為兩個英雄；可是不說出來更是英雄。肯這麼做的人，一百萬個人裡頭找不出一個。湯姆是這麼想的，我不相信有人能說服得了他。

第九章　尋獲木星

過了兩三天，「啞巴」已經在村裡大受歡迎。他四處拜訪鄰居，大家都殷勤招待，覺得能有這麼一個奇怪的人上門，十分有面子。他們請他吃早餐、中餐、晚餐，用肉呀、餅呀塞得他嘴裡滿滿的，對他百看不厭，但願能多知道一些他的事情。他是如此地稀奇、美妙，他的手勢做得不好，大家看不太懂，也許他自己也搞不太懂，所以他只是不停地嗚嗚亂叫，大家聽了都很滿意，也很佩服他。他隨身帶了一塊石板、一枝鉛筆，大家把問題寫在上面，他再把回答寫上去；可是除了布雷斯．鄧拉普以外，沒有一個人認得出他寫了什麼。布雷斯說他也看不太懂，但是大部分時間他都能猜得出來。他說，「啞巴」說他是從很遠的地方來的，曾經很有錢，後來相信了幾個騙子，上了他們的當，如今身無分文，也無力維持生計。

大家都稱讚布雷斯對陌生人這麼好心。他讓他一個人待在一棟小木屋裡面，叫他的黑奴侍候他，任何吃用的都可以找他拿。

「啞巴」也常到我們這裡來，因為西拉姨丈近來病得這麼嚴重，凡是有病的人對他而言都是一種安慰。我和湯姆都沒有說穿我們以前認識他，他也沒有說。家人們當著他的面談論他們的痛苦，就彷彿他們不在現場一樣；可是我想他們的話被他聽見了也不會有什麼壞處。他通常並不注意，偶爾也會凝神細聽。

又過了兩三天，大家都為木星．鄧拉普擔心起來，逢人就問起他的下落，不過沒有一個人知道。他們又都搖了搖頭說，這件事的確有些蹊蹺。又過了好幾天，忽然傳出一些謠言，說他或許被人謀殺了。這個謠言立刻甚囂塵上，到處都紛紛議論。到了禮拜六，有兩三批人到樹林裡去搜索，看能不能找到他的屍體。我和湯姆也一起去幫忙，這讓我們感到說不出的愉快和興奮。湯姆緊張得坐立不安，東西也吃不下。他說要是我們找到了屍體，一定會聲名大噪——即使我們自己淹死了，也不會像那樣家喻戶曉。

到後來，大家都找累了，便都放棄了。不過湯姆仍不肯罷手——這是他的作風。禮拜六晚上，他怎麼也睡不著，拚命想著辦法。快要天亮的時候，他居然真的想出來了。他把我從床上拖起來，興奮到了極點，又說：

「快！哈克，把衣服穿上——我有辦法了！獵狗！」

不到兩分鐘，我們已經沿著大道朝村裡跑去。老傑夫．胡克有一條獵狗，湯姆打算借來用一用。我說：

「已經過了很多天了，氣味也淡了，湯姆——何況還下過了雨，你知道的。」

「那沒什麼關係，哈克，只要屍體的確藏在樹林裡，獵狗就一定能找到。如果他被人殺死了埋在地下，不見得會埋得很深，那條狗經過時一定聞得出來。哈克，我們這下要出名了，絕對不會錯！」

他變得容光煥發——他每次激動起來，總是從頭頂一直激動到腳跟，這次也不例外。不到兩分鐘，他就把一切都安排好了，不只要找到那具屍體，他還說要查出凶手，並把他逮住；不僅如此，他還要逼著他把——

「這個嘛，」我說，「你還是先找到屍體再說吧！我想這就夠你忙一整天了。再說，那裡也許根本沒什麼屍體，也根本沒什麼人被謀殺。那個傢伙可能溜到什麼地方去了，根本就沒被殺掉。」

這番話說得他發起火來，因此他說：

「哈克，我從沒見過像你這麼掃興的人。你只要對一件事沒有希望，就不想讓別人對它抱有希望。你說我們找不到那具屍體，又說根本沒有人被謀殺，這對你究竟有什麼好處呢？一點也沒有！我真不懂你為什麼要這麼說。你知道，我絕不會這樣對你的。眼前明明有個成名的大好機會，而你卻——」

「唉！隨你高興吧，」我說，「我很抱歉，我把所有的話都收回。我並沒有要搗亂的意思，你愛怎麼做就怎麼做吧。他跟我一點關係也沒有，要是他被人殺死了，我跟你一樣高興，要是他——」

「我可沒說我會高興，我只是——」

「好吧，那麼，我跟你一樣悲傷。不過你寧願它是真的，我也寧願它是真的。他——」

「沒什麼寧願不寧願，哈克！沒有人說過『寧願』兩個字。至於——」他喃喃地說著，一邊走路一邊思考，他又興奮起來了。隔了不久他說：

「哈克，這真是件了不起的事，要是大家都放棄不找了，卻偏偏被我們找到，然後又進一步找出凶手，這不僅是我們的榮譽，也是西拉姨丈的榮譽，因為全靠我們才能成功——我敢說，這會讓他打起精神。」

可是，當我們來到老傑夫．胡克的鐵匠鋪，向他說明來意後，他卻澆了我們一頭冷水。

「你要狗就拿去好了！」他說，「可是你們絕不會找到什麼屍體，因為那裡根本沒有什麼屍體，大家全都不想再找了。他們是對的，只要仔細想想，就會知道那裡沒有什麼屍體。我可以解釋給你們聽——請問，為什麼有人要殺掉他呢？湯姆．索耶，回答我這個問題！」

「這個……」

「回答我！你不是個傻瓜，為什麼有人要殺他呢？」

「我猜，有時是為了報仇，有時……」

「慢著，一樣一樣來！你說報仇，一點也沒錯。可是誰會對這個沒出息的東西有什麼仇恨呢？誰會想害死他呢？——這個混蛋！」

湯姆愣住了，我相信他過去從未想過殺人還需要有個理由。如今他也想不出有人會對那個綿羊般溫馴的木星．鄧拉普有什麼仇恨。過了一會兒，鐵匠又說：

「報仇這個說法是不成立的。瞧！那麼，還會有什麼原因呢？搶劫嗎？哎！湯姆，一定是這個原因！嘿，伙計，這回可讓我們猜中了，一定是有人要搶他皮鞋上的扣子，所以——」

他滑稽地說道，然後張口大笑起來，簡直要把自己笑死，害得湯姆垂頭喪氣，後悔不該到這裡來，自討沒趣。可是老胡克依然不肯放過他，他把一個人要殺死另一個人的理由，一樣樣說了出來——任何一個傻子都能明白，沒有一樣適合當前的情況。他不斷嘲笑這整件事情，又嘲笑那些去尋找屍體的人，然後他說：

「他們要是還有點大腦，就該明白：這個懶惰鬼是因為幹活幹得厭煩了，就跑到某處去鬼混一番；用不了兩個禮拜，他就會悠閒地跑回來，那時候你們又會有什麼感想呢？可是，上帝保佑你！你們快把狗牽去吧，牽去找他的屍體吧！快去啊！湯姆。」

他說著又放聲大笑，笑著站不直身子。湯姆一時也無法退縮，只好說：「好吧，請你把牠的鍊子解開。」鐵匠把狗交給了我們，我們就一路回來，讓那個老頭繼續笑下去。

那是一條好狗，世上的狗要屬獵狗的脾氣最好。牠認識我們，也喜歡我們，圍著我們活蹦亂跳的，十分親暱，心想能無拘無束地玩耍一天，真是太高興了。可是湯姆卻十分灰心，看到牠也提不起勁，又說在他跑來幹這種傻事以前，應該仔細地想一想。他說老傑夫．胡克一定會到處跟人講這件事，講得沒完沒了。

於是我們沿著小徑，慢吞吞地走回家，心裡煩悶極了，一句話也不說。當我們走過煙草田一個隱僻的角落時，只聽見這隻狗嗥叫一聲，接著就用爪子在地上亂挖，不時又側過臉來嗥叫。

地上有一個像墳墓般的長方形印子，下過雨後泥土下陷，印子便顯露出來。我們在這裡站住了，一言不發地互看了一眼。那隻狗挖了幾吋深後，就咬住了什麼東西往外拉。那是一條手臂、一件衣袖。湯姆倒抽了一口氣，說道：

「走吧，哈克。找到了。」

我真是難過得想吐。我們跑到大路上，遇見幾個人，立刻把他們帶到那裡。他們從牛棚裡拿了一柄鐵鍬，把屍體挖了出來，大家都面露緊張的表情。屍體的長相已經看不清楚了，可是也不需要看了。大家說：

「可憐的木星！這件衣服是他的，從頭到腳一模一樣！」

有幾個人趕緊去散佈消息，又去通知法官來驗屍。我和湯姆也跑回家去。湯姆真是興奮到了極點，連氣也喘不過來了。我們走進屋子，只見西拉姨丈、莎莉姨媽和貝妮全在那兒。湯姆興高采烈地叫道：

「我和哈克兩個人帶著獵狗，把木星．鄧拉普的屍體找到了。大家早就放棄搜索了，要是沒有我們，它絕不會被人發現。而且它果然是被人殺死的——用的是棍子之類的東西。現在我要繼續去找出凶手了，我敢說一定會成功！」

莎莉姨媽和貝妮跳了起來，滿臉蒼白，十分驚恐，西拉姨丈卻衝出椅子，跌倒在地，口裡呻吟著說：

「噢！天哪，現在被你們找到了！」

第十章　西拉姨丈被捕

這句可怕的話聽得我們渾身涼了半截。幾乎有半分鐘，我們的手腳都無法動彈。後來我們的知覺漸漸恢復了，才把那老頭扶了起來，讓他坐回椅子。貝妮過來拍著他、親吻他，又竭力安慰他，可憐的莎莉姨媽也學她這麼做。但她們既傷心，又害怕，又驚魂未定，簡直不知道自己在做些什麼。湯姆更是難過，看到自己闖下這樣的大禍，就像一根木頭一樣呆住了，心想要是他不那樣渴望出名，也跟大家一樣不去理睬那具屍體，這件事也許就不會發生。可是沒過多久，他又回復了本來的性格，說道：

「西拉姨丈，你千萬別再說那種話了，那樣是很危險的。你說的絕對不是真的。」

莎莉姨媽和貝妮聽他這樣說，十分感激，也照樣說著。可是那老頭悲傷而絕望地搖了搖頭，臉上全是眼淚。他說：

「不——這是我幹的。可憐的木星，這是我幹的！」

他說話的聲音十分淒慘，接著他便一五一十把事情經過告訴我們。他說，事情是我和湯姆到達的那一天發生的，就在太陽即將下山的時刻。當時，木星不斷挑釁他、頂撞他，氣得他簡直要發瘋，便拿起一根手杖，用盡了全力朝他頭上打去，木星立刻倒在地上。他又是害怕，又是後悔，跪在地上把他的頭扶了起來，希望他開口，說他沒有死。不久後，木星清醒過來了，他一看扶著他的是西拉姨丈，似乎怕得要命，連忙跳起身來，躍過籬笆，衝進樹林，一溜煙地逃走了。西拉姨丈當時只希望他沒有傷得太重。

「可是，老天！」他說，「他最後的那一小股力氣只不過是被恐懼引起的，而且很快就消失無蹤，於是他又倒在小樹叢裡，也沒有人去救他，就那樣死了。」

那老頭哭得非常哀傷，又說他是個殺人犯，雙手沾滿了鮮血，辱沒了自己的家門，而且人們很快就會知道，還會把他絞死。可是湯姆說：

「不，人們不會知道。你並沒有殺死他，你那一下沒有把他打死，這絕對是別人幹的。」

「噢！不對，」他說，「是我幹的——絕不是別人。除了我，還有誰會跟他有仇呢？除了我，還有誰會跟他有仇呢？」

他抬起了頭，彷彿希望我們說出一個跟木星有仇的人，可是我們當然說不出來——他把我們難倒了，我們一句話也說不出來。他注意到了，又變得灰心喪志，我從未見過這樣一張悲慘、可怕的臉。這時湯姆突然靈光一現，說道：

「別急！——一定有某個人把他埋了起來。現在只要——」

他說到這裡閉上了嘴，我明白是什麼原因。當他在講那些話的時候，我開始不停地打著寒顫。我立刻想起：那天晚上，我們看見西拉姨丈帶著一把長柄鐵鍬四處摸索，我知道貝妮也看見了的，因為她有一次提到過。湯姆馬上又換了個話題。他要西拉姨丈不要聲張，我們也不要聲張，這樣就不會有任何人知道；要是這件事傳出去了，他有了什麼三長兩短，家人一定會傷心欲絕，對誰也沒有好處。他好不容易才答應，這讓我們感到舒坦不少。大家盡可能逗他開心，我們對他說，只要他不說，事情很快就會過去，人們也會把它淡忘，我們還說，絕對沒有一個人會懷疑他，連做夢也不會想到——他心地善良，名聲又那麼好。湯姆誠心地說道：「我們只要好好看一看、想一想，西拉姨丈這麼多年來在村裡佈道——完全是出於義務！他這些年來無時無刻不在做好事——完全是出於義務！大家一向愛戴他、敬重他，他又一向安份守己，不管閒事，全村要屬他的脾氣最好，從來不肯傷害人。懷疑他？嘿！這是絕對不可能……」

「我代表阿肯色州當局，以涉嫌殺害木星．鄧拉普的罪名逮捕你！」警長在門口叫道。

這真是要命！莎莉姨媽和貝妮連忙跑到西拉姨丈身旁，大哭大喊，又抱緊了他。莎莉姨媽要警長趕快滾出去，她絕不肯放手讓他把西拉姨丈帶走，那些黑奴也聚在門外，嚎啕大哭；還有——唉！我受不了了，這幅畫面簡直令人心碎，於是我走了出去。

他們把姨丈帶到小監獄裡，我們一路陪著他到了那裡，與他告別。湯姆氣定神閒地對我說：「我們找一個黑暗的夜晚，好好地過過癮，冒一回險，把他從那裡劫出來。大家一定會議論紛紛，我們又可以因此出名。」可是，當他偷偷走去告訴姨丈的時候，這個老頭立刻把他的計畫打消了。他說不行，一切必須服從法律制裁——這是他的義務。他決定待在牢裡等死，哪怕死了不能進天堂。湯姆很失望，也很氣惱，可是不得不聽他的話。

他覺得自己有責任，非把西拉姨丈救出來不可。最後他跑去找莎莉姨媽，要她不用擔心，他一定會設法證明西拉姨丈的清白。她聽了很開心，對他感激不盡，又說她相信他一定會盡全力幫忙。她又叫我們去幫貝妮照顧家計與孩子，於是我們哭著道別，回到農莊，讓她跟著獄卒的老婆同住一個月，等待十二月正式開庭。

第十一章　發現凶手

這一個月的日子真不好過。可憐的貝妮盡量克制住悲哀，我們也竭力使屋裡保持一種愉快的氣氛，但是一切的努力都只是徒勞。監獄那一頭也是一樣。我們每天去看望那對老夫婦，發現他們十分淒慘；因為那老頭睡不著覺，睡著了又一直起來走路，樣子變得憔悴、狼狽，心神始終不得安寧。我們擔心這樣的痛苦會拖垮他的身體，就此送了老命。每當我們勸他放寬心一些，他總是搖搖頭說：假如我們明白一個殺人犯的良心是多麼地難過，我們就絕不會再跟他說這種話。我們一再向他解釋，這不能算是謀殺，而是過失殺人，可是他簡直無動於衷——他咬定這是謀殺，任憑你怎麼說他都不信。接近正式開庭的時候，他甚至大方地正式承認他是有意殺害對方的了。唉！這真是糟透了，你知道，這讓事情雪上加霜，莎莉姨媽和貝妮也就一刻也靜不下來了。不過，他答應有別人在旁邊的時候，絕不提一句他謀殺的事情，我們聽了總算感到高興。

這一個月來，湯姆絞盡腦汁，想為西拉姨丈找出路。有好多晚上他幾乎整夜不讓我睡覺，硬要我陪他一起想。可是他始終沒有想出什麼好辦法，至於我，我認為我們也該打消這種念頭了，一切希望是如此地黯淡，我完全灰心了，可是他死也不肯放棄。他一刻也不放鬆地繼續盤算、思考，把腦子全給掏空了。

到了十月中，終於正式開審了。我們都來到法庭上，那裡人山人海，擠得水洩不通。可憐的西拉姨丈一點生氣也沒有，簡直像個死人，兩隻眼睛全凹陷了下去，面容既消瘦又悲傷。貝妮坐在他身旁，莎莉姨媽坐在另一邊，她們都蒙上了面紗，心事重重。湯姆坐在我們的律師旁邊——當然，他什麼事都要插上一份。那個律師放任他，法官也放任他，他有時幾乎反客為主，把事情從律師手裡搶了過來。這也有一些好處，那位律師是個沒見過世面的鄉巴佬，可以說連下雨也不懂得撐傘！

他們按照慣例要陪審員宣了誓，原告律師便站起來提出指控。他發表了一大篇演講，竭盡所能地攻擊西拉姨丈，害得他唉聲嘆氣，也害得莎莉姨媽和貝妮泣不成聲。他所敘述的謀殺案經過，與姨丈告訴我們的截然不同。據他說，有兩名目擊者見到西拉姨丈殺死木星，而且完全是刻意行凶——他用棍子打了他，口裡還說非要殺死他不可。他們又看見他把木星藏在矮樹叢裡，木星直挺挺地躺在那兒。接著，他們看見西拉姨丈回來把木星拖進煙草田——兩個人全看見了的。還有一個人說，西拉姨丈在深夜裡又跑出來，把木星埋在地下。

我對自己說，可憐的西拉姨丈一直在說謊。他以為沒有人看見他幹這些事，他又不忍心讓莎莉姨媽和貝妮傷心。他做得很對，換作是我，我也一樣會說謊，凡是有感情的人都會這麼做。沒必要讓她們痛苦，因為這與她們無關。我們的律師臉色越來越難看。湯姆也愣住了，可是一瞬間他又重新振作起來，露出滿不在乎的表情——但可以看得出他仍然憂心忡忡呢！而旁聽的人們更是議論紛紛，鬧成一團。

原告律師對陪審團說明了他所要證明的幾點後，便叫證人一個個出庭回話。

首先，他傳喚了許多人，證明西拉姨丈與死者之間有著深刻的怨恨——他們經常聽見西拉姨丈恐嚇死者，到後來更是變本加厲，街坊鄰里也都說起了閒話；死者擔心有生命危險，曾經和他們之中的兩三個人談過，他相信西拉姨丈有一天真的會殺死他。

湯姆和我們的律師也問了他們幾句話，可是毫無用處。他們堅持他們原有的口供。

然後，他們傳喚萊姆．畢伯。他一來到證人席上，我立刻想起當天萊姆和吉姆是如何一邊走路，一邊聊到向木星借一隻狗或什麼東西的那件事；又想起我們要打著燈去採黑莓的那些胡說八道；還想起比爾和傑克．威德斯如何從我們身旁經過，講到一個黑奴在西拉姨丈的田裡偷玉米；想起那個鬼魂正好在這時跑出來，嚇了我們一大跳——如今他也在這裡，被視為座上佳賓，因為他又聾又啞，又是個陌生人，他們特地在法庭裡為他擺了一張椅子，他可以舒舒服服地蹺起腿坐著，一般人卻在外面擠得透不過氣來——當天的事情就這樣一件件浮現在我腦中，到那時候為止，一切多麼愉快！可是之後全變樣了、變得悲慘了，想起來真令人傷心。

萊姆．畢伯按例宣了誓，便說道：「那天是九月二日，我和吉姆．萊恩一同走過那個地方。那時太陽快要下山了，我們聽見有人大聲說話，好像是在吵架，距離我們很近，只隔著一排小樹——就在籬邊。我們聽到一個聲音說：『我已經告訴你好幾次，我一定要宰了你！』我們知道是這個犯人的聲音。接著一根棍子便從小樹叢上面露出來，然後馬上消失了，又聽見重擊的聲音和一兩聲呻吟，我們便偷偷地爬過去一探仔細。只見木星．鄧拉普已經死在地上，這個犯人拿著一根棍子站在他身旁。之後，他把那個死人拖進樹叢裡藏好，我們立刻蹲了下來，不讓他看見，然後偷偷地溜走。」

唉！這太糟糕了。大家聽著這些話，感覺渾身的血液都要凝結了，他在敘述的時候，法庭上靜得彷彿一個人也沒有；當他講完以後，滿屋子只聽得見喘氣和嘆息的聲音，大家面面相覷，似乎在說：「這多麼殘忍——多麼可怕！」

不過有一件事卻令我十分訝異。當最初的幾個證人在證明犯人對死者的恨意與恐嚇的時候，湯姆一直留心聽著，想找出證詞的漏洞；等他們講完以後，他總會立刻站起來盤問他們，想盡方法戳穿他們的謊言，推翻他們的證詞。可是現在卻完全變了個樣子。在萊姆的陳述中，絲毫沒提起和木星談話和借狗的那回事，湯姆一直留心聽著，看得出他準備把對方盤問得死去活來，我也相信我們兩人將會走上證人席，把我們聽到萊姆和吉姆的對話和盤托出。可是當我再望向湯姆時，我卻一連打了幾個寒顫。嘿！他簡直想出了神——心不知飄到哪裡去了。證人的話他一句也沒聽進去。萊姆說完了，他依然一動也不動地沉思著。我們的律師推了他幾下，他嚇了一跳，抬起頭來說：「你想盤問證人就去吧，別來吵我——我正在想事情呢！」

我真是被他搞糊塗了！我一點也不明白，貝妮和他母親也是——啊！她們的臉色十分難看，急得如同熱鍋上的螞蟻。她們揭開了一半面紗，希望西拉姨丈朝她們看，但他沒有這麼做，也沒有看我。那個鄉巴佬開始反覆訊問證人，可是一點收穫也沒有，反而把事情弄得一團糟。

於是他們又傳喚吉姆．萊恩。他也把事情的經過說了一遍，說得和萊姆完全一樣。湯姆聽也不聽，只是繼續坐在位子上想出了神。那個鄉巴佬只好又像剛才一樣，獨自問了證人一些毫無意義的話。原告律師看起來很得意，法官看起來卻很不高興。你知道，湯姆的身分幾乎就等同於正式律師，因為依照阿肯色州的法律，犯人可以自己挑選一個人來協助他的律師，當時湯姆就勸西拉姨丈讓他擔任這個角色；如今他這樣存心搗蛋，法官當然開心不起來。

那個鄉巴佬所能想出對付萊姆和吉姆的方法只有一個。他問他們：

「你們為什麼不把你們看見的事情早點說出來呢？」

「我們擔心自己會因此受牽連。況且我們正要坐船去打獵，離開了一個禮拜。直到我們回來以後，聽說人們正在尋找屍體，我們就跑去把一切都告訴了布雷斯．鄧拉普。」

「那是什麼時候的事？」

「禮拜六晚上，九月九日。」

法官立刻宣佈：

「警長先生，快把這兩名證人逮捕起來，他們有幫凶的嫌疑！」

原告律師急得直跳腳，又說：

「庭上！我不能認同這種奇怪的——」

「坐下！」法官一面說，一面抽出一把小刀放在公案上，「我希望你尊重法庭。」

他把那兩名證人逮捕之後，就傳喚比爾．威德斯出庭。

比爾．威德斯宣了誓，說道：「九月二日，禮拜六，太陽快下山的時候，我跟我弟弟傑克經過犯人的土地。我們看見有個人背著一件很笨重的東西，以為是黑奴在偷玉米。我們看得不太清楚，後來才分辨出他背的是一個人。那個人伏在他背上，手腳似乎完全沒有力氣，我們猜想是某個喝醉酒的人。我們又看見他走路的姿勢，認出是西拉牧師。也許是他看見山姆．庫伯醉倒在路旁，所以把他帶到安全一點的地方，因為他一直在勸他戒酒。」

大家想到可憐的西拉姨丈把那具屍體背到他的煙草田裡，後來又被那隻狗挖了出來，不禁都打了個寒顫。可是他們的臉上沒有一絲同情。我聽見一個傢伙說：「我從來沒見過這麼殘酷的手段！把自己殺死的人拖來拖去，又把他像牲畜一樣埋在土裡——虧他還是個牧師呢！」

湯姆依舊想著心事，沒有專心聽。我們的律師又花了全部的力氣去對付這個證人，仍然沒有收穫。

於是傑克．威德斯也來到證人席上，他說的話和比爾完全相同。

傑克退下以後，布雷斯．鄧拉普便來到庭上。他哭喪著臉，眼淚幾乎要滴下來。周圍頓時出現一陣騷動，大家準備仔細聆聽。有很多女人都在說：「可憐，可憐。」有幾個還在擦著眼睛。

布雷斯．鄧拉普宣了誓，說道：「好幾天了，我一直在為我可憐的弟弟擔心；但是我萬萬沒想到事情會變得這麼糟！我不敢相信有人狠得下心，謀害這樣一個可憐又無辜的傢伙。」他說到這裡，我敢說湯姆似乎愣了一下，接著又恢復了那種失望的神情。「你們知道，我絕不會想到一個牧師會去謀害他——世界上不可能有這種不近人情的事——所以我並不十分在意。我永遠也無法饒恕我自己了！要不是我的疏忽，我的弟弟到現在還能跟我活在一起，絕不會被人殺死了躺在那邊。唉！我弟弟可從來沒有傷害別人一根汗毛啊！」他簡直快支撐不住，抽抽噎噎地說不出話來了。周圍的人都說他可憐，有些女人甚至哭了出來。可是屋裡仍相當肅靜。這時候，可憐的西拉姨丈竟發出一聲長嘆，聲音大到所有人都能聽見。

布雷斯掙扎了一會，又接著說：「禮拜六，九月二日，他沒有回來吃晚飯。後來我有些不放心，就叫一個黑奴到那個犯人家裡詢問。黑奴回來後說木星不在那裡，我越來越不放心，人也冷靜不下來。我上了床，卻睡不著覺；直到深夜，我走出屋子，不知不覺就來到了這個犯人的住處，又在附近逗留了好一會兒，希望能遇見我的弟弟。誰知道他那時早已脫離了一切煩惱，去了一個更好的……」他說到這裡，又支撐不住，啜泣起來，一大半的女人現在都哭了。

隔沒多久，他又鎮定了一下，繼續說：「發現一切徒勞無益後，我就回家睡了，可是仍然睡不著。過了一兩天，大家都感到不大對勁，他們便談到那個犯人曾經恐嚇過他好幾次。雖然我認為這沒什麼嚴重的，可是大家都覺得我的弟弟被他害死了；他們又到處去尋找屍體，但是怎麼也找不到，最後只好放棄。於是我猜想，也許他跑到某個地方悠哉去了，等煩惱減輕了一些之後就會回來。可是九月九日——禮拜六的深夜，萊姆和吉姆來到我家裡，把一切告訴了我——把謀殺的經過全部告訴了我。我簡直心碎了。接著我又想起一件事，這件事我一開始並不在意。據說這個犯人晚上睡著了會起來走路，做出各種無關緊要的事情，但自己完全不知情。我告訴你們我想起了什麼——就在那個可怕的禮拜六晚上，夜已經很深，我就在這個犯人的房子周圍徘徊，心裡既沉痛又焦慮。我碰巧走到那塊煙草田的邊緣，只聽見一種掘土的聲音。我悄悄地走近，透過籬笆上的藤蔓朝裡頭張望，看見這個犯人正在那裡挖地——用一把長柄鐵鍬，把泥土往地上一個快填滿的大洞裡倒。他背對著我，但是月光明亮，我知道是他，因為我認得出他那件綠呢舊工作服，背上有一個白色補丁，彷彿有人對他扔了一顆雪球。原來他正在掩埋他所謀殺的那個人呀！」

他說完後便哭哭啼啼地倒進椅子裡，滿屋的人幾乎都在嘆息：「啊，可怕——可怕——太殘忍了！」法庭上又起了一陣騷動，你連自己的心跳聲也聽不見了。就在這時，西拉姨丈竟跳了起來，臉色白得像紙一樣，高聲大喊：

「他說得對，句句屬實——是我把他殘忍地殺害的！」

老天，大家都聽得愣住了，隨即開始起鬨，每個人都伸長了脖子，想把他好好看個清楚。法官用他的木槌在公案上重重敲著，警長也提高嗓門大叫：「肅靜——肅靜——法庭上請保持肅靜！」

那老頭就一直站在那裡，渾身打著哆嗦，眼裡冒著火，也不對妻子和女兒看上一眼。她們都拉住了他，叫他不要多嘴，他卻甩開她們的手，說他一定要洗清他身上的罪孽，一定要拋棄他心靈上過重的負擔，他絕對不要再忍受下去了！於是他把那個可怕的故事從頭到尾講了出來，法官、陪審團、律師們和群眾都聽得目瞪口呆，貝妮和莎莉姨媽更是哭得柔腸寸斷。可是，我的老天！湯姆竟然一眼也不瞧他，只是目不轉睛地注視著旁邊的什麼東西，我也看不出他在注視什麼。這個老頭就這樣瘋瘋癲癲的，口裡彷彿吐出一團團的火焰。

「我殺死了他！我是有罪的！不過儘管那些人散佈謠言，說我一直恐嚇他，但我這輩子從未有過傷害他的念頭，直到我舉起了那根棍子——我的心才變得冷酷無情！憐憫心也蕩然無存了，於是我一口氣把他打死！一剎那間，所有我受到的委屈都湧上心頭，這個人和坐在那裡的他那個混蛋哥哥給我的一切恥辱、他們串通好傷害我和我的家人、損害我的名譽、逼我做出什麼事來毀滅我的家族——可是我們一家從未傷害過他們，願上帝保佑！他們這麼做只是一種卑鄙的報復——為什麼呢？只因為現在坐在我身邊的天真無邪的女孩不願嫁給這個富有、傲慢、無知的膽小鬼——布雷斯．鄧拉普！瞧瞧他，現在哭哭啼啼地哀悼他的弟弟，但是他過去根本沒有把弟弟當人看！」

我看見湯姆的身體動了一下，這次他似乎真的很高興，一定不會錯——「就在那個時候，我忘了我的上帝，只記得我心頭的怨恨，上帝饒恕我！於是我一棒打死了他。我立刻感到後悔——啊，悔恨不已！我想到我可憐的家人。為了他們，我必須把我做的事隱瞞起來。就這樣，我把屍體藏在樹叢裡，後來又把它搬到煙草田裡。到了深夜時分，我帶著我的鐵鍬，把它埋在地下——」

湯姆忽然跳起來，大聲叫道：

「好，我想明白了！」隨後他對那老頭揮了揮手，啊！他的姿勢真是既帥氣、又大方。他又說：

「坐下吧！確實有人犯下了謀殺案，但是完全沒有你的份！」

法庭裡頓時肅靜無聲，連一根針掉到地上都聽得出來。那老頭彷彿失魂落魄地倒在椅子上，但莎莉姨媽和貝妮都不知道，因為她們都驚訝得目瞪口呆，緊盯著湯姆看，滿屋的人全是如此。我從沒看見過有人像他們那樣茫然不知所措，也從來沒見過有人眼睛能睜得那麼大，一眨也不眨地看傻了。湯姆不慌不忙地說：

「庭上，我能說幾句話嗎？」

「噢，你——當然可以！」法官說，他簡直莫名其妙，連自己在說些什麼也不知道。

湯姆於是站起身來，又等了一兩秒鐘——他說這是為了加強「效果」——才十分鎮靜地開始發言：

「大約兩週以來，這個法院門口一直貼著一張傳單。是為了兩顆鑽石，懸賞兩千塊錢——它們是在聖路易失竊的，價值一萬兩千塊錢呢！可是暫時不管它，我待會還會再提到。至於目前這件謀殺案，我將把一切的經過——它是怎麼發生的、是誰幹的——一五一十地說給你們聽。」

我可以看到大家都把身體調整成舒服的姿勢，準備洗耳恭聽。

「坐在那裡的布雷斯——瞧他！一把鼻涕、一把眼淚地哀悼著他的弟弟，可是你們全都知道，他從來沒有把弟弟當人看待——他想娶坐在那邊的那個女孩，卻被她拒絕了，於是他告訴西拉姨丈，要給他一點顏色瞧瞧。西拉姨丈知道他的厲害，知道得罪了這樣一個人準沒好事，這讓他擔驚受怕，於是試圖敷衍他、討好他。他甚至雇了他那不成材的弟弟木星到他的農場裡幹活，省吃儉用以支付他的工錢。木星則照著他哥哥的陰謀，千方百計地羞辱他、激怒他、騷擾他，想逼得他忍不住動手，這樣一來，西拉姨丈就會因此失去大家的尊敬。他的詭計果然成功了，大家不再親近他、常說他的壞話、傷透了他的心——真的，他既煩惱、又憂愁，還常常神經錯亂。」

「嗯，到了那個令我們傷腦筋的禮拜六，這裡的兩位證人——萊姆．畢伯與吉姆．萊恩一同走過西拉姨丈和木星正在工作的地方。到這裡為止，他們說的都很可靠，除此之外就全是謊話了。他們並沒有聽見西拉姨丈說他要殺死木星，沒有聽見什麼重擊的聲音，沒有看見什麼屍體，也並沒有看見西拉姨丈把什麼東西藏進矮樹叢。現在瞧瞧他們——他們就坐在那裡，後悔剛才自己的舌頭太隨便。無論如何，不用等我講完，他們就會懊惱得說不出話來了！」

「就在同一天晚上，比爾和傑克．威德斯確實看見有個人把另一個人背走，這些是實話，其餘都是謊話。起初他們以為是黑奴偷了西拉姨丈的玉米——你們瞧，現在他們臉上的表情多麼可笑！他們萬萬沒想到自己的話竟會被人聽見。那是因為他們看到了那個背東西的人是誰，以及他們為什麼敢在這裡宣誓，硬要說他們從那個人走路的姿勢，認出是西拉姨丈——事實上並不是他，他們心知肚明，可是竟敢宣了誓說謊！」

「有一個人在月光底下，確實看見那個被殺害的人被埋在煙草田裡——可是埋屍的人並不是西拉姨丈。那時候西拉姨丈好端端地躺在床上。」

「現在，在我繼續說下去以前，我想問問你們，平時有沒有注意到這樣的情形：大部分人在思考事情或是憂慮煩惱的時候，他們的手往往會有某種動作，但他們自己並未意識到，也不在意。有些人會搔搔自己的下巴，有些人抓自己的鼻子，有些人撫摸脖子下方，有些人玩弄鍊條，有些人轉著鈕扣，有些人用手指在臉頰、下嘴唇上畫圖或寫字。我就是這樣，當我心事重重的時候，我會在臉頰上、下嘴唇、或是脖子上畫著大寫的『V』，只有『V』字而已——大部分的時候，連我自己也不知道自己正在做那樣的動作。」

這可真奇怪！我也會這樣，不過我畫的是「O」。我看見大家都互相點頭，彷彿在說：「一點也沒錯。」

「現在，我要接著講下去。在那同一天──不，那是前一天的晚上──有一條輪船停泊在弗雷格勒碼頭旁，那裡距離此地四十哩。當時正在下大雨，大得彷彿天塌下來一樣。船上有個竊賊，法院門口懸賞的兩顆鑽石就在他身上；他帶著他的手提袋溜上岸，冒著大雨躲進黑暗裡面，希望能平安來到這個鎮上。可是他有兩名同伙也在船上，隱藏在什麼地方，他知道他們一有機會就會殺掉他，把鑽石搶回去──那是他們三人一起偷的，可是這個傢伙卻一個人獨吞它們，然後逃掉了。」

「嗯，他離開不到十分鐘，他的伙伴就知道了，他們立刻跳上岸去追趕他。他們也許點了很多根火柴，找到了他的腳印；無論如何，他們禮拜六的一整個白天都跟蹤在他後面，但他完全不曉得。傍晚時分，他來到西拉姨丈田裡的一片楓樹林裡，把他手提袋裡的化裝道具取出來，打算化過裝再到鎮裡找人──注意，他做這些事情的時候，正好是西拉姨丈用棍子打了木星之後不久──因為他確實打過他一下。」

「然而，那兩個同伙一看見他溜進樹林，立刻從矮樹叢裡跳出來，跟了進去。」

「他們衝上去用棍子把他打死。」

「沒錯，不過他怎樣叫喊，他們一點也不憐憫，一直打到他斷氣才住手。這時候，有兩個人正在路上奔跑，一聽到他這樣喊叫，就衝進樹林裡──他們正打算前往那裡──兩名強盜看見他們，拔腳就跑，那兩個人便緊追在後。可是不到一兩分鐘，他們又躡手躡腳地溜回楓樹下。」

「他們後來做了些什麼呢？讓我告訴你們。他們看到了那個賊從手提袋裡拿出來的化裝道具，於是他們其中一人就脫掉了自己的衣服，把那些東西全部穿戴起來。」

湯姆到此又停頓了一下，增加些「效果」──接著便鄭重其事地說：

「那個把死者的化裝道具穿戴在自己身上的人，就是木星．鄧拉普！」

「我的老天！」滿屋子的人都叫了起來，西拉姨丈一臉錯愕。

「是的，那就是木星．鄧拉普。知道了嗎！他沒有死，他們把死者的靴子脫下來，穿在木星腳上，再把木星的破靴子套在屍體腳上。木星一個人待在原地，另一個人就趁著暮色，把屍體拖了出去。到了半夜，他來到西拉姨丈家裡，從連結兩棟屋子的走廊裡拿走那件白補丁的綠色舊工作服，穿在身上；又偷了一柄鐵鍬，走到煙草田裡，把那個被殺死的人埋在地下。」

他停了一停，又說：

「你們猜得到那個被殺死的人是誰嗎？是傑克・鄧拉普！那個失蹤了很久的強盜！」

「我的老天！」

「而那個把他埋在土裡的人，就是布雷斯・鄧拉普——他的哥哥！」

「我的老天！」

「你們猜得到這個嘴唇一抖一抖，幾週以來裝聾作啞的傻瓜是誰嗎？他就是木星・鄧拉普！」

天哪！大家都怪聲吼叫起來，你一輩子也看不到那種興奮的模樣。湯姆又跳到木星面前，一把將他的護目鏡和假鬍鬚全部扯下來，那個本該被殺死的人立刻活生生地顯現在我們眼前！莎莉姨媽和貝妮摟住了西拉姨丈，又哭又吻、又抱又掐，弄得他一頭霧水，越來越糊塗。我簡直無法形容那種場面。接著，大家叫了起來：

「湯姆・索耶！湯姆・索耶！大家住口，讓他講下去！講下去！湯姆・索耶！」

湯姆受到大家這樣的愛戴，成為他口中的「英雄」，真令他得意忘形。大家靜下來以後，他便說：

「其實也沒什麼好講的了，只有一點。當時，布雷斯把西拉姨丈逼得走投無路，到後來幾乎發了瘋，便拿起棍子打了另外那個混蛋，也就是布雷斯的弟弟。我猜他立刻覺得機會來了。隨後，木星逃到樹林裡躲了起來。我想他們的陰謀一定是讓他在晚上偷偷離開這個村子，之後布雷斯再設法讓大家相信，是西拉姨丈殺了他，把他的屍體藏在什麼地方。這樣就能毀了西拉姨丈，把他給逼走——甚至絞死，我也不敢確定。後來，他們又在楓樹下發現了他們死去的兄弟，儘管臉上早已血肉模糊，認不出來。於是他們想出了一個更好的辦法：把兩個人的身分對調，把木星的衣服穿在傑克身上，再把他埋在地下，隔幾天再挖出來；同時又買通了吉姆・萊恩、比爾・威德斯以及其他人來做偽證——他們全都照著他的話做了。你瞧他們現在坐在那裡的樣子，我早就說了：不用等我講完，他們的表情就會變得十分難看。果然一點也沒錯。」

「事實上，我和這位哈克·芬就是跟這群強盜坐同一艘船來的。那位死者曾經把鑽石的事全都告訴了我們，還說兩個同伙一有機會就會要他的命。我們決定盡全力搭救他。當我們一來到樹林，就聽見他被謀害的聲音。可是隔天一大早，暴風雨過後，我們再來到樹林裡，竟發現那裡沒有任何屍體。後來我們又看見木星穿戴著傑克事先告訴我們的那些化裝道具，就以為他是傑克本人——他嗚嗚地裝聾作啞，這恰好也是我們事先約定好的。」

「我和哈克繼續去尋找屍體。雖然大家早已放棄，但終於還是被我們發現了。我們十分得意，誰知道西拉姨丈卻跟我們說，那個人是他殺死的，我們簡直被他嚇得發瘋！後悔不該找出那具屍體。我們非救出西拉姨丈不可，這件事確實十分棘手，因為他不肯讓我們把他從牢裡劫出來，就像我們上次放走黑奴吉姆一樣。」

「整整一個月，我絞盡腦汁想救出西拉姨丈，可是一個辦法也想不出來。所以當我們今天走進法庭的時候，我一點把握也沒有，也看不出任何希望。可是後來我偶然注意到一件事，這讓我恍然大悟。但我只瞥見了一眼，還不敢確定。於是我開始全神貫注——一邊假裝在想心事，一邊留神注意著。到後來，西拉姨丈滔滔不絕地承認是他殺了木星時，總算又讓我瞥見了。這一次我看得一清二楚，我便跳了起來，阻止了西拉姨丈，因為我已經知道木星·鄧拉普就坐在我的面前。他做了一個動作，我記得我曾經見過，因此把他認了出來——那是一年前，我在這裡看他做過的。」

他說到這裡又停住了，沉思了一分鐘——也是為了加強「效果」，我完全明白。接著他轉過身來，好像要離開講台的樣子，又懶洋洋地、若無其事地說：

「好吧，我想我的話全講完了。」

嘿！你絕對沒有聽見過這樣一陣怪叫的聲音——滿屋的人都在叫嚷：

「你看見他做了什麼？別走！你這個小魔鬼，你搔得我們心癢難耐，打算就這樣一走了之嗎？他究竟做了什麼？」

可不是嗎！你瞧——他只不過是做做樣子，加強一些「效果」。哪怕你用了九牛二虎之力，他也不肯讓你把他拉下台來呢！

「啊，這並沒什麼了不起的，」他說，「我只是看見他露出一些受刺激的樣子，因為他眼看西拉姨丈為了一件從未存在的謀殺案，拚命把絞索往自己的脖子上套。後來他越來越興奮、越來越擔心了——我雖然留心看著他，卻不讓他發現——他的左手忽然舉了起來，用手指在臉頰上畫了個十字，這就被我看穿了！」

大家聽到這裡，立刻發出一陣怪聲，拍手叫好、捶胸頓足，弄得湯姆既驕傲、又快活，自己也不知該如何是好。法官從公案上往下望了望，說道：

「我的孩子，你所描述的這樁離奇的陰謀與悲劇，真的是你親眼看見的嗎？」

「回庭上，我什麼也沒看見。」

「什麼也沒看見？可是你把整個經過說得鉅細靡遺，簡直像親眼目睹一樣，你是怎麼辦到的呢？」

湯姆不慌不忙地說：

「回庭上，我只不過是隨時留意線索，把它們一樣樣串連起來罷了！這不過是一點普通的偵探工作，大家都做得到。」

「胡說！一百萬個人裡頭能做到的不到兩個人。你真是一個了不起的孩子。」

於是全場又響起一陣暴風雨般的掌聲——湯姆快活到了極點，即使你送他一座金礦他也不要了。那個法官又說：

「你能保證你所講的這段怪異的故事不會有任何差錯嗎？」

「回庭上，我敢保證。布雷斯．鄧拉普本人就在這裡，要是他想嘗試一下，不妨讓他為自己辯護。我一定會讓他後悔自己又多嘴了幾句——好吧，瞧他們兄弟多麼安靜！還有那四個被收買來撒謊的傢伙，他們也多麼安靜！至於西拉姨丈，就別讓他再來搗亂了，就算他宣了誓，我也不會相信他的話。」

這句話說得大家歡聲雷動，連法官也忍不住哈哈大笑。湯姆簡直像彩虹一樣，滿臉綻放著光彩。屋內的笑聲停了，他又抬起頭來對法官說：

「報告庭上，這屋子裡有一個賊。」

「一個賊？」

「是的，那兩顆價值一萬兩千元的鑽石就在他身上。」

老天！這下子可真叫所有人大吃一驚！大家又都叫了起來：

「是誰？是誰？把他指出來！」

「把他指出來，我的好孩子。警長，準備抓人。是誰？」

湯姆說：

「就是這個沒有死的死者——木星・鄧拉普！」

大家又訝異、興奮得如同打雷一般喧囂。木星剛才已經受了夠多驚嚇了，現在更是吃驚得彷彿一座石頭人。他終於站起來辯解，簡直快哭出來了。他說：

「這句就是謊話了，庭上，這太不公平了。即使我不再加上這個罪名也已經夠糟了。其他的事情確實是我做的——全是布雷斯的主意，他勸我、哄我、又說可以讓我發財，於是我照著他的話做了。但是我很後悔，恨不得從來沒有這麼做。不過我並沒有偷什麼鑽石，我身上也沒有鑽石，要是我有半句假話，我情願去死！儘管搜我的身吧，警長。」

湯姆說：

「回庭上，把他稱為賊不太正確，我說得太過分了些。他確實偷了那些鑽石，但他自己卻不知道。他是從死去的兄弟傑克身上偷來的，傑克又是從另外兩個同伙那裡偷來的；可是木星並不知道他偷了這些鑽石，一個月來卻帶著它們到處遊蕩，這絕對沒錯。這兩顆價值一萬兩千元的鑽石確實在他身上——有了這麼多的財產，他卻仍然像窮人一樣過著日子。是的，庭上，這些鑽石現在就在他身上。」

法官於是宣佈說：

「警長，搜一搜他的身上。」

警長把他的身體從頭到腳搜了一遍——帽子裡、襪子裡、口袋裡、靴子裡，全都找過了。湯姆站在那裡默不吭聲，繼續增加一些「效果」。到後來，警長不得不放棄了，在場的人都大為失望。木星就說：

「現在你們瞧！我不是早就跟你們說過了嗎？」

法官說：

「我的孩子，這次你好像搞錯了。」

湯姆於是擺好了姿勢，似乎用盡了全力在思考，不停地搔著頭。可是突然間，他恍然大悟地把眼睛抬了起來，說道：

「啊！現在我想通了！我剛才竟把它忘了。」

這句當然是謊話了，我全知道。他說：

「你們誰肯借給我一把小螺絲刀？木星，你兄弟的手提袋裡就有一把，可是我想你不會把它帶在身上。」

「沒有，我不需要它，所以把它送人了。」

「那是因為你不知道它有什麼用途。」

木星這時已經把他的靴子穿上了。那把螺絲刀傳過一個又一個人，遞到了湯姆手上，他便對木星說：

「把你的腳放在這張椅子上。」他又跪了下來，把兩隻鞋跟上的鋼板拆了下來，大家全都仔細盯著。他從鞋跟裡取出了那兩顆大鑽石，拿在手上，讓它在陽光下閃耀，大家看得連呼吸也停止了。木星又是沮喪、又是懊惱，那種難看的臉色真是世上罕見——該死！他一定在想，要是他運氣好，猜到了手提袋裡的螺絲刀是做什麼的，他早就可以一溜煙地逃到國外享福了。

觀眾們早已興奮到了極點。追根究柢，一切的功勞都應該歸給湯姆。法官收下那兩顆鑽石，站起身來，清一清他的嗓子，又把眼鏡推到額頭，接著便說：

「我暫時把這些鑽石保管起來，然後通知失主。等他們來取的時候，我將會很榮幸將那兩千塊獎金頒發給你，那是你應得的報酬——沒錯，同時你還應該受到我們全村人誠摯的感謝，因為你把一個受人誣賴的清白家庭從毀滅與羞恥中解救出來；因為你把一位心地善良、品格高尚的人從慘酷的死刑中解救出來；因為你讓一個殘忍狠心的壞蛋和他卑鄙的幫凶受到了法律的制裁！」

嗯，朋友們，這時候要是有一支樂隊在那裡演奏一曲的話，那就再完美不過了。湯姆也是這麼想的。

法警把布雷斯．鄧拉普和他的同謀都拘禁起來。過了一個月，法官經過了審問，把他們全部判處監禁。大家又重新回到西拉姨丈那個小小的教堂裡了，而且從此對他們一家人既親切又和善，生怕有失禮之處。西拉姨丈在禮拜堂裡往往說著一些稀奇古怪、莫名其妙的道理，搞得大家糊裡糊塗，白天也找不到回家的路；可是大家嘴上都說他的佈道既易懂、又美妙、又有智慧。為了顧及他的面子，他們全都痛哭流涕。唉！老天，他們真害得我白天打寒顫、晚上做惡夢，連我的腦袋也麻木得像一塊石頭了。沒過多久，人們的溫柔體貼竟讓這個老頭又恢復了他的知識，他的頭腦又變得像以前一樣靈活了——這絕不是恭維話。我敢說，這一家人也都變得像小鳥一樣快活，他們對湯姆真是說不盡的喜愛和感激，對我也是。雖然我什麼也沒有做。

兩千塊錢拿到了。湯姆分了一半給我，但他沒有告訴別人這件事，我也不覺得奇怪，因為我完全了解他。

國家圖書館出版品預行編目資料

湯姆歷險記～勇闖密西西比 / 馬克・吐溫 原著 ; 丁凱特 編譯. -- 初版. -- 新北市 : 華文網, 2014.01

面 ;　公分

ISBN 978-986-271-447-8 (平裝附光碟片)

874.57　　102023868

湯姆歷險記

勇闖密西西比

ADVENTURE OF TOM SAWYER

典藏閣

湯姆歷險記～勇闖密西西比

出版者◤典藏閣
作者◤馬克．吐溫　　編譯◤丁凱特
品質總監◤王寶玲　　文字編輯◤林柏光
總編輯◤歐綾纖　　美術設計◤蔡億盈

郵撥帳號◤50017206 采舍國際有限公司（郵撥購買，請另付一成郵資）
台灣出版中心◤新北市中和區中山路2段366巷10號10樓
電話◤(02) 2248-7896　　傳真◤(02) 2248-7758
ISBN◤978-986-271-447-8
出版日期◤2014年01月

全球華文市場總代理／采舍國際有限公司
地址◤新北市中和區中山路2段366巷10號3樓
電話◤(02) 8245-8786　　傳真◤(02) 8245-8718

全系列書系特約展示
新絲路網路書店
地址◤新北市中和區中山路2段366巷10號10樓
電話◤(02) 8245-9896
網址◤www.silkbook.com

線上pbook&ebook總代理／全球華文聯合出版平台
主題討論區◤www.silkbook.com/bookclub　● 新絲路讀書會
電子書平台◤www.book4u.com.tw　● 華文網雲端書城
紙本書平台◤www.silkbook.com　● 新絲路網路書店

本書係透過華文聯合出版平台自資出版印行。
採減碳印製流程並使用優質中性紙 (Acid & Alkali Free) 與環保油墨印刷。

華文自資出版平台
www.book4u.com.tw
elsa@mail.book4u.com.tw
ying0952@mail.book4u.com.tw
全球最大的華文自費出書集團
專業客製化自資出版．發行通路全國最強！